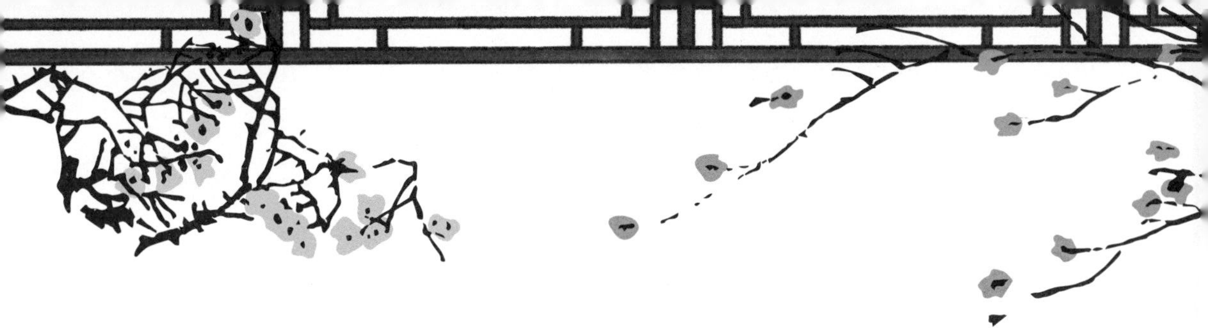

細說金瓶梅

精解三個女人的成人世界，
看透情色底下的人世潛規則

劉心武 著

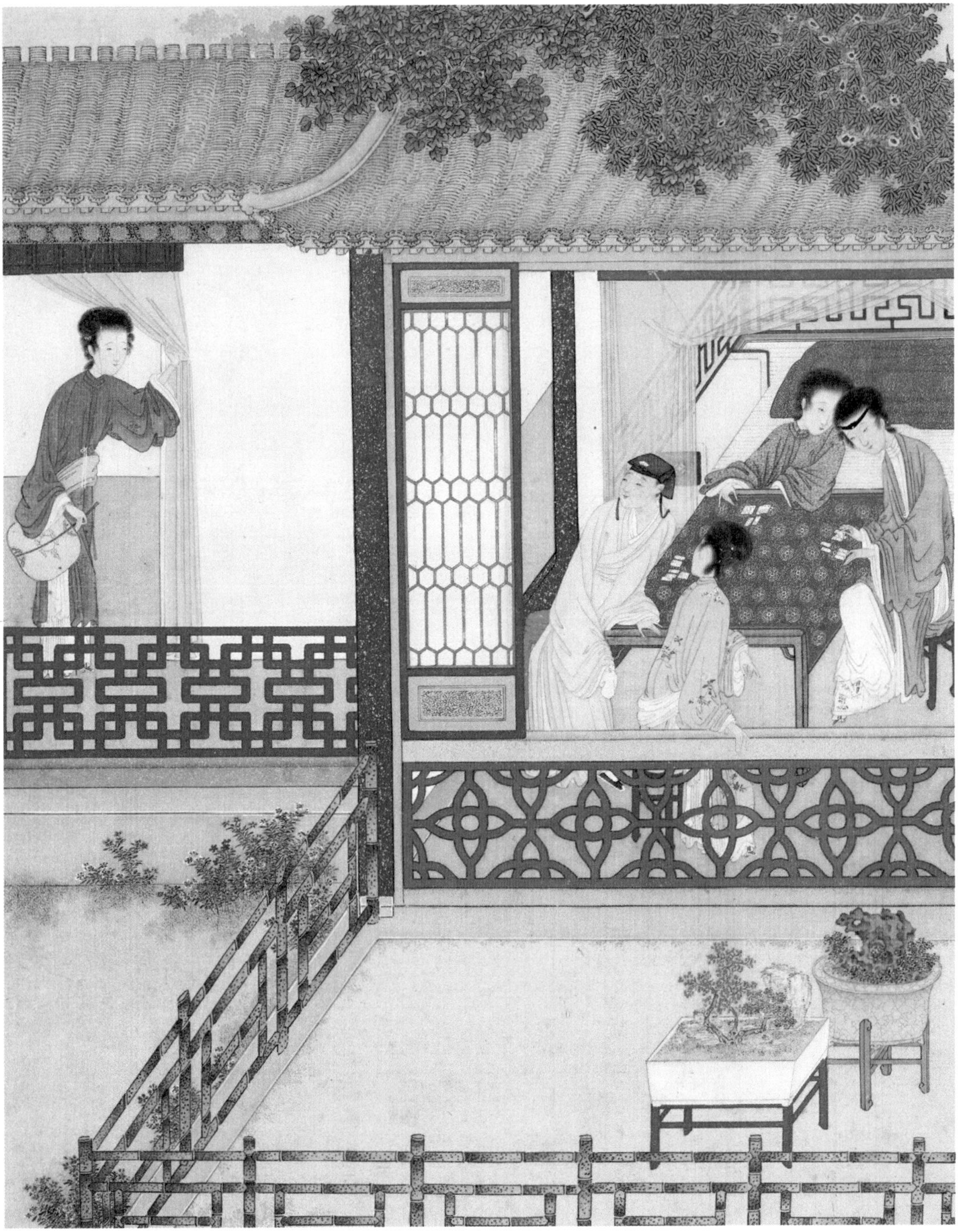

《金瓶梅》清內府彩繪絹本插圖《清宮珍寶皕美圖》一

《金瓶梅》清內府彩繪絹本插圖《清宮珍寶皕美圖》二

《金瓶梅》清內府彩繪絹本插圖《清宮珍寶皕美圖》三

《金瓶梅》清內府彩繪絹本插圖《清宮珍寶皕美圖》四

《金瓶梅》清內府彩繪絹本插圖《清宮珍寶皕美圖》五

《金瓶梅》清內府彩繪絹本插圖《清宮珍寶皕美圖》六

目錄

第三輯　西門府的衰落

第四輯　西門府外的大社會

第五輯　深刻影響《紅樓夢》

金瓶梅主要人物關係圖

韓道國…………王六兒…………**韓愛姐**
賁四……………賁四嫂
崔本
甘出身
……

玳安…………小玉
來旺…………**宋惠蓮**
來昭…………**一丈青**…………小鐵棍兒
來保…………惠祥
來興…………惠秀
來爵…………惠元
來安
來友
書僮
畫童
棋童
琴童
天福兒
……

龐春梅…………………………周統制
潘金蓮…………………秋菊…………………………武植（迎兒）、張大戶、王招宣
李瓶兒…………………中秋、翠兒…………………花子虛、蔣竹山、梁中書
（官哥兒）……………如意兒
吳月娘…………………小玉、玉簫
（孝哥兒）
孟玉樓…………………迎春、繡春、蘭香、小鸞……李衙內、楊宗賜
李嬌兒…………………**夏花**、元宵…………………張二官
陳氏…………………**孫雪娥**
（大姐）…………………………………………**陳經濟**
卓丟兒

11.玳安：西門慶貼身小廝；12.宋惠蓮：西門府下人來旺之妻，與西門慶相好；13.李桂姐：被西門慶梳櫳，認吳月娘為乾媽；14.林太太：與西門慶相好的高官太太；15.應伯爵：西門慶把兄弟，首席幫閑；16.蔡太師：京中紅人，西門慶認為乾爹，臺柱子。
（注：凡本書中提及的人物，姓名標粗黑）

- **官場人脈**
  - 蔡太師（蔡京）
  - 朱太尉
  - 翟管家
  - 蔡御史
  - 宋御史
  - **陳文昭**
  - **狄斯彬**
  - 夏提刑（夏龍溪）
  - 何永壽
  - 何太監
  - 劉公公
  - 薛公公
  - 陳洪
  - 楊戩
  - ……
- **把兄弟**
  - **應伯爵**
  - 謝希大
  - 花子虛
  - 孫天化
  - 祝實念
  - 雲理守
  - 吳典恩
  - **常時節**
  - **白來創**
- **風月場**
  - **李桂姐**
  - 鄭愛月
  - 吳銀兒
  - **林太太**
  - ……

西門慶

- **夥計—媳婦—子女**
- **家僕—僕婦—子女**
- **妻妾—丫環—別夫**（子女）

1. **西門慶**：西門府府主；2. 吳月娘：西門慶正室，府主婆；3. **潘金蓮**：五房，最受寵；4. **李瓶兒**：六房，受寵；5. **龐春梅**：潘金蓮丫環，受寵；6. 李嬌兒：二房；7. 孟玉樓：三房；8. 孫雪娥：四房；原陳氏丫環；9. 陳氏：原正室（生大姐，嫁陳經濟），早亡；10. 卓丟兒：原二房，早亡；

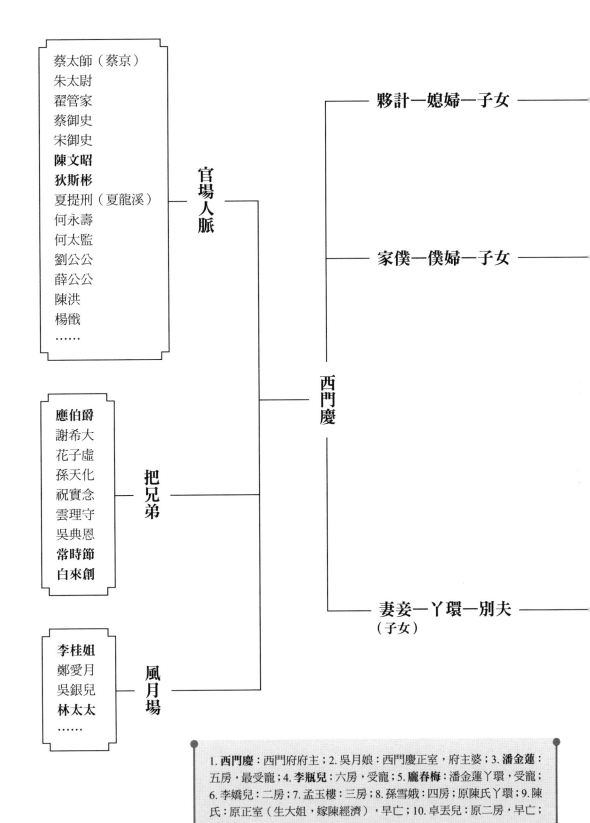

序

這本書，是根據我的系列講座音頻文字記錄稿整理而成的。

為什麼要講《金瓶梅》？

就我自己而言，研讀《金瓶梅》，和研讀《紅樓夢》一樣，都是為了寫好自己的小說，從母語傳統小說文本中汲取營養。

在研讀《金瓶梅》、《紅樓夢》的過程中，我一邊寫小說，一邊也寫些研讀心得發表。關於《紅樓夢》，我早有系列電視講座和系列論著面世，反響不小，引起爭議，但對於《紅樓夢》能不能閱讀研究，基本上不再有反對的聲音。《金瓶梅》呢？直到目前，社會上一般人士，對於這部書，存大誤會的仍然不少。大眾就會有這樣的質疑——《金瓶梅》不是黃書嗎？黃書，也就是色情書，淫書，屬於掃蕩的對象，你自己閱讀研究已屬不正經，還拿來講，這像話嗎？

所以，需要對社會上存大誤會的人士，來為《金瓶梅》摘掉「黃帽」、「淫帽」。不錯，一百回的《金瓶梅》，全書一百多萬字，裡面的確有色情文字，但占全書的比例，不過百分之一的樣子。不能因為有這一小部分色情文字，就把全書否定掉，簡單粗暴地貼上「黃書」的標籤，扣上「淫書」的帽子。

因此，也就需要跟社會上一般人士解釋一下什麼是色情文字，需要釐清「色情」與「情色」的界限。

當然，社會上一般人士也有聽到過這樣說法的，就是《金瓶梅》是一部非常精彩的文學作品，它在世界上其他國家、民族裡的影響，到目前為止，是超過《紅樓夢》的。它被翻譯成漢語以外的文字，種數也是超過《紅樓夢》的。世界上不少文學評論家對《金瓶梅》的評價很高，甚至稱其是偉大的作品。有的社會上的一般人士，聽到他很佩服的當代作家說，就文學性而言，《金瓶梅》超過了《紅樓夢》，感到驚訝。過去把小說叫做「說部」，「說部」在明代達到興盛，大家熟知的《三國演義》、《水滸傳》、《西遊記》就是明代產生的，還有其他一些「說部」，那麼這些「說部」，水平最高的是哪部呢？有一個人說了，《金瓶梅》「同時說部，無以上之」，說這個話的是誰呀？就是魯迅先生。魯迅先生能瞎說嗎？能把一部「黃書」、「淫書」如此高抬嗎？

於是，就需要為社會上一般人士解疑，滿足他們合理的好奇心，給他們講：

《金瓶梅》這書名怎麼解釋？

《金瓶梅》裡有哪些人物？

《金瓶梅》裡有些什麼故事？

《金瓶梅》裡還有哪些看點？

《金瓶梅》為什麼在世界上有那麼大影響？

一位理工男，有次聽我說《金瓶梅》是《紅樓夢》的祖宗，沒有《金瓶梅》就沒有《紅樓夢》，很不以為然，責問我：「你怎麼這麼說話？」這位理工男讀《紅樓夢》吃力，但是他知道《紅樓夢》已經獲得中國傳統文化中最穩定的正面評價，不過他一點也不知道《金瓶梅》是怎麼回事，只是模模糊糊聽說《金瓶梅》是本「黃書」，因此他擔心我那樣說話會犯錯誤。其實，我那樣說，不過是鸚鵡學舌。像那位理工男一樣的人應該還不少，因此也就需要跟他們講：

為什麼說《金瓶梅》是《紅樓夢》的祖宗，沒有《金瓶梅》就沒有《紅樓夢》？

作為一個中國人，一生應該至少通讀一遍《紅樓夢》；可以一生也不通讀《金瓶梅》，但應該知道《金瓶梅》究竟是本怎樣的書。

這套音頻講座，這部據之整理而成的圖書（包括紙質書和電子書），就是這樣產生的。一書在手，從無到有，就是可以讓不少人脫離對《金瓶梅》無知、誤解、糊塗、避忌的狀態，從而對《金瓶梅》有知、理解、心明、眼亮。

在音頻講座中，每講開頭，我都會唸順口溜：

天，有春夏秋冬；人，有悲歡離合；

書，可借樹開花；聽，可從零起頭。

頭兩句，是從《金瓶梅》的古序言裡引來的，意思是《金瓶梅》的故事，好比一面鏡子，映出了世道人心。後兩句「借樹開花」是怎麼回事？您一聽一看就明白了。您說您之前對《金瓶梅》，除了一個書名，一無所知，那麼，好，這個講座，這本書，就是為您這樣的人士竭誠服務的，咱們從零起頭！

庚子年春節

第一輯

獨一無二的《金瓶梅》

第一講　不靠譜的傳說
《金瓶梅》的創作源起

很多人聽說過《金瓶梅》，但不清楚《金瓶梅》究竟是怎麼一回事。它真的算是一部淫書嗎？它的創作初衷是什麼？它的作者是誰？它描寫的究竟是哪個朝代的故事？那個流傳了很久的關於《金瓶梅》的傳說靠譜嗎？這個傳說能傳遞給我們哪些有用訊息？本講將回答這些問題。

❖導讀

在中國歷史上，明朝是一個存在時間相當長的封建王朝。從朱元璋當開國皇帝起，到李自成農民起義軍打進北京，崇禎皇帝跑到紫禁城後面的景山，在樹上吊死為止。後來在南京還有一個南明的政權，當然最後南明也被清朝滅了。明朝後期有個嘉靖皇帝，一開頭處理政務還比較積極有為，後來他重用了一對父子，父親叫嚴嵩，兒子叫嚴世蕃，這兩個人逐漸把持了朝政，鬧得民怨沸騰，民不聊生，眾多官員也都憤憤不平。到了嘉靖皇帝晚年，經過許多官員的一再舉報，他也終於發現嚴嵩、嚴世蕃父子不像話，後來他就懲治了這一對奸臣父子。

在這之前，官場上就有不少人用各種辦法來對抗嚴嵩、嚴世蕃父子。嚴嵩後來年紀大了，權力基本上就落在了兒子嚴世蕃的手裡。嚴世蕃在京城住著一個很大的豪宅，外人是很難進入這個豪宅的，更不要說見到嚴世蕃了，看門的把守得非常嚴實。有一天有一個人提了一個包袱來求見嚴世蕃，被看門的擋住了。這個人說：「我獻寶來了。」然後他就把包袱打開，原來他獻的是一部書。

古時候的書很多都是線裝書，線裝書用宣紙做成書頁，一張是一對摺，正反面都有字，構成了一頁，相當於現在的兩個頁碼。很多這樣的紙張裝訂在一起加上封皮，就構成了一冊。一部篇幅很長的書，一冊是裝不下的，就得做成很多冊，因此每五、六冊就會再用一個活動的匣子把它們裝起來。這個人就帶來一部手寫的書，他說這是寶貝，要獻給嚴世蕃。看門的當然不以為然了，覺得這算什麼寶貝。那時候要進這種大官僚的府第，得先賄賂這些看門的人，而且看門的不僅有小跟班，還有小頭目。這個人就用銀子開路，對他們說：「我也知道，我見不著嚴大人，我的地位太卑微了。但是，我現在有個寶貝，你們拿進去獻給他，相信他會喜歡。他喜歡的話，你們不是有好處嗎？會賞賜你們的。」這些人一看包袱裡也就是一部書，覺得行，收了他的銀子後，並沒放他進去，但是最後還是把這部書呈上去了。

嚴世蕃作惡多端，但他是喜歡閱讀的人。這部書呈上去很多天了他都沒在意，有一天退朝以後，他又聽到府裡的管事跟他說：「這部書保證您喜歡，在勞累之餘翻一翻，就能夠解悶，就能夠開顏，不妨試一試。」嚴世蕃就開始翻這部書。

嚴世蕃讀書有個很壞的習慣，他老愛用右手食指蘸著唾沫翻篇。我知道今天還有一些讀書人，也有這個不良習慣。這個習慣既不雅觀，更不衛生，據說那時候嚴世蕃一貫這麼看書。這部書一開頭的故事就很精彩，嚴世蕃就繼續往下看，看著看著就出現了他喜歡的色情文字，他就很高興。他不斷地用手指頭蘸著唾沫翻篇，翻過去再翻回來，一方面瀏覽故事，一方面尋找色情描寫，又找到不少，他就覺得這部書果然是個寶貝。

嚴世蕃喜歡的這部書就是《金瓶梅》，一共一百回。他從第一回開始看，每天拿手指頭蘸著唾沫翻篇，不光是一律地往後翻，有時候他也往前翻，再往後翻，這樣他終於把這部書翻完了，有些段落他還一再地翻出來重看。這部書讀完以後，據說嚴世蕃就中毒而亡了。傳說這部書每一頁的宣紙都先用毒藥浸泡過，然後晾乾，再書寫文字，最後把它裝在一起，呈獻給了嚴世蕃。雖然每一頁的毒素可能不是那麼強烈，但是你來回地拿手指頭蘸著唾沫翻篇，次數多了，毒量積累到一定程度，就從慢性中毒變成最後的毒性發作，人就死掉了。

這個傳說，你現在一聽，會覺得荒誕不經，但它在明朝末年就廣泛流傳，從官場流傳到民間，說得頭頭是道。據說這件事是一個叫王世貞的人做的，他也是明朝一位官吏，他的父親被嚴嵩、嚴世蕃父子陷害而死，所以他恨嚴嵩、嚴世蕃。他知道嚴世蕃好讀色情文字，也知道嚴世蕃有讀書用手指頭蘸著唾沫翻篇的習慣，所以他就投其所好，炮製了一部《金瓶梅》，讓人呈獻給嚴世蕃。後來嚴世蕃被毒死，他大仇已報，當然是拍手稱快。

從明朝開始流傳的這個傳說，到了清代康熙朝的時候不但繼續流傳，還被一個叫宋起鳳的文人記載在他的著作裡面。我所講的這些，根據就是宋起鳳公開發行的著作。有了宋起鳳的著作，這個民間傳說就被更廣泛地推廣開了，現在說到《金瓶梅》，好多人都愛提起這段傳說。

《金瓶梅》的作者，署名是蘭陵笑笑生，蘭陵顯然是一個地名，笑笑生是作者的化名。

後來就有人根據上面這個傳說，認定這部書的作者是王世貞。你不能說它完全沒有道理，因為最早刊行的《金瓶梅詞話》，應該是在嘉靖朝之後出現的。嘉靖朝之後有一個短暫在位的隆慶皇帝，他只當政六年，然後就是萬曆皇帝，嘉靖皇帝當政有四十五年，萬曆皇帝當政有四十八年，他們是明朝兩個當皇帝當得最久的人。《金瓶梅詞話》這部書最早就出現在嘉靖朝之後，有人說在隆慶朝就有了，但是多數的人經過研究，認為這部書還是在萬曆朝才正式面世。在《金瓶梅詞話》最早的版本前面，有一些附屬文字，例如序言，裡面有這樣的句子：「天有春夏秋冬，人有悲歡離合。」作序的人也用了一個筆名，叫欣欣子。我們知道一本書可以有序，還可以有跋，序是放在前頭的，跋是放在最後的。最早的《金瓶梅詞話》，書後的跋很短，有署名，叫做廿公，跋裡面說：「《金瓶梅傳》為世廟時一巨公寓言。蓋有所刺也。」跋裡面的「世廟」指嘉靖皇帝，「巨公」就是地位很高的官員，就說書的作者是嘉靖朝的一個巨公，他寫這部書是有用意的，是「有所刺」的。因為《金瓶梅詞話》跋裡有這樣的句子，所以就越發令有些人覺得王世貞很可能就是這部書的原作者，蘭陵笑笑生是他的化名。而且你翻一翻歷史資料，會發現王世貞的文筆是很不錯的，他傳下的一些文章、詩，都比一般人高明。

當然，根據一個傳說來認定一本書的作者，是不靠譜的，但是這個傳說對我們還是具有參考價值的。**第一，它告訴我們，《金瓶梅》這部書裡面確實有色情文字。**不管設計毒死嚴世蕃的這個人是不是王世貞，透過這個傳說我們可以知道，明朝從皇帝到民間，整個社會都很喜好色情，色情已經公開化了。嚴世蕃好色情文字，有人投其所好，寫了這部書獻給他，這樣的傳說才有了某種合理性。這就告訴我們，《金瓶梅》這部書確實跟別的書不太一樣，除了講故事、描寫社會生活以外，還寫到男歡女愛，它有些文字是色情的。所以，這部書一直以來爭議很大，我們總聽說這是一部淫書、黃書、糟糕的書，這都並不是完全冤枉了它。

我一再跟讀者推廣《紅樓夢》，向青少年推廣，甚至還向兒童推廣，寫了一部《劉心武爺爺講〈紅樓夢〉》，還錄了相關的音頻。因為《紅樓夢》是可以推薦給大家去閱讀的，而《金瓶梅》因為它確實有色情文字，所以兒少不宜，甚至可以說是青年不宜，一些心理上、素養上有欠缺的成年人，如果只熱衷於其中的色情文字，那麼讀它的話確實也有副作用。這是我們要坦率承認的，也是我要坦誠告訴大家的。

第二，**《金瓶梅》絕不是一部從頭到尾都是色情文字的色情著作。**《金瓶梅》全書一百回，每回大約一萬字，真正可以確定為色情文字的字數，全書充其量不過一萬字，也就是說，色情文字的比例大約是百分之一。除去這些色情文字，它的故事，它描繪的人物，它講述的社會生活場景，文學性很強，具有很高的認識價值。剛才那個傳說也反映了這一點，嚴世蕃也發現，書裡面不完全是色情文字，他拿手指蘸口水把書頁翻來翻去，才能看到那些讓他著迷的色情文字。其他的篇幅他也看，因為嚴世蕃確實還是一個能夠讀故事書的人，而且《金瓶梅》的故事很生動，細節很真實，文采很好，足夠吸引人。所以，就嚴世蕃而言，他所看到的也不全是色情文字。這個傳說也說明，此書雖然有色情文字，但是它大部分篇幅不是色情的。

第三，**傳說也傳遞給我們一個訊息，著書人有他的著書目的。**像剛才我引用最早出現的《金瓶梅詞話》，後面廿公的跋就說「蓋有所刺也」。作者寫這些人物，特別寫官場，寫一些官商勾結的故事，寫人性，它是有目的的。當然傳說當中把這個目的濃縮為用這部書去毒死嚴世蕃，就比較搞笑。儘管如此，廣大讀者認為這部書是在抨擊官場黑暗，抨擊奸臣，抨擊貪腐的社會，在這點上還是有共識的。所以，我們不能夠簡單地認為，這是一本黃書、淫書，不能看。我們只要把它梳理清楚，哪些是色情文字，哪些是非常好的文學描寫，這樣來看待這部書，就比較能夠接近真相了。

根據史書的正式記載，嚴世蕃並不是被這部書毒死的，而是被皇帝懲治了。嘉靖皇帝被嚴嵩、嚴世蕃父子矇蔽多年，寵幸他們多年，最後發現他們做的壞事，就把他們都治罪了。傳說雖說不可信，但傳說有參考價值。

第二講 情色與色情的糾纏

《金瓶梅》的性愛描寫

❖導讀

上一講我們透過分析一個在明朝晚期流行，在清代康熙朝被一位叫宋起鳳的文人用文字記錄下來，並流傳到今天的傳說，知道《金瓶梅》這部書：第一，它裡面確實有一些色情文字；第二，它的篇幅浩蕩，有一百回之多，而真正屬於色情文字的字數不超過百分之一，絕大部分篇幅都是非常好的文學描寫；第三，我們引入了一個相關的概念，除了色情描寫以外，文學作品當中往往還會有情色描寫。本講我將會告訴大家情色描寫和色情描寫的區別。

我們都知道，文學作品是寫社會生活的，寫人的生存，寫人的喜怒哀樂、悲歡離合。人要有精神層面，這毋庸置疑。但是，人確實有七情六慾，人與人之間，特別是男女之間，會有情愛。人類的活動之一，就是相愛者之間的肢體接觸，進一步就會有性行為。文學作品不能僅僅表現性這個東西，但文學作品不可避免地會涉及社會生活當中、人類生存當中的這個部分，會有一些相關的描寫。經過人類文學發展和文學理論研究的一步步推進，到二十世紀後半葉，在文學界、文學理論界大體上形成了一個共識，認為文學作品裡面涉及性愛的描寫有兩種文字：一種是情色描寫，一種是色情描寫。那麼它們之間的區別在哪裡呢？

其中一個最明顯、最重要的區別就是情色描寫，它寫兩情相悅，不會直接寫到生殖器官，會比較含蓄，**甚至會用一些很優美的敘述詞語來加以表現；它喚起的不是人的動物本能，而是人作為人在愛情和兩情相悅當中的那種愉悅。**

這種美感可以舉一些具體的例子來說明。在明代，不僅小說創作很繁榮，戲劇創作也很繁榮，出現了很多大戲劇家和影響深遠的戲曲劇本。例如明代偉大的戲劇家湯顯祖，他生活的歷史時期，放在人類文學發展的經緯線上來衡量的話，接近英國的莎士比亞年代。我到英國遊覽時還特地去了莎士比亞故居。在莎士比亞故居的庭院裡，現在陳列著兩個人的雕像，一個是英國偉大的戲劇家莎士比亞，另一個就是中國偉大的戲劇家湯顯祖。雕塑是他們兩個人超越時空，聚在一起，面對面交流的一個情景。

湯顯祖主要的四部戲劇作品叫做「臨川四夢」。其中最重要、最出色、傳播最廣的一個劇本就是《牡丹亭》。臺灣的文學家白先勇把古本的、傳統演出的《牡丹亭》重新適當編排，形成了一個青春版的《牡丹亭》。青春版的《牡丹亭》首先在臺灣贏得了廣大青年及一些成年人的喜愛。後來，他又把青春版的《牡丹亭》推廣到中國，在北京等城市進行演出，也大受歡迎。

《牡丹亭》講述的是一個愛情故事。一個官宦的女兒叫杜麗娘，她進入了青春期，身心發育成熟開始思春，這是一種很正常的生理狀態。她到一座荒廢的花園裡面遊覽，回來就做了夢——她在花園裡面見到一位叫柳夢梅的公子，和他一見鍾情，兩情相悅。最後，他們發展到肢體親熱，在牡丹亭邊做愛了。

《牡丹亭》的劇本中這一段是怎麼寫的？當時那種戲劇劇本是有唱詞的，唱詞是：「這一霎天留人便，草藉花眠……見了你緊相偎，慢廝連，恨不得肉兒般團成片也……」這就很直露地寫出了他們兩個是緊緊擁抱在做愛。可是詞句很優美，加上在舞臺上演出的時候，演員的表演既含蓄，又非常生動，就形成了這齣戲當中一個流傳久遠、令人難忘的片段。

像《牡丹亭》這種對男歡女愛的描寫和表現，就屬於情色文字、情色表現。如果超越這個表現程度，**文字上直接寫到生殖器官，就屬於色情文字**。《金瓶梅》裡面寫男歡女愛，其實在很多情況下，並不是直接寫到生殖器官，並不是進行具體、詳細的描寫，而是和《牡丹亭》寫杜麗娘和柳夢梅一樣含蓄，當然它也並非含蓄到讓你不明白的地步，它傳遞的訊息還是告訴你他們在做愛。所以，《金瓶梅》裡面有很多文字被誤認為是色情文字，其實它是情色文字。當然，《金瓶梅》裡面也有色情文字，書中有不少段落在寫男女做愛時寫到了生殖器官，而且有時候寫得還挺詳細。**情色文字和色情文字的一個根本性的界限就是，是否直接寫到了生殖器官**。

人成年以後，應該知曉自己生殖器官的全部情況，具備生殖系統的有關知識。成年人在兩情相悅的情況下，在私密空間裡，有肢體的親熱，有做愛的行為，在現在這樣一個文明社會當中，都應該被視為正常、可以理解、可以接納的。如果你要認真說，雖然現在劃定了情色文字和色情文字之間的界限，但是究竟更具體的界限在哪裡？我可以很坦率地告訴你，這是無法像數學、物理那樣，非常精確來界定的。

人類對於文學藝術當中的這種描寫和表現，認知和接納的態度也是不斷變化、推進的。在外國就有這樣的例子。例如二十世紀英國作家勞倫斯的著名小說《查泰萊夫人的情人》，這部小說書寫的是第一次世界大戰時，一位英國貴婦的故事。她的丈夫在戰場上受傷，喪失了性能力。丈夫從戰場上回來以後，貴婦精心地照顧丈夫，但是她內心苦悶。後來她在家裡的園林中偶遇了一個園丁，他是一個勞動人民，一個粗獷的漢子。接下來她就和這個園丁產生了愛情，發生了關係。

勞倫斯在描寫時就不僅有情色文字，還有色情文字，他寫到了生殖器官。這部書在英國引起了很大的爭議，一度遭到教會、行政機構、社會團體禁止，因為他們覺得這是一部不健康、很糟糕的書。

但是，隨著時間的推移，人們逐步認識到這部書是有價值的。書中寫了一個貴族婦女不甘心守活寡，她和一個原來是礦工，現在是園丁的勞動人民，產生了愛情，而且超越了他們的階級地位，互相以感情為紐帶，發生了關係。從這個層面而言，這部書還是有一定的社會意義，而且全書是同情勞動人民的。所以，逐漸地，各方開始對它解禁。現在《查泰萊夫人的情人》在英國被認為是一本很正常的書，而且它也被翻譯成了中文，介紹到了中國。這就說明，對於文學作品中表現的性愛，並非要一概地加以排斥和否定。表現得好，一開始不被人所接受，最後還是會被多數人所接納。

再舉個例子，二十世紀還有一個俄裔美籍作家納博科夫，他寫了部很有名的小說《蘿莉塔》。小說描寫一個老頭和一個未成年的少女之間發生的不倫之戀。這部書出版以後，一開始在美國也被列為禁書。這部書引起的爭議比《查泰萊夫人的情人》更多，因為書裡寫的是一個老頭和一個未成年少女之間的性愛，無論如何都不太合適。可是由於作者的文筆非常優美，後來就有越來越多的評論家給予這部書很高的評價，還把它拍成電影，這部電影的名字在港臺翻譯作《一樹梨花壓海棠》，聽起來還挺優美。

到目前為止，我個人對這部書還不完全認同。我覺得雖然男女之間只要互相自願，產生愛情，進而做愛，而且他們是在私密空間做愛，不影響他人和社會，就是合理的，可是書裡面的蘿莉塔畢竟是一個未成年少女，所以，對這部書至今我仍保留一定的看法，認為不宜把它當作一部世界名著向一般的讀者推廣。當然，這只是我個人的態度，實際上在中國，很多人接納了這樣的著作，接納了這樣的描寫。

我覺得在文學藝術裡面，表現人的情慾、性愛是可以的，不是每一部文學作品都一定要去表現這些，而且大多數作品的重點絕不在於表現這些，有一部分作品表現了也無妨。但是，應該畫一條界線，直接寫到生殖器，就屬於色情了。色情文字或色情影視、色情畫面是不妥的。像《牡丹亭》表現的性愛就屬於情色表現。情色表現很優美，它喚起的不是人的感官刺激，而是對一個健康人、正常人的情緒的一種正當表達，對正當情愛的一種優美表現、肯定和歌頌。這個要加以區分。

當然話說起來容易，具體到寫作和閱讀一些作品，就不是那麼容易把握了。可是這個問題又不能迴避，特別是我講《金瓶梅》時不能迴避。我上一講說了，《金瓶梅》有一百回，真正算得上色情文字的充其量也就萬把字。其實這還是比較嚴格、苛刻的算法。這萬把字裡面，包括有的地方並沒有真正寫到生殖器官，還不能算作純粹的色情文字。為了照顧到多數人的閱讀心理，把它算得寬一點，說是萬把字。要更嚴格地區分的話，它寫到生殖器官，屬於色情文字的也就三、四千字。而且每個人對這樣一種文學藝術現象，對文字描寫的把握尺度也是不一樣。我知道一位有名的研究《金瓶梅》的專家、大學教授、博士生導師，他對《金瓶梅》，包括裡面寫到生殖器官的一些色情文字也予以肯定。他認為色情跟色情還有區別。有的文字很拙劣，有的文字算做優美，可以作為一個審美對象來閱讀。他的看法也可以參考。

總之，在下面的講述中，我不會引用書中直接寫到生殖器官的色情文字，哪怕有的專家認為它是好的，我也不會引導大家特別在這方面做更多的了解。二〇一二年由灕江出版社出版的《劉心武評點〈金瓶梅〉》，這是一個刪節本，其中刪掉了全部色情文字，也連帶刪掉了一部分可能被認為是色情的情色文字。我在網路上看到有的讀者表示憤慨說：「為什麼刪？許你看不許我看，是不是這個意思？」

二十世紀魯迅先生的雜文集《而已集》裡面有一篇文章叫做《小雜感》，其中有這麼一段話：「一見短袖子，立刻想到白臂膊，立刻想到全裸體，立刻想到生殖器，立刻想到性交，立刻想到雜交，立刻想到私生子。中國人的想像惟在這一層能如此躍進。」當然最後一句話，我覺得有點過，不是所有中國人都是這個樣子。

我們每個人面對情愛，生活當中的這種事情，以及文字閱讀當中所見到的東西，要能自我控制、自我駕馭。不能聽說這部書裡有色情文字，就專門要看色情文字，如果把色情文字都刪了，就不答應。如果你是一個心性成熟的成年人，你去讀沒有刪節的《金瓶梅》，我當然不會反對。但如果你是一個心性不夠成熟的人，哪怕你是成年人，專好那一味，不就成了嚴世蕃嗎？最早的《金瓶梅詞話》前面有序，除了欣欣子的序以外，還有一個署名叫做東吳弄珠客的序，他說：「讀《金瓶梅》而生憐憫心者，菩薩也；生畏懼心者，君子也；生歡喜心者，小人也；生效法心者，乃禽獸耳。」他就告訴你，讀《金瓶梅》，你不能錯鑽到色情描寫中去。

中國電影沒有分級，文字印刷品也沒有分級，出版物一旦出版就是面對全社會，影響廣泛又深遠。《金瓶梅》是一部既有色情描寫，又有大量的非色情描寫的古典白話長篇小說，其中大部分內容是非常具有文學價值的。所以，我個人認為，我們了解《金瓶梅》，主要還是該從色情文字和情色文字以外、很浩蕩的一些篇幅中去認識它的價值，了解它的內容。

第三講　借來的主角
《金瓶梅》的「借樹開花」

❖導讀

透過上一講，我們清楚了《金瓶梅》是一部產生在明朝的白話長篇小說，其中確實有情色文字和色情文字，但色情文字比例並不大，如果除去這一小部分色情文字，其他篇幅中故事是非常生動的，人物形象非常鮮明，對於讀者來說，有著很高的認識價值和審美價值。所以，應該把《金瓶梅》當中那些好的部分，也就是絕大部分文字所表達的故事、人物和情節介紹給你。前面我提到了，這部書是「借樹開花」，本講我將告訴你它是如何「借樹開花」的。

《金瓶梅》這部書究竟講的是個什麼故事呢？我告訴你，《金瓶梅》開篇就講武松打虎。講的是宋朝的時候有一個勇士叫武松，在家裡排行第二，又叫武二，他人高馬大，非常強壯，非常陽剛，武藝非常好。他從一個縣到另外一個縣去，路過一座山岡，叫景陽岡。上山之前，他在小酒館喝酒，有人告訴他，山上有老虎，老虎已經吃了不少人，他應該白天跟別人結伴過山，他現在喝了很多酒，「三碗不過岡」，不適宜翻過山去。可是武松是一條勇猛的漢子，不在乎這些勸誡，執意要上山，要越過景陽岡果然就遇見了老虎，只見一隻白額吊睛斑斕大猛虎從樹叢裡面跳了出來。武松拿起隨身帶的哨棒（一根比較長，稍微粗一點，而且木質又很堅實的木棒）打老虎，可沒打幾下哨棒就被老虎的硬身子給震折了。武松只能徒手跟老虎搏鬥，他一手按住老虎的頭，用拳頭不斷地擂老虎的頭，最後居然把老虎打死了。

可能有的讀者會有疑惑，我應該跟你講《金瓶梅》，可現在怎麼講的是《水滸傳》裡武松打虎的情節？《水滸傳》第二十二回到第三十一回，有十回寫的都是武松的故事，頭幾回也是從武松打虎寫起。《金瓶梅》這部書第一回講的也是武松打虎。下面的情節你應該都比較熟悉了，因為《水滸傳》裡都有，你即使沒看過《水滸傳》這部書，也看過連環畫，看過電視連續劇，從中知道武松的故事。武松打死了老虎，翻過景陽岡，在那邊的縣城引起轟動，人們把他稱為打虎英雄。縣令也很高興，因為這隻老虎吃人，民怨沸騰，縣裡也發了很多布告，希望有人能去殺虎，但都沒成功。現在外地來了這麼一個勇士，把這隻吃人的老虎給打死了。所以縣裡就給了武松獎賞，而且把他留下來，給他一個職務，在縣衙裡面當差，給他一些工錢，就等於把武松雇為縣衙的一個公務員。

一天，武松在大街上和他的哥哥武植，也就是武大郎不期而遇。武松是一個威風凜凜的強壯漢子，充滿陽剛之氣的大帥哥。他的哥哥跟他是同母所生，可是武大郎卻矮小醜陋，叫做「三寸丁谷樹皮」，「三寸丁」形容他作為一個男子，特別矮小，「谷樹皮」形容他的皮膚非常粗糙。

兄弟見面很親熱，武大郎就邀請武松到家裡去住。武松被縣令雇了以後，本來住在公家宿舍，見到親哥哥了，就搬到哥哥武大郎家去了。武大郎的妻子，就是武松的嫂子，年輕又漂亮，這個嫂子就是潘金蓮。武大郎靠賣炊餅謀生，每天一大早就做出很多炊餅，然後挑著擔子到街上叫賣，賣完了才回家，一去就是大半天。潘金蓮，一個年輕美貌的女子，卻嫁給了矮小醜陋的武大郎，而她的小叔武松陽剛、英勇，就住在她家中，潘金蓮就愛上了武松。

在《水滸傳》裡面也好，在《金瓶梅》裡面也好，讀到這兒的時候，讀者應該對潘金蓮還是理解的，「自古嫦娥愛少年」嘛！但是她後來春心發動，忍不住在武大郎不在家的時候去撩撥挑逗武松。武松不好色，不僅對潘金蓮沒興趣，對所有的女性都沒有興趣，而且武松覺得潘金蓮作為嫂子，不應該輕薄他，這不成體統，於是他就離開了哥哥武大郎的家。

下面的情節你能猜出來，武松離開武大郎的家以後，潘金蓮就格外失落，格外寂寞，格外苦悶。有一天武大郎出去賣炊餅了，潘金蓮就用叉竿把他們家的帘子放下來，可是沒拿穩，叉竿打中了一個人的頭，這個人就是西門慶，清河縣的一個有錢人。

當時西門慶開生藥鋪，住在一座大宅院，他有正妻還有小老婆，可他好色，見了美麗的女子就想占有。潘金蓮和西門慶一對眼就擦出火花，兩個人一見鍾情。旁邊有個茶館，茶館的老闆娘是寡婦王婆，她專門做拉縴的事。她設下計策，讓潘金蓮和西門慶在她家勾搭上了。有一天，兩個人在王婆家裡通姦，有人就把這個消息報告給武大郎。武大郎雖然矮小醜陋，但他畢竟是一個男子漢，氣不忿兒，就跑過去捉姦，沒想到西門慶往外逃跑的時候，一腳踹在武大郎的心窩上，武大郎就吐血了。

武大郎是一個善良而懦弱的人，吐了血，身體很虛弱，躺在家裡的床上跟潘金蓮說：「你只要找藥把我治好了，怎麼著都行。」沒想到王婆教唆潘金蓮，藉著灌藥的機會下毒，把武大郎給毒死了。無論是《水滸傳》，還是《金瓶梅》，都有這樣一個細節：潘金蓮非常狠毒，武大郎被灌毒以後沒有馬上死，還在垂死掙扎，她就拿被子把武大郎捂起來，看武大郎還在被子底下動彈，就跳上床騎在被子上頭，把被子角捂死，武大郎繼中毒後又窒息，一命嗚呼了。

你別著急說這還是《水滸傳》，有沒有新鮮的？有的。我講的是《金瓶梅》，不是《水滸傳》，《金瓶梅》的開頭，情節也是這樣走的。武松被縣衙安排出差去，他回來發現哥哥不明不白地死掉，就做了一些調查，最後查出來，他哥哥的死跟三個人有關係：一個是他嫂子潘金蓮，一個是跟他嫂子通姦的西門慶，還有一個是在兩個男女之間穿針引線的王婆。

再往下面，我先說《水滸傳》怎麼寫的。《水滸傳》寫武松要給他哥哥報仇，先把王婆和潘金蓮給殺了，割下人頭來祭他的哥哥，然後再去找西門慶算帳。聽說西門慶正在縣裡面的獅子街大酒樓，武松就衝到二樓，果然看見西門慶在那跟狐朋狗友尋歡作樂。西門慶也是一個高大強壯的男子，稍微會一點拳腳，兩人就對打起來。武松在景陽岡連老虎都打死了，當然最後西門慶就被武松給打敗了。武松把他提起來，從酒館二樓的窗戶扔出去，西門慶被扔到街上摔死。這是《水滸傳》的情節。

可是《金瓶梅》寫武松出差回來後，就跟《水滸傳》有區別了，故事敘述就和《水滸傳》分道揚鑣。《金瓶梅》是這麼繼續往下說的：武松回來以後，他當然要找王婆和他嫂子潘金蓮算帳，這兩個女的好對付，不著急動手，他先去找西門慶算帳——這在邏輯上是說得通，男子漢報仇雪恨，先找罪惡最大、最難對付的人，把他幹掉，其他的就好辦了。

所以《金瓶梅》寫的就是，武松沒有馬上去找潘金蓮和王婆，他先去找西門慶，也是衝上獅子街大酒樓的二樓。下面就是《金瓶梅》獨特的敘述文本了，它說西門慶在酒樓上正跟一個衙門裡的李皂隸（衙門裡地位比較低的差役）喝酒取樂。當時西門慶在社會上鬼混，也沒有一下子跟地位很高的人結交，就和衙門裡這些爪牙混在一起。恰好在武松衝上樓之前，西門慶出去方便了，武松衝上樓一看西門慶不在，可他上樓之前聽說西門慶跟李皂隸在一起，就衝過去揪著李皂隸的領子問西門慶在哪，李皂隸嚇得說不出話來。武松是個暴性子，遷怒於李皂隸，把他從樓上的窗戶扔到大街上，李皂隸當場就摔死了。

西門慶聽見前面動靜不對，就從酒樓的後窗戶往下跳，跳到一個院子裡面，還驚動了當時在廁所裡蹲著方便的一個大胖丫頭。然後院子主人就迎上了他。因為西門慶在清河縣裡算個財主，所以很多人還是很巴結他。院子的主人跟西門慶說：「你別慌，我去給你打聽前面怎麼樣了。」後來傳來消息，武松趁著怒氣把一個跟他哥哥死亡無關的人，就是李皂隸給摔死了。看自己把李皂隸摔死了，武松稍微冷靜一下，覺得他報仇不應該拿不相干的人來出氣，就去縣衙自首了。

《金瓶梅》的寫法，就是在獅子街大酒樓這場打鬥當中，西門慶倖存了，死的是另外一個人。武松打死了李皂隸，當然就是犯罪。後來縣裡面也給他治罪了，將他發配，武松就離開清河縣。這樣，西門慶沒死，王婆和潘金蓮也沒死，《金瓶梅》的故事就從這裡往下寫，這種寫法就叫做「借樹開花」。因為在《金瓶梅》出現之前，《水滸傳》已經非常流行，《水滸傳》是寫梁山泊英雄聚義的故事，《金瓶梅》就借《水滸傳》這棵「樹」，從《水滸傳》第二十二回、二十三回、二十四回這幾回當中，把這個枝杈作為砧木，然後嫁接上自己的樹枝，形成一棵新樹。《金瓶梅》借了《水滸傳》武松這段故事，開出了奇特的花朵，結出了奇特的果實，形成了一百回的《金瓶梅》這棵大樹。

《金瓶梅》頭幾回和《水滸傳》幾乎是一樣的，這是一個很有趣的文本現象，也說明當時的著書人很聰明。雖然當時小說創作很發達，但是寫小說在那時候不是什麼光彩的事，人們寫了小說以後，一般都不願意用真名，都是化名，《金瓶梅》的作者蘭陵笑笑生也是一個化名。笑笑生寫這部書的時候，很多人也在寫小說，怎麼使自己的小說擁有更廣大的讀者群，有什麼特殊的辦法呢？

笑笑生的辦法就是「借樹開花」。你不是對《水滸傳》挺熟悉的嗎？你沒看過《水滸傳》的書，難道沒看過關於《水滸傳》的戲曲演出嗎？沒在茶館、酒館聽過說書人講武松打虎、潘金蓮和西門慶偷情的故事嗎？沒聽過武大郎的悲慘遭遇嗎？都知道。那麼好，我就從這裡講起。而且假如講西門慶沒被打死，王婆和潘金蓮也沒有一下子死掉，你會大吃一驚，下面就展開了以西門慶為中心的市井生活的詳細描繪。所以《金瓶梅》的文本非常有趣，它「借樹開花」，借《水滸傳》武松打虎開始這段武松、潘金蓮和西門慶的故事，往下演繹。

在此我要提醒你，不要以為《金瓶梅》的作者是照抄《水滸傳》。即便是前面這些你覺得跟《水滸傳》非常相似的情節，《金瓶梅》的作者在寫的時候，也是有變化的。《水滸傳》裡面，武松的行動軌跡是從清河縣到陽穀縣去，可是在《金瓶梅》裡面，笑笑生故意寫成了武松是從陽穀縣翻過景陽岡，到清河縣去。這種細微的敘述差別，對有的人來說有一定的吸引力，讀者會說你寫錯了吧，你怎麼這麼寫，《水滸傳》不是這樣的。實際上這是在提醒讀者，這是《金瓶梅》，不是《水滸傳》，和《水滸傳》還是有區別的。

還有非常重要的一筆，《金瓶梅》是超越《水滸傳》的。在《水滸傳》裡面，武大郎娶了潘金蓮，武大郎沒有生育，是沒有子女的。可是在《金瓶梅》的故事敘述當中，它就明明白白告訴你，武大郎原來是有妻子的，他的前妻死了，他和前妻生下了一個女兒，這個女兒在《金瓶梅》故事開始的時候已經是一個女童了，叫做迎兒，有的版本裡面寫作蠅兒，讓人一看這個字眼就鼻子發酸，這是一個非常卑微的，像蒼蠅一樣，被一些人厭棄、忽略、侮辱的小生命。《金瓶梅》的作者創造出了一個新的角色，就是迎兒，是武大郎和前妻的女兒。

這筆很要緊，這就說明武大郎雖然相貌醜陋，身材矮小，但他是有性能力和生育能力的。因為過去讀《水滸傳》，不少讀者對潘金蓮非常同情，認為潘金蓮嫁了一個丈夫武大郎，身材矮小、相貌醜陋不說，可能根本就沒有性能力，潘金蓮多悲苦。當然，一個美麗的女子嫁給一個矮小醜陋的男子，是一個悲劇。但是，《金瓶梅》加上這一筆，告訴你武大郎是有性能力和生育能力的，就使得人們的同情心不至於完全朝潘金蓮傾斜。

而且潘金蓮和迎兒之間也是有戲的，這是《水滸傳》裡面沒有的一筆，它寫潘金蓮把丈夫武大郎害死以後，迎兒還活著，潘金蓮不能把迎兒也幹掉。當然，她很厭棄迎兒，因為迎兒是一個累贅。有一天潘金蓮讓迎兒蒸餃子，蒸完以後讓迎兒端過來，她一數少一個，就問迎兒是不是吃了一個餃子。迎兒是這個家庭的正式成員，在潘金蓮走進這個家庭之前，她就存在，就算迎兒吃了一個蒸餃又怎麼了？這說明潘金蓮的性格當中存在非常邪惡的一面。潘金蓮追究，迎兒不承認，她就打迎兒，掐迎兒的臉。

不要以為《金瓶梅》裡面都是情色描寫和色情描寫。你找一本原著翻開，閱讀時就朝那些去，我也阻止不了你。如果你是一個心性正常、心理很健康的人，你把這些文字一塊讀下來也無妨，但是如果你心存誤會，以為《金瓶梅》裡面沒有其他內容，沒有值得回味的好內容，那你就錯了。它寫出了人間的慘象，寫了潘金蓮的人性，寫了她對迎兒的迫害！迎兒作為一個被侮辱、被損害的小生命呈現在讀者面前，那是當時社會當中，人與人之間的關係當中最黑暗的一種關係——人壓迫人，人欺凌人，作者如實地寫出來了。這些描寫對我們認識那個社會是有參考價值的。

第四講　流傳與演變《金瓶梅》的版本區別

❖ 導讀

透過上一講我們知道，在《金瓶梅》出現之前，《水滸傳》已經相當流行，《金瓶梅》的作者「借樹開花」，借大家熟悉的《水滸傳》這棵「樹」當中武松的故事去生出新枝椏，開出奇特的花朵，結出奇特的果實，而且它是超越《水滸傳》的。本講我將告訴你，《金瓶梅》在流傳當中有哪些不同的版本，不同版本之間有什麼區別。

有的讀者對《金瓶梅》的版本問題可能不是很感興趣，認為自己不是《金瓶梅》方面的研究者，沒必要去了解。但我覺得大家還是有必要了解一下，因為一開頭我就說了，作為中國人，《紅樓夢》不可不讀，《金瓶梅》不可不知。對《金瓶梅》的認知，也包括了解它在流傳過程中有哪些不同的版本，這也是一種常識，知道對你是有好處的。

最早的《金瓶梅》版本叫做《金瓶梅詞話》，因為它裡面有大量的唱詞。它一邊往下講故事，一邊穿插很多的唱詞，因為明朝的一般老百姓喜歡在茶館、酒館裡聽人說書，說書人在說書的時候，不能光是在那兒講故事，有時候剛上場人沒來齊，他得暖場，就會講幾個小段子，當中唱上一段，等人聚集多了，再正式開講相關的故事，講述當中有時還要穿插一段彈唱。《金瓶梅》的文本作者模擬說書人說書，最早是這麼一個版本。他這麼寫下來，你讀《金瓶梅》的詞話本，彷佛是拿著一個說書人講述演唱的底本，這是一種敘述的方略。這個版本出現得最早，有人說在隆慶朝就有了。但是多數人認為還是在隆慶朝之後，在萬曆朝出現了《金瓶梅詞話》這樣一個詞話本。如果你現在到網路上搜索，可以找到詞話本，它的書名就叫做《金瓶梅詞話》。

這部書後來不斷流傳，不但民間的普通人感興趣，一些文人雅士也感興趣。當時有個有名的文人袁宏道看了一段，覺得不得了，雲霞滿紙，好看、精彩。這時就有了文人的介入。

崇禎時期，有文人雅士把原來萬曆時期的詞話本加以改造、修飾，就形成了一個新的《金瓶梅》版本，就是崇禎時期的《新刻繡像批評金瓶梅》。崇禎本整理者覺得一些唱詞累贅、多餘，刪去了詞話中的許多詞曲。另外，詞話本的回目字數參差不齊，崇禎本將回目整齊劃一，要麼是前後半回各八個字，要麼前後半回各七個字。二者最大的區別在哪呢？崇禎本整理者認為，第一回雖然也有西門慶出現，可沒有體現西門慶是全書的主角，這樣不合適，就把第一回做了改造。所以，詞話本一開頭是從武松打虎寫起，而崇禎本第一回回目的第一句叫做「西門慶熱結十弟兄」，寫清河縣的財主西門慶在當地鬼混，跟另外九個人結拜成兄弟，形成了一個流氓集團，這樣就使得讀者一開始就知道，這本書是寫西門慶的故事。

對詞話本和繡像本之間區別的看法，學術界是有爭議的。究竟第一回怎麼處理比較好？我個人認為還是萬曆時期出現的詞話本比較好，因為詞話本保持著原創的原汁原味，而且它「借樹開花」的做法非常明顯，也非常有趣。當然我也不否定，崇禎時期的繡像本從「西門慶熱結十弟兄」寫起，也是一個能夠提醒讀者注意誰是主角的敘述方略。

到了崇禎時期，繡像本非常流行。什麼叫「繡像」？古代小說附有木刻的插圖，畫工把畫細緻地勾描出來，像繡花一樣，然後再刻在木頭上，印刷出來就叫做繡像。崇禎本每一回都有兩幅繡像，每個回目有上下兩句，上半回一個繡像，下半回一個繡像，一共二百幅，一直流傳到今天。

現在有人印詞話本，也把繡像印上，因為雖然崇禎本對詞話本做了一些改動，但是大體的框架、敘述內容，還是相同的多，所以這些繡像也很貼切。只不過第一回「西門慶熱結十弟兄」的繡像擱在詞話本的第一回有點不合適，因為詞話本的第一回沒有講西門慶跟另外幾個人結拜弟兄的事情。萬曆時期的詞話本《金瓶梅》是沒有批語的。崇禎時期的繡像本《金瓶梅》有批語，它的特點可簡單概況為：第一，它是新刻的；第二，它有繡像；第三，它有批語。所以把它叫做《新刻繡像批評金瓶梅》。

《金瓶梅》在明朝就非常流行了，到了清朝繼續流行。在流行的過程中，因為有色情文字，官方和社會上的某些人士對它一直是否定、禁止的，可是它屢禁不止，還是廣為流傳。清代康熙朝有一個文人叫張竹坡，他在科舉考試當中不得志，屢試不中，就立志要成就一番事業，他就來評點《金瓶梅》。他把自己住的地方叫做皋鶴堂，「皋」就是小山坡、山崗，也可以理解成沼澤地，那個地方會有野禽，會有鶴。中國認為白鶴是一種很優美的水禽，過去古人有「梅妻鶴子」一說，就是過著一種非常高雅的生活，梅花就是他的妻子，美麗的白鶴就是他的兒子。張竹坡就在自己的皋鶴堂坐下來，潛心研究《金瓶梅》。他在崇禎本的基礎之上，重新整理這個本子，加了很多獨特的批語，構成一個皋鶴堂的版本，張竹坡的評點本，即《皋鶴堂批評第一奇書金瓶梅》。

雖然張竹坡的評點本後來影響也很大，有些評點也很有意思，具有參考價值，但是它所依據的底本是崇禎時期的《新刻繡像批評金瓶梅》。所以，籠統而言，《金瓶梅》還是只有兩個版本體系，一個是早期萬曆時期的詞話本，一個是後期崇禎時期的繡像本，張竹坡的評點本和繡像本可以合併在一起，算作是一個版本體系。這兩種版本都流傳到了今天。

有一點要提醒大家，前面所提到的詞話本發現得很晚，直到二十世紀初才被人發現，先是一九三一年冬在山西介休發現了一部，後來又在日本發現了兩部半，這三部半的詞話本雖然都有缺頁，但通過互補，可以形成足本，後來就被排印出來，開始流傳。

我個人認為，詞話本比後來的繡像本和張竹坡的評點本更具有原創性，是原汁原味的《金瓶梅》。我下面講《金瓶梅》，多數情況下是根據詞話本來講，但是有的地方我也會講到詞話本裡沒有，繡像本裡面有的一些內容，它們之間是有些差異的。例如寫西門慶在清河當地鬼混，和另外九個人結拜兄弟，除了他以外，那九人究竟都是誰？這兩個版本裡面的寫法不完全一樣，有的是前者有，後者沒有；有的是後者有，前者沒有；還有的是兩個版本都有。有的具體名字的寫法也有區別，例如書裡面有一個很重要的角色是西門慶的女婿，有的寫陳經濟，有的寫陳敬濟，我在講述當中就採取了陳經濟這樣一個名字。

有的讀者可能會有疑問，說你講了半天，而且連版本都講了，但是我還是有點不明白，你說蘭陵笑笑生從《水滸傳》「借樹開花」講了西門慶的故事，這本書為什麼不叫《西門慶傳》呢？為什麼叫《金瓶梅》呢？書名是什麼意思？這是我必須要給大家解釋的。「金瓶梅」三個字，從字面上的意思來看，是在金色的瓶子裡面插著梅花，這個金瓶可能是鎦金的，也可能是純金製作，裡面插著盛開的梅花，這當然是一個象徵。金意味著財富，梅花意味著女色。過去一些人活在世界上，追逐酒氣財色，要喝美酒，要變得很有氣勢、很有勢力，要有財富，另外還要擁有很多的美色。《金瓶梅》書名的第一種理解就是它有象徵意義，一個金色的花瓶裡面插著美麗的梅花。

但實際上之所以這樣命名，更札實的一個解釋，是蘭陵笑笑生用書中三個主要女性角色的名字，各取一個字構成書名，這個解釋應該更貼切了。前面不是說了有個角色叫潘金蓮嗎？這個角色在《水滸傳》裡面就有，而且《水滸傳》裡對她的描寫也相當生動。在《金瓶梅》這本書裡面，有關她的故事更豐富了，她的人物形象更鮮活，具有更多特色，有更多值得探討的地方。所以，《金瓶梅》的金就是潘金蓮，從她的名字裡面取一個「金」字。

書裡另外一個非常重要的角色叫李瓶兒，這是《水滸傳》裡沒有的角色，如果說潘金蓮還是「借樹開花」生出的一個角色的話，那麼李瓶兒絕對是蘭陵笑笑生原創的藝術形象。李瓶兒的故事也很多，後面我會慢慢講給大家聽，她的形象塑造得非常豐滿。從李瓶兒的名字中取出一個「瓶」字。書裡還有一個非常重要的女性角色，叫做龐春梅。這個角色大家看了會嚇一跳，難得蘭陵笑笑生寫出這麼一個很怪異的女性，在中國古典文學的人物畫廊裡獨樹一幟，個性非常鮮明，是一個會給讀者留下非常深刻印象的角色。從龐春梅的名字裡面取出一個「梅」。這三個女性的名字當中各取一個字，合在一起，就是書名《金瓶梅》。所以，這部書既是寫以西門慶為中心的家族故事，也是寫了眾多女性的一部長篇小說。

第五講 世情小說鼻祖
《金瓶梅》的特殊價值

❖ 導讀

上一講告訴你，最早的《金瓶梅》出現在明朝的萬曆時期，叫做《金瓶梅詞話》。到了明代的崇禎時期，出現了一個新的版本，叫做《新刻繡像批評金瓶梅》。到了清代的乾隆時期，一個叫張竹坡的人在繡像本的基礎上又整理出一個本子，叫做《皋鶴堂批評第一奇書金瓶梅》。籠統而言，《金瓶梅》還是只有兩個版本體系，一個是早期的萬曆詞話本，另一個就是後期的崇禎繡像本，張竹坡的評點本和繡像本可以合併在一起，算作是一個版本體系。《金瓶梅》的文本正式和《水滸傳》分手，敘述方式上產生巨大變化是在它的第六回，第六回的下半回叫做「王婆打酒遇大雨」，這是怎麼回事？請看本講內容。

詞話本和繡像本的最大區別在於，詞話本的開頭除了一些暖場的小故事，是從武松打虎講起的，第二回才出現了西門慶。但是繡像本的整理者認為，西門慶是這部書的第一大主角，他出場不宜太晚，所以就把第一回前面改寫了，全書一開始就寫「西門慶熱結十弟兄」。我引用回目的時候，有時候引的是詞話本，有時候引的是繡像本，還有的時候用的是張竹坡的版本。張竹坡的評點本雖然基本上用的是繡像本，但對文字也做了一些改動，有的還改得很細，例如第一回，繡像本是「西門慶熱結十弟兄」，張竹坡把它改成了「西門慶熱結十兄弟」。因為他最後認定《金瓶梅》這部書的主題是勸善、勸孝、勸悌。什麼叫「悌」？儒家有一種理論，就是晚輩要孝順長輩，兒女要孝順父母，兄弟姐妹之間要互相關懷，其中弟弟服從哥哥叫做悌。所以張竹坡覺得，雖然繡像本第一回讓西門慶出場了，但是這個回目「西門慶熱結十弟兄」，「弟」放在「兄」前面是不妥的，他很細緻地把它改成了「西門慶熱結十兄弟」。張竹坡狂熱地喜歡《金瓶梅》這部書，認為它是第一奇書。在明代有「四大奇書」的說法，四大奇書是《水滸傳》、《三國演義》、《西遊記》、《金瓶梅》。一般「四大奇書」的排列順序，不一定會把《金瓶梅》放在第一位，可是張竹坡認為《金瓶梅》應該穩坐第一把交椅，是「第一奇書」。

在《金瓶梅》的各個版本中，不管是詞話本，還是繡像本，還是張竹坡的評點本，到了第六回下半回都有一段描寫，叫做王婆遇雨。前面已經說了，書中寫到王婆教唆潘金蓮害死了武大郎，當然西門慶是總後臺，他是一個關鍵人物，沒有他的出現，也就不會有後面武大郎慘死的事情發生。王婆教唆潘金蓮毒死了武大郎後，潘金蓮就可以和西門慶恣意地尋歡作樂了，西門慶乾脆跑到潘金蓮家去鬼混。一開始武大郎的屍體雖然裝殮了，但還沒有下葬，他們就在武大郎的靈柩旁邊胡作非為。第六回下半回叫做「王婆打酒遇大雨」，如果你看慣了《水滸傳》那些文本，看到王婆遇雨這個回目，一定以為會發生什麼不得了的事情，否則怎麼會專門把她這樣一個遭遇上了回目。其實它寫的是西門慶和潘金蓮在死去的武大郎的住宅裡面尋歡作樂，王婆幫閒，為他們到外面去買酒和下酒菜。王婆買了酒和下酒菜以後，在回來的路上忽然風雲突變，下起了大雨，她就在屋簷底下躲雨，躲了一會兒雨就停了，王婆也沒發生什麼事，就帶著酒和下酒菜回到了潘金蓮家。

這個文本，現在看了可能覺得無所謂、不稀奇。但是我要告訴大家，王婆遇雨這個情節的處理是蘭陵笑笑生的一個重要筆墨轉折。從這以後，《金瓶梅》就脫離了《水滸傳》那種宏大敘事的文風，開始具體、細緻地寫普通人的生活及清河縣市井的種種情況。

明代的「四大奇書」，論文學審美價值，《金瓶梅》不一定要排在最後，其實它是最具特色的。那麼它的寫作特色是什麼呢？

請注意，《水滸傳》是寫英雄豪傑的故事。《水滸傳》裡面充滿了宏大敘事，情節很緊張。這些英雄人物要立下功業，就會出現很多凶險的情況，非常人的一種狀態。《水滸傳》是一個英雄詩篇，仔細推敲的話，它基本上只承認英雄豪傑的生命價值，只承認梁山泊一百零八條英雄好漢的價值。其他的人要麼具有反面價值，作為梁山泊好漢的敵人，應該被消滅；要麼是普通老百姓，芸芸眾生，在作者筆下沒什麼價值。例如寫李逵和其他一些梁山好漢去法場解救被官府逮捕的同伴，李逵一手拿一把板斧，一路砍過去，當然他砍了官兵，可是很多圍觀的無辜老百姓也被他砍了，但是作者行文毫無所謂，他不認為誤傷一些老百姓算什麼事。

甚至《水滸傳》裡邊還有這樣的情節，張青、孫二娘在梁山泊的外圍開黑店，你進店吃東西，例如吃包子，他們賣給你的是人肉包子，他們覺得你身上的肉可以用來做包子餡，就用蒙汗藥把你麻翻、殺死，然後拿你的肉做包子。作者寫這些情況的時候完全無所謂。只有什麼情況下才會例外？就是某一個人被抓住了，然後一打聽姓名，發現對方也是江湖上有名的英雄豪傑，那麼黑店主人就不殺他了，他們就成了一夥。所以，在《水滸傳》裡面只確定了英雄豪傑的生命價值，對其他的普通人沒有太多憐惜，憐憫有時候有一點，但並不多。

《三國演義》的價值坐標就是帝王將相。書裡面主要寫這些歷史上有記載的帝王將相，寫他們的故事，裡面有時候寫一點老百姓，但就是寫群像，個人的面目不清。在《三國演義》的作者筆下，也只確定了帝王將相的生命價值，普通人的市井生活，偶爾也寫一點，但不是重點。也就是說，《三國演義》對普通人的生命價值也是冷落的。

《西遊記》所確定的是神佛妖魔的價值，它寫神佛妖魔的故事。唐僧師徒當然都具有正面價值，其中出現的一些神佛具有正面價值，甚至妖魔也具有一定的正面價值，因為他們老想吃唐僧肉，阻撓唐僧西天取經，結果等於是為唐僧累積了經歷磨難的人格資本。《西遊記》也很少寫到普通人的生活、展示普通人的生活場景。

這種傳統直到《金瓶梅》才被打破，《金瓶梅》的頭五回似乎是重複《水滸傳》的文本，以宏大敘事寫英雄武松的遭遇。但是到了王婆遇雨這段情節之後，等於告訴你，天下大多數的故事都是平常的事，大多數的生命都是普通人，從這以後就開始放手寫西門慶的故事，以西門慶為軸心，展示清河縣廣闊的市井生活。一部長篇小說，擺脫了只肯定英雄豪傑、帝王將相、神佛妖魔價值的框架，而能夠把筆觸放到表現歷史上沒有記載的普通人的喜怒哀樂、悲歡離合、生死歌哭，是很了不起的。

這個傳統到了清代曹雪芹寫《紅樓夢》時被加以繼承。《紅樓夢》寫的賈府是一個貴族家庭，《金瓶梅》所寫的西門慶，他雖然後來是個大富翁，也當了官，但他是在一個小地方，在清河縣，他的社會地位、生活的奢侈程度，比《紅樓夢》裡面的賈府要差一些。《紅樓夢》寫京城大貴族家庭的生活，它也擺脫了只肯定英雄豪傑、帝王將相、神佛妖魔價值的框架，它寫的是史書上沒有記載的普通人，普通的生命。**從這點來說，《金瓶梅》是《紅樓夢》的祖宗。在文學發展的流變當中，一個作者最後能夠把他的筆**

觸突破對英雄豪傑、帝王將相、神佛妖魔的那種宏大敘事，細緻、生動地描寫史書上沒有記載的芸芸眾生的生活，這是一個巨大的變革。

根據前面的那些回目，你會發現，這些回目所概括的都是一些緊繃的故事，那麼以此類推，《金瓶梅》當中突然出現了王婆打酒遇雨的一段情節，就以為王婆遇到雨了怎麼著了啊，結果沒怎麼著，雨停了，王婆回來了——就故意寫市井小人物似乎沒有意義的小遭遇，由此開始寫普通人的生存狀態。

當然，《金瓶梅》後面還繼續寫了一些潘金蓮和西門慶的故事。前面已經說了，《水滸傳》裡面寫武大郎，沒有說武大郎有性能力，能生育，他是沒有兒女的。但是，這個角色從《水滸傳》轉化到《金瓶梅》裡面以後，作者做了新的設置，寫他曾經娶過妻子，有性能力，有生育能力，有一個小女兒迎兒。這也說明《金瓶梅》作者的筆觸開始對人間普通人的生命狀態進行細化開掘，而且在王婆打酒遇雨的情節前後，就出現了潘金蓮的母親這樣一個角色，這個角色在後面還會出現。《水滸傳》裡面潘金蓮很快就被武松殺掉了，潘金蓮的母親是誰，是什麼樣的，潘金蓮和她母親之間有沒有來往，《水滸傳》沒有交代。

《水滸傳》是宏大敘事，對這些普通人、小生命的具體情況沒有多說，但《金瓶梅》把武大郎細化了，表現在他有女兒迎兒，把潘金蓮也細化了，表現在她有母親潘媽媽。迎兒和潘媽媽雖然是書裡面的小配角，但也是貫穿全書，後面還會寫到，我也會講到。《金瓶梅》開始寫普通的市井生活，普通的小人物，他們的命運軌跡，他們的故事。**《金瓶梅》的第七回就是獨創性的內容了，到後面這種獨創性的內容越來越多，就距《水滸傳》越來越遠了。**

《金瓶梅》對西門慶這個角色的刻畫是全方位的，也很準確。西門慶雖然勾搭上了潘金蓮，和潘金蓮一塊鬼混，覺得很愉快，可是他並沒有真的把潘金蓮完全放在心上，他有他自己的生活。

西門慶的父親原來是一個游商（流動做生意的買賣人），後來他的財富累積到一定程度以後，就定居在清河縣，開了一個很大的生藥鋪。在一個人流聚集的區域賣糧食，生意會很好，因為糧食是人們生活的必需品。但藥材也很重要，因為人們除了正常生活以外，還有生老病死的問題，免不了得病，就要去求醫問藥，所以西門慶父親的生藥鋪生意很好。後來西門慶的父親去世了，西門慶的母親也很早就不在了，西門慶就繼承了他父親的居所，還加以擴建，將它變成一個有好幾進院子的大宅子。

有人說《金瓶梅》就是一部西門慶的性愛史，這麼概括是不準確的。不要以為《金瓶梅》只是一味寫西門慶好色，一天到晚總是跟女人做愛，實際上它全方位地塑造了一個市井人物。西門慶繼承了他父親的生藥鋪以後，很會做生意，書中有不少篇幅和細節寫他打理生意，例如寫他在生藥鋪的帳房裡面和他雇的管事（相當於現在的經理）傅銘一起算帳。西門慶在理財上很精明，很多事他都親自過問。後來西門慶不僅開生藥鋪，還開了很多其他鋪子，例如在他宅子的外頭開了一間典當鋪。

西門慶的生意越做越大，光是做生意賺錢，在地方上他混得還不是很好。雖然西門慶熱結了十弟兄，可其他弟兄裡面好多都是社會混混，能給他開心、解悶，在一些小事情上有所幫助，但並不能完全滿足他向前發展的內心慾望。所以，西門慶就開始勾結官場。《金瓶梅》前面寫到西門慶和一些低級人物——社會上的混混來往，一開始搆不著官場，他只適合和一些像李皀隸這種衙門裡的低級差役尋歡作樂，互相勾結。

後來西門慶的財富多了，就用銀子來行賄，叫做租借權力。他給官吏放貸，利息可能很低，或者有時候不要利息，表面上看來，他在銀子上頭可能有些虧損，但實際上他獲得了和這些官員的良好關係，西門慶有什麼事，縣裡面的一些官吏都能幫他擺平。再往後西門慶的胃口就更大，就去巴結上層，後面還會詳細地講到，現在簡單交代一下。西門慶派人到京城，見到了朝廷裡面炙手可熱的大官僚，而且他透過不惜血本的賄賂，最後一本萬利，透過大官僚的任命，在清河縣當官。具體來說，當時他所獲得的這個任命叫做金吾衛副千戶，委差在清河縣提刑所理刑，這個職位相當於現在的公安局副局長。所以《金瓶梅》是全方位來寫西門慶的，他在那個時代，是一個在社會上、在清河縣地方上很能混的人，很有辦法的人。

第二輯

西門慶的征服

第六講　金錢勢力的崛起
西門慶迎娶孟玉樓

❖導讀

上一講告訴大家，《金瓶梅》作為長篇小說，是非常了不起的，是我們民族長篇小說發展過程中一個巨大的里程碑。長篇小說不再只奉獻給帝王將相、英雄豪傑、神佛妖魔，長篇小說開始關注歷史、宗教所確定的價值之外最普通的生命，寫他們的存在狀態。尤其是第六回下半回寫了王婆打酒遇雨，從這開始，《金瓶梅》自己的文本特點就顯現出來，那就是從容不迫地敘述市井人物的日常生活——他們作為個體，生命往往是處在無聊的生存狀態中；他們作為群體，又是集體無意識的，生者自生，死者自死。那麼有的讀者會問了，西門慶是不是應該把潘金蓮娶回家去呢？有趣的是，第七回作者突然又寫到了另外一個人物，展開了另外一些有趣的場面。請看本講內容。

《金瓶梅》的前六回基本跟《水滸傳》的情節相近，西門慶迎娶孟玉樓是《金瓶梅》第七回的故事，這一回完全是蘭陵笑笑生的獨創，故事內容非常精彩。很多讀者可能覺得，第七回應該寫西門慶迎娶潘金蓮，或者是寫潘金蓮怎麼想辦法嫁給西門慶。但是這部書是全方位地寫西門慶的，他是一個以自我為中心的人物。自從那次潘金蓮失手用叉竿打到他的頭，他和潘金蓮一見鍾情以後就密切來往，甚至西門慶還起到了推動作用，使得潘金蓮在王婆的教唆下害死武大郎，他其實是間接犯案的一個人。當時也不是說他不想娶潘金蓮，可能需求不迫切，他有自己的思維和生活方式。

書裡寫到，這個時候清河縣有一個賣布的商人，也發了財，有很大的宅院，娶了一個很美麗的女子做正妻，但這個商人死掉了，女子就守寡了，這個女子就是孟玉樓。孟玉樓在書裡面的形象很有特點。這部書裡寫了很多女性，每一位女性的相貌、身材、性格和做派都不一樣。孟玉樓的特點，從身材上說，是一個高挑的婦人，大長腿。另外，她臉上有一些淺淺的麻點，這些淺麻點不但沒有使她的容貌遜色，反而正好像在美麗的湖面上增加了一些浮萍，顯得她更嫵媚了。這個女子死了丈夫以後就想改嫁。

這很有意思，因為在中國傳統封建禮教上有關訓誡規則裡，要求女子從一而終，嫁給一個男人，男人死了，妳就要守寡守到底，改嫁被認為是可恥的。在中國長期的封建社會裡，也確實有一些女子在死了丈夫以後就守寡，當時朝廷對於這些死了丈夫、青春守寡的女子還給予表揚，有的地方給她們立貞節牌坊，可這部書寫的是明代後期嘉靖朝的社會生活。可能有的讀者會有所疑惑，這部書開始講的武松打虎不是宋朝的故事嗎？實際上這部書假托是宋朝，有很多的專家、學者都會告訴你，它寫的是明朝，而且是明代嘉靖朝的故事。一個最明顯的例子就是，書裡面寫到一對奸臣父子，它託言宋朝，當時宋徽宗時期的一對奸臣父子是蔡京、蔡攸，而明代嘉靖朝的一對奸臣父子是嚴嵩、嚴世蕃。嘉靖皇帝開頭寵幸嚴嵩、嚴世蕃，後來發現不對頭了，先懲治了兒子嚴世蕃，再流放了父親嚴嵩，據說最後在流放的地方沒有人同情嚴嵩，他就餓死了。

《金瓶梅》託言宋朝，寫蔡京、蔡攸本應該根據宋朝的情況來寫，就是宋徽宗後來處理蔡京、蔡攸，歷史記載是先解決了父親的問題，再懲治兒子。但是《金瓶梅》後面寫蔡京、蔡攸的結局，卻是皇帝先處理了兒子蔡攸，再處理父親蔡京。蘭陵笑笑生是故意這樣寫的，明代讀者一讀就明白，他就是用所謂宋朝的故事來影射明代嘉靖朝的情況，這是一個最明顯的證據。還有其他證據，我不在這裡一一列舉了。就是說，你把《金瓶梅》後來的故事當作晚明社會生活的一幅《清明上河圖》來看的話，是一點都不會錯的。

到了明朝晚期，儒家的封建禮教已經崩壞，寡婦改嫁司空見慣。所以，孟玉樓的丈夫死了，她思嫁就不足為奇了。雖然一直到清朝，還有一些婦女恪守封建禮教，守寡到底，爭取一個貞節牌坊，像《紅樓夢》寫的李紈就是這種情況，但是人心在不斷變化，所以《金瓶梅》第七回就寫一個寡婦孟玉樓思嫁。她的丈夫死了，但是她丈夫的弟弟，她的小叔子還沒有成年，還在宅子裡生活，孟玉樓就面臨一個人生抉擇——是堅持守寡，把小叔帶大？還是去尋求自己的個人幸福？孟玉樓毅然決然地選擇了後一條道路。孟玉樓的公婆已經去世，這對她改嫁是很有利的，約束就少了。但她改嫁還是有障礙，她的丈夫還有個舅舅，姓張，書裡面把他叫做張四舅，他成為孟玉樓要改嫁的一個很大障礙。張四舅並不是根據封建禮教來遏制孟玉樓，反對她改嫁，而是需要孟玉樓聽從他的安排，嫁給他推薦的人。因為如果孟玉樓改嫁給他推薦的人，他可以拿到銀子，是有利可圖的。所以，張四舅是一個想要主宰孟玉樓命運的人。

書裡就寫，在那個時候，社會是很豐富多彩的，各種人都有。有一些中老年婦女，她們的職業都是奇奇怪怪的，合起來叫做三姑六婆。這個概念在講後面故事的時候，我再來細化，現在只說其中的一種。一個姓薛的婦女，書裡把她叫做薛嫂，也可以叫做薛姑，還可以叫做薛婆，她每天提著一個花箱，裡面裝的不是鮮花，而是女子頭上戴的鑲珠嵌玉的花翠裝飾品，走街串巷去賣花箱裡面的花翠。當然薛嫂不會去窮人家，她都是去一些富人和官員家裡。西門慶在清河縣發財了，成為數一數二的財主，她自然也要串到西門慶家裡去。但西門慶家不是那麼容易進去的，這部書後面寫薛嫂經常出入西門慶的宅院，但這個時候她還是透過西門慶的小廝，在西門慶開的生藥鋪的帳房找到西門慶。西門慶不會買她的花翠，薛嫂讓他去娶寡婦孟玉樓。所以，薛嫂提著一個花箱走街串巷，兜售箱子裡的頭面裝飾品，只是她的身分之一，她還有一個重要的身分就是說媒拉縴，屬於三姑六婆中的一婆——「媒婆」。

薛嫂跟西門慶介紹孟玉樓的語言很生動，她說：「是南門外販布楊家的正頭娘子。手裡有一分好錢，南京拔步床也有兩張，四季衣服，插不下手去，也有四五隻廂子，金鐲銀釧不消說，手裡現銀子也有上千兩，好三梭布也有三二百筒。」薛嫂說孟玉樓「好三梭布也有三二百筒」，因為孟玉樓是布販的寡婦，所以她家裡面當然有很多布匹的存貨。

這裡面薛嫂特別提到，孟玉樓光是南京的拔步床就有兩張。拔步床，在這部書後面的情節裡還會出現，是當時婦女使用的一種最貴重的床。簡單來說，拔步床擱在屋裡面，本身就像一個小房子，有底，有牆，有窗，前頭等於是一個廊子，廊子的一邊是梳妝臺，另一邊是一個馬桶，當然這個馬桶是很講究的，不雅的味道不會隨意飄散出來。拔步床的製作材料一般都是很高級的紅木，而且打造的樣式非常美麗、精緻，例如它的側面會有多寶格，會有可以拆卸的板壁。更不消說，布置起來會有高級的床帳，掛著吉祥物的香包等。當時拔步床是很昂貴的一種家庭用具，尤其是南京所產的拔步床。

《金瓶梅》的故事發生在清河縣，不在南京，但是楊家的寡婦孟玉樓就擁有兩張南京拔步床，薛嫂用這些話來打動西門慶。西門慶當然是既貪色也貪財，娶進這麼一個女人，等於同時還發一筆財，他是願意的。可是《金瓶梅》寫西門慶也是立體的寫法，不是一個簡單的標籤式寫法，說他愛財，倒不是一聽說孟玉樓有這麼多的值錢東西，就想連人帶財一塊弄過來。西門慶還是挑剔的，女子必須漂亮，最好還要有才藝。書裡寫潘金蓮不光很美麗，還有才藝，會彈琵琶，會唱小曲，還會作詩、填曲。潘金蓮怎麼有這些本事，下面展開講潘金蓮的時候我再解釋。

薛嫂知道西門慶喜歡有才藝的女子，所以她就特別告訴西門慶，孟玉樓會彈月琴。西門慶一聽，「便可在他心上」。這是最後促使西門慶迎娶孟玉樓的一個重要因素。所以，書裡把西門慶寫得很生動，他不是一個你想像的只貪財貪色的簡單生命，他還是一個有點情趣的人，喜歡女子能彈琵琶或月琴。

這樣西門慶就把潘金蓮撂在一邊了。潘金蓮發現西門慶很多天都不去找她，就很苦悶，心想：西門慶都在忙活什麼呢？西門慶正忙著迎娶孟玉樓。薛嫂先給西門慶打預防針，實話實說，娶孟玉樓還有一個障礙張四舅，他是孟玉樓死去婆婆的兄弟、她丈夫的舅舅，這個人現在把持了楊家，特別是他有一張王牌，就是孟玉樓的小叔、楊家布販未成年的弟弟，因此張四舅可能會出面阻撓孟玉樓改嫁。

前面我們提到，張四舅其實不是一個封建禮教的遵守者和維護者，並不反對孟玉樓改嫁，張四舅打的主意是，孟玉樓要改嫁的話得聽他的，他當時想安排孟玉樓嫁給一個地位不低的官員的兒子。這種情況下，薛嫂就給西門慶出主意，說咱們也有一張王牌，就是楊家的姑媽，她是孟玉樓公公的姐姐、孟玉樓丈夫的姑媽，書裡把她叫做楊姑娘。在明代和清代，「姑娘」這個詞是多義的。它的第一個含義，就是稱呼姑媽叫姑娘。第二個含義就是小姐，把未成年的女子叫姑娘。第三，有時候把小老婆叫姑娘。書裡面所說的楊姑娘，是楊家布販的一個姑媽。

書裡這段寫得很有意思，最後楊姑娘就和張四舅短兵相接了。因為透過薛嫂的策劃，西門慶先去賄賂了楊姑娘，楊姑娘得了好處，當然就精神抖擻，一定要為西門慶迎娶孟玉樓保駕護航。但是張四舅也不是好惹的，在已經定下來要把孟玉樓娶走那天，孟玉樓要搬到西門慶家裡去的那些箱籠都已經準備好了，包括那兩張南京拔步床。搬東西的人也都來了，準備把孟玉樓這些東西搬走。當然西門慶還準備了轎子，要把孟玉樓接走。

在這樣一個關鍵時刻，張四舅出面阻攔，說打開箱子讓他看看，裡面的東西是不是有應該屬於孟玉樓小叔的，屬於楊家後代的。這時候隱藏在大堂屏風後頭的楊姑娘就走出來了，和張四舅脣槍舌劍，這段文字精彩極了，兩個人的對話非常生動，有些語言非常粗鄙，可以說是如聞其聲。歷來都有一些專家就這段描寫做出評論，說這麼生猛、鮮活的語言，不是一般的寫作者能夠全部模擬出來的，可見蘭陵笑笑生對市井生活世俗語言非常熟悉。

當時有很多圍觀的人，都站在楊姑娘那一邊，張四舅失利了。因為那個時候雖然封建禮教已經崩壞，可是有些固有的觀念還是深入人心。一般認為這是楊家的事，姓楊的姑媽發話比較有權威，張四舅雖然口口聲聲說是維護楊家的一個後代，但是他姓張。這也是到目前為止，很多中國人固守的一個心理界限，還得本家人說話才算數。由於楊姑娘出來阻攔了張四舅，擊退了張四舅，最後西門慶就把孟玉樓娶到了他的大宅院裡。

第七講　官帽更能保平安
西門慶的高價官帽

❖導讀

上一講講了薛嫂說媒並設下計策，西門慶提前收買了楊姑娘，克服了張四舅這個障礙，順利迎娶了寡婦孟玉樓。這一段情節集中在《金瓶梅》的第七回，這一回沒有色情文字，連情色文字都沒有。蘭陵笑笑生把出場的人物全都寫活了，體現出《金瓶梅》的最大特色，就是寫市井當中普通人的生活。有一段時間西門慶宅院的大門老是緊緊地關閉著，誰都找不著他，原來是朝廷裡出大事牽連到他了。雖然故事裡的清河從前後描寫看，應該是大運河畔一個大的居民區，離故事當中的朝廷所在地還比較遠，可是朝廷當中的一些動盪，也會波及遠處像西門慶這樣人的命運。他如何擺脫這個政治危機，又如何開始了官帽之路？請看本講內容。

西門慶已故原配是陳氏，生下一個女兒，書裡面就叫做西門大姐。後來西門慶把西門大姐許配給了東京八十萬禁軍楊提督的親家——陳洪的兒子陳經濟。按說西門慶的女兒嫁得不錯，可是沒想到朝廷裡面出事了，楊提督楊戩被其他官員彈劾，皇帝覺得其他官員對楊戩的彈劾有道理，就採納了，治了楊戩的罪。光治罪楊戩還不解氣，皇帝要把所有跟楊戩有關係的親友，特別是親戚都一網打盡。

西門慶的女兒嫁給了楊戩親家的兒子，屬於一網打盡當中必須要包含的人。所以，西門慶的名字就列入黑名單了。當然黑名單上的人很多，朝廷先要解決黑名單上在東京那邊的人，西門慶離得比較遠，而且說實話，把他牽扯進去也比較牽強，他只不過是楊戩親家的另一門親家。但是不管怎麼說，真照著黑名單往下抓捕的話，西門慶就是其中的一員。

消息傳來以後，西門慶嚇壞了，哪還敢出來招搖，當然大門緊閉不敢見人。但是，西門慶覺得不能坐以待斃，等著東京來人把自己抓走，他奉行一個很粗鄙的道理，叫做「火到豬頭爛，錢到公事辦」，他有錢，就拿錢來買命。西門慶趕緊派僕人來保和來旺到東京蔡京府第打點，我前面提到宋徽宗時期有一對權臣父子，父親蔡京，兒子就是蔡攸。當然普通人很難見到蔡攸，書裡寫得很詳細，西門慶派去的人想盡辦法，終於見到了蔡攸，他們遞給蔡攸的禮單是白米五百擔。蔡攸覺得這個人雖然原來根本沒聽說過，但現在一送禮就給白米五百擔，就說行，問他有什麼事。來保就報告蔡攸，希望能夠從治罪的名單裡面把西門慶的名字劃掉。蔡攸就讓他們再找朝廷裡面具體管事的右相李邦彥。

來保和來旺拿著蔡攸的介紹信，到李邦彥那兒奉上五百兩銀子。李邦彥問找他辦什麼事，來保說希望能把西門慶的名字從治罪名單裡面劃掉。名單上的人數都有一個準確的計算，不能隨便劃掉一個，但是李邦彥收了銀子以後，就把西門慶的名字給改成了賈廉，整個黑名單的人數沒減少，但是西門慶的名字不見了，出現了一個找不著的賈廉。這樣西門慶就度過了一個很大的政治危機。

西門慶派出的來保和來旺成功地賄賂了蔡攸和李邦彥，幫他化解了政治危機，但是他心裡還不是很踏實。他想，光是這麼被動地去消災是不行的，還得主動結識權貴。西門慶當時是一個白衣人，白衣人就是沒當官的人，不管你穿什麼顏色的衣服，沒穿官服的話就叫做白衣人。《金瓶梅》的故事一開始，把西門慶說成是清河縣的一個「破落戶」，這個「破落」不是說他窮，而是說他雖然開了生藥鋪，有錢，可是他沒有權勢，而且他不在官場，因此還是屬於「破落戶」。

這個時候機會來了，朝廷裡面的權臣蔡京過生日，各地的官員、富人紛紛給他送禮。雖然西門慶所在的清河縣不是什麼大地方，他本身也是一個無名小卒，但他聽到這個消息以後，也趕緊派人去送壽禮。當然，頭一次送壽禮的人很難進入蔡京府第，最後西門慶派去的來保用銀子開路，買通了蔡京府第的大管家翟謙，終於把禮物獻到了蔡京的眼前。禮物有「金壺玉盞」，就是黃金打造的酒壺，白玉琢磨出來的酒杯。這還不算什麼，還有四個銀子打造的仙人，傳說當中的四個神仙人物，都打製得有一尺來高，你想這得使用多少兩銀子？當然還有很多其他東西，例如一些非常華貴的衣服、綢緞，還有湯羊美酒，異果時新。

西門慶奉獻壽禮的品質和數量可能超過了一些地方官吏的奉獻，蔡京看了就很高興，這才開口問獻禮的是什麼人。來保回答，獻禮的是西門慶，白衣人。蔡京立刻拿出空白的委任狀，當時叫做「空名告身札付」。蔡京說，那好，別再白衣了，給個官職，就給西門慶在委任狀上填了提刑所理刑，頭銜叫做金吾衛副千戶，具體的職務就是在清河縣提刑所理刑。蔡京不但給西門慶填了一張空白的委任狀，還給西門慶派來送禮的來保和吳典恩也填了委任狀。來保得到的委任狀上填的是鄆王府校尉，吳典恩的就填了清河縣的驛丞。

他們成功地為蔡京奉獻了壽禮，回來的時候還帶了三張委任狀，給西門慶的這一張最值錢。西門慶就擺脫了白衣的狀態，成為一個戴官帽的地方官員。所以，西門慶如願以償了。他原本雖然有錢，跟縣衙裡面的李皂隸混，在地方上又熱結了十弟兄，可是畢竟還只是一個白衣。書裡寫他第一次出場就是潘金蓮拿叉竿去放帘子，叉竿沒拿穩，打到他的頭上。那個時候書裡對西門慶的穿戴有很具體的描寫，他有錢，也很風流，穿得也很華麗，可還是白衣狀態，沒有官場的符碼在他身上出現。

當時西門慶頭上戴著纓子帽兒、金玲瓏簪、金井玉欄杆圈，身穿綠羅褶，腳下細結底陳橋鞋、清水布襪，腿上勒著兩扇玄色挑絲護膝，手裡搖著灑金川扇。這是西門慶第一次出場的服飾，充分說明他當時只是一個市井裡富有的閒散人物，身上的裝飾可能五顏六色，但是在俗世的眼光裡依然算是白衣。

後來西門慶透過派人到京城給蔡京獻壽禮，獲得了委任狀，當了官就不一樣了。書裡又寫西門慶做了官員以後的狀態：他每日騎大白馬，頭戴烏紗帽，身穿五彩灑線揉頭獅子補子圓領，四指大寬萌金茄楠香帶，粉底皂靴，排軍喝道，張打著大黑傘，前呼後擁，何止十數人跟隨，在街上搖擺。

西門慶前後服飾的改變和對比，意味著他的身分已經從白衣人變成了官帽人，這是一個很重要的身分轉換。當時社會上的人對有錢人固然有所尊重，但是對官場的官員更加看重。

現在西門慶不僅有錢，而且有權，他以這樣一種身分出現在清河縣，就讓人刮目相看了。他自己也深深陷入這種不要當白衣，一定要戴官帽子的價值觀念裡。後來他娶了一個小老婆李瓶兒，李瓶兒給他生下一個兒子，他自然非常高興。西門慶覺得有了財富還不夠，得當官，他的兒子今後也要當官，所以就取名叫官哥兒。官哥兒出生以後，四鄰八舍的人都來慶賀。

西門慶家街對面的喬大戶很富有，家裡有很大的院落，但喬大戶當時還只是個白衣。有人來跟西門慶的大老婆吳月娘說親，說喬大戶家正好生了一個閨女，和官哥兒不是天生的一對嗎？隔一條街，這邊你們是一個兒子，那邊是一個姑娘，兩家都很富有，都有大宅院，基本上是門當戶對了。吳月娘當時的想法還沒有西門慶那麼清晰，覺得人家那麼熱情地來說媒拉縴，而且喬家的小姑娘很可愛，就同意和喬大戶攀親了。

西門慶聽說這件事之後很不高興，就跟吳月娘說：「喬家雖有這個家事，他只是個縣中大戶白衣人。你我如今見居著這官，又在衙門中管著事，到明日會親酒席間，他戴著小帽，與俺這官戶怎生相處？甚不雅相。」原來西門慶沒有官帽，也是個白衣人時，他跟別人坐在宴席上，還沒有強烈感覺到沒有官帽低人一等。現在西門慶戴上官帽了，他那種不能當白衣，得戴官帽的價值觀就強化了。他認為喬家雖然有錢，宅院也大，但是如果真成了親家，大家在一塊吃酒，結果喬家沒有官帽，就戴了一頂小帽，而西門慶戴著官帽，在席上這麼一坐，看著很不般配。西門慶覺得自己家和喬家並不是門當戶對。後來西門慶知道喬家也不能小看，喬家有一門皇親，有一個喬五太太是進宮的，西門慶就覺得兩家能拉平一點。再後來喬大戶也意識到他雖然有錢，可他是白衣，還是讓人看不起，於是也拿錢捐了官，這樣兩家好像才比較門當戶對。

所以，不要以為《金瓶梅》裡面全是一些色情文字和情色文字，只寫男歡女愛。它很生動地寫出當時的社會風俗，寫出社會裡一些普遍存在的觀念。當然，它寫得很冷靜，很客觀，勾勒出西門慶這樣一個清河縣的人如何從一個白衣人最後演化為一個戴官帽的地方官僚，寫他的人生道路。

第八講　窮奢極欲耍淫威

西門慶的日常生活

西門慶原來是一個白衣人，後來當官了，就成為一個既是富商又是官員的地方上有權有勢的人物。那麼西門慶的居家生活是什麼樣子呢？書裡寫得很詳細。請看本講內容。

❖導讀

書裡寫西門慶的生活是全方位的。西門慶在清河縣有一個大宅院，門面七間，到底五進。過去宅院的門，如果只有一扇，還不夠氣派，當中一扇門，兩邊各再有一扇門，那就比較氣派了。西門慶家的門比這還氣派，它門面是七間，往裡走有五進院落，後來西門慶又把隔壁花子虛的宅院併過來，花園也奪過來，這樣他就不僅占有五進的大院落，還有很大的花園，蓋了個山子捲棚，最後在花園的後面還蓋了三間房，叫做玩花樓。

書裡面寫西門慶的原配老婆死了以後，續娶的正妻是吳月娘。吳月娘帶著幾個小老婆，還有西門大姐去遊賞這個新造好的大花園，就列舉了一大串景觀，有燕遊堂、臨溪館、疊翠樓、藏春閣、平野橋、臥雲亭、芍藥圃、海棠軒、薔薇架、木香棚、松牆竹徑、曲水方池……這段描寫讓我們不由得聯想起《紅樓夢》。為了準備迎接元妃省親，寧國府和榮國府聯合起來造了一個大觀園，造好以後賈政就帶著賈寶玉，還有一群清客相公，去檢閱大觀園，裡面的文字是這樣寫的：「轉過山坡，穿花度柳，撫石依泉。過了荼蘼架，入木香棚，越牡丹亭，度芍藥圃，到薔薇院，傍芭蕉塢裡，盤旋曲折，忽聞水聲潺潺，出於石洞。上則蘿薜倒垂，下則落花浮蕩。」

兩段文字很相似，這就說明《金瓶梅》是《紅樓夢》的祖宗這句話一點都不錯，《紅樓夢》深受《金瓶梅》影響。在《水滸傳》、《三國演義》、《西遊記》裡也有一些景物描寫，但是篇幅都比較短小，概括性的用詞比較多，細緻描寫的比較少。從《金瓶梅》開始，小說擺脫了古典小說的宏大敘事手法，開始描寫普通人家的日常生活，對普通人的衣食住行都有相當詳細的描繪，包括他們的居住空間，所享受的建築物，例如花園景象。《紅樓夢》就繼承了《金瓶梅》這樣一個優良的傳統。

吉林大學研究《金瓶梅》的專家王汝梅主張，如果你是一個心性成熟的人，你可以讀《金瓶梅》，也可以把《金瓶梅》和《紅樓夢》合璧閱讀。就是把這兩塊美玉合起來，對照著閱讀，這樣的話，你會樂趣無窮。僅僅是把《金瓶梅》對西門慶居所的描寫和《紅樓夢》關於榮國府大觀園的描寫對照來看，就會覺得非常有趣。《金瓶梅》把中國古典建築、古典民居，即貴族豪宅的古典建築特色很精細地描繪出來，有很高的認識價值和審美價值。

西門慶就住在這樣一個五進的大院子裡。這個大宅院的第四進院子應該是正房，由西門慶的正妻吳月娘居住。按說這也算西門慶的居所，但西門慶作為那個宅子的男主人，只是偶爾會在吳月娘那住，更多的時候，西門慶會找他的小老婆，乃至在自己的書房裡面住。

西門慶娶了多少個小老婆呢？正妻叫做頭房，或者叫正房，是吳月娘。他的二房就是他的第一位小老婆，排在正妻之後，這個小老婆原來是一個妓女，叫做李嬌兒。那個時代，像西門慶這樣的有錢人，是不滿足於光在家裡享受性快樂的，他還要逛妓院。那個時候妓院公開地設置，也很興盛。西門慶逛妓院，喜歡上哪個妓女了，就乾脆把她娶到家裡做小老婆，李嬌兒就是這樣來的。但從故事開始時候的描寫來看，李嬌兒的身材已經變形，當年西門慶喜歡她的時候，可能身段還優美一些。最古怪的是她的相貌，你說身體原來苗條的可以發胖，但相貌不可能原來很漂亮，一下子變成了額尖鼻小，這說明李嬌兒原來的相貌可能就不太美麗，但是西門慶當時就好這一口，把她娶進來做自己的小老婆。

西門慶曾經娶過另外一個妓女叫卓丟兒，根據書裡前五回描寫，卓丟兒在故事開始不久就得病死掉了。後來西門慶又娶了一個小老婆孟玉樓，她來了就排在李嬌兒之後，就是三房，作為小老婆是第二個。孟玉樓是個大美人，高挑身材，大長腿，臉上有一點淺淺的白麻子，這些淺白麻子不但無損她的容顏，反倒增添了她的嬌媚。

有人分析西門慶總是透過娶老婆獲取財富，這個觀點我不是很贊同。其實不能夠這樣簡單地給西門慶貼上一個惡的標籤。從娶李嬌兒和卓丟兒來看，西門慶是一個很隨興的人，他喜歡這個女子，就把她娶了當小老婆。李嬌兒也好，卓丟兒也好，從妓院娶進西門府，不可能給他帶來很多的陪送，他不可能從她們身上得到很多財富。當然，娶孟玉樓，西門慶是人財兩得。孟玉樓帶過來很多值錢的東西，書裡交代得很清楚。但西門慶娶孟玉樓不完全是看中孟玉樓的身外之財，他喜歡孟玉樓的身段和相貌，而且聽說孟玉樓會彈月琴，「便可在他心上」。

李嬌兒和孟玉樓都被安排住在這個院落某一進的廂房裡。娶進孟玉樓以後，西門慶又給自己添了一個小老婆。西門慶最早的原配是陳氏，陳氏有個陪嫁丫頭叫做孫雪娥。西門慶在收了孟玉樓之後就來了興致，把孫雪娥正式地收為他的第四房。戴假髮盤成的鬏髻是收房的標誌，只有正式收房了才允許戴鬏髻，丫頭是不允許這樣裝扮的，孫雪娥最後被允許戴𩭹髻，成了西門慶的一個正式的小老婆，排在孟玉樓之後。其實她最主要的能耐是會燒飯，所以經常待在廚房裡面主持廚務，給西門慶製作美食。從後面的描寫可以知道，在西門慶的妻妾當中，雖然孫雪娥排在第四位，但是她的地位低下。在妻妾們和西門慶聚集一堂的時候，吳月娘和其他幾個小老婆都可以坐著享受，只有孫雪娥是跪著接酒。後來西門慶終於把潘金蓮娶進來了，有了第五房。潘金蓮作為小老婆，排在李嬌兒、孟玉樓、孫雪娥之後。故事到後面，西門慶又娶了一個小老婆李瓶兒作為他的第六房，也就是他的第五個小老婆。

其實在那個時代，跟其他的富商或者當官的相比，西門慶遠不是娶小老婆最多的人，但是數量已經很可觀了。即便這樣，西門慶還要招惹別的婦女，還要到妓院去鬼混，有時候他乾脆住在妓院，不回家了，甚至很多天都不回家，這是很荒唐的。他後來刮刺上一個妓女李桂姐，李桂姐跟李嬌兒出自同一個妓院，論輩分的話，李桂姐相當於李嬌兒的侄女。有的讀者看了會覺得太荒唐了，這不是亂倫嗎？西門慶先跟李嬌兒，又跟李桂姐發生關係，多醜呀！但是，書裡面寫李嬌兒聽說西門慶到她出身的麗春院勾搭上了李桂姐，還很高興，覺得自己原來所在的這個妓院生意興隆，是好事，而且李桂姐不但經常出入西門慶的宅院，還能夠活動到吳月娘所在的正房，甚至直接住在西門府。只是礙於當時封建禮教的規範，西門慶不便把她也收來做小老婆，畢竟姑姑和侄女同時成為西門慶的小老婆的話，就太不倫不類了。但是，李桂姐經常住在這個五進的大宅院裡面，其身分和西門慶的小老婆也沒多大區別，這是一種很怪異的狀態。

西門慶吃喝玩樂，極盡享受，書裡有許多描寫。他的日常生活是什麼樣呢？有句話叫做「窺一斑而知全豹」，現在僅舉一例，你就能知道西門慶的日常生活了。《金瓶梅》的第五十二回，特別具有典型意義，描寫了西門慶一天的日常生活。

《金瓶梅》這部書開啟了中國文學描寫普通人、普通生活的先河。西門慶他一早要到衙門去理事。五十二回就講這天西門慶從衙門回到家中，家裡有兩位工部主事派來的公差來送請書，請西門慶去管磚廠的劉太監莊上赴筵席。西門慶打發來人之後，到吳月娘的上房吃了粥。孫雪娥管廚房，就住在廚房旁邊的房子裡，她會製作非常美味的早餐，包括給西門慶熬出非常好喝的粥。

吃完粥以後，他走出廳來，就從上房的居住空間到了會客的活動空間，現在把它叫做起居室。一出來就看見篦頭的小周兒趴到地上磕頭，家裡其他管事的早就把小周兒叫來了，小周兒就在廳裡面迎候西門慶。小周兒的地位很卑微，是被叫過來伺候西門慶的小人物。接受了小周兒的磕頭以後，西門慶就走到翡翠軒，這個翡翠軒還有一個捲棚，是西門慶個人休息的地方。西門慶就坐在一張涼椅上，把包頭的巾幘摘了，頭髮也打開了。明代男人留的是胎髮，滿頭都是長髮，平時盤起來。

西門慶的髮型和《紅樓夢》裡所寫的男人的髮型應該是有區別的，但是《紅樓夢》迴避了清代男子留大辮子的描寫。賈寶玉作為一個例外，寫了他的辮子，但賈寶玉的辮子也不是清代男子的那種辮子。顯然《紅樓夢》不寫頭，是有苦衷的，但是在《金瓶梅》裡，作者在寫男子的髮型上沒有什麼顧忌，寫得很清楚。西門慶開始享受小周兒的全套服務：篦頭櫛髮，取耳，再掐捏身上，行導引之術……，小周兒就把西門慶弄得渾身通泰。然後西門慶就在翡翠軒倒床酣睡。後來他的三個小老婆和妓女李桂姐，還有西門大姐來到翡翠軒，就把西門慶驚醒了。

西門慶的日常生活就是這個樣子。後面還寫到西門慶的書房附庸風雅，布置得很闊氣，環境也很清幽，綠窗半掩，窗外芭蕉低映，空氣中還瀰漫著很貴重的龍涎香的香味。西門慶醒來以後，美女圍繞，又看見李桂姐抱著官哥兒，不免逗引一回。緊接著他的狐朋狗友相繼到來，西門慶就讓廚房把同僚送來的香豬卸開烹製，同時還把奉承者送來的四個禮盒都打開來享受，一盒鮮烏菱，一盒鮮荸薺，四尾冰湃的大鰣魚，一盒枇杷果。佳餚烹製好後，西門慶和親友就在捲棚內放下八仙桌，大吃大喝。李桂姐彈琵琶，唱曲助興。飽暖思淫慾，西門慶趁別人不注意，找到離席掐花戴的李桂姐，把她拉到藏春塢的山洞裡面肆意做愛，這裡當然就有一些情色描寫和色情描寫了。

這一回寫西門慶的日常生活，就說明西門慶幾乎把那個時代的所有好處都占全了——官位權力、官場風光、按摩享受、華屋繡榻、甜美睡眠、美妾環繞、逗弄子嗣、狐朋狗友、紅粉箏琶、大吃大喝、送禮不絕、聽歌賞曲、隨興縱慾……所有這些能享受的好處他全享受了。比西門慶地位低的人囊中羞澀，不可能像他那樣風流瀟灑。真正屬於貴族、有文化的人士，不可能在家裡面公然地容納社會混混和妓女，而且還用一大堆粗鄙、下流的言行來增添歡悅。所以，西門慶實際上創造出了一種社會發展進程當中怪異的生活形態。這是《金瓶梅》文本給我們的一個巨大貢獻，不僅從文學角度提供了豐富的審美元素，也為歷史學、社會學、經濟學、政治學、倫理學、心理學、性學提供了多方面的個案素材。

第九講 沈腰潘貌的俗套

西門慶的相貌描寫

❖導讀

關於西門慶前面講了不少，你應該大概了解他是怎麼回事，怎麼從一個白衣人最後戴上了官帽，有了官位。上一講講述他住在一個什麼樣的大宅院裡面，他的正妻是誰，小老婆都是誰，並以第五十二回為例，介紹了他一天的日常生活。可是現在你可能還無法形成一個西門慶的具體形象，他究竟長什麼樣子，是怎麼樣的一個相貌？本節內容還需要講一講這件事。

中國古典長篇小說對男性相貌的描寫往往非常簡略和概括，有的當然會突出他的一些特點，但多數寫得比較模糊。《金瓶梅》的作者從《水滸傳》「借樹開花」，寫到武松和他哥哥武大郎的外貌時，描寫還比較具體。

《水滸傳》也好，《金瓶梅》也好，出現了一個對男子身體描寫的很值得探究的規律。書裡凡是寫威風凜凜的強壯男子，無非是兩種類型：一種就像武松這樣一表人才，從外貌描寫和行為描寫上看都很有陽剛之氣，畢竟他都能在景陽岡把老虎打死，可是這種男子多半不近女色、不好女色，似乎沒有什麼情慾，對女子沒有感覺。過去有所謂坐懷不亂一說，說有的男子很有修養，美女在他的懷抱裡了，他都沒有反應，因為他們能控制自己，不讓自己因此產生情慾。像武松這種形象，美女坐不坐在懷裡他都無所謂，他根本就沒有對女子的情慾。《水滸傳》裡面這種英雄好漢還挺多的，構成了中國古典長篇小說裡面的一種男子。

另一種男子從描寫上看也是蠻強壯的，可是寫出他們來是否定性的，把他們當壞蛋寫，像《金瓶梅》裡面，後來出現了一個叫楊二風的市井流氓，說他「是個刁徒潑皮，耍錢搗子，胳膊上紫肉橫生，胸前上黃毛亂長，是一條直率光棍」。書裡寫到他男性的一些特徵，還是蠻強壯的，卻是一個刁徒潑皮。另外像《金瓶梅》後面還出現一個人物叫做侯林兒，對他的描寫也還比較具體，「生的阿兜眼，掃帚眉，料綽口，三鬚鬍子，面上紫肉橫生，手腕橫筋竟起」，這是一個充滿了男性特點的生命，可他也是一個很糟糕的人。

這就值得我們探究了：在中國古典文學上，為什麼有一些男子氣的男子，要麼不近女色，要麼就是壞蛋？寫到一些好色，或者是女子也喜歡他、願意跟他做愛的這種男子就落入了一個公式。什麼公式？就例如《金瓶梅》，寫潘金蓮拿叉竿去放帘子，沒拿穩，被打到頭的這個人就是西門慶。《金瓶梅詞話》第二回寫西門慶的面貌是：「也有二十五六年紀，生得十分博浪……張生般龐兒，潘安的貌兒……」《金瓶梅》是從《水滸傳》「借樹開花」，關於西門慶的相貌，也是從《水滸傳》裡面挪過來的。但是，蘭陵笑笑生顯然在這一點上不夠仔細，因為他後來豐富了西門慶這個角色，也豐富了潘金蓮這個角色。他豐富了西門慶這個角色，就說西門慶有前妻，跟他生了一個女兒，女兒都出嫁了。一天，西門慶在街上遊蕩，走到武大郎的屋前，當時他不可能是一個二十五、六歲的男子，怎麼也得三十五、六歲了。這倒不是一個很嚴重的問題，特別值得探究的是，書裡說西門慶是「張生般龐兒，潘安的貌兒」。

張生是中國元代戲劇家王實甫的戲劇著作《西廂記》裡面的男主角，張生和崔鶯鶯自由戀愛，成為一個令無數人喜愛的男子形象，他的舞臺形象延續至今，例如京劇《紅娘》或者《西廂記》，裡面出現的張生都是面貌姣好，一般都是用小生來扮演張生，用小嗓演唱。這種美男子實際上陽氣不足，陰氣很盛，他的身形做派，類似美女。今天如果說「這個男子真是像張生一樣」，意思就是這個男子是個小白臉，是柔弱型。

潘安也是經常拿來形容男子的一個符碼，他是西晉時的一位美男子。關於他的相貌有很多文字記載，現在電子、數位技術很發達，有人就根據相關的資料復原他的相貌，在網路上你可以查到，復原出來的樣子也是小白臉，陰柔形象，女子一般的美麗。

所以，這就有點讓人掃興，因為根據前面的種種敘述，西門慶的所作所為，他怎麼能是一個小白臉，一個瘦弱、陰氣很盛，像女子一樣嬌美的男子？可是沒辦法，在古代，一直到中國歷史發展到明朝時期，就形成這樣一種審美趣味，多情女子喜歡的男子多半都屬於這種類型。後來這種文風傳到了清代，清初有一個作家李漁，他有一部長篇小說《肉蒲團》，裡面有很多色情描寫，主人公是一個美男子，叫做未央生，他的外貌描寫也走這個路子：「神如秋水，態若春雲，貌似潘安，腰同沈約，面不傅粉而白皙有如婦人，脣未塗脂而紅豔宛同處女，眉長能過目，體弱不勝衣……面龐如冠玉……輕移腳步似凌雲。」這段文字中又提到一個叫做沈約的古人，沈約是南北朝時的一個男子，他相貌上的最大特點是腰細，甚至比女子的腰還要細。

我們不往前後看，光是明代小說中這種男子的形象就一再出現。有的研究者專門研究這個問題，就發現這些明代小說裡面最引人注意的一部著作叫做《如意君傳》，《金瓶梅》深受《如意君傳》的影響，甚至有人發現《金瓶梅》裡面有一段文字，完全是從《如意君傳》裡轉錄過來。那個時代寫長篇小說不是什麼光彩的事，算不上什麼業績。所以也沒有著作權的說法。而且寫手一般還很害怕洩露自己的真實姓名，都用化名或者乾脆不署名。像《金瓶梅》，挪用《水滸傳》裡面武松、潘金蓮和西門慶的情節，完全是很自如地使用，不用擔心《水滸傳》的作者找個律師給他發律師函，告他侵權，要他賠償。所以那個時代，作者在書裡引用別人書中的一些情節和人物，是無所謂的，甚至把別人書裡面的整段文字摘下來，使用在自己的書裡也不算個事。《金瓶梅》的作者蘭陵笑笑生不但「借樹開花」，使用了《水滸傳》裡面很大一段情節，用來引出他的故事，而且他還抄錄了《如意君傳》裡面的一些描寫。

《如意君傳》寫的是武則天的故事。過去皇帝玩弄女子是司空見慣的事，武則天當皇帝以後，她玩弄男子。《如意君傳》就寫武則天寵信一個叫薛敖曹的男子。書中對薛敖曹的形象也有一些描寫：「年十八，長七尺餘，白皙美容顏，眉目秀朗，有膂力，趫捷過人。」大體而言，薛敖曹白皙美容顏，個子很高，也挺有力氣，從相貌來說，還是像女子一樣的嬌媚。武則天因為寵幸薛敖曹就疏遠了她原來的兩個男寵張昌宗和張易之，可是有一天她臨朝的時候，忽然又看到了這兩個原來的男寵，見他們「兩頰如桃花，巧笑美盼」，武則天就不覺動情了。張昌宗還故意露出自己的手腕，武則天發現他的手腕「與玉同色」，就用手指甲去掐，表示欣賞。

在明代小說家的筆下，像武則天看中的男性也是跟女子相近的姿色。透過這些資料的引用，《金瓶梅》一開始把西門慶這個角色的面貌說成是「張生般龐兒，潘安的貌兒」就不稀奇了。那個時代對男子的審美觀，美男子的面貌跟女子相近，陰柔嬌美，這樣的相貌才是男子當中的上品。換句話說，就是欣賞小白臉、小鮮肉，當時是那麼一種風氣。其實從《金瓶梅》全書來看，就可以發現，雖然對西門慶的外貌用詞很少，可是隨著全書情節的發展，零星蒐集的話，還是可以復原出西門慶的真實面貌。

而且《水滸傳》也好，《金瓶梅》也好，都有一個創造性的筆觸，就是透過潘金蓮欣賞武松，表達出一種和上面說的那種女性愛慕男性的偏向不同的審美取向。所以，潘金蓮既然看中了武松，喜歡武松，那麼從潘金蓮用叉竿放帘子，叉竿打中一個人，兩人一對眼，一見鍾情，可見這個人應該是跟武松類似的男子，應該是一個陽剛的、強壯的男子。你仔細閱讀《金瓶梅》文本的話，就會發現西門慶實際上應該並不是「張生般龐兒，潘安的貌兒」，再加上沈約的腰，那樣一種陰柔型的男子。書裡後來寫有一個說媒拉縴的文嫂，她完成一個任務，就是幫西門慶勾搭一個貴族婦女林太太。文嫂就跟林太太推薦西門慶，說：「今老爹不上三十四五年紀，正是當年漢子，大身材，一表人物……」所以，西門慶的身材應該不是張生、潘安、沈約那種類型，而是強壯的男子。鄭愛月兒形容西門慶的外貌，說「你老人家……偌大身量」，只是短短幾個字就說明，在別人眼中，西門慶是高大、魁梧的。甚至有一次他的十兄弟之一應伯爵就說「你這胖大身子」，說明西門慶不僅強壯，而且他不是那種精瘦的強壯，他偏胖，身體魁偉。在六十七回又說西門慶因為一個事「笑的兩眼沒縫兒」，能笑得兩眼沒縫，說明他的面部肌肉非常豐富，不是張生、潘安那種小白臉的清俊相貌。

雖然我們說《金瓶梅》是一部出色的小說，描寫市井生活非常生動細膩，寫人物、刻畫性格也入木三分，寫女性的形象面貌也非常生動，使我們如聞如見，但是對西門慶這樣一個男子的外貌、身體的描寫還是有欠缺的。這就引出了一個學術問題，我們不做深入探討，只做簡單的描述。在中國歷史的發展過程中，男性身體是尤其不能夠公開的。所以，中國寺廟裡面的那些塑像，四大天王也好，哼哈二將也好，十八羅漢也好，羅漢堂的五百羅漢也好，其他的神佛雕像也好，都是寫意的。那些塑像的肌肉、骨骼都不符合生理解剖的實際情況，有的走寫意路線還比較有美感，有的就完全失去正當比例，顯得不好看。

而在西方，早在古希臘就出現了非常有名的一座雕塑，開始是青銅的，後來有大理石的複製品，叫做《擲鐵餅者》，這個雕像就把人體的肌肉、骨骼還原得非常準確。這個作品體現出一個男子的陽剛之美，是完全符合生理解剖學的。後來歐洲文藝復興運動的歷史階段，相當於中國明代的嘉靖朝，也就是《金瓶梅》這部書產生的時期（可能《金瓶梅》還略晚一點），偉大的畫家和雕塑家米開朗基羅有一些作品，現在人們到海外旅遊都要去看，例如佛羅倫斯的《大衛像》，也把男子的陽剛之氣展現得非常充分，完全符合生理解剖的實際情況。

為什麼在中國的古典文學藝術裡面，傾向於認為小白臉、有陰柔之氣、接近女性的男子才是美好的？值得推敲。這種風氣甚至延續到今天，有人喜歡這種接近女性相貌的男子，喜歡小白臉、小鮮肉，喜歡介乎男女之間的中性狀態的身體。這裡不做更多的探討，簡單概括一下，原因可能是以下三種：第一，中國古代一直以裸體，尤其是男性裸體為大恥，形成一種長期壟斷人們意識的觀念。第二，中國古代人體解剖學的缺失。在中國醫學的發展過程當中，雖然中醫、中藥發展得不錯，但是臨床醫學、人體解剖學始終沒有發展起來，人們不是很清楚人的肌肉、骨骼的狀態。你看廟裡那些天王、金剛的塑像就會有種感覺，它們的形象不符合真實人體上的肱二頭肌、肱三頭肌、三角肌、斜方肌、腹肌，不符合男體的實際情況，這方面不科學。第三，因為中國歷史上長期只有祖宗崇拜，對男女之間的事情重點落在傳宗接代上，所以就導致了生殖器崇拜。在明代眾多的長篇小說當中，像《金瓶梅》這種小說，對男性的生殖器官倒是描寫得很具體細緻，而且也符合生理解剖學，但對其他部分就含混了。為什麼只重傳宗接代？原因恐怕是因為整個社會長期都是陰盛陽衰，在很多領域，還不光是我們現在探討的這個領域，都是以陰柔美取勝。

說到這裡也不要灰心，不是說中國的文學藝術裡面對男歡女愛的表現落後於西方。二〇一五年在北京故宮裡展覽了一個漢代的石雕，一男一女互相擁抱著親吻。有人戲稱為「天下第一吻」，這個石雕就非常生動。那麼它和西方的雕塑，比如米開朗基羅的雕塑區別在哪裡？中國一向注重寫意，藝術上多取寫意的路子，點到為止，激發起你相關的想像就達到目的了。西方的文學藝術崇尚寫實，繪畫、雕塑要根據人體解剖學這方面的成果來精細地表達、刻畫人體。

這一講我們稍微說得遠一點，講到了西門慶的相貌。現在你就可以想像，西門慶應該不是一個像張生、潘安、沈約的男子，而是一個跟武松其實不相上下的男子。但是武松太冷感，對女性沒感覺，而西門慶對潘金蓮來說是一個暖男，是一個高大、微胖和強壯的男子。

第十講 被轉賣被霸占

潘金蓮的悲慘身世

❖導讀

上一講介紹了西門慶的相貌，《金瓶梅》開篇對西門慶形象的交代使用了明代小說中的慣用符碼「張生般龐兒，潘安的貌兒」，但對《金瓶梅》進行文本細讀，隨著情節推進，可知西門慶其實相當陽剛，非張生、潘安那種陰柔的清俊相貌，只有雄氣洋溢的面龐才配得上他壯碩的身軀。可惜作者在描寫西門慶的威武面貌和魁偉身軀方面，實在吝於詞彙。潘金蓮迷戀西門慶，也是因為他如武松般陽剛雄壯。用今天的話語形容，西門慶是荷爾蒙爆棚。書裡首先寫到的就是他與潘金蓮的男歡女愛，潘金蓮是書中最重要的一個女性角色，那麼，西門慶喜愛的潘金蓮，她的身世和情愛之路是怎樣的呢？請看本講內容。

潘金蓮這個形象在《水滸傳》裡其實已經勾勒得相當精彩，自此以後，潘金蓮成了一個符號，說一個女子「真是個潘金蓮」，意思就是她是一個蕩婦。甚至反過來，說「我不是潘金蓮」，就是說你不可以汙衊我，給我貼上蕩婦的標籤。在《水滸傳》裡，潘金蓮的那段故事引起爭議，包括根據《水滸傳》所拍攝的電視連續劇播出之後，觀眾有爭議，有一些人比較同情潘金蓮，所以潘金蓮在《水滸傳》裡應該是一個塑造得相當精彩的角色了。

到了《金瓶梅》裡面，蘭陵笑笑生就把這個形象塑造得更加豐富多彩，對潘金蓮人性的揭示更全面、更深刻。《金瓶梅》「借樹開花」，不是刻板地從人家樹上去接一根樹枝，草草了事，蘭陵笑笑生很精心地把《水滸傳》的故事嫁接過來，或者說把自己的故事嫁接到《水滸傳》上，它開出的花可以說是奇葩。潘金蓮這個形象在《金瓶梅》裡就變得比在《水滸傳》裡更難以琢磨。

《金瓶梅》為潘金蓮列出了一個時間表：

九歲的時候，潘金蓮的父親就得病死了。她父親是清河縣南門外的一個裁縫，簡稱潘裁。她的母親在《金瓶梅》裡多次出現，前面我也提到了，武大郎死後，她就出現在潘金蓮他們家，書裡有時候把她叫做潘姥姥，從晚一輩的角度來稱呼，有時候就稱為潘媽媽，潘姥姥、潘媽媽在書裡面代表同一個人。潘裁死了，潘媽媽拉拔潘金蓮把她養大挺不容易的，可再往下養，就沒有經濟來源了，潘媽媽在無奈之下就把她賣到了王招宣（招宣是一個很高的官位）的府裡。因為潘金蓮排行第六，所以被稱作六姐（轉化為六兒），這個稱呼一直延續到她成為西門慶的小老婆，但是書裡沒有交代她另外五個兄弟姐妹是誰，只是說她排行第六，想必是潘裁掙不了太多的錢，其他孩子都沒養大，就養大潘金蓮一個。潘媽媽把潘金蓮賣到招宣府可能有兩個目的：第一，招宣府是一個地位很高的府第，可能買丫頭給的銀子會比較多；第二，都知道招宣府買進去的女孩子不一定都當粗使丫頭，招宣府裡面的王招宣以及他的家人尋歡作樂，要成立家庭樂隊，會讓一部分侍女學點文化，能陪著小姐作詩。所以，把潘金蓮賣到王招宣府裡面，可能她能學點文化，這樣她媽媽就把她賣了。

果然到了王招宣府裡面以後，潘金蓮得到了培訓，她一邊學彈琵琶，一邊學唱曲兒。另外，招宣府還教她讀書識字。當然招宣府培訓這些女孩子並不是什麼真誠的善舉，只是因為他們要過一種非常享受的、榮華富貴的生活，需要有一批女孩子，不只是一般性地伺候他們，還要能夠為他們提供帶有一定文化性的娛樂。所以，《金瓶梅》所寫的潘金蓮後來會寫情書、作詩、填曲，還會彈琵琶、唱曲，這是《水滸傳》裡沒有的內容，是蘭陵笑笑生對潘金蓮這個角色的總體設計，這些細節增添得很好，把這個角色的身世來歷更細化了。

潘金蓮在王招宣府裡面一待就是好幾年，到十二三歲的時候，她就會描眉畫眼，傅粉施朱，梳一個纏髻兒，著一件扣身衫子。她會打扮自己，當然王招宣府培養出這種有才藝，能給他們彈琵琶、唱曲的侍女並不稀奇。有意思的是潘金蓮十二、三歲就會做張做致，喬模喬樣，這個時候她的自我性別認知就形成了，知道自己是一個女孩子，得討男人喜歡。為了引起男人注意，表情和肢體動作就經常做得很誇張，會撒嬌發嗲。這種做派當時就被認為是天生輕浮。那個時代，一個女子一般到了十二、三歲有性意識的自我覺醒很正常，畢竟那個時候一般女孩子到了十四、五歲就要談婚論嫁了。

潘金蓮到了十五歲的時候，王招宣就去世了，招宣府發落了一部分女孩子，讓家屬把她們領走。王招宣府怎麼好端端地就讓家屬把這些女孩子領走呢？其實書裡寫到後面有所透露，就說王招宣去世以後，他的夫人林太太當然就見不得這些女孩子，因為王招宣可能染指過這些女孩，林太太得守活寡，所以她收留這些女孩子做什麼，就把她們遣散了。

潘媽媽到王招宣府把潘金蓮領出來後，還得把她賣了，只有透過轉賣，潘媽媽才能夠獲得銀子，維持自己的生活。這次潘金蓮被賣給了張大戶，潘媽媽獲得了三十兩銀子。清河縣裡面有許多有錢人還是白衣，並沒有官帽，就叫大戶。原來西門慶也只是大戶。前面說過，西門府街對面住了一個姓喬的人家，叫喬大戶，一開頭也是沒有官位。而這個張大戶一直沒有官位，雖然很有錢，但是沒有招宣府那麼有文化、有品位。張大戶就是一個很粗鄙的老頭。

潘金蓮十五歲從招宣府出來，被賣給張大戶，在張大戶家轉眼就長到了**十八歲**，她在生理上、心理上完全成熟了，出落得臉襯桃花，眉彎新月，張大戶當然想把她收為小老婆。在那個時代，富人收小老婆本來是一件很平常的事，但是張大戶的正室余氏厲害，她容不得丈夫娶小老婆。雖然余氏不答應，但是張大戶也會找機會下手。有一天，余氏到鄰居家赴宴，張大戶把潘金蓮叫到屋裡面，就把她占有了。當然這件事情最後敗露，主家婆余氏就對潘金蓮一頓苦打，張大戶也沒辦法，因為他怕老婆。

張大戶一賭氣，下了狠招，其實對他來說也是個妙招。張大戶家的房子裡住著一個賣炊餅的武大郎，武大郎那個時候已經失去他的前妻，成了鰥夫。張大戶大發善心，把潘金蓮嫁給武大郎，表面上是白白地讓潘金蓮給武大郎當老婆，實際上他不安好心。第一，這是對潘金蓮進行性虐待。一個男人對女人最惡毒的虐待，不是罵她、打她，而是讓她受罪。武大郎是「三寸丁谷樹皮」，矮小，醜陋、猥瑣，而潘金蓮年輕、美麗、花樣的生命，張大戶偏要把一朵鮮花插到牛糞上，那就等於對潘金蓮進行一種性虐待。第二，張大戶把潘金蓮嫁到武大郎家，方便自己在武大郎挑著擔子去賣炊餅後，溜過去繼續占有潘金蓮。

所以，潘金蓮在青春期是非常可憐的，她的生命到了這一步，我們必須對她給予全部的同情和悲憫。多悲苦的一個生命！十二三歲就懂得打扮自己，意識到自己是個女子，想要引起男人的注意，想要自由支配自己的身體；但她沒有這個權利，她的身體支配權一直在別人手裡，開始是王招宣，後來王招宣死了，王招宣老婆把她發落了，她媽媽把她轉賣了；張大戶占有她，她也沒辦法，很難反抗，張大戶的老婆余氏報復她，她還是沒有辦法，最後張大戶賭氣似的把她白送給了武大郎。

後來，張大戶患陰寒病症死了，余氏了解到張大戶之前的所作所為，生氣地命令下人將武大郎和潘金蓮趕走，武大郎只好帶著潘金蓮搬到一個叫做紫石街的地方居住。武大郎每天挑著擔子賣炊餅，攢不了什麼錢，就變賣潘金蓮的首飾，在縣門前典了一座宅子。這座宅子還是很不錯的，它是上下兩層的一個小樓房，上下有四間房子，而且附帶兩個院子，居住情況在清河縣應該不是最貧困。潘金蓮後來就和武大郎住在這樣一個宅子裡面。當然別忘了，前面已經提到，武大郎的前妻還生下一個女兒叫迎兒，迎兒這個時候已經十來歲，跟他們一起生活在這裡。武松所借住的哥哥、嫂子那個家，以及後來西門慶、潘金蓮調情所在的住宅，都是這座宅子。

所以，二十五歲以前的潘金蓮，她的生命是悲慘的，她是一個被侮辱、被損害的女性。對她這一段生命歷程，我們應該予以同情和憐憫。《水滸傳》也好，《金瓶梅》也好，故事開始的時候，潘金蓮已經嫁給了武大郎，已經二十五歲了。從她的生活歷程來看，她生命存在的最大問題就是性苦悶。她是一個生理上、心理上發育得很到位的女子，她知道自己是美麗的，自己的面龐是可愛的，身體也是可愛的，她希望能夠把自己的這份美麗奉獻給自己所嚮往、愛慕的男子。但是，從她之前的人生歷程來看，始終沒有這個機會。

有一位年輕的讀者跟我討論《金瓶梅》，他說：潘金蓮為什麼非得守著武大郎生活？她可以跟武大郎提出離婚呀！或者她可以找到自己心儀的男人，兩人一起私奔呀！這是他不理解那個時代。那是一個皇權社會、男權社會，女性被壓在最底層，特別是像潘金蓮這樣的下層女性，她不能掌握自己的命運，對自己的身體沒有支配權，她的情慾不可能得到正常的發洩管道。所以，潘金蓮就是一個在性苦悶當中煎熬的生命。

在這種情況下，她忽然遇到小叔武松，她萬萬沒想到，自己的丈夫還有這樣一個高大、強壯、威風凜凜、充滿陽剛之氣的弟弟，她就愛上他了。對武松和潘金蓮，不少讀者以及看過《水滸傳》電視連續劇的觀眾都產生同情，說這兩人多般配，一個那麼陽剛，一個那麼美麗，一個是力的象徵，一個是美的象徵，力與美結合在一起，這不是人世間最瑰麗的情景嗎？所以，那位年輕的讀者跟我爭論的時候，甚至提出這樣的設想，他說作者為什麼不寫潘金蓮終於打動了武松，他們最後有一夜情，潘金蓮享受到了她所鍾情的男子的身體，這個男子也得到了一朵鮮花。當然，因為潘金蓮的身分是武松的嫂子，小叔跟嫂子通姦，這是一種罪惡，不僅封建禮教不容，就算在今天，也同樣有悖基本倫常。這位年輕讀者說，他明白這一點，可是潘金蓮太可憐了，他們可以讓武大郎好好的，作者就寫一夜情，後來武松覺得不合適再捲鋪蓋離開。在當時的時代，武松是不可以這樣做的，放到現在也不可以這樣做。但是，蘭陵笑笑生把武松寫得那麼冷酷無情，是個冷面君子，硬生生地拒絕了潘金蓮，這就讓潘金蓮的苦悶更加升級。

正是在這種極大的苦悶中，在春天的那一刻，潘金蓮不慎失手，叉竿打在了一個男人頭上。她往外看，男子往裡看，一對眼，男子發現一個天仙般的美女，女子發現一個不亞於武松、充滿陽剛之氣、男人味十足的男子，兩人一見鍾情。

年輕人後來跟我議論，他說要不作者就這麼寫，潘金蓮把武大郎害死後，她跟西門慶私奔。他還是不了解，在那個時代，一個女子是不可能那麼自主把握自己的命運。

第十一講　支配身體的自由
潘金蓮的性解放

❖導讀

上一講交代了潘金蓮的身世，她的父親是一個裁縫，母親因為家裡貧困，多次變賣她。她第一次被賣到王招宣府，在那裡學習彈唱、作詩、填曲。後被賣給張大戶，並被張大戶占有，後來張大戶把她嫁給武大郎。她十二、三歲就知道打扮自己，做張做致，喬模喬樣。她一直想主宰自己的身體卻不可得，二十五歲以前的潘金蓮是一個被侮辱、被損害的生命。那麼問題就來了，不僅是和我討論的年輕人，後來還有一些人，他們有一個觀點，他們覺得無論如何，潘金蓮應該是一個有些正面意義的形象，就是她追求個性解放。那麼潘金蓮究竟算不算是一個追求個性解放的女子形象呢？

中國古代社會發展到明朝的時候，因為商品經濟比較發達，社會流通性增大，所以社會生活也比較豐富多彩，整個社會的風氣可以說是禮崩樂壞。在明代，尤其到了《金瓶梅》這部書產生的時期，皇帝開始崇尚「房中術」，追求性愛，公開向社會徵求春藥。不用提達官貴人，就是一般的小康家庭，乃至市井人物，對於性享受都越來越公開，越來越開放。我們今天回過頭去看，就發現這樣一種不是很雅觀的景象。

例如書裡把清河這個地區描寫成一個非常富裕的居民聚居區，靠近大運河，運河邊上有一個屬於清河縣管轄的大碼頭——臨清大碼頭。碼頭上船隻雲集，各種運載貨物的船隻或者裝貨出發，或者停泊卸貨，當然還有載客的船、私人的船和官家的船。碼頭非常繁榮，有很多的客店，也帶動了色情消費。書裡就說，臨清這個地方有三十二條花柳巷，七十二座管弦樓，可見社會風氣已經糜爛到令人瞠目結舌的地步。應該怎麼評價明代後期社會發展的這種狀態？有一種觀點認為，這種色情風氣從上到下，布滿社會，當然不好。可是從側面來說，它意味著傳統禮教的崩壞，可以視作社會進步時的泥沙俱下。

潘金蓮的藝術形象就產生在這樣一種人文環境當中。從前面提到的就可以知道，潘金蓮自我意識覺醒得比較早，十二、三歲就意識到自己是一個女子，很美麗，對男子有吸引力，便精心地描眉畫眼，穿能夠顯細腰的衣服，充分展示自己的身體曲線，而且她做張做致，喬模喬樣，就開始有了撩撥、引誘男人的苗頭。她不僅自我意識覺醒得比較早，而且對自己的性定位也比較準確，她認為自己是一個美麗的女子，應該受男子喜歡，她也應該獲得一個自己喜歡的男子。後來，她就努力地去爭取自我身體的支配權，歷經波折，甚至還犯了罪，最後，潘金蓮終於如願以償地嫁給了西門慶。這裡再次說明西門慶娶女人不完全是圖財，畢竟潘金蓮沒有什麼財富，西門慶也不可能把潘金蓮的一棟房子帶走，從當時社會的法律和風俗來說，西門慶也沒有道理去霸占武大郎遺留下的房子，何況西門慶家是大宅院，潘金蓮的房子對他來說微不足道。更別忘了，武大郎死了，還有一個女兒迎兒。故事交代這個房子最後就空著，讓王婆代管，迎兒成了王婆的一個粗使丫頭。迎兒的命運很悽慘，潘金蓮為了自己尋歡作樂，哪裡管她，況且迎兒不是她親生的，就更不管了。

西門慶把潘金蓮娶進西門府以後，就安排她在花園裡面的三間屋子居住，對她的供給相當充分，潘金蓮過得相當舒服，沒日沒夜地跟西門慶顛鸞倒鳳。雖然西門慶喜歡潘金蓮，他們倆可以說是最佳的性伴侶，但西門慶作為那個時代的男人，很難專一地去愛一個女人，他還要跟很多其他的女人發生關係，一度住到妓院不回家了。書裡就有段故事，寫潘金蓮寂寞難耐，她讓小廝給西門慶送情書。潘金蓮會寫字，而且她的情書還不是一般的白話文，她會用詞曲的形式來書寫，西門慶收到情書也沒回來，她在性苦悶當中就和一個看門的小廝發生了關係。由此可見，潘金蓮就是一個性慾旺盛的女子。

有人認為潘金蓮是一個個性解放的先鋒人物這樣一種藝術形象。什麼叫個性解放？像外國中世紀，有皇帝，有教會，有王權，更有神權，對人的七情六慾進行桎梏，認為人的七情六慾不能夠隨意發洩，應該透過法律和公序良俗加以制約與規範。作為一個人，不能等同禽獸，應該對自己的七情六慾有所調節，有所把持。可是因為王權和神權對人的合理慾望也進行壓抑，所以，從中世紀開始就出現了反抗心理。後來歷史進步，發展到差不多相當於中國的明朝時期，在義大利首先開始了文藝復興運動，後來又有法國的啟蒙運動，在藝術上一波波地出現追求個性解放的浪潮。到了十九世紀上半葉，出現一些追求個性解放的文學作品，例如英國的小說《簡愛》，描寫簡・愛如何衝破重重束縛去完成自我追求，實現個人幸福。西方這些歷史發展在時間上和中國是平行的，但當時並沒有傳入中國。

中國明朝，隨著商品經濟的發展，社會流通的增加，中外文化的交流，也有本土的思想家做了一些啟蒙。例如明朝晚期的李贄，他提出了和同時期西方思想家相呼應的一些觀點，他認為人都有私心，人自私是必然的，人的七情六慾是合理的。過去儒家的道德觀發展到宋朝，就出現儒家理論的一個很重大的新階段，叫做理學，有一些理學家提出了「存天理，滅人欲」的觀點，認為人應該壓抑一切慾望去服從天理。婦女尤其不能自由支配自己的身體和慾望。那個時代強調男尊女卑，一個女子在家從父，出嫁從夫，夫死從子，婦女永遠要為男人犧牲自己，家裡男人死了要守寡，做一個節烈婦人，去爭取一個貞節牌坊。

這一套理論其實是反人性的，是不對的。所以，到了二十世紀五四運動前後，魯迅先生就寫了《我之節烈觀》，強烈地抨擊對婦女合理情緒的壓抑。從李贄所提倡的破除理學「存天理，滅人欲」的思想來看，潘金蓮好像確實值得肯定。李贄後來進一步提出，「穿衣吃飯，即是人倫物理」，他對人的溫飽等最基本的需求，健康、正常的情緒需求，予以充分肯定，認為這是不能壓抑的。

潘金蓮這個形象存在了好幾百年，歷來就有很多人探索怎麼評價這個形象。一九六二年，我二十歲的時候，北京人民藝術劇院演出了一齣話劇《武松與潘金蓮》，作者是歐陽予倩，這齣話劇就是把我們所熟知的武松、潘金蓮和西門慶這段故事演繹出來。它怎麼處理這個故事？舞臺演出是這麼讓觀眾去理解潘金蓮的：首先潘金蓮被張大戶霸占，是一個被侮辱、被損害的女子；後來張大戶因為老婆大鬧，賭氣把她賞給了武大郎，她又是一個受到性虐待的女子；接著出現了武松，潘金蓮大膽地追求武松，體現了她衝破封建禮教的反抗精神；然後潘金蓮錯愛西門慶，又在王婆的教唆下誤殺了武大郎；最後，出現這齣戲的高潮，當武松出差回來，得知他哥哥死了，知道實情以後，就拿匕首來殺潘金蓮，潘金蓮在這個時候撕開自己胸前的衣服，露出胸膛，很坦然地跟武松說：「這顆心是紅的、熱的、跳的、燙的，你就拿去吧！你殺了我，我還是愛你！」話劇作家和話劇演出企圖透過這樣的敘述方式和場景安排，博得觀眾對潘金蓮的同情，可這個戲沒演幾場就停演了。

無論是《金瓶梅》也好，《水滸傳》也好，關於潘金蓮的故事繞不過去的一段，就是殺害武大郎。雖然殺害武大郎是西門慶做後臺，有王婆的教唆，但是整個殺害過程是潘金蓮親手做的。從這點來說，她是一個刑事罪犯。妳追求妳的愛情，怎麼能夠去殺人？何況武大郎是一個非常善良、無辜、老實巴交的生命。這個行為太殘暴了！因此這個戲後來停演，今天我回過頭來看是理解的。

那麼怎麼看待潘金蓮？這個時代也在呼喚個性解放的女性出現。像李贄的這些理論就相當極端、相當激烈。大家想想，在一個儒家觀念深入多年，由官方非常嚴厲往下灌輸的情況下，還出現李贄這樣的思想家，他勇敢地站出來，向儒家的固有觀念挑戰，向封建禮教挑戰，他號召人們保護自己合理的私慾，維護自己合理的七情六慾，告訴大家，別聽冠冕堂皇的大道理，「穿衣吃飯，即是人倫物理」，很了不起。我個人認為，**潘金蓮是一個很獨特的形象，在當時的婦女當中她是很獨特的，但不能說她是一個追求個性解放的女子，請把「個」字去掉，她是一個追求性解放的女子。**

個性解放，必須要有精神層面的愛，但潘金蓮只有形而下的情慾層面的愛。她看一個男子高大威猛、強壯陽剛，就按捺不住，想跟他做愛，這種情緒、心理是合理、可以理解的，可是層次不高，屬於比較低級的一種慾望。潘金蓮和武松之間，沒有精神上的交流與溝通，她也沒有從這方面去嘗試，只是欣賞武松雄壯的身體。後來她對西門慶的心態也是這樣，叉竿打頭，兩人一對眼，「正撞著五百年前風流業冤」。這是《西廂記》裡面的一句唱詞，就好像有前緣似的，兩人就互相吸引了。但這種吸引是性吸引，是一個美麗女子吸引了一個社會上浮浪的青年，是社會上一個肥壯的富商男子對一個年輕、美貌的女子產生了占有慾。兩個人在當時那個階段的情慾，到後來殺人之前，應該都還合理。甚至在明媚的春日，叉竿打頭，兩人一對眼，還是一幅很美麗的畫面，可這是淺層次的，沒有精神層面的表現。通讀《金瓶梅》全書，你會發現蘭陵笑笑生對潘金蓮形象的刻畫，既沒有透過她表現個性解放的動機，也沒有達到這樣的客觀效果。

真正在文學作品裡面塑造出個性解放的女子形象的是《紅樓夢》。到了清代，《紅樓夢》裡面出現一個了不起的女子形象，就是林黛玉。林黛玉和賈寶玉之間當然有外貌的吸引，也有男女兩情相悅的因素，但是林黛玉和賈寶玉之間有精神層面交流。林黛玉和賈寶玉的反抗性，體現在他們共讀《西廂記》這樣一些場景中，而且在曹雪芹的筆下，林黛玉說出「我為的是我的心」這樣的話，她跟寶玉之間的情愛關係超越了異性之間外形的吸引，達到心心相印，她的終極追求是「我為的是我的心」，我要以我內心的一些情愫換取你內心一些與我共鳴的東西。所以，**到了清代小說《紅樓夢》，中國文學藝術的女性形象當中，才真正有了體現出個性解放的一個形象——林黛玉**，而無論是《水滸傳》裡面也好，《金瓶梅》裡面也好，潘金蓮都算不上一個個性解放的形象。

李贄認為，人不應該壓抑自己的七情六慾，要做一個像兒童那樣率真的人，要保持一顆童心，要有一種「絕假還真」的生存狀態。如果按照李贄的觀點來評價的話，潘金蓮還夠格，她一心就想跟自己中意的男子做愛，是一種性解放。有人說潘金蓮那麼淫蕩，為什麼不到妓院當妓女？且不說妓女的地位低下，她們還被鴇母控制，鴇母讓她們接什麼客，就得接什麼客，她們是沒有自主選擇權的。潘金蓮就是要自己決定，她美麗的身體給誰，她要有陽剛之氣的、強壯的男子，不僅看了順眼，而且做愛的時候很舒服，很愉快。這都表現出潘金蓮在性方面的這種自覺意識，達到一種了不起的狀態。

不過，性解放跟個性解放比較起來的話就差得多了，**性解放只是自我的身體解放，個性解放是自我的精神解放**，潘金蓮沒有達到林黛玉那樣的高度。但是話說回來，在那樣一個時代，那樣一個社會，潘金蓮作為一名女子，能夠在性意識方面達到這種自己支配自己性慾的地步，應該算是一種值得肯定的人格傾向。糟糕的地方就在於，潘金蓮殺害了武大郎，她種下了惡果，最後自作自受。

第十二講　霸攔西門慶

潘金蓮的後院爭奪戰

❖導讀

上一講告訴你個性解放必須要有精神層面的愛，而潘金蓮並不是一個追求愛情的女子，她的生命存在就是性慾存在。儘管對比那個社會中被封建禮教禁錮壓抑的許多女性，她自己解放自己，蔑「天理」，縱人欲，有其勇敢的一面。但是，對她做評價，「個性解放」並不恰當，要去掉「個」字，說她是「性解放」的先鋒恐怕更適宜一些。潘金蓮嫁入西門府以後，要想維持自己獨占西門慶的性快樂是很難的，因為光是西門府裡，還有好幾房妻妾。那麼，她怎麼在西門府裡面爭取自己這方面的利益呢？請看本講內容。

潘金蓮很早就有要自由支配自己的身體，自由為自己的情慾做主的想法。後來她付諸行動，經過一番跌宕曲折，終於如願以償，嫁到了西門慶家裡，成為西門慶的一個小老婆。西門慶正是她理想中的男子，高大威猛，有男人氣概。但是，潘金蓮嫁到西門慶家裡以後，她面臨一個新的生活危機，西門慶並不是只娶了她一個老婆，他還有正妻吳月娘、二房李嬌兒、三房孟玉樓、四房孫雪娥，潘金蓮是五房了，後來西門慶又娶了一個六房李瓶兒。在這種情況下，潘金蓮必須爭寵，她希望西門慶能成為自己專享的男子，她不能容忍別的女子或者其他人去跟西門慶做愛。她嫉妒，她氣不忿，她要從中破壞。所以，她進入西門府以後，一天到晚就沉浸在要用一張網把西門慶網住的狀態。

在那個時代，男子在性事上很放縱。西門慶不但可以隨時去找那幾房妻妾做愛，甚至還會跑到妓院去跟妓女廝混，而且他也和一些地位不等的女子發生關係。所以，潘金蓮面對這樣一個情況，其實還是有失落感的。她不能夠隨心所欲、隨時隨地地享受她所喜歡的這個男子，不能享受這個男子跟她之間的性愛。享受得到時當然就瘋狂地享受，享受不到時就非常苦悶。當然，社會上其他亂七八糟的人一下子難以對付，但在西門府裡面，在這一群妻妾當中拔尖還是可行的，她要把西門慶給攏住。潘金蓮是這樣一種心態，她也是這麼去做的。

潘金蓮的第一個對手就是吳月娘，但吳月娘是正妻，在那個時代，男子的妻妾裡面，正妻的地位是其他小老婆不可踰越的。這種情況到了清代的長篇小說《紅樓夢》裡也是這麼表現。《紅樓夢》裡榮國府的府主是賈政，賈政的正妻是王夫人，可通讀全書，幾乎沒有文字寫到賈政和王夫人在他們的正房裡過夫妻生活，賈政有時候會到正房榮禧堂處理一些事務，但是不管多晚都不在那裡留宿。當然《紅樓夢》裡賈政的小老婆只有兩個，一個是周姨娘，另一個是趙姨娘。書裡面寫賈政喜歡趙姨娘，在自己的書房裡面過夜，他讓趙姨娘來伺候，周姨娘好像和他沒有什麼太大的關係。他雖然娶了這個姓周的小老婆，但是在《紅樓夢》的故事開始以後，二人就沒有過親密的舉動。

回過頭來說《金瓶梅》，西門慶娶了正妻吳月娘，西門慶娶她的時候，吳月娘的年紀已經不小了，西門慶叫她姐姐。在那個時代，吳月娘算年紀不小的婦女了，本身的性慾要求已經不強烈，西門慶很少光顧正房，很少跟她做愛，這在西門府裡算是一種很正常的現象。所以就這方面來說，吳月娘不構成潘金蓮想獨占西門慶享受性快樂的挑戰者。但是，吳月娘地位尊貴，經常讓潘金蓮嫉妒，但她還是壓抑情緒，儘量避免與吳月娘發生衝突。

二房李嬌兒，書裡一開始就寫她的身子已經沉重，人發胖了，在色相方面應該跟潘金蓮沒法比。所以，她在以色籠絡西門慶、享受西門慶身體方面，實際上對潘金蓮不構成很大的威脅。可潘金蓮對她還是氣不忿，因為她在小老婆當中排在最前面。所以，潘金蓮逮著機會就揭她老底，說她是西門慶從妓院裡買來的小老婆，出身不雅。有一段時間，西門慶沉迷於妓院裡的荒唐生活，不回家了，潘金蓮逮著機會就在屋子裡大罵：「十個九個院中淫婦，和你有甚情實！常言說的好，船載的金銀，填不滿煙花寨！」在西門府裡潘金蓮這麼罵，妓院的人根本聽不見，所以這些話其實是罵給李嬌兒聽的。她時不時地揭李嬌兒的老底，要把李嬌兒居二房的氣勢壓下去。

對於三房孟玉樓，潘金蓮還是比較有心計的。孟玉樓很漂亮，身材比潘金蓮還要好，臉上有點淺白麻子，不但沒有讓人覺得她醜陋，反倒增添了她的嫵媚，西門慶挺喜歡她的。後來潘金蓮發現孟玉樓從不主動勾引男人，她不主動希望西門慶回家以後到她房裡過夜，而是擺出一種無所謂的姿態，於是潘金蓮對孟玉樓就比較滿意。實際上書裡對孟玉樓的刻畫也是全方位，早在薛嫂跟西門慶說媒讓他娶孟玉樓的時候，張四舅阻攔這門親事，跟孟玉樓說：「他家見有正頭娘子，乃是吳千戶家女兒，你過去做大是，做小是？況他房裡又有三四個老婆，除沒上頭的丫頭不算。你到他家，人多口多，還有的惹氣哩！」那個時候孟玉樓就一番表白，她說：「自古船多不礙路，若他家有大娘子，我情願讓他做姐姐。雖然房裡人多，只要丈夫作主，若是丈夫喜歡，多亦何妨？丈夫若不喜歡，便只奴一個也難過日子。況且富貴人家，那家沒有四五個？你老人家不消多慮，奴過去自有道理，料不妨事。」

孟玉樓不光嘴裡這麼說，她也是這麼做的。西門慶把她娶過去以後，她就擺出很大度的姿態，男主人你愛到哪房去，就到哪房去。這個故事發生在運河邊，所以，蘭陵笑笑生就讓人物嘴裡面說出這種運河邊的俚語「自古船多不礙路」，三妻四妾，孟玉樓不怕，也無所謂。潘金蓮看到了孟玉樓這樣一種態度和作為，就決定合縱連橫。西門府的這些妻妾，有的潘金蓮得主動出擊，去消耗她的銳氣；有的潘金蓮就要跟她統一戰線，暫時跟她和好。潘金蓮把孟玉樓選擇為一個可以休戰的對象。書裡寫她們倆挺好的，經常手拉著手走來走去。

四房孫雪娥是西門慶的第三個小老婆，潘金蓮認為必須要把她滅掉。孫雪娥雖然身材不太好，可是床上功夫不錯，所以西門慶也收了她，偶爾會到她那裡隨興一下，潘金蓮就看不下去。當時西門慶把潘金蓮娶過來之後，就從吳月娘的房裡撥了一個叫春梅的丫頭來伺候潘金蓮。春梅也是一個很美麗的女子，潘金蓮覺得要團結春梅，畢竟春梅是她的丫頭，不可能跟她在西門慶面前爭寵。在潘金蓮同意的情況下，春梅可以參與她與西門慶的房事活動，春梅就屬於通房大丫頭。後來在《紅樓夢》裡面也寫到通房大丫頭，例如賈璉、王熙鳳夫婦的通房大丫頭就是平兒。在《金瓶梅》裡，後來潘金蓮就和春梅結成死黨，想方設法把西門慶攏在她們居住的空間，使其他妻妾得不到接近西門慶的機會。而且每當西門慶和潘金蓮狂熱地享受性愛的時候，春梅總是很知趣地迴避，對此潘金蓮也很滿意。

於是，潘金蓮發動春梅一起滅掉孫雪娥。有一天，西門慶在潘金蓮房中，早點要吃荷花餅和銀絲鮓湯。這對掌廚的孫雪娥來說都不是問題，因為她就是一個特別會上灶做飯的小老婆。實際上在西門府裡，她就住在廚房邊上，當然孫雪娥要把早點做好以後再送過來。可是左等不來，右等不來，潘金蓮就派春梅去催問。孫雪娥早就覺得潘金蓮和春梅「霸攔」著西門慶不放很可惡。所以，她見春梅來問就沒好氣。何況春梅畢竟只是一個丫頭，她孫雪娥再怎麼說也是個帶了鬏髻的正式妾室，兩人就戧了起來。春梅回來一學舌，潘金蓮就覺得受委屈了，埋怨了幾句。西門慶剛跟潘金蓮做愛不久，確實很喜歡她，聽了這些話就很生氣，立馬衝到廚房打孫雪娥，孫雪娥只好忍氣吞聲，畢竟男主人愛打誰就打誰。但是，孫雪娥大意了，她沒等西門慶走遠，就在廚房裡面抱怨，意思就是說潘金蓮和春梅她們這樣「霸攔」男人，今後不得好死，她要洗好眼睛，等著看潘金蓮和春梅怎麼死。總之，說了一些很惡毒的話。西門慶沒走遠，聽到這些話便折回去，又把她打了一頓，這樣西門慶徹底厭惡孫雪娥。後來孫雪娥由於苦悶，和一個叫來旺兒的下人偷情，被揭發後西門慶就摘了她的鬏髻，等於是宣告她不再是小老婆，徹底把她當作一個粗使丫頭來對待。用春秋戰國做比喻的話，這樣潘金蓮的「金國」就把孫雪娥的「孫國」給滅掉了。

潘金蓮萬萬沒有想到，前面幾個女子其實都還不是她真正的競爭者，對她構成最大威脅的是西門慶後來娶進門的李瓶兒。從吳月娘往下算，潘金蓮是第五房，這個李瓶兒就是第六房，從小老婆的排序來說的話，就是李嬌兒、孟玉樓、孫雪娥、潘金蓮，然後才是李瓶兒。李瓶兒也非常美麗，非常性感，床上功夫非常好，深得西門慶的喜歡。有了李瓶兒以後，西門慶就經常冷落潘金蓮。更可怕的是，這些老婆都沒有生育，可是李瓶兒嫁過來以後很快就懷孕了，還生了一個兒子。西門慶有個女兒西門大姐，嫁給了陳經濟，住在東京。後來因為東京有政治風波，為了避風頭，兩口子回到了清河，住進西門府。但這個女兒是過世的原配生的，不是現在的這幾房妻妾生的。故事開始以後到我現在說的這個地方為止，吳月娘沒生育，李嬌兒沒生育，孟玉樓沒生育，孫雪娥沒生育，潘金蓮更多的興趣是做愛，對於生育也不太重視，所以也還沒懷上。在那個時代，作為妻子也好，作為小老婆也好，妳首先是一個傳宗接代的工具，要為家庭生育，而且要生男孩，生男孩以後妳的地位就無比崇高。李瓶兒生下兒子的時候，正趕上西門慶度過政治危機，還得到官位，他高興得不得了，就給兒子取名為官哥兒，對他視若珍寶。吳月娘也很高興，因為從當時的社會法理上來說，她是正妻，雖然自己沒有生育，但小老婆給丈夫生的男孩也算她的兒子，這個男孩不但以後是她丈夫的一個依靠，更是她今後的一個依靠。

但是李瓶兒一生育，李嬌兒不高興；孫雪娥雖然被貶斥了，也不高興；孟玉樓雖然嫉妒心不強，也覺得是個遺憾；潘金蓮就慌了。所以書裡面後來就寫潘金蓮有所覺醒，她跟西門慶光是魚水情，光是做愛快活，還不能夠真正鞏固她在府裡面的地位，她得給西門慶生孩子。潘金蓮聽說有一種辦法，就是把道士或者那種算命人畫在紙上的符燒成灰，兌在水裡喝就有可能懷孕，她打探到吳月娘其實私下也在這麼做，於是她也開始喝符水。潘金蓮想為西門慶生孩子，可是遲遲不見肚子有動靜，眼睜睜看著李瓶兒生了兒子，得到西門慶越來越多的寵愛，她就開始使壞。此後作者塑造潘金蓮這個形象就更多去揭示她人性的惡。

第十三講　慾望催生惡之花
潘金蓮的惡與善

❖導讀

上一講告訴大家潘金蓮對西門慶的性愛索求是強烈的，她想「霸攔」西門慶，她首先要面對的爭寵對象是西門慶的另外幾房妻妾。正妻吳月娘，潘金蓮雖然嫉妒但只能壓抑情緒，儘量避免衝突。二房李嬌兒和四房孫雪娥在眾小老婆中是競爭力最差的，但畢竟西門慶偶爾也會到她們房裡解悶，潘金蓮於是尋隙滅掉她們。三房孟玉樓態度溫和，不爭寵，潘金蓮和她保持友好關係。最大的敵人是六房李瓶兒，美麗多金，擅風月，還給西門慶生了一個兒子。潘金蓮將如何對付李瓶兒，對她釋放最多的人性惡？作者在這部書裡面，還有哪些對人性惡的揭示呢？請看本講內容。

《金瓶梅》這部書有一個很大的特點，作者蘭陵笑笑生是冷敘述，他認為天下本無事，一切都無所謂，用冷靜的口氣、冷漠的態度來刻畫人物，來寫事，寫人性。實際上他冷峻的筆法，把人性惡揭示得入木三分，讓人看了以後脊背發涼。他後來就用了很多筆墨來揭示潘金蓮人性當中的陰暗面，寫她的人性惡。他不僅刻畫潘金蓮，對書中的一些小角色的處理也具有這種特色。

我們知道在《水滸傳》裡面有一個小角色何九，是一個仵作，就是衙門裡頭的驗屍官，潘金蓮把武大郎給毒死了，需要經過仵作驗屍，證明是正常死亡才能夠安葬。《水滸傳》裡寫的何九還是有良知的，他的人性還沒有黑暗到令人髮指的地步。西門慶有錢，又占了官府的權勢，在這種情況下，何九開始只好昧了一部分良心，做出了武大郎確實是自己病死的驗屍結論，掩蓋潘金蓮毒殺親夫的事實。但是他在處理武大郎火化後的屍骨時，偷偷留下一塊骨頭，以證明武大郎不是正常死亡，而是中毒加窒息而死，因為人中毒而死的骨頭和正常死亡的骨頭是不一樣的。

《水滸傳》寫何九還留有餘地，他雖然貪贓枉法，有昧良心的一些作為，最後總算保存一份良知和良心。但是《金瓶梅》裡面的何九完全是一個勢利小人，一點良知都沒有。他去驗屍的時候，因為收了西門慶的銀子，明明一眼就看出來武大郎非正常死亡，但他偏偏做出正常死亡的結論，潘金蓮說武大郎是心痛而死，他的驗屍報告就說武大郎是自己心痛而亡，完全喪盡天良地去幫兇，替西門慶、潘金蓮和王婆掩飾罪行。這一段情節就顯示出蘭陵笑笑生刻畫人物，特別善於把這個人物的人性揭示出來。

潘金蓮進了西門府以後，蘭陵笑笑生對潘金蓮人性惡的描寫就一再地加以展現。西門慶後來又娶了李瓶兒，李瓶兒成為西門慶的新寵，這倒也罷了，李瓶兒後來還為西門慶生下一個男孩，取名官哥兒。書裡就寫潘金蓮出於嫉妒，有一些非常陰險惡毒的做法。一次是她趁李瓶兒不在屋裡，擅自把官哥兒抱出屋子，奶娘如意兒怎麼勸怎麼阻止也沒用，她高舉起官哥兒，這樣官哥兒就第一次受到了驚嚇。把一個嬰兒高高舉起，也可以解釋成是對他的喜愛，所以潘金蓮這次侵犯問題還不是很大。

往下發展，李瓶兒被娶進西門府以後就住在潘金蓮隔壁，她們都住在花園裡面。那個時代建築的房子不可能非常隔音，更何況就算牆壁隔音，窗戶還是擋不住聲音。潘金蓮就故意要進一步驚嚇官哥兒。除了春梅以外，西門慶還用銀子給潘金蓮買了一個粗使丫頭秋菊，她和春梅兩個人都不把秋菊當人對待。官哥兒出生之前，她們就經常虐待秋菊，一件事沒做好，就罰跪。光罰跪還不行，罰跪的時候還要她舉著大石頭。有時候潘金蓮生氣，不但打秋菊，還掐秋菊的臉。自從李瓶兒生了官哥兒之後，潘金蓮越發地找碴兒來打秋菊，虐待秋菊，秋菊就發出殺豬般的慘叫，驚得官哥兒沒法安睡。潘金蓮養了寵物狗和貓，有時候她故意打狗讓狗發出慘叫，官哥兒就更睡不著覺。最後潘金蓮就進一步，驅使她所養的大貓雪獅子去撲官哥兒，這就把官哥兒徹底地弄得驚厥，後來官哥兒不治而亡。蘭陵笑笑生就這樣來寫潘金蓮的人性惡。她在之前害死過她的親夫武大郎，現在由於嫉妒心重，為了滅掉李瓶兒，又下毒手把西門慶好不容易得到的一個兒子給驚嚇而死。

蘭陵笑笑生一路寫下來，潘金蓮為了自身利益，陰險毒辣，不擇手段，她對西門慶好像越發地要把他拿繩子給捆住，拴在自己的身邊一樣，她巴不得西門慶一天到晚都跟她做愛，她要壟斷西門慶。那麼這部書的故事發展到最後，西門慶基本上就是死在她床上。因為那時候西門慶很荒唐，剛跟別的女人做完愛，回家後很睏乏，潘金蓮還要對西門慶進行瘋狂的性索取，導致西門慶開頭是水銀狂瀉般失精，後來就溢出血水，最後往外出冷氣，幾天後西門慶就一命嗚呼。潘金蓮成了西門慶的索命鬼。

蘭陵笑笑生寫潘金蓮種種人性惡的表現，不是單一來寫，而是交叉來寫的，他把潘金蓮人性當中其他一些因素時不時地點染出來。不是寫得讓我們覺得潘金蓮的人性惡好像不可理喻，而是讓我們相信當時就有這麼一個女子，她就這樣，她的各個方面的表現都出自她的本性，所以蘭陵笑笑生刻畫人物沒有一個既定的前提，他不貼標籤，他就告訴我們，那個時代的宅院裡面有這麼一個女子，她就是這個樣子。

不過他有一筆寫到了潘金蓮的人性中還有善良的光點。那個時代還沒有玻璃鏡子，婦女用的是銅鏡，當然銅鏡的效果比現在的玻璃鏡子差遠了，不過在當時那就是很好的鏡子。但是銅鏡有一個問題，容易生鏽，所以時不時需要有人來磨鏡。某天西門府門口來了一個磨鏡的老頭，孟玉樓和潘金蓮都去了，老頭一邊磨鏡子，一邊眼淚汪汪地哭訴，說自己很可憐，他的老婆病在床上起不來，想吃口東西他都沒錢買，他們的命好苦。孟玉樓是一個有善心的人，她比較有錢，就立刻讓自己的丫頭去拿些東西給這個磨鏡老頭。潘金蓮是最沒錢的，但是蘭陵笑笑生有一筆就寫到潘金蓮的靈魂裡面多少還存有一點善的因素，她的陰險歹毒是針對在利益上跟她有衝突的人，磨鏡老頭跟她毫無利益衝突，她的善心就落在磨鏡老頭身上。潘金蓮發了善心，也讓她的丫頭去拿小米和醃黃瓜送給磨鏡老頭。小米和醃黃瓜是潘媽媽看望她的時候帶過來的。

前面我一再講潘金蓮的父親是個裁縫，潘裁死後潘金蓮的母親還一直活著，書裡有時候叫潘媽媽，有時候叫潘姥姥。潘金蓮嫁給西門慶以後，潘媽媽有時候也會來串門，給她帶點東西過來。潘媽媽窮，帶不了什麼好東西，無非就是帶點小米、醃黃瓜這些日常吃的東西。潘金蓮決定分出一部分給這個磨鏡老頭，這一筆描寫是有益的，不是說作者一味地寫這個人物人性中的惡，她人性中有善的地方，他也如實寫出來，而且更有趣。老頭把鏡子給她們磨好以後就走了，這時府裡有一個小廝知道這老頭的底細，就跟她們說這個老頭撒謊，說他老伴病倒在床，東西都吃不了了那是胡扯，他老婆是一個說媒拉縴、走街串巷的婦人，昨天還從街上走過。雖然小廝揭了磨鏡老頭的老底，孟玉樓聽了以後無所謂，潘金蓮聽了以後也沒有覺得自己資助他一些小米和醃黃瓜是吃虧上當。作者寫出，在和自己沒有直接利益衝突的情況下，人們有一些與人為善的行為，哪怕是接受他們善意的那一方被揭穿是撒謊，他們也還都能夠承受。

作者是這樣全方位、立體地寫潘金蓮，當然有一筆值得注意，就是潘金蓮對她的母親其實沒有什麼感情。有一年，潘金蓮要過生日，西門慶就給她安排慶壽，潘媽媽當然也來了。潘媽媽是坐轎子來的，下了轎子以後，轎夫就向潘媽媽要轎錢，可是潘媽媽沒錢給。當時轎錢也不是很多，可是潘金蓮就不願意出轎錢，當著很多人的面數落她媽媽，意思是沒錢就別來，來了就自己付錢，這個錢她不管。潘金蓮當眾表現出對自己的母親無情無義，完全不講孝道，她人性當中的陰暗面顯露無遺。當然讀者根據前面的交代，對潘金蓮多少有些理解，雖然潘媽媽是她的親生母親，但是她把潘金蓮賣來賣去，先賣到王招宣府，後來又賣給張大戶，她從小沒有得到多少母愛，已經沒有什麼反哺、孝順之心。但是為了這麼點轎錢，又在她過生日的時候，當場讓自己的母親這麼沒面子，下不了臺，也說明潘金蓮的人性是夠陰冷的。最後還是孟玉樓看不過去，拿了銀子給轎夫，收拾這個局面。

作者把社會生活寫得很細，透過無數的細節，透過日常生活的流動，刻畫人物複雜的人性。潘金蓮是所有妻妾裡面唯一敢跟西門慶頂撞的人，書裡有這樣的描寫。因為西門慶特別寵官哥兒，一次他就把金鐲子拿給官哥兒，給他當玩具，沒想到後來就丟了一個。金子失竊在西門府是一件大事，西門慶在上房就發怒，跟吳月娘說這件事，他主張讓小廝去買狼筋——狼身上有一根很長的筋，把它解剖出來以後晾乾，可以當鞭子打人，用它打人的話，不但會非常疼，而且會有內傷。西門慶就說買來狼筋以後，他把這些丫頭們都叫過來一個個審問，看到底是誰把金子偷了。吳月娘覺得追問是應該追問，但是沒必要這麼暴躁，馬上買狼筋抽丫頭，未免有點過分。在上房裡面，西門慶和吳月娘討論如何追查丟失的金子。

那個時代，在大宅院裡面，他們一個是府主，一個是府主婆，他們之間說話，別人是不可以亂插嘴的。當時潘金蓮正好在上房，她就偏插嘴，因為她覺得西門慶對官哥兒太寵愛了，實際上是對李瓶兒太寵愛了，本來就不該把金子拿去給孩子玩，西門慶買狼筋抽丫頭會讓人恥笑的。潘金蓮表達意思的時候用了很粗鄙的語言，一下子就激怒了西門慶，他把潘金蓮摁倒在炕上，揮起拳頭就要揍她。眼看潘金蓮就要陷入當年孫雪娥的處境了，府主想打誰就能打誰，他有這個權力。

可是潘金蓮勇於反抗，她說如果西門慶打死她的話，潘媽媽饒不了他，會到衙門去告他；他別以為自己當了一個破官，戴了頂破烏紗帽，覺得自己有錢，就了不起，其實他是個債殼子（欠別人很多錢的人）。當時潘金蓮被按倒在炕上，西門慶吼聲連連，而且連拳頭都舉起來，但潘金蓮敢於反抗。蘭陵笑笑生一支生花妙筆寫得非常合理，西門慶一下子噗哧就樂了，拳頭沒砸下去就把她放開了。沒有女人敢這麼跟他對抗，可是這個女子居然說出這樣的話來。下面就寫西門慶的性格當中也有童真的一面，他說：「我是破紗帽窮官？教丫頭取我的紗帽來，我這紗帽那塊兒破？這清河縣問聲，我少誰家銀子？你說我是債殼子！」

而且西門慶要打潘金蓮的時候，叫她「小歪刺骨」，纏足實際上是摧殘人的天足，但是纏成三寸金蓮在那個時代被認為是一種正常的做法。如果骨頭長得不正，反而纏不成三寸金蓮，叫長了歪刺骨。潘金蓮當然不是歪刺骨，她就翹起自己的一隻腳質問西門慶：「你看老娘這腳，那些兒放著歪？你怎罵我是歪刺骨？」搞得一旁的吳月娘也哭笑不得，只好說他們兩個是「銅盆撞了鐵刷帚」。由此可見，雖然西門慶充分看到了潘金蓮的人性惡，她的尖酸刻薄、嫉妒心，但是他還是很喜歡潘金蓮那種倔強的性格，那種火辣的語言做派。因此，蘭陵笑笑生把潘金蓮的性格塑造得非常豐滿，把她人性當中各個方面都充分地展示出來。

第十四講　圖利還是成人之美
王婆與紅娘的區別

❖導讀

上一講告訴你蘭陵笑笑生在《金瓶梅》這部書裡刻畫潘金蓮，是在《水滸傳》的基礎之上把潘金蓮的形象深化了，豐富了，既寫她的人性惡，也交叉寫她人性中為數不多的善良光點。潘金蓮對西門慶進行瘋狂的性索取，誇張一點說，實際上西門慶等於死在了潘金蓮的床上。這就再一次堅定了我自己對潘金蓮的形象認知，她確實不是一個個性解放的藝術形象，而是一個性解放的藝術形象。從後來這些描寫來看，連性解放的標籤放在她的身上都不合適了，應該說她有一些性慾亢進，她的人格已經相當變態了。本講將告訴你潘金蓮最後很悲慘的結局。

書裡寫西門慶死後，潘金蓮還不安生，她和她的丫頭春梅都和西門慶的女婿陳經濟亂來。陳經濟也很放肆，一個人占有潘金蓮和春梅兩個美女。這件事情最後敗露，吳月娘大怒。實際上吳月娘一直對潘金蓮不滿意，有一次在正房吳月娘和潘金蓮就攤過牌，月娘質問潘金蓮：「漢子頂天立地，吃辛受苦，犯了甚麼罪來，你拿豬毛繩子套他？」意思就是，西門慶是一個頂天立地的男子漢，潘金蓮憑什麼好像拿著繩子把他拴著？潘金蓮巧為辯護，頂撞吳月娘。但是有一點潘金蓮怎麼也勝不過吳月娘，用吳月娘的話說：

「隨你怎的說，我當初是女兒填房嫁他，不是趁來的老婆。那沒廉恥趁漢精便浪，俺每真材實料，不浪。」

意思就是，吳月娘不是那些被漢子趁過來的女人，不是先姦後娶的那種女人，她是正牌貨。吳月娘強調自己是真材實料，是西門慶正經八百、明媒正娶過來的正妻，他們沒有婚前性關係，婚前她也沒有跟其他的男子有任何關係，她是以清白之身嫁給西門慶續絃，成為正妻，所謂身正不怕影子斜。

西門慶其他小老婆都是趁來的，都是先姦後娶。李嬌兒是妓院的妓女；孟玉樓是嫁過人的寡婦，雖然孟玉樓入門之前沒跟西門慶發生過關係，但是她也是破身的寡婦；孫雪娥老早就被西門慶占有了，後來西門慶一時興起才追認她為小老婆；潘金蓮不消說，前面的故事大家都很熟悉了，她也是先姦後娶的；李瓶兒也是這樣。裡邊的故事以後要一環一環地說給大家聽，她們都不是真材實料，都是一些浪蕩女人。吳月娘有張王牌，就是她不是趁來的老婆，她不浪，她是真材實料。

西門慶沒死的時候吳月娘就厭煩潘金蓮，西門慶死了以後，她就更厭煩、更難以容納潘金蓮。但是沒有合適的理由，吳月娘不能輕易地把她打發掉。後來她終於發現潘金蓮和春梅竟然跟西門慶女兒的丈夫，也就是她的女婿有染。雖然西門大姐不是吳月娘親生，但是從倫理秩序上說，她就是西門大姐的母親，陳經濟是她家女婿。丈夫剛死，她就發現丈夫的小老婆潘金蓮，連同她的貼身丫頭春梅居然跟女婿亂來，這就徹底超出她的容忍底線了，必須把潘金蓮打發掉。吳月娘先把春梅打發掉，然後來打發潘金蓮。

潘金蓮當時是從王婆那裡娶過來的，因為她把自己的丈夫毒死，西門慶賄賂驗屍官何仵作，做出對潘金蓮、西門慶和王婆都有利的結論，就是根據屍體檢驗，武大郎是得心疼病而死。這樣武大郎之死就沒有構成一個刑事案件進行追究。在這期間潘金蓮就認了王婆做乾媽。所以，西門慶迎娶潘金蓮，名義上是從潘金蓮的乾媽那裡把她的乾女兒聘進來當小老婆。因此，吳月娘順著這個邏輯把王婆找來，其實吳月娘很清楚王婆是一個不幹好事、保媒拉縴、拉皮條的市井混混，但是既然潘金蓮是從她那兒迎娶過來，就還是把她找來。

吳月娘跟王婆交代，現在把潘金蓮還給她，不管潘金蓮今後嫁誰，只要對方出銀子，王婆到時候把收到的銀子交到西門府就行。王婆一聽吳月娘的意思，主要是要打發人，就近把潘金蓮改嫁了，收多少銀子並不在乎。於是王婆就把潘金蓮帶回自己家，開頭一段就讓她跟自己一塊住。書裡寫的潘金蓮確實是一個色情狂，只要她活著，就要尋求性快樂。沒有了最理想的男子，可以退而求其次。王婆有個兒子，叫王潮，王潮在故事的開頭還是個少年，等到潘金蓮被王婆從西門府領出來的時候，王潮已經是一個成年男子，長成一條大漢。晚上表面上潘金蓮是和王婆在一個炕上睡，王潮在外屋的床上睡，潘金蓮晚一點了就去外屋找王潮，王潮也接受，兩人就做愛。書裡的一些描寫讓我們清楚知道潘金蓮的生命存在就是一種性存在。寫到這個地步，我想多數讀者對潘金蓮的同情心都會大大地減弱，意識到她是一個很怪誕的生命。

作者又放開來寫王婆的人性惡。從前面的諸多描寫可以知道，王婆是一個人性很黑暗的存在。在故事發展到我講述的這個時間段的時候，王婆的貪慾進一步地被刻畫出來。前面我講有個年輕人經常和我一起討論《金瓶梅》，有一次他跟我論，說他覺得有點奇怪，王婆拉皮條促成潘金蓮和西門慶的苟合，無論是《水滸傳》也好，《金瓶梅》也好，這些情節都引起了歷代讀者的憤慨與厭惡。但《西廂記》裡面寫張生和崔鶯鶯，兩個青年男女，他們之間也有一個人給他們做媒，就是紅娘，導致他們發生關係。可是歷代的人對紅娘都特別肯定，特別讚賞，在戲曲舞臺上，紅娘被刻畫成一個可愛、值得肯定和尊重的人物形象，她是一個促成別人的愛情和婚姻的正面存在。這是為什麼呢？紅娘和王婆做的事有多大區別？

有人可能會說，王婆拉皮條，讓潘金蓮和西門慶苟合，她不對，因為潘金蓮是一個有夫之婦。回過頭來想，《西廂記》裡說得很明白，崔鶯鶯當時已經許配了人家。那個時代，一個女子訂了親，和她嫁了人，沒有多大區別，都是有夫之婦。為什麼人們就那麼否定王婆，肯定紅娘呢？

後來我跟那個年輕人透過分析找到答案。在《西廂記》裡，紅娘促成崔小姐和張生的愛情，故事的結局是一個喜劇，有情人終成眷屬，並且紅娘做這些事完全是無私的，她並不想從中得到任何好處，沒有牟利的性質。所以，人們對這種不帶任何利益追求，不把自己所做的事當作牟利的事來做，這種促成別人愛情、婚姻圓滿的行為，都予以肯定，甚至紅娘成為一個恆定的符碼，說「你真是個紅娘」，這一定是表揚的意思。

而王婆從頭到尾都是圖銀子，從一開始促成潘金蓮和西門慶的苟合，她就是圖銀子，到故事發展到吳月娘把潘金蓮打發出去，潘金蓮先到王婆家住，王婆把她再賣出去，還是圖銀子。吳月娘說潘金蓮嫁人，銀子不拘多少，王婆把這事做了就行。潘金蓮那個時候三十二歲，不算太大，仍然美貌，應該是一個風流多情的女子，更何況潘金蓮還有才藝，所以王婆就把潘金蓮當作一件待價而沽的商品。

而且王婆非常貪婪。那個時候有人出五十兩銀子要買下潘金蓮，王婆拒絕。後來有人出到了八十兩銀子，她還拒絕。陳經濟因為和丈人的小老婆潘金蓮亂搞的事情被丈母娘吳月娘知道，被從西門府裡轟出來。陳經濟就來找王婆，說他確實喜歡潘金蓮，下決心要娶潘金蓮。王婆就是貪利，按說這樁生意是不能談的，這兩個人按封建禮教的倫理來說，一個是小媽，一個是女婿，怎麼能夠結合？但王婆頭腦裡沒這個約束，即使她嘴裡有兩句覺得這事不妥的話也是假的。王婆就是貪利，她跟陳經濟討價還價，讓陳經濟拿一百兩銀子來，除此以外，還要給她做媒的銀子，這樣她才考慮把潘金蓮放出去。

當時陳經濟手裡哪有這麼多銀子，陳經濟跟王婆說，他去籌銀子。書裡前面交代了，陳經濟是從東京逃到清河縣。書裡的東京，就是北宋當時的首都開封，又叫汴梁。當時朝廷裡面發生一些政事動盪，陳經濟帶著他的媳婦西門大姐到清河投奔他的丈人、丈母娘，現在他要回東京找他的父親和親戚籌銀子。

沒想到在這個時候武松突然出現了。不是說武松在獅子街大酒樓誤殺李皂隸，最後被發配了嗎？其實後來武松的故事還很多，《金瓶梅》就不細講，但是在《水滸傳》裡面寫得很詳細。武松這時候出現在清河縣，《金瓶梅》裡是這樣交代的，說武松殺了李皂隸，後來還殺過一些其他的人，被多次流放，但是在故事發展到我說的這個階段的時候，朝廷實行大赦，就把他給赦免，他回到清河縣繼續在衙門當差。當年武松在景陽岡打虎以後，衙門讓他當差，給他的頭銜是都頭，現在他又當上都頭。

武松找上門來，王婆和潘金蓮就都糊塗了。潘金蓮一看，小叔又回來了，還是那麼高大英俊，說了老半天，最後她的姻緣還是在武松身上，如果武松願意把她娶走的話，她願意。潘金蓮就不想想，武松能一直被蒙在鼓裡嗎？潘金蓮糊塗，王婆更糊塗。王婆不想一想，武松是好惹的嗎？她居然跟武松討價還價，說武松可以把潘金蓮娶走，但是少於一百兩銀子不成，此外還要給她一筆做媒的銀子。

其實在那之前有個情況，就是春梅被吳月娘逐出西門府以後，很幸運地嫁給了周守備，守備是個武官，地位挺高的，他家也挺富有。周守備原來有個正妻，後來正妻死了，他就把春梅扶正，春梅很受寵愛。春梅聽說潘金蓮也被打發出西門府，就要求守備一定要把潘金蓮娶回來，她和潘金蓮還要聚在一起。周守備就派人去跟王婆談，守備這邊的人開頭開價八十兩銀子，王婆不答應，要一百兩。辦事的人回來以後就跟周守備彙報，春梅哭哭啼啼要求周守備無論如何也得把潘金蓮娶到守備府來。因為周守備喜歡春梅，守備說一百兩就一百兩。辦事的人又去跟王婆談，說守備大人答應出一百兩銀子。王婆又說，一百兩不行，她做媒不容易，還得給她五兩媒人錢。其實再加五兩銀子，對守備來說不算個事，可辦事的人覺得這王婆太貪、太討厭，就說王婆妳非要這麼刁的話，「且丟他兩日」，此事回頭再說。

所以，這個故事寫得很有意思，充滿了很多的偶然性。潘金蓮和西門慶的第一次見面，就是一個偶然的情況：潘金蓮當時放帘子，如果叉竿沒打到西門慶的頭，那麼西門慶就走過去了；如果當時她忙著放帘子，那麼可能就沒看見走過去的這個男人；偏偏叉竿打著一個人的頭，這人一抬頭，兩個人一對眼，一見鍾情，這是一個偶然。故事發展到現在，雖說一百零五兩銀子守備是可以出的，但給守備辦事的人自作主張，覺得自己不要那麼積極，過兩天再去。偏偏就在這一兩天當中，武松獲得大赦回到清河縣，還沒等守備手下的人再來，王婆就把武松和潘金蓮的事訂了。

武松聽到王婆的報價滿口答應，說一百零五兩銀子可以，第二天就在王婆家擺出一桌子白花花的銀子，王婆當時高興壞了。這裡寫人性的貪婪。王婆和潘金蓮不想想，妳們合謀害死武松的親哥，能夠瞞他一輩子嗎？但是見了銀子，王婆就什麼都不顧了，眉開眼笑，當天晚上就給潘金蓮解了孝——因為西門慶死了，潘金蓮要為西門慶戴孝。潘金蓮出西門府以後，一開始是穿著孝服的，現在王婆說她可以嫁給小叔，就讓潘金蓮脫了孝服，換上鮮麗的衣裳。潘金蓮居然很高興。這兩個婦女就糊塗到這種地步。

王婆拿著二十兩銀子去見吳月娘，她說按照吳月娘的交代，已經落實了潘金蓮改嫁的人家，對方出二十兩銀子。吳月娘對銀子的多少並不深究，就收下二十兩銀子。實際上王婆從中淨賺了八十五兩銀子，她是很貪心的。吳月娘問王婆，潘金蓮改嫁給誰了。王婆回答，是武都頭。吳月娘一聽，倒吸一口冷氣。旁觀者清，潘金蓮嫁到張三家、李四家都無所謂，怎麼能嫁給武松？但是吳月娘不多管了，由她們去。

晚上，王婆就把盛裝打扮的潘金蓮送到武大郎的住宅，又準備一桌酒菜，意思就是讓武松和潘金蓮成婚。沒想到王婆和潘金蓮進屋以後，武松就跟她們翻臉，拿出刀戳在桌上，讓她們老老實實交代是怎麼害死武大郎的。開頭兩個人當然都狡辯、否認。但武松不是好惹的，後來潘金蓮供出實情，王婆還指責潘金蓮怎麼什麼都說了。這時候她們想逃也來不及，前後門都被關死，武松就在武大郎的靈牌前面把潘金蓮和王婆都殺了，並把兩顆人頭擱在武大郎的靈牌前，算是祭奠了他哥哥。別忘了武家還有一個人，就是迎兒，在潘金蓮被西門慶娶走以後，她被王婆當作粗使丫頭，後來王婆又把她交付給鄰居姚二郎看管。這個時候迎兒已經長大了，武松回家，從姚二郎家把她領回，帶她回死去父親的那幢小樓裡時她很高興，可是沒過半天，她就目睹叔叔殺死王婆和潘金蓮的情景，嚇得不敢出聲，迎兒多可憐呀！後來武松聽說王婆還有一個兒子王潮，就想再把王潮殺了。王潮聽見隔壁動靜不對，逃跑報案去了。武松為了躲避抓捕就逃走。在《水滸傳》裡面武松後來有很多故事，《金瓶梅》就不再描寫武松了。

書中寫潘金蓮和王婆終於還是逃不過武松的報仇雪恨，這一段文字寫得很血腥，很暴力。這裡稍微再說兩句，我們現在很重視「掃黃」，一說到有色情的東西，神經就很敏感，就覺得必須禁止。我個人對這一點大致上也是贊同。確實，色情的東西首先是少兒不宜，對心性不成熟的成年人也沒有好處。

可是我們光是注重「掃黃」，不注重「掃暴」是有所欠缺的。其實文學書當中有一些血淋淋的暴力描寫，包括影視作品中有一些血淋淋的場面，也是少兒不宜，對心性成熟的成年人沒有好處，可是我們好像從來不進行「掃暴」。《金瓶梅》裡面寫武松殺潘金蓮和王婆，是很具體、很詳細的暴力文字。可是很奇怪，我們出版《金瓶梅》的刪節本，不但刪去色情文字，連很多情色文字也刪了，可是沒有任何一本把武松報仇殺人的那段血淋淋的描寫文字加以壓縮與刪節。所以，在這一講的最後，我呼籲，我們不但要重視「掃黃」，還應該重視「掃暴」。

第十五講　逃離恐懼

李瓶兒的來歷

❖導讀

上一講我們講了西門慶死後，潘金蓮和女婿陳經濟私通的事情被吳月娘知道，她就被吳月娘打發，交給王婆發賣，結果陰差陽錯地被要為哥哥報仇雪恨的武松買走並殘忍殺害，結束她三十二歲的生命。在前面我提過，《金瓶梅》這部書書名的字面意思是金色的花瓶裡插著梅花，實際上書名是從書裡面三個女性角色的姓名裡面各取一個字構成的。第一個女性角色就是潘金蓮，書名取其姓名中的「金」字；第二個女性角色是李瓶兒，書名取其姓名中的「瓶」字；第三個女性角色是龐春梅，書名取其姓名中的「梅」字。潘金蓮是《金瓶梅》的作者蘭陵笑笑生「借樹開花」，從《水滸傳》裡面借用過來的一個現成角色，而李瓶兒完全是作者的原創。本講我將告訴大家她的來歷。

潘金蓮是蘭陵笑笑生從《水滸傳》裡借來的一個角色，在《水滸傳》裡面，潘金蓮還沒嫁入西門府成為西門慶的小老婆，就被武松給殺了。但是，《金瓶梅》進行了很大篇幅的改寫，先寫西門慶把潘金蓮娶進西門府，做了他的第五房妻妾，成了他的小老婆，然後寫潘金蓮在西門府如何爭寵，最後寫到她的死亡。《金瓶梅》加以變化、豐富，塑造出了一個遠比《水滸傳》裡面的潘金蓮更讓人印象深刻的藝術形象。但不管怎麼說，這不是蘭陵笑笑生的獨創。

李瓶兒這個角色是《水滸傳》裡沒有的，也是其他的書裡沒有過的，完全是蘭陵笑笑生的獨創。所以，我們要特別重視李瓶兒這個角色。那麼書裡李瓶兒是什麼來歷呢？書中交代她一開始的命運和潘金蓮一樣，也是很不幸的。潘金蓮自小被賣到了王招宣這樣一個官員的府第裡面做丫頭，後來招宣府培養她彈琵琶、唱曲兒，還教給她一些文化知識，她能夠寫詩寫曲。

李瓶兒打小被賣到了高官梁中書的府第做侍妾。這兩個女性一開始的命運差不太多，相對比的話，李瓶兒比潘金蓮還要悲苦。因為潘金蓮起碼知道自己是誰的女兒，她是清河縣南門外一個裁縫的女兒。故事開始以後，潘金蓮的父親死了，她的母親還活著。雖然潘金蓮和她母親的關係不好，她對母親也不夠孝順，但畢竟她還有母親，知道自己的來歷。

李瓶兒最早的來歷就不清楚了，書裡沒有交代。李瓶兒的父親和母親是誰就更不清楚了。她一懂事就已經在梁中書的府第裡面。梁中書是一個高官，他是權臣蔡京的女婿。前面多次提到了《金瓶梅》的故事，它託言發生在宋朝，宋朝有一對奸臣父子蔡京和蔡攸。根據《金瓶梅》作者的敘述，蔡京有個女兒，他為女兒招了女婿，這個女婿就是梁中書（姓梁，中書是一個官名）。蔡京是朝廷的重臣，當時住在京城東京，也就是現在的開封。梁中書把蔡京的女兒娶走以後，不住在東京，住在大名府。大名府應該在開封北邊，相當於當今邯鄲一帶，當時是一個非常有名的北方重鎮，梁中書的大宅院在那個地方。梁中書也好色，除了他的正妻，不但有小老婆，還有很多隨時可以找來陪他過夜的侍妾，其中就有李瓶兒。書裡交代了李瓶兒名字的來歷。雖然不知道李瓶兒的父母是誰，但是知道這個女孩子是正月十五出生的，當時有人送給他們家一對魚形的花瓶。過去花瓶可以成對地製作和擺設，乃至當作禮物。花瓶各種形狀都有，有一種是魚的形狀。因為家裡生她的時候得到了一對魚形的花瓶，所以給她取名為瓶兒，姓李，就是李瓶兒。

前面寫潘金蓮到了王招宣府，倒沒說她在王招宣府裡面過得多麼悲慘，只是寫王招宣死了之後，潘金蓮被夫人發落了，夫人把她還給她的母親。李瓶兒在梁中書府裡面的狀況就比潘金蓮在王招宣府裡要恐怖得多。蔡京的女兒是一個非常凶殘的女性，嫉妒心強，她不願意她的丈夫和別的女子發生關係，可是她的丈夫梁中書偏偏好色，不但和小老婆發生關係，還和府中大大小小的丫頭亂來。梁中書夫人就嫉妒、仇恨，甚至如果有哪個丫頭被梁中書看中，發生關係了，事過之後，她就派人把那個丫頭抓來亂棍打死。在那個時代，亂棍把人打死是犯法的。前面我們講過，潘金蓮毒死她的丈夫武大郎，武大郎的屍體不能隨便埋葬，還要過一道手續，讓縣裡面何仵作驗屍以後說明死者是怎麼死亡的，屬於正常死亡才可以掩埋。但是梁中書的夫人是權臣蔡京的女兒，她才不在乎，打死丫頭以後，她也不找官府的驗屍官來驗屍，直接就把屍體埋在花園裡。

亂棍打死丫頭時，丫頭會發出淒厲的慘叫，蔡京的女兒派人挖坑，掩埋這些女子的事情也不可能完全掩人耳目。當時李瓶兒也是一個隨時可能被梁中書蹂躪的女子，每天聽說誰又被打死，埋在後花園，該多恐怖！李瓶兒的少女時代就是在這種恐怖的氣氛當中度過。但是好在她有養娘。當時這種大富大貴的家庭，除了有丫頭、侍女，以及供自己驅使的一些女孩子，還會養一些年紀稍大一點的婦人，做年輕女子的養娘，管理她們。

像《紅樓夢》寫為了元妃省親，賈府從南方買來十二個女孩子。姑蘇地方的女孩子漂亮，又會唱戲，這十二個女孩子最後都取了藝名，每一個名字的最後都是個「官」字，合起來叫做「紅樓十二官」。她們集中居住和學習的地方叫梨香院，在那兒有個年紀大一點的婦人柳嫂子照管她們，柳嫂子就是女孩子們的養娘。

《金瓶梅》所寫的故事託言宋代，講的是明朝的故事，李瓶兒在這個貴族府第裡面也有養娘。和養娘處得好的，最後關係很融洽，可以在一起長期生活；處得不好的，就會結成仇家。李瓶兒和她的養娘馮媽媽處得好，可能也是馮媽媽在關鍵時刻不斷維護李瓶兒，所以她沒有落入梁中書夫人的手中，沒有成為亂棍打死的冤魂。從這點來說，她是幸運的。《金瓶梅》裡面說梁中書這家後來被梁山好漢全部殺死了，這是蘭陵笑笑生「借樹開花」的又一做法。其實無論是真實歷史上梁中書這個角色的原型，還是在《水滸傳》這部小說裡面寫到的梁中書，都不曾被梁山好漢攻進大名府，衝進翠雲樓殺掉。但是蘭陵笑笑生下筆從容自如，讓讀者閱讀這段情節時覺得就是發生過這樣的事，模模糊糊覺得《水滸傳》裡面就是這麼寫的——李逵在大名府的翠雲樓把梁中書全家都殺了。這樣一種敘述具有合理性。

李瓶兒在這種情況下該怎麼辦？整個梁中書府都亂了，農民起義軍去殺人，當然首先要殺蔡京的女兒，殺他的女婿梁中書，要殺一些與主子階層相關的人，最後才會波及其他人。李瓶兒在府裡面的地位不高，一下子殺不到她那兒。所以，李瓶兒和她的養娘馮媽媽，兩個人相依為命，一起逃跑。她們在驚恐當中還挺有心眼。因為梁中書聚斂了大量財富，她們隨手拿了一部分非常值錢的東西，而且這些值錢的東西因為體積不會太大，很好攜帶，其中包括一百顆西洋大珠。明代雖然有一些中外的經濟交流，但是西洋大珠是很難得的，梁中書非常貪婪腐敗，肯定蒐集很多無價的西洋大珍珠。另外，她們還帶走一對二兩重的鴉青寶石。寶石是否值錢，要看它的品質和大小，她們所拿的這對鴉青寶石是一種非常名貴的近乎黑色的寶石，而且每一個都有二兩重，是很值錢的。

李瓶兒和馮媽媽從大名府逃到東京藏匿起來。李瓶兒那時候年齡也不小，到了適嫁的年齡，馮媽媽就設法把李瓶兒嫁出去，一方面可以得一筆銀子，另一方面她此後也有所依靠。通過說媒拉縴，李瓶兒嫁給了花太監的侄子花子虛。那個時代太監也是很有權勢的，在社會上也是橫行霸道。李瓶兒嫁給花子虛，馮媽媽就跟過去了。花太監在京城裡面很有權勢，後來朝廷還把他派到廣南當一個外官，李瓶兒和花子虛就跟著去。

至於李瓶兒怎麼後來又出現在清河縣，成為這部書裡面的一個重要人物，蘭陵笑笑生是這樣交代的：花太監後來年紀大了，要告老還鄉，他的故鄉剛好就是清河縣，所以花太監就帶著他的侄子花子虛和他的侄兒媳婦李瓶兒落戶在清河縣。而且書裡寫得很有趣，說他們恰恰在西門慶隔壁的大宅院裡面安了家，成為西門慶的鄰居。花太監後來年紀大了，得病死掉。此後，大宅子住的就是花子虛夫婦。

前面說過西門慶在清河縣鬼混，熱結十弟兄，其中就有花子虛。其實這一群把兄弟裡面有的人相當破落，是很糟糕的社會混混。花子虛是花太監的侄子，花太監給他留下一個大宅院，還有很多財寶，按說花子虛在這群把兄弟裡面，在財富上是僅次於西門慶的。當然花子虛不像西門慶能花也能掙，他是坐吃山空的人，光知道花錢，不懂得掙錢，即便如此，「百足之蟲，死而不僵」，花子虛仍然很富有。而且他所娶的妻子李瓶兒也不是一無所有的女子，她從大名府逃到東京的時候，和她的養娘馮媽媽就從梁中書家帶出了一百顆西洋大珠和一對二兩重的鴉青寶石，應該還有一些其他財寶，都是她的私房錢。所以，西門府隔壁的花家在經濟上也是富足的。

第十六講　忍耐青春守活寡

李瓶兒的苦悶

❖ 導讀

上一講講了李瓶兒的來歷，她的少女時期挺不幸的，被梁中書收用成為一個侍妾。而且梁中書的妻子，權臣蔡京的女兒，是一個妒婦，經常一發怒就把和她丈夫發生關係的侍女亂棍打死，然後胡亂埋在花園裡面。所以，那個時段李瓶兒應該是生活在一種恐怖氣氛之中。後來梁山泊的英雄衝進梁府，梁家人都被殺了，李瓶兒和她的養娘馮媽媽趁機逃跑，而且順手牽羊拿走梁中書府裡的一些寶貝。後來李瓶兒就進入生命史上的第二段生活，她們逃到東京，李瓶兒嫁給花太監的侄子花子虛。李瓶兒自己有錢，所嫁的花家也有錢，可以過上相當奢侈、相當精緻的生活。但是，李瓶兒還是非常苦悶，為什麼呢？請看本講內容。

李瓶兒嫁給了花太監的侄子花子虛。現在一些年輕的讀者可能不太理解，太監不是不能結婚嗎，也沒有必要跟一對夫婦住在一起啊？其實歷代的太監，不僅會和自己的侄子、侄兒媳婦住在一起，有的乾脆還會從兄弟那邊過繼一個兒子或者從社會上找來一個男子做自己的兒子，正式地和自己所謂的兒子、兒媳婦一起生活。花太監實際上把花子虛當作他的兒子，就和花子虛及兒媳李瓶兒組成一個家庭住在一起。後來花太監死了，花子虛和李瓶兒繼承了一個宅院以及花太監留下來的大量財產。可是李瓶兒還是非常苦悶，因為她的丈夫花子虛一天到晚不著家，她雖然年輕、美麗，但是她的丈夫不想待在家裡。

在當時那個時代，對花子虛這種男人誘惑力最大的地方是妓院。雖然花子虛有美麗的妻子，有很不錯的房舍，但是缺少妓院所提供的那種奢靡的玩樂。在妓院，嫖客不光能跟妓女發生身體關係，還可以和妓女以及其他嫖客一起參與各種形式的賭博。往往有錢的嫖客身邊總是有一群小人圍著他，這些人叫做幫嫖的。嫖客撒錢，幫嫖的就跟著一塊兒胡鬧，一塊兒起鬨，跟他一塊賭博。妓院還有各式各樣的遊戲，例如當時妓院裡有一些專門踢球娛樂的人，叫做圓社，他們在妓院比較大的院落裡面踢球給嫖客看，也可以把嫖客拉進來一塊踢，有的妓女也參與踢球的活動。更何況，妓院是一個社會低級趣味大集合的地方，涉及各種低級趣味——彈奏、唱曲、講葷段子，胡亂開玩笑、自我作踐，一天到晚不停。所以，像花子虛這種男人，就喜歡那個地方，回家覺得太安靜、太寂寞、太沒意思，悶得慌。有時候花子虛也在家裡面設一個飯局，請一些狐朋狗友在家裡面鬧一鬧，但他總覺得不如在妓院裡面舒坦，妓院裡面狐朋狗友更多，而且妓院裡面很多娛樂的花樣是普通家庭不具備的。

李瓶兒嫁了花子虛，沒想到丈夫三天兩頭在妓院鬼混，很少回家，她就處於一種守活寡的狀態。李瓶兒正值青春年少，怎麼能夠忍耐這種生活呢？她陷入極大的苦悶之中。

西門慶和花子虛是結拜兄弟，一些圍著花子虛到妓院胡鬧鬼混、幫嫖的人，也是他們的結拜兄弟。所以，西門慶當然有機會進入花宅見到李瓶兒。西門慶一見李瓶兒就驚豔了，因為他好色，李瓶兒很有美色。雖然她的身材不如孟玉樓，她不是高挑個兒，而是五短身材，但是她的面容非常好，瓜子臉，兩彎細細長長的眉毛，而且李瓶兒最大的特點是皮膚特別白皙。西門慶就對李瓶兒產生了興趣。西門慶到花宅以後，就有了勾搭李瓶兒的心思。一來二去的，他們兩個就勾搭上了。李瓶兒有兩個丫頭，一個叫做繡春，一個叫做迎春，都很漂亮，也都聰明伶俐。不像潘金蓮的兩個丫頭，春梅是既貌美又聰慧，但秋菊就很愚笨，長得也不好看，只能作為一個粗使丫頭來使喚。

西門慶後來趁著花子虛膩在妓院裡，就到花家和李瓶兒苟合。這兩家的住宅是挨著的，只隔一堵牆，當然這堵牆不在西門府的正院，而是在西門府的花園邊上，如果西門慶翻牆過去，吳月娘她們就都不會發覺，也避免了從正門進出引起街上人的注意。於是西門慶跟李瓶兒商量好，利用這堵牆來約會，西門府花園這邊搭了桌子，爬上去，李瓶兒那邊準備好梯子，西門慶順著梯子走下去，就可以隱蔽地和李瓶兒約會。

但這件事情瞞不過潘金蓮，因為她就住在花園裡面樓下的三間房子裡頭。潘金蓮是一個老想獨占西門慶的女子，發現西門慶在她眼皮底下翻牆去和隔壁的女子幽會，開始也是氣不忿，不能接受。但她知道西門慶閒不住，總會去找別的女子做愛。與其西門慶跟一些潘金蓮看也看不見、猜也猜不出來的女子去做這種事，不如在眼皮子底下，她倒可以知道是怎麼回事。潘金蓮要求西門慶每次翻牆過去以後，回來跟她彙報。西門慶跟潘金蓮講李瓶兒長得如何漂亮，身體如何白皙，並且很坦率地說，他喜歡李瓶兒一身的白肉。潘金蓮聽了以後當然妒火中燒，但是她和西門慶之間形成一種特殊關係，他們既是一對性伴侶，又類似於哥們。潘金蓮覺得西門慶還真是不錯，跟別人都會掩飾說假話，跟她卻說實話。所以，潘金蓮既嫉妒，又得到了某種心理上的滿足。

因為李瓶兒嫁的是太監家，花太監以前在宮裡面做過事，所以就會擁有一些一般民間人士擁有不了的東西，例如花太監留下了一些淫穢的畫冊，過去叫做春宮畫，春宮畫畫的就是男女交歡。有的讀者看到這裡後可能會有好奇心，那我就告訴你，不要有太強烈的好奇心，這種淫穢圖畫，其實絕大多數沒有什麼藝術性，沒什麼好看，是一種精神鴉片。過去把這種畫冊叫做防火圖，或者避火圖。根據中國古代的說法，女性屬陰，這種春宮畫畫了各種女子奇奇怪怪的姿勢，陰氣特別重。所以，把這種圖畫掛在屋梁上，就有避火的作用。因為火是陽性的，陰克陽就不容易起火。這當然完全是胡說八道，沒有科學根據。可那個時代這種東西就出現了，花太監所掌握的還是宮裡面的春宮畫。李瓶兒和西門慶在帳子裡做愛，他們就讓丫頭擺上酒菜，一邊吃喝，一邊看這種淫穢圖畫，照畫上面的姿勢來取樂。西門慶後來爬牆又翻回西門府，把從李瓶兒那邊帶過來的一冊春宮畫給潘金蓮看。潘金蓮看了以後就不讓西門慶還回去了，她說如果西門慶非要還，就把它撕了。潘金蓮和西門慶也照著春宮畫上的姿勢來做愛。所以，李瓶兒後來就成了一個很怪異的存在，忍耐力強，她和潘金蓮共享一個男子。

那麼這種情況下，按說李瓶兒就應該不那麼苦悶，因為雖然花子虛很荒唐，不回家，可是有另外一個比花子虛還要帥的大帥哥經常翻牆跟她約會，這是很好的補償。可是萬萬沒想到，新的打擊又來了。有一天西門慶沒有主動到李瓶兒那裡去，李瓶兒後來就讓丫頭非把西門慶請過去不可。去了以後，西門慶就發現李瓶兒完全是慌了，神色也不對了。原來花太監不止花子虛一個侄子，他還有別的侄子，那些侄子在花太監死後也分了一些浮財，例如一些好的傢俱和細軟，可後來他們不滿足，提出花太監剩下的所有遺產都有他們的份，不光是西門慶隔壁這一所宅子，縣城裡還有另外一所宅子，農村裡還有莊田。他們買通官府，告花子虛獨占花太監的遺產。官府後來就把花子虛拘走，所以李瓶兒慌了，就找西門慶商量對策。

西門慶表示可以幫李瓶兒的忙。其實西門慶哪裡會真心幫李瓶兒。古話說得好，「朋友妻，不可欺」，花子虛是西門慶的結拜兄弟，可西門慶瞞著花子虛和他的妻子私通很久了。現在李瓶兒在西門慶面前哭哭啼啼，要西門慶幫忙解決問題。表面上西門慶說得好聽，他託人給花子虛說情解脫，但是最後的官司是花太監的另外幾個侄子勝訴了，花子虛不得不把花太監留下的那些財產，例如縣城裡另外的一個大宅院，現在住的西門慶隔壁這個院落，還有縣城外的莊田都變賣了，然後把變賣的銀子賠付給人家。

李瓶兒跟西門慶說，在不得不瓜分財產之前，她得把一部分財產轉移到西門慶家。這種情況下，不但潘金蓮積極參與，吳月娘為了自家的利益也參與，他們就讓丫頭、小廝在西門府花園這邊搭上桌子，李瓶兒那邊搭上梯子，然後丫頭把一些銀子、箱籠和其他東西從花宅轉移到西門宅。後來要出售花太監留下的這個花宅，李瓶兒告訴西門慶，這所住宅他一定要買下來，西門慶不願意花自己的銀子，李瓶兒就跟西門慶說，她不是轉移了六十錠銀子，合計三千兩到西門慶家裡嗎，讓西門慶從這裡面拿出一封銀子，把這個院子買下來。這樣西門慶出面，就把隔壁花家院子買下來了。

花子虛官司輸成這個樣子，只好再拿一點銀子在獅子街那邊買了一個較小的院落安頓下來。其實按書裡的描寫，這個宅子也還不錯，門面四間，到底三層，臨街是樓，比起一般的人家可以說是「百足之蟲，死而不僵」，還過得去。但是花子虛因為他的兄弟跟他爭奪花太監的遺產，官司輸了，心裡一直窩著氣，就得病了，後來就死在獅子街的宅子裡。所以，李瓶兒的苦悶導致了自己的淫亂，也導致她丈夫官司輸了之後被氣死。

第十七講　謀嫁如謀城

李瓶兒的出嫁準備

❖導讀

上一講講述了李瓶兒因為丈夫花子虛老逛妓院，不著家，非常苦悶，勾搭上了西門慶。後來花子虛的堂兄弟告他侵占了花太監留下的全部財產，要求官府追究他的「侵占罪」，想平分花太監留下的房產、莊田和其他財產。這個官司花子虛打輸了，他完全破敗了，原來的大主宅、縣城裡面的另外一個豪宅、縣城外的那些莊田全都輸進去，只好和李瓶兒搬到獅子街一個比較小的宅子去居住。最後，花子虛因為這個官司越想越氣，得病而亡。花子虛死了以後，李瓶兒唯一的出路應該是嫁給西門慶。李瓶兒的這個願望能不能實現呢？請看本講內容。

花子虛死了以後，李瓶兒實際上獲得了人身自由。原來礙於有花子虛這麼一個丈夫，她只能跟西門慶偷情，不可能嫁給西門慶，現在花子虛死了，障礙沒有了，她可以嫁給西門慶了。她的丈夫花子虛一點都不愛她，而且也不愛家庭生活，所以，花子虛只娶了李瓶兒一個正妻，沒有小老婆。李瓶兒知道西門慶有一群妻妾，西門慶喜歡她就可以娶她，就算妻妾從中作梗也不成，因為在那個時代，像西門慶這種男人，他愛娶誰就娶誰，誰也攔不住。不過就算西門慶喜歡李瓶兒，把她娶進家門，如果那些妻妾老跟她作對，她也沒有好日子過。所以，李瓶兒在嫁給西門慶之前就有一個想法，就是先籠絡好西門慶的妻妾。

李瓶兒是一個比較有心機的人，作者寫她和潘金蓮就完全不一樣。潘金蓮是一個以自己為中心、不管不顧的人，潘金蓮嫁到西門府以後，她跟每一個人幾乎都是來硬的，唯獨覺得孟玉樓對她的威脅不大，她才比較友好。潘金蓮連正妻吳月娘都敢頂撞。李嬌兒不消說，潘金蓮老揭她的老底，妳哪來的，妓院來的。孫雪娥更不在話下，潘金蓮聯合春梅，唆使西門慶打了孫雪娥，後來乾脆廢了孫雪娥。潘金蓮是強硬的，用吳月娘的話說就是一個鐵掃把一樣性格的女子。李瓶兒不一樣，她是比較柔弱、圓滑的性格，**她打定主意，在正式嫁入西門府之前，就得想辦法籠絡好西門慶的妻妾**。因為正好有個時間差，花子虛死了，李瓶兒得戴孝。在丈夫死後的一段時間裡，李瓶兒得做出一個遵守封建禮教規範的樣子，不能還沒脫孝服就嫁人。李瓶兒很有心機，覺得得先去籠絡西門慶的妻妾，把吳月娘，乃至李嬌兒、孟玉樓、潘金蓮，都籠絡住，這樣她進西門府以後才不吃虧。

一天，潘金蓮過生日，因為大家都認識，相互來往，李瓶兒就去給潘金蓮送壽禮，參與生日宴請活動。這樣李瓶兒就去西門慶宅院祝壽，潘金蓮也接待她，吳月娘、李嬌兒、孟玉樓都接待了她。李瓶兒早就很清楚，吳月娘是正妻、大房，李嬌兒是二房，孟玉樓是三房，潘金蓮是最後一房，可是在潘金蓮的壽宴上又出現另外一個女子，她一看這位頭上插戴的首飾比較少，不像那幾房妻妾，衣服也沒有那幾位華麗。

李瓶兒當時對西門慶府裡的情況有所了解，但還沒到瞭若指掌的程度，如果估高，不合適，會惹下麻煩。她很有心計，起身問道：「此位是何人？奴不知，不曾請見得。」吳月娘告訴她說：「此是他姑娘哩。」在這裡「姑娘」就是小老婆的意思。李瓶兒這才知道原來孫雪娥也是一房小老婆，排在潘金蓮前頭。李瓶兒馬上滿臉賠笑，親熱地叫姐姐。這就說明她很圓滑，誰都不願意得罪，說話什麼的她都不著急，尺度把握得很準，不像潘金蓮是個急性子，說話很急，聲調很高，語速很快，說話也不怕傷人。弄明白了孫雪娥也是西門慶的一房妻妾，還排在潘金蓮前頭，於是李瓶兒就放下身段招呼，畢竟她嫁進西門府以後只能是最後一房了，這些妻妾，不管年齡大小，都得叫「姐姐」，這樣總是沒有錯。所以，你看李瓶兒她是一個很有手段、心思很細密的女子。她要嫁給西門慶，不是一般地嫁過去，她未雨綢繆，還沒嫁過去，就把關係都搞好，先從吳月娘開始，把前面的五房都籠絡好。

在吃席的時候，吳月娘發現潘金蓮頭上插了一根金簪子。西門慶家很富有，有金簪子本來不稀奇，但是這根金簪子很特別，上面刻著一個「壽」字。這根簪子是李瓶兒送給潘金蓮的壽禮之一，吳月娘就說這簪子樣子好，回頭讓人照著樣子打一對。李瓶兒說，這簪子是他過世的公公花太監從宮裡拿出來，是宮裡面妃嬪的用品，宮外是沒有的。李瓶兒看出吳月娘很喜歡這個壽字簪，立刻吩咐馮媽媽到她獅子街的住宅再取四對壽字金簪送到西門府來。馮媽媽在李瓶兒搬到獅子街以後，一度沒跟李瓶兒夫婦住在一起，但是還是經常來往，幫李瓶兒辦事。花子虛死了以後，李瓶兒就讓馮媽媽再來陪她住。後來馮媽媽就又取來了四對壽字金簪，李瓶兒就給了吳月娘一對，李嬌兒一對，孟玉樓一對，也給了孫雪娥一對。孫雪娥心裡得多高興，她從來都是低人一等，好多事都沒有她的份，雖然她也算一房小妾，但有時候敬酒，她都在那兒跪著接酒，低人一頭的。李瓶兒就這樣連孫雪娥都籠絡了。

潘金蓮過生日，西門慶忙著自己的事，白天並不在場。西門慶是府主，小老婆過生日，當然他可以有些囑咐和安排，但是沒有道理要求他整天陪著小老婆過生日。西門慶是一個男人，自有他的事業。其實他有時候並不是辦公事，而是在外頭鬼混，但他有自由。潘金蓮生日那天，西門慶白天時間都不在，晚上才回來。這幾位婦女就在一起飲酒、食餐，給潘金蓮祝壽。在這當中，李瓶兒的表現就頻頻得分，大家對她的印象都很好，李瓶兒心中也暗喜，這樣她被西門慶娶進來以後跟這些妻妾相處就都不難了。

夜深了，這幾個婦女就開始挽留她，讓她別回獅子街了，晚上就在西門府留宿。李瓶兒開頭還表示推辭，說不合適，獅子街家裡無人，她不放心。後來這幾個婦女再三挽留，加上她喝得很醉，就答應留下來。她被安排到潘金蓮的房裡面休息，這時候她就見到了春梅。李瓶兒是很有心計的，不像孫雪娥。孫雪娥知道春梅的來歷，她是拿銀子買來的，原來在大房裡伺候吳月娘的丫頭，孫雪娥看不上春梅，覺得她沒什麼了不起的。前面也講過，孫雪娥不但嫉妒潘金蓮，而且她特別看不起春梅，兩人之間發生過激烈的衝突，後來導致孫雪娥挨打。

李瓶兒不像孫雪娥那麼蠢，就算喝醉，她還是能夠慧眼識人，看出來春梅和一般的丫頭不一樣，不但是潘金蓮的左膀右臂，看起來也受西門慶的喜歡，她非常敏感地意識到得好好籠絡春梅。所以，見了春梅以後，李瓶兒就特別熱情，立刻拿出金三事兒（三樣金首飾）給春梅。金三事兒不一定是皇宮裡面打造，不是花太監從宮裡拿出來傳給李瓶兒的，可能就是她從一般市面上買的，但也很貴重。春梅接了金三事兒以後很高興，因為按身分的話，她不過是潘金蓮的丫頭，李瓶兒還沒有娶進西門府，是一個來給潘金蓮祝壽的女眷，見了春梅以後就這麼大方，對她這麼好，因此春梅就對李瓶兒禮讓幾分，李瓶兒就把春梅也籠絡住了。

後來到了燈節，李瓶兒是正月十五出生的，那天是她的生日。潘金蓮過生日，李瓶兒到西門府去祝壽，現在李瓶兒過生日，吳月娘就讓孫雪娥看家，她帶著李嬌兒、孟玉樓和潘金蓮，四人乘轎子，到了獅子街李瓶兒的住處給她祝壽。獅子街的住宅比原來的住宅小，但是也還不錯，門面是四間，往裡走是三進，而且沿街這一面是兩層樓。李瓶兒在院子裡面和樓上都準備了很多迎客的排場，包括整桌的酒席等，還引她們到樓上觀燈。因為過燈節，獅子街上會掛很多的燈籠，而且在街上會有很多民間的娛樂活動，在樓上不僅可以看燈籠，還可以看樓下的活動，例如一些裝扮成各式各樣人物的遊行。潘金蓮、孟玉樓特別高興，她們就倚著二樓的窗臺，打開窗戶往下看，欣賞滿街的燈籠，欣賞街上的人頭攢動，來來往往彩色的人流。兩人說說笑笑，一邊嗑瓜子，一邊把瓜子皮吐到街上，這也引著街上的人仰頭往上看。當然吳月娘是不會這樣做的，吳月娘招呼她們過來吃酒。

在席間，李瓶兒拿一個大杯斟了酒，遞給李嬌兒說，她知道吳月娘是不善吃酒的，只敢給她倒一小杯，但把這一大杯酒獻給李嬌兒了。李嬌兒是二房，也就是小老婆當中排第一位的，實際上沒人看得上她，潘金蓮經常揭她老底，說她出身不雅，算老幾。更何況那個時候李嬌兒人老色衰，是一個被冷落的人。可是李瓶兒會來事，說這大杯的酒本來應該獻給吳月娘，她知道大娘子沒有酒量，用大杯可能喝不了，一會兒另外用小杯敬她酒，這大杯乾脆讓李嬌兒喝了。這特別給李嬌兒面子。李嬌兒本是妓院妓女出身，根本不把喝酒當回事，咕嚕咕嚕就都喝了。你看李瓶兒連李嬌兒都能籠絡成這樣子，她把人際關係鋪墊得多好。後來吳月娘和李嬌兒就先坐轎子回去了，孟玉樓和潘金蓮又繼續玩了一陣子。

李瓶兒透過這些表現，還沒進西門府就先把大房到潘金蓮這一房的毛全給捋順了。這樣李瓶兒嫁進西門府以後，就沒有敵人，全都是朋友，全都叫姐姐。李瓶兒就是這麼一個女人。

當時西門慶用李瓶兒給他的銀子把花子虛的宅子買下來，接著就要對宅子進行改造，兩邊打通，在花園裡面給李瓶兒再蓋一個樓房，底下的三間讓她住。那個時候陳經濟帶著西門大姐投奔到西門府，西門慶就讓陳經濟當監工，監督改造花園的工程。現在，只等李瓶兒孝期滿脫了孝，西門慶就把她迎娶過去。

西門慶也確實覺得該把李瓶兒娶進來了。這個時候西門慶就找吳月娘商量，畢竟吳月娘是他的正妻，他有時候也煞有介事地把一些所謂的大事跟大老婆商議一下。吳月娘早知道西門慶有這個心思，也知道李瓶兒老早就私交西門慶。但是，吳月娘覺得你既然問到我，我作為大老婆得盡責任，就跟他實話實說。第一，李瓶兒孝期不滿。第二，你想想合適不合適，李瓶兒可是你結拜兄弟的老婆，雖然花子虛死了，但她畢竟是你朋友的妻子。第三，你別忘了，你買了他的房子，當時李瓶兒還存放了不少東西在咱們家，這些財寶、這些東西怎麼算？你可想清楚了這一筆爛帳。第四，你別忘了，花子虛雖然死了，但他那些堂兄弟都不是好惹的，他們能夠為了財產的事情把花子虛活活地搞死，現在雖然花子虛死了，他們要說還有一些花家的財產在李瓶兒手裡，他們鬧，你怎麼辦？那可都是一些刁潑的人物。當然，吳月娘跟西門慶說話時很懂得自己的身分，因為那是一個男尊女卑的社會。西門慶鄭重其事地來徵求大老婆的意見了，大老婆可以提一些建議，但是到頭來，男人是天，妻子是地。吳月娘很會說話，最後她說：「奴說的是好話。趙錢孫李，你依不依隨你！」聽了吳月娘的幾句話，西門慶就猶豫了。

西門慶後來又去找潘金蓮商量，這就說明西門慶和潘金蓮也有點哥們關係，要不然這種事情他沒必要去找最後一房小老婆商量。潘金蓮當時聽了，心裡其實很不高興，李瓶兒雖然對她不錯，可是娶進來又是一房，而且李瓶兒很討西門慶的喜歡，西門慶多次很坦率地在潘金蓮面前誇李瓶兒那一身白肉。潘金蓮為了和李瓶兒奪愛，後來想出一個辦法，就用茉莉花的花蕊拌上酥油，然後抹滿全身，抹得是又白又香，就為了跟李瓶兒有得一拚。所以，李瓶兒實際上是潘金蓮的情敵，西門慶現在要把她娶進來又是一房，而且李瓶兒會挨著潘金蓮住，這個處境就不如以前了。潘金蓮想出一個緩兵之計，就跟西門慶說，現在李瓶兒來了住不下，她不能「葷不葷，素不素，擠在一處什麼樣子」。

西門慶的府第雖然是一個很大的宅子，前後五進，但他府裡面人多。首先吳月娘要占一大進，李嬌兒要占一進，孟玉樓要占一進，後面一進算是廚房，孫雪娥住在那兒，再加上後來西門慶的女婿陳經濟又帶著西門大姐從東京來投奔了，也得住一進，另外，西門慶還得留下一定的房舍給自己活動。所以，雖然西門慶的院子好像很大，房舍很多，但如果西門慶把李瓶兒娶來當一房小老婆，原來這些房舍就不太夠。當然後來他在花園裡面又蓋了很大的捲棚、書房等，這是後話。

潘金蓮就說，還是把花園裡面那座樓底下的三間房都布置好了，再把李瓶兒娶進來。西門慶想想潘金蓮的話也有道理，就去跟李瓶兒說。李瓶兒聽西門慶說要把給她住的新房修好了再把她接進去，開始覺得非常無奈，仔細想想確實是這個道理，就讓西門慶快點把給她住的房子修好，趕緊把她娶過去。西門慶答應了。李瓶兒沒日沒夜地盼著西門慶娶她，自己好早點搬到西門宅院去。

第十八講　無所依與不可測
李瓶兒招贅蔣竹山

❖導讀

上一講講到李瓶兒想方設法籠絡西門慶的幾房妻妾，甚至包括丫頭春梅，為她嫁入西門府後與她們友好相處做鋪墊。西門慶和吳月娘商量娶李瓶兒的事情，吳月娘淡淡地勸他，後來西門慶又找潘金蓮商量，潘金蓮使出緩兵之計，讓他去跟李瓶兒說，給李瓶兒新修的房子還未完成，現在過來擠著住不是個事，還是等房子修好再過來為宜。西門慶就跟在獅子街盼嫁的李瓶兒說，等房子竣工，裝修完成，一定來迎娶她。李瓶兒只能耐心等待。可是故事往下發展的情節出人意料。李瓶兒沒有嫁給西門慶，倒嫁給另外一個人。怎麼回事？請看本講內容。

都說西門慶娶小老婆往往是為了圖財。這個說法我在前面為他做了點辯護，他娶小老婆不都是為了圖財，例如西門慶娶潘金蓮，潘金蓮沒有財產，他是貪圖她的美貌，和她做愛能達到極度的快樂。但是，西門慶想娶李瓶兒確實是有圖財的目的。李瓶兒從梁中書府逃出來的時候，順手牽羊拿了梁家的珠寶。李瓶兒嫁給花子虛以後又充實了自己的私房錢，因為花子虛是一個只知道一味花錢、吃喝玩樂、不著家、不理財的人。所以，花太監的財富十之八九都掌握在李瓶兒手裡。李瓶兒從花太監那兒還得到四箱櫃蟒衣玉帶、帽頂條環，這些是宮裡面的服飾。另外，李瓶兒居然還擁有三四十斤沉香、兩百斤白蠟、兩罐子水銀、八十斤胡椒。沉香、水銀、胡椒在那個時代都屬於稀有物品，用處也很多。《金瓶梅》裡面出現這些物品，就證明那個歷史階段商品經濟的繁榮，流通的暢達，以及當時社會需求的多樣性。這些情況西門慶早就打探清楚了，他除了圖李瓶兒的人，還圖財，包括這樣一些很特別的財富。

可是西門慶當時遇到很大的政治危機，沒能及時地迎娶李瓶兒。當時他的女婿陳經濟和他的女兒西門大姐從東京跑到清河來投奔他，不是衣錦榮歸，而是東京朝廷出現了一場政治風波，權貴楊提督被皇帝問罪，而西門大姐嫁給了楊提督的親家陳洪的兒子陳經濟。西門大姐嫁的陳家，從本來「背靠大樹好乘涼」的狀況，變成了「樹倒猢猻散」的局面，所以陳經濟帶著西門大姐回清河避難。這件事情還得保密，西門慶對外就說他的女婿陳經濟因為要幫自己監督花園工程才回來，確實後來陳經濟也擔任一段時間的花園監工。緊跟著更恐怖的消息傳來了。皇帝大怒，要把跟楊提督有關係的人都列在黑名單上，分期分批予以抓捕。西門慶因為是楊提督的親家陳洪的兒子陳經濟的岳父，也受到牽連，上了黑名單。為避免節外生枝，那段時間西門慶閉門謝客，花園工程也暫停，每天龜縮在他的府第裡面。而且整個府裡面的其他人，除了急需，例如得出去買日用品，可以出入以外，一律不許隨便亂走動，「西門慶只在房裡走來走去，憂上加憂，悶上添悶，如熱地蜒蚰一般」，他就把迎娶李瓶兒的事情拋到九霄雲外去了。的確跟性命相比，婚事都不算事了。現在大禍臨頭，先得避禍。後來西門慶想出了辦法，用銀子開路從這場政治災難當中脫身。這個具體情節前面我跟大家講過，就不重複了。

從西門慶面臨到擺脫政治危機，中間有很長的一段時間。這段時間裡，李瓶兒就很納悶：本來說好要把她迎娶進西門府，怎麼沒有動靜？這太古怪了。李瓶兒就派馮媽媽去打聽消息。馮媽媽去了幾次都不得要領，大門緊閉，沒有人出入。好不容易有一次馮媽媽終於在院子外頭遇見西門慶的貼身小廝玳安。玳安牽著馬出來飲馬，因為馬總得喝水，老關在院子裡也不是個事，一般飲馬要到院子外頭的水井邊上。馮媽媽看見玳安，趕緊迎上去，說：「怎麼回事，西門大官人怎麼連人都見不著了？」那個時候西門慶還沒有當官，但是近鄰街坊對他客氣，稱他為大官人。玳安就說：「俺爹連日有些事兒，不得閒。你老人家還拿頭面去，等我飲馬回來，對俺爹說就是了。」再多話也不說。馮媽媽就很納悶：不是說好要迎娶李瓶兒嗎？你看現在我連頭面都拿來了。

根據當時習俗，在定好了迎娶日期之前，女方要把一些頭面送到男方家裡。馮媽媽每次來找西門慶的時候都帶著頭面來，開頭連人影都見不著，現在總算見到玳安，就要把頭面給玳安，但是玳安不接。玳安是書中非常重要的一個角色，後面還專門講他，他是西門慶貼身最信得過的一名小廝，經常幫西門慶做一些很機密的事。馮媽媽就求玳安，不管怎麼著，這頭面先拿進去，要不拿進去，她跟李瓶兒也沒法交代。這樣玳安才勉強收下。玳安進去以後，西門府的大門還是緊閉，過了半天，玳安出來了，就跟馮媽媽說，頭面先收下，婚事以後再說，轉身又進院把門給關了。

馮媽媽回來跟李瓶兒一說，李瓶兒萬分震驚，悲痛欲絕。原來不是好好的嗎？她在西門慶面前面後沒有什麼過失，而且她連西門慶的幾房妻妾都籠絡好了，怎麼到今天就變卦了呢？李瓶兒思念西門慶，茶飯不思精神恍惚。晚上睡覺，就覺得有妖魔鬼怪來魘她。前面我已經講過，西門慶宅院的街對面有一個喬大戶，喬大戶有很大一座宅院。喬大戶原來沒有什麼官位，還一度被後來得到官位的西門慶看不起，但再過一段時間，他們就了解到喬家有皇親，喬五太太是進了宮的。喬五太太他們家的花園正好在獅子街李瓶兒住宅的背後，花園很荒涼，所以李瓶兒覺得每天晚上有妖魔鬼怪，特別是狐狸精，跑到她的臥房來魘她。

魔人就是透過詛咒來陷害某人，最後讓他陷於昏迷，甚至導致死亡。《紅樓夢》裡面也有魔人的故事。趙姨娘透過一個馬道婆設計魘了王熙鳳和賈寶玉，那次幾乎造成王熙鳳和賈寶玉的死亡。在《金瓶梅》裡面，李瓶兒晚上被魘，她病得很重，馮媽媽很著急，就到大街口請了一個叫蔣竹山的醫生。蔣竹山，五短身材，可是外表飄逸，就是有些輕浮，有些自作多情的樣子。後來事實證明他果然是一個輕浮狂詐的男子，作風不正派，會撒謊。蔣竹山從此走進李瓶兒的生活。

蔣竹山給李瓶兒號過脈，開了藥方，李瓶兒吃下幾劑藥以後，她的病居然慢慢好了。李瓶兒很感激蔣竹山，要宴請蔣竹山以表示答謝。李瓶兒在苦悶當中，就在宴席上跟蔣竹山道出她的心事，就說原來西門大官人答應娶她，可不知道為什麼現在他在家閉門不出，她讓馮媽媽去打聽消息也不得要領，頭面送進去以後也沒有回音。蔣竹山告訴李瓶兒，聽說西門慶有大禍，官府把他列在拘捕的名單裡，指不定哪天官府就派人把西門慶給拘走了。修了一半的花園也停工了，等東京下文書到府縣抓人，這宅子多半會被查抄沒收。總之，西門慶是大禍臨頭。

李瓶兒一聽才明白原來是這麼回事，西門慶是遭大禍了，吉凶難測。在這期間，蔣竹山一直討好李瓶兒，李瓶兒在這種情況下就被蔣竹山迷惑。在蔣竹山的追求下，李瓶兒居然做出決定，她嫁不了西門慶的話，嫁給蔣竹山這麼一個男子也可以。所以，沒有等蔣竹山公開跟她求婚，她倒主動地表示可以招贅蔣竹山。李瓶兒果然把蔣竹山招贅到她獅子街的住宅。她打開居所的門面，也開了一個生藥鋪，還買了一頭驢讓蔣竹山騎著出診，在街上往來。李瓶兒思嫁西門慶，沒有嫁成這倒也罷了，但她卻嫁了另外一個人，而且她還是主動招贅清河縣大街上破落的醫生蔣竹山。蔣竹山自己沒什麼錢財，就倒插門，李瓶兒比較富有，出資給他開了診所，買了出診用的驢，相當於現在一個出診醫生有自己的小轎車一樣，可神氣了。

當然，讀者一定有疑惑，說李瓶兒是怎麼回事？既然看中了西門慶，西門慶也看中了她，聽到這個消息以後，她不再去詳細打聽打聽？再說，西門慶是一個強悍的男子，不可能坐以待斃，李瓶兒就不設想一下，西門慶能夠擺脫困境的話，到頭還能不把她娶走？李瓶兒怎麼就等不下去，非要嫁給蔣竹山？

在這裡我們就要分析一下，李瓶兒和潘金蓮不太一樣。潘金蓮是一個性解放的先驅，她生命的意義就是要尋求快樂。李瓶兒有這方面的問題，她原來的丈夫花子虛一天到晚泡在妓院，不著家，她等於守活寡。李瓶兒遇上西門慶以後，兩個人在苟合當中，她獲得了性快樂。嫁給西門慶，這也是她所圖的一個方面。但是整體來說，李瓶兒追求的還不是性快樂，而是一種安全感。作為一個女性，李瓶兒在社會生活當中要獲得一種安全感，這種安全感還不只是不被人搶，不被人偷，不被人強暴這麼簡單，而是有依靠以後的一種踏實感。

李瓶兒嫁給花子虛以後，花子虛不著家，雖然李瓶兒住在一個大宅院裡，有丫頭，什麼用品都有，吃喝都不愁，而且可以吃上品的東西，但是這不像個家，她還是有一種漂泊的感覺。李瓶兒想要有一個真真切切的丈夫，要過一種踏踏實實的生活，要一個實實在在的家，這樣的話，她才會有安全感。西門慶出事，使得她不能再見到西門慶。這個時候出現了蔣竹山，李瓶兒招贅他進門，花錢讓他開生藥鋪，買驢讓他出診。李瓶兒覺得她的生活總算有著落，有一個招贅來的丈夫，有一個實實在在的家庭，她心裡就踏實了。

第十九講　弱者的絕情

李瓶兒潑水休夫

❖導讀

上一講說到李瓶兒原來一心一意想嫁給西門慶，沒想到出現一個奇怪的現象：接近預定的接親日子，西門府大門緊閉，西門慶也不露面了。後來她的養娘馮媽媽好不容易找到了西門慶的貼身小廝玳安，托玳安把準備好的頭面送了進去，但馮媽媽得到的回覆是頭面先收了，以後再說別的事。西門慶等於把李瓶兒給遺棄了，說好娶她，最後竟然不來娶。在這種情況下，李瓶兒生病了。馮媽媽找來一個叫蔣竹山的醫生給李瓶兒治病，李瓶兒病癒以後居然嫁給了蔣竹山，實際上是招贅蔣竹山，因為蔣竹山一無所有。應該如何解釋李瓶兒招贅蔣竹山？李瓶兒和蔣竹山能夠就這麼過下去嗎？後來又怎麼樣？請看本講內容。

李瓶兒思嫁西門慶不成，就招贅了蔣竹山，把她獅子街宅院樓下的兩間門面打開，開了生藥鋪，還給蔣竹山買了一頭驢。蔣竹山就公然跟西門慶「戧行」。西門慶是開生藥鋪的，他也開個生藥鋪，他比西門慶的生藥鋪還厲害，西門慶的生藥鋪沒有坐診或者出診的醫生，他那兒有，他自己就可以騎著驢去給人看病。

蘭陵笑笑生寫出李瓶兒這種人的人性弱點，李瓶兒作為一個女子，老想尋求男人的保護。在她的生命歷程中，到目前為止，沒求著，好不容易覺得西門慶可以保護她，想嫁給他做小老婆，過踏實日子，沒想到不知緣由，西門慶就把她給冷落了，甚至可以理解成拒絕。她不得已求其次，招贅蔣竹山。

英國有一個大文豪莎士比亞，莎士比亞創作戲劇的歷史時段和蘭陵笑笑生創作《金瓶梅》的歷史時段很接近，那邊在創作比如《哈姆雷特》這樣的戲劇，這邊在寫作《金瓶梅》這樣的小說。莎士比亞在他的戲劇《哈姆雷特》裡面就有一句有名的臺詞：「弱者，你的名字是女人。」莎士比亞在那個時候，在英國那個地方，他就有所醒悟，就覺得在社會當中，男性和女性相比的話，女性是弱的一方，女性往往沒有辦法維護自己的利益，保護自己。所以，他說「弱者，你的名字是女人」，把女性和弱者畫上等號了。在蘭陵笑笑生的《金瓶梅》裡面，李瓶兒的這一段生命經歷，也可以套用莎士比亞這句話。李瓶兒是一個社會的弱者，有點錢，可是丈夫死了以後，思嫁大財主西門慶又不得，被西門慶遺棄。她在命運浪潮當中抓住的一根稻草就是蔣竹山，她希望蔣竹山能夠滿足她的安全感、穩定感。可沒有想到蔣竹山越來越暴露出他的很多問題。

有一個問題，本來是李瓶兒難於啟齒的，李瓶兒後來跟他鬧翻，就把話挑明了。她跟蔣竹山一起過日子以後，才發現蔣竹山作為一個男子，在做愛的時候根本不能夠給她帶來滿足。因為李瓶兒曾經享受過西門慶這樣男子的性愛，西門慶是何等威武強壯，而且在做愛的時候可以讓女性達到快樂的極致。蔣竹山自己是個醫生，也知道自己這方面有欠缺，就給自己配了一些藥，還使用一些工具。現在有成人用品商店，裡面會出售一些情趣用品。在明朝，當時社會上也流行這種今天我們叫做情趣用品的工具，當時就乾脆叫做淫器。西門慶跟李瓶兒做愛的時候就帶著淫器包，裡面有各種助興的工具。蔣竹山自己本身能力不行，就想依靠這些工具來強化自己這方面的能力，可還是根本滿足不了李瓶兒，李瓶兒很失望。

後來西門慶為了度過政治風波，就派自己手下的人到東京去，走了門路，見到高官，透過銀子開路，最後就把他從黑名單裡面替掉了。解脫以後，西門慶發現李瓶兒居然沒等他，在他遇到很大的政治危機時就耐不住寂寞，嫁人了。如果嫁給別人倒也罷了，結果是招贅一個丈夫，一個矮個子的男人，西門慶把蔣竹山叫做王八。關鍵是李瓶兒招贅蔣竹山以後，居然跟西門慶「戧行」，也開了生藥鋪，蔣竹山還騎著一頭毛驢滿大街走。這個時候，西門慶就決定要好好教訓教訓蔣竹山和李瓶兒。

西門慶擺脫了政治風波後也就更大膽地和官府交往，更何況後來他自己也成了一名官員。這個時候西門慶還沒當官，他買通衙門裡面的關鍵人物，還利用地方社會上的黑惡勢力，一起收拾蔣竹山。這些黑惡勢力，宋代叫搗子，到明代又被叫做光棍，一般來說，他們在社會上專門替人去打人、訛人、駭人。西門慶把上面的官員打點好了，下面他又撒錢給這些搗子。往上賄賂，當然付出的代價會比較大，要花比較多銀子。往下雇用這些搗子，其實他花不了太大的價錢，給一點銀子，這些人就能夠去作惡。當時清河縣內的兩個搗子就都被西門慶收買了，一個是草裡蛇魯華，另一個是過街鼠張勝。其中過街鼠張勝是一個貫穿全書的人物，後面還會提到他。

張勝和魯華在西門慶的支持下闖進蔣竹山開的生藥鋪，坐下來就說要買藥材。蔣竹山問他們買什麼，答曰狗黃。蔣竹山就說藥材裡沒有狗黃，只有牛黃。又說要買冰灰。蔣竹山說，藥材裡沒有冰灰，只有冰片。他們就要冰灰，就無理取鬧。蔣竹山發慌了。張勝又說蔣竹山欠了魯華三十兩銀子，現在就得還錢。蔣竹山說這是哪兒的事，原來都不認識，怎麼會欠錢。他們認定蔣竹山就是欠錢，就得還。幾句話不合，他們就開始打蔣竹山，砸鋪子，把他的生藥鋪整個給掀了，還把藥材都丟在街上。有人就趁火打劫，把上好的藥材撿走了，鬧得是沸反盈天。最後保甲過來把這三個人都拘走了。

這種情況下，李瓶兒當然慌得不得了。嫁了這麼一個矮王八，房事上不能滿意快樂，她最近罵過蔣竹山，說他「原來是個中看不中吃，鑞槍頭」。李瓶兒嘗過西門慶的好處，已經嫌棄蔣竹山了。現在居然還有這種事發生，蔣竹山是怎麼回事，怎麼跟人借錢不還？是真的還是假的？就算是人家來訛詐，他一個男子漢也應該能對付，他怎麼沒辦法？

三個人被拘到提刑所，官員已經被西門慶賄賂，於是就一頓亂判，說蔣竹山就是欠人銀子，就得還，他不還的話就有罪。上面有貪官汙吏，下面有社會黑惡勢力，上下一結合，蔣竹山就完全沒有辦法。他當然很冤枉，想要辯解，可有什麼用呢？官員下令把他一頓拷打，打得皮開肉綻，還判他有罪，要他還錢。公差就牽著蔣竹山回到獅子街，李瓶兒看見他的可憐相，居然失去憐憫心。

蘭陵笑笑生寫人性是全面的，他最擅長的就是刻畫人性。人性裡面本來有很多因素：有友善的因素，例如與人為善，儘量去跟別人好好交際，建立良好的社會關係；也有惡的因素。現在作者就開始寫李瓶兒的人性惡了。如果說她當時貿然決定嫁給蔣竹山，是為了尋求一種穩定感和安全感的話，還只不過是人性的弱點，還可以說她依據的是「弱者，你的名字是女人」。現在她對蔣竹山一點憐憫心都沒有，蔣竹山問李瓶兒要點銀子化解災難，李瓶兒都不動心。這就寫出了李瓶兒人性當中的惡。她對蔣竹山完全是機會主義地加以利用，在走投無路的情況下，不得已而求其次，把他暫時當作一個次一等的西門慶來收容，結果發現他是一個「銀樣鑞槍頭」，而且又發現面臨搗子的訛詐與威脅時，他一點辦法都沒有。這個時候李瓶兒就意識到，之所以發生這種情況就是因為背後有西門慶做文章。李瓶兒也聽說西門慶前一陣子的危機已經解除，現在府門大開，一切都恢復如初。而李瓶兒沒有等到西門慶度過難關，隨便嫁了這麼個人，西門慶報復她是在所難免。後來蔣竹山苦苦哀求，李瓶兒才拿出三十兩銀子，算是了結這段官司。

蔣竹山終於被放出來，一身的棒瘡。這種情況下，李瓶兒不但不容蔣竹山留在她的住宅裡面養傷，謀求下一步的生計，還讓蔣竹山帶著他自己的那些東西趕緊走人。蔣竹山束手無策，只能灰溜溜地離開獅子街的住宅。蔣竹山走的時候，李瓶兒將人性的惡發揮到極致。她讓馮媽媽舀一盆水，蔣竹山前頭走，馮媽媽後頭趕緊跑過去潑。李瓶兒居然做出潑水休夫的事。馮媽媽把那水往踉踉蹌蹌往前走的蔣竹山腳底下潑去，後頭還說這樣的話：「喜得冤家離眼睛！」

作者就把李瓶兒的人性惡刻畫出來。作者沒對任何一個人物貼上標籤，試圖告訴讀者他是好人，他是壞人。蘭陵笑笑生就寫一個生命，在他的生命歷程中，如何由著他人性當中的不同因素支配，有各種不同的言行表現。李瓶兒最後對蔣竹山就兇狠到這種地步。

當然有的讀者跟我討論，當時社會是男權社會，男尊女卑，女子應該是「嫁雞隨雞，嫁狗隨狗」，可為什麼李瓶兒嫁給蔣竹山以後，蔣竹山沒有休她，她卻把丈夫蔣竹山給休了？當然，從社會的法律角度來說，根據當時社會的封建倫理道德，李瓶兒這個做法確實是很出格。只有丈夫休妻子，哪有妻子休丈夫的？如果蔣竹山找到一個官府去告，李瓶兒是會敗訴的，那個社會的法律不承認妻子可以休夫。而且從公序良俗的道德角度來說，妳嫁人了卻潑水休夫，實在是一種悍婦的行為。可為什麼李瓶兒這樣做就成功了，最後蔣竹山越走越遠，不敢回頭呢？當時社會發展到那個階段，雖然還是一個男權社會，男尊女卑，但是社會經濟繁榮，漸漸地，經濟、金錢在社會當中所發揮的作用就超過法律和道德，往往法律和道德約束不了金錢的力量。

當初潘金蓮跟西門慶勾搭，潘金蓮是否能夠潑水休夫把武大郎給轟走？武大郎挑著擔子去賣炊餅，潘金蓮拿一盆水舀了往他腳跟一潑，就眼不見為淨？潘金蓮不能這麼做，因為在武大郎和潘金蓮組成的家庭裡面，潘金蓮自己沒有經濟來源，她沒有經濟支配權，而武大郎透過賣炊餅來養家，武大郎有經濟支配權。誰有經濟支配權，誰就掌握了話語權，誰就占了上風。所以，就當時家庭經濟結構來說，潘金蓮可以嫌棄武大郎，但她卻沒有辦法把武大郎休了，她沒有經濟上的支配權，就沒有這方面的話語權。最後，潘金蓮實在沒有辦法，只好把武大郎毒死了。

李瓶兒可以把蔣竹山休了，原因之一是在他們的婚姻當中，蔣竹山原來可以說是一文不名，是一個窮醫生，李瓶兒是一個富婆，她招贅一個窮鬼，李瓶兒掌握了家庭全部的經濟支配權，所以她就有絕對的話語權。李瓶兒養著蔣竹山，藥鋪的本錢是她出的，那頭驢是她給蔣竹山買的，蔣竹山只有藥鋪醫生的這個身分，這種生活是李瓶兒給的。蔣竹山在性生活中不能滿足李瓶兒，現在還惹事，李瓶兒不要他，就可以把他轟走。

另一個原因就是蔣竹山雖然知道李瓶兒的做法既不合法律，也不合道德，但是他到哪裡去尋求法律支持呢？官府都被西門慶買通，他去告李瓶兒，人家會理他嗎？搞不好，一頓棒子打下來，更得安個什麼罪名把他判罪，他如果去找官府就死定了。他無可奈何。雖然左右四鄰可能有的人會對李瓶兒的做法有所腹誹，肚子裡頭可能說她一些不好的話，但面上，人們都是儘量不得罪富人，寧願跟著去踩那些相對窮的人。所以，不會有人站出來為蔣竹山伸張正義。後來書裡就沒詳細交代蔣竹山，他就不知所終了，他是很慘的一個人。李瓶兒後來也知道，一切的發生就是因為她得罪了西門慶，這是西門慶導演的一齣鬧劇。

第二十講　女性的卑微

西門慶怒娶李瓶兒

❖導讀

上一講講了西門慶度過政治風波之後，知曉李瓶兒招贅了蔣竹山，很著惱；更生氣的是，李瓶兒花錢給蔣竹山開了一家生藥鋪，公然和自己「戧行」。西門慶認為這是對他的背叛，於是就指使魯華、張勝這一對搗子打砸了蔣竹山的生藥鋪。官府那邊他也早就打了招呼，把蔣竹山屈打成招，打得皮開肉綻。最後李瓶兒潑水休夫，把蔣竹山趕走了。這種情況下，李瓶兒靜下來一想，她唯一的出路還是去哀求西門慶，讓西門慶按照原來的約定娶她進門。最後西門慶是不是娶了她呢？請看本講內容。

西門慶設計陷害了蔣竹山，出了口惡氣，但是他並沒有仔細打聽後來怎麼樣，他不清楚李瓶兒潑水休夫的事情，一直以為蔣竹山還住在李瓶兒獅子街那所宅子裡面養傷，而且他從政治風波所帶來的陰影當中解脫以後，要理順的事情也很多，所以就沒有對李瓶兒再實施毒計。前面說了，李瓶兒除了一般人所擁有的一些金銀珠寶，還有一些很不一般的財富，有水銀、沉香、胡椒、白蠟，在那個時代，這些都是非常稀罕的東西。如果李瓶兒沒有花太監家世背景的話，不可能占有這些在當時社會上比較稀有、特殊的東西。

西門慶垂涎李瓶兒的財富，透過娶她來進一步發財的想法不會消失。可是這一壺現在他覺得還不開，他不提，先忙別的事。

對李瓶兒而言，她覺得把蔣竹山休了、轟走了，西門慶應該知道。李瓶兒想來想去，她還是得嫁給西門慶。她原先為了嫁給西門慶，做了很多事情。她籠絡了吳月娘、李嬌兒、孟玉樓、孫雪娥、潘金蓮等人，甚至潘金蓮的丫頭春梅，她都下了本錢，加以籠絡。她自己的兩個丫頭繡春、迎春也早就讓西門慶占有了，這樣丫頭帶過去以後大家就更方便。同時她還在西門慶的小廝身上下功夫。李瓶兒也看出來，西門慶有很多小廝，但是跟西門慶跟得最緊、最貼身的小廝是玳安。

書裡故事一開始就經常寫到玳安，那個時候西門慶沒當官，還是白衣人，在街上行走有時候怕人認出來他是個富翁，另外他有些生意很機密，也不願意在做每一樁生意的時候讓人看出來，所以他的帽子上經常有眼紗。眼紗是書裡寫到的一種明代人所使用的物品，就是男性的帽子前頭可以下垂的一圈薄薄的紗，一般是深色，例如黑色或者灰色。戴眼紗的人往外看能看清周圍，可是周圍的人看不清楚他的面貌，那個東西就類似於當今社會的墨鏡。書裡一開始就多次寫西門慶在街上走，他有時候不招搖，可能去放高利貸，或者去收債，或者是談一筆不想讓外人注意和知道的生意，他在街上走的時候會戴眼紗。那麼緊跟在他旁邊的就一定是玳安，拿著一個氈包，裝著西門慶日常要用的一些東西。所以，玳安是西門慶最得力、最可靠，也最貼心的一個小廝。

李瓶兒很早就看準這一點，也老早就對玳安好。現在西門府一切恢復正常，玳安也經常在街上來回為西門慶奔走。正好那天西門府的吳月娘過生日，李瓶兒就備了壽禮讓馮媽媽送過去。李瓶兒暫時還不方便露面。因為她知道，西門慶既然這麼恨她，府裡面的其他人也都會知道，她現在是一個不受西門府歡迎的人，可她還是堅持給吳月娘送壽禮。西門慶當時忙自己的事，對大老婆吳月娘的生日不太放在心上。等西門慶忙完他的事，在休息的間隙，玳安就出現在他的身邊，跟他說，獅子街的花二娘派馮媽媽給吳月娘送了壽禮。其實西門慶根本無所謂，你愛送不送，這算個什麼事。西門慶本來不想搭理玳安，但西門慶偶然一偏頭就發現玳安的臉紅紅的，像是吃了酒。西門慶就問他在哪兒吃的酒，因為他要麼是在府裡面給吳月娘慶壽的時候吃了酒，要麼就是在外頭吃了酒。可西門慶一想，玳安被他派出去辦事了，應該不是在西門府裡面吃酒，這個酒應該是在外頭吃的。西門慶就追問玳安在哪兒吃的酒。玳安說實話，說是在獅子街吃的，說李瓶兒看到他從她門口路過，讓馮媽媽出去叫他，把他請進去，非常熱情地招待他，請他吃了酒。所以，李瓶兒確實一直很有心機，她曲線救國，知道要打破她和西門慶之間的僵局，玳安是一把鑰匙，她就有意識地等玳安一個人從她門口路過的時候派人把他請進來。玳安被李瓶兒好吃好喝一頓招待以後也就願意為她傳話。

所以，玳安見了西門慶就傳話了，就說李瓶兒現在後悔得不得了。她知道自己做錯了，蔣竹山已經被她給休了，趕跑了，現在她是一個人，希望西門慶能原諒她，她會死心塌地地嫁給西門慶、伺候西門慶。玳安把李瓶兒這番話傳達給西門慶，西門慶當時根本聽不進去，說李瓶兒嫁誰不行，嫁了個矮王八，而且還像他一樣開生藥鋪。西門慶還不能原諒李瓶兒。但不管怎麼說，玳安完成了一個任務，把李瓶兒想跟西門慶說的話都傳達了。

在玳安所傳達的這些話語當中，最重要的一點就是告訴西門慶，蔣竹山已經不存在，也就是說李瓶兒嫁到西門府來的障礙沒有了。現在只要西門慶開口，李瓶兒隨時可以嫁過來。對於李瓶兒，一開頭西門慶當然是圖她這個人，他覺得她一身白肉很可愛，但他確實也圖李瓶兒的財。所以，他雖然記恨李瓶兒後來的表現，但把李瓶兒娶進來，畢竟是他曾規劃過的事。

經過玳安的傳話，西門慶表示可以再考慮娶李瓶兒。什麼時候娶？怎麼娶？西門慶撂下的話是這樣的：「既是如此，我也不得閒去。你對她說，甚麼下茶下禮，揀個好日子，抬了那淫婦來罷。」西門慶要求先把李瓶兒的那些東西搬過來。有幾天西門府第的大門就老開著，不斷有人往裡搬東西，從獅子街搬到西門府。具體搬了些什麼東西，書裡故意不細寫。前面已經交代了很多，大家想一想，肯定會有沉香、白蠟、水銀、胡椒，像拔步床什麼的就更不消說了。李瓶兒值錢的東西蠻多的，都搬到西門府哪呢？當時由陳經濟監督修造花園，把西門家的花園和原來花宅的花園合在一起，成了一座很大的花園。花園裡面原來就有一座兩層樓，樓下三間房是潘金蓮住著，後來又蓋了一座兩層樓，兩座樓緊挨著，有三間房是為李瓶兒準備的。李瓶兒自己的東西很多，搬過來一布置的話，房間的堂皇富麗應該不亞於潘金蓮那邊。東西搬完以後，兩個丫頭迎春和繡春先過來。

正日子到了，一頂轎子就把李瓶兒抬過來。一個女人出嫁，轎子到了府第門口，沒人迎接，而府主當時在家，故意不動聲色，不理這茬，這算怎麼回事？這時候西門慶幾個妻妾裡面，人性中善的成分最多的孟玉樓看不下去，就跟吳月娘說，府主現在沒有出去接媳婦，主家婆是不是出去接一下？吳月娘在孟玉樓的說服下才勉勉強強出去迎了一下。這樣李瓶兒抱著出嫁的寶瓶，自己走到花園中給她預備的三間房子裡。當時女子出嫁是要抱寶瓶的，這是一個風俗。新娘子進了新房，繡春、迎春兩個丫頭早在房中鋪陳停當，可是新郎西門慶一連三天都不理李瓶兒，根本不到她的新房去。

孟玉樓就勸西門慶，不管怎麼著，他得去李瓶兒房裡，她自己嫁給西門慶的時候就特別在乎嫁過來後的第一夜。現在西門慶一撂李瓶兒就是三天，是不是有點太過分了？孟玉樓好心相勸，西門慶聽不進去，就說，看看李瓶兒做的什麼事，他碰到點小事，關幾天門，她就另嫁他人，做出那些無恥的事情來。先不理她。正在這個時候，有人砰砰敲門。原來是春梅來報告，說不得了了，李瓶兒上吊自殺了。

孟玉樓一聽就慌了，西門慶還不動聲色。李瓶兒嫁到西門府以後，左盼右盼西門慶都沒來，李瓶兒心知自己做錯了，千不該萬不該招贅蔣竹山，把西門慶給得罪。後來雖然潑水休夫轟走蔣竹山，嫁入西門府，但是西門慶不見她，一冷就是三天，後面的日子該怎麼過，怎麼活？李瓶兒想不開，晚上就上吊了。繡春和迎春小睡一覺，醒來發現女主子直愣愣地吊在那，她們趕緊到隔壁去叫春梅。

潘金蓮雖然對李瓶兒很不以為然，就算沒有這段曲折，李瓶兒很順利地嫁到西門慶家，她也是潘金蓮一個天然的情敵。但是潘金蓮一聽說李瓶兒上吊，她的良心裡沒有泯滅的光點還是閃動了——得先救人。潘金蓮就跟春梅趕到隔壁，把李瓶兒上吊的繩子剪斷。她上吊用的還不是一般的繩索，用的是裹腳布。一開始李瓶兒跟死了一樣，後來終於從喉嚨裡面湧出一口清涎，才出了氣，活了過來。

潘金蓮讓春梅趕緊通知西門慶、吳月娘他們。得到消息以後，吳月娘就趕緊過來。李嬌兒原來跟其他的妻妾關係是最不好的，連她也趕過來，這當然是因為李瓶兒之前籠絡過她。大家來了以後就問潘金蓮，有沒有給李瓶兒灌薑湯。潘金蓮回答：「我救下來時，就灌了些。」後來李瓶兒活過來，就哭出聲來。

西門慶得到李瓶兒上吊消息後的表現，就是那個時代男權主義下的大男子主義的最強烈表現。他說怎麼上吊了？還敢到他家來上吊？終於西門慶來到了李瓶兒的新房，把別人都轟走。其他人就都退了，在外頭戰戰兢兢聽著裡面的動靜。西門慶讓李瓶兒跪下，李瓶兒跪下了。西門慶拿根繩子往李瓶兒身邊一丟，讓她再上個吊看看。西門慶把當時男權社會的這種優勢發揮到極致。李瓶兒完全就被他強大的男權威嚴壓垮了，不知道該怎麼辦。見李瓶兒沒上吊，西門慶就讓她把衣服脫了，然後他一邊拿鞭子抽李瓶兒，一邊質問她，為什麼做出這樣的事情來。李瓶兒就連連認錯，苦苦哀求。西門慶又問：「我比蔣太醫那廝誰強？」李瓶兒就回答了：「他拿甚麼來比你！你是個天，他是塊磚；你在三十三天之上，他在九十九地之下。休說你這等為人上之人，只你每日吃用稀奇之物，他在世幾百年還沒曾看見哩！他拿甚麼來比你！莫要說他，就是花子虛在日，若是比得上你時，奴也不恁般貪你了。你就是醫奴的藥一般，一經你手，教奴沒日沒夜只是想你。」

西門慶看到一個婦人脫了衣服跪在自己面前，白嫩的身體上抽出鞭痕，他的心理得到了滿足，而且李瓶兒也承認是一時糊塗才招贅蔣竹山那個矮王八。李瓶兒在西門慶這樣高大、威猛的男子面前屈服了。這樣一來，西門慶就把氣出透了，一扔鞭子，把李瓶兒拉起來，穿上衣服，摟在懷裡。西門慶對李瓶兒說：「我的兒，你說的是。果然這廝他見甚麼碟兒天來大！」意思是，李瓶兒說的對，蔣竹山那個傢伙見過什麼世面？隨即西門慶就大聲叫春梅：「快放桌兒，後邊取酒菜兒來！」西門慶就跟李瓶兒和好了。李瓶兒這才算真正嫁給了西門慶。為什麼叫做西門慶怒娶李瓶兒呢？剛才這段情節就說明，他是在怒火中燒的情況下把李瓶兒娶過來的。後來西門慶的怒火終於熄滅，還是接納李瓶兒。

第二十一講　退讓與包容

李瓶兒的自我淨化

❖導讀

上一講交代西門慶在怒氣當中娶了李瓶兒，而且冷落她，轎子到了門口他不去接，最後吳月娘勉勉強強出來把她接進去，李瓶兒抱著寶瓶進了新房，西門慶三天都不光顧她那裡。李瓶兒在備受羞辱的情況下上吊自盡，不過後來還是被救過來了。西門慶讓她跪下來，脫去衣服，鞭打她，斥責她，但是李瓶兒最後一番真情傾訴，又挽回了西門慶的心，西門慶把她摟在懷裡，兩個人又和好了。這樣李瓶兒終於嫁進西門府，成為西門慶排名最後的一房小老婆。李瓶兒嫁入西門府後又是什麼情況呢？請看本講內容。

從書裡的描寫來看，李瓶兒嫁給西門慶後就走上一條自我靈魂淨化的道路，她確實痛改前非。原來李瓶兒的問題還是比較多的。她和花子虛一起生活的時候，花子虛不愛李瓶兒，不顧家庭，雖然他們住的是一個大宅院，但沒有家的樣子，花子虛成天帶著群狐朋狗友在妓院裡面鬼混。這種情況下，李瓶兒就逮著機會和西門慶勾搭上，西門慶翻牆過來偷情。所以，是花子虛不好，讓李瓶兒守了活寡。但她畢竟是一個有夫之婦，西門慶又是一個有妻妾的人，他們偷情，從道德上來說，是有問題的，很不光彩。但對她這個表現的評價，不必太嚴苛，李瓶兒還是有可以理解的苦悶，她和西門慶的偷情也多少有一些能夠理解和諒解的因素，但總歸是不好。李瓶兒不能夠把控旺盛的慾望，最後突破了道德底線。

到了西門慶府以後，當然情況就不一樣，李瓶兒是一房小老婆，她和西門慶做愛就屬於非常正常的一種行為了。可是妻妾之間會爭寵，李瓶兒就收斂了自己性慾上爭強的心思，變得非常隨和，非常能夠退讓。她把她在前一階段性格當中的毛病加以抑制，處理得很好。

李瓶兒和潘金蓮住在花園裡面，潘金蓮住一座兩層樓下面的三間房，李瓶兒住另外一座兩層樓下面的三間房，這兩個樓還是挨著的，她們是鄰居。從書裡的描寫來看，西門慶很多時候去找潘金蓮，李瓶兒並不嫉妒潘金蓮。她覺得一個男主人他愛找誰就找誰，他有這種權利，自己守本分就好，你來我就接待，你不來我也不爭。這是李瓶兒第一個方面的表現，她就把那種性慾高揚、不惜突破很多底線與規範的人格缺點消除，也就是淨化了自己的心靈。

李瓶兒前面有一段把她人性當中的弱點和人性當中的惡暴露得很充分，就是她和蔣竹山生活那段。西門慶遇到情況，不露面了，李瓶兒有所疑惑，難以理解，這都好說，但是她又不能忍耐，而是機會主義、飢不擇食地招贅了蔣竹山。當西門慶使手段陷害蔣竹山之後，李瓶兒不但不幫著蔣竹山擺脫困境，反而潑水休夫，把蔣竹山置於無路可走的可悲境地。蔣竹山後來怎麼樣，書裡就沒交代。估計他在社會上很難生存，恐怕得離開清河縣，另外想辦法重新起步，度過他的餘生。

嫁入西門府以後，李瓶兒當然知道自己這一段做錯了，西門慶忽視她，鞭打她，她認同。因此，在李瓶兒之後的故事發展中，她那種機會主義的表現，飢不擇食、降低自己身段、貶損自己人格的事情就都沒有了。也就是說，李瓶兒人性當中那部分惡基本上被壓制了，沒有再爆發，她變成一個很謙和、很溫柔、很仁義、很能忍讓的小老婆，和吳月娘、李嬌兒、孟玉樓、孫雪娥、潘金蓮，包括大丫頭春梅，都能夠相安無事。從李瓶兒的角度來說，她對那些人沒有任何的侵略性和威脅性，她不跟她們爭寵，安安靜靜地做最後一房小老婆。

李瓶兒原本人性當中的弱點和人性當中的惡之所以能夠暴露無遺，是她一直尋求一種安穩、平安、安全的生活而不得時，慌亂中所造成的。現在李瓶兒有了西門慶這樣一個在縣城裡面有錢有勢的男子漢做丈夫，她就一心一意過日子，滿足於眼前安全、安穩和富裕的生活。李瓶兒在西門府裡簡直就變了一個人，原本身上的毛病全沒了，她把自己淨化，有很多細節表現出來。例如書裡寫西門慶後來把花園蓋得很好，花園裡面有捲棚，這是西門慶經常活動的空間，兩邊有細竹片製成的大大寬寬的帘子，夏天兩邊都垂著這種帘子，外面花木叢生，非常美麗，也非常舒適。西門慶給這個地方取了一個很雅的名字叫翡翠軒。有一天西門慶就把頭髮打開，等丫頭、小廝來伺候他洗臉梳頭。

西門慶發現帘子外頭盛開一種很香、很美麗的瑞香花，他就命令僕人、丫頭去給他摘一點進來。這個時候潘金蓮和李瓶兒來了，兩個人手拉著手。潘金蓮拉著李瓶兒的手，她是有心機的，她其實嫉妒李瓶兒，恨死了李瓶兒，因為自從李瓶兒到西門府，西門慶很大一部分精力轉移到李瓶兒的身上。但是潘金蓮會來事。李瓶兒拉著潘金蓮的手，她是真心的，她非常願意跟潘金蓮成為朋友。在西門慶對誰好，到誰的房裡多的事情上，她很願意退讓，不跟潘金蓮爭。

潘金蓮到了翡翠軒，看見瑞香花就要拿手掐花往頭上戴。西門慶就讓潘金蓮別忙著掐，他屋裡的瓷盆裡面已經掐了好多朵，她拿一朵去戴就是了。西門慶知道潘金蓮的性格，什麼事都要拔尖，搶在前頭。李瓶兒就完全沒有一定要戴花、一定要第一個戴、一定要戴最好的那朵的心思，她非常溫柔，非常禮讓，非常隨和。西門慶遞了朵花給李瓶兒，並說也給吳月娘、李嬌兒她們送花，還讓孟玉樓過來彈月琴。潘金蓮讓春梅給吳月娘和李嬌兒送花，她給孟玉樓送花，順便把孟玉樓叫過來。這樣翡翠軒裡，其他人暫時都退出了，只剩下西門慶和李瓶兒。西門慶一下被李瓶兒的美色打動，興致來了，摟著李瓶兒就在翡翠軒的涼椅上做愛。

潘金蓮其實並沒有真正離開，走到花園角門首，她把花遞給了春梅，然後就走回翡翠軒。潘金蓮隔簾竊聽，聽到西門慶和李瓶兒在交歡，這倒也罷了，她還聽見李瓶兒跟西門慶說私房話，說她現在的身子有變化，讓西門慶輕點、慢點，她就明白李瓶兒懷孕了，潘金蓮妒火中燒。本來西門慶喜歡李瓶兒，李瓶兒嫁入西門府以後，西門慶經常在李瓶兒的屋子裡面安歇，潘金蓮就已經很不高興，更何況現在李瓶兒懷孕了。要知道潘金蓮也一心想懷孕，沒想到喝了符水（把算命的人畫的符燒成灰以後兌水喝，據說喝下符水就能促使女子懷孕）肚子還是沒動靜。

李瓶兒跟西門慶說她懷孕了，西門慶當時就很高興。西門慶和李瓶兒做完愛以後又恢復常態，其他人陸續都到了翡翠軒，大家就圍在一起吃飯。這個時候潘金蓮就有一些令人大惑不解的言辭和舉動，例如她偏要坐很涼的那種瓷凳。瓷凳過去叫涼墩，如果放上一個褥子還暖和一點，但是她就是要坐冰涼的東西。孟玉樓說：「五姐，你過這椅兒上坐，那涼墩兒只怕冷。」潘金蓮就說怪話：「不妨事，我老人家不怕冰了胎，怕什麼？」意思就是她肚子裡沒有什麼怕涼的物件，她不在乎。然後席上潘金蓮又不斷地呷冰水或吃生果子。孟玉樓又問潘金蓮：「五姐，你今日怎的只吃生冷？」潘金蓮說：「我老人家肚裡沒閒事，怕什麼冷糕麼？」

這些話潘金蓮都是說給李瓶兒聽的，當然西門慶也聽出這個味兒。西門慶作為男子漢，對自己大小老婆爭風吃醋的言行習以為常，不是很在乎。可是對李瓶兒來說，這些譏諷的話就是一種心理戰。現在潘金蓮最強大的對手就是李瓶兒這一房，潘金蓮先用一些閒言碎語來敲打李瓶兒。李瓶兒確實已經懷孕了，潘金蓮又在府裡面嘰嘰喳喳，包括跟孟玉樓私下竊語，說這個月分不對吧，李瓶兒是八月娶進來的，有那麼快懷孕嗎？意思就是搞不好這孩子不是西門慶的，指不定是誰的。這種謠言如果傳到李瓶兒耳朵裡，那是非常扎心的。

潘金蓮對李瓶兒實行了大量的心理戰，讓李瓶兒很不舒服。一日三伏天氣，西門慶全家都在花園裡面聚著看荷花。吃酒的時候，李瓶兒忽然肚子疼起來了，就回屋休息。這把氣氛鬧得挺緊張，吳月娘也挺著急，說是不是要臨盆了。李瓶兒生孩子，吳月娘還是高興的，當然吳月娘自己來生最好，但如果吳月娘自己沒生，其他小老婆生，也算是西門慶跟她的後代，對家庭來說，也是有好處。所以，吳月娘對李瓶兒要生孩子這件事情，不但不嫉妒，她還很在意地保護這孩子。

發現李瓶兒確實要臨盆了，西門慶就急如星火地派小廝去請產婆，產婆來了，所有人都圍在李瓶兒屋子的周圍。這個時候潘金蓮又跟孟玉樓說閒話，說這哪是生孩子，這不是下象膽嗎？過去把大象生產叫做下象膽，認為生下的是祥瑞之物。現在李瓶兒生孩子，就是這種局面，又不是什麼稀罕事。還說就李瓶兒尊貴是吧，她們是買來的母雞不下蛋。潘金蓮這樣一些尖刻的話語孟玉樓聽了以後就不吱聲。其實孟玉樓的心裡頭應該也是不平靜的，她也恨自己不能為西門慶生下孩子，可是她生不了，現在李瓶兒先生了，她不能說一點都不嫉妒，但是像潘金蓮這樣尖酸刻薄，說出一些有失體面的話，她說不出來，也聽不下去，她就不作聲。

後來產婆報告，李瓶兒生下一個小子，西門慶高興得不得了。西門慶原來和已亡的正妻陳氏有一個女兒西門大姐，西門大姐已經出嫁，後來女婿、女兒都回到清河，現在住在一塊。但是那個時代，儒家禮教有一個講究叫做「不孝有三，無後為大」。這句話最早出自《孟子》，後來經過一些儒家人士的發揮，有的學者指出這句話的原意不是現在人們理解的這個意思。我們在這不做學術探討，我直截了當告訴大家，後來「不孝有三，無後為大」成為家族倫理道德當中很重要的一個信條。就是一個男子漢，你對父母不孝順可能有很多種表現，最嚴重的就是你不給父母生育後代，而且這個後代指的是男孩。你不為父母生下男孩，不為他們生孫子，你就是大不孝。

中國漢族幾千年來沒有形成真正有效、能夠使整個民族凝聚起來的宗教信仰。雖然漢人進了道觀拜道觀裡面的神像，進了佛寺拜佛寺裡面的神像，進了風俗神廟就拜風俗神廟裡面的神像，甚至於拜樹精，拜一塊石頭，但是這都不是堅實的宗教信仰，都算是實用主義，是想透過這一拜保佑自己或者解決自己一些很具體的問題。直到當代社會，有人進了道觀磕頭，進了佛寺也磕頭，他是透過燒香拜佛解決一些很具體的問題，例如能不能考上大學、能不能升職、能不能加薪、能不能找到對象、能不能生出孩子等。所以，中國漢族在源遠流長的歷史當中重視傳宗接代，重視一代一代地生男孩，把自己的宗族延續下去。所以，西門慶對這個男孩的誕生非常重視，也非常興奮，後來雇了奶媽如意兒來餵養他。

西門慶還搞了各種名堂，包括請法師來給這個兒子祈福。在這個過程當中，潘金蓮始終站在李瓶兒的對立面，搞一些破壞行動。一次，道士送來經疏，就是一種給孩子祈福的經文，上面抬頭有文字，就說這個經疏是給哪個孩子來祈福的。潘金蓮識字，她不像有的小老婆，例如李嬌兒、孫雪娥，可能都不識字。潘金蓮一看經疏抬頭的名字就覺得不對頭，立刻找到孟玉樓，因為她總是把孟玉樓當成自己的同盟軍，畢竟一個人上陣作戰，氣勢總歸還不夠。潘金蓮拉著孟玉樓說，這寫的像話嗎？上面只寫李瓶兒的名字，她們的名字都沒有，李瓶兒是西門慶的老婆，她們就都不算嗎？孟玉樓沒有完全上潘金蓮的當，潘金蓮多次拉著孟玉樓一塊衝鋒陷陣，孟玉樓都能夠比較冷靜地臨陣避讓。孟玉樓問：「有大姐姐沒有？」潘金蓮才補充說有吳月娘的名字。李瓶兒就是一個小老婆，單寫她不合適，但是如果把吳月娘寫上了，再寫李瓶兒，孟玉樓覺得說得過去，不算大問題，就不跟著潘金蓮搗亂了。

第二十二講 厄運終不可逃
李瓶兒之死

❖導讀

上一講告訴你面對潘金蓮的挑釁，現在的李瓶兒都是忍讓，她自我淨化了。說老實話，李瓶兒狠起來不在潘金蓮之下，當年潘金蓮百無聊賴，把親夫武大郎給毒死了，而李瓶兒潑水休夫，也很厲害。但是，自從嫁入西門府後，她再也不讓靈魂中一些急躁的東西、機會主義冒頭了，她以仁義的胸懷，面對一切。李瓶兒這樣處處隱忍就能使潘金蓮休戰嗎？她又是因何香消玉殞的呢？請看本講內容。

按說透過給西門慶生下一個寶貝兒子，李瓶兒的人生達到了巔峰狀態，處在一個最幸福的狀態當中。西門慶本來就喜歡她，現在她又為西門慶生下兒子，西門慶當然就更把她視若珍寶。那個時候西門慶透過給京城的蔡太師蔡京送壽禮，得到非常豐厚的回報，蔡京給他填了一張空白的委任狀，他就成為清河縣提刑所的副提刑。所以，真是好上加好、錦上添花的局面。

但是李瓶兒再仁義，再自我淨化，再忍讓，潘金蓮的「金國」還是要滅掉李瓶兒的「李國」。潘金蓮使出渾身招數，甚至有一天乾脆在吳月娘的面前造謠，說：「我聽李瓶兒說了，這孩子長大以後有恩報恩，有仇報仇！」這孩子報誰的恩，報誰的仇，潘金蓮不繼續說，只概括一句話，就是「**俺們都是餓死的數兒**」，意思是除了李瓶兒那房以外，其他各房，當然也包括吳月娘這一房，都得餓死。不過這個謠言就太離奇了。

當時吳家大妗子在場。什麼叫大妗子？現在有的地方還有這種稱呼，就是一個男人妻子的兄弟的妻子，也就是大舅子的妻子叫大妗子。吳月娘的娘家經常有人到西門府來串門，吳大妗子經常出現。當時吳大妗子聽了潘金蓮的話覺得不像話，高聲地說：「**我的奶奶，哪裡有此話說？**」意思是怎麼可能有這種話說出來？吳月娘明知是潘金蓮造謠，可是這種謠言還是很有殺傷力的。這謠言聽了基本上是不可信，但也是戳心窩的。潘金蓮就想挑撥「吳國」和「李國」的關係，從中取利。

潘金蓮很惡毒，看到謠言發揮不了什麼大的作用，她就直截了當地把鬥爭的對象指向李瓶兒生下的孩子。因為這孩子生了不久，西門慶就封官了，所以這孩子就取名為官哥兒，西門慶希望他今後也當官。有一天，潘金蓮趁李瓶兒臨時出去的時候，跑到李瓶兒的屋子裡，不顧奶媽如意兒的反對，強行把孩子抱出來，一直抱到儀門（就是好幾進大院子當中隔開每一進的門，特別是最外面那一進的門），到那裡舉高高，把官哥兒嚇得哭個不停。

後來潘金蓮又透過打狗、打她的粗使丫頭秋菊，搞得狗叫個不停，秋菊也殺豬般地慘叫，使得官哥兒沒法睡覺。李瓶兒幾次讓丫頭過去求她們，說能不能別打狗了，能不能別打秋菊了，現在官哥兒睡不安穩，甚至有時候發抖、抽搐。潘金蓮當然還巧加辯護，意思就是她的狗不聽話，秋菊壞事，該打。李瓶兒只好忍氣吞聲。西門慶來了，李瓶兒也不向西門慶告發潘金蓮這種惡劣的行為。見到吳月娘，李瓶兒還是隱忍不說。

直到後來，事態發展到最嚴重的狀態。潘金蓮養了一隻雪獅子貓，在李瓶兒和如意兒疏忽的時候，跑到李瓶兒屋裡，撲到官哥兒的身上，徹底把官哥兒嚇得驚厥了。這隻雪獅子貓在詞話本裡面出現得很突兀，繡像本我前面給它提出過一些意見，認為有的刪改並不合適，但在雪獅子貓的描寫上，繡像本的增改是合適的，詞話本前面沒有鋪墊，繡像本前面就有伏筆。潘金蓮見西門慶、李瓶兒他們寵著官哥兒，老給他穿一身鮮紅的衣服，潘金蓮就經常在她屋裡拿鮮紅的綢緞包著肉，讓雪獅子貓去撲。這個做法就好像春秋時期晉國一個奸臣司寇叫屠岸賈，陷害丞相趙盾的手段。屠岸賈為了害趙盾，他養神獒，就是那種大狼狗。他經常扎一個稻草人，讓稻草人穿的衣服跟趙盾一樣，訓練獒去撲咬，最後，果然把趙盾給害死了。潘金蓮的做法就跟這個一樣。

雪獅子貓後來跑到李瓶兒屋裡面一看，床上是穿著紅綾襖的孩子，牠平時撲包著紅綢緞的肉塊撲慣了，就往官哥兒身上撲過去。官哥兒被嚇得驚厥，西門慶當然急得要命，立刻跑到潘金蓮屋裡把雪獅子貓抓起來，狠狠摔到地上，把雪獅子貓摔死，然後急如星火地尋醫問藥，想要治好官哥兒。但是，官哥兒醫治無效，只活了一年零兩個月就結束他短暫的人生。

李瓶兒一看孩子死了，就抓耳撓腮，一頭撞在地下，哭得昏過去，半日方醒過來，摟著死去的兒子大放悲聲。官哥兒之死其實就等於是「李國」的滅亡，「金國」大獲全勝。西門慶對官哥兒之死當然痛心疾首，可是跟李瓶兒表現的不完全一樣。西門慶看李瓶兒把臉都抓破了，滾得寶髻蓬鬆，烏雲散亂，根本活不下去，西門慶也很悲痛，可是他這樣勸李瓶兒，他說：「你看蠻的！他既然不是你我的兒女，干養活他一場，他短命死了，哭兩聲丟開罷了，如何只顧哭了去！又哭不活他。你的身子也要緊……」西門慶的邏輯就是：孩子死了就證明命中注定他不是妳我能養大的孩子，現在這個謎底揭曉，他到世上來並不真是討好咱們倆來的，他就去了；現在妳哭，他也活不了；應該把這事丟開，保養自己身子要緊。

西門慶和李瓶兒對於官哥兒的死亡反應有差異。當時男權社會，像西門慶這樣一個男子，傳宗接代的任務一定要完成，可是他不看重孩子由誰來生。李瓶兒給他生了一個兒子，死了當然可惜，可他還有別的老婆，她們還會給他生，更何況他可以再娶小老婆。所以，作為一個男權社會的男性，西門慶對這件事情就沒有像李瓶兒那樣悲痛，有天塌下來那種感覺。

李瓶兒完全垮掉，官哥兒死了以後她基本上猶如行屍走肉，而且她得了血山崩的絕症。這個病就是經血淅淅瀝瀝流個不停，有時候就大出血，不但整個人很快瘦得跟黃葉似的，連炕都起不來，只能在床上鋪很多的草紙，不斷給她換。這批草紙被血淋濕了，拿走再換一批。本來李瓶兒是一個乾乾淨淨、全身噴香的美女，現在不成樣子，成了一個不但變了形，而且全身發出惡臭的生命。

這個地方蘭陵笑笑生就寫得出乎讀者的意料。西門慶這個時候居然不嫌棄已經變了形的李瓶兒，對眼前這個已經完全失去了美貌的女子，西門慶萬分憐惜，他還喜歡她。明明李瓶兒的兩隻胳膊都瘦得像銀條似的，西門慶不但不嫌棄，還經常到她屋裡守在她身邊，在她身邊落淚，跟李瓶兒說話：「**我的姐姐，你有甚話，只顧說。**」在這又出現了讓讀者驚詫，到頭來又能令讀者理解的一幕。

蘭陵笑笑生的一支筆，順著生活的邏輯往下寫，順著人物內心的發展往下寫，他寫西門慶和李瓶兒居然產生超出肉慾的精神層面愛情。前面他寫西門慶翻牆去跟李瓶兒私通，寫李瓶兒居然沒有耐心等到西門慶擺脫頭上的政治陰影就招贅了蔣竹山，寫李瓶兒下狠心潑水休夫，寫李瓶兒終於被娶進西門府，西門慶當時主要是圖李瓶兒的財，對她的人很嫌棄。迎娶當日轎子到門口不接，新房三天不去，去了以後扔一根繩子給李瓶兒，讓她上吊給自己看看，還讓李瓶兒脫了衣服，拿鞭子抽她。但是，在這些事情都過去之後，故事發展到現在這個階段，西門慶對著一個脫了形的李瓶兒，他流淚，他心疼，他愛這個脫了形的女子，他安慰她，他知道留不住她以後，兩人就生人作死別。所以，《金瓶梅》是非常了不起的文學作品，它寫人性，寫人的命運，寫人在命運當中的浮沉，以及在這個過程當中，人性各種因素的自我調整，寫人與人之間，最後能夠衝破肉慾、情慾達到精神層面的互相肯定，這是很了不起的。

最後，蘭陵笑笑生寫出了西門慶對李瓶兒的愛情，到這地步確實就可以稱之為愛情了。因為面前這個女子，西門慶既不要跟她做愛，也不是要欣賞她的一身白肉，原來這個女子身上經常發出麝蘭的那種香氣，現在只發出血山崩的惡臭，西門慶都無所謂，他還心疼她，還喜歡她，那不是愛情，是什麼呢？不要以為《金瓶梅》就是一本淫書、黃書，就寫男女做愛。蘭陵笑笑生寫來寫去，水到渠成，他也寫到男女之間有可能產生超出肉體的靈魂之愛。

李瓶兒和西門慶的愛最後達到了這個境界。李瓶兒病得這麼重，怎麼也治不好，就死掉了。西門慶聽到報告說李瓶兒嚥氣了，就兩步並作一步地奔到李瓶兒的住處。西門慶一看李瓶兒的面容還沒有改，身體還沒有發僵、發硬，還是溫暖的，所以他就不顧李瓶兒身子底下有大片的血漬，兩隻手捧著李瓶兒的香腮不住地親，他口口聲聲叫：「我的沒救的姐姐，有仁義、好性兒的姐姐！你怎的閃了我去了？寧可教我西門慶死了罷！我也不久活於世了，平白活著做甚麼！」他在房中跳得離地有三尺高，放聲號哭。作者寫李瓶兒死了以後，西門慶的反應和表現，可能出乎讀者的意料。但是，他的表現好像影視的表現一樣，放映在你面前，你信服嗎？你可能相信。在彼時彼刻，西門慶這樣的表現又是很自然、合乎情理的。他是一個率直的漢子，有真性情的人，雖然他有荒唐、淫蕩的一面，但是他在李瓶兒身上不但獲得了性愛，而且獲得了真正超出肉體的情愛。

西門慶這樣的表現讓其他妻妾目瞪口呆，更不要說旁邊那些丫頭、婆子、小廝什麼的了。吳月娘要趁著李瓶兒的身體還軟，給她穿壽衣，可這時西門慶還伏在李瓶兒身上，捧著她的臉哭，而且還大聲叫：「**天殺了我西門慶了！姐姐，你在我家三年光景，一日好日子沒過，都是我坑陷了你了！**」西門慶的言辭不是事先準備好的，都是在現場從心窩子裡頭蹦出來的，你聽一聽，這是一個財主在哭一個死去的小老婆嗎？這確確實實超越了生者與死者的身分，是男女之間真正大愛的心聲。我這個評價大家同意嗎？

當然西門慶這樣的表現和話語是很出格的。所以，吳月娘都聽不下去。書裡寫吳月娘的反應寫得也非常到位。吳月娘就說：「**他沒過好日子，誰過好日子來？**」意思是你說的什麼話，她怎麼到這兒三年沒過過好日子，是誰沒讓她過上好日子？吳月娘就敲打西門慶，不過是死了一個六房小老婆，怎麼這麼說話呢？

西門慶強調他所愛的這個女子的特點不是什麼一身白肉，也不是她長長、彎彎的眉毛，或者其他肉體方面的優點，西門慶強調的是好性兒、仁義。書裡大量的描寫證明，李瓶兒進入西門府以後確實透過自我淨化，成為一個對任何人都沒有威脅性、競爭性，能夠謙讓的生命。她做到了仁義，對所有人都很仁愛，都很講義氣，展現出靈魂當中美好的一面。

書裡還用了很多篇幅來寫西門慶對李瓶兒的一往情深。後來西門慶請一個韓畫師為李瓶兒畫了像。像畫好以後，西門慶經常掛出來，一看這個畫像，就好像又看到了李瓶兒本人。西門慶在李瓶兒的頭七宴請人看戲，唱戲的就唱出這樣的唱詞「**今生難會面，因此上寄丹青**」，西門慶就忍不住從袖子裡取出手帕擦眼淚。

西門慶經常懷念李瓶兒，她能做一種據說出自西域的特殊美食酥油泡螺，這種東西的製作方式叫做

「揀」，這種美食西門府裡其他人都不會，連精通廚藝的孫雪娥也不會。李瓶兒每次做這東西，西門慶吃了以後都非常高興，覺得非常可口。現在李瓶兒走了，西門慶懷念這樣一種特殊的美食。雖然西門慶還在繼續生活，但是他對李瓶兒的懷念還時不時在書中被寫上一筆，例如寫到李瓶兒在夢中跟西門慶訴幽情，還寫到李瓶兒給西門慶託夢。

李瓶兒是蘭陵笑笑生塑造的一個非常成功的女性形象，她的一生可以說是跌宕起伏。她人性當中的各個方面展現得也是相當立體化。她人性當中的善被蘭陵笑笑生勾勒得很細，她人性當中的惡也被蘭陵笑笑生毫不留情揭示出來。看《金瓶梅》，我們能感受到那個時代、那個社會就真有一個這樣的女子，在清河縣活過，死去。所以，李瓶兒的形象構成本書當中三個最重要女性角色中的一個，是完全夠格的。

第二十三講　身為下賤心不甘

宋惠蓮的野心

❖導讀

上一講交代了潘金蓮處心積慮要滅掉李瓶兒，除了平時造謠生事之外，她還故意把丫頭秋菊、狗打得大叫，擾得李瓶兒的兒子官哥兒沒法睡覺。一天，她養的貓撲到官哥兒身上，把官哥兒嚇得驚厥，最終醫治無效而亡。李瓶兒在兒子死後傷心欲絕，得了血山崩的絕症，不久也離世。至此，李瓶兒這個角色的故事講完了。其實《金瓶梅》塑造出一系列的女性形象，不僅僅是構成書名的三個女性值得注意，書裡其他幾個女性，也特別值得關注。從這一講開始，我們就要講一個叫宋惠蓮的女性。宋惠蓮是怎麼回事呢？請看本講內容。

且說有一天宋惠蓮在廳堂裡給西門慶的大小老婆們斟酒端茶，西門慶隔著帘子看見她。只見她穿著紅綢對襟襖，底下穿了一條紫色的絹裙，西門慶當時就說，紅襖怎麼能配一條紫色的裙子，「怪模怪樣」。所以，你不要認為《金瓶梅》好像只是簡單寫西門慶的情慾，其實它全方位塑造了西門慶這個角色，它告訴你西門慶雖然沒什麼文化，可是他的審美眼光並不低下，他對顏色搭配有自己的品位。

顏色搭配自古以來是人們審美當中一個很重要的課題。像大家熟悉的《紅樓夢》，賈寶玉與薛寶釵的丫頭鶯兒有一段對話就是談顏色搭配，說大紅色配黑色比較好，紅與黑是顏色搭配當中永恆的組合，黑色可以把紅色壓住，配起來好看。在賈寶玉和鶯兒的對話中還提到，蔥綠色要配柳黃色，配起來顯得雅緻。《金瓶梅》所寫的西門慶並不是一個貴族，也沒有進行早期的詩書教育和審美訓練，但是他在自己的生活當中，也歸納出一些審美原則，形成一些審美的趣味。他就看得出來，女子上身穿一個大紅襖，底下配一條紫色裙子，顏色搭配上顯得怪模怪樣。

宋惠蓮是西門府裡面一個男僕來旺兒的媳婦。在嫁給來旺兒之前，她有一段不堪回首的經歷。她是窮人家的孩子，父親開棺材鋪，自己做棺材，賣棺材，是小本生意，賺不了什麼大錢。也因為家境貧寒，所以家裡在她很小的時候就把她賣了。回顧一下前面講的潘金蓮，她小時候就是因為家裡窮被賣到招宣府，李瓶兒也是因為家裡窮，被賣給了梁中書，宋惠蓮被賣給了蔡通判。這三個女子早期的遭遇差不多，都是因為家裡窮，她們就被賣了。在蔡通判家，宋惠蓮嫁過一個丈夫，是蔡通判家的一個廚子，叫蔣聰。蔣聰後來跟人鬥毆被打死，打死他的那個人逃走了。宋惠蓮覺得自己的丈夫不能這麼白死，要為丈夫討個公道。她想出什麼辦法呢？那個時候西門府跟蔡通判家是互相來往的，因為蔡通判家廚子做菜做得特別好，有時候西門慶也派自己的僕人去請蔣聰過來幫廚，當時派的就是來旺兒。宋惠蓮知道來旺兒是西門慶的僕人，也知道西門慶在清河縣是一個吃得開的人，就求來旺兒，讓他跟西門慶說一聲，讓官府把殺死她丈夫的凶手捉拿歸案，為她丈夫討個公道。來旺兒回到西門府就跟西門慶說這件事，西門慶果然就把這事辦了，官府把殺害蔣聰的人逮著，而且處決了。

宋惠蓮嫁給蔣聰，並不是因為她愛蔣聰，而是當時蔡通判壞了事，整個府第瓦解了，迫於無奈她才嫁給蔣聰。雖然她不愛蔣聰，對他沒什麼感情，但是她卻在蔣聰被人打死之後，想方設法為丈夫申冤報仇，這一筆就把宋惠蓮的人性底色交代出來。後來因為來旺兒正好死了媳婦要續絃，來旺兒求吳月娘，吳月娘就答應了，把到西門府做女僕的宋惠蓮嫁給他，結成一對夫妻。

宋惠蓮有兩個特點。一個就是她嫁過廚子，所以她有些廚藝，特別是有一招絕活，能夠用一根柴火燒熟一個豬頭，燒得皮酥脆肉鬆軟，而且一邊燒，一邊添加佐料，燒得豬頭噴香噴香的。另一個特點是她的小腳長得特別好。那個時代的男人養成了一種畸形的審美趣味，欣賞女人的三寸金蓮，漢族婦女實行纏足。書裡多次寫西門慶和女人做愛的時候有一個環節，就是欣賞女人的三寸金蓮。潘金蓮的腳小小的，纏得很好，西門慶對她的三寸金蓮就很欣賞，但是宋惠蓮的小腳纏得更好，好到什麼程度呢？那個時候按照畸形的審美標準，腳纏得越小越好，她的腳就纏得特別小，穿上自己的繡鞋後，還能套進潘金蓮的繡鞋，你說她的腳該有多小？這個女子其實原來也叫金蓮，叫宋金蓮，到了西門府以後，吳月娘覺得不能這麼叫，就給她改名叫惠蓮，所以她在西門府叫宋惠蓮。

她也有身體和相貌的自覺意識，覺得自己挺美的，就經常把自己的髮髻墊得高高。所謂把髮髻墊得高高的，並不是說西門慶收她當小老婆，給她正式戴鬏髻，她是故意把自己的天然髮髻弄得高高的，造成好像已經戴上鬏髻的視覺假象。這說明她心裡有想成為西門慶小老婆的潛意識。當然希望很渺茫，但是從她擺弄自己的頭髮上顯示出她有這種潛意識。她還會把自己的水鬢描得長長的，又把頭髮弄得蓬蓬鬆鬆。總之，她就是希望引人注意，尤其希望引起西門慶注意。

西門慶果然注意到她，發現她的裙子顏色穿得不對，他就問吳月娘的丫頭玉簫：「那個是新娶的來旺兒的媳婦子惠蓮？怎的紅襖配著紫裙子，怪模怪樣？到明日對你娘說，另與他一條別的顏色裙子配著穿。」玉簫說：「這紫裙子，還是問我借的。」西門慶決定占有宋惠蓮，他把宋惠蓮的丈夫來旺兒外派，讓他上杭州給蔡京製作祝壽的錦繡蟒衣和家中穿的四季衣服。當時從清河到杭州來回得半年，西門慶就有機會占有宋惠蓮。

有一天，西門慶往裡走，她往外走，撞個滿懷，西門慶就把她摟住。這個時候書裡寫宋惠蓮的反應是這樣的：她把西門慶的手推開，走回自己住的房間。她和來旺兒在府裡面當然也分到了住房，是下人住的群房裡的一間。跟西門慶撞個滿懷的經歷讓她知道主子看上她了。

西門慶拿出一匹翠藍色的緞子，給玉簫說：「你給宋惠蓮送去，用翠藍色的這種綢緞做成裙子配她的紅襖才好看。」這匹翠藍綢緞不是一般綢緞，上面有一些暗花，遠看看不出來，近看有很多花卉組合在一起，是一種很高級、很漂亮的綢緞。宋惠蓮收了這匹綢緞之後進一步懂得，主子是喜歡她的。

後來玉簫就根據西門慶的指示，把宋惠蓮帶到花園的一個山洞裡面。那時候已經入冬，山洞裡很冷，就生了一個火盆，宋惠蓮就這樣讓西門慶在山洞裡占有了。這個事當時就被潘金蓮發現。書裡寫西門慶跟潘金蓮的關係確實不一般，他們既是性伴侶，也類似哥們，西門慶有的事絕不跟吳月娘說，也不跟其他小老婆說，但是他肯跟潘金蓮說。潘金蓮一追問，西門慶開頭想岔開，想撒點謊。潘金蓮多聰明的人，說：「你騙得過我？你就把來旺兒那媳婦勾搭上了。」這樣的話，西門慶乾脆就跟潘金蓮挑明說：「山洞裡面太冷不方便，乾脆以後就在你這個屋子跟他幹事。」潘金蓮居然答應了。潘金蓮當然有她的盤算，她是制止不了西門慶的，與其讓西門慶繼續瞞著自己在別處做這件事，不如乾脆讓他在自己的眼皮底下做這件事，這樣還好控制西門慶，也比較好控制宋惠蓮。所以宋惠蓮後來就成了西門慶的情婦。

這樣一個女子在她的人生道路上到了這一步：西門慶玩弄她，但是收她為另一房小老婆的可能性很小，因為她的出身實在太低微。潘金蓮雖然出身低微，先賣到王招宣府，後來又賣到張大戶家，最後嫁給武大郎。她到西門府之前的最後一站是武大郎的妻子，再怎麼說，社會地位也比一個富人家裡面的僕人的地位高一點。前面說了，武大郎後來跟潘金蓮住的是樓上樓下四間房，還有小院子的宅院，而且武大郎是賣炊餅的，自產自銷，算是一個小業主。當然武大郎後來被潘金蓮害死，但名義上是正常死亡。潘金蓮等於是一個正常的寡婦嫁到西門慶家，還勉強說得過去。李瓶兒開頭是梁中書府第的一個侍妾，後來嫁給了花太監的侄子花子虛，就住在西門府隔壁的一個大宅院，也算是一個富人的妻子，但花子虛不愛她，愛逛妓院，後來花子虛吃了官司，氣病了死掉了。李瓶兒從出身背景到最後這一站也不算太低微，她是自己有財產的婦女。可是宋惠蓮就太低微了，她就是府裡面的一個女僕，只不過主家婆讓她嫁了一個男僕，兩人組成一個僕人家庭而已。

西門慶如果讓家裡的女僕做一個小老婆，會被清河縣的人嘲笑。所以西門慶想包養她，但是真把她正經八百地娶為小老婆，他沒這個打算。當然，如果最後他真做了這個打算，任誰也攔不住，可是他犯不上。對宋惠蓮而言，第一，她喜歡西門慶，跟西門慶做愛她也很愉快；第二，她潛意識裡面有成為西門慶小老婆的慾望，雖然現在沒有資格戴鬏髻，她還是把鬏髻弄得高高的，好像戴上鬏髻，這樣的小動作說明她有這個慾望。

宋惠蓮的故事說到這好像沒什麼新鮮的，因為一個主子在發洩自己的性慾方面，不管對方的來歷，這種情況挺多的。例如《紅樓夢》裡面的賈璉，他的祖母賈母就說他：「成日家偷雞摸狗，腥的臭的都拉了你屋裡去。」賈璉就和兩個僕婦有那種不正當的關係，也是見不得人，一旦鬧出來也是丟人的。那麼在早於《紅樓夢》那個時代的《金瓶梅》時代，一個主子，他和僕人發生關係，這也不算什麼，但是最好不要讓別人都知道，也不要鬧出來，畢竟這種事上不了檯面。

第二十四講 心比天高遭人怨
宋惠蓮的自我膨脹

❖導讀

上一講告訴大家西門慶看上府裡一個上穿紅襖、下穿紫色裙子的僕婦宋惠蓮，他派玉簫給她送一匹翠藍色的緞子，後來他們之間保持這種主子時不時會侵犯這個女子，這個女子時不時會滿足主子性慾的一種醜陋關係。故事到這裡好像真沒什麼新鮮的，可是彆著急，大家繼續往下看。宋惠蓮和西門慶的這種關係，開頭是被潘金蓮發現的，當然中間有一個牽線的玉簫，但玉簫的嘴很嚴，她不能讓吳月娘知道，也不能讓其他人知道，她忠實地為西門慶服務。可是宋惠蓮在這種情況下，她自己怎麼樣呢？她是否保密？請看本講內容。

宋惠蓮開頭只是在廚房裡幫忙，是一個女廚子。後來西門慶看上了她，就跟吳月娘說不讓她參與一般廚房的那些勞務，讓她專門為上房端茶倒水，她也很樂意。得到西門慶的寵愛以後，她就經常問西門慶要東西，要銀子，西門慶陸陸續續給了她一些，她就很得意，很享受。她就有一連串自我膨脹的表現。她進一步把自己打扮得花枝招展，在西門府裡面到處招搖。西門慶在府第的門外開了當鋪，最早還有生藥鋪，她跑到大門外頭，拿著銀子讓鋪裡頭的掌櫃給她招呼那些小商小販，讓她好買東西，就好像她跟西門慶小老婆差不多。那些人也看出來主子對她另眼看待，便將就她。後來，因為西門慶說動潘金蓮，她能夠在潘金蓮的屋子裡面跟西門慶苟合，她就覺得自己好像潘金蓮的丫頭春梅，甚至和潘金蓮的地位差不多。當潘金蓮和孟玉樓等人一塊打牌、聚餐的時候，她大模大樣地混在其中，好像可以跟她們平起平坐。

有一次，吳月娘、潘金蓮、孟玉樓在一塊擲骰子，她在旁邊大聲指點，搞得孟玉樓莫名其妙。因為孟玉樓並不清楚宋惠蓮跟西門慶已經有關係，只知道她是府裡的一個僕婦，在廚房裡幹活，就算吳月娘大房提拔她專門給主子、主家婆燉湯、燉茶，也不至於這麼張狂，連好脾氣的孟玉樓都忍不住說：「插嘴插舌，有你什麼說處。」

後來又發生幾件事。有一天，有一個官員來拜望西門慶，西門慶當然就要給他奉茶。西門慶在客廳裡接待來拜訪的官員。當時西門慶還沒當官，但是作為當地的一個富商，他必須和各式各樣的官員搞好關係。那個時代，商人在不直接掌權的時候，用手中的銀子來租用權力，透過賄賂等手段讓官員替他辦事，這是很重要的。所以西門慶很重視這個官員的來訪。由於最早送去的茶快涼了，西門慶就讓小廝通知後面廚房趕緊再燉茶送過來。小廝就傳話給宋惠蓮，但宋惠蓮不以為然，她覺得自己現在不一般了，就讓小廝到廚房去要茶，廚房有專門在灶上燉茶的人。

廚房裡面有一個婦女叫惠祥，她是男僕來保的妻子，惠祥早就對宋惠蓮心懷不滿，因為原來她們一塊在廚房幹活，後來宋惠蓮好像身分就特殊了，但也沒人宣布她的身分特殊，她自己就拿出那個勁兒，好多事都不做。這小廝說不動宋惠蓮，只好跑到廚房去找惠祥，說西門慶在前頭等著茶，快點燉茶給客人送過去。惠祥說，這活應該找宋惠蓮，自己手頭上有別的事，忙不開。究竟該誰去燉茶，再送到前面去，就鬧不清了。這小廝就沒招了。宋惠蓮還是堅決不做這件事，惠祥忙完別的事以後才做這件事，結果前面的客人跟西門慶說完話準備告辭，西門慶趕緊請人家喝茶，一摸茶杯，茶涼了。在那個時代，請客人喝涼茶是大不敬，西門慶大怒，他讓吳月娘查一查是誰當的班，為什麼熱茶燉不出來，送不過去，壞了他的大事。吳月娘一查，那天是惠祥燉的茶，送晚了，就把惠祥叫來跪著，責備一番。惠祥辯解說，大妗子來了，要吃素茶，她忙著做素茶，騰不出手，所以慢了一步。

前面講過大妗子，大妗子是很多地方對妻子兄弟的媳婦的一種稱呼。吳月娘還有兄弟，兄弟都娶了妻子，她哥哥娶的媳婦西門慶就應該叫大妗子。吳大妗子在書裡面經常出現，經常到西門府來，在月娘屋裡坐一坐，有時候參與一些對話。因為吳大妗子信佛，不吃葷，惠祥單給她做素茶也是事實。月娘一聽惠祥的辯解，不無道理，也就沒有讓人去打她，責備幾句就算了。惠祥雖然沒挨打，只挨了一頓責罵，但對宋惠蓮已經記恨在心。一天，宋惠蓮下班回到自己僕人居住區域的房間，惠祥就找過來大罵：妳算什麼東西？妳以為妳是小老婆，告訴妳，妳就真是小老婆，我也不怕妳。所以，宋惠蓮自我膨脹以後，千不該萬不該——用今天的話來說，得罪自己的階級姐妹，她跟惠祥是同個階級，得罪誰也別得罪她，可是宋惠蓮就不懂事，把惠祥給得罪了。

宋惠蓮還得罪過小廝，進而擴大她的對立面。正月十六，主子聚在廳堂裡宴飲。她本是個僕婦，應該在主人們宴飲的時候端茶送水，服侍他們。現在因為她和西門慶有一腿，這些事情她也不做了，但她又沒有資格到廳堂裡面去參與主子階層的活動，她就拉把椅子坐在廳堂外面嗑瓜子。她得了一些西門慶給她的碎銀子，有時候就到大街上去買瓜子，一買好幾升。她坐在主人們聚餐、娛樂的廳堂外面的椅子上，嗑了一地的瓜子殼。小廝跟她說，地上乾乾淨淨的，她卻嗑了一地瓜子殼，府主看到又要罵。宋惠蓮就很傲慢：「什麼打緊，便當你不掃，丟著，另教個小廝掃！」

當天夜裡，陳經濟騎著高頭大馬，領著西門府的一群婦女去「走百病」，就是到縣城裡面轉一圈，走一走，藉此把身上的病痛都消除掉，其實這是古代的一種體育鍛鍊活動。當時吳月娘沒去，因為她是一個比較恪守封建規範的主家婆，覺得這類活動不端莊、不雅。李嬌兒說自己身子沉重，腿腳不便，也沒去。按說有資格參與這個活動的，應該是潘金蓮她們這些被正式收為小老婆，以及她們點名跟隨的貼身大丫頭，結果宋惠蓮也去了。宋惠蓮的地位其實還在春梅之下，春梅畢竟是潘金蓮房裡一個正式的大丫頭，她只是廚房的一個僕婦。講到後面就知道，西門府裡面的僕婦還有很多，宋惠蓮不過是男僕來旺兒的媳婦，可是她自我膨脹，不但覺得和丫頭可以平起平坐，和春梅有得一比，她甚至覺得自己和潘金蓮也差不多。那天「走百病」的過程中宋惠蓮非常高調，她乾脆穿上潘金蓮的繡鞋，還故意把她的小腳從潘金蓮的繡鞋裡面褪出來，以顯示她的小腳纏得比潘金蓮的還要小。

那一晚「走百病」是一個很壯觀的場面，她們這一群西門府的女眷，排著隊一路走，眾人圍觀，挺風光的。她們還走到了李瓶兒原來在獅子街的住宅，再從那兒走回來。這個宅子是李瓶兒的養娘馮媽媽看管的。除了看房子，馮媽媽還買賣婦女，當時屋子裡有兩個小姑娘，是人家擱在那裡寄售的，誰家要買，砍好價，交了銀子，就可以把小姑娘領走。

宋惠蓮得了西門慶的寵愛以後就很張揚，自我膨脹。當然她也做了一些讓潘金蓮她們高興的事。潘金蓮她們知道宋惠蓮會用一根柴火燒熟一個豬頭，就讓她露一手。她果然給她們燒了一個豬頭，孟玉樓、潘金蓮和李瓶兒品嘗了，覺得非常好吃，後來又讓丫頭給吳月娘也送一些烹飪好的豬頭肉去。

前面我說的這些活動當中都沒有孫雪娥。孫雪娥雖然是一房小老婆，但實際上在西門府裡面的地位很低，她當時也想去街上「走百病」，但吳月娘把她留下來看房子。吳月娘是自己不願意去，李嬌兒說自己身子沉重不去，孫雪娥是迫於無奈，大老婆說了不讓她去，她就只能留下來看房子。所以，孫雪娥作為一個戴了鬏髻的正式小老婆，對這個並沒有明媒正娶，沒有明確身分，卻又非常張揚的宋惠蓮，她心裡能舒服嗎？心裡容得下嗎？

所以，蘭陵笑笑生就一環一環來寫宋惠蓮的故事。寫到這裡，說老實話，讀者可能也不覺得有多精彩。因為歷來小人得志的事情很多，小說裡面寫到的也不少，蘭陵笑笑生把宋惠蓮寫到這個地步，不算稀奇。但是故事往下發展，就起波瀾了。怎麼回事？被西門慶派去杭州出差的來旺兒回來了，宋惠蓮見到丈夫回來，她還挺高興，並不嫌棄。宋惠蓮給來旺兒洗臉撣塵，還打量來旺兒說：「賊黑囚，幾時沒見，便吃得這等肥肥的。」她還關注到她丈夫的身材。然後她幫來旺兒換衣裳，安排飯食，再陪她丈夫一起睡到日西時分，她和來旺兒之間還是有性生活的。

第二十五講　被壓迫下的反抗

來旺兒醉罵西門慶

❖ 導讀

上一講講到宋惠蓮得到西門慶的寵愛之後，就自我膨脹了，把自己當主子看待，不僅打扮得花枝招展四處招搖，在大門外買東買西，還不做本職工作，得罪同階層的姐妹。「走百病」的那個晚上，她還故意在自己的鞋外面再套上潘金蓮的鞋，非常高調地顯示自己的腳小。她出差的丈夫來旺兒回來後，她熱情地招呼來旺兒，但來旺兒回來以後是不是對宋惠蓮有「一日不見，如隔三秋」之感，就對等地也喜歡宋惠蓮呢？來旺兒很快就偷偷地跑到院子深處去了。來旺兒找誰去？幹麼去？請看本講內容。

宋惠蓮的丈夫來旺兒從杭州回來，他跟宋惠蓮睡完覺以後，就趁人不注意，往宅院的深處找孫雪娥去了。他從杭州給她帶了兩方絲綢的汗巾、兩雙裝花膝褲、四匣杭州粉、二十個胭脂。他和孫雪娥其實老早就是一對情侶，他並不愛宋惠蓮，他愛的是西門慶的小老婆孫雪娥。孫雪娥見了來旺兒以後也很高興，何況來旺兒又送她這麼多東西。兩個人情意綿綿，說私房話。孫雪娥就把西門慶霸占宋惠蓮，宋惠蓮也主動投懷送抱的事告訴來旺兒，說大概是玉簫牽的線，西門慶送給宋惠蓮一匹翠藍色的緞子，而且後來潘金蓮還從中提供方便，讓宋惠蓮跟西門慶在她那兒私會。孫雪娥還說，她所說的情況都是真的。來旺兒聽了以後半信半疑。回到住處以後他就翻箱子，果然翻出一匹翠藍色的綢緞，他就質問宋惠蓮：「哪兒來的？」宋惠蓮就狡辯：「是大娘賞給我的。」來旺兒又從箱子裡翻出一些首飾什麼的，又問：「這哪兒來的？」宋惠蓮說：「是從姨媽那兒借來的。」這種辯護沒有太強的說服力。來旺兒一想起孫雪娥的話，就覺得宋惠蓮在撒謊，她肯定和西門慶不乾不淨。

有一天，來旺兒和府裡其他的一些男僕、小廝在一塊兒喝酒，喝醉了，他就不管不顧，跟大家說：「我不在家時候，西門慶讓丫頭玉簫拿了一匹緞子就把我媳婦給哄走了，後來潘金蓮就成了窩主。開始這事我都不知道，現在我全知道了。」然後就趁著酒勁說出一些極恐怖的話：「只休要撞到我手裡，我教他白刀子進去，紅刀子出來，好不好，把潘家那淫婦也殺了，也只是個死！」這話說出來，想必有一些男僕和小廝就會拉住他，因為這話太驚人了，如果讓府主知道了可不得了。來旺兒底下又公開宣告：「我的仇恨，與他結的有天來大。」他指的就是西門慶。下面的話就更嚇人：「常言道，一不做，二不休。到跟前再說話。破著一命剮，便把皇帝打！」在《金瓶梅》這部書裡面，來旺兒醉罵的語言是那個社會、那個時代底層勞動者的最強音。別以為你西門慶在清河縣勾結官府，後來當了官，仗著有銀子，橫行霸道的，拿一匹綢緞就把人家的媳婦給占有。別以為你做這些事情，誰都不敢吭一聲，來旺兒我今天喝醉了，就大聲宣告「我的仇恨，與他結的有天來大」，我會「一不做，二不休，到跟前再說話」，你了不起，有皇帝那麼厲害嗎？我告訴你了：「破著一命剮，便把皇帝打。」

蘭陵笑笑生客觀地寫，他不加任何的評議。但是我想讀者讀到這會覺得寫得很精彩，讀起來很痛快。所謂強人，也不是完全沒有對手的。被你壓迫、被你侮辱和損害的這些底層的人，他的心聲一旦吼出來，也是夠你抖三抖。

後來我們讀《紅樓夢》，發現王熙鳳大鬧寧國府的時候，有「捨得一身剮，敢把皇帝拉下馬」這樣的話，讀者覺得了不起，說曹雪芹怎麼敢這麼寫。其實這句話的根源就是《金瓶梅》裡來旺兒醉罵西門慶，不過是來旺兒「破著一命剮，便把皇帝打」的一個變化的句式。事實上《紅樓夢》裡面很多語言的發源地都是《金瓶梅》，像「天下沒有不散的筵席」，出自《紅樓夢》裡面一個角色，叫小紅，你會覺得很了不起，其實這句話也是《金瓶梅》裡面的，原話叫「自古千里長棚，沒個不散的筵席」。甚至《紅樓夢》裡面寫賈府裡面來了幾個新的美女，有薛寶琴、邢岫煙、李紋和李綺，怡紅院的晴雯就先跑過去看，回來以後向怡紅院的人報告，說這四個美女真好比「一把子四根水蔥兒」，你會覺得這個形容多好，把美麗的青春女性形容成水蔥。其實在《金瓶梅》裡面老早就把四個女子形容成了四根水蔥。總之就是，《金瓶梅》裡的語言非常好，很多精彩詞語後來都被清代《紅樓夢》的作者所繼承。

來旺兒醉罵西門慶事關重大，那是不是很快就有人把這個言論報告上去呢？很少有人這麼做，因為一般人都懂得，要把殺主子這樣的話向主子報告，他都可能先不問是誰說的，你轉述這樣惡毒的語言，他就先拿你出氣，先把你辦了。所以一般的人都不敢。而且不必往上報告，你往上報告對自己有什麼好處？但是有一個人他就一定要去報告。

這人是誰？就是府裡面的另外一個小廝來興兒。一開頭府裡面派人出差、給人送禮、採買，都是交給來興兒，他相當於府裡面的一個買辦。可是西門慶為了方便占有宋惠蓮，就把買辦這個差事交給來旺兒。這種公差油水是很大的，主子會給你一筆銀子，讓你當盤纏，當活動經費，實際上可以從中給自己扣一部分，更何況在整個辦事的過程中，對方可能還會賄賂你。來興兒失去這份差事以後就對來旺兒憤憤不平，所以聽到來旺兒醉罵西門慶的事以後，別人不會去報告，但是來興兒一定是要去報告的。他沒有直接找西門慶報告，因為確實風險比較大，西門慶是個暴脾氣，當面學舌，他聽了以後可能在找來旺兒算帳之前，就先把自己給辦了。

來興兒想來想去，就去找潘金蓮，他知道西門慶和潘金蓮的關係不一般，西門慶對潘金蓮應該是言聽計從的。他就跟潘金蓮說了，潘金蓮隨後就告訴西門慶。西門慶就把宋惠蓮找來問：「妳是不是跟來旺兒說了些什麼，他居然說要殺我。」那麼故事到這裡，底下的情節會讓讀者大吃一驚。按說宋惠蓮想繼續獲得西門慶的寵愛，甚至幻想自己有一天也能成為他的一房小老婆，那麼來旺兒是一個障礙。就像當年潘金蓮覺得武大郎是一個障礙一樣，要想長久地跟西門慶，最好嫁到西門慶府第裡面去，武大郎不能存在，得把他除了才行。那麼對於宋惠蓮來說，來旺兒也是一個橫在她和西門慶當中的障礙。

可是蘭陵笑笑生居然寫宋惠蓮不假思索地立刻為來旺兒辯護，說：「沒有這個話，你別聽別人胡亂跟你告狀。」意思就是說她能向西門慶擔保，來旺兒沒這個心，也沒說過這個話。西門慶聽了宋惠蓮為來旺兒的辯護，就糊塗了。僕人之間會有矛盾，來興兒跟潘金蓮告狀，會不會是來興兒心生嫉妒造謠呢？不過來旺兒這個樣子也確實讓人不放心。宋惠蓮在這種情況下就跟西門慶說：「乾脆你再讓來旺兒出外差，走遠點。這樣的話咱倆就方便了。」西門慶一想，有道理，就去跟潘金蓮說了。潘金蓮一聽，就說：「你這個想法和做法都不對，常言道：剪草不除根，萌芽依舊生；剪草若除根，萌芽再不生。你把他外放，你以為他就沒有殺你的心了嗎？你就太平了嗎？你還是得把他收拾了。」西門慶就接受了潘金蓮的勸告，改主意了。本來要派來旺兒再出遠差，來旺兒都已經做好準備，西門慶又跟來旺兒說不讓他去。

這樣來旺兒又喝醉了，回到家裡面，當著宋惠蓮的面說他要殺西門慶。如果說宋惠蓮原來替來旺兒辯護，是因為沒有親耳聽見，是那些小廝、僕人在傳，還有來興兒揭發報告，那麼現在來旺兒就在他們住的屋裡，在宋惠蓮耳邊說同樣的話，宋惠蓮會怎麼應對呢？按我前面的邏輯，宋惠蓮應該大怒，心裡應該暗想：這個人太危險，乾脆我去跟西門慶說把他結果了算了，結果了以後，我跟西門慶今後怎麼著都沒有顧慮。但是書裡是這麼寫的，宋惠蓮聽到來旺兒又吃醉酒亂說話，她又本能地維護來旺兒，說：「你咬人的狗兒不露齒，是言不是語，牆有縫，壁有耳。」她維護來旺兒，意思是有這話你別說出來，咬人的狗不要露齒，而且你這麼說話很危險，因為我們住在僕人居住的群房，隔牆有耳。

那麼宋惠蓮下一步怎麼做呢？按說她應該去找西門慶，把來旺兒有殺西門慶之心這個事情坐實，讓西門慶採取措施。當然她不會要求西門慶把來旺兒真的辦掉，但是可以想個辦法把來旺兒永遠排除掉，她也可以另外再想別的辦法來維護她和來旺兒的現狀。可她沒有這麼做，她找到西門慶以後說：「你乾淨是個毬子心腸——滾上滾下，燈草拐棒兒——原拄不定把。」就是說西門慶的心思像球一樣飄忽不定，又好像是一個用燈草做的枴杖，靠不上，原來答應派來旺兒去出遠差，怎麼臨時又換人了？宋惠蓮覺得西門慶給來旺兒安排一個出遠門、時間長的肥差，她可以從容地和西門慶保持親密關係，同時她認為對西門慶來說，這是最省事的一個辦法。但是西門慶就騙她，說這個差事他改派別人，是因為他想在大門外頭開一個酒鋪，讓來旺兒當掌櫃。宋惠蓮一聽還挺高興。她當時一心一意維護來旺兒，她就不想想，把來旺兒留下來在門口當酒鋪掌櫃，她跟西門慶來往還方便嗎？但是蘭陵笑笑生寫這個宋惠蓮內心的第一反應，就是她得保住來旺兒，能開個酒店也不錯，她就又高興起來。然後西門慶果然把來旺兒叫去，給了他六包銀子，一共是三百兩，說這是開酒鋪的本錢，來旺兒可以到街上去招夥計。來旺兒一下子高興起來，又喝得酩酊大醉，回家倒頭便睡。

第二十六講　天性中的良知
黑暗王國的一道閃電

❖導讀

上一講講述了來旺兒知道他的妻子宋惠蓮和西門慶私通以後非常憤怒，醉罵西門慶。來興兒因為來旺兒占了他的採買差事，忌恨在心，就到潘金蓮那裡告密，潘金蓮就告訴了西門慶，西門慶質問宋惠蓮，她袒護來旺兒，說沒這個事。本來西門慶想繼續外派來旺兒，在潘金蓮的教唆下，他放棄這個念頭。宋惠蓮問西門慶怎麼又改主意，西門慶說是因為他想讓來旺兒當大門外頭準備新開張的酒鋪掌櫃，並給了來旺兒六包銀子，一共三百兩做本錢，宋惠蓮和來旺兒都很高興。銀子拿回去以後，宋惠蓮就把它收在箱子裡了。來旺兒後來幫西門慶在門外開酒鋪了嗎？請看本講內容。

半夜忽然來旺兒聽見遠處有人在嚷嚷「抓賊」，他一下子驚醒了，宋惠蓮當然也驚醒，來旺兒就抄起一根哨棍衝出去。這時候他就願意為西門慶效勞，他覺得西門慶安排他當酒鋪的掌櫃，而且預先給了他三百兩銀子，覺得自己應該衝鋒在前去抓賊。聽這聲音是從花園裡邊傳來的，他就往花園那邊跑，沒想到跑著跑著，突然就被絆倒了。慌張當中，小廝舉著火把一照，一把刀子落在來旺兒身前，那人就說「抓住了，抓住了」，就把來旺兒給抓了。

來旺兒覺得很奇怪，不是抓賊嗎，為什麼把他給抓了？就對小廝說：「你抓我幹什麼？」小廝說：「抓你幹什麼？你帶著刀子，你是要殺主人。」來旺兒說：「刀子不是我的。」小廝又說：「不是你的，怎麼從你身上掉下來？」就把來旺兒扭送到前面的大廳。只見大廳上蠟燭點得火亮，西門慶正坐在椅子上。小廝就把來旺兒按倒在西門慶面前，讓他跪下。西門慶大怒，說：「你要殺我。」來旺兒就辯解：「沒有這事。」這個時候就有人揭發了，說：「你原來就說過，你要殺主子。」西門慶說：「你怎麼這麼忘恩負義，我給了你六包銀子讓你去開酒鋪，讓你上街去找夥計，你怎麼還拿把刀子來殺我？銀子在哪兒呢？」來旺兒說：「銀子都讓我媳婦給收起來了。」西門慶說：「把銀子還給我。」一些僕人就到來旺兒房中把六包銀子取過來，宋惠蓮也跟著過來。大家知道金屬的價值排列順序一般是金銀銅鐵錫，金子最值錢，其次是銀子，再不濟也得是銅的，結果六包銀子裡面只有一包是銀子，其餘五包都是用錫和其他賤金屬鑄的假銀錠子。當然這個時候來旺兒也傻了。

宋惠蓮一看這情況就跪在西門慶面前說：「爹，此是你幹的營生！他好好進來尋我，怎把他當賊拿了？你的六包銀子，我收著，原封兒不動，平白怎的抵換了？恁活埋人，也要天理！他為甚麼，你只因他甚麼，打與他一頓？如今拉著送他那裡去？」

當時西門慶已經讓一些小廝對來旺兒動刑，而且西門慶發話要把來旺兒送官。對於指控來旺兒說了殺主的話，宋惠蓮為來旺兒辯護：「都說他說了殺主的話，他雖然愛吃酒，可是酒後並沒有這樣的話。」西門慶對宋惠蓮比較客氣，就讓小廝們把她拉扯起來，趕緊把她送回去，然後把來旺兒送到官府裡去。蘭陵笑笑生寫宋惠蓮寫到這個地步，歷來就有讀者覺得詫異。在西門慶和來旺兒之間，宋惠蓮選的應該是西門慶，怎麼會是來旺兒呢？而且來旺兒和孫雪娥私通的事情，宋惠蓮並不是不知道，她知道來旺兒愛的不是自己，他愛的是廚房裡面的孫雪娥。可是蘭陵笑笑生就繼續往下寫。我們讀來一邊詫異，一邊又覺得他的描寫很自然。如果說來旺兒醉酒胡說，一開始她並沒聽見，她還可以說是別人誣陷來旺兒，後來來旺兒喝醉酒回屋以後也這麼說，她明明聽見了，還為來旺兒辯護。宋惠蓮如此表現，是因為有一種內在的本能力量，推動她說這些話，做這些事。

西門慶把來旺兒送到官府去，那個時候西門慶雖然還沒有當上官，可是官府老早被他買通，當然向著他，他交辦的事，官府都照辦不誤，把來旺兒打得是皮開肉綻，最終屈打成招。宋惠蓮自從來旺兒被拘走以後，就閉門哭泣，茶飯不吃。西門慶派玉簫，還有一些其他的僕婦去哄勸她，說西門慶是一時生氣，想給來旺兒一個教訓，來旺兒在監獄裡沒有挨打，過幾天就能放回來。結果宋惠蓮就開始淡掃蛾眉，薄施脂粉，出來走跳。西門慶路過她住的屋子，她就把西門慶叫進去，摟著西門慶的脖子說話，大意就是讓西門慶一定要把來旺兒放出來，他可以另外給來旺兒娶個老婆，這樣她長遠就是西門慶的人了。因為西門慶答應過她，說街對面的喬大戶搬走了，院子被自己買下來了，在那裡安排三間屋子給她住，他們可以長遠地交往下去。這當然不是允諾要把她娶了當小老婆。前面我講了，西門慶不會娶宋惠蓮當小老婆，因為她的身分實在太低微。當然，要娶也行，但是西門慶能不娶就不娶，長期包養她也是一個辦法。西門慶在這個時候繼續哄騙她，說：「行，妳放心，來旺兒沒什麼，過幾天就回來了，妳好好跟著我。」這樣宋惠蓮就又獻身給西門慶。

可是實際情況是來旺兒不但在裡面受餓挨打，後來乾脆判了罪，被流放到徐州。來旺兒就很慘了，等於從清河縣掃地出門，連清河縣的戶籍都沒有了。發配徐州前，來旺兒哭哭啼啼地跟押送他的兩個公差說：「把我打成這樣，我走也走不動，你們發發善心，把我押到西門府的門口去，你們去跟裡頭說，讓我媳婦拿點衣服、盤纏給我。」所以當時在西門府門口就出現一大景觀：一個原來被派外差的僕人來旺兒，衣衫襤褸，身上都是棒瘡，哭哭啼啼地向府裡討點衣服和盤纏。街坊四鄰裡面有兩個善人看不下去，就出來幫忙，結果西門府的僕人秉承西門慶的意志，把這兩個善人轟走了，而且把來旺兒在西門府門口哭訴的事情都瞞過去，尤其是對宋惠蓮，把她「瞞的鐵桶相似」。來旺兒進不去西門府，自己的衣服都取不出來，最後只好求公差：「我不能就這麼著，能不能把我先押到我岳父那兒去？」公差把來旺兒押到他岳父的棺材鋪，他岳父給了他一兩銀子，給兩個公差一人一吊銅錢，這樣公差在路上就會對他稍微好一點，還給了一斗米和一點盤纏。來旺兒的岳父還算是不錯，對這樣一個落難的女婿總算伸出援手。然後來旺兒就被公差押著一步一步走出清河縣，往徐州去了。

宋惠蓮被瞞著，她不知道來旺兒已經被發配徐州了。西門慶又哄著她，繼續占有她。她就幻想著來旺兒能保住命，還能回來，大不了和他解除婚姻，西門慶另給來旺兒找個媳婦，她就住進西門慶所安排的三間屋子裡去，長期被西門慶包養著，繼續過這種準小老婆的生活。等她的心情稍微恢復以後，她又很張揚，在府裡更加招人討厭。沒有不漏風的牆，一天她終於得到準確的訊息，來旺兒回不來了，已經被發配徐州。那麼讀者讀到這裡又會設想：宋惠蓮並不愛來旺兒，來旺兒也不愛她，來旺兒愛的是孫雪娥，來旺兒被發配徐州，這不是大好事嗎？因為來旺兒被發配徐州就意味著他在清河縣連戶籍都沒有，他們的婚姻就自動解除了。當年潘金蓮為了擺脫她嫁給西門慶的障礙武大郎，費了多大勁，最後不惜毒死親夫。現在等於西門慶、官府幫她的忙，不用她自己做什麼事，就把來旺兒這個障礙給挪走，她應該高興還來不及。就算她對來旺兒還有幾分情意，有些憐憫心，那麼嘆息幾聲也就夠了。

可是書裡宋惠蓮的表現確實出乎人們的意料。她一聽說西門慶下毒手，把來旺兒弄成這個樣子，而且被發配徐州，她就關閉了房門，放聲大哭，說：「我的人嚛！你在他家幹壞了甚麼事來？被人紙棺材暗算計了你！你做奴才一場，好衣服沒曾掙下一件在屋裡。今日只當把你遠離他鄉，弄的去了，坑得奴好苦也！你在路上死活未知。我就如合在缸底下一般，怎的曉得？」她竟然完全站在來旺兒一邊，跟來旺兒一個立場，覺得西門慶不應該這麼做。宋惠蓮哭完以後就懸梁自盡，當然很快就被聽見聲音的人衝進來解救。西門慶聽到消息後來看她，她就當眾控訴西門慶：「爹，你好人兒，你瞞著我幹的好勾當兒！……你原來就是個弄人的劊子手，把人活埋慣了，害死人還看出殯的！……你也要合憑個天理！……你就打發，兩個人都打發了，如何留下我做甚麼？」

宋惠蓮這種表現，這些語言，我作為讀者閱讀的時候，也覺得大出意料。宋惠蓮為什麼會是這樣的反應，說出這樣的話？當著一屋子人，她對西門慶血淚控訴，說西門慶原來「就是個弄人的劊子手，把人活埋慣了，害死人還看出殯的」，來旺兒再怎麼說，也是一條命，一個人對待另一個人的生命怎麼可以下這種毒手，西門慶就是一個劊子手。

潘金蓮聽說這事以後，覺得一定不能讓宋惠蓮繼續活著，她調唆孫雪娥跑到宋惠蓮屋裡去大鬧一場。當時兩個人對罵，孫雪娥罵宋惠蓮是「養漢淫婦」，宋惠蓮反脣相譏：「我是奴才淫婦，你是奴才小婦！我養漢養主子，強如你養奴才！你倒背地偷我的漢子，你還來倒自家掀騰。」宋惠蓮這幾句話把孫雪娥深深地刺痛了。按這話邏輯來說，其實是這樣，宋惠蓮養漢子，西門慶是主子，孫雪娥養漢子，來旺兒是奴才。於是孫雪娥打了宋惠蓮一巴掌，兩個人就揪扭起來。孫雪娥鬧完以後，宋惠蓮一直在屋裡哭，當時西門府裡面的主子們還在宴飲，就沒人在意她。最後她再次上吊自殺，這次就自殺身亡了，死的時候才二十五歲。

我們就要討論一下宋惠蓮的故事，尤其後面最精彩的部分，看她到底是怎麼回事，作者為什麼這麼寫。蘭陵笑笑生在寫人性，寫宋惠蓮的人性裡面還有一種閃光的東西，叫做良知。宋惠蓮人性當中不好的東西很多，她貪財，得到主子的寵愛就小人得志，很張揚，自我膨脹，這是她靈魂中醜惡的一面。可是她的靈魂當中有一個亮點，是她越不過的，就是良知。她知道來旺兒跟孫雪娥有一腿，也清楚來旺兒並不愛他，排除、打發掉來旺兒，她也願意。但她覺得無論來旺兒如何不好，西門慶都不可以這樣對待人，不能把來旺兒往死裡整，不把他當人。她的良知告訴她，這是不可以的，不需要來旺兒愛她，也不需要討論來旺兒和孫雪娥的關係究竟怎麼樣，西門慶不可以這樣來對付來旺兒，迫害來旺兒。無論如何，她的內心越不過這道坎，越不過她的良知。

這樣我們就能明白，為什麼宋惠蓮的故事會這樣寫。蘭陵笑笑生有交代：她第一任丈夫蔣聰與人鬥毆被殺死了，她雖然不愛蔣聰，但是她想盡辦法托關係找到西門慶，讓官府把凶手捉拿歸案，為蔣聰報了仇。這說明這個女子儘管靈魂深處有很多不好的東西，可是她心中有一處耀眼的光明，叫做良知。她第一次上吊沒死成，當著眾人，她控訴西門慶「你就是劊子手，你害死的人，你還去看出殯」，這就比來旺兒醉罵西門慶的語言還要犀利，還要深刻。

在西門府的黑暗王國裡面，宋惠蓮的控訴是一道耀眼的閃電。蘭陵笑笑生寫得真好，他寫出這樣一個女子，她的一生沒有什麼太光彩的地方，但是她守住了自己心裡的底線。人不可以那樣對待人，她對西門慶發出大聲的控訴。西門慶在宋惠蓮死後簡單把她發送了，就說了一句「他恁個拙婦，原來沒福」。沒想到宋惠蓮的父親，賣棺材的宋仁知道這事以後就不答應，跑到官府去，不允許官府草草火化屍首。西門慶進一步買通官府，最後反倒把宋仁抓起來，說他訛詐官府，把他害死了。

《金瓶梅》一共一百回，其中有五回是寫宋惠蓮的故事，這幾回裡面幾乎沒有色情文字，情色文字也很少。這說明《金瓶梅》絕不是一部淫書，不可以簡單地用「淫書」兩字概括它，像裡面宋惠蓮這個角色，就是一個非常難得、獨有的婦女形象，值得我們一再回味。

第二十七講　被嘲弄被利用
王六兒與韓道國

❖導讀

上一講敘述了西門慶設下局陷害來旺兒，將他送官，來旺兒被拷打並流放徐州。宋惠蓮被瞞著，以為來旺兒還能回來，當她得知來旺兒被流放後，控訴西門慶是弄死人的劊子手，然後懸梁自盡，這次被救下。後在潘金蓮的挑撥下，孫雪娥找到宋惠蓮大鬧一場，事後宋惠蓮再次懸梁自盡，這次自殺身亡。《金瓶梅》這部書雖然是借《水滸傳》這棵大「樹」另開的花，有些角色，像潘金蓮是《水滸傳》裡面就有的，在《金瓶梅》裡面加以豐富，還有一系列人物是在《水滸傳》和其他小說裡面看不到的，像前面講的李瓶兒、宋惠蓮就都是《金瓶梅》的作者蘭陵笑笑生獨創的人物。所以這部書的獨創性非常強，內容非常豐富。下面再講一個王六兒，她有什麼故事呢？請看本講內容。

書裡交代王六兒的母親叫王母豬，不要以為「母豬」是別人罵她母親而取的綽號，實際上她的母親就叫這個名字，家裡人、左鄰右舍也都這麼叫她。可見王六兒出生在一個非常粗鄙的家庭，社會地位很低微。她的哥哥是一個屠夫，其他兄弟姐妹書裡沒有詳細交代，但是交代她排行第六，所以被叫做王六兒。

王六兒的丈夫叫韓道國，其實我要講的既可以說是王六兒一家，也可以說成是韓道國一家，按說更應該叫做韓道國一家，因為那是一個男權社會，女性是依附男性存在。但是聽到後面就明白了，這家人裡面王六兒最厲害，她的丈夫不但無力控制她，最後等於徹底靠吃軟飯才能夠活下去。那麼這韓道國怎麼回事呢？韓道國也是小商小販出身，他的性格特點是特別會吹牛，見人就誇誇其談。他的話水分特別大，自己還揚揚得意，經常穿著奇裝異服在街上搬著肩膀就搖擺起來，所以人們給他取了一個綽號叫做「韓一搖」。

韓道國還有點運氣。西門慶後來娶了李瓶兒，李瓶兒在獅子街有一所住宅，是當街的兩層樓房子，李瓶兒死了以後這個宅子自然就歸了西門慶。宅子開始閒著，讓李瓶兒的養娘馮媽媽看著。宅子白擱著也是浪費，西門慶後來從南方獲得了很多絲絨，就在獅子街原來李瓶兒的住宅打開兩個門面，開了一個賣絨線的鋪子。絨線鋪當然要聘請掌櫃，後來就聘了韓道國。韓道國當絨線鋪子的掌櫃以後，在買賣方面還過得去，西門慶就一直讓他經營絨線鋪。他雖然是西門慶雇的一個絨線鋪掌櫃，好比今天的經理，但是他並沒有很多機會真正接近西門慶本人，他真要進入西門府，也很困難。西門慶有時候會找他算帳，但是他沒有資格隨時到西門府參與西門慶的家庭活動。

韓道國一天到晚在鋪子裡忙事，忙完以後就在街上搬著肩膀走，有人招呼他，他就坐下來喝茶、神侃（漫無邊際地閒聊）。這天他又坐著跟一個人吹牛皮，說：西門慶吃飯的時候，如果他不在場，西門慶就吃不香；有時候晚上他還陪西門慶說話，一塊吃果子，很晚才回家；他和西門慶熟極了，不是一般關係。正吹著牛就有人來找他，說他們家出事了，要他趕快想辦法。原來韓道國有個兄弟，人稱韓二，趁他不在家，到他家跟他媳婦王六兒私通，被鄰居發現了，就把這一對姦夫淫婦抓住捆起來了，要押送到官府去。

那個時候無論從道德角度，還是從法律角度，私通既不道德，又是犯法的。所以，王六兒跟他的小叔韓二私通被捉姦押送官府，就有一街的人看熱鬧。《金瓶梅》這部書寫得很尖刻，它不但寫一些角色，不遺餘力地挖掘人性惡，寫到讓人脊背發冷的地步，並且它寫群體之惡也很厲害。有一種群體惡，就是喜歡別人出事，喜歡圍觀，他們看熱鬧的動機，既不是維護道德——指責犯事的人不道德，並透過這個事提醒自己按道德行事，也不是維護正義——讓法律制裁犯事的人。他們就是圍觀過癮。一方面，他們知道別人的隱私，別人偷偷摸摸做事被發現了，所以他們圍觀的是隱私。另一方面，犯事的人被抓後要送官，多倒楣啊！他們喜歡看人倒楣。《金瓶梅》寫出了社會上群體性的人性惡，喜歡窺探別人的隱私，巴不得別人倒楣，自己看著覺得痛快。

所以，當時街上就亂了，鬧哄哄的。有好心人給韓道國報信，發現他不在絨線鋪，後來見他在街上一家鋪面外頭神侃西門慶如何離不開他。這人跟韓道國說：「你還不回家，你媳婦跟你兄弟私通，人要押送官府了。」韓道國這才慌了。有人提醒韓道國：「你既然跟西門慶那麼熟，去跟他說一聲，這問題不就化解了嗎？」韓道國這才露了餡，他哪裡搆得著西門慶，他雖然被西門慶聘為一個店鋪的經理，可他並沒有機會接近西門慶。真出這個事，憑他自己的力量是找不到西門慶的，他得另外托關係才能請西門慶幫忙。

後來他找到了西門慶的結拜兄弟應伯爵。這是一個很重要的角色，後面會講很多他的事。這個人倒是常到西門府去，隨時可以進西門家的宅院，而且西門慶在絕大多數情況下也都會接待他。韓道國就去找應伯爵，請他轉求西門慶。應伯爵就在西門慶面前替韓道國求情。韓道國畢竟是西門慶雇的一個店鋪經理，那個時候西門慶已經有官職了，西門慶就派人和保甲打過招呼，王六兒當場就被釋放，韓二後來也被放了。

所以，王六兒的故事一出場就很不雅，很滑稽。她丈夫愛吹牛，說跟西門慶的關係如何鐵，事到臨頭根本搆不著，還得另外託人求西門慶，才化解了難題。韓道國並沒有因為這件事就嫌棄王六兒，他們倆還是一塊過。

雖然西門慶發話解救了王六兒和韓道國，但是西門慶在那個時候並沒有見過王六兒，直到出了下面這件事，西門慶才見到了王六兒。一天，西門慶收到了東京權貴蔡京管家翟謙的一封信，信中翟謙很含蓄地提醒西門慶，別忘了答應過他的事。原來翟謙雖然有正妻，但不能生育，他希望西門慶從清河縣給他物色一個女子當小老婆。西門慶當時已經當了官，而且在清河縣特別吃得開，他又聯繫上了其他一些權貴，答應過翟謙的事，他早忘在腦後了。翟謙的信雖然用詞很含蓄，可是意思很明確，要求西門慶給他落實這件事情。

西門慶一下子就著急了，這事他居然給忘了。翟謙在幫他脫罪、獲得蔡京青睞方面有過關鍵作用，是他通天的一個重要橋梁，他的要求得滿足。於是西門慶就跟吳月娘商量，說東京的翟管家來信，得給他找個女子，可眼下哪裡去物色一個女子，乾脆把李瓶兒的丫頭繡春送去充數。吳月娘作為一個清河縣強人的正妻，她確實發揮了正妻應起的作用，她充分體現出所謂賢妻的特點，她把丈夫和家族的利益考慮得比較仔細。她說西門慶把繡春拿去充數不妥，因為繡春已經被西門慶收用過。實際上李瓶兒的兩個丫頭，繡春和迎春都已經讓西門慶收用。也就是說繡春不是處女，破了身的，而且是被西門慶破身的，西門慶拿她去充數，繡春到翟謙府上說漏了嘴，對西門慶不利。更何況翟謙如果知道繡春不是處女，嫌棄不說，還會認為西門慶隨便拿個女子敷衍自己。

眼前沒有合適的女子，西門慶非常著急。這時候吳月娘就給他出主意，讓送信人帶封信給翟謙，就說這事西門慶一直放在心上，女子已經找好了，只是現在嫁妝還沒有準備齊全，一旦嫁妝準備齊全以後，立刻給翟謙送過去。翟謙看到回信以後很高興：第一，西門慶並沒有忘記這件事情；第二，這封信透露出翟謙不但能得到一個女子，而且還能得到一筆財富，西門慶還會陪送嫁妝。這樣的緩兵之計非常高明。西門慶非常感激他的正妻吳月娘，關鍵時刻幫自己出主意。但是這畢竟是個謊話，現在得趕緊託人找合適的女子，並準備嫁妝。

前面說了，馮媽媽除了做李瓶兒的養娘，還買賣婦女。所以西門慶就找了馮媽媽，讓她找一個合適的女子，而且得快點找，西門慶得把她送給翟謙。馮媽媽過些天就來跟西門慶回話，說人找到了，不是外人，就是絨線鋪掌櫃韓道國的女兒，叫韓愛姐。西門慶說，沒想到踏破鐵鞋無覓處，得來全不費工夫，原來自己的掌櫃家就有一個現成且年齡合適的女孩。而且馮媽媽反映韓愛姐是個處女。翟謙不但要處女也要美女，所以，西門慶就決定親自到韓道國家看一下這個韓愛姐是不是拿得出手。到了韓道國家，韓道國就讓他媳婦跟他女兒都出來跟西門慶見面，但更吸引西門慶目光的不是韓愛姐，而是王六兒。王六兒身材高挑，跟孟玉樓有一比，瓜子臉，臉形也挺好看，跟潘金蓮的臉形接近。但是王六兒有一個跟別人都不一樣的地方，她臉上的膚色很奇怪，是紫膛色，就有點像茄子皮的顏色，按說很難看，也許西門慶看過的皮膚白皙的女子太多了，他現在產生一種特殊的癖好，覺得王六兒紫膛色的面皮別有風味，就看中了王六兒。

第二十八講 沒什麼不能出賣
一對無恥的夫妻

❖導讀

上一講說到，西門慶絨線鋪的掌櫃韓道國，他的妻子王六兒和小叔韓二通姦，被人發現並扭送官府，韓道國透過應伯爵找到西門慶，擺平了這件事。後來西門慶要為東京蔡京府上的管家翟謙找個年輕的女子當小老婆，西門慶透過馮媽媽找到的這個女子不是別人，正是韓道國的女兒韓愛姐。西門慶去看韓愛姐的時候，一眼相中了韓愛姐的母親王六兒，一個紫膛色面皮的女人，一門心思就想占有她。西門慶和王六兒之間又發生哪些故事呢？請看本講內容。

西門慶為京城的翟謙找了韓愛姐當小老婆。她年齡相當，又是個處女，模樣也還端正，所以是理想人選。西門慶就派韓道國把他的閨女送到東京去了，當然他也確實準備了一些陪嫁讓韓道國一路送去。這樣翟謙人財兩得，就很滿意。在韓道國送女兒去東京期間，西門慶乘虛而入占有了王六兒，王六兒也很願意獻身。

對一個紫膛色面皮的女子，西門慶產生興趣，顯然是一種旁門左道的興趣，跟他對潘金蓮、李瓶兒這些人的興趣不同，甚至和他對宋惠蓮的興趣都不一樣。西門慶就是要從王六兒身上獲取性虐待的快感。王六兒不但承受了這一切，好像還挺享受。王六兒得到西門慶的這種特殊寵愛後就張揚起來，當然西門慶要不斷地給她銀子，她也不斷地向西門慶索要銀子，西門慶都滿足了她。

有一天，王六兒的小叔韓二，趁他哥哥帶著女兒去東京，嫂子一個人在家的空檔又來找王六兒。找到王六兒以後，他從袖子裡掏出一條小腸。因為那個時候他們都還屬於社會底層，一塊吃酒有條小腸就覺得很不錯了。兩人本來是情人，曾經還被人捉姦，那條小腸當作一個給情人的禮物，韓二想跟她共享，重續前情。但韓二並不知道，這個時候西門慶已經勾搭上他嫂子了，他以為掏出一條小腸就能成功引誘王六兒，殊不知他嫂子已經滿足於跟西門慶發生性關係了，何況從西門慶身上還可以得到很多的銀子，王六兒哪裡還把小叔放在眼裡。於是王六兒抄起個棒槌，揮打著，把韓二給趕跑。棒槌是那個時候家家戶戶必備的一種生活用具，是用來洗衣服的。

按說西門慶這樣蹂躪王六兒，王六兒多少應該有些羞恥感，但王六兒一點羞恥感都沒有。後來韓道國把女兒送到東京翟謙家，給翟謙做了小老婆，他就從東京回來了。到家後，王六兒非常高興地給他洗塵，而且王六兒把西門慶跟她發生關係的事情都告訴了韓道國。韓道國什麼反應呢？也很無恥。按說你送閨女出嫁，這期間你的老闆西門慶把你的媳婦占有了，而且還做出那樣一些事情，你應該感到憤慨。但我們就發現蘭陵笑笑生是對比著在寫。

他寫宋惠蓮的故事時，他就寫宋惠蓮也好，來旺兒也好，雖然他們人性中都有一些黑暗的東西，但是他們還保留一些羞恥感。像宋惠蓮第一次和西門慶的身體接觸，是兩個人迎頭撞上，西門慶把她摟住，這叫求歡。當時宋惠蓮還本能地推開西門慶的手，雖然心裡還是願意被西門慶占有，可是她還有羞恥感，覺得這件事可恥。她覺得事情可以做，但得等她把羞恥感克服掉才行。可王六兒不一樣，她一開始就很高興，西門慶怎麼擺弄她都接受。她的丈夫回來以後還說給丈夫聽，毫無羞恥感。宋惠蓮的丈夫來旺兒，雖然他不愛宋惠蓮，他愛的是孫雪娥，但聽說主子西門慶趁他不在家占有他媳婦，就氣不打一處來，甚至藉著酒勁醉罵主人，也是因為他的人性當中還有羞恥感，覺得無論如何老婆被人占有是丟臉的，可恥的！自己不能當王八，不能白戴綠帽子！所以，他就表示要和西門慶拚命。

蘭陵笑笑生就對比著寫。韓道國聽了以後不覺得羞恥，他不但不生西門慶的氣，甚至還挺高興，因為他聽說透過這個辦法他們得到了更多的銀子。王六兒說：「他到明日，一定與咱多添幾兩銀子，看所好房兒。也是我輸了身一場，且落他些好供給穿戴。」當時韓道國發現家裡多了一個叫做錦兒的小丫頭，他不是很驚訝，心中也有數。王六兒說，這是西門慶買來送給她的，韓道國聽了以後就很高興。你看韓道國跟來旺兒的反應完全不一樣，他竟然還說：「明日往鋪子裡去了，他若來時，你只推我不知道，休要怠慢了他，凡事奉承他些兒。如今好容易賺錢，怎麼趕的這個道路！」意思就是明天我又到鋪子裡睡去，我不在家，把家裡空出來，西門慶來的時候妳就推說我在鋪子裡忙業務，妳就從從容容地接待西門慶，不要怠慢了他，凡事多奉承他。如今掙錢不容易，沒想到咱們家有這個辦法來掙錢了。夫妻兩個人議論西門慶霸占王六兒的事，就完全把它當作一樁生意談論。

韓道國居然無恥到這種地步，說沒想到還可以透過這個辦法來掙錢。王六兒就笑著罵他，說：「賊強人，倒路死的！你倒會吃自在飯兒，你還不知老娘怎樣受苦哩！」確實，王六兒被西門慶虐待，確實付出了身體的代價。但是，這兩個人居然如此無恥，一點羞恥心都沒有。韓道國回家以後，兩人吃完飯、喝完酒以後就歇下了，而且兩個人繼續過性生活，歡愉無度。書裡就寫出了這種人間怪象，韓道國、王六兒夫婦就是如此無恥。

蘭陵笑笑生寫他們的故事，客觀上揭示出中國社會發展到那個階段，傳統儒家的那一套主流意識形態開始土崩瓦解。儒家的倫理道德當中最強調禮義廉恥，就是做事要符合古代的禮儀，人與人之間要講義氣，為官要廉潔，生活要節儉，同時仍要保持羞恥心。但是到了明代晚期，隨著經濟的繁榮，社會流通性的增加，就出現了西門慶這種新興人物。

我們都知道在中國的古代社會，很長時間之內，下層的人苦讀聖賢書，爭取通過科舉考試獲得官位，從一個普通的白衣變成戴官帽的官場人物。直到明代，科舉考試還是社會上很主流的一種由下向上流動的管道，很多人順著這種管道往上走。直到清代，我們在《紅樓夢》裡面還看到榮國府的府主賈政一再要求賈寶玉好好讀聖賢書，今後通過科舉考試獲得官位，延長賈家的榮華富貴。雖然主流意識形態和主要的社會人員流動與升遷的管道一直存在，可是《金瓶梅》的故事裡面就寫出了另外一種力量的崛起。

《金瓶梅》中，科舉考試這種上升管道，傳統的所謂「忠厚傳家久，詩書繼世長」的主流觀念已經遭到無情瓦解。在整部《金瓶梅》裡面，塑造了西門慶這麼一個形象：書裡面沒有一句話寫西門慶對科舉考試的熱衷，沒有一句話寫西門慶打算「學成文武藝，貨與帝王家」，沒有一句話寫他打算通過修身提高道德修養去謀取社會地位。他就是在那個時代新出現的一種人物。商品經濟發展到一定程度，他這種商人就形成了他的世界觀、人生觀和價值觀：**他的世界觀就是弱肉強食**，誰強大誰就可以支配那些比自己弱勢的人；**他的人生觀就是享樂至上**，就是把性享受放在一個很重要的位置，他和各式各樣的女人發生關係，從不同角度獲得他的人生快樂；**他的價值觀是一切都可以用銀子搞定**，什麼禮義廉恥，別跟我說那一套，什麼透過十年寒窗參加科舉考試去謀取功名，他理都不理。蔡京過生日他送厚禮，有金壺玉盞、白銀仙人、錦繡蟒衣、南京綢緞，還有湯羊美酒、異果時新，蔡京就給他填了空白的任命狀。所以，讀什麼聖賢書，參加什麼科舉考試，少跟他說那一套，他完全相信銀子的力量，金錢的力量，財富的力量。所以明朝晚期就出現了這麼一種社會強人，他不受傳統儒家主流意識形態的支配，而且創造出一種自己的生活。西門慶宅院的生活狀態是很古怪的，後面我還會詳細分析。

西門慶霸占王六兒是很醜惡的行為，沒想到王六兒為了獲取銀子，坦然接受西門慶的占有。她的丈夫韓道國面對這樣的情況，不但沒有像宋惠蓮的丈夫來旺兒那樣拍案而起，他還樂得吃軟飯，認為這倒是一個很好的賺錢機會，夫妻兩個人如此無恥。《金瓶梅》寫人性，寫人性深處的黑暗，寫無恥寫到這種地步，在客觀上也讓我們對當時社會的人和人性有了進一步的了解。所以，《金瓶梅》是一部了不起的文學作品。韓道國一家——韓道國、王六兒和韓愛姐，後面還有故事，他們一家三口甚至成為全書結尾時的關鍵人物，我在後面還會講到。王六兒的故事，前半段就是這樣。

第二十九講 一條路上的風俗畫

玳安尋訪文嫂

❖導讀

上一講敘述了西門慶趁韓道國送女兒韓愛姐到東京的時候占有了王六兒，王六兒也樂意和西門慶交易，用身體換取銀子，並且等韓道國回到清河，她把自己和西門慶的事情一五一十地告訴了韓道國。出人意料的是，韓道國不以為恥，反以為榮，覺得這是一個很好的賺錢機會，還鼓勵王六兒好好招待金主西門慶，並主動給王六兒和西門慶偷情創造機會。西門慶不滿足於王六兒，還在繼續尋找新的性享受的對象，他又找到了什麼樣的女子呢？請看本講內容。

西門慶到處獵豔，他喜歡皮膚白皙的女子，後來居然喜歡上紫膛色面皮的王六兒。他在這方面的經驗可以說是相當豐富，但是也有欠缺，因為他所勾搭的女子大都是比他地位低的，他的正室吳月娘的出身跟他還比較相當，其他小老婆以及他勾搭的女子，社會地位不高，有的還很低下。所以，他對有權有勢的貴族婦女，心裡面是有一種潛在的慾望。前面說了，他也經常到妓院鬼混，清河縣妓院挺多的，他不是只去一家，而是經常兩三家輪換著去。有一次他去的妓院有個妓女叫做鄭愛月兒，很漂亮，很聰明伶俐。在和鄭愛月兒聊天過程當中，他知道了一個貴族婦女的訊息，他就對這個貴婦感興趣了。

鄭愛月兒告訴西門慶，清河縣有一個林太太。林太太是個什麼人呢？在清河縣有一個招宣府。招宣是蘭陵笑笑生虛擬的一個官名，從字面意思看很受皇帝重用。招宣姓王，王招宣家是一個世代為官的官僚家庭。但是故事發展到這個階段，王招宣已經死了，他的正妻是從林家嫁到王家來的，人們稱她為林太太。

據鄭愛月兒介紹，林太太雖然快四十歲了，但是還打扮得像狐狸精似的，就是說還很有風情。林太太的隱私鄭愛月兒都知道。她經常透過文嫂去尋覓性伴侶，所以她表面過著一種守節的寡婦生活，實際上她經常透過文嫂和一些男子祕密發生關係。於是鄭愛月兒就煽動西門慶，讓他想辦法會會林太太。另外，王招宣和林太太還有一個兒子叫做王三官，他娶了媳婦，媳婦才十九歲，鄭愛月兒就出餿主意，讓西門慶同時把婆媳兩個人都搞定。王三官一天到晚在街上的另一家妓院裡鬼混，不著家，他娶的十九歲妻子，雖然是一個很美麗的女子，可是等於守了活寡。前面我們講到的李瓶兒就是這樣的情況。李瓶兒很美麗，又很懂風月，但是她的丈夫不愛他，一天到晚跟一群狐朋狗友到妓院鬼混。這種情況西門慶見多了，所以他明白王三官是怎麼回事。這種男子喜歡逛妓院，還不完全是為了和妓女發生關係，主要是有一群幫嫖的混混跟他在一起，他們在妓院裡面可以恣意地賭博、玩遊戲、調笑胡來，所以王三官就不著家。

鄭愛月兒的談話中還提到一個很重要的蜂媒。什麼叫蜂媒？這種媒婆並不是真正去透過做媒成就一對夫妻，而是拉皮條，透過她的祕密牽線，使得一男一女成為情夫、情婦。鄭愛月兒就提到文嫂專做這種事，她已經為林太太拉了好幾次皮條了。所以西門慶要想跟林太太見面，找到文嫂，問題就能解決。鄭愛月兒的話勾起了西門慶的興致。林太太，作為招宣夫人的地位是很高的，而且家裡很富有，雖然歲數大了，可是徐娘半老，風韻猶存，也很懂風月，西門慶就有了興致。

西門慶回到西門府以後，就把他最親信的小廝玳安叫過來。前面提到過，玳安是西門慶的首席小廝，最受西門慶信賴。西門慶當官以前，人們看到西門慶在街上走，他戴了眼紗，總有一個小廝跟著他隨時聽從他的召喚，要麼手裡拿著一個氈包，要麼胳肢窩裡頭夾著一個氈包，氈包裡放著西門慶隨時要用的一些東西。這個小廝就是玳安。西門慶有些機密的事情都是交給玳安去完成的。

西門慶讓玳安把文嫂找來。玳安對西門慶的命令一貫都是忠實執行的，但怎麼才能找到文嫂呢？西門慶的女婿陳經濟提供了線索，因為當年西門大姐和他的婚事就是文嫂做的媒，所以陳經濟對文嫂的行蹤比較了解。他就告訴玳安：「你出了東大街，一直往南去，過了同仁橋的牌坊，穿過去以後就往東，然後就有一個王家巷，打王家巷進去以後，半中腰有個發放巡捕的廳，對門有個石橋，轉過石橋，緊靠著是個姑姑庵，旁邊有個小胡同，進小胡同你再往西走，第三家豆腐鋪隔壁，你上坡，然後能看見一雙紅對門，就是她家了。」

陳經濟的這段路徑交代得非常有趣，玳安根據他提供的線索，按圖索驥尋訪文嫂。他走著，果然看見有半截紅牆的大悲庵，往西是個小胡同，上坡有個豆腐鋪挑著豆腐牌，門口有一個媽媽在曬馬糞，玳安就跟曬馬糞的媽媽打聽：「這是不是住了一個文嫂？」媽媽說：「隔壁對門就是。」

這段描寫彷彿是一個風俗畫卷，把那個時代的社會性和地方上人文環境，很細緻地凸顯出來。其中提到一個地點叫做發放巡捕的廳，這是什麼意思呢？西門慶是提刑所理刑，他手下有很多巡捕。這些人每天要找個地方集合，然後由長官給他們分派任務，分配完了以後，他們再從那裡出發，前往各個需要他們執行任務的地點，這個地方就是發放巡捕的廳。所以在不大的空間裡，有政府機構，例如發放巡捕的廳，有宗教場所，例如姑姑庵，有小橋流水，有坡上坡下，有小胡同、小店鋪，還有一個媽媽在曬馬糞。馬糞本來是一種廢棄物，但是社會生活是光怪陸離的，就有這種老婆子把馬糞撿來以後攤開，擱到太陽底下曬乾，曬乾後可以做燃料，可能還有其他用途。可見在社會裡，這樣很薄利的事情也得有人耐心經營，人們到處生活，各種營生都有。

讀了這些文字就感覺到這就是人間，這就是生活。《金瓶梅》的這些描寫，體現出蘭陵笑笑生描寫市井生活的功力。你可能聽人說過，特別有的作家會有這樣的觀點，覺得從文學水平來說，《金瓶梅》甚至還高過《紅樓夢》。《紅樓夢》寫貴族家庭的生活，偶爾也會寫一些發生在市井空間的場景、故事，例如它裡面寫到一個市井潑皮醉金剛和賈氏宗族的一個窮親戚賈芸之間發生的一些故事。一天醉金剛在街上走，跟賈芸撞個滿懷，但這段文字裡面對市井環境並沒有什麼細緻的描寫。所以在《紅樓夢》裡面，我們看不到《金瓶梅》這樣的文字，就是對於一個城市裡的一個居民聚居區很細緻的描繪。而在早於《紅樓夢》二百年的《金瓶梅》裡卻有這樣生動的文字描寫。

玳安根據陳經濟的指示去尋找文嫂，終於找到了。玳安敲門，門開了，接待他的是文嫂的兒子，就問他幹麼，玳安就說他要找人，找文媽。文嫂、文媽都是明代時期對婦女的稱呼，年紀大點的人稱她為文嫂，像玳安年紀小，就稱她為文媽。文嫂的兒子就說文嫂不在家，她有事出去了。玳安心想他不能白來一趟，就說：「怎麼你們院子裡還停著一頭驢，出去不應該騎驢嗎？」驢在說明人就在，玳安就往屋裡闖，闖進裡間，就看見一群婦女在那裡聚集。這個時候文嫂就不得不站起來應付了。她就跟玳安解釋說：「我這會兒在會茶。」會茶是那個時候民間婦女的一種娛樂活動，她們會聚在一起喝茶聊天，有時也會小賭一下。

文嫂就說：「你找我什麼事？」玳安說：「西門大官人想請妳去一趟，有話跟妳說。」文嫂就埋怨了，說：「這個真是冷鍋中豆兒爆，這麼多年了，你們都不用我了。你們有了薛嫂，有了馮媽媽，你們就不用我了，冷落我了，現在怎麼忽然又想起我來了？」玳安說：「具體是什麼事我也不知道。妳反正去見了我們老爺，就明白了。趕緊跟我走。」玳安自己騎馬來的，就說：「我騎馬在前頭，妳騎驢在後頭。」文嫂說：「我哪有驢？」玳安說：「妳這院裡不正有頭驢？」文嫂說：「嗨，那是鄰居家的，臨時把牠牽到我們這兒了。」文嫂就跟他訴苦，前兩年因為保媒拉縴出了個事，一個女孩子在家裡上吊自殺了，就追究到她，她就得賠付，這樣把原來的院子都賣了，才搬到現在這個小屋子來住，哪裡還有錢買驢？

這些描寫都是很生活化的。《金瓶梅》寫市井人物，都不是平面的、符號化的，它寫出了活生生的生命存在。每一個人都有他的前史，包括在此刻以前，他是什麼樣的生存，什麼樣的遭遇，什麼樣的心理。這樣，每一個人物從現在出場起往後，那些獨特的行為邏輯，就都好理解了。

玳安終於找到了文嫂，把她帶到了西門府，帶到了西門慶面前。西門慶見文嫂來了，就招呼她，並讓閒雜人等迴避。那些小廝就退出了屋子，玳安就隔著窗戶聽裡面的對話。

第三十講　官宦世家的堂皇氣派
林太太的真面目

❖導讀

西門慶是情場老手，他交往的女人很多，但他有個遺憾，就是一直沒有和比他地位高的女人交往過。妓女鄭愛月兒給他透露了一個訊息，大官王招宣的遺孀林太太有風情，表面上守寡，實際上暗地尋覓情人，透過蜂媒文嫂就能聯繫上林太太。西門慶很感興趣，就派小廝玳安去找文嫂。玳安透過陳經濟指路，順利找到了文嫂並把她帶到西門慶面前。西門慶跟文嫂說希望她能幫忙牽線搭橋，和林太太會一會，文嫂答應了西門慶的請求嗎？請看本講內容。

「聽說妳跟林太太挺熟的，想辦法讓我見到林太太。」西門慶說著就拿出一大錠銀子，正好是五兩，給了文嫂，「這妳先拿著，事情辦成以後，我還有酬謝。」文嫂得了銀子，就願意為西門慶做蜂媒。

文嫂跟西門慶說完話，出了屋往外走，玳安就追過去說：「我聽見妳得了五兩銀子，妳得分我一兩，哪有妳這樣獨吃的？」文嫂不以為然，把玳安罵了幾句，說：「我是拿了銀子，但這事能不能辦成還不知道，就好比隔著牆扔一個篩箕，篩箕到了牆裡邊，是仰的還是合著的還都沒定數。」說完就揚長而去了。

文嫂很快找到了林太太，就跟她吹噓西門慶：「如今見在提刑院做掌刑千戶，家中放官吏債，開四五處鋪面：段子鋪、生藥鋪、綢絹鋪、絨線鋪，外邊江湖又走標船。」標船就是得到官方特許，運送鹽、銅等由官方控制的物資的船隻。因為故事發生在清河，就書中描寫應該是大運河旁一個很繁華的縣城，所以文嫂跟林太太介紹西門慶，說他不僅在縣內開鋪子，運河裡還走著他的標船，得到官方特許，可以買賣很重要的物資。「揚州興販鹽引」，鹽也是被官方控制，是西門慶的經營範圍，可見西門慶手眼通天，還參與鹽的販運。「東平府上納香蠟」，就說西門慶結交權貴，林太太不要以為她是招宣夫人，就了不起了，西門慶也是手眼通天的。說他「夥計主管約有數十，東京蔡太師是他乾爺，朱太尉是他衛主，翟管家是他親家」。當時西門慶把韓道國、王六兒的女兒韓愛姐以乾女兒的身分送到翟謙那裡去，這樣的話他好像就是翟管家的老丈人。「巡撫巡案多與他相交，知府知縣是不消說。家中田連阡陌，米爛成倉；赤的是金，白的是銀，圓的是珠，光的是寶。身邊除了大娘子——乃是清河左衛吳千戶之女，填房與他為繼室——只成房頭、穿袍兒的，也有五六個。以下歌兒舞女，得寵侍妾，不下數十。端的是朝朝寒食，夜夜元宵。」

文嫂首先把西門慶如何有錢有勢跟林太太誇讚了一番。但這些話估計對林太太的吸引力不大，她是招宣的遺孀，家裡也很富有。文嫂知道林太太的隱蔽心思，就跟她進一步介紹，說西門慶「不上三十一二年紀，正是當年漢子，大身材，一表人物。也曾吃藥養龜，慣調風情；雙陸象棋，無所不通；蹴踘打毬，無所不曉」。但是底下有些就誇張了，說他「諸子百家，拆白道字，眼見就會」。其實西門慶的文化水平很低，這就是文嫂堆砌性地誇讚，說他「端的擊玉敲金，百伶百俐」。這段話當中其實最打動林太太的內容是，西門慶現在三十出頭，正是一個男子漢最成熟的階段，而且身體很強壯。她是招宣夫人，丈夫死後青春守寡，她的性苦悶難以啟齒，她需要尋覓讓自己能夠獲得性滿足的男子漢。所以文嫂說了一大堆，最後這幾句才算說到她的心窩裡。

她想見西門慶這麼一個男子漢，但是用一個什麼由頭讓他來呢？西門慶以祝壽的由頭來跟她見面，可是光這麼一條理由好像還很突兀，因為兩家平素並無來往，一個寡婦過生日，西門慶一個大小老婆有好幾個商人去給她祝壽，多少有點滑稽。後來文嫂找到了一個更冠冕堂皇、更合理的會面理由，就是林太太的兒子王三官一天到晚在妓院裡鬼混不著家，林太太作為一個母親很著急，她就請求地方官府的相關官員來給她解決問題。正好西門慶就是提刑所的副提刑，他就可以到妓院把那些圍繞著王三官的社會混混給拘了，把王三官想辦法弄回家。這樣的話就等於一個母親要請地方上管相關事務的官員見面，來解決她家兒子的問題，這樣就順理成章了，見面就很合理。這樣，文嫂透過設計，創造了西門慶和林太太見面的機會。

西門慶原來獵豔，找女人，很有男人的霸氣，都是女方期盼他的到來，他想早就早，想晚就晚，到了以後就是急吼吼地直奔主題，直接蹂躪女方，讓女方滿足他。但是見林太太對西門慶來說是嶄新的人生經驗。那天西門慶表面上是和一些朋友一起吃晚飯，但是他趁那些人在那裡嘻嘻哈哈、互相勸酒就離席了。早有玳安和琴童牽著馬在外面迎候，他出去以後就騎上馬。雖然已經是傍晚，他還是怕別人認出他來，還像以前那樣戴了眼紗，然後從大街上抹過（不引人注意地這麼溜過去），最後就到了扁食巷。書裡寫了很多地名，都很有趣，像前面提到的紫石街、獅子街、臭水巷、牛皮巷，現在有了一個扁食巷。

扁食巷在王招宣府的後門。那時候天已經黑了，家家開始上燈，扁食巷裡人跡稀少，非常安靜。西門慶離後門還有一段距離就把馬勒住。文嫂事先就都囑咐好他們，他們就按照文嫂的囑咐來辦事。西門慶下了馬，玳安就用手指頭彈一扇小門，門一下就開了，是文嫂親自來開的門。是招宣府嗎？並不是。門裡面住了一個段媽媽。西門慶除去眼紗進了屋，玳安跟著進去了，琴童牽著馬在對門人家的屋簷底下等候。

文嫂把西門慶、玳安引進小門裡頭以後，就把後門關了。文嫂就讓玳安別再走了，就在段媽媽的屋子裡等著，只領了西門慶穿過段媽媽住的房舍到一個夾道，再往前走。夾道的那邊才是林太太的住所，也就是招宣府正式的房舍。

招宣府是很大的一個宅院，有一片群房，一般是給下人居住。從夾道進去後又轉過一層群房，再往前，是林太太自己住的五間正房，旁邊有一個便門，關得緊緊的，文嫂輕敲門環，這門才打開。一個丫頭開了門，文嫂這才引西門慶來到林太太所住的五間大正房的後堂，一掀開簾櫳，只見裡面燈燭熒煌。是不是林太太迎出來了呢？裡面空空蕩蕩的，除了西門慶、文嫂，沒有別的人。只見牆上掛著王家祖上的畫像，他們祖上就封了郡王。一抬頭有朱紅的大匾，寫的是「節義堂」，兩邊的對聯寫的是「**傳家節操同松竹，報國功勛並斗山**」。西門慶當時就被這種景象給鎮住了，他雖然有錢，還給自己買了很大的宅院，也蓋了很大的捲棚，布置了很華麗的翡翠軒，可是他不是簪纓世家的後代。

西門慶不是官二代，他的父親無非是一個賣布匹的游商，一個暴發戶，所以他有再多的銀子，蓋再漂亮的房舍，他的房舍裡面也不可能掛這樣的匾，掛這樣的對聯。西門慶正觀察廳堂的景象，就聽見門簾上有鈴兒響，是不是林太太迎出來了？也還不是。是文嫂從帘子後頭端出一杯茶來請他喝。西門慶想見林太太，跟他想見李瓶兒、宋惠蓮大不一樣，她們像王六兒一樣手到擒來。而林太太好神祕，還不出現。其實這個時候林太太已經走到這個空間，她隔著房門，透過帘子觀察西門慶。她一看燭光底下西門慶身材凜凜，一表人材，是一個她想要的強壯的有陽剛之氣的男子漢，便滿心歡喜。這才發話，讓文嫂把西門慶請到她平時居住的房間裡去，這樣西門慶終於進到林太太的內室。「**只見簾幕垂紅，氈毹鋪地，麝蘭香靄，氣暖如春。繡榻則斗帳雲橫，錦屏則軒轅月映**」，一派貴族氣象。和西門慶自己大宅裡的一些景象一比，你就會感覺到西門慶的宅院，例如捲棚、翡翠軒等，都是暴發氣有餘，富貴相不足。什麼是貴族，什麼是貴族家庭，什麼是貴族家庭的居室景象，現在西門慶到了林太太的居室，才恍然大悟。他雖在清河縣混得不錯，但他還是第一次進入這樣的一個貴族婦女的內室，這對他來說充滿了新鮮感。

對於西門慶而言，他聽說林太太挺漂亮，而且懂風月，就奔著獵豔來的。但是進到內室以後，林太太一派貴族婦女的氣象，就把他給鎮住了，他居然給林太太行了大禮，倒身磕下頭去，拜了兩拜。這是他對別的婦女從來沒有過的。他無論是對潘金蓮也好，李瓶兒也好，宋惠蓮也好，王六兒也好，李桂姐也好，他情緒來了以後，直奔主題，摟著就親，拉過來就做。但是林太太卻一副凜然不可侵犯的樣子，他才明白這是貴族婦女。但是林太太越是做出一副端莊賢淑貴族婦女的樣子，他心裡就越癢癢，就耐著性子來應付林太太。

林太太先假模假樣地跟西門慶說她兒子的事。原來說好請西門慶來是為了解決她兒子的問題。西門慶是管清河縣地方上的，社會混混把她兒子矇騙了，她兒子在妓院裡大把地撒銀子，多少天不回家，西門慶得幫她管一管。表面上兩個人是討論這個問題，一個好像是正兒八經的貴族寡婦，為了兒子的事焦慮，求助於一個地方官員，西門慶一開始也假模假式，好像林太太請他來就是要解決這個問題，他細心聆聽。「這事不難辦，我一定幫妳解決。」西門慶說完這話以後，林太太就表示感謝。然後兩人就喝酒，漸漸地酒蓋住了臉，他們從喝交杯酒到身體接觸，最後林太太就徹底卸下她那貴婦的面紗，表露出她對西門慶身體的強烈渴求，西門慶這才開始放膽去享受林太太的身體。以往都是其他女子拚命地迎合西門慶，可這次西門慶卻扮演一個伺候對方的角色，叫做「當下竭平生本事，將婦人儘力盤桓了一場」。所以跟林太太的交歡，使西門慶獲得了一種難得的、在別的女子身上得不到的人生體驗，他占有了一個貴族婦女，在心理上也得到很大的滿足。

事情完了之後，西門慶又在文嫂引領下，回到段媽媽的房間，玳安還在那裡等候。然後他們再從段媽媽的小門出去，到了街上。這個時候已經是深夜，守候在對面屋簷底下的小廝把馬牽過來，西門慶上馬，在「一天霜氣，萬籟無聲」的夜晚，回到自己的住宅。

後來西門慶再次和林太太交歡。由此可見，蘭陵笑笑生在書裡刻畫了女性的群像，有最底層的女性，也有這種貴族婦女，都寫得很到位，很有意思。

第三輯

西門府的衰落

第三十一講 潑天富貴一朝休
西門慶的遺囑

❖導讀

上一講說到文嫂在林太太面前誇讚西門慶，不僅誇他有錢有勢，更強調他正值壯年，身材凜凜，性能力好，由此打動了林太太，西門慶就獲得了與林太太見面的機會。一天晚上和朋友聚會時，西門慶早早離席，帶著兩個小廝到了王招宣府的後門，經過重重關卡，進到林太太的內室，圍繞怎麼解決他兒子王三官流連妓院的問題，他們裝模作樣地聊了半天，最後才切入正題。在王招宣府，西門慶見識了官宦世家的威嚴氣派，也獲得了和林太太這個貴族婦女做愛的新鮮體驗。西門慶不斷追求新的性愛對象和極致的性愛體驗，導致他很快縱慾而亡。本講將告訴你他的遺囑內容。

前面講了西門慶和林太太的一段關係，實際上有人統計過，西門慶一生當中和二十來個人發生過性關係，不僅有婦女，還有男寵。他在府裡把奶媽如意兒也占有了。在府外，除了前面提到的這些人，他把一個賁四娘子也占有了。西門慶其實是一個色鬼，一個性慾極其強烈的男子，他死亡的根本原因是縱慾過度，最後的幾天生命是在潘金蓮屋子的床上度過的。

因為西門慶總想讓自己的性快樂達到極致，所以到處訪求春藥，後來遇到了一個胡僧。胡是中國古代對北邊或西域民族的稱呼。胡僧就是來自那邊的一個和尚，書裡寫胡僧的相貌極其古怪：「生的豹頭凹眼，色若紫肝……頦下髭鬚亂拃，頭上有一溜光檐……。」「頭上有一溜光檐」就是他的頭上有一圈頭髮，當中是禿的。這些形容都還沒有古怪到底，請看下面的形容，說胡僧在禪床上「垂著頭，把脖子縮到腔子裡」，他的頭和烏龜頭一樣能伸能縮，居然最後把脖子縮得都沒有了，有多古怪。西門慶向他求春藥，胡僧就給了他兩種春藥，一種是內服的丸藥，一種是塗抹的膏藥。書裡就寫西門慶最後連續跟人做愛，跑到潘金蓮的住所以後還要跟她做愛，可是他已經不行了，已經昏迷了，昏沉沉的。潘金蓮知道西門慶身上有胡僧送的春藥，就找出幾粒趁西門慶昏睡的時候用燒酒灌到他嘴裡，就這樣把西門慶給害了。最後就出現了一個很不堪的局面。完事以後，西門慶一站起來便暈倒，於是他就在潘金蓮的床上養病。吳月娘她們急得要死，求醫問卜，想盡各種辦法挽救他的生命，但還是不行。

西門慶活著的時候不管不顧。有一次在他向寺廟裡募捐的長老（方丈）捐了銀子以後，吳月娘就先誇讚他有善心，做了善事，今後會有好報，後面捎帶腳地對他提出一些勸告，就說既然這樣，以後他就多做這種積德的事情，少去養一些沒正經的婆娘。吳月娘就勸他戒色，不要縱慾。西門慶立刻反駁回去：「你的醋話兒又來了。卻不道天地尚有陰陽，男女自然配合。今生偷情的、苟合的，都是前生分定，姻緣簿上注名，今生了還，難道是生刺刺胡搊亂扯歪廝纏做的？」這當然就是狡辯。妳勸我不要老是養婆娘，到處去刮刺，動不動跟別的女子做愛。妳別勸了，這是自然的事情。他講的歪理，這倒也罷了。然後西門慶說了一些財大氣粗的話：「咱聞那佛祖西天，也止不過要黃金鋪地，陰司十殿，也要些楮鏹營求。」就是說西天也要黃金鋪地，過去認為西天是極樂世界，相當於天堂了。陰司十殿，說的是地獄。地獄裡面其實也要銀子來填塞。所以「咱只消盡這些家私廣為善事」，就什麼也不怕，就是說銀子不但可以買通官府，買通人間的一切事務，還可以買通天堂、地獄。他募捐，做善事，就為了——底下的話就很驚心動魄：「就使強姦了姮娥，和奸了織女，拐了許飛瓊，盜了西王母的女兒，也不減我潑天富貴！」姮娥就是嫦娥，許飛瓊是古代傳說裡面天上王母娘娘的侍女。

西門慶非常自信，他有銀子，不但可以買斷人間，還可以買通天堂，買通地獄。這樣，西門慶不僅是人間強人，簡直是宇宙強人，到哪裡他都無所謂。他就算把嫦娥強姦了，把織女強姦了，把王母娘娘身邊的侍女拐跑了，別人也不能把他怎麼樣，甚至把王母娘娘的女兒拐跑，你也攔不住他。西門慶以為他這種所謂的潑天富貴可以長久持續下去。吳月娘聽了他這番話以後目瞪口呆，又不能反駁他，因為他是一府之主，只能勉強笑道，說：「狗吃熱屎，原道是個香甜的，生血吊在牙兒內，怎生改得！」意思是西門慶狗改不了吃屎，拿他真是沒辦法。

西門慶以為他可以長久這麼荒唐下去，沒想到他拿銀子可以買通一切，最後卻沒能保住自己的命。而且死得很慘，很難看。夜裡頭他就不行了，「聲若牛吼一般，喘息了半夜」，到天亮時就嗚呼哀哉了，活了三十三歲。

在西門慶斃命之前的下午，他留下了遺囑。西門慶首先跟吳月娘有所交代，因為吳月娘是他的正妻。他就跟吳月娘留下這樣的話：「我死後，你若生下一男半女，你姊妹好好待著，一處居住，休要失散了，惹人家笑話。」就在西門慶這麼荒唐無度死去之前，有一次他和吳月娘發生了關係，吳月娘懷孕了。在他生命垂危的時候，吳月娘的臨盆期也即將到來，所以他就有了這樣的遺言，就是說不管妳生下是兒子還是閨女，咱們有後代，西門府別散了。妳和李嬌兒、孟玉樓，乃至孫雪娥，當然還有潘金蓮，妳們就好好一處居住，不要流散了，別讓別人看笑話。這個時候他還有面子上的考慮。

原來西門慶仗著自己手裡有銀子，覺得天下沒有不能用銀子搞定的事情，因此他對封建儒家禮教的那一套不怎麼在乎。他找女人，主要是尋求性快樂，傳宗接代對他來說不是最主要的事情，捎帶腳能夠留下種，這些女子給他生下孩子也好，生不出來也無所謂。像李瓶兒給他生了官哥兒，沒活多久就死了，他雖然也很遺憾，可是他想得開，他就說老天本來就沒有讓這孩子做他們的後代，所以必定會走。他原來對自己的家庭也不是很在乎，他和花子虛、王三官也不過是五十步和百步的差距，這兩個人經常到妓院以後就完全不著家，荒唐到底。西門慶有時候也到妓院一待好多天，不著家。只不過跟這兩個人比，他不是完全不喜歡家庭，完全不想家裡的女人。他還是喜歡家裡面有些女人的，他在家的時間還是比較多的。但是總體而言，西門慶沒有儒家禮教所倡導的那種正統的家庭觀念，他一直是無所謂的一種態度。但是臨死之際，回過頭來，他對子嗣和家庭，才產生了略帶悔恨的言論。他死後這麼多的家產誰來繼承？西門大姐已經嫁出去了，不是西門家的人了，是陳家的人。所以，這個時候西門慶才醒悟到，還是應該有後代。

所以他就跟吳月娘說，她若生下一男半女要守住。另外，這個時候他才意識到，這個家對他還是重要的，最起碼給他撐了臉面。人們一說西門府裡面是一大家子人，有正妻和小老婆，雖然缺乏後代，子嗣不夠旺盛，但是妻妾成群也是人丁興旺的標誌。所以，這個時候西門慶才意識到，他死之後，如果成群的妻妾一個個都流失了會遭人笑話。他到臨死的時候才有這樣的意識，才跟吳月娘留下了要把家守住，妻妾作為姊妹不要流散到各處的遺囑。

我講《金瓶梅》，大多數情況下都是依據最早的版本，就是一般認為是產生在萬曆朝的詞話本。詞話本的特點就是除了敘述文字，還有大量的唱詞。有時候是因為書裡面出現的人物要唱，有的時候是作者本身作為敘述者要來一段唱詞。它的寫法是模擬說書人在茶樓酒肆給人說書的一種風格。詞話本在寫西門慶給吳月娘留遺囑的時候就有唱詞，體現出《金瓶梅》的文本特色。

西門慶留遺囑的時候吳月娘在場，其他幾個小老婆也都在場。因為潘金蓮在潘家排行第六，所以西門慶把她叫做六兒，這是一種暱稱。這個時候西門慶預感到吳月娘難以容下潘金蓮，所以就特別為潘金蓮留下一句遺囑：「六兒他從前的事，你擔待他罷！」擔待就是原諒的意思。這個地方詞話本就體現它的文本特點了。西門慶的遺囑用白話說完以後還有段唱詞，詞牌叫做《駐馬聽》。這種寫法是很別緻的，真實生活當中不可能是這樣的，可是詞話本寫人物的時候經常會以唱曲的方式表達心聲，這種寫法那個時代的讀者讀來不會覺得突兀，反而會覺得很自然、很有趣。底下就是西門慶的《駐馬聽》：

賢妻休悲，我有衷情告你知。妻你腹中是男是女，養下來看大成人，守我的家私。三賢九烈要貞心，一妻四妾，攜帶著住。彼此光輝光輝！我死在九泉之下，口眼皆閉！

這個唱詞和西門慶口述的遺囑是一個意思，就是要把他的家私留給他的後代，吳月娘她們要姊妹相待，守住這個家不要散，這樣他死了以後可以瞑目。詞話本的寫法就是這種用詞話來推進情節發展的特色。吳月娘聽了以後回唱了一曲，她是這麼回答的：

多謝兒夫，遺後良言教道奴。夫，我本女流之輩，四德三從，與你那樣夫妻，平生作事不模糊。守貞肯把夫名汙？生死同途，一鞍一馬，不須分付！

這種寫法到了崇禎本，經過文人的整理，刪了好多詞話本裡的唱詞，包括第七十九回裡面西門慶和吳月娘夫妻各有的一段唱詞。我個人認為崇禎本經過整理以後，損失了很多早期詞話本非常生動、有趣、鮮活、接地氣的文本特色，是很可惜的。當然，崇禎本也派生出來一些優點。

第三十二講 帳本上的世道人心

西門慶臨終算帳

❖導讀

上一講說到西門慶留的遺囑分兩大部分。第一部分是留給吳月娘的，如果吳月娘生下一男半女，由他來繼承西門府的家產。吳月娘和另外四個小老婆，姊妹相待，好生相守，不要離散了，遭外人恥笑。他特別指著潘金蓮跟吳月娘交代，說潘金蓮以前的事，吳月娘多擔待。因為潘金蓮曾經深深得罪過吳月娘，所以西門慶就希望他死以後，吳月娘能夠原諒潘金蓮，容納潘金蓮。第二部分是西門慶對他財產的具體處置，他有方案。這個部分他是跟誰說的，怎麼說的？請看本講內容。

西門慶囑咐完吳月娘以後，就讓人把他的女婿陳經濟叫到了跟前，把他死後生意上的事情，非常細緻地交代給陳經濟，他算細帳，這是第二部分的遺囑。這段描寫非常重要，它不但寫出西門慶色鬼以外的特點，而且也反映出明代社會經濟運作的一些情況。本來這方面的囑咐應該是西門慶向自己成年的兒子說，他沒有兒子，只好把女婿當作兒子來說。吳月娘雖然是府主婆，但是那個時代，女主內，男主外，吳月娘不直接參與丈夫生意上的事情，經濟大權都在府主西門慶手裡。但是陳經濟自從帶了媳婦從東京回到清河，投靠他的岳父以後，在他們家一直參與理財，像兩個花園的合併工程就是交給陳經濟監工，後來一些生意上的事情也都讓他經手。所以西門慶臨死的時候，就讓人把陳經濟叫到了跟前，他這麼說的：「姐夫，我養兒靠兒，無兒靠婿；姐夫就是我的親兒一般。我若有些山高水低，你發送了我入土，好歹一家一計，幫扶著你娘兒們過日子，休要教人笑話！」因為他的女兒西門大姐嫁給了陳經濟，府裡面的人都把陳經濟叫姐夫。

西門慶又把對吳月娘的一些囑託跟陳經濟提醒了一遍。然後西門慶就算細帳，跟陳經濟一筆一筆地交代，這個交代很有意思。原來西門慶和街對面的喬大戶在一些人的撮合下結為親家，當時李瓶兒給西門慶生的兒子官哥兒跟喬大戶的女兒結了娃娃親。所以，西門家和喬家就算是親家了。雖然這個婚事後來沒成，而且後來喬大戶也搬走了，但是西門家和喬家有生意上的合作。當時兩家合開了一個緞子鋪，緞子鋪一共是五萬銀子的本錢，本錢很高，說明是一個很大的緞子鋪。這時候西門慶就跟陳經濟交代：「我死後，段子鋪是五萬銀子本錢，有你喬親家爹那邊多少本利，都找與他。」意思是跟喬家合開的緞子鋪要有一個了結，這一筆帳陳經濟要了解，算一算本錢裡面喬親家投了多少，事到如今，獲得的收益、利息是多少，算清楚了，連本帶利還給人家。西門慶又交代：「教傅夥計把貨賣一宗，交一宗，休要開了。」傅夥計是生藥鋪的掌櫃，多年來為西門慶服務，生藥鋪是最早的店鋪，生意一直不錯。現在西門慶覺得自己要死了，他就囑咐讓傅夥計把生藥鋪剩下的藥材能賣多少賣多少，然後就收盤，結帳，不要開了。

然後西門慶又說：「賁四絨線鋪，本銀六千五百兩，吳二舅綢絨鋪是五千兩，都賣盡了貨物，收了來家。」絨線鋪本來是韓道國當掌櫃，後來韓道國又另派了別的事，現在是一個叫賁四的當掌櫃。賁四的媳婦賁四娘子和西門慶最信任的小廝玳安之間有關係，後來西門慶看上賁四娘子，也和她發生了關係。現在賁四當絨線鋪的掌櫃，吳月娘的弟弟當綢絨鋪的掌櫃，一個本銀是六千五百兩，一個是五千兩，就把剩餘物資都賣光了，不進貨了，然後把銀子都拿家來。

接著西門慶說：「又李三討了批來，也不消做了，教你應二叔拿了別人家做去罷。李三、黃四身上還欠五百兩本錢、一百五十兩利錢未算，討來發送我。」西門慶除了自己開鋪子掙錢以外，他還經常利用自己跟官府勾結的關係，從官府討來批文從事一些官方特許買辦的商業活動。他派李三他們取批文去了，當時還沒回來，所以他就跟陳經濟交代，批文討來了，咱們家也別做了，叫應二叔拿了給別人家去做。應二叔說的就是應伯爵，西門慶的結拜兄弟之一，後面還會特別講述這個人。批文是很重要的東西，批文本身其實等於大筆的銀子，說明那個時代的商人是可以利用自己手中的銀子買通官府，最後成為官方買辦，拿到批文就有很多的方便。西門慶表示他死後，批文來了也別做這事，讓別人去做，這是一個交代。而且在討批文的這項活動當中，銀子的來往他也算計得很清楚，因為要批文也得先下本，先賄賂官方，拿到批文以後再掙大錢，成本也就掙回來了。但現在因為批文還沒到，所以還有一些銀子墊著，西門慶要求把這些銀子找回來，作為他死後發喪的費用。

西門慶又跟陳經濟說：「你只和傅夥計，守著家門這兩個鋪子罷。段子鋪占用銀二萬兩，生藥鋪五千兩。」就是說家門口的這兩個鋪子，一個緞子鋪，一個生藥鋪繼續開。這兩個鋪子的本金，一個是兩萬兩，一個是五千兩。

西門慶又提到：「韓夥計、來保松江船上四千兩，開了河，你早起身往下邊接船去，接了來家，賣了銀子交進來，你娘兒們盤纏。」韓夥計，就是前面說到的韓道國，綽號韓一搖，他當時和西門慶的家僕來保到松江去做事去了，他們是雇了船去做生意，當時本錢是四千兩。前面提到文嫂去見林太太，吹噓西門慶的情況，就說他還走標船。什麼叫走標船？就是西門慶透過和官吏勾結，能獲得一些原本由官方壟斷的物資的販賣資格。這些船隻在運河上行走時，可以豎起特殊的旗幟，相當於經官府特批的一種商船，各個管碼頭的人會善待走標船。韓道國和來保就是走標船去了，當時帶了四千兩本錢。西門慶就囑咐陳經濟「開了河，你早起身往下邊接船去，接了來家，賣了銀子交進來，你娘兒們盤纏」。走標船會掙到一些錢，這些錢讓陳經濟收著。什麼叫「賣了銀子」？就是他們主要還是去運貨，像鹽、銅、布匹等，這些物資都可以從官方那得到有關的指標，然後進行運輸專賣。西門慶說這些賣貨所獲得銀子要交進來，作為府裡面吳月娘以及其他小老婆的生活費用。

西門慶對陳經濟囑咐的事情，他算細帳算得很細，提到的銀兩數量多的達到五萬兩，有的是兩萬兩，或者幾千兩，但小數額的也心中有數。他又說了「前邊劉學官還少我二百兩，華主簿少我五十兩」。劉學官和華主簿不都是清河縣的官吏。前面文嫂給林太太介紹西門慶時，就說西門慶是一個放官吏債的人。什麼叫放官吏債？就是西門慶借錢給官吏，以很低的利息，或者不要利息。官吏從他那裡得到無息或者低息的銀子後可以拿去消費，也可以拿去做一些經營。西門慶通過放官吏債，給官吏好處，就可以增加自己的人脈。關鍵時刻，他提出要求，這些官吏就可以為他辦事。所以，書中的這些地方不要隨便讀過去，要懂得當時世道已經到了這種地步。

銀子數量都不多，像華主簿只欠他五十兩銀子，他也放在心上。五萬兩銀子在心上，五十兩銀子也在心上，充分說明西門慶是一個非常精明的商人，有經營頭腦。別看他一天到晚追求性享受，他不完全是一個被性慾所控制的生命，確實還是一個非常精明的商人，頭腦裡有本帳，臨死了，算細帳，說還有人欠他錢。「門外徐四鋪內還欠我本利三百四十兩」。另外一家店鋪是徐四開的，西門慶也給他放了債，這個是要收利息的，而且利息起碼不低於市面上一般的利息，現在連本帶利欠他三百四十兩。西門慶囑咐陳經濟：「都有合同見在，上緊使人催去。」那個時候已逐步地進入一種契約社會，民間經濟交往還是有合同的。那些官員問西門慶借錢，有時候可能連合同都不要，因為性質不一樣。但是民間互相借貸，就都要白紙黑字簽下合同。徐四跟他簽了合同，西門慶就告訴陳經濟查合同。

下面西門慶的囑咐牽涉到不動產，他說：「到日後，對門並獅子街兩處房子都賣了罷，只怕你娘兒們顧攬不過來。」對門喬親家後來搬到別處去了，所住的房子就賣給西門慶了。獅子街的房子是李瓶兒留下的，因為他覺得吳月娘也好，其他幾個小老婆也好，把西門府的宅子守住就不錯了，那兩處的房子是顧不過來的，西門慶就讓陳經濟都發賣了。

說完這句話以後，他就哽咽地哭了。陳經濟表態，說爹的囑咐兒子都知道了。其實這個陳經濟非常壞，後面還要專門講他，西門慶算是白託付了。但當時西門慶很認真地託付，陳經濟也假惺惺地表態。這樣過了一夜，西門慶就一命嗚呼了。

西門慶這個人暴發過，快活過，殘暴過，灑脫過，貪婪過，享受過，惡毒過，蠻橫過，糊塗過，精明過，埋怨過，寬容過，下流過，攀附過，無恥過，溫情過，變態過，純情過，放縱過，痛苦過……他不是一個簡單的我們拿標籤貼上就能概括的人物。蘭陵笑笑生寫出了一個活生生的生命存在。他寫了這麼一個男人，他三十三年的生命跋涉的過程。西門慶的死是書中很重要的一段。但是他死了以後，活著的還繼續活下去。《金瓶梅》這部書的特點就是寫死者自死，活者自活。西門慶死後，那些活著的人又有些什麼樣的生命軌跡和最終結局？後面我會陸續告訴大家。

第三十三講　獨力難支的正妻
吳月娘的堅守

❖導讀

上一講說到西門慶遺囑的第二部分，是西門慶跟他的女婿陳經濟說的。這部分遺囑是關於經濟事務的，總體是個收縮的規劃，但是精明周到，說明西門慶雖然花天酒地，縱慾無度，但的確是一個有經濟頭腦的商人，所提及的種種投資額度、股份數量、大小債務、預期收入，大到五萬兩銀子，小到五十兩銀子，全憑記憶，一絲不亂，令人服氣。本講將介紹西門慶的正妻吳月娘。

吳月娘是西門慶的正妻。西門慶原來娶過正妻，姓陳，生下一個女兒，書裡面叫她西門大姐，後來嫁給了陳經濟。但這個正妻死了以後，西門慶不能夠讓正妻缺位，就得續絃，續絃的就是吳月娘。吳月娘當時是清河縣一個官員的女兒，她父親是清河縣的左衛吳千戶。故事開始以後，西門慶和吳月娘的父母都已經去世，吳月娘嫁給西門慶的時候，她的出身應該還高於西門慶。西門慶的父親西門達只不過是一個賣布的游商，而吳月娘的父親卻是一個縣裡的官員。這門婚事大體也算是門當戶對，因為很顯然，吳月娘的父親看中了西門慶。西門慶當時已經發財，有錢了，雖然當時還是一個白衣，但是以後用銀子開路，也可以戴上官帽。吳月娘就這樣嫁到西門府。吳月娘在婚前沒有性行為，婚後一馬一鞍，死心塌地地跟西門慶過，沒有和其他男人發生過關係，而且她恪守封建禮教，一般男子接近她的身體是不可能的。不要以為蘭陵笑笑生筆下塑造的都是一些蕩婦的形象，他也塑造吳月娘這種恪守封建禮教的婦女形象，而且塑造得很成功，使我們相信在那個時代，也確實還有一些女性能夠恪守封建禮教規範，約束自己，度過自己一生，吳月娘就是這樣一個女性。

吳月娘的外貌還是很好的。潘金蓮被娶進西門府以後，第一次和吳月娘見面，小說透過潘金蓮的觀察，寫出了吳月娘的形象，說她「約三九年紀，生的面如銀盆，眼如杏子，舉止溫柔，持重寡言」。看到這個描述你會有聯想吧？在《紅樓夢》裡有一個女子，她也恪守封建禮教規範，就是薛寶釵。有意思的是，《紅樓夢》裡面薛寶釵的形象也是「面若銀盆」。為什麼作家筆下恪守封建禮教的女性形象都是這樣的面龐？這又是一個很有趣的話題。是不是這樣的女子才比較符合人們心目當中恪守封建禮教規範的樣子？另外，《金瓶梅》裡面的吳月娘和《紅樓夢》裡面薛寶釵的做派舉止也是一樣的，「舉止溫柔，持重寡言」。潘金蓮嫁到西門府以後，人性當中的陰暗面就暴露無遺。她和她的大丫頭春梅「霸攔」西門慶，恨不得每天晚上西門慶都在她們那過夜，這樣當然就引起了其他小老婆的不滿，也讓吳月娘很不高興。

後來潘金蓮公然頂撞吳月娘，說了很尖刻的話。有一次在兩人的衝突當中，吳月娘就忍不住說出這樣的話：「我當初是女兒填房嫁他，不是趁來的老婆。那沒廉恥趁漢精便浪，俺每真材實料，不浪。」吳月娘所發出的這種強音，是出自她內心的，她隨時隨地提醒自己，她跟其他小老婆可不一樣，她是正妻，而且她是「真材實料」，她不是西門慶先姦後娶的，是一個女兒身，明媒正娶嫁進西門府。而且她對丈夫也「不浪」，從來不引誘丈夫，不霸攔丈夫，不跟丈夫犯騷，是一個正經女子。雖然那個時代，前面講過，儒家正統的種種規範、觀念都受到衝擊，被商品經濟發展無情地解構，可是仍然有一部分女子選擇了恪守封建禮教的人生道路。吳月娘就是這樣的，她遵從三從四德。三從四德是封建社會對女性的規範和要求。什麼叫「三從」？在家從父，嫁出去以後從夫，夫如果死了從子。男權社會要求女性一生當中都要服從男性，輔助男性。除了「三從」以外，還講究「四德」。就是要求婦女有道德，有好的言辭，有好的容貌，同時要有好的針線活，有操持家務的能力。這裡面所說的容貌並非指長得美麗，而是說女子要在父親、丈夫和兒子的面前衣著整齊，容顏整潔。吳月娘就按照三從四德這種規範來約束自己，指導自己的日常語言和行為。

吳月娘的處境很不容易，後來西門慶娶的小老婆，哪一個是好纏的？孟玉樓相對平和一點，其他幾個對她來說都比較難辦。當然李瓶兒娶進西門府以後，性格有一個很大的變化，變得非常溫順。可是像潘金蓮就總是那麼尖酸刻薄，無事生非。有時候小老婆還當著她的面脣槍舌劍。吳月娘在西門府裡面儘量隱忍，遇到爭吵的情況，她先採取勸阻，勸阻不行以後她就不言語了。她以端莊、嚴肅來震懾其他幾個小老婆，其他人不能夠突破她內心的底線。吳月娘內心的底線就是其他人不能夠用語言和行為侵犯她作為正妻、作為主家婆應有的尊嚴。前面她反擊潘金蓮的那段話，是她在忍無可忍的情況下說出來的。因為當時潘金蓮突破了她的心理底線，侵犯了她作為正妻、作為一個恪守封建禮教規範的正經女子的尊嚴，潘金蓮傷害了她的尊嚴，她不答應。

吳月娘對西門慶應當是三從四德，三從四德當中的出嫁從夫，她也確實基本上做到了。但是，如果她的丈夫有時候事情做得過分，突破了她的心理底線，她也會發出抗議的聲音。例如李瓶兒死了以後，西門慶衝過去捧著李瓶兒的臉親個沒完，還說「你在我家三年，一日好日子沒過」，這話就突破了吳月娘的心理底線。一個小老婆死了，西門慶表示悲痛是可以的，但是人都死了還捧著臉親個沒完，超過了一個丈夫對小老婆死亡應有的禮儀規格。她是正妻，看不過去。而且西門慶還說李瓶兒到了西門府以後，簡直就沒過過一天好日子。吳月娘就發話了，意思就是說，西門慶這樣去親吻李瓶兒，會染上晦氣，不好，讓他別這麼做。吳月娘說這個話的前提還是維護西門慶的，因為他的身體健康重要。另外，西門慶說李瓶兒在西門府沒過過一天好日子，那怎麼算呢？誰在府裡過好日子？所以衝擊到她心理底線的時候，她就不隱忍了，她還是要發出聲音。只要是沒超過這個底線，她都可以忍。

還有一次，二房李嬌兒的丫頭偷了金錠子，西門慶對她施了刑罰，還決定把她賣掉。當時有一個妓女李桂姐住在西門府，就去跟西門慶求情，說留下這個丫頭，別賣了。西門慶就答應了李桂姐的請求。這件事對吳月娘是一個心理刺激。不是說她不主張留下這個丫頭，但是丫頭的去留應該由她來跟西門慶說，怎麼能由一個妓女來插嘴，還把事辦成了，這突破了她心理底線。她不好直接跟西門慶計較，也不好去和妓女一般見識，只能透過西門慶的貼身小廝玳安來發洩她的不滿。

這就是吳月娘在西門府裡面的堅守，堅守自己的清白之身，堅守自己作為正妻的尊嚴，堅守自己奉行三從四德的楷模作用。吳月娘不光呈現出作為正妻的端莊、嚴肅的一面，為了使家庭變得和諧，她也做了很多努力。例如她組織潘金蓮、西門大姐，還有府裡的其他青春女性一起跳繩。後來她在府裡面還讓人安置了鞦韆，帶著孟玉樓、李瓶兒、潘金蓮盪鞦韆。有時候趁著節氣或者誰過生日，大家聚餐、飲酒，她也刻意營造一些和諧、歡樂的氣氛，使得西門府裡面各種明爭暗鬥的烏雲下面有時候也有幾縷陽光的照射。

《金瓶梅》裡寫到由於潘金蓮的挑撥，吳月娘一度為了維護自己的尊嚴不跟西門慶說話，夫妻兩人互相不搭理了。西門慶和吳月娘見面，雙方都不說話。西門慶去哪房，吳月娘也不管。西門慶來了，吃飯有丫頭伺候，西門慶就吃他的，吃完了他就走，由丫頭收拾。西門慶走，她也不言語。西門慶到正房取東西，他說取什麼東西，吳月娘就讓丫頭給他拿，拿完了，西門慶就走。兩人就處於一種很緊張的冷戰狀態。孟玉樓也曾經勸過吳月娘，說這樣不好。吳月娘說，她就全當守寡了，無所謂，她就這樣了。

一個雪夜，西門慶從外頭回來，發現儀門那邊庭院裡面的雪都掃乾淨了，丫頭侍奉著吳月娘擺了香案，對天祈禱，西門慶在粉壁那邊偷聽，就聽見吳月娘是這樣祈禱的：「妾身吳氏，作配西門。奈因夫主留戀煙花，中年無子。妾等妻妾六人，俱無所出，缺少墳前拜掃之人。妾夙夜憂心，恐無所托。是以發心，每夜於星月之下，祝贊三光，要祈佑兒夫，早早回心。棄卻繁華，齊心家事。不拘妾等六人之中，早見嗣息，以為終身之計，乃妾之素願也。」意思是說現在西門府沒有後代，她為這個家族沒有後代而焦慮。她不是祈禱讓自己給西門慶生一個孩子，因為她那時候跟西門慶都不說話了，怎麼可能給他生孩子呢？但是，她不願意西門慶絕後，她就希望其他的小老婆裡面，不管是哪一個，只要能為西門家族生下一個男孩，那麼都是好事，求上天能夠成全這件好事。吳月娘很虔誠地對天祈禱。西門慶聽明白以後就非常感動，立刻就從粉壁那衝過去，一下子摟住月娘，說：「我的姐姐！我西門慶死也不曉的，你一片好心，都是為我的。一向錯見了，丟冷了你的心，到今悔之晚矣。」西門慶被感動了。雖然他們倆之間冷戰了一段時間，吳月娘對他好像冷若冰霜，但實際上在表面的冰冷之下，在吳月娘的軀體之內還有一顆熱騰騰的心，是為丈夫考慮，為家庭考慮，為家族考慮。

吳月娘沒想到西門慶偷聽了她的祈禱詞，他一下子衝過來把她嚇了一跳，她推開西門慶，西門慶就繼續摟吳月娘。後來兩個人回到了正房，西門慶就給吳月娘跪下了，因為吳月娘的所作所為感動了他。西門慶是一個很荒唐的人，是一個只追求性快樂，不太重視傳宗接代的人，可是吳月娘這種恪守封建道德規範的行為，給他上了一課，給他敲起了警鐘，告訴他，這個家庭、這個家族需要往下延續，傳宗接代是一個很迫切、需要解決的問題，他不可以再這樣荒唐下去。西門慶就跟吳月娘認錯，而且向她求歡。吳月娘因為下定決心，乾脆守活寡了，就把西門慶往外轟，西門慶堅決不走，繼續求歡。後來吳月娘禁不住西門慶的一再糾纏，而且她畢竟還是一個青春女性，也有潛在的性慾望，兩人最後就行房了。

這次行房後她就懷孕了，但最後出了意外。當時對街的喬家遷走了，喬家的房子被西門慶買下來了。有一天，另外幾個小老婆就招呼她到那邊去看看房子，吳月娘就去了。在看房子時，她大意了，在下樓梯的時候崴了一下，回來以後就小產出來一個男嬰。這當然是一件很可惜的事情，當時西門慶沒注意到她懷孕，吳月娘就沒有告訴西門慶小產的事情。吳月娘繼續期盼能夠有女子為西門慶生下一個男孩，後來李瓶兒果然生下了一個男孩，取名官哥兒。沒想到官哥兒沒活多久就死了，西門慶最後也死掉了。

第三十四講　禍不單行的打擊
吳月娘的劫難

❖導讀

上一講介紹了西門慶的正妻吳月娘，她「面如銀盆，眼如杏子，舉止溫柔，持重寡言」，是一個恪守封建禮教的女性，非常珍視自己是以完整女兒身嫁到西門慶家的。一些事情她能做到隱忍，當侵犯到她主家婆地位的時候，她還是會發出聲音。雖然西門府內妻妾爭寵，明爭暗鬥，風波迭起，麻煩不斷，吳月娘在其中大體能夠做到收放自如，保持平衡，並組織了一些活動，營造家庭和諧同樂的氛圍。西門慶死後，吳月娘該怎麼往下生活呢？她是不是做到了遵照西門慶的遺囑把家庭維繫住？請看本講內容。

西門慶之死還是比較突然的，他的死亡應該是一個突發事件，西門慶事先並沒有意識到自己會死掉，家裡其他人也沒意識到，所以沒有給他準備好棺材。過去這種家庭一般都會提前準備好棺材以備死亡時使用，即便沒有準備好現成的棺材，起碼要先儲備製作棺材的上好木料。西門慶死的時候只有三十三歲，之前他的身體還很強壯，他這樣突然去世，宅子裡就亂作一團。首先要給他選木料做棺材。這個事本來應該由吳月娘主持，但是就在西門慶要嚥氣的時候，她忽然肚子劇痛，回到上房炕上就滿炕打滾，孟玉樓她們就圍過去，這才知道她有身孕很久了，顯然現在要臨盆，所以當時西門府裡就更亂成一團。

西門慶的第一個男孩是李瓶兒生的，取名為官哥兒，這體現的一種價值觀就是官本位。當時社會上的男子，最好是當官。在西門慶就要嚥下最後一口氣的時候，吳月娘那邊一個嬰兒呱呱墜地。此時西門府的情況大不一樣，這個孩子不一定有當官的燦爛前景，只要求他能夠孝順，今後能夠給吳月娘養老送終就行了，於是取名孝哥兒。這體現了另一種價值觀。另外，當時的接生婆是蔡老娘，她嫌吳月娘給的銀子少，她說當年李瓶兒生的官哥兒也是她接生，當時給的銀子很多。吳月娘就跟蔡老娘說，現在跟那時候不能比了，只能這麼多，等孝哥兒洗三的時候她再來，吳月娘再給她一套衣服就是了。這就說明隨著西門慶的死亡，整個西門府瞬息衰落，沒有了西門慶，也就沒有大量的銀子進帳，今後就要坐吃山空了。吳月娘不得不採取緊縮政策，從丈夫死的那一刻起，就開始壓縮開支。後來一頓忙亂之後，西門慶總算是有了棺材，順利發送了。

西門慶死了，吳月娘就開始了後西門慶時代的生活。她不是不願意按照西門慶的遺囑做事，但是客觀事實讓她越來越意識到，她沒有辦法嚴格按照西門慶的遺囑處理西門府的事務，她後來的人生充滿了劫難。

第一個打擊，她發現女婿陳經濟沒有遵照西門慶的遺囑好好理財，而是一個極其糟糕的男人。**陳經濟在西門慶死後公然和潘金蓮以及丫頭春梅亂來**。按輩分的話，潘金蓮是陳經濟的岳母，陳經濟是西門府的女婿。這樣的一男一女發生關係，那是亂倫。恪守封建禮教的吳月娘開頭聽到這樣的舉報還不相信，因為太令人震驚了。但是後來她親眼所見，不得不信。陳經濟的背叛，對她是非常嚴重的打擊。其實也談不到背叛，陳經濟早在西門慶活著的時候，就跟潘金蓮不乾不淨，只是吳月娘不知道。此外，**陳經濟公然欺負吳月娘，在府裡面造謠**。他當著一些下人的面竟然說這樣的話：「這孩子倒相我養的，依我說話，教他休哭，他就不哭了。」陳經濟暗示孝哥兒實際上是他和吳月娘的兒子，這當然就太荒唐了，這個謠言太可怕了。所以，當有人把這個話傳給吳月娘的時候，吳月娘正在梳妝，一下子人就直挺挺地昏倒在地上。

開頭吳月娘對陳經濟的印象是很好的。他帶著西門大姐投奔到媳婦娘家來，後來西門慶讓他監管花園的改造。陳經濟當時表現得很勤快，很謹慎，好像是一個很穩妥的小夥子。當時為了表揚和犒勞陳經濟，吳月娘還專門在花園準備好酒水，請陳經濟吃飯、喝酒。沒想到西門慶死了以後，他就暴露出這麼嚴重的問題，而且直接傷害到她，這對吳月娘當然是一個很大的打擊。這樣一個女婿還能留在家裡嗎？顯然不能。吳月娘就把陳經濟轟走了。

西門慶的遺囑中要求吳月娘和他另外娶的幾個小老婆大家姊妹相待，特別交代了讓她擔待潘金蓮。吳月娘發現潘金蓮居然和女婿陳經濟做那種事情之後，就再也不能容忍潘金蓮了，同時也不能讓潘金蓮的貼身大丫頭春梅待在西門府裡，她就先把春梅發賣。因為潘金蓮出嫁時名義上是一個寡婦，王婆是她乾媽，西門慶是從王婆那兒把潘金蓮娶過來的，吳月娘後來就把潘金蓮交還給王婆，讓潘金蓮再轉嫁。西門慶要吳月娘擔待潘金蓮這一點就做不到了，她也沒必要執行這一條遺囑。

還剩下三個小老婆。二房李嬌兒在西門慶死後不久就離開了西門府，回歸她原來出身的妓院麗春院。妓女守什麼節？她本身就沒有守節的意願，吳月娘也沒有多大的權力能夠拘束人家。四房孫雪娥一開始表現得還不錯，像聽了陳經濟造的謠，吳月娘一頭栽倒在地，暈死過去，孫雪娥就忙著來搶救，掐她人中，灌薑湯，讓她緩過勁來。後來把陳經濟趕出西門府，孫雪娥發揮了關鍵作用。孫雪娥表面上好像還行，但是實際上早有異心，最後孫雪娥和她的情人來旺兒私奔了。三房孟玉樓從前面我所講的情況，可以感覺到這是一個相對來說性格比較平和的人。西門慶死了以後，一開始她好像也還能作為吳月娘的一個姐妹，兩個人互相慰藉，共度時光。後來孟玉樓終於按捺不住自己還依然殘留的芳心，看中了一個男子，男方後來讓媒婆來求婚，吳月娘也不好阻攔，孟玉樓就再嫁了。這樣整個西門府就剩下吳月娘一個了，西門慶所期盼的吳月娘和其他四個小老婆姊妹相守、維護府第面子的遺願就完全落空了。

孟玉樓再嫁，當時面子上也得讓人過得去，所以吳月娘出席了婚宴。吳月娘從婚宴上回來，「因見席上花攢錦簇，歸到家中，進入後邊院落，見靜悄悄無個人接應，想起當初，有西門慶在日，姊妹們那樣熱鬧，往人家赴席來家，都來相見說話，一條板凳姊妹們都坐不了，如今並無一個兒了。一面撲著西門慶靈床兒，不覺一陣傷心，放聲大哭」。這一刻像潘金蓮的刻薄狠毒，李嬌兒的婊子心腸，孫雪娥的顢頇無恥，都可以忘懷，畢竟她們當年也曾在一起盪鞦韆、玩骰子、飲酒聽曲、賞雪觀燈。蘭陵笑笑生寫得非常好，他寫出人在深深的孤獨當中，就連昔日對頭想起來也是親切。蘭陵笑笑生寫出吳月娘人性深處的這種東西，人生真是很無奈。**其他幾個小老婆流散，也是吳月娘在後西門慶時代的劫難**，後面她還有更大的劫難。

前面多次講到玳安是西門慶最親近的一個小廝，西門慶死後留下來很多事情要靠玳安應付，因為玳安最了解情況，玳安本身也是一個聰明伶俐的小夥子。後來吳月娘就把丫頭小玉給了玳安做老婆，這樣就有一對在府裡服務時間很久的年輕夫妻來照應她今後的生活。可是吳月娘把小玉給了玳安，刺激了和玳安原來平級的小廝平安，平安就不服。後來他就偷了府裡當鋪的金子打造了一些東西，最後被官府捉拿。**平安記恨吳月娘，就在官府胡說八道，說吳月娘和玳安有姦情，這樣吳月娘就面臨著滅頂之災**。所以，吳月娘在西門慶死後真是一個劫難接著一個劫難，但後來這件事情終於還是化解了。

吳月娘在西門慶得重病，求醫問藥都治不好的時候發下一個誓願，她要去泰山的碧霞宮進香。碧霞宮裡面供的是碧霞宮娘娘，又叫做碧霞宮奶奶，是道教神仙系列當中的一位。西門慶後來很快就死了，當然吳月娘在那期間沒有去還願。一切事情料理完後，吳月娘決定去泰山的碧霞宮還願，為的是祈求今後她能夠把孝哥兒順利帶大，繼承西門慶的家業，使西門府得以復興。書裡寫吳月娘由她的哥哥吳大舅陪同，帶著兩個小廝去泰山碧霞宮。因為登泰山拜碧霞宮娘娘是很勞累的事情，而且路途也比較遙遠，所以當天必須要在道觀附近留宿。沒想到就在留宿的夜裡，鑽進來了**惡霸殷天錫向吳月娘求歡**。這樣一個恪守封建道德的婦女，沒想到她還有如此險惡的劫難，幾乎破了身。因為她拚力反抗，後來跟吳大舅和兩個小廝總算是逃脫了。他們在慌亂當中到了雪澗洞，遇到了一個特殊的和尚普靜法師，他庇護了他們。吳月娘表示要答謝普靜法師，普靜法師表示他不受謝禮。他得知吳月娘有一個兒子孝哥兒，便讓孝哥兒十五年後來做他的徒弟。當時吳月娘一是得到法師解救，二是覺得十五年是很久以後的事情，就含糊地答應下來。就這樣他們在普靜法師的庇護和點化下逃離了劫難。

這個地方早期的萬曆本和後來的崇禎本寫的還有所不同。在早期的萬曆詞話本裡面，寫吳月娘和吳大舅他們離開雪澗洞以後又遇到了一難，就是被占山為王的三個梁山好漢給劫掠。最後是因為宋江宋公明當時在場，知道吳月娘的具體情況以後，讓三個兄弟放過吳月娘，吳月娘這才離開泰山，終於回到家中。這詞話本還有一段宋公明義釋吳月娘的故事，崇禎本整理者因為覺得多餘，把它刪除了。其實我個人覺得不多餘，因為前面說了，這部書是「借樹開花」，它借《水滸傳》這棵大樹來寫一個明朝的故事，前面有武松出現，後面有宋江出現，這樣前後混一下也挺好的。

所以我現在講吳月娘上泰山的遭遇，還是根據詞話本，宋江解救了吳月娘這段，我覺得還是很有意思的。吳月娘終於從泰山回到了西門府，這個時候西門府已經相當衰落了。但是這還不是整個故事和吳月娘的大結局，我們在後面還要講大結局。

第三十五講　以院為家人皆可夫
李嬌兒盜銀歸院

❖導讀

上一講講了西門慶死後吳月娘遇到的重重劫難：第一，吳月娘發現陳經濟在西門慶死後公然和潘金蓮以及丫頭春梅亂來，陳經濟還在府裡面造謠說孝哥兒是他的兒子；第二，西門慶臨死的時候留下遺囑讓妻妾好好待著，一處居住，休要失散了，惹人笑話，但李嬌兒、孫雪娥、孟玉樓都流散了；第三，平安記恨吳月娘，在官府造謠說吳月娘和玳安有姦情；第四，吳月娘去泰山碧霞宮還願，惡霸殷天錫向吳月娘求歡，吳月娘差點失身。那麼西門慶死後的後西門慶時代，李嬌兒的人生軌跡和最終結局是什麼樣的呢？請看本講內容。

在西門慶嚥氣的時候，吳月娘就臨盆了。當時府中大亂，吳月娘回到她的上房，在炕上肚子疼得不行，人們就去請接生婆蔡老娘。玉簫打開箱子取吳月娘為生孩子準備的一些東西，當時很忙亂，箱子的蓋兒打開後就沒蓋上。這時候李嬌兒就趁屋裡沒人注意，從打開的箱子裡面順走了五個大元寶，拿到她自己的屋子裡去了。孟玉樓轉身回來覺得有點不對頭，就問她怎麼回事，李嬌兒說她是拿草紙去了。因為那個時候生孩子要準備一些草紙，孟玉樓也就沒有發現她的馬腳。其實李嬌兒趁著箱子蓋打開就盜銀了，她開始盜竊主家婆，實際上也就是西門慶的財產。那個時候西門慶連棺材都還沒備好，遺囑的話音落了沒多久。

後來吳月娘生下了孝哥兒，她坐月子行動不便，孟玉樓她們就張羅西門慶的喪事，府裡面很混亂。在這種情況下，李嬌兒不僅偷了正房箱子裡的元寶，她還把自己屋子裡的一些細軟以及她順手能夠拿到的一些細軟，偷偷透過她麗春院的兄弟李銘，一次一次地轉移到麗春院去。有一次讓春梅看見了，春梅就跟吳月娘報告。李嬌兒在西門慶剛一死就決定離開西門府。所以，西門慶立的遺囑好像完全沒有效果，除了吳月娘，誰聽他的？

在辦喪事的過程中，麗春院的妓女李桂姐（李嬌兒的侄女），悄悄地跟李嬌兒傳遞了李三媽的囑咐。李三媽是麗春院的鴇母，應該是跟李嬌兒同輩的一個女子，年齡可能比李嬌兒大一些，已經偏癱了。李三媽讓李桂姐給李嬌兒帶的話是，讓她快打主意，她們的營生就是「棄舊迎新為本，趨炎附勢為強」。意思就是她們這種做皮肉生意的，喜新厭舊是職業的根本，趨炎附勢是一種讓生意能夠越做越好的辦法。總之，就是讓李嬌兒及早想辦法離府歸院。

為了早日歸院，李嬌兒就要找機會鬧一鬧。有一天，吳月娘的親戚吳大妗子又來了，吳月娘請了孟玉樓一起招待吳大妗子，因為剩下幾個小妾裡面就孟玉樓比較隨和，品性也比較端正，吳月娘凡事都願意把她請上，沒請李嬌兒。李嬌兒就抓著這個事情到吳月娘那兒大吵大鬧，又跑到西門慶的靈桌前頭，拍著桌子大哭大叫，意思就是府主一死，主家婆就這麼對待她，這麼冷落她，她在這沒法過了，她不想活了，她要上吊，鬧得沸反盈天。吳月娘無奈，李嬌兒離開西門府似乎就是順理成章的事情了。其實李嬌兒不光是人離府，她還帶走了好多的財寶回到麗春院。

小說裡面對妓院有一些很詳細的描寫。妓院是一種色情行業，是舊時代的社會毒瘤。但是閱讀《金瓶梅》這樣的小說，對這種地方有所了解也是必要的。因為我們的先人就是從這個社會生活過來的，今天社會的進化也是在當時那樣的基礎上加以努力改造所形成。所以，閱讀《金瓶梅》，其中關於妓院的描寫對我們還是有認識價值的。

根據書裡的描寫，清河縣的妓院有一個特點，基本都是家族式的。像李嬌兒她出來又回去的麗春院就是李家的，這家妓院的鴇母，也就是女老闆，是李三媽。李嬌兒當然是其中的一個名妓，當年可能名氣還挺大的。她還有兩個侄女兒，一個是李桂卿，一個是李桂姐，在李嬌兒離開麗春院以後也都是麗春院的臺柱子。李嬌兒有個兄弟叫李銘，是樂工。妓院裡面的女性都要接客，男性一般都是彈樂器助興。小說裡面寫到另外的幾個妓院，其中有一家主人姓吳，主要的臺柱子是吳銀兒。吳家妓院的妓女基本上都姓吳，有一個男性叫吳惠，是樂工。還有一家妓院叫樂星堂，首席妓女叫鄭愛香兒，她的妹妹叫鄭愛月兒。這家妓院有一個男的叫鄭奉，也是樂工。這就說明當時妓院是家族式經營，整個妓院這些男女都是一個姓氏，當然不一定都有血緣關係。有的妓院把窮人家的小女孩買進來，給她改姓，跟著自己姓，這樣來經營她們的皮肉生意。

前面說過了，妓院吸引嫖客，它希望你不光自己來，最好還帶一幫哥們、社會混混來，他們叫做幫嫖的，這樣消費額就大，你就會大把地撒銀子。所以妓院裡面經常充滿這種幫嫖的人，他們自己並不花錢，但是依附於某一個大的嫖客，在妓院裡面吃喝玩樂、胡鬧。妓院特別歡迎這種幫嫖的人，有他們起鬨，妓院裡面就有人氣。

還有一些依附於妓院的人叫做架兒。這架兒就是社會上最糟糕的一些人，一般都衣衫襤褸，連幫嫖的資格都沒有。當西門慶跟那些狐朋狗友調笑一番，坐那裡的時候，他們就抱著一些裝著瓜子的器具瘋跑過來，一般都帶好幾升的瓜子，希望賺點小錢。像西門慶這種嫖客，把瓜子留下，給他們小錢，他們高興得很，然後就知趣地趕快跑開。他們身上有難聞的氣息，就像陰濕的牆縫裡面那些土鱉蟲一樣。

書裡寫到，還有叫做圓社的人，他們專門在妓院裡面表演踢球以及陪著客人和妓女踢球。當時的球類似現在的氣球，一般是用牛等動物的膀胱充上氣做成的。這類人就稍微體面一點，穿得稍微像樣一點。因為他們從妓院分到的錢，可能比那些架兒要多一點。書裡寫到西門慶在麗春院和圓社一塊兒踢球，當時妓女李桂姐也上場，而且她能鈎踢拐打，十分靈活。

李嬌兒回到麗春院後不久又嫁給了清河縣的張二官。張二官長得奇醜，滿臉黑痳子，兩隻眼睛小得要命，眯成兩條縫，書裡說他砢磣得很。張二官發了財，到東京去活動，把西門慶死後空下來的官位買了，就等於他也當上清河提刑所的頭了。而且他很快花銀子把李嬌兒娶回家做了他的二房。可能有的讀者不明白，根據書裡的交代，李嬌兒那個時候已經人老色衰，身體沉重，而且她已經嫁過西門慶。現在張二官娶誰不行，怎麼非要娶這個李嬌兒呢？

張二官娶李嬌兒可能不圖色，當然也不可能是圖財，他還得破財。張二官圖的就是滿足他的虛榮心。原來張二官地位低微，得仰視西門慶。現在他不但占據了西門慶空出的官位，還故意把西門慶原來的首席小老婆，二房李嬌兒，弄到自己家裡頭，顯示自己地位提升了，大大地滿足他的虛榮心。當然妓院也很高興，這個女子可以二次轉賣，又得到一筆銀子。李嬌兒去了以後能跟這麼一個醜陋的張二官過得很好嗎？搞不好以後也會盜銀歸院。

在後西門慶時代，西門慶對這些妻妾的囑咐很難落實，除了吳月娘能夠堅守，其他的都做不到。李嬌兒在西門慶屍骨未寒時，就從上房的箱子裡面盜元寶了。所以，蘭陵笑笑生寫出社會生活的陰暗面，人性當中黑暗的一面，他寫得很冷靜，可是又非常真實。李嬌兒出身不雅，從妓院嫁到西門府，做了西門慶的第一個小老婆。潘金蓮曾經揭過她這個底，刺激過她。但是那個時代，整個社會形成一種很糟糕的風氣，就是笑貧不笑娼。妳雖然是個妓女，可是有富人娶妳、包養妳，妳過得很好，妳收好多銀子，社會上就有人羨慕。對那種守身如玉、純潔的女性，如果你貧窮，人們就完全看不起妳。像書裡寫的武大郎的女兒迎兒，原來父親在世的時候，雖然後媽對她很不好，但還不能算是窮人的女兒。後來潘金蓮把她的父親害死，自己又嫁到西門府以後，迎兒就過得非常悽慘，先是給王婆去做粗使丫頭，後來又給姚家繼續做粗使丫頭，社會上的人不僅看不起她，簡直就不把她當作一個值得尊重的生命。有的版本裡面把迎兒寫成蠅兒，她成為一個最卑微的存在。

所以，那個時代是一個黑暗的時代，那個社會是一個墮落的社會。這本書告訴我們，那樣的時代應該結束，那樣的社會應該改造，那樣一些價值觀念應該被拋棄。雖然作者不一定有這樣的主觀意識，但是我們從閱讀當中卻能得到一些這樣的教益。

第三十六講　逢場作戲以假亂真
李桂姐進出西門府

❖導讀

上一講敘述了西門慶死後，李嬌兒趁吳月娘生產，上房的箱子蓋忘記關，偷了幾錠元寶，後來還透過她的兄弟李銘往麗春院轉移細軟。妓院的李三媽托她的侄女李桂姐給李嬌兒帶話，說妓女的營生是「棄舊迎新為本，趨炎附勢為強」，讓她趁早歸院，果然她很快地找碴回了麗春院，並在回麗春院不久嫁給了清河縣的富戶張二官。西門慶的遺囑「妻妾相守，不要失散」只能落空。李嬌兒和李桂姐都是麗春院的妓女，從輩分來說，一個是姑媽，一個是侄女，但書裡前面寫西門慶梳櫳李桂姐的時候，李嬌兒還挺高興。什麼叫做梳櫳？李桂姐究竟又是一個什麼樣的女性？請看本講內容。

李桂姐是書中一個很重要的角色，她是個妓女，為什麼擱在這裡講？本來講完李嬌兒盜銀歸院，應該接著講其他幾個小老婆的失散，但是因為她和李嬌兒有關係，而且後來她在西門府的地位跟西門慶的小老婆不相上下。所以講完李嬌兒接著再講一講李桂姐。

李桂姐是麗春院的一個名妓，當時她年紀比較輕，還沒有完全被嫖客占有，叫做雛妓。如果有一個嫖客看中她了，要包養她，就叫做梳櫳。梳櫳是那個時代一種很畸形的社會現象。嫖客要安排得很排場，要舉行很隆重的儀式，跟婚禮儀式差不多，請很多客人，然後當眾宣布梳攏某妓女。西門慶看中了李桂姐，要梳攏她。這個消息傳到西門府以後，按說從吳月娘到其他的小老婆都應該不愉快。西門慶跑到妓院鬼混還不說，還要梳攏一個雛妓李桂姐，這不是進一步會把家裡的妻妾都冷落了嗎？可是在西門慶的妻妾當中，有一個人的反應出人意料，這個人就是李嬌兒。

李桂姐是李嬌兒的侄女兒，一個男人占有一個姑媽身分的女子，同時占有一個侄女身分的女子，不倫不類。可是李嬌兒感到高興。李嬌兒是一個非常吝嗇的女子，這次她居然很大方地獻出一錠大元寶給麗春院，說是給她的侄女兒李桂姐打頭面、做衣服、定桌席。當時西門慶梳攏李桂姐拿出了五十兩銀子，李嬌兒獻出的那錠大元寶怎麼也得五兩，相當於西門慶出資的十分之一了，為什麼？那個時候像李嬌兒這些妓女，她們形成了一個思維定式，就是她們認為自己不管後來是怎麼一個狀況，都是麗春院裡的人，她們都希望妓院的生意紅火。李嬌兒雖然已經嫁到西門慶家，可是她覺得李桂姐被西門慶梳攏，仍意味著她的出身地麗春院又能做一筆大買賣，會興旺起來。

實際上李嬌兒一直是人在曹營心在漢。那個時候，她在潛意識裡就覺得她今後是要歸院的。西門慶的富貴跟自己有關係，但也不是什麼不得了的永恆的關係。而麗春院生意興隆，才跟自己切身相關。李嬌兒跟李桂姐之間有一個共識，她們早晚還是院裡的人。蘭陵笑笑生寫得很尖刻，他把當時妓院裡面妓女的這種很糟糕的思維定式毫不留情地揭示出來。

李桂姐被西門慶梳攏以後，按照當時的一個約定俗成的社會遊戲規則，她是妓院裡面的一個名妓，她被一個富人，不管是白衣，還是戴官帽的梳攏、占有了，就等於是嫁給他了，不能再去接別的客人。她可以在妓院裡面彈唱，可是不能跟別的嫖客上床。西門慶以後每個月不管去不去，都要給麗春院二十兩銀子，等於把李桂姐包下來了。

有一天，西門慶帶著他的狐朋狗友去了麗春院，李桂姐沒有出來迎接，西門慶就問李三媽是怎麼回事，李三媽撒謊說臨時有人請李桂姐去彈唱，不在家。後來西門慶發現李桂姐在妓院後面的屋子裡和一個杭州來的綢緞商在飲酒作樂，就是說李三媽她們違背了約定俗成的遊戲規則，她們每年拿著西門慶二百四十兩銀子，卻讓李桂姐另外去接別的嫖客。所以，西門慶就跟他那些狐朋狗友大鬧麗春院，又打又砸，把窗戶、壁床、帳都給打爛了。李桂姐和杭州來的嫖客在後院聽見了聲響，嫖客嚇得要命，躲到床底下去了。李桂姐非常淡定，她告訴嫖客，少見多怪，這是麗春院中常有的，不妨事。這就說明當時不止一家妓院這麼做，也不止李三媽一個鴇母這麼做，也不是李桂姐一個妓女這麼做。她們都是做皮肉生意，得的銀子越多越好，實際上並不遵守當時社會上約定俗成的那種遊戲規則。

李桂姐是一個非常典型的妓女，她形成一大套妓女的世界觀、人生觀和她慣有的生活方式。有人在妓院裡面大鬧、打砸，她都無所謂，見多了，習慣了。最後李三媽去收拾殘局，李桂姐該怎麼著還怎麼著，西門慶生氣了，她使出繞指柔的功夫去賠罪。西門慶喜歡她年輕漂亮，又會彈唱，事情也就過去了。

但是，整個麗春院還是害怕失去西門慶這麼一個進財的寶貝來路，畢竟西門慶一來麗春院就可以源源不斷地進銀子。不光是每個月李桂姐的包養費，每次西門慶還會帶一群幫嫖的來麗春院，會大把地撒錢。所以，麗春院就覺得一定要把這樣一個豪客拴住。李桂姐就想出了一招，有一天她就準備好一些禮物跑到西門府，直接到了後院上房見了吳月娘。李桂姐的嘴甜得要命，她把精心準備的禮物獻給吳月娘，然後說要拜吳月娘為乾媽。禁不住李桂姐的甜言蜜語，而且說實在的，吳月娘平時也很寂寞，她當時心就軟了，居然同意了。

吳月娘剛一同意，李桂姐立刻就以女兒的身分開始活動。那天其實西門府還約了另外幾個妓女一塊彈唱，她們是不同妓院的妓女，經常被同時約到某一個富人家上門服務，彼此都很熟。那幾個妓女去了西門府，進了吳月娘正房以後目瞪口呆，李桂姐已然擺出吳月娘女兒的架勢，在吳月娘的炕上幫著做事，而且讓吳月娘的丫頭伺候她，給她倒茶、端水，還口口聲聲喊吳月娘「娘」，一下子就拉開了她和另外幾個妓女之間的差距。本來大家地位一樣，但現在她們是叫來上門服務的人，而李桂姐成了這家的一個主人了。李桂姐後來不但能在西門府隨便進出，穿堂入室，直達正房，充當半個主子，而且有時候她都不回麗春院了。前面講了，有的嫖客到妓院以後就不著家了，像花子虛、王三官都是這方面的代表人物。西門慶在梳櫳李桂姐之後一度也住在妓院，半個月都不著家。現在李桂姐又開創一個外賣方式，她跑到西門府裡面一住就是很長時間，而且和吳月娘、西門慶的其他幾個小老婆，還有西門大姐平起平坐地在西門府裡面享受，一塊吃喝，一塊玩樂，包括在翡翠軒裡面胡鬧，在花園盪鞦韆等。

蘭陵笑笑生除了刻畫李嬌兒這樣一個嫁到西門慶家做二房的妓女，還塑造了另外一些妓女形象，特別是李桂姐。李桂姐一方面沒有廉恥感，另一方面又百伶百俐，非常有心眼。有一次李嬌兒這房的一個丫頭偷了金錠子，西門慶就進行拷打，最後決定把這個丫頭賣掉。李桂姐就找西門慶說情，說打也打了，罰也罰了，還是別賣了，把丫頭留下來繼續服侍她的姑媽李嬌兒。西門慶就言聽計從，他對待李桂姐就跟對待其他小老婆一樣。西門慶忘記了李桂姐的身分。實際上她並不是府裡的人，不是他的小老婆，更不是他的正妻，處置丫頭這種事務，李桂姐沒有發言權。但是西門慶當時一聽，就答應了。這個事情還引起了吳月娘極大的不滿。前面交代過，吳月娘別的都能忍，但她有一個底線，就是不要侵犯到她作為正妻的尊嚴和權威。這件事發生以後，吳月娘得發出聲音，她又不好直接去跟西門慶論理，最後就把傳話的玳安臭罵一頓，發洩心中的怨氣。

西門慶死後，雖然李桂姐也來奔喪，但她對西門慶沒有絲毫的感情。實際上直接動員李嬌兒歸院的就是李桂姐，她把李三媽的意思完整地傳達給了李嬌兒。後來李嬌兒果然借一個碴大鬧，達到了歸院的目的，李桂姐也覺得自己維護了麗春院的利益。李嬌兒第二次出嫁，嫁給了張二官，李桂姐若無其事地繼續去接別的嫖客。蘭陵笑笑生把當時社會上妓院這種色情行業的生態，以及一些妓女的生存狀態，非常真實地描寫出來。

除了寫麗春院，書裡還寫到了其他妓女，其中一個叫鄭愛月兒。前面提到過這個人。西門慶後來去勾搭林太太，提供線索的就是鄭愛月兒。鄭愛月兒之所以要向西門慶提供這個線索，是因為林太太兒子王三官當時在麗春院鬼混。那個時候麗春院的生意超過了鄭愛月兒所在的鄭家妓院的生意，鄭家妓院嫉妒李家妓院，所以鄭愛月兒就出面鼓動西門慶勾搭林太太，幫助林太太到麗春院去抓那些在王三官身邊幫嫖的人，起到打擊麗春院的作用。麗春院遭到打擊，那麼鄭家妓院的生意就會興旺起來。蘭陵笑笑生寫妓院之間的競爭關係，為爭奪嫖客也會設計毀掉對方。鄭愛月兒作為一個藝術形象，塑造得還是挺有趣的。蘭陵笑笑生寫鄭愛月兒，給她設計了一個招牌式的肢體語言，她每次出現都用一把灑金扇遮住自己的半邊粉臉，顯得特別楚楚動人。

蘭陵笑笑生筆下的這些妓女，在自我感覺上並不比那些富人家的小老婆低下，甚至她們有時候還很傲氣，對男性的占有慾也很強烈。像李桂姐被西門慶梳櫳以後還有這麼一段故事，李桂姐問西門慶，他府裡面有好幾房小老婆，幹麼非喜歡她。又問，聽說他的小老婆裡面有一個潘金蓮，又漂亮又會來事，他能不能制服潘金蓮。西門慶就誇口，他的小老婆，他想打就打；他生起氣來，想剪她們的頭髮就剪！李桂姐就給西門慶出題目了，讓他把潘金蓮的頭髮剪一綹送過來。西門慶說那容易。西門慶回府以後，果然就逼迫潘金蓮散開頭髮，然後他剪了一綹，很得意地把這綹頭髮給李桂姐送來了。李桂姐就把這綹頭髮絮在她的鞋底，每天踩踏。所以，這些妓女為西門慶爭風吃醋，不僅在妓女之間，還擴大到和他的小老婆之間了。

這就再一次證明當時社會價值觀的混亂，這些妓女本身也好，社會上的一些人士也好，都是「笑貧不笑娼」，他們不以為娼賣笑為恥，只覺得那些貧窮的，沒有辦法過富貴豪華生活的人是沒有價值的，讓人看不起。因此，再一次說明《金瓶梅》對我們來說，有很好的參考價值，它沒有從正面告訴我們社會應該怎麼樣，人們該如何生活，但是從反面告訴我們，社會不應該怎麼樣，人們不應該如何生活。

第三十七講 剝除理想色彩 冷靜還原的妓女群像

❖導讀

上一講重點介紹了妓女李桂姐，她是西門慶二房李嬌兒的侄女，非常有心眼。被西門慶梳櫳後，按理她不應該再接別的客人，可她還是趁機偷偷接客，被西門慶發現後，嫖客嚇得夠嗆，而她見多不怪，一臉鎮定。為了長久拴住西門慶，她還認了吳月娘當乾媽，經常在西門府久住。她還挑釁西門慶剪了潘金蓮一綹頭髮，絮在鞋底踩踏。古今中外的文藝作品當中，很多都寫到了妓女，但是我們考察一下，會有一個令人驚訝的發現，構成了一個值得探討的問題，什麼發現？什麼問題呢？請看本講內容。

前面兩講提到了《金瓶梅》這部書裡面所寫到的妓女形象。妓女是過去那個時代所存在的一種生命形態，現在有些地區、有些制度下仍然有妓女存在。所以，古今中外的文學作品當中出現妓女形象是很自然的，因為文學藝術是反映社會生活的。當然文學藝術各式各樣，有不同的表現內容和不同的表現手法，也有一種文學作品是脫離現實進行想像的，那不在我們的討論範疇之內。

大多數文學作品還是反映社會生活，社會生活當中存在妓女或者說存在過妓女，那麼文學作品表現妓女，就是一件很自然的事。前面我經常提到的年輕人，他到書房跟我討論文學藝術方面的問題，我們討論

《金瓶梅》，也討論《紅樓夢》。他有一個發現，就是在閱讀《金瓶梅》之前，他接觸到的文學作品，當中的妓女形象絕大多數都是正面的，古今中外很多的文學藝術家，在他們的作品裡面塑造的妓女都是正面形象。我本來有些同感，不過沒有聚焦到這個問題上。他這麼一提，我們倒確實可以探討一下這個問題。

中國唐代有一個作家叫白行簡，他寫了一個故事叫《李娃傳》，一直流傳到今天。李娃就是個妓女，作者對她是作為正面形象處理的，把她塑造成一個爭取戀愛自由的正面形象。元代大戲劇家關漢卿的劇本《救風塵》，裡面的妓女也是個正面形象。明朝馮夢龍的短篇小說有的流傳很廣，深入人心，例如《杜十娘怒沉百寶箱》、《賣油郎獨占花魁》。像這樣的故事，後來都被搬上戲曲舞臺，到現代社會又被拍成電影。杜十娘、花魁都是妓女，在這些故事裡面都是作為正面形象來表現。

明朝滅亡之後，清朝初年有一位叫孔尚任的戲劇家寫了著名的劇本《桃花扇》，講明末南京秦淮八豔中李香君的故事，孔尚任把她塑造成一個深明大義的女性，她的正氣甚至超越了男子。還有秦淮八豔中的柳如是，也是一位名妓，現代學者陳寅恪花了很大力氣寫了《柳如是別傳》，這部書既是學術著作，也是文學作品，陳寅恪對柳如是給予正面評價，甚至是把她奉為一代人傑。

這樣一梳理，就能看到在中國的文學傳統當中，**妓女往往都是以正面形象出現**。作家、藝術家提到她們的時候，不但會同情，甚至會歌頌。有沒有把妓女當作反面角色表現的作品？不可能沒有，但是不多。《水滸傳》裡面有一個閻婆惜，在書裡被寫得很壞。她是一個妓女，後來被宋江包養，但她不滿足，因為宋江跟其他的水滸英雄一樣，不好色，不能夠給女性帶來性快樂，所以閻婆惜就愛上別人。後來宋江又到她那裡去，她發現宋江的招文袋裡面有一封造反的人寫給他的密信，她覺得應該還有銀子，就問宋江要銀子，宋江拿不出來，她就截獲密信作為要挾，宋江急了，大怒之下把她殺了。

再想找出作為反面形象的妓女就困難了，而且越想，正面、進取的形象越多。例如有一齣京劇唱了很久，現在還在舞臺上演出，就是《玉堂春》，講的就是一個妓女和嫖客的愛情故事。「蘇三離了洪洞縣，將身來在大街前」，好多人都會唱《蘇三起解》當中的這個唱段，《三堂會審》作為折子戲，至今在戲曲舞臺上久演不衰，全本《玉堂春》現在也經常演出。

二十世紀以來的新文學運動出現一些作品，例如老舍小說《月牙兒》裡面的妓女就是作為正面人物出現，引起讀者許多的同情和愛憐。老舍後來又創作了一個話劇《茶館》，這裡面有一個妓女小丁寶，也是作為正面和被肯定的形象出現。二十世紀劇作家曹禺創作的話劇《日出》，主人公陳白露就是一個高級妓女，所謂交際花，對比其他劇中人物，也是相當正面。《日出》裡面還出現了一個三等妓院的下等妓女翠喜，更是以敢於控訴、敢於反抗的正面形象呈現在觀眾面前。歷史延續到改革開放以後，有一部電影叫做《知音》，演的是反對袁世凱稱帝的蔡鍔和北京城的妓女小鳳仙的故事，由女演員張瑜所飾演的小鳳仙在影片裡面也是一個正面角色。

不光是中國，**作為正面形象的妓女在西方文學藝術家的作品當中也層出不窮**。例如法國小說家小仲馬的小說《茶花女》，後來被義大利的作曲家威爾第譜寫成歌劇，演遍全球。中華人民共和國成立以後，《茶花女》出現在中國的舞臺上，威爾第的歌劇二十世紀五十年代就在北京天橋劇場上演過，那時候還是少年的我就看過。近幾年，《茶花女》這個劇目仍然在北京的舞臺上上演。

《茶花女》表現的是妓女和嫖客之間的愛情故事，歌頌一個高級妓女瑪格麗特對愛情的忠貞。法國小說家莫泊桑有一部著名的小說叫做《脂肪球》，這部小說出現了很多人物，除了一個妓女是正面形象以外，其他身分高貴的人士幾乎全是反面人物。雨果創作的《悲慘世界》裡面的妓女就完全令人同情，而且體現出人類的很多高尚品格。到了十九世紀末二十世紀初，俄國作家列夫・托爾斯泰的著名作品《復活》，就是一部以妓女為主人公的小說，作品對妓女瑪絲洛娃不但表示同情，而且對她身上所體現出來的一些品格給予高度評價。另一位俄國作家杜斯妥也夫斯基在他的小說《罪與罰》、《白痴》當中更進一步寫到，把男主人公從一種罪惡的墮落境遇當中解救出來的，居然是妓女。他作品當中的妓女不僅是值得同情的角色，更成了女神般聖潔的人物。

上面我列舉了一部改革開放以後的電影《知音》。其實就中國電影而言，對妓女的肯定也是源遠流長。早在無聲片時期，阮玲玉就主演了一部表現妓女悲慘境遇的電影《神女》。後來的《馬路天使》，其中的站街女也被塑造成一個正面、有良知和反抗精神的藝術形象。

為什麼妓女多是以正面形象出現在文學藝術作品之中？我大體上梳理出這樣一個原因：過去這些時代的妓女，她們之所以成為妓女，絕大多數都是迫於無奈，很多都是貧苦家庭的女子，由於家裡沒吃沒喝，活不下去，才被賣到妓院，或者由於生活困苦自己淪為妓女，被男性玩弄。所以，**妓女本身往往是無辜的，她們是被侮辱與被損害的。文學藝術家寫作品，絕大多數作者是站在弱者的一邊，站在被侮辱、被損害的生命一邊，這就造成這樣一種文學藝術景象，塑造出大量引人同情、引人憐惜，甚至散發出美好人性光輝的妓女形象。**

我們再回過頭來討論《金瓶梅》，就會很驚訝地發現，產生在四百年前的這部長篇小說，**它對妓女的描寫獨樹一幟，它沒有落入因為妓女本身有被侮辱、被損害的一面，就給予無限同情，乃至正面肯定這樣的窠臼。蘭陵笑笑生客觀、冷靜、如實、細緻地寫出了這些生命的存在狀態**。作者筆下的李嬌兒也好，李桂姐也好，鄭愛月兒也好，這些妓女形象，除了李嬌兒多少有些否定的意思，可是也不那麼強烈，基本是中性的，筆觸無是無非。

《金瓶梅》的作者不負責對他筆下的生命形象做認真、嚴肅的評價，他就告訴大家這個人就這樣，就這麼活，就這麼死。他為什麼要這麼活？他該不該這麼死？他不跟讀者共同探討這個問題，他就寫生命現象。從這個角度，我就覺得《金瓶梅》在寫社會、寫人生、寫人性、寫生命個體存在的形態，寫生與死，不說他高明，最起碼寫法獨特。在中國文學史和世界文學史的發展歷程中，乃至擴大到藝術領域，就是整個古今中外的文學藝術發展過程中，他的這種寫法既獨樹一幟，又令人深思，構成一個非常獨特的文學藝術表達形態。這是我們讀《金瓶梅》必須要注意的一點。

《金瓶梅》透過李桂姐說的一些話，把妓女的價值觀、人生追求寫透了。她說妓女是「棄舊迎新為本，趨炎附勢為強」，這就是所謂的婊子心態。好像我們很少看到古今中外的其他作品裡有這麼尖銳、深入地揭示妓女內心的描寫。而作者這樣寫從行為上也好，從對角色身分描述的處理上也好，並沒有表達出很多的譴責和批判色彩。作者就是告訴你，這些人就這麼想、就這麼活。所以，我們討論《金瓶梅》裡面的妓女形象，不要在一個狹隘的框架裡面討論這些妓女是好人還是壞人，是正面還是負面，蘭陵笑笑生一支筆就厲害到這個程度，**超越了是非判斷，超越了標籤化，達到真實還原生活、真實還原生命、真實還原心理**的文學藝術的至高境界，客觀上對我們來說有參考價值。

現在我們社會當中沒有妓院，沒有妓女，但是有些生命卻還殘留著「棄舊迎新為本，趨炎附勢為強」的婊子心態，這是很可怕的。所以歷來就有評論家，例如康熙朝的張竹坡堅決反對把《金瓶梅》概括為一部淫書、壞書，他認為《金瓶梅》實際上有警鐘的作用，它警醒我們不應該成為什麼樣的人、不應該怎麼樣生活、不應該有什麼樣的心態。

第三十八講　少剛多柔自有定見

孟玉樓的處世之道

❖導讀

上一講以大量案例告訴你，古今中外的文學藝術作品中，妓女通常是被當作正面形象來寫的，因為文學藝術創作者認為這些妓女大都是被迫為娼，她們都是被侮辱、被損害的生命，於是對她們給予了無限同情與憐惜。而《金瓶梅》中的妓女形象不落窠臼，她們奉行的價值觀是「棄舊迎新為本，趨炎附勢為強」，這是非常現實，甚至可怕的婊子心態。講完李嬌兒以及其他一些妓女形象之後，我們繼續探討後西門慶時代西門府裡面的變化。二房李嬌兒盜銀歸院，已經流散了一個，排在李嬌兒後面的三房孟玉樓流散了沒有，她又有哪些故事？請看本講內容。

西門慶死了之後，剩下的幾個妻妾，吳月娘當然要堅守，她會為西門慶守節到底。但是其他幾個小老婆的情況就各不一樣，最後都流散了。上面講李嬌兒盜銀歸院，那麼孟玉樓怎麼樣呢？孟玉樓是自願嫁給西門慶，前面講孟玉樓嫁給西門慶的經過時就告訴大家，當時薛嫂給他們做媒，孟玉樓覺得不能光聽媒婆介紹他如何富有、如何厲害，堅持要見西門慶一面，然後再做決定。後來薛嫂安排他們見面，孟玉樓見了西門慶，很滿意，她就做出改嫁的決定，從楊家嫁到西門家，做了西門慶的三房。

孟玉樓嫁到了西門府以後，有她自己的處世之道，其實她的處世之道在她出嫁之前就已經宣布，當然她是被迫宣布。孟玉樓的丈夫姓楊，是一名布販，丈夫的母親姓張，他母親有個兄弟張四舅，當時張四舅出面阻攔孟玉樓，不讓她嫁給西門慶。張四舅並不是根據封建禮教的教義，或者當時社會主流意識形態的規範來阻攔孟玉樓改嫁，而是打算把孟玉樓嫁給另外一個他選中的人續絃。雖然孟玉樓出嫁會帶走一些楊家屬於她自己的那部分財產，但是娶她那家也一定會給銀子，如果是張四舅主持這樁婚事的話，他就能夠得到那筆銀子。所以，張四舅是出於私心阻攔孟玉樓嫁給西門慶。當時張四舅就拿出四條理由來阻攔孟玉樓。

第一條理由，張四舅說孟玉樓嫁過去不是給人續絃做正妻，而是做小老婆，做小老婆和做正妻的區別很大。孟玉樓當時就跟張四舅說：「自古船多不礙路。若他家有大娘子，我情願讓他做姐姐。雖然房裡人多，只要丈夫作主，若是丈夫喜歡，多亦何妨？丈夫若不喜歡，便只奴一個也難過日子。況且富貴人家，那家沒有四五個？」孟玉樓很有主見，她對正妻和小老婆的名分並不是十分在乎，她在乎的是嫁的這個男人究竟怎麼樣。

當時張四舅就是想把孟玉樓嫁給其他人，這個人孟玉樓沒見過。孟玉樓想，就算是把她嫁到那家去續絃做一個填房正妻，要是她不喜歡那個人，留在他身邊也沒意思。而孟玉樓見了西門慶以後很滿意，所以，孟玉樓就告訴張四舅，她不求名分，只求這個人好，西門慶家如果有大娘子的話，她情願叫她姐姐。排在後面孟玉樓無所謂，她想得開。所有這些有錢人家都是妻妾成群，填房做了正妻，說老實話，可能取得一個名分，但這個男人不一定跟你好。說白了，在你房裡過夜的次數可能很少，主要還是跟那些小老婆過夜。所以，孟玉樓首先宣布她不在乎名分。後來在西門府裡的表現，也確實體現出這一點。孟玉樓沒有因為自己排在吳月娘之後，就對吳月娘內心不忿。孟玉樓不像潘金蓮，經常衝撞吳月娘。孟玉樓就是守住了運河邊的那句俗話，叫做「自古船多不礙路」。你看運河好像也不是很寬，但是船很多，好像會堵船，船就走不了了，其實不是這樣，運河裡面大小船隻最後都能夠找到自己的航向，都能夠駛向自己所選定的方向。這就是張四舅第一個嚇唬孟玉樓的理由和孟玉樓的應答。

然後張四舅就說出第二條理由嚇唬孟玉樓，說西門慶「最慣打婦煞妻」，意思是西門慶對他的妻妾非常專制，動不動會打妻妾，嫁給這麼一個人，孟玉樓願意嗎？這條也沒把孟玉樓嚇走。孟玉樓就說了：「男子漢雖利害，不打那勤謹省事之妻。我到他家，把得家定，裡言不出，外言不入，他敢怎的奴？」意思就是這些妻妾挨打都是自己惹的，總是因為妻妾有衝撞男主子的語言和行為，才會遭到男子的打罵，她去了以後會把持自己，裡言不出，外言不入，她不犯錯，她不衝撞西門慶，西門慶怎麼會打她？

後來孟玉樓到了西門府以後也果然如此。西門慶跟吳月娘冷戰過，但他不會去打吳月娘，因為吳月娘畢竟是正妻，而且吳月娘也沒有任何讓西門慶實行家暴的理由，吳月娘是一個很賢慧的婦人。從書裡的描寫來看，李嬌兒在故事開始時已經完全失寵，西門慶根本不把她當回事。對於孫雪娥，西門慶只有一次偶然地到她房裡過夜。西門慶後來又娶了潘金蓮，他雖然喜歡潘金蓮，但是他也因為一些事情打過潘金蓮。後來潘金蓮、春梅跟孫雪娥鬧矛盾，把他的火惹起來以後，他痛打過孫雪娥。但是孟玉樓嫁過去以後，她和西門慶之間的關係就是一種非常正常的丈夫和小老婆的關係，她從來沒有惹西門慶生氣，西門慶從來沒有罵過她，打過她。雖然西門慶到她房裡的次數不是很多，因為後來又娶了李瓶兒，西門慶主要是去潘金蓮和李瓶兒房裡，但孟玉樓就是這樣一個態度，就是裡言不出，外言不入，安安分分地過日子。總體來說，西門慶對她是滿意的，他們倆之間的關係很和諧。

張四舅一看第二個威脅也不起作用，就開始說第三條理由，就說西門慶家裡面還有沒有出嫁的女兒，「三窩兩塊惹氣怎了」？其實那個時候，西門慶和亡妻的女兒西門大姐已經出嫁了，張四舅故意這麼說，說孟玉樓不僅要面對西門慶的大老婆，還要面對他的女兒。一般做後娘的，雖然不是正妻，只是做小老婆，但是底下有孩子鬧騰的話也夠嗆。孟玉樓與其這樣，不如去給一個沒有孩子的男子做正妻，哪怕是續絃填房，省得一去以後，就有一個別人生的已經長大的孩子給孟玉樓鬧氣。這個嚇唬當然有點損人，但張四舅當時也是沒辦法，總得想辦法勸阻，這也算一條。

結果孟玉樓聽了就更不在意了，說：「**大是大，小是小，待得孩兒們好，不怕男子漢不歡喜，不怕女兒們不孝順。休說一個，便是十個也不妨事。**」意思是西門慶有一個女兒怕什麼，就算他有十個子女，也不妨事！事實證明孟玉樓嫁到西門府以後，她和從東京來避禍、逃到清河西門府的西門大姐及其丈夫陳經濟，相處都平安無事，沒有什麼糾紛。第三條也嚇不到孟玉樓。

張四舅就拋出最後一條理由，說西門慶是縣城裡有名的行止欠端的人，專在外眠花宿柳。這就揭示出西門慶的一個大毛病，喜歡到妓院鬼混，有時候待在妓院都不回家，這是那個時代居民聚居區裡一些富有男子常有的毛病。

沒想到孟玉樓對這個威脅，也是接招解招。她就爽性地跟張四舅說：「**他少年人，就外邊做些風流勾當，也是常事。奴婦人家，那裡管得許多？**」孟玉樓表現出一種寬大的態度，說西門慶一個少年人，年輕力壯，他有這些事很自然，作為一個小老婆，哪管得了那麼多，管他幹什麼？後來孟玉樓嫁到西門府以後，也證明她確實是對西門慶這些行為無所謂。例如西門慶和麗春院的妓女來往，甚至後來麗春院的妓女李桂姐跑到西門府，不但登堂入室，最後乾脆拜吳月娘為乾媽，住在西門府，跟她們一起活動，她都接受。

所以，孟玉樓有她的處世之道，她在進入西門府以後，確實做到了不卑不亢、不爭不讓、見好就收、少剛多柔。中國儒家的倫理道德觀強調中庸之道，凡事不要走極端，採取一個折中的辦法來處事是最好的。其實書裡寫的孟玉樓，應該算是一個行中庸之道比較成功的藝術形象。西門府裡面後來發生很多事，府裡面凡是有一些爭鬥和矛盾衝突，孟玉樓從來都不是中心人物，但是她力所能及地起到勸和作用，發揮潤滑劑的作用。

例如潘金蓮娶進西門府不久，西門慶很不像話，到麗春院去瞎鬧，一群幫嫖的尾隨，麗春院裡李三媽這樣的鴇母也很惡劣，把他的衣服藏起來，這樣西門慶在麗春院一住半個月不著家。別人倒也罷了，潘金蓮熬不住。後來潘金蓮就和看花園的一個小廝琴童苟合。這個小廝恰恰是孟玉樓嫁到西門府帶過來的。西門慶從麗春院回府後，就有人向西門慶告密說潘金蓮跟小廝琴童私通。西門慶就把琴童叫來跪在他面前，審問琴童，甚至進行拷打，最後從他身上搜出一樣潘金蓮的東西。琴童否認，說這個東西是在花園裡撿的。西門慶也不跟他多說，把他打得皮開肉綻攆出去，再不許他進門。

這件事情發生以後，按說孟玉樓應該非常不愉快，因為這個小廝是她帶過來的，居然被攆走了，這既是西門府的損失，更是她的損失。西門府損失一個小廝無所謂，可是這個小廝是孟玉樓帶過來的，最起碼讓她臉上無光。而且孟玉樓應該記恨潘金蓮，潘金蓮作為小老婆，應該守住自己，主子到她房裡來，就好好接待，主子沒來，就應該老老實實地待著，靜靜地等待。潘金蓮怎麼能和小廝私通呢？更何況小廝是孟玉樓嫁過來的時候帶來的。但孟玉樓並不記恨潘金蓮，在潘金蓮被西門慶打了以後，孟玉樓悄悄去看望潘金蓮，安慰潘金蓮。西門慶後來問孟玉樓的時候，她又為潘金蓮辯護，說沒有這個事，西門慶冤枉他們了。

孟玉樓為什麼要這樣處理這件事？蘭陵笑笑生寫出這樣一個女性，就是她慣於息事寧人。因為西門慶把小廝攆走了以後，孟玉樓作為一個小老婆，一個女流之輩，她不可能把這個小廝再找回來，這個可能性等於零。為這件事和府主西門慶發生衝突，孟玉樓肯定不可能獲勝。所以，不如忍氣吞聲，就把小廝犧牲掉。另外，孟玉樓也看出潘金蓮是西門慶最強悍的一個小老婆，如果和潘金蓮發生衝突，今後不會有安靜的日子過，不如和潘金蓮先搞好關係，這樣的話今後在府裡面就沒有對立面了。

潘金蓮發現不管西門慶怎麼喜歡她，怎麼隔三岔五地找她過夜，孟玉樓都無所謂。所以，潘金蓮覺得孟玉樓不是她的競爭對手，乾脆跟孟玉樓結盟。因此，潘金蓮和孟玉樓經常手牽手地在府裡面走來走去，還經常說一些私房話。有時候她們對同一件事情都表示不滿，例如後來西門慶娶了李瓶兒，對李瓶兒十分寵愛，潘金蓮和孟玉樓私下裡都有不滿的話語，但是孟玉樓絕不把她和潘金蓮之間的私房話，特別是潘金蓮那些出格、刻薄的話洩露出去，孟玉樓絕不告密。另外，潘金蓮有時候嘴無遮攔，有些話說得特別出格，特別不像話，孟玉樓就不出聲，不附和。當然，她也不反駁。例如議論到官哥兒，兩個人私下都覺得官哥兒算日子的話，生得有點早，潘金蓮很快得出結論，意思是官哥兒指不定是誰的種。這話就有點過分了，孟玉樓就不附和、不反駁、不吱聲。這是孟玉樓的處世之道。

後來由於潘金蓮的挑撥，吳月娘和西門慶一度不說話，夫妻之間有很長一段時間是冷戰狀態。孟玉樓當面勸過吳月娘，大意就是說大房妳這樣，那我們就更不好處了，最好你們別這樣子。一個下雪天西門慶從外頭回來，發現吳月娘在庭院裡面對天祈禱，希望不管是哪房，能為西門家生下一個能夠接續香火、繼承遺產的男孩就好。雖然吳月娘和西門慶冷戰，但是吳月娘所想的還是家庭和家族的利益，西門慶被感動，就跟吳月娘和好。和好之後，孟玉樓就非常高興，她主動發動其他幾個小老婆湊分子，每人出五錢銀子去買吃的，來一個家族大團圓，慶賀府主和府主婆言歸於好，最後就形成書裡難得一見的西門府裡大團圓、大和好、大歡樂的局面。這個局面的促成者就是孟玉樓。

我們在《紅樓夢》裡面會發現一個情節，叫做「閒取樂偶攢金慶壽」，就是賈母召集府裡各種人給王熙鳳過生日。怎麼一個過法呢？湊分子。每個人出點錢，收全了以後，來舉辦生日活動。當時把差事交給了寧國府賈珍的妻子尤氏。很顯然，《紅樓夢》裡大家湊分子給王熙鳳過生日這段情節，是受到《金瓶梅》的影響，《金瓶梅》裡就有孟玉樓發動其他小老婆湊分子來慶祝府主和府主婆和好的歡樂宴會。無論是《金瓶梅》裡面的西門府，還是《紅樓夢》裡面的賈府，由這個府裡面的總帳房出銀子，舉辦這樣一次家族的團圓活動、慶生活動都不難。但是湊分子這樣一種形式，能夠拉近府裡面人們之間的關係，擺脫了官辦形式的刻板，變成了眾人共同參與的極度友好、歡樂的事。

第三十九講　自尋出路遂心願
孟玉樓的自我解放

❖導讀

上一講敘述孟玉樓婚前衝破張四舅阻攔，終於如願嫁入了西門府。婚後與府主和其他妻妾相處的過程中，堅持不卑不亢、不爭不讓、見好就收、少剛多柔的處世態度，與周圍的人關係都非常融洽，包括最刁鑽的潘金蓮，孟玉樓也能和她成為好姐妹，兩個人經常手拉手在西門府裡走來走去。書裡刻畫的孟玉樓的形象，和吳月娘有區別，和潘金蓮、李瓶兒、李嬌兒、孫雪娥也都有區別。更重要的是，孟玉樓這個角色體現出一種自我解放的精神。這是怎麼回事呢？請看本講內容。

孟玉樓這個角色的塑造很有特色，她和吳月娘有某些共同點，例如她們對封建禮教中一些基本規範，對當時社會上的公序良俗，都是能夠守住的，孟玉樓不和別的男性亂來。她是西門慶明媒正娶的小老婆，對其他男性是防範的。但是，吳月娘和孟玉樓有很重大的區別。吳月娘堅守封建禮教的核心價值，例如女子要三從四德，婚姻上要「嫁雞隨雞，嫁狗隨狗，嫁個棒槌抱著走」，所謂一鞍一馬，從一而終。所以西門慶死後，吳月娘就堅持為他守節，好好把兒子孝哥兒帶大。孝哥兒出生的時候，恰巧是西門慶嚥氣的時候，這種兒子一般叫做墓生子或者叫遺腹子。吳月娘很明確她今後的人生就是要守著這個家，守著孝哥兒，為西門慶守節到底。

孟玉樓不一樣，她的第一任丈夫是姓楊的布商，丈夫死了以後，她就決定解放自己，主動謀求改嫁。孟玉樓當時還遇到了阻力，張四舅出來阻攔，可是孟玉樓要自己掌握自己的命運。那個時候薛嫂是媒婆，孟玉樓就要求薛嫂安排西門慶過來一趟，兩人見見面，當然西門慶也很願意去看看孟玉樓長什麼樣，當時就是一種雙向選擇。這個描寫很重要，因為那個時候的婦女不管是初嫁也好，改嫁也好，往往是由父母、家長或者媒婆包辦，女子最後嫁給一個什麼樣的丈夫，要進了洞房，對方把蓋頭掀開才能知道。可書裡孟玉樓一出場，就讓我們感覺到這個女子在尋覓配偶上有自主性，她要求先過目，滿意了再往下進行。

孟玉樓和西門慶見面以後，彼此都很滿意，所以她就義無反顧地嫁給了西門慶。張四舅想方設法阻攔，列出四條理由嚇唬她，都被她一一駁回。孟玉樓如願以償地嫁給了西門慶，但沒有想到幾年以後西門慶就死掉了，她又守寡了。一開始她和吳月娘一同為西門慶守節。

二十世紀魯迅先生寫過一篇文章叫做《我之節烈觀》。過去封建禮教要求婦女節烈，青春女性死了丈夫以後就要守寡到底，而她們在生理上、心理上都會有性與愛的渴求，這種制度、這種禮教要求她們壓抑，甚至消滅自己內心合理的慾望，是慘無人道的。所以，貞節牌坊表面上是表彰那些為死去的丈夫守節的貞潔烈婦，實際上每一座貞節牌坊都標誌著一個青春女性健康的、合理的對愛和性的慾望被慘痛壓抑下去所形成的悲劇結局。所以，要求女子不能改嫁是一種反人道的道德規範。

到了明代，到這個《金瓶梅》所描述的人文環境裡面，就出現一些像孟玉樓這樣的女子，她們並不完全顛覆封建禮教，但是她們死了丈夫以後，是守節到底，還是改嫁前進？她們選擇了後者。那個時候隨著商品經濟的繁榮，社會生活的多樣化，社會流通性的增加，以及很多衝擊封建禮教的新的思想的滋生，社會婦女改嫁成為一樁比較常見的事情。不像更早的時候，一個婦女不守寡、不守節，去改嫁，會被認為大逆不道，被人恥笑。到了《金瓶梅》所描寫的歷史時期，女子改嫁會有爭議，社會上會有不同的議論聲音，但是隨著社會的發展，這種現象越來越多。孟玉樓就是在明代晚期出現的這樣一個懂得把握自己命運、自己解放自己的女性。

如果不自己解放自己，就會被封建禮教禁錮。西門慶死了，孟玉樓該怎麼辦？跟著吳月娘為他守節到底，做一個節婦？當時孟玉樓三十七歲，還是一個生理上、心理上都有著健康且正當需求的青年女性，所以，她就勇於在關鍵時刻選擇自己的生活道路。西門慶死後一年多，到了清明節，吳月娘和孟玉樓、吳大舅、小玉，奶媽抱著孝哥兒，還有幾個小廝到郊外給西門慶掃墓。清明掃墓是我們中華民族一個很重要的民俗，這一天人們不但會到郊外去掃墓，同時因為清明時節正值春天，地上的莊稼都長出來了，樹上的葉子都綠油油的，所以清明的掃墓活動實際上也形成一種踏青、春遊的活動，這一天城郊很多地方就會呈現出人來人往、很繁華、很熱鬧的場面。這段文字中就有很多那個時代清明節民俗風光的描繪，「三月桃花店，五里杏花村，只見那隨路上墳遊玩的王孫士女，花紅柳綠，鬧鬧喧喧，不知有多少」。當時算是風和日暖，人們尋芳問景，非常熱鬧。

吳月娘他們給西門慶上墳、燒紙，掃完墓回程的時候路過永福寺，在寺廟發生的一些事情後面會詳細講，又往十里長堤杏花村酒樓去，到了一個高阜，小廝已經在那兒設好桌席等候。他們就坐在那兒休息、飲酒、吃東西。這個時候就看見「樓下香車繡轂往來，人煙喧雜」，車馬洪雷，笙歌鼎沸，還有人在那裡表演馬術和雜技。那種節日，那種場合，很多茶樓、酒肆經常人滿為患，而且還會有很多臨時攤位，密密麻麻，更會有很多戲曲表演，說書、唱曲兒以及玩雜耍的。

有那種專門靠表演雜技謀生的雜技班子的人，也有一些業餘表演的人。業餘表演的人在那表演並不是圖錢，他本身可能還挺有錢的，只是喜歡借這個機會展示自己的某種才能，其中就有知縣兒子李衙內，名叫李拱璧，三十出頭，是一個讀書人，準備參加科舉考試，謀求官職。實際上他「懶習詩書，專好鷹犬走馬，打球蹴踘」，人家把他叫做「李棍子」。李衙內當天的穿戴非常引人注目，「一弄兒輕羅軟滑衣裳，頭戴金頂纏棕小帽，腳踏乾黃靴」。他在杏花村大酒樓底下先和眾人圍觀那些職業雜技演員的種種表演，然後他自己也露一手。在那樣一個清明掃墓、踏青遊春的日子，在高阜上享用酒饌的孟玉樓就注意到了青年男子李拱璧，並對他有了好感，因為李拱璧也屬於西門慶那種有陽剛之氣的強壯男子。李拱璧也注意到高阜上天空下席面上坐著兩個穿著白孝衣的婦女，其中一個長挑身材，瓜子面皮。雖然當時兩個人隔得比較遠，可是四目相對，都給對方留下很深刻的印象。

掃墓踏青回到家裡以後，有一天官媒陶媽媽出現在西門府。當時社會上有兩種媒婆，一種是官媒婆，一種是民間的媒婆。官媒婆是官方縣衙門裡面養著的一些婦女，專門為官員的子弟來說媒。民間的媒婆數量更多，民間媒婆說媒，只要是有主顧雇她說媒，任跟誰她都會去說。

那天官媒陶媽媽來到西門府，門上的小廝不讓她進去，說府裡面沒人要出嫁，但是陶媽媽還是想方設法進到了府裡面，而且見到了吳月娘。吳月娘很驚訝，陶媽媽怎麼到西門府來？西門府裡沒有要出嫁的婦女。陶媽媽乾脆說出實情，那天清明節在郊外，知縣的兒子李衙內看上西門家的婦人孟玉樓，所以現在就派她來做媒求婚。吳月娘說孟玉樓跟她在一起，這一年多都安安靜靜的，沒聽說她有嫁人的意思。不過吳月娘覺得還是找孟玉樓本人問一問比較好，於是把孟玉樓請來問她，現在有個陶媽媽來給她做媒，李知縣的兒子李衙內在清明節那天看見她，知道她現在守寡，想把她娶走，這事問她怎麼想。吳月娘當然希望孟玉樓斷然拒絕，孟玉樓確實嘴上也說改嫁是不可能的事，她沒有那個想法，但是這個時候孟玉樓臉紅了，一直紅到耳根。吳月娘也是個聰明人，就知道孟玉樓是「臘月裡蘿蔔——動人心」。

經過一番思考以後，孟玉樓決定解放自己，因為她自己不解放自己的話就走不出去。她有幾條理由。第一，她正當青春年華，雖然她比西門慶還大一點，但那個時候她無論在生理上、心理上都是一個很健康的、有性與愛的需求的女性，她覺得沒有必要壓抑自己，把青春歲月消耗在這麼一個宅子裡頭，去為一個死去的西門慶守節。第二，她沒有為西門慶生育，無兒無女。吳月娘倒是為西門慶生了一個孝哥兒，從理論上來說，孝哥兒是她們共同的兒子，但實際上，孝哥兒有親生母親吳月娘，孟玉樓只是一個小老婆，孝哥兒長大以後對他親生母親吳月娘肯定會很好，但未必能對孟玉樓好。第三，她痴痴地守在西門府做什麼？礙於封建禮教的約束，礙於臉面嗎？完全沒有必要。她要勇敢地向吳月娘挑明自己的態度，爭取自己下一段人生的幸福。

後來在跟吳月娘交談的時候，孟玉樓表明了自己的想法，就是她打算改嫁。吳月娘自己是一個恪守封建禮教規範的人，發誓要為西門慶守節到底。但是吳月娘是一個善良、圓通的人，她知道孟玉樓動了芳心，而且她也知道那天清明掃墓，孟玉樓在坡上享用酒饌時往下看，和李衙內四目相對，心裡對李衙內是滿意的。如果要阻攔孟玉樓改嫁，她恐怕阻攔不住，即使勉強阻攔住了，今後她們在一起生活的話，肯定不愉快。最後，吳月娘就做出決定，同意孟玉樓改嫁。

當然吳月娘說了：「孟三姐，你好狠也！你去了，撇的奴孤另另獨自一個，和誰做伴兒？」那個時候李嬌兒已經回到麗春院，孫雪娥已經跟人私奔了，潘金蓮也被吳月娘打發走，而且已經被武松殺死。到孟玉樓要改嫁的時候，當時西門府守著的妻妾，只有吳月娘和孟玉樓兩個人。所以，吳月娘跟孟玉樓說這句話是出自真心。當然孟玉樓心裡也酸酸的，兩個人就拉著手哭了一回。

後來孟玉樓嫁給了李衙內，書裡有一段寫得很有意思，滿街的人看見孟玉樓坐著轎子從西門府出來嫁給知縣的兒子李衙內，就有議論：「此是西門大官人第三娘子，嫁了知縣相公兒子衙內，今日吉日良時娶過門。」那麼有說好的，有說歹的。說好的人說：「當初西門大官人怎的為人做人，今日死了，止是他大娘子守寡正大，有兒子，房中攪不過這許多人來，都交各人前進，甚有張主。」你看這說好的，就說吳月娘這麼做可以理解。那麼說歹的，街談巷議，指戳說道：「西門慶家小老婆，如今也嫁人了。當初這廝在日，專一違天害理，貪財好色，奸騙人家妻女。今日死了，老婆帶的東西，嫁人的嫁人，拐帶的拐帶，養漢的養漢，做賊的做賊，都野雞毛兒零撏了。常言三十年遠報，而今眼下就報了。」「這廝」就是指西門慶，持這種意見的人對西門慶很不客氣。這就說明當時一個寡婦改嫁，輿論不一致。在更早時期，對於寡婦改嫁，輿論基本上趨於一致，都是不該、不對的，都會一律予以譴責。但是，到了書裡所寫的明代社會，輿論就分岔了，有說好的，也有說歹的，有理解的，也有不理解的。

第四十講　劫波歷盡終是福
孟玉樓遭劫北上

❖導讀

上一講述說孟玉樓解放自己，把握自己的命運，她第三次出嫁。第一次她嫁給一個姓楊的布販子，第二次嫁給西門慶，現在西門慶死了，她就改嫁給縣令的兒子李衙內。雖然她出嫁的時候惹得大家議論，但是說句老實話，事情過了以後，圍觀的人、議論的人一哄而散，到頭來各人過各人的。孟玉樓嫁給李衙內，郎才女貌，兩個人有點自由戀愛的性質，所以他們的結合應該是一件很理想的事情。那是不是孟玉樓就此過上了幸福的生活呢？也不是。後來起了一個很大的波瀾。請看本講內容。

李衙內的父親後來升官了，他原來只是清河縣的縣令，後來升為浙江嚴州府的通判。任何一個時代的官場，這種情況都是明升暗降。可能對官員來說，他獲得的新官位的級別比原來高，聽起來也不錯，但是手中的權力變小了。他在做縣令的時候，那是一縣之長，全縣人都得聽他的，但他當嚴州府通判，雖然嚴州府比縣要大，但他不是做一把手，只做了一個通判，充其量相當於嚴州府的地方官二把手，手裡的實權就沒有原來大了。但是畢竟是升官，所以他們全家就搬去浙江嚴州府，當然也包括李衙內和孟玉樓，這樣孟玉樓就要離開她的故鄉清河縣。頭兩次她都是嫁在本地，第三次嫁人好像也嫁到本地了，可是出現這麼一個情況，她就跟著丈夫南遷到浙江嚴州府。

到那裡以後，生活過得不錯，兩人也很恩愛。可是平靜的生活卻被一件突如其來的事件打破。有一天，他們的僕人突然進來報告，說來了一個男子，說是夫人的兄弟，要來拜見夫人。李衙內聽了以後一頭霧水，因為孟玉樓嫁給他的時候沒提過有什麼兄弟，而且他們舉行婚禮的時候也沒有孟玉樓的兄弟到場祝賀。孟玉樓倒是有兄弟，可她的兄弟是游商，在不同地區做生意。孟玉樓也很納悶，因為這個兄弟很久沒有聯繫過，他們沒有長期在一起生活過，沒什麼感情，怎麼忽然她的兄弟大老遠地到浙江嚴州府找自己來了？雖然有些疑惑，但又有點高興，如果真是兄弟大老遠地跑來見面也是件好事。孟玉樓就請他進來。僕人就把這個男子引到客廳裡坐下，然後給他遞茶水。孟玉樓就從她的居室走出來，先遠遠地觀望。

孟玉樓大吃一驚，這個人哪裡是她的兄弟，但也不是一個陌生人，他是西門慶的女婿陳經濟。陳經濟還記得吧，前面多次講到他，以後還會專門講他的事。他是西門慶的女婿，西門慶把和前妻生下的女兒西門大姐嫁給了他。本來西門大姐嫁到東京去了，但東京出現了政治風波，陳經濟又帶著媳婦投奔清河縣的岳父岳母，也就是投奔到西門府。好幾年時間，他和西門大姐就在西門府裡面生活。當然他和吳月娘以及其他幾房小老婆都很熟悉。孟玉樓跟他之間不消說，互為熟人。論起來，陳經濟既然是西門慶的女婿，輩分當然就比西門慶以及他的各房夫人小，所以他既是吳月娘的女婿，也是其他幾房小老婆的晚輩。孟玉樓心裡想，陳經濟不知為何跑到這來了。但畢竟是熟人，而且是從故鄉來的，孟玉樓一開始沒有很多的戒備，也不是很厭惡，就走過去相見。

剛好李衙內當時有事，不在跟前，他們兩個人就面對面地交談起來了。孟玉樓稱呼陳經濟「姐夫」，她是跟著西門府其他人一般的叫法。孟玉樓就問他怎麼回事，怎麼跑到這裡。真實的情況是陳經濟被吳月娘趕出西門府，這件事情孟玉樓也知道。吳月娘後來發現陳經濟很不像話，西門慶死了，潘金蓮還留在府裡的時候，陳經濟不但和潘金蓮亂來，還和春梅亂來。事情敗露以後，陳經濟被吳月娘趕出了西門府，他就回自己家的舊宅。陳經濟的經歷很複雜，很曲折，後面我還會講。只是他這次怎麼會出現在浙江嚴州府孟玉樓家裡呢？當時陳經濟跟人合夥販賣絲綿綢絹，雇了船，從清河的臨清碼頭出發，然後沿著運河到其他的碼頭去販賣。他們的船一度停靠在南方的湖州，這個地方離浙江嚴州府不遠。停船以後他忽然心生一計。那個時候他已經把家產揮霍得差不多了，幾次做生意都沒有什麼太大的賺頭，這一次絲綿綢絹的生意也不好做。他想起來，之前聽說孟玉樓嫁給李衙內以後，全家都到了嚴州府，他覺得可以去訛詐孟玉樓。所以在湖州碼頭他就讓合作者先把船在這停一停，等等他，他到嚴州府有些事要做。這樣陳經濟就大膽地來到了嚴州府，找到了李衙內家。

既然陳經濟大老遠來了，孟玉樓就讓底下的丫頭、僕婦準備一些酒菜招待他。但是萬萬沒想到，陳經濟趁李衙內不在跟前，開始調戲孟玉樓。孟玉樓當然拒絕了他。後來陳經濟就拿出撒手鐧，他拿出了一根孟玉樓原來經常插的簪子。這根簪子很漂亮，整體是銀子打造的，頭上包的是金子，而且金子上刻有孟玉樓的名字，一看就是孟玉樓專門為自己打造的。孟玉樓說：「對了，我這根簪子丟了很久了，怎麼在你這兒？」陳經濟說：「什麼丟了很久了，妳跟我通姦，這就是證據。妳趁早明白點，憑這根簪子，我就能把妳告著，讓李衙內和他的父母明白，妳是一個蕩婦，妳跟我根本就有關係。」那個時代，如果一個男子拿出這種證據，這名女子通姦的行為是可以治罪的。孟玉樓就慌了，說：「你怎麼這樣？你汙衊我，你這不是訛我嗎？」然後陳經濟就說：「妳也別嚷，妳也別跳，妳老實答應我兩個條件，我想人財兩得。妳帶上妳的細軟，咱們倆私奔，以後去過快活的日子！」

孟玉樓畢竟是一個女子，突然面對這麼一個無賴，她很難辦，這個時候她當然就慌了。那麼我們來想一想，面對這種情況，她怎麼辦才好？第一個辦法就是大聲嚷嚷，讓府裡的那些男僕衝上來把陳經濟制伏。但是這樣做，會讓李衙內莫名其妙，而且陳經濟一定會一口咬死他和孟玉樓之間有苟且的關係。這樣做不是上策。還有一個辦法，就是孟玉樓假意答應，但這樣做的風險也很大，如果陳經濟強行馬上把她帶走，那可怎麼好，那就還得叫嚷起來，又回到第一個辦法去了。孟玉樓冷靜下來以後，就選擇了第三個辦法。她先表示同意，話音剛落，陳經濟就趁旁邊無人，把孟玉樓抱住，跟她親吻。這就寫出那個時代一個女性的無奈。為了穩住陳經濟，孟玉樓假意回應他，然後孟玉樓跟陳經濟說：「你看現在咱倆都很不方便，你既然為我而來，我現在也願意跟你走，要不然晚上你再來，你在我們宅院的牆外頭等著。我先從牆裡面把一包銀子給你丟出來，你先收著，然後我再想辦法從牆裡頭爬到牆外頭來。這樣咱們倆就可以帶著銀子私奔了。我知道你是坐船來的，上船以後你就帶著我去過逍遙自在的生活。」陳經濟一聽很高興，沒想到他這次真沒白來，能夠人財兩得。然後他就離開了，去做準備。

晚上他來到李衙內住宅的牆外，果然有一包銀子在他們約定的時間從牆裡面扔出來了，而且這包銀子很大，很重，估計有數百兩。陳經濟很高興，繼續等著牆裡邊的美人爬出牆頭，順著繩索滑下來。當陳經濟正在想像這種情況出現的時候，忽然火把亮了起來，一圈人圍住他，把他抓住，然後押到嚴州府的大牢。顯然，孟玉樓等陳經濟走了之後，跟李衙內把情況說明了：「他哪裡是我的兄弟，他原來是西門慶的女婿，居然膽大包天，跑到咱們的府第調戲我，要我帶著銀子跟他私奔。」李衙內當然氣壞了，就想出這麼一個對策來對付陳經濟。那麼故事到這裡，一般讀者以為孟玉樓已經化險為夷了是吧？因為陳經濟如此猖狂來訛詐孟玉樓，都被抓了。可是底下的情節讓我們頗為吃驚。陳經濟被抓了，天亮之後就被審問。主審的官員是當時嚴州府的一把手，這人姓徐，李衙內的父親作為通判只是一個副審。

陳經濟被押上來後，主審官就問他：「你怎麼回事？」陳經濟就狡辯，說李衙內的老婆孟玉樓，原來是他丈人的第三房小老婆，可是她是一個浪蕩女子，跟他有私情，與他私通，他有證據，然後他把那根金子包頭的刻著孟玉樓字樣的髮簪拿出來，說這根簪子是孟玉樓送給他的。在一個男權社會，一個男子跟一個女子私通不算什麼罪惡，一個女子居然背著丈夫和男子私通，就會被認為是很大的罪惡。而且千不該萬不該，李衙內當時做錯一件事，他為了矇騙陳經濟，從牆裡頭往外丟出了一包銀子，他捨不得用自己私人的銀子來做誘餌，他用的是官銀。因為他父親是通判，所以他很容易搞到官銀。姓徐的官員問到銀子，讓人打開一看都是官銀。他問陳經濟銀子是哪裡來的，陳經濟說是從李衙內他們府第的牆裡頭扔出來的。這個姓徐的官就做出了判斷，認為陳經濟是無辜的。他喜歡他丈人原來的小老婆，他跑到這來，要孟玉樓跟他一起私奔，這個行為是不對，不允許的。但是李衙內和孟玉樓為了抓住他，居然拿官銀來做幌子，這怎麼行！於是當庭就把陳經濟無罪釋放。

陳經濟得意洋洋地大鬆一口氣，他離開了官衙，回到湖州的碼頭尋找他們運絲絨綢絹的船去了。李衙內和他的父親李通判回到家中，李通判不但大罵李衙內一通，還讓僕人打他。我們在《紅樓夢》裡面也看到過父親發怒打兒子的情節，賈政發怒把賈寶玉痛打一頓，打得他皮開肉綻。李通判就覺得自己很慘，大大丟了面子，調到這個地方來當一個通判，不是一把手，而且一把手審理案件居然把那個訛詐的人無罪釋放，問題就在於自己家居然動用官銀，兒子給自己丟臉丟大了。這對孟玉樓來說當然是一個很大的劫難。她原來跟李衙內挺恩愛，過得挺好，突然半路殺出一個陳經濟，把她美好的生活給攪亂，她的丈夫被她的公公痛打成這個樣子，她的婆婆也站她公公一邊，罵兒子沒出息，不像話。所以，孟玉樓嫁給李衙內之後，並不是一帆風順地過上夫妻和諧的幸福生活，而是出現這樣一個突發事件。後來孟玉樓的婆婆就跟丈夫說，別對自己的兒子和媳婦這麼苛刻，現在既然在這裡丟了臉面，就安排他們回老家（他們是北方人，是河北真定府棗強縣人），等著這裡的人把他們忘了。他們想讓李衙內在老家好好讀書，參加科舉考試，爭取金榜題名。就這樣，孟玉樓的生命軌跡又由南向北移動，從浙江的嚴州府到了河北真定府棗強縣。根據書裡面一個算命先生透露，孟玉樓最終的結局還是好的，她到四十一歲的時候會生下一個兒子，她的丈夫會取得功名，最後他們會夫妻偕老壽終。雖然孟玉樓有這麼一個平地風波，一個劫難，生命軌跡由南轉向北，可是最終的結局還是不錯。

第四十一講　西門一死亂象生
孫雪娥唆打陳經濟

❖導讀

上一講講到孟玉樓嫁給李衙內以後遇到一個劫難。李衙內的父親到浙江嚴州府任通判，李衙內、孟玉樓隨去，陳經濟借當年在西門府花園拾到的孟玉樓的一根簪子訛詐她。孟玉樓設計使陳經濟入獄，但審判官員聽信陳經濟的謊言，將其釋放，李通判難堪，回家打罵李衙內，夫人做主，讓李衙內帶孟玉樓回原籍真定府棗強縣。西門慶的幾房妻妾，吳月娘堅守到底，李嬌兒盜銀歸院，孟玉樓改嫁前進，李瓶兒早就死了，潘金蓮在故事發生到這裡的時候，早就被吳月娘攆出去，而且後來被武松殺死。我前面講孟玉樓的故事，沒怎麼提到四房孫雪娥，其實她流散出西門府的時間比孟玉樓還要略早一點。那麼孫雪娥後來又有些什麼故事呢？請看本講內容。

西門慶死了之後，吳月娘就面臨一個局面，她是決心為西門慶守節到底，那麼其他小老婆呢？她一開頭也不知道究竟該怎麼辦。吳月娘當然希望她們最後都按照西門慶的遺囑，不要流散，把家守住，跟她一起為西門慶守節。但是前面講了，就在西門慶過世以後，孝哥兒出生，那個時候李嬌兒順手牽羊，從正房的箱子裡面偷盜銀子，後來她很快回到原來待的妓院麗春院。剩下的幾個小老婆，一開始的時候顯得相對比較穩定的是孟玉樓和孫雪娥。但是西門慶死了不久，府裡面就亂了套，西門慶的女婿陳經濟原來就和潘金蓮不乾不淨，西門慶死了以後兩人就更公開、頻繁地通姦，而且潘金蓮的貼身大丫頭春梅也參與其中，越來越無所顧忌。雖然這種情況一度被潘金蓮的粗使丫頭秋菊看到並跟吳月娘舉報，但因為秋菊從來都不被人待見，吳月娘並不相信。

有一天陳經濟和春梅又在一起亂來，秋菊跑去跟吳月娘報告，說要是她不信的話就過去看看。吳月娘跟著秋菊到了花園，確實看到陳經濟跟春梅亂來。春梅雖然是個丫頭，但陳經濟跟她亂來，也惹吳月娘生氣。對這個女婿吳月娘已經灰了心，可是還沒有到下決心把他趕走的地步。其實在這過程中，潘金蓮也跟陳經濟苟合，她跟陳經濟在一起並不尋求懷孕生孩子。可是說來也怪，西門慶在的時候，潘金蓮一心一意想給西門慶生孩子，想懷孕，還找來寫了符文的紙，把符紙燒了以後沖水喝，可一點用都沒有。但是西門慶死後，潘金蓮和陳經濟亂來，她就懷孕了。後來潘金蓮的肚子越來越大，她就想辦法把這個孩子小產下來，是一個男嬰。當時她就把這個孩子扔到廁所裡面，讓挑糞的挑走。這個事態就很嚴重。一個女婿和府裡的丫頭亂來，固然不對，但是問題還不是非常嚴重。然而現在他跟岳父的小老婆亂來，還讓人家懷孕，打下一個胎兒，這就讓吳月娘實在無法忍受。

那個時候吳月娘對陳經濟已經採取了一些措施，讓西門大姐跟他分居，而且吩咐前頭那些小廝不讓他輕易到後院來。後來又斷炊，不給陳經濟預備吃的，希望他自覺離開西門府。可陳經濟不走，還是尋找機會和潘金蓮亂來。吳月娘先採取一個措施，就是把春梅處理了。春梅畢竟是個丫頭，跟小老婆還不一樣，處理起來比較容易。吳月娘把薛嫂叫來，讓她把春梅領走。吳月娘說當年春梅是十六兩銀子買來的，現在還以十六兩銀子賣出去。即便這樣了，陳經濟還是想方設法留在西門府和潘金蓮勾搭。

過了一段時間事態升級了。西門慶臨終遺囑前一半是說給吳月娘和其他小老婆聽的，後一半是跟陳經濟說的。當時西門慶想得很簡單，就是「我養兒靠兒，無兒靠婿」，他讓陳經濟接過他的全部生意，該停的停，該收的收，繼續開的店鋪，當然交給他來管理。那天陳經濟在店鋪發洩對吳月娘的不滿，奶媽如意兒抱著孝哥兒到店鋪裡來了，孝哥兒哭個不停，陳經濟上去哄了幾下，這孩子就不哭了。這個時候陳經濟就對著店鋪裡的一群人，居然說出這樣的話：「這孩子倒相我養的，依我說話，教他休哭，他就不哭了。」這些話就非常不對頭，等於當眾宣布他與吳月娘有染，這個孩子根本就不是吳月娘和西門慶生的，是他跟吳月娘生的。當時奶媽如意兒就本能地做出反應，斥責陳經濟胡說。如意兒是個奶媽，他根本不在乎，乾脆直接動粗，拿腳去踹如意兒。如意兒只好抱著孝哥兒回到院子裡頭，回到最後一進的正房裡，向吳月娘學舌。當時吳月娘正在梳妝臺前梳頭，一聽這話，半天說不出話來，往前一撞，暈倒在地不省人事。對吳月娘這樣一個恪守封建禮教的婦女來說，這種話對她是致命的打擊，她的清白，她對西門慶的忠誠，以及西門慶死後她堅持守節，這些對她來說比性命還重要。

這個時候最積極去救治吳月娘的，還不是孟玉樓，而是孫雪娥。當時吳月娘被抬上炕後還昏迷著，孫雪娥就跳上炕，掐吳月娘的人中，而且讓人立刻熬了薑湯，舀了灌吳月娘，過了半日吳月娘才甦醒過來。西門慶死了以後，一開頭似乎能跟吳月娘一起給西門慶守節的就是孫雪娥，她不像孟玉樓高挑身材，面龐俊俏，而且有私房錢。前面已經說過，孟玉樓嫁給西門慶不是光身子來的，她帶了好多從楊家搬過來的東西，包括上千兩銀子，兩張很值錢的南京拔步床等。孟玉樓雖然一開始安安靜靜地在西門府裡待著，好像也打算為西門慶守節，可是她離府的可能性是比較大的。只要孟玉樓自己的心眼活動了，她要改嫁，要前進一步，誰也攔不住她。

孫雪娥是西門慶第一任大老婆陳氏帶過來的丫頭，出身很低微，可能是跟西門慶的年頭多了，西門慶對她有幾分喜歡。所以，西門慶在娶孟玉樓之後，也把孫雪娥收房，排在第四房。西門慶死後孫雪娥實際上是沒有地方可去的，所以現在講到吳月娘聽了陳經濟胡說八道的話暈過去以後，孫雪娥積極救治，讓人覺得這個女子有可能和吳月娘做伴，堅持為西門慶守節。

吳月娘醒來以後覺得她畢竟是一個婦道人家，對這樣一個女婿也想不出更好的辦法。怎麼對付他呢？把他轟走。怎麼轟呢？這個時候孫雪娥就給吳月娘獻計，說咱們該怎麼怎麼辦。要是擱在以前，吳月娘不一定會採納孫雪娥的方案，可是在這個時間點上，吳月娘感受到孫雪娥對自己的忠誠，就信任她了，而且她也覺得這個方案可行。在確定了驅趕陳經濟的方案以後，吳月娘還接受了孫雪娥的另一個建議，就是立刻把潘金蓮趕走，潘金蓮如果不走，就是個大禍害。吳月娘這時回想起來，當年李瓶兒臨死的時候，單獨留下吳月娘訴衷情，說的是大娘妳別像我一樣，吃了一個人的虧，妳以後千萬要注意。李瓶兒沒點潘金蓮的名字，但是吳月娘心領神會。李瓶兒心裡很明白，她活不下去是被人害的，這個人不是別人，就是潘金蓮。潘金蓮會害她，那麼一定會害別人。所以李瓶兒跟吳月娘留下這樣的遺言。吳月娘一想，確是如此，那還讓潘金蓮留在西門府幹什麼，於是就決定先把陳經濟攆走，然後立刻打發潘金蓮。

第二天，吳月娘讓小廝把陳經濟傳喚進來。陳經濟已經多天不到西門府的後院，不到吳月娘的正房了，而且連西門大姐都已經安排住在另外的廂房，跟他分居了。但是畢竟名義上他還在替去世的岳父管理一些店鋪，所以吳月娘找他就去了。到正房以後，吳月娘讓他跪下，問：「你知罪嗎？」陳經濟哪裡吃這一套，不但不跪，還仰著臉，滿不在乎，說他沒什麼問題。這個時候，吳月娘一聲召喚，孫雪娥所制訂的方案就開始實施。從屋子的屏風後頭，側門後面湧出一群女僕、丫頭，當然孫雪娥是急先鋒，她們每個人的手裡都拿著東西，有的拿著棍棒，有的拿著棒槌，照著陳經濟就一頓亂砸。雖然她們是女流之輩，每個人單獨對付陳經濟力量不足，不可能取勝，但是作為一個群體，一起動手，一頓亂棒打去，陳經濟就吃不消了。本來陳經濟可以跟她們對抗，例如搶過棍棒，跟她們對打，可是陳經濟一看勢頭不對，對方人太多，就想出一個最無賴的辦法，他脫掉褲子，露出他底下那東西，這些僕婦、丫頭就一哄而散了。陳經濟知道在西門府待不下去，提著褲子徑直走出了西門府，逃到他的舅舅張團練那裡去，他舅舅此時正住著他們家的舊房子。這樣吳月娘就把陳經濟徹底趕出了西門府。

參與棒打陳經濟的這些僕婦、丫頭們為什麼那麼積極呢？因為陳經濟後來在西門府人見人厭。他劣跡斑斑，這些僕婦、丫頭都對他不滿。所以有人挑頭說咱們把他棒打一頓，每個人就都積極參與。這個場面動靜很大，西門大姐聽見了，但她跟陳經濟已經完全沒有感情，她也知道陳經濟和潘金蓮、春梅的那些醜事，所以看見了也不說什麼，更沒有去制止。

孫雪娥在想方設法幫助吳月娘把陳經濟徹底轟走這方面算是立了一個大功。之後吳月娘又聽從孫雪娥的建議，實際上也是吳月娘自己心中早有算計的，打發潘金蓮。吳月娘把王婆叫來，把潘金蓮還給王婆去發賣，潘金蓮的結局就很悽慘。所以，書裡寫孫雪娥是一個活生生的存在，她有她自身的生存邏輯。

第四十二講　逃出虎口又入狼窩
孫雪娥來旺兒私奔

❖導讀

上一講告訴你西門慶死後，陳經濟肆無忌憚地與潘金蓮和春梅亂搞，潘金蓮甚至還打掉一個胎兒，被吳月娘發現，她非常氣憤。陳經濟還造謠孝哥兒是他的兒子，把吳月娘氣暈過去。孫雪娥積極救助吳月娘，掐人中灌薑湯，吳月娘才甦醒過來。這時候孫雪娥給吳月娘出了一個把陳經濟趕走的主意。一天吳月娘把陳經濟叫過來，讓他跪下，這時候衝出來一群僕婦和丫頭，把陳經濟打了一頓，陳經濟落荒而逃，回到自己的陳家舊宅。西門慶死後，李嬌兒回到麗春院，潘金蓮被吳月娘打發，留下孫雪娥和孟玉樓陪伴著吳月娘，她們似乎和吳月娘能夠長久地待在一起，為西門慶守節。可是沒有想到孫雪娥此後又遭遇幾個重大轉折。怎麼回事？請看本講內容。

在驅趕了陳經濟，遣散了潘金蓮之後，孫雪娥似乎就能夠比較安靜地伴隨吳月娘和孟玉樓守住西門府，生活沿著慣常的軌跡向前延伸。可是有一天，西門府外面傳來驚閨的聲音。過去把婦女居住的房屋叫做閨房，街上一些小商小販為了吸引婦女走出院門來買東西，就會使用各種各樣的叫賣手段，有一種辦法就是甩動一種叫做驚閨的響器。驚閨一般的形態是一串鐵片，每塊鐵片上都有一個孔洞，然後用繩子把它們連在一起，甩動的時候鐵片互相敲擊，發出清脆的聲音。直到今天，無論在城市還是鄉鎮，都還有一些走動的小販或者是手藝人使用這種驚閨，例如我所居住的區域有時候還有一個磨刀的師傅在小區的門外甩動驚閨，發出一串響聲。

《金瓶梅》的故事裡面也出現了這個東西。當時婦女出門一般買什麼東西呢？一種是瓜子等休閒食品，還有一種是裝飾品，例如插在頭上的絹花、簪子等。當然，甩動驚閨的人所賣的一般不是很貴重的裝飾品，不可能是鑲著真的珍珠、寶石的花翠，但這些代替品製作出來，跟真的寶石、珍珠好像差別也不大，而且賣得不是很貴，所以，當時有些婦女聽到驚閨聲以後，就願意從院子裡出來買這些東西。

清脆的驚閨聲吸引了西門大姐和孫雪娥，她們看見一個漢子在那兒甩動驚閨，背著一個箱子，就問他賣的是什麼。原來他賣的是一些用銀子打造的小裝飾品，看上去挺不錯的。孫雪娥發現這個漢子總盯著她看，覺得有點蹊蹺，就問他：「你怎麼老盯著我看呢？」這漢子就說：「妳不認得我了？」孫雪娥仔細端詳，然後說：「你是誰？我們原來認識？」那人就說：「雪姑娘，妳再仔細看看。」孫雪娥這下認出來了，說：「你不是來旺兒嗎？你怎麼變得這麼胖了？幾年不見，我都認不得你了。你怎麼回到清河了？你不是給發配到徐州去了嗎？」來旺兒告訴孫雪娥，當時他吃了虧，確實被發配原籍徐州老家了，在老家過得也不好。後來遇到一個機會，有一個人當官了，要到京城去報到，需要有男僕陪著，就聘用了他，他跟著這個人往京城去，沒想到半道這個人病了，就沒去成。後來他想了想，也別回家了，於是找轍溜回了清河縣，在城外一個銀子作坊拜了師傅，學了手藝，打造一些銀子首飾什麼的。現在他到西門府的大門外，試試有沒有人出來買他的東西，能不能認出他來，沒想到就碰見了孫雪娥。

前面講宋惠蓮的故事時講到，當時來旺兒是府裡西門慶的一個男僕，他的媳婦是宋惠蓮。他雖然娶了宋惠蓮，但是他並不愛宋惠蓮，他喜歡的是西門慶的小老婆孫雪娥，孫雪娥也喜歡他。所以那個時候他被西門慶派到杭州去做事，回來的時候還特別給孫雪娥帶回來一些禮物。正是孫雪娥把西門慶和宋惠蓮的事情報告給他，才惹出後來一連串的故事。最後來旺兒很慘，前面講過了，不多重複。一句話，西門慶買通官府，把他遞解原籍徐州去了。宋惠蓮在他發配徐州不久就上吊自殺，後來西門慶也死掉，現在府裡面只剩下吳月娘、孟玉樓和孫雪娥三房妻妾。所以兩人見面以後就感慨萬千，舊情復燃，就想辦法繼續私通。後來孫雪娥想辦法讓來旺兒混進西門府，跟她重享魚水之歡。孫雪娥的命運轉折不是她自己設計出來的，是她聽見驚閨聲想出門買東西，一個偶然的重逢，她又重新獲得來旺兒，來旺兒也重新得到了她，最後他倆決定一起私奔。

我們替孫雪娥想一想，好像也不必對她有過多的譴責，甚至完全可以不必譴責，她的自我生命邏輯還是合理的。難道她就真的跟吳月娘一起去為一個愛她愛得最少，甚至可以說不愛她，還暴打過她的西門慶守節到底嗎？難道那樣的人生對她就更有意義嗎？實際上沒有意義。不如她去爭取自己的幸福。既然她喜歡的男人來旺兒又出現，那麼這是一個難得的機會，他們應該比翼齊飛，逃脫西門府，去過自己的日子。但他們逃出去的困難度比較大。雖然西門慶死了之後，西門府的門禁不那麼森嚴，但是孫雪娥畢竟也算一房小老婆，隨便走出府門，跟一個男人私奔，也不是個事。兩人就商量該怎麼辦。

正好當時吳月娘派一對僕人夫婦來看門，男僕人叫來昭，他妻子的綽號是一丈青。聽到這個稱呼，可能有讀者就會說《水滸傳》一百零八將裡面的女將扈三娘的綽號也是一丈青。當然，《金瓶梅》裡面這個婦女不是扈三娘。這個小細節也說明這部書確實是借《水滸傳》另開奇葩，這裡就是借用了《水滸傳》裡面一個女將的綽號。後來孫雪娥買通他們兩個，在他們面前不加隱瞞，來旺兒也就現身了。最後孫雪娥乾脆把他們的祕密向把門的兩口子公開。而且孫雪娥說，她既然打算從府裡離開，也不能光著身子走，她得一步一步地把多年來積累的細軟拿完再走。說白了，孫雪娥還要順手牽羊，把府裡一些值錢的東西，例如一些銀的酒壺、玉的碗，諸如此類收集一些讓來旺兒拿走，這樣他們兩個私奔以後就有一定的經濟基礎。來昭、一丈青夫婦也不客氣，說可以放他們一馬，但他們兩個往外倒騰這些財物的時候，要分給自己一些油水。於是他們達成交易，這兩口子也確實得了孫雪娥和來旺兒的好處。

終於孫雪娥和來旺兒把該倒騰的東西倒騰得差不多，決定私奔了。怎麼私奔？兩口子打開門讓他們從大門出去的風險很大，因為即便府裡的人沒有看見，街上也會有人看見，最後總是個事。後來來旺兒說從牆頭翻出去，兩口子說也不妥，因為到頭來會說是他們兩個放走的，他們倆的嫌疑還是挺大的。來昭乾脆想了一個法子：「你們倆從屋頂上踩著瓦，上了牆頭再出去。這樣人家問起來的話，我們有話說了，因為如果有人在屋頂踩著瓦這麼跑動的話，就跟強盜差不多了。我們負起看門那麼大的責任，我們也不可能到屋頂去抓人。」後來就採取了這個方案。

果然在預定好的時間，來旺兒和孫雪娥先爬到屋頂上，踩著瓦，而且還故意抽出幾片瓦扔下來，讓它跌碎，最後到了牆頭，來旺兒先下去，然後在牆外頭接應孫雪娥，孫雪娥往下跳，來旺兒把她抱住。兩個人就這樣逃離了西門府。當天他們身上帶了一些細軟，慌慌張張地在大街上走，碰到了查夜的巡捕，問：「大晚上，你們一男一女，這是幹什麼？」來旺兒還有一點點應變能力，就說：「我們是要去城外的廟裡進香的，起得早了，所以這時候在街上走。」他這麼一解釋居然就混過去了。兩個人就繼續往前逃。那麼逃到什麼地方呢？城外有一個細米巷，裡面有一個屈姥姥，來旺兒認識這個婦女，他們就去那兒安頓下來。可萬萬沒有想到，這個屈姥姥有一個兒子叫屈鏜，是一個浪蕩子弟，遊手好閒，一天到晚到處偷摸拐騙。

他一看家裡來了兩個外人，而且帶著包袱，便趁來旺兒他們晚上睡覺的時候偷偷地把包袱打開了，一看裡頭有銀子、財寶，就把這些都偷了，立刻到縣裡面的賭場組局賭博，最後輸得一塌糊塗，而且賭博的黑窩點也被官方的巡捕發現並圍捕，屈鏜也在其中。李知縣發現這些銀子和財寶很可疑，就審問屈鏜，讓他交代，他就把他們家來了一對男女交代出來。

當時官府就找到孫雪娥和來旺兒，並把他們抓起來。抓起來以後很快就確認了他們的身分。天亮了，他們兩個被拴著拉到官府去，非常狼狽。孫雪娥這個時候帶上眼紗，她怕人家認出她來，手上的戒指都退下來打發給公差。滿街的人就議論，西門府又出事了，這個娘兒們就是西門府的第四房小老婆，跟人私通，現在給抓了。前面講過西門慶的一個夥計韓道國的媳婦王六兒跟小叔子韓二私通，有好事的鄰居捉姦，把兩人都抓了，牽到了街上，也是眾人圍觀。市井小民很喜歡別人出事，幸災樂禍，落井下石，拍手稱快。現在孫雪娥和來旺兒被抓了，也是被圍觀和尾隨，眾人一直跟到官府，議論紛紛。

正好這個時候西門府也傳出消息，說四房小老婆孫雪娥不見了。吳月娘就把來昭和一丈青找來追查這個事情。他們就說大門關得緊緊的，倒是晚上聽見屋頂上的瓦響，他們也不知道怎麼回事。後來一查看，果然如此。如果孫雪娥跟來旺兒私奔沒從大門出去的話，就是從屋頂逃走的，吳月娘只能責罵來昭和一丈青，卻不能深究他們的責任。

到了官府，來旺兒比較慘，不但被拷打，還被治了罪。官府也對孫雪娥動了刑，最後的處理方式是讓吳月娘把她領回去。孫雪娥私奔的事情使得吳月娘再一次蒙羞。西門慶死了以後，李嬌兒是盜銀歸院，但她盜銀的事畢竟沒有外傳，最後歸院也不算太大的醜事。潘金蓮被吳月娘遣散、讓王婆領走這個事一般人不清楚，也不會讓人聽了後噁心。但是，孫雪娥公然和府裡原來的男僕私通並且私奔，就是大醜聞。所以吳月娘就回應官府，不要孫雪娥了。當時有一個規定，就是在這種情況下，孫雪娥可以由官府來發賣，叫官賣。官府就出告示發通知，現有一個婦人孫雪娥，她原來的府第不收留她，現在誰願意把她買走，把銀子交給官府，就可以把她領走。孫雪娥的命運又出現了一個變化，在她和來旺兒舊情重燃，獲得大歡樂以後，轉向被官賣的悲慘命運。

第四十三講　屈辱絕望苦無邊

孫雪娥自盡

❖導讀

上一講我們講到，孫雪娥聽見院外有驚閨的響聲，就出去買東西，意外和原來的舊情人來旺兒相逢。後來他們設計私奔，買通了看門的來昭和一丈青夫婦，攜帶細軟逃出西門府，躲到細米巷的屈姥姥家，屈姥姥的兒子屈鏜偷了他們包袱裡的財物去賭博，被官府捉拿。官府覺得財物可疑，審問屈鏜，問出了來旺兒和孫雪娥，後來他們也被官府捉拿歸案。來旺兒受刑後又被流放，孫雪娥被判退回西門府，但吳月娘拒絕接收，於是孫雪娥就要被官賣。那麼有沒有人把孫雪娥買走？是誰把她買走了呢？請看本講內容。

孫雪娥丟了西門府的臉，同時自己也是顏面掃地，原來不管怎麼說她也是西門大官人的一房小老婆，現在淪落到被官賣的地步。有一天來了個人，只出了八兩銀子就把她買走了，這個人來自守備府。在清河縣有一個很大的府第，住著周守備。守備是一個很高的武官職位，高過原來西門慶的提刑，但守備不管地方上的事，他鎮守一方，皇帝需要的時候就派他出征，保衛邊疆剿滅反派。守備府的規模比西門府大多了，所以能夠被守備府買去，似乎也是一個挺不錯的前途。

孫雪娥就跟著守備府來的人進了守備府，然後去見守備夫人。只見華麗的房屋裡面，床上坐了一個婦人，仔細一看，這個婦人不是別人，正是春梅。原來在這之前春梅已經被守備府買去了。當時周守備有正妻，可是正妻有一隻眼睛已經瞎了，每天就是燒香拜佛，頂著一個正妻的虛名，在府裡也不管事，周守備對她當然也沒有什麼興趣了。還有一個二房，姓孫，為守備生了一個女兒，遺憾的是沒有生兒子。春梅到了守備府以後，極受周守備的寵愛。後來周守備的正妻死掉，她就被扶正，而且她給周守備生下一個兒子，那就更得寵了，此是後話。孫雪娥被買進守備府的時候，周守備的正妻和二房都還在，但是都被冷落了，得寵的是春梅。

實際上是春梅知道孫雪娥犯了事，被官賣，她就讓守備把她買來，讓她伺候自己。當然孫雪娥開頭不知道，被領到守備府以後，到了華麗的房屋裡面，見到床上坐著的春梅，才知道大事不妙。前面講過，春梅和孫雪娥在西門府結下了私仇。有一次早飯，西門慶點了荷花餅和銀絲鮓湯，讓春梅通知在廚房操持的孫雪娥給他做。這兩樣的製作都比較麻煩，孫雪娥遲慢了一點，潘金蓮就讓春梅到廚房去催孫雪娥。孫雪娥本來就對潘金蓮和春梅霸攔著西門慶心中不忿。西門慶有正妻，還有另外幾房小老婆，但是作為五房的潘金蓮和她的貼身大丫頭春梅等於把西門慶給壟斷了。孫雪娥尤其看不慣、氣不忿，所以春梅催促的時候，她就說了一些不好聽的話，春梅回到潘金蓮那兒跟她鸚鵡學舌，潘金蓮就大怒。當時潘金蓮深得西門慶的寵愛，西門慶聽了以後，就親自到廚房過問這件事，而且打了孫雪娥，孫雪娥只能忍氣吞聲。西門慶走後她又說了一些辱罵潘金蓮和春梅的話，雖然明面上罵的是潘金蓮和春梅，實際上連帶著把西門慶也罵了。當時西門慶還沒走遠，聽見了孫雪娥的話就折回去，抓著她的頭髮暴打一頓。所以孫雪娥就和春梅結下私仇，潘金蓮特別痛恨她，她也特別不待見潘金蓮。

後來西門慶死了，春梅之所以很快被吳月娘叫來薛嫂發賣掉，就是孫雪娥在吳月娘跟前出了主意。後來她又進一步地唆使吳月娘把潘金蓮也遣散了，王婆領走了潘金蓮，收了武松的銀子後把她嫁給武松，最後武松又殺了潘金蓮和王婆為他哥哥報仇雪恨。這件事情傳到了春梅的耳朵裡，她跟潘金蓮感情特別深，非常悲痛。所以春梅對孫雪娥恨入骨髓。現在她很幸運地到了守備府並得到了守備的寵愛，那麼她就要復仇。

孫雪娥到了春梅跟前，才發現自己身陷火坑，遇見仇人了。果然春梅立刻對她進行報復。先把她的鬏髻給撮去。前面講過，婦女戴鬏髻是主人把她收為小老婆的一種標誌。鬏髻一般是用金銀製作的，是一種套在腦後髮髻上的高級裝飾品。孫雪娥在西門慶活著的時候，和僕人來旺兒之間偷情的事情被告發過，西門慶一怒之下讓人撮去她的鬏髻，剝了身上的華麗衣服，把她徹底地打入廚房做廚娘。但是後來畢竟她也沒有更多讓西門慶發怒的行為，情況有所緩解。西門慶死了以後，她的小老婆身分還是存在的，所以她當然要戴鬏髻，官賣的時候還穿著豔麗的衣服。現在她被帶到了春梅眼前，春梅毫不客氣，把她的鬏髻給撮了，把豔麗的衣服給剝了，然後將她拖到廚房裡，最苦最累的活都讓她幹。本來孫雪娥在西門府頂著小老婆的名，實際上也經常在廚房做飯，所以這件事對她來說並不是太可怕。可怕的是守備那麼寵愛春梅，春梅時時可以拿她出氣，這就比在西門府的境遇差太多了。

後來春梅讓人找到跟她有姦情的陳經濟，以她兄弟的名義，帶到府裡來。春梅等於把陳經濟豢養起來了，對外名義上是她一個失散的兄弟，實際上是作為情夫窩藏在守備府。為了掩人耳目，她還給陳經濟娶了一個媳婦，後面我還要講到。且說孫雪娥被守備府買了，春梅大大地出一口惡氣。當時她不過讓孫雪娥給西門慶做早飯，孫雪娥就大吵大鬧，現在可好，落在她手裡了，她隨時可以消遣孫雪娥。前面講了春梅想把陳經濟長期地留在守備府裡面，孫雪娥當時不但認識陳經濟，而且知道陳經濟的底細，雖然她只是在廚房做一個廚娘，但逮著機會，她還是可以向守備反映陳經濟並不是春梅的兄弟，他原本是西門府西門慶的女婿。春梅怕陳經濟來了以後，孫雪娥戳破他的真實身分，因此覺得要趕緊把孫雪娥打發掉。

有一天，她故意讓丫頭去通知孫雪娥給她做一碗雞尖湯。做雞尖湯首先要把雛雞的雞翅膀摘下來，把翅膀尖上那點肉切下來，一隻雞可能還不夠，畢竟翅膀尖上的肉很少，起碼得宰兩隻雞，四個翅膀才夠，然後把翅膀尖上的肉細細地切成小絲兒，燉湯，再加上各種佐料。這對孫雪娥來說本來不是一件困難的事，因為她長期在西門府上灶，她會做。現在孫雪娥人在屋簷下，不得不低頭，趕緊把手洗乾淨了，把指甲剔乾淨了，宰了兩隻小雞，很認真地來做雞尖湯。孫雪娥的廚藝很不錯，這碗雞尖湯應該是很香、很好喝的。但是春梅別有用心，所以丫頭把湯端過去以後，她喝了一口立刻說難喝，這麼寡淡，一點味兒都沒有。丫頭只好再到廚房告訴孫雪娥：「夫人說這湯清湯寡水的，一點味兒都沒有，不行，得重做。」孫雪娥只能忍氣吞聲地重做，重做的時候，當然就多加了佐料，加重味道。丫頭又端去，春梅只嘗一口，就把湯潑在地上，說：「齁死我了，那麼鹹，難喝。」春梅故意找孫雪娥的碴，說孫雪娥成心要害她。守備當時對春梅寵得不得了，百依百順，所以趕緊把孫雪娥打發出去賣了。

前面多次提到薛嫂，她是一個走街串巷的民間媒婆，春梅把她叫來，讓她把孫雪娥賣掉。薛嫂還沒吱聲，春梅就吩咐她要把孫雪娥賣到妓院裡去當妓女，不許把她賣給良人家庭。春梅就這樣來報復孫雪娥。孫雪娥哭哭啼啼地跟著薛嫂走了。薛嫂暫時安頓她幾天，還假心假意地安慰孫雪娥，說：「春梅要把妳賣到妓院當妓女，我怎麼能做這種事？現在有一個做生意的商人姓潘，叫潘五，他要買一個女子為妻，我打算把妳賣給他。」孫雪娥一聽，也有點高興，這總比賣給妓院做妓女要好，也比留在守備府讓春梅繼續蹂躪要好。果然來了一個商人，就是潘五，把她買走了。開頭孫雪娥以為真是嫁了一個商人，潘五將她帶到臨清碼頭，她也不覺得稀奇，因為商人總是要雇船運貨，在運河上下走動來掙錢。沒想到潘五把她帶到一間屋子裡頭，孫雪娥進去一看，就知道其實她被賣為娼妓了。因為這屋子裡的炕上就坐著練習彈琵琶的女子，還有一個老太婆在那裡管理幾個年輕的婦人。孫雪娥的命運非常悽慘，墜入苦海，這苦海又是無邊的。孫雪娥一開頭還不願意學彈唱，管理她的坐地虎叫劉二，她不服就打她。被打過幾次，孫雪娥也就服了，只好學習彈唱，後來就接客，成為臨清碼頭的一個娼妓。

劉二跟守備府還有某種關係。守備手下有兩個得力的男僕，一個是張勝，一個是李安。張勝這個角色老早就出現過，當年李瓶兒招贅蔣竹山，西門慶設計陷害蔣竹山就雇了兩個社會上的混混，一個是草裡蛇魯華，一個是過街鼠張勝。後來張勝成為守備府裡面的男僕。春梅進了守備府地位越升越高，守備的正妻去世以後春梅就被扶正了，成了守備夫人，而且給守備生下了兒子。張勝可能覺得守備府的待遇不錯，也就安心地在守備府為他們服務，到街上把流浪的陳經濟找著了並帶回守備府。張勝和臨清碼頭妓院的劉二是親戚，張勝是劉二的姐夫，劉二生性猛烈如虎，綽號坐地虎。張勝每次到臨清碼頭為守備辦事，在逗留時候總要到劉二管理的茶樓酒肆消遣。

這天張勝又到了酒樓，劉二就讓幾個女子給他彈唱，供他消遣。當時張勝就發現有一個女子特別面熟，那個女子就是孫雪娥。張勝是守備家的男僕，孫雪娥被守備府買去當廚娘的時候，兩人打過照面，應該算是舊相識。張勝當時就看中了孫雪娥。劉二是他的親戚，這些妓女隨便他選，他就選了孫雪娥陪他，兩人就好起來了，她就成了張勝的情婦。後來張勝在守備府把陳經濟殺了，他也被亂棒打死。這段事情在下面講其他人物的命運時，我會再細說。張勝在守備府犯事，而且被亂棍打死，這樣就連累到劉二。守備府的人追究到劉二，劉二在臨清也被亂棍打死。孫雪娥在絕望中就上吊自盡了。由此可見，孫雪娥的一生是很悲慘的。蘭陵笑笑生對她的寫法和對其他女性的寫法又不一樣，他用一支筆寫出了各種女性不同的命運。

第四十四講　恃寵愛狐假虎威

龐春梅府內立威

❖ 導讀

上一講講了嫁入守備府的春梅讓守備買下孫雪娥。春梅和孫雪娥在西門府的時候就水火不容，她買孫雪娥就是為了報復。一進守備府，春梅就令下人撮去了孫雪娥的鬏髻，脫了她的豔服，把她打入廚房做廚娘。為了豢養陳經濟，春梅以孫雪娥做的雞尖湯非淡即鹹為理由，將孫雪娥再次發賣，這次孫雪娥被賣入娼門。守備府的親隨張勝包養了孫雪娥，張勝後來因為殺陳經濟而被打死，他的妻弟劉二也被打死，孫雪娥在恐懼中上吊身亡。前面我說了《金瓶梅》這部書的書名是由三個女性角色的名字當中各取一字構成，潘金蓮、李瓶兒的故事已經講過，春梅前前後後多次講到，但還沒有完整地交代她的來龍去脈。春梅的具體故事，請看本講內容。

現在我們就要開始講春梅的故事了。前面我們多次提到她，但是都是講別的事情時牽扯到她，現在我們要把龐春梅的來歷從頭到尾梳理一遍，把她的人生軌跡和最終結局講給你聽。春梅姓龐，這是蘭陵笑笑生寫到後面交代出來的。蘭陵笑笑生這種寫法很獨特，例如前面講的一個男僕來旺兒究竟姓什麼呢？直到後來來旺兒搖著驚閨來到西門府外把孫雪娥引出來，這個時候才交代來旺兒姓鄭，叫鄭旺兒。現在我講春梅就告訴你，她姓龐，叫龐春梅。春梅的來歷，其實在書的第七回寫薛嫂把孟玉樓介紹給西門慶時，就有提及：「你老人家去年買春梅，許我幾匹大布，還沒與我，到明日不管一總謝罷了！」這就說明春梅是西門府買進去的一個丫頭。開頭買她是為了讓她服侍吳月娘。一般西門慶每房都要配兩個丫頭，吳月娘那房有時候還多配一點，後來西門慶又娶了潘金蓮，潘金蓮因為自己窮，帶不來丫頭，西門慶從吳月娘那兒撥了一個春梅，然後又買了一個秋菊。書裡說了：「春梅比秋菊不同，性聰慧，喜謔浪，善應對，生的有幾分顏色，西門慶甚是寵他。秋菊為人濁蠢，不諳事體，婦人常常打的是他。」這兩個丫頭在潘金蓮房裡面的處境、待遇完全不同。

書裡寫西門慶不但喜歡潘金蓮，也喜歡春梅，而且有的時候讓你覺得他甚至更喜歡春梅。書裡潘金蓮多次衝撞西門慶，而且潘金蓮做過對不起西門慶的事，例如西門慶多日不歸家，她就和看門的小廝私通。所以西門慶有時候會對潘金蓮發怒。但是西門慶在世的時候沒對春梅動過一個手指頭，對她是無比愛憐。書裡寫潘金蓮和小廝私通的事情被人告發以後西門慶大怒，就讓潘金蓮褪了衣服，拿鞭子抽潘金蓮，這個時候西門慶就故意把春梅摟在懷裡頭。春梅很會來事，一方面接受西門慶對她的這種愛，另一方面她又極力為潘金蓮辯解，說別人議論潘金蓮跟小廝有那樣的事是出於嫉妒，實際上沒這個事，她可以證明。後來西門慶就信了春梅的話，把小廝攆走，繼續喜歡潘金蓮。

在西門府裡面，潘金蓮這一房最大的優勢就是有兩個美人，西門慶都喜歡。所以西門慶經常在這一房過夜，當然就引起了其他各房的不滿，尤其遭到孫雪娥這一房的忌恨。潘金蓮性格直率，應對時往往走極端，做事急急躁躁，說話口無遮攔，所以，她的戰鬥力好像很強，可是戰鬥的成果卻並不怎麼豐碩，有時候損人三千，自損一千。

春梅不一樣，可謂「靜如處子，動如脫兔」，就是她不出兵的時候，安安靜靜的，你會忽略她的存在，一旦她出來戰鬥，就跟突然跳起來跑動的兔子一樣，非常迅速，使對方猝不及防陷入被動。她們兩個共同戰鬥，首先是把「孫國」給滅掉。後來西門慶娶李瓶兒，西門慶的寵愛更多地朝李瓶兒那一方傾斜，特別是李瓶兒後來又為西門慶生了男孩。這樣潘金蓮、春梅又開始向「李國」進攻。最後潘金蓮親自出動，害死李瓶兒的兒子官哥兒。李瓶兒自官哥兒死了以後，痛苦不堪，得了血山崩的絕症，不久也死掉了。所以潘金蓮和春梅她們兩個是結盟，不是一個人在戰鬥。她們往往是輪流出擊，或者是共同發起進攻，在府裡面把西門慶霸攔住，一起享受西門慶的寵愛。

不管怎麼說，春梅畢竟只是一個丫頭，她和幾房妻妾是不能平起平坐的。可春梅卻在西門府裡面透過兩件事為自己立威風。

第一件事，她透過痛罵李銘來立威風。怎麼回事呢？西門慶喜歡聽女子給他彈唱。前面不是說了嗎？薛嫂給她介紹孟玉樓，說孟玉樓如何富有，這些當然西門慶也願意聽，但是薛嫂介紹孟玉樓會彈月琴，這一下就讓西門慶動心了。西門慶喜歡女子彈奏，所以他就從麗春院請來樂工李銘，李銘是李嬌兒的兄弟，都是李三媽的妓院麗春院裡面的人。李銘經常到西門府來彈唱，後來西門慶交給他一個任務，讓他教府裡面的四個丫頭分別學會一種樂器，學好以後既可以獨奏，也可以合奏。當時安排潘金蓮那房的春梅學彈琵琶，吳月娘那房的玉簫學彈古箏，李瓶兒那房的迎春學弦子，孟玉樓那房的學胡琴。

有一天開頭是四個人一塊在學，後來其他三個都跑去玩了，只剩下春梅。那個時候春梅穿的衣服袖口比較寬大，彈琵琶的時候琵琶被袖口兜住了。這種情況下，李銘就伸手幫她解決問題，就是把袖口掀開，把她的手解放出來。南方人把男子藉機接觸女人身體叫做「吃豆腐」，李銘當時可能是有這種想法，而且他在行為上也確實達到了「吃豆腐」的程度。本不是太大的事情，可是春梅就借這個事不依不饒，大聲斥罵李銘，罵聲響徹全府，而且罵得非常難聽。潘金蓮說話雖然尖刻，有時候用詞也很粗鄙，但是比起春梅來，還稍微斯文一點。這春梅罵起人來滿口髒話，她罵李銘「賊忘八」，而且大聲宣布「你還不知道我是誰哩」！春梅這麼一嚷，不等府裡其他人過來，李銘就知道不得了了，留在這裡的話有太多的是非，趕緊拿起衣服乖乖出府。

就這樣春梅給自己立下威風，讓整個府第都知道她是不好惹的。春梅維護自身尊嚴，我們可以理解。可是她小題大做，吵得全府皆知，這就說明她不僅是維護自身的尊嚴，實際上是想在府中搏一個和吳月娘以及其他幾房小老婆不相上下的地位。她知道西門慶寵她，這麼鬧沒有關係，她就借這個機會在府裡面大立個人威風。果然，春梅大鬧以後，府裡面都知道她不好惹，就都對她敬幾分，讓幾分。

第二件事，也是透過大吵大鬧來立威風。那個時候，府裡面經常請一些外面的人來彈唱，除了請妓院的樂工，還會請一些瞎眼的女藝人，這種人就叫做「仙兒」。我們後來看《紅樓夢》，裡面寫賈府過年有各種娛樂項目，除了小戲子演戲以外，也請呂仙兒來彈唱，來說書。所謂「仙兒」就是瞎兒的快讀。這種盲藝人在明代就有，而且很流行。經常到西門府來彈唱的有一個叫做郁大姐，大家對她都很熟，老聽她的彈唱，覺得疲了，於是有一天就請來一個叫申二姐的，這是一個原來沒在西門府彈唱過的女盲人。那天吳月娘和潘金蓮都去外面赴宴了，申二姐就在吳月娘正房給吳大妗子和其他人彈唱。這個時候春梅在自己屋裡頭，聽說申二姐有的曲牌彈得特別好，唱得特別好，於是就讓小廝到上房去召喚申二姐，讓她到五房潘金蓮這裡彈唱一番。可申二姐不吃這一套，請她不動。小廝回來跟春梅報告說：「我說了，她不來。」春梅說：「她怎麼不來？你告訴她是我叫她。」春梅因為在府裡立了威，覺得任何人一聽是春梅就該認為她跟吳月娘其他幾房的身分沒什麼區別，甚至她的身分還超過李嬌兒這樣的人。

她那次大罵李銘，其實也是罵給李嬌兒聽，因為李銘是李嬌兒的兄弟，是從麗春院來的。她說「賊忘八」、「你們都是忘八」，也是滅李嬌兒的威風。當然那次她很成功，不光李銘聽了以後給鎮住，其他人聽了以後也覺得春梅不好惹，以後都讓著她點。春梅覺得有上次那事情鋪墊，這個申二姐一聽就應該知道不是別人在叫她，是府裡春梅在叫她。

春梅讓小廝再去。小廝說：「前邊大姑娘叫妳呢！」。「姑娘」在明代和清代有很多含義，其中一個含義就有妻子的意思，多數情況下它是小老婆的意思，有時候說大姑娘，就是大房的意思。當然它還有青春女性、姑媽一類的意思。這個時候申二姐說：「我這就是在大姑娘屋裡。」大姑娘在這裡就是正房大太太的意思。因為申二姐是一個對西門府不熟悉的人，她並不知道春梅在府裡立了威，她只知道春梅是五房的一個丫頭，憑什麼春梅要她去唱她就得去唱，而且說自己是大姑娘，她算什麼大姑娘？當時小廝很無奈，回去再跟春梅說，於是春梅就自己衝到上房。當時上房有吳大妗子，還有一些別的人，春梅就指著申二姐大罵：「你無非只是個走千家門、萬家戶、賊狗攮的瞎淫婦，你來俺家才走了多少時兒，就敢恁量視人家？」申二姐哪見過這種陣仗，哭哭啼啼地趕緊拎著包，灰溜溜地離開了西門府。

後來吳月娘和潘金蓮赴宴都回府了。吳月娘回到屋裡以後發現申二姐不在了。本來她還想聽申二姐給她彈唱，給她說書，回來申二姐卻沒影了，吳月娘就問怎麼回事，吳大妗子她們跟她解釋是怎麼回事。吳月娘當時對春梅就意見很大，說她怎麼能這麼霸道呢？而且她確實不是大姑娘，卻讓小廝說「是大姑娘叫妳」。那個小廝把春梅稱作大姑娘也是當時一種習俗。「姑娘」在小廝的語境裡面是小老婆的意思，「大姑娘」不是說她排第一位，是說她這個位置很高，很尊貴，是府裡面一個有地位的小老婆。雖然春梅沒有被西門慶正式地戴鬏髻收為小老婆，但是府裡都知道西門慶對她寵得不得了，而且她自己又在府裡透過大罵李銘立過自己的威風。因此，小廝就那麼去說，結果申二姐不服，鬧出這麼一場風波。

這件事情過後，府裡人就都知道，春梅不好惹。春梅透過這樣一些行為，在西門府裡面不光是維護了自己的尊嚴，而且樹立了自己的威風。她仗著西門慶對她另眼看待，就非常張揚，非常猖狂。蘭陵笑笑生就寫出這麼一個性格很獨特的女性。

第四十五講　心氣高又得新寵

龐春梅罄身出府

❖導讀

上一講講了春梅是潘金蓮房裡的丫頭，但因為西門慶喜歡她，收了她，潘金蓮抬舉她，她自我感覺跟主子一樣，最恨誰小看了她，把她當一般丫頭看待。通過大罵李銘、申二姐這兩件事，她借題發揮，鬧得闔府皆知，樹立了威風。但是西門慶死了，在後西門慶時代，春梅的處境就有一個很大的變化。原來她是身靠大樹好乘涼，現在這棵樹倒了，蔭涼沒有了，她能有好果子吃嗎？更何況她和潘金蓮同西門慶、吳月娘的女婿陳經濟亂來，後來事情敗露，吳月娘豈能再容她？那麼春梅究竟是怎麼被吳月娘遣送出府的呢？請看本講內容。

西門慶死了以後，沒有人寵著龐春梅了，潘金蓮跟她雖然還是非常親密，但是潘金蓮自身難保，又怎麼能夠真正地把她維繫在府裡？實際上西門慶死後，吳月娘就下決心要把龐春梅、潘金蓮和陳經濟都轟走。最容易打發的就是龐春梅，因為她只是個丫頭，是拿銀子買來的，不像潘金蓮還有小老婆的身分，陳經濟畢竟是一個女婿，把他們轟走操作起來稍微麻煩一點。

一天，吳月娘就把薛嫂叫來了，跟她說春梅這丫頭西門府不要了，當年她是用十六兩銀子買來的，現在薛嫂把她領走，還賣十六兩銀子，回頭賣出去薛嫂把銀子交過來。吳月娘的意思就是春梅只值十六兩銀子，薛嫂只能賣十六兩銀子，提高春梅的身價是不行的。當然吳月娘還會給薛嫂一定的銀子當中介費，但是這個銀子不能加在春梅的售價上。吳月娘這種做法本身也體現出對春梅的蔑視，她當然不會忘記春梅怒罵申二姐的事件，雖然她當時不在場，但別人說給她聽，很刺激她的心。申二姐不去，春梅那樣斥責對嗎？什麼叫做「大姑娘叫」？春梅不像話，越了位。但是當時西門慶還在世，吳月娘只能隱忍。現在西門慶死了，對不起了，吳月娘就告訴春梅，她就是一個買來的丫頭，現在讓薛嫂把她發落，她的身價不能超過十六兩，她就值這麼點錢。而且吳月娘又發話了，讓薛嫂立刻把她領走，除了她身上穿的衣服，其餘的衣服、首飾一概不許帶，更不要說被褥什麼的。這就叫做罄身出府，「罄」是淨的意思，當代有一個詞語叫做淨身出門，和罄身出府是同一個意思。

聽到這個消息，潘金蓮就傻了，被吳月娘正房的威勢給嚇住。潘金蓮本來是一個很強悍的女子，但是現在失去西門慶的庇護，何況她和春梅都有把柄在吳月娘手裡，她們和陳經濟亂來，吳月娘也掌握了全部情況，她就沒能站出來替春梅求情，只是在那兒落淚。春梅一滴眼淚都沒有，一副無所謂的樣子，而且春梅說，「自古好男不吃分時飯，好女不穿嫁時衣」，她就是不在乎。潘金蓮還建議春梅去跟孟玉樓等人告別一下，春梅覺得好笑，心想不就是想打發她出去嗎，她走就是了。春梅罄身出府，義無反顧，沒有眼淚、沒有哀求、沒有回頭，就隻身走出了西門府。她走的時候，倒是吳月娘房裡的丫頭小玉悄悄遞給她一些東西，她不願意要，小玉強塞給她。

春梅罄身出府的描寫，也是書裡面很精彩的一段。書裡寫出這樣一個個性帶棱帶角的女子的形象。

後來潘金蓮不是也被打發了嗎？吳月娘把王婆請來了，讓王婆把潘金蓮領走，但對潘金蓮沒有對春梅那麼狠。吳月娘讓薛嫂帶走春梅，她說不許薛嫂拿她多賣錢，十六兩銀子買來的，就賣十六兩銀子。但是把潘金蓮交付給王婆的時候，吳月娘倒沒有設置這樣一個門檻，就說王婆把她領走，愛賣多少賣多少。潘金蓮當時居然還哭著跟吳月娘告別，還跑去跟孟玉樓告別，潘金蓮不像春梅，她對西門府還很留戀。這兩個女子平時在一起的時候好像都很厲害，但是她們離府的情景並不一樣。比較起來的話，春梅更硬氣。

薛嫂把春梅領出去以後就找大主顧，後來找到了周守備，他曾經到過西門府，見過春梅。前面講過西門慶讓李銘訓練四個丫頭各學會彈奏一種樂器，在宴請客人時，她們都上場表演過，那個時候周守備就注意到了彈琵琶的春梅，覺得她挺漂亮、很可愛，很感興趣。現在聽說春梅被西門府打發出來了，擱在薛嫂那裡代賣，就決定買下她。當時他就給了薛嫂一大錠銀子，五十兩。薛嫂這種三姑六婆當中的媒婆，謊話連篇，而且從來手腳都不乾淨，她後來跟吳月娘報告，說春梅不好賣，沒人願意花十六兩銀子來買春梅，最後好不容易找到守備府，只出了十三兩銀子。薛嫂把十三兩銀子給了吳月娘，吳月娘就信以為真，其實薛嫂從中賺了大錢。

春梅就這樣被轉賣到守備府。沒想到去了以後周守備很喜歡她，很寵愛她。當時周守備的大老婆已經一目失明，每天吃齋唸佛，就頂著一個大老婆的名分，周守備對她完全沒有感情，當然更談不上有什麼夫妻生活。有個二房叫孫二娘，只給周守備生了一個閨女，周守備對她的興趣也越來越淡。可是買進的春梅非常美麗、性感，前面說了春梅很會應變，該立自己威風時候她撒潑、滿嘴粗話都幹得出來，在討男人喜歡的時候，她又非常嬌媚，非常可人。當年西門慶在世的時候，她就很會籠絡西門慶，很會來事。西門慶拷問潘金蓮，坐在床上把春梅摟著，讓潘金蓮脫了衣服，跪在地上，春梅就很會在西門慶懷裡面撒嬌，討他喜歡。到了守備府，她當然把這種特長充分發揮出來，很快就讓周守備覺得買下她真是明智的決定，對她百般喜愛。後來春梅為周守備生下一個男孩，取名金哥兒。在這裡插一句，書裡面寫李瓶兒為西門慶生下一個兒子，取名官哥兒。西門慶臨死的時候，吳月娘為他生下一個兒子，取名孝哥兒。三個小男孩的命名充分體現出那個時代的價值觀。官哥兒在價值體系裡面是官本位，認為當官最好，當了官就有了權，有了權就可以有錢。孝哥兒體現出傳統封建主義道德裡面那種傳宗接代的價值觀念，認為一個家族血脈的延續是最重要的事情，要生下男孩，繼承家業，孝順父母；也體現了當時堅守封建道德核心價值的孝本位，或者叫做宗族本位、血緣本位。金哥兒就是金本位，要財富，要金銀財寶。春梅生下男孩，就進一步在守備府裡面站穩了腳跟。

後來周守備的正妻得病死了，春梅就順理成章被扶正，成為周守備的正妻，也就成了守備府正兒八經的守備夫人，過上非常奢侈、富貴的生活。雖然春梅儘量滿足周守備，討他喜歡，可是春梅真正愛的並不是周守備，和她感情最深的是潘金蓮和陳經濟。後來她聽說潘金蓮讓王婆領走，就央求周守備一定要把潘金蓮買到守備府裡來。

前面我提到守備府最重要的男僕張勝、李安，這兩人經常為周守備和春梅做事。那個時候周守備就派張勝、李安出面辦這個事。他們原來的預算是八十兩銀子，已經是很高的一個數額了，王婆卻獅子大開口，要一百兩銀子。張勝、李安回來跟主子一彙報，周守備當時對春梅寵愛得不得了，言聽計從，就說一百兩就一百兩，要把潘金蓮買過來。沒想到王婆貪財，說除了一百兩銀子以外，還得另給她五兩媒人錢。其實他們如果回去彙報的話，這五兩銀子周守備應該也是可以出的，但他們覺得這老太婆太可惡了，先別理她。於是他們就沒有及時跟周守備彙報這個情況。如果周守備真把潘金蓮買到了，那麼武松回到清河縣，他就是想殺潘金蓮也很困難了。因為守備府是一個很威嚴的府第，守備是一個地位很高的武官，潘金蓮如果得到了守備府的庇護，武松就很難下手。偏偏王婆貪財，導致潘金蓮沒有及時地被守備府買走，結果在這幾天武松就回來，把潘金蓮和王婆都殺了。

第四十六講　講情義不分男女
龐春梅的雙性戀

❖導讀

上一講講了吳月娘打發春梅，當年是薛嫂經手用十六兩銀子買來的，吳月娘找來薛嫂，讓她還是賣十六兩銀子。吳月娘故意不漲春梅身價，這當然是一種輕蔑，也是一種侮辱，而且叫春梅罄身出府，衣服都不讓帶。春梅頭也不回，揚長決裂出大門去了。春梅被周守備買走，備受寵愛，還為守備生了一個兒子，後被扶正。當春梅得知潘金蓮被吳月娘打發出府擱在王婆那兒發賣時，就再三要求周守備把潘金蓮買進府。春梅這麼做的原因是什麼？春梅和陳經濟能否再續前緣？請看本講內容。

為什麼當時春梅聽說潘金蓮賣一百兩銀子，也要讓守備花這些錢去把她買回來？要知道春梅當時被買進守備府的身價五十兩銀子已經不低，現在價錢翻倍地要把潘金蓮買回去，而且潘金蓮又非常美麗，床上功夫也很好，她到守備府以後，可能會跟春梅爭寵，最後潘金蓮可能會成為勝利者，成為周守備最寵愛的一個女子。萬一潘金蓮再懷上孕，也生一個男孩，按照平常人的思維邏輯，這麼做對春梅並無好處。她要挽救潘金蓮，可以採取別的方案，把潘金蓮也買進守備府，豈不是自找麻煩嗎？

其實如果你仔細閱讀《金瓶梅》，就會發現潘金蓮和春梅的關係很不一般，她們還不是一般意義上的情同姊妹。春梅到了潘金蓮房裡頭以後，潘金蓮開頭叫她春梅，那時候主子叫丫頭，這是一種比較常見的叫法，並不算稀奇。到後來她們倆關係特別好，潘金蓮就叫她「小肉兒」，這個叫法就比較出格了。一般府裡面府主的正妻也好，小老婆也好，喜歡自己的丫頭，叫什麼暱稱的都有，但是「小肉兒」這個叫法就比較奇特，說明這兩個人不僅在感情上好，身體上也有親密接觸。春梅有一次乾脆跟西門慶說：「我和娘脣不離腮。」這個說法很奇特。一般說兩個人親密，使用的詞彙叫做耳鬢廝磨，表示跟人的關係很密切，無論是同性也好，異性也好，兩個人的頭靠得很近。那個時代無論男女都有鬢髮，就是在耳朵周邊，好多前頭都會有一些髮絲，兩個人很親密，說悄悄話，或者是頭靠頭一塊看書，一塊兒欣賞什麼東西叫做耳鬢廝磨，這就已經很親密了。但是春梅就很坦率地說，她跟潘金蓮還不是耳鬢廝磨，而是脣不離腮，就是互相親吻。這些文字都值得注意。

而且後來書裡又說，連吳月娘都感覺到不對頭，例如西門慶不在家，或者是沒到潘金蓮她們那一房，潘金蓮就和春梅同床休息。書裡交代得很清楚，當時在花園裡面蓋兩層樓，下面是三間屋子，春梅和秋菊兩個丫頭應該另外有屋子睡覺，但是春梅卻和潘金蓮同床休息。吳月娘聽說這情況以後就很不以為然，她說：「一個使的丫頭，和他貓鼠同眠，慣的有些摺兒？」吳月娘就覺得潘金蓮和春梅不像樣子，潘金蓮跟自己的丫頭關係好也不應該到這個地步。

根據書裡面諸多的蛛絲馬跡，我們可以推演出一個比較可靠的結論，實際上在西門府裡面，潘金蓮和春梅是一對女同性戀者，她們的關係超出一般的人與人之間那種樸素的關係，或者是一般的親密關係。春梅對潘金蓮的感情不是一般深，她離不開潘金蓮，她希望經常和潘金蓮在一起，繼續過著脣不離腮的生活。她雖然到了守備府，深得周守備的寵愛，最後升為正妻。但說實話，她並不愛周守備。從書裡描寫知道周守備那個時候年齡很大，後來就成了半老頭子，性慾也不斷衰減，給不了春梅很多的性享受。這樣就解釋為什麼春梅千方百計地希望潘金蓮來到她身邊，她想在和周守備過夫妻生活之餘，還能夠享受潘金蓮的一份情愛。

這樣你再回過頭來看書裡面一段情節，叫做「潘金蓮大鬧葡萄架」。有一天，西門慶在花園的葡萄架底下跟潘金蓮遊龍戲鳳。春梅作為一個通房大丫頭，本來是不用迴避的，而且西門慶當時也主動要求春梅留下來一起快活，但春梅卻冷冷地走遠不參與。這就說明她和潘金蓮之間的關係到了這個地步：面對同一個男人，她不跟潘金蓮爭奪，而且她覺得潘金蓮能得到那樣的快樂，應該成全她，於是主動避讓。

書裡面有沒有出現過潘金蓮和春梅鬧矛盾的任何情節？

潘金蓮和無數人都發生過衝突，例如她和如意兒。如意兒在那兒洗衣服，拿著棒槌敲打衣服。當時潘金蓮這一房也要洗衣服，潘金蓮就讓春梅去借棒槌，如意兒不借。後來春梅和潘金蓮就主動出擊，去找如意兒，甚至打如意兒，還故意摳如意兒的肚子。為什麼要摳肚子？因為那個時候她們發現西門慶已經占有了如意兒，潘金蓮特別怕如意兒也懷孕。雖然那個時候李瓶兒已經死掉了，官哥兒也死了，可是萬一如意兒生下一個男孩，那可不得了。

潘金蓮四面出擊，跟誰都鬧矛盾，但是唯獨跟春梅相安無事。兩個人非常親密，一直到最後也很親密。春梅被吳月娘叫去，命令她罄身出府，潘金蓮的眼淚就不住地往下流，她們倆是一種很奇特的關係。

潘金蓮沒進到守備府就被殺死了。聽到這個消息以後，春梅痛不欲生，哭了三天三夜不吃飯，把周守備急得要命。當時武松殺了潘金蓮和王婆以後，沒有人正經埋葬她們，隨便在路邊刨個坑，把她們倆草草掩埋。那個時候王婆的兒子王潮已經逃走，潘金蓮有一個繼女迎兒，但當時還未成年，而且早被姚家要去當粗使丫頭。春梅哭哭啼啼，要求周守備一定要想辦法把潘金蓮的屍體刨出來正經安葬。周守備不理解春梅到底是怎麼回事，開頭非要他拿銀子去買她，現在人死了，還非得厚葬。這個時候春梅就撒了一個大謊，說潘金蓮是她的嫡親姐姐，這就說明春梅對潘金蓮確實是情深意長。後來周守備就答應了。王婆他們當然不管，只是把潘金蓮的屍體刨出來重新裝殮，隆重地、正式地安葬在郊外永福寺的一棵空心白楊樹底下。永福寺是守備府的一個香火廟，廟宇裡面的僧人每年的用度都由守備府支付，守備府有什麼有關的佛事都在寺廟裡進行。後來春梅還大張旗鼓到永福寺去哭墳，去祭奠，說明春梅和潘金蓮之間的感情確實很值得探究。

中國古典小說裡面寫男性之間的戀愛故事不稀奇，但是寫女性之間有這種隱祕的感情的不多見。蘭陵笑笑生在他的《金瓶梅》文本裡面居然寫了這麼一對女性戀人。

前面說了，潘金蓮是一個性解放的先鋒，她和春梅都跟陳經濟發生關係。後來因為陳經濟被吳月娘加以管束，不太容易得手。而且潘金蓮自己多少有些罪惡感，因為從輩分上說，陳經濟是吳月娘的女婿，也是她們這些小老婆的女婿。有一天，春梅跟潘金蓮在一起，正好臺階底下有一對狗在那兒交歡。春梅很坦率地跟潘金蓮說：「娘，你老人家也少要憂心，是非有無，隨人說去，大娘……他也難管你我暗地的事。你把心放開，料天塌了，還有撐天大漢哩。人生在世，且風流了一日是一日。」隨後指著交歡的狗說：「畜生尚有如此之樂，何況人而反不如此乎？」這就說明春梅在性意識方面比潘金蓮還開放。潘金蓮在行動上是一個性解放的先鋒，但是潘金蓮不能把它抽象化，把它概括為一種道理。而春梅居然說出這樣一番道理，雖然是歪理，可是她說出來了，她就要這麼去做。

從書裡的描寫可以看得出來，潘金蓮是人皆可夫，所以後來到了王婆家連王婆的兒子王潮她都接納，而且還是她主動去求歡。潘金蓮和陳經濟的關係也類似她和王潮的關係，因為西門慶不在府裡面，其他男子也都不如他，陳經濟作為一個小帥哥，他喜歡她，她就去和陳經濟亂來，潘金蓮不過把他當作一個性伴侶：遇上了，就快活一下；離開了，她可以另外去求歡。

但是，春梅看來是真愛上了陳經濟，想把他當作自己長期的一個性伴侶。後來陳經濟也被吳月娘趕出了西門府，他有好多離奇的遭遇，後面還會專門講，這裡說跟春梅有關的這一段。前期他荒唐到底，搞得家破人亡，孤身一人在社會上鬼混。後來他在臨清碼頭，跟守備府的守備親隨張勝的親戚劉二發生衝突，被拘到守備府，這個案子由周守備審問。當時張勝很忠心地為守備和守備夫人龐春梅服務，他各種事都做，包括哄龐春梅為守備生的兒子金哥兒。那天他就抱著金哥兒去看熱鬧，看周守備審問陳經濟。這時發生一件怪事，金哥兒哇哇大哭，伸出小手好像要陳經濟抱他。張勝趕緊把孩子抱走，還給龐春梅的時候就說，好奇怪，這孩子見到那個小夥子就非要人家抱他。春梅覺得蹊蹺，就跑出去偷看，看見跪著被審的那個人是陳經濟。她趕緊要求守備停止審問，守備問春梅是怎麼回事。春梅說被審的那個人是她的一個兄弟，讓守備別追究他了。守備說怎麼原來沒聽春梅提過，而且他已經動刑了，打了一陣了。春梅說那就別再打他，把他放了。就這樣周守備把陳經濟給放了。

陳經濟被放走以後春梅就思念他，覺得還是應該想辦法把陳經濟弄到守備府裡由她養起來。後來春梅就給張勝派任務，讓他到清河縣的大街小巷轉悠，務必把陳經濟找來。後來張勝還真找到了當時窮困潦倒的陳經濟，把他帶到了守備府，讓他洗澡、洗頭、梳頭盤髮，換上乾淨的衣服，再和春梅見面。龐春梅見到陳經濟以後高興得不得了，然後小聲囑咐他，說她把陳經濟認作兄弟，這樣他可以住在守備府，今後他們得便就能偷情，過快活日子。同時龐春梅跟周守備說，她這個兄弟已經被張勝找回來，她得對他負責，讓他留在守備府裡面生活。守備說好，既然是春梅的兄弟，那還有什麼好說的，就留下來吧。為了掩人耳目，春梅還給陳經濟娶了葛員外的女兒葛翠屏當媳婦，為他們正兒八經地舉行了婚禮，這樣就相當於她的弟弟和弟媳婦跟他們一起住在守備府裡面了。

由此可見，龐春梅是一個很奇怪的婦人，她恨起人來，就露出毒牙，趁人不備咬上一口。但如果是情人的話，她不惜代價，連撒謊帶投資，她對陳經濟就是這樣，等於是把他豢養起來了。從大面上看說得過去，她親兄弟找回來了，她不幫他誰幫他，周守備作為姐夫，有責任庇護他。他年紀輕輕的沒媳婦，他們出資給他娶媳婦，住在一起。因為守備府很大，陳經濟完全可以有自己的一個院落來居住。守備當時經常被皇帝派出去保衛邊疆，剿滅反派，那麼龐春梅和陳經濟就得到很多一起苟合的機會。府裡的人們，第一，是不太容易發覺的，因為守備府很大，而且龐春梅有辦法讓侍奉她的人不發現她的祕密；第二，即便有人看出一些蛛絲馬跡，都知道守備對龐春梅視若珍寶，她又為守備生了兒子金哥兒，都不敢言語，或者覺得多一事不如少一事，管這幹什麼。但是沒有想到的是，陳經濟和龐春梅之間的感情並不對等。他不愛為掩人耳目而娶的媳婦葛翠屏，這倒不稀奇，但春梅真愛他，他卻不是真愛春梅。後來他在臨清碼頭做生意的時候，又和另外的女子發生了關係。

第四十七講　報舊仇不動聲色　龐春梅遊舊家池館

❖導讀

上一講講了春梅千方百計要求周守備把潘金蓮買進府來，是因為她和潘金蓮之間有特殊關係，她們是一對女同性戀者。但陰差陽錯，潘金蓮被武松先買走並殺害，草草埋在街邊。春梅又哭哭啼啼要求守備把潘金蓮重新安葬在永福寺，她還去祭奠潘金蓮。後來春梅讓張勝找到陳經濟，並謊稱他是自己的兄弟，將他養在守備府。為掩人耳目，還給陳經濟娶了一個妻子，實際上他們得便就偷情。春梅為自己營造一種很怪誕的生活狀態，那麼她後來和西門府還有沒有交集，有沒有交往呢？請看本講內容。

龐春梅嫁給了周守備，後來成為周守備的正室夫人，過上了超越當年西門府更豪華的生活。這個事情吳月娘應該是聽說了，可是沒放在心上，因為她當時要處理的事情很多。清明節，吳月娘、孟玉樓、吳大舅、奶媽如意兒抱著孝哥兒，還有幾個小廝一起給西門慶掃墓，同時踏青、遊春。半路上他們路過一座寺廟，吳月娘也是一個信佛的人，就說這麼好的寺廟，不妨進去休息一下。他們就進去了。這座寺廟是永福寺，是周守備府的香火廟，也就是說這座寺廟實際上全部的經濟來源都是由守備府供給，是守備府的家廟。寺裡的住持出來迎接，可是很巧的是，他們發現寺廟裡面已經有排場很大的貴婦在那兒活動了。仔細一看，那個貴婦不是別人，正是龐春梅。因為她最心愛的伴侶潘金蓮移葬在永福寺後院的一棵空心白楊樹底下，清明節春梅來上墳拜祭，她很真誠地在那裡祭奠當年脣不離腮的潘金蓮。這樣的話，吳月娘和龐春梅就不期而遇了，雙方誰都沒有預料到會在那個地方形成一次人生的交集。那時龐春梅被吳月娘罄身驅逐出府應該有近一年的時間，結果這一天兩人不期而遇。龐春梅表面上很大度，很謙恭，還像當年在西門府做丫頭似的稱呼吳月娘，跟她行禮。吳月娘雖然模糊聽說她過得很好，但是眼見為實，龐春梅已然成貴夫人了，氣派超過自己，不是一個提刑所的提刑官夫人所能比的，吳月娘只好放下身段，以禮相待。因為這次相逢，她們後來又來往上了。

吳月娘當時下狠心讓龐春梅罄身出府，除了因為她發現別人舉報潘金蓮和春梅都和她的女婿陳經濟勾搭成奸是真的，實在難以容忍，另外她還有一個心病。當年有個吳神仙，專門在達官貴人府邸間走動，替人算命，當時西門慶就把他請到自己家裡來給自己還有家裡的幾個女眷算命。其實書裡寫得很有趣，吳神仙是守備府向西門慶推薦的，西門慶聽說吳神仙在守備府算命算得挺準，就把他也請到自己家來算命。大家注意，清代的《紅樓夢》也受到《金瓶梅》文本的影響，它寫太虛幻境、警幻仙姑，書裡警幻仙姑不是直接給大家算命，可是她指導賈寶玉在太虛幻境觀看了一些櫃子裡面的冊頁，冊頁上就預測了書中眾多女性今後的生命軌跡和最終結局。顯然《紅樓夢》裡面寫警幻仙姑，寫賈寶玉偷看冊頁，這裡面透露書中女子命運的這些構思和寫法都受到了《金瓶梅》裡面吳神仙算命這段情節的影響。

當時吳神仙就給吳月娘、李嬌兒、孟玉樓、孫雪娥、潘金蓮、李瓶兒都算了命。因為當時西門慶很喜歡春梅，他也讓吳神仙給春梅算一算，結果吳神仙說：「此位小姐五官端正，骨骼清奇。髮細眉濃，稟性要強；神急眼圓，為人急燥。山根不斷，必得貴夫而生子；兩額朝拱，主早年必戴珠冠……」當時西門慶並不在意。雖然西門慶跟道士、和尚，還有算命的人來往，對他們進行施捨，也請他們做法事，預測人的吉凶、前途，可是西門慶並不真信。別人也都嘻嘻哈哈，不在意，像潘金蓮，特別不願意人家給她算命。可是吳月娘心裡就過不去了，她很在乎，她說春梅的命怎麼那麼好，她還會生貴子，還會戴珠冠（就是丈夫升了高官，正妻按照朝廷的規格戴一種高級官員夫人的頭飾）。吳月娘當時心裡頭不高興，也沒怎麼跟人去議論這個事，她把這件事情存在心裡，窩在心裡了。所以西門慶死後，她又想起吳神仙算命的事，她不相信春梅今後會有那麼好的命運，就算有那麼好的命，她也要從現在起就給春梅阻攔掉。所以吳月娘對龐春梅就毫不留情，讓她罄身出府。萬萬沒有想到，龐春梅後來到了守備府以後，果然就生兒子了，而且被扶正當了正妻。守備夫人按照官方的標準裝扮，就比吳月娘這樣一個提刑官夫人華美多了、高級多了。吳神仙的那些話真的應驗了。

後來吳月娘還遇到一個劫難，前面講了，家裡有個小廝誣告她，鬧到官府去，幾乎成了滅頂之災。因為在永福寺偶遇春梅，春梅當時說了，有什麼事可以找她幫忙。事態到了這種地步，吳月娘也只好試著請春梅幫忙。春梅跟守備一說，周守備果然就幫了忙，當然吳月娘就被無罪釋放，完全解脫。吳月娘既高興，又尷尬。她高興的是自己終於擺脫一個劫難；尷尬的是，到頭來幫自己的是被自己嚴令罄身出府的女子。

後來書裡就有一段有名的情節叫做「春梅姐遊舊家池館」。吳月娘為了感激龐春梅，也為了求得進一步的保護，表示願意和龐春梅保持密切來往，就邀請她回到西門府來做客。龐春梅怎麼來的呢？她坐著四抬大轎。書裡前面寫吳月娘坐轎子，她的規格無非是兩臺，就是前頭一個轎夫，後面一個轎夫。但現在春梅作為守備夫人，她坐的轎子就是四抬的大轎子，前頭兩個轎夫，後頭兩個轎夫。從轎子的規格來說，就非常氣派。她當時什麼打扮呢？「戴著滿頭珠翠金鳳頭面釵梳，胡珠環子，身穿大紅通袖四獸朝麒麟袍兒，翠藍十樣錦百花裙，玉玎璫禁步，束著金帶」。這個服飾我就不細加解釋了，總之就是吳月娘一輩子沒有這麼穿戴過的。吳月娘原來出去做客，坐一個兩人抬的轎子，當然就已經很富貴、很風光了，滿頭金銀首飾，也是很體面。現在春梅大大超越了當年吳月娘的打扮。其中有一個細節叫做「玉玎璫禁步」，這是一種鑲著玉石的金子做的身上的佩戴物。而且她用金子做的腰帶好氣派。

當年吳月娘出去活動，頂多是兩個小廝、兩個丫頭跟著轎子走，再排場一點，四個丫頭，排場就到頭了。現在龐春梅是「軍牢執藤棍喝道，家人伴當跟隨」，一大群人跟著轎子，而且因為她是守備夫人，守備是武官，所以轎子前還有軍人拿藤棍喝道。喝道就是在轎前打前站，大聲吆喝「守備夫人來啦，肅靜迴避」，街上的人就紛紛地往兩邊散開，讓路。當年吳月娘在街上走，雖然有前後兩個轎夫抬著轎子，有僕人、丫頭尾隨，但哪有這種氣派？當時西門慶的官沒做到這個地步，沒這個待遇，沒這個規格，但是現在龐春梅就達到這種規格了。不是幾個小廝、幾個丫頭尾隨，而是一大群人，前頭是軍人開路，後面是男僕、女僕一大堆，就這樣來到了她當年居住過的西門府。

當年吳月娘讓春梅罄身出府，衣服不許帶，鋪蓋不許帶，首飾都不許拿，現在有了為難的事，還是求了春梅，為了以後有個保護，又請她來做客。春梅錦衣華服、浩浩蕩蕩地回來。這段描寫我覺得把龐春梅刻畫成一個復仇女神，並且她對不同的復仇對象採用不同的手段。在西門府裡面，她和孫雪娥是死對頭，大吵過，後來孫雪娥和僕人私奔被官府捉拿，官府讓西門府把她領回去，因吳月娘拒絕，她被官賣了。春梅報復她的手段就是把她買回來，讓她跪下，把髻摘了，把華麗的衣服脫了，滾到廚房去，老老實實給春梅做廚娘。讓她做一碗雞尖湯，寡淡無味，重做；重做鹹了，打一頓再發賣。春梅對孫雪娥的復仇手段就是肉體摧殘，最後乾脆把她賣入娼門。孫雪娥當時被薛嫂領走以後賣給一個叫潘五的人，他自稱商人，實際上是個水客（一種專為妓院提供妓女的人販子）。後來孫雪娥很悲慘地死去。

春梅對吳月娘的復仇是另外一種辦法。她滿臉帶笑，還給吳月娘幫忙，吳月娘請她來做客，她還真來，來了以後左一聲「奴」，右一聲「奴」，見了吳月娘故意插燭似的去拜。過去把蠟燭插在蠟臺上，插燭似的去拜是整個頭都砸在地上。這種復仇方式，用現代語言叫做用「橡皮鋼絲鞭」抽打你。鞭子的外面包著一圈橡皮，看著很柔軟，但抽在身上的話，隔著衣服，鞭鞭見血痕，對吳月娘的自尊心是極大的打擊。龐春梅是一個傑出的復仇女神，她對吳月娘的報復手段特別高明，特別具有殺傷力，讓吳月娘有苦說不出。吳月娘除了表示熱烈歡迎，除了表示尊重，沒有別的應付辦法。

進入西門府，春梅就在花園裡面做了一次遊覽。西門慶死後，西門府的經濟來源越來越枯竭，吳月娘不得不緊縮開支。當時潘金蓮和李瓶兒住過的花園已經完全破敗，一片頹敗的景象。春梅故意要在那裡遊覽，當然除了報復月娘之外，她確實還有懷舊之情。這個時候書裡有一筆寫得很細，春梅就問吳月娘，家裡的拔步床哪裡去了，尤其是潘金蓮那張和李瓶兒當年的螺鈿拔步床。把一些貝殼打磨以後鑲嵌在木頭裡面，作為一種高級裝飾，叫螺鈿。螺鈿拔步床就是用高級木料再鑲嵌上貝殼製品所做成的拔步床。前面我幾次提到拔步床。拔步床四處有頂，前面有廊子，廊子的一側是一個梳妝臺，另一側是一個能夠不讓晦氣飄散出來的馬桶，側面不是密封的，可以有多寶格，有可以開合的單格，拔步床其實就很像一個獨立的屋子。什麼叫拔步？有兩個解釋，一個是說它前面有個廊子，因此也有一個門檻，你走進去，要把腳抬起來，要拔步；另外還有一種說法是說拔步床很大，前頭你走一走要走八步，側面你走一走還要走八步。

當時婦女最盼望自己能擁有一張拔步床。根據書裡描寫，吳月娘的正房用的是炕。在《金瓶梅》裡面，關於住房的描寫和後來《紅樓夢》裡面對住房的描寫有一致之處，是一種南北睡具的混合使用狀態，有炕也有床。吳月娘的正房應該很大，炕上面的被褥裝飾品應該很豪華、美麗，但是吳月娘沒有用拔步床。李嬌兒從妓院嫁過來，她也沒有拔步床。書裡明確寫到孟玉樓有兩張南京出產的拔步床，潘金蓮嫁過來的時候沒有拔步床。李瓶兒嫁給西門慶時，把她第二個丈夫花子虛遺留下來的財產能挪的，都挪到了西門府，其中就有拔步床。潘金蓮和春梅因為自己沒有拔步床就覺得很不爽，就跟西門慶開口要，後來西門慶果然就花大筆銀子給她們買了拔步床。

現在龐春梅遊舊家池館，一看拔步床不見了，就問吳月娘，吳月娘就不得不說實話。孟玉樓改嫁，吳月娘很大度，願意她改嫁過新生活，而且兩人之前相處得很好，就讓孟玉樓把潘金蓮屋裡的拔步床帶走。孟玉樓打算將兩個丫頭留一個給月娘，吳月娘也都讓她帶走。李瓶兒的螺鈿拔步床，和後來西門大姐死後抬回來的原來孟玉樓嫁過來時帶的拔步床，因為家道中落，後來都變賣了，補貼家用。

當年西門府裡面的吳月娘何等尊貴，春梅雖然靠自己立了威風，也得到主子的喜愛，但她的地位始終只是一個丫頭。她是罄身出府的，現在她回到西門府，充分展示自己目前的富貴尊嚴，後來又風風光光地離開了西門府。我們想一想，吳月娘在送走龐春梅之後，是什麼心情？

第四十八講　愛無著落只剩空虛

龐春梅縱慾而亡

❖導讀

上一講我告訴大家吳月娘和龐春梅清明節在永福寺重逢，春梅以禮相待。後來吳月娘遭小廝誣陷求助於春梅，春梅透過周守備幫吳月娘化解了這個劫難。吳月娘為了感謝春梅，邀請她來西門府赴宴。當年春梅罄身出府，現在她滿頭珠翠金鳳，身穿錦衣華服，坐著四抬大轎，軍牢喝道，家人伴當跟隨，風光無限地回到西門府，滿臉帶笑，不斷地稱自己為「奴」，實際上就是用「橡皮鋼絲鞭」抽打吳月娘，鞭鞭見血痕。那麼，龐春梅後來命運的軌跡和最終結局是怎樣的？請看本講內容。

這一講開頭我再把兩個人先講一講，就是張勝和李安。張勝這個角色出現得很早，當年西門慶對付蔣竹山時，出面的是兩個搗子，就是市井流氓，一個是草裡蛇魯華，一個是過街鼠張勝。西門慶給他們一點銀子，讓他們去蔣竹山的藥鋪訛詐。所以，張勝出場的時候形象很不雅，是一個夥同魯華去訛詐人的地痞流氓。後來書裡就沒怎麼寫魯華的事，張勝卻不斷地被寫到，他被守備府聘用，成為周守備的親隨。親隨不是一般的僕人，而是最信任的高級僕人。還有一個跟張勝地位平等的親隨李安。兩人都是武藝很好的男子。

前面我講到，張勝抱著金哥兒去看熱鬧，看周守備審犯人，發現了陳經濟，金哥兒當時就伸出小胳膊非要陳經濟抱他，張勝當然覺得很奇怪，回來以後就告訴了龐春梅。春梅也覺得奇怪，出來偷看，發現被審問的是陳經濟，是她的情人。春梅當時隱瞞了陳經濟的真實身分，她跟周守備說，這個人是她的一個親戚，得把他放了。當時周守備對龐春梅是百依百順，就把陳經濟放走了。其實龐春梅當時恨不得馬上就把陳經濟留在守備府，可是春梅當時想不出一個正當的理由。她讓丈夫放了一個親戚是可以的，但把他留下來住在府裡算怎麼回事？春梅一下子編造不出更多理由，加上當時孫雪娥還在守備府上，她知道陳經濟的底細，沒把她打發走之前還是不適合讓陳經濟進守備府，所以春梅當時就由著陳經濟走掉。陳經濟走了以後春梅就後悔了，於是她就把張勝找來，囑咐他去尋找陳經濟。張勝抱金哥兒的時候看過陳經濟，能認出陳經濟，比較好找。所以春梅就把任務單交給了張勝，讓他去尋找那天開始被老爺打，後來被老爺釋放的那個人。張勝就答應了。

從書裡的描寫來看，張勝到了守備府以後好像變了一個人，不像當年夥同魯華在獅子街訛詐蔣竹山，砸人家生藥鋪的時候那樣凶殘、面目可憎。他到了守備府以後，全方位地為守備和守備夫人服務，還幫忙抱孩子、哄孩子，說明他和主子的關係已經非常和諧。如果不信任這個人的話，怎麼會把孩子交給他抱著？所以周守備和龐春梅都很信任張勝，張勝也就非常努力服務他們。

清河縣雖然只是個縣城，但按書裡描寫三街六巷，居住的人很多，很繁華，找陳經濟這個任務很難完成，張勝就非常認真、努力地去完成這個任務。一天張勝被龐春梅派去做一件很美、很雅的事，讓他到城外的花圃買芍藥花。張勝就騎著馬，托著一個筐子，到了郊外的花田，買了滿滿一筐芍藥花。這是一個很美麗的畫面，一個壯漢騎了一匹馬，一手抓著馬繮，一手托著一個大花筐，筐裡面全是剛剛剪下來的美麗的芍藥花。

張勝一邊騎著馬，一邊還在四處張望，因為他還有另外一個長期的任務，就是找陳經濟。當時陽光燦爛，在一處牆根底下，有些做苦力的人正在歇工、曬太陽，其中有一個人有點面熟，引起了張勝的注意。張勝停下馬仔細一看，就是那天在守備府先被拷打，後被釋放的那個人，應該就是陳經濟。於是張勝跳下馬，走過去，跟他打招呼。陳經濟那個時候已經落魄到飯都吃不飽的程度，只能做苦力。張勝朝陳經濟走過來，陳經濟開頭還挺害怕。張勝問他：「你是不是姓陳，叫陳經濟？」陳經濟點頭稱是，張勝便抱拳給陳經濟行禮，說：「可找著你了。你姐姐急死了。快跟我走。」於是在春天陽光燦爛的一天，一匹很健壯的馬，上面不僅坐了一個壯漢張勝，而且張勝還讓陳經濟上了馬，坐在他身後，抱著他的腰。張勝一手操縱著馬韁，一手還托著裝滿了芍藥花的大花籃，不緊不慢地朝守備府走去。

你們想想這個畫面：一個春天芍藥花盛開的畫面，一個人辛苦尋找另一個人，找到了他很高興；被尋找到的人已經走投無路，都快要餓了，忽然有人來解救他，也應該是很高興的。就這樣一匹馬馱著兩個人到了守備府，張勝出色地完成了龐春梅交代的任務。

為什麼要特別提到張勝呢？從書裡我上面所講的情節來看，張勝應該是守備府僕人當中最好的一個。他不但忠心耿耿地為周守備服務，更為龐春梅分擔各種事情，從抱孩子到買芍藥花，乃至幫找到她所謂的親兄弟陳經濟，他都很出色地完成任務。陳經濟被龐春梅豢養以後，為了掩人耳目，春梅還給他張羅了一樁婚事，娶了葛翠屏為妻。這樣陳經濟堂而皇之地在守備府裡面，以小舅子的身分生活起來了。龐春梅愛陳經濟，但陳經濟並不專一，心思並不都在龐春梅身上。陳經濟在守備府住了一段時間以後就覺得渾身發癢，不舒服，後來就提出來讓姐姐、姐夫出資，他繼續在清河縣運河邊的臨清碼頭做生意。這樣陳經濟就拿著周守備給他的銀子到臨清去。他哪裡是做生意，他在那裡又吃喝嫖賭。他原來就在那裡包養過妓女，這次他在那又包養了一個暗娼。這種生活方式難免會和當地的地痞流氓產生矛盾，陳經濟又和當地的大地痞劉二發生矛盾，產生了糾紛，甚至發生激烈衝突。

劉二跟張勝有姻親關係，張勝是劉二的姐夫，劉二是張勝的小舅子。張勝一方面為守備府服務，一方面他有自己的私生活，他也經常到臨清碼頭尋歡作樂。在那裡他發現一個賣唱女子，他很喜歡。這個賣唱女子不是別人，是西門慶之前第四房小老婆孫雪娥。當時孫雪娥在娼妓頭子的逼迫下改名字，但張勝認得這個女子，因為她曾經被守備府買到府裡做過廚娘，兩人可能沒說過話，但是互相臉熟。張勝當時就看上了孫雪娥，就跟劉二說讓這個女子陪他。在這個過程當中，兩人動了真情好上了。這樣張勝去臨清碼頭不找別的女人了，就找孫雪娥，兩人形成一種特殊關係，張勝成了孫雪娥的嫖客。

有一天，周守備被皇帝調出去出征了，不在守備府。陳經濟就從臨清碼頭回到守備府。他並不跟他名義上的妻子葛翠屏在一起，而是和龐春梅聚在一起談情說愛。陳經濟跟龐春梅說，他在臨清碼頭被一個叫劉二的人欺負了。本來春梅聽著也沒太在意，後來陳經濟再往下說就讓龐春梅心裡不平靜了。陳經濟說，劉二是守備府裡張勝的小舅子，劉二太可氣了，張勝也不是東西，他到了臨清碼頭，找的娼妓就是孫雪娥。龐春梅是最恨孫雪娥的，她沒想到孫雪娥被她轟出去之後，居然跟府裡的張勝好上了。龐春梅當即就跟陳經濟表態，等守備一回來，她立刻跟守備說把張勝除掉，劉二就更好辦了。萬萬沒有想到，所謂「牆有縫，壁有耳」，他們的對話被窗外的張勝聽到了。張勝為什麼有機會聽到？因為他太受龐春梅信任了，他可以幫她抱孩子，幫她到城外花田去買芍藥花，陳經濟也是他幫忙找回來的，所以別人不可以在守備府裡面隨便走動，張勝是可以的，他有這種特權，他偏偏走到窗外聽到了這段對話。這時候張勝的本性就爆發出來了。他是好惹的嗎?他是過街鼠，他當年也是清河縣有名的地痞，也是一霸。他為龐春梅做了那麼多事情，可龐春梅不念他的功勞，還說等守備一回來就把他害死，這還得了。聽完這話以後，張勝就立刻回到住處取刀。正好這個時候丫頭過來找龐春梅，說孩子現在鬧呢，好像是病了，龐春梅就急匆匆地回到住處看孩子。等張勝拿了刀，衝進書房，龐春梅已經不在了，但是陳經濟在，張勝就拿刀把陳經濟給殺了。

蘭陵笑笑生寫的這一幕真夠驚心動魄。按道理，張勝對龐春梅和陳經濟有恩，沒有他忠心耿耿為龐春梅服務，沒有他辛苦尋找陳經濟，龐春梅和陳經濟就沒有現在的生活。可是蘭陵笑笑生就寫出了人性的陰冷。這兩個男女對張勝視若草芥，根本不去想一想張勝為他們做了什麼，對他是不是應該手下留情。他們居然冷酷無情商量，等守備一回來，立刻找個理由把張勝殺掉。張勝本來想把龐春梅和陳經濟一塊殺掉，但因為龐春梅的孩子不舒服，她臨時抽身躲過一劫，陳經濟就被殺了。

陳經濟被殺的時候，當然會大喊大叫，府裡其他人很快就被驚動，他們循著喊叫聲來看是怎麼回事，就發現張勝提了一把滴著血的刀。另外一個周守備的親隨李安一看，是張勝殺了人，就和張勝對打起來。最後李安又找來其他人，拿了棍棒，一起追打張勝。張勝雖然武藝不錯，但是寡不敵眾，最後就被亂棍打死了。周守備回來以後，當然就要處置劉二。在官兵到達臨清以後，劉二試圖反抗，結果也被亂棍打死。孫雪娥在絕望當中就上吊自殺。龐春梅僥倖活了下來，在守備面前她當然不說實情，守備就以為是張勝要劫財，殺死了陳經濟，於是繼續寵愛龐春梅。

後來周守備升官，升為統制，龐春梅成了統制夫人，就更神氣了。龐春梅見李安是一條好漢，在張勝事件當中挺身而出，最後制服並打死了張勝，就很欣賞他。那個時候周統制年紀已經很大，根本不能滿足龐春梅的性要求，龐春梅就要求李安獻身。李安在這種情況下明白了，自己和張勝都是貴族人物的工具，人家今天可以使用你，明天就可以拋棄你，他不想再去為這些人服務了，於是他就離開了統制府，投奔他的叔叔李貴去了。

龐春梅後來在周統制再次出征的時候，慾壑難填，和一個老僕人周忠的兒子周義私通。周義才十九歲，比龐春梅小十歲，眉目清秀。最後龐春梅縱慾過度，死在周義身上。

蘭陵笑笑生塑造出龐春梅這個形象，引起無數讀者詫異。有讀者跟我討論《金瓶梅》，問了我這樣的問題，說蘭陵笑笑生為什麼寫這麼一個女性呢？他要肯定她什麼？否定她什麼？想告訴讀者什麼呢？我的回答是：蘭陵笑笑生寫人物不設前提，他不給任何人物貼標籤，他就寫一個生命，就寫她這麼活，這麼過，這麼愛，這麼恨，這麼說，這麼做，這麼死；他只是負責告訴我們，這個人是怎麼個來歷，是什麼樣的生活軌跡，最終結局是什麼。至於他對不對，錯不錯，如何評價，蘭陵笑笑生不負責下判斷。這種寫法是非常獨特的，我們在後面還要專門分析。

第四十九講　失去約束惡性暴發　陳經濟禍害後院

❖導讀

上一講講到春梅讓張勝找到了陳經濟，春梅讓陳經濟以她兄弟的身分生活在守備府，還幫他娶妻，實際上他們常常偷情。後來陳經濟被張勝所殺，春梅又看上了守備親隨李安，但李安不受誘惑，離府投奔他的叔叔山東夜叉李貴去了。春梅不得已求其次，勾搭上老僕人周忠十九歲的次子周義，春梅慾壑難填，常留周義在香閣，最終縱慾無度而亡。前面我講了不少關於陳經濟的故事，上一講還講到陳經濟被殺死，可這個人的來龍去脈還不是很清楚，他的生命軌跡究竟如何？請看本講內容。

《金瓶梅》這本書裡面塑造了兩個角色，都讓人讀了以後很吃驚，一個是前面講過的龐春梅，一個就是現在要給你細講的陳經濟，作者把這兩個人的人性展示得淋漓盡致。陳經濟在書裡面的戲分很多，如果說書裡面西門慶是男一號，那麼陳經濟就可以叫做男二號。

書裡開始就說西門慶和前妻生的女兒西門大姐，嫁給了東京陳洪的兒子陳經濟，書前面交代陳洪的身分很含混，直到後面才交代出來，陳經濟的父親陳洪是個賣松槁的商人。有一種松樹會長得很直，把它砍伐放枯了以後叫做槁木，可以當作建築材料，那個時代很流行在紅白喜事場合用來扎棚子。此外，據說陳洪是朝廷一個重臣楊戩的親家。有的人熟悉《封神演義》，會說楊戩不是二郎神嗎？在宋徽宗時期，有一個奸臣叫楊戩，那個時候民間還沒有把二郎神的名字說成是楊戩。楊戩實際上是太監出身，陳洪是他親家，很可能就是陳洪有一個女兒嫁給了楊戩的養子或者侄子。當然也可能是更寬泛的關係，像西門慶後來巴結朝中的權貴蔡京，最後就和蔡京的管家翟謙拉上關係。翟謙給西門慶寫信要美女，西門慶就把他的夥計韓道國的女兒韓愛姐認為義女，並派人把她送到京城，做了翟謙的小老婆，這樣翟謙和西門慶之間也有了姻親關係。陳洪也可能是這個情況，不一定是自己的親女兒嫁給了楊戩的養子或侄子，有可能是一個下面的人。但是不管怎麼說，陳洪和楊戩攀上關係。

沒想到後來皇帝對楊戩大怒，將他治罪，牽連到陳洪。因為陳洪的兒子陳經濟是西門慶的女婿，所以西門慶也受到牽連。陳經濟帶著西門大姐從東京逃到清河縣，投奔西門府，後來就一直住在西門府裡面，和西門慶以及他的幾房妻妾共同生活。

陳經濟初到西門府的時候，西門慶和吳月娘就安排他和西門大姐住前院。西門大姐是一個女性，所以她可以隨便到後院去，因為後院住的都是女眷，幾房妻妾都住在二進以後的院子裡。而陳經濟作為一個男子，是不能夠進入後院的，他就始終在前院活動。西門大姐可以到後院吃飯，而陳經濟的飯食是後邊做好以後，讓人給他送過來。

陳經濟一開始的表現還挺勤謹的，西門慶讓他參與店鋪經營，他就很認真地幫著算帳。後來西門慶要改造花園，把購買的花子虛的花園和自己的花園連通起來，陳經濟作為花園改造工程的監工，也比較認真。這樣陳經濟就給吳月娘留下了很好的印象，認為他是一個至誠的女婿，所以，有一天吳月娘主動提出來「**人家的孩兒在你家，每日起早睡晚，辛辛苦苦，替你家打勤勞兒**」，應該慰勞慰勞他。吳月娘是站在第三者的立場來說話，「你家」就是她自己家了，就是說陳經濟本來並不是他們的兒子，只不過是一個女婿，可是現在起的作用跟兒子差不多，讓他管生意他很積極，做花園改造的監工也很認真。所以，吳月娘說置辦一桌酒席，款待陳經濟一下。孟玉樓馬上就附和說很好，應該這樣做。於是吳月娘就在某天安排了一桌酒席，把陳經濟從前院請到了後院，這樣陳經濟的活動空間就大大拓展了。原來他只能在前院活動，在院子外頭的店鋪裡活動，後來就可以進入二進、三進、四進。

陳經濟進後院以後，開頭也表現得很恭順，從和大家一起吃飯喝酒發展到一起打牌，喝酒的時候可能陳經濟比較拘束，但一打牌他就放開了。書裡說陳經濟「自幼乖滑伶俐，風流博浪牢成」，而且他有個致命的秉性「見了佳人是命」。吳月娘招待陳經濟，並沒有把所有的小老婆都召喚來，其中就不包括潘金蓮，但在她們打牌期間，潘金蓮不請自來。只聽帘子一響，一個美人從帘子後面走進來了，笑嘻嘻地說：「我說是誰，原來是陳姐夫在這裡。」說這話的美人就是潘金蓮。一見潘金蓮，陳經濟不覺心蕩目搖，精魂已失，正好比「五百年冤家相遇，三十年恩愛一旦遭逢」。書裡寫潘金蓮和陳經濟第一次見面，兩人就擦出了火花，都想勾搭對方。

吳月娘萬萬沒有想到，她看錯了陳經濟，把他從前院引到後院，就是引狼入室。自從陳經濟進入後院以後，西門府裡就越來越混亂，但是一開始吳月娘沒有覺察到。書裡有大量篇幅描寫西門慶在世的時候，潘金蓮就和陳經濟互相勾搭，例如第二十四回「經濟元夜戲嬌姿」，第二十八回「陳經濟僥倖得金蓮」，第三十三回「陳經濟失鑰罰唱」，第三十九回「散生日經濟拜冤家」，第四十八回「弄私情戲贈一枝桃」，第五十一回「鬥葉子經濟輸金」，第五十二回「潘金蓮花園調愛婿」，第五十三回「潘金蓮驚散幽歡」，第五十七回「戲雕欄一笑回嗔」。這麼多回裡面都寫到了潘金蓮和陳經濟互相調笑、偷情的事情。所以，不是在西門慶死之後，潘金蓮、春梅才跟陳經濟勾搭，在這之前陳經濟和潘金蓮就有很多這種事情。

吳月娘的確是引狼入室，如果她一直規範陳經濟的行為，陳經濟作為一個年輕男子，就在前院活動，前院也是一大進院子，他跟西門大姐這樣過日子不挺好的嗎？可是後來吳月娘被陳經濟的表現所朦蔽，准許陳經濟隨意進入後院，一旦陳經濟可以隨意從前院進入後院，他人性當中惡劣的一面就開始展露無遺。可惜吳月娘始終沒有發覺陳經濟的真面目，西門慶活著的時候也沒有發覺。所以，西門慶在臨終的時候，甚至還把陳經濟當作自己的兒子一樣，在經濟事務方面，給他留下詳細的遺囑。某種程度上，西門慶已經把陳經濟當作家族經濟事務的繼承人。西門慶萬萬沒有想到，其實在他死前，這個女婿就跟他的第五房小老婆潘金蓮不乾不淨，他死了以後，陳經濟就更加肆無忌憚地和潘金蓮通姦，而且春梅也參與其中，使得西門府成了淫窩。

書中寫了一種封建大家庭的規範，就是年輕男眷不能隨意進入府主妻妾的活動空間。本來這種規範在那個時代還是有一定意義的。書裡的吳月娘，雖然她是一個恪守封建禮教的女性，但是在防備陳經濟方面，她放鬆了。西門慶在世的時候，吳月娘竟然主動約請陳經濟進入後院。若僅僅是在後院備一桌酒席，款待他、表揚他一下，說他給岳父在店鋪算帳算得很好，很勤謹；後來他作為花園改造的監工，工作也很認真；花園蓋好了以後，工作也很負責。一次性表揚完，請陳經濟回到前院不就完了嗎？吳月娘千不該萬不該覺得陳經濟真是一個至誠的好女婿，就心疼起他來。吃完飯、喝完酒以後要留下他一塊打牌，開頭陳經濟還只是一個旁觀者，是西門大姐上桌。後來陳經濟看有機可乘，就替代了西門大姐，因為西門大姐不是很喜歡打牌，這樣陳經濟就和他岳父的妻妾平起平坐，一桌打牌了。所以，吳月娘在與陳經濟的相處上失察、失度。

清代康熙朝的張竹坡酷愛《金瓶梅》，二十九歲去世，他生前不做別的事，就評點《金瓶梅》。他對吳月娘做了很苛刻的評價，認為吳月娘治家是失敗的，她不能夠很好地規勸西門慶，導致西門慶後來的生活越來越荒唐，乃至縱慾而亡。當然他也批評吳月娘不該一開始就失察，竟然引狼入室，讓陳經濟從前院很輕易地進入後院。這個頭開了以後，陳經濟後來就隨隨便便地在後院活動，北京話叫做「平趟」，有事沒事，他都可以進入他岳父的妻妾生活和活動的空間。

陳經濟在西門慶臨死的時候，還在床榻前聆聽了西門慶對他的一大篇遺囑。西門慶未死之前，大面上陳經濟還是照著西門慶的指示一一進行處理，但是西門慶死了以後，陳經濟就越來越荒唐，除了和潘金蓮、春梅偷情，他還開始蠶食鯨吞西門慶的財產。後來陳經濟被告發了，吳月娘開頭不信，後來她親自考察，證明這個女婿確實已經不成樣子，必須把他轟走。

在吳月娘發現陳經濟不對頭以後，轟出去之前，吳月娘重新宣布陳經濟只能在前院活動，不許他再進後院，西門大姐也不再跟陳經濟住一塊了，吳月娘把西門大姐調到後院廂房居住。這說明吳月娘還是後悔當年引狼入室，居然讓陳經濟從前院進入後院，甚至後來發展到隨便出入，但這個時候後悔已晚。最後吳月娘接受了孫雪娥擬定的方案，等於是搞了一次群眾運動，孫雪娥帶頭，僕婦、丫頭齊動手，拿著棍棒和棒槌，把陳經濟一頓亂打，打得他無可奈何，只好靠脫褲子逃脫。陳經濟很狼狽地從後院走到前院，乾脆走出了西門府。

陳經濟離開西門府以後到哪兒安身呢？陳經濟的父親陳洪在清河縣有舊宅。當時他的父母都在東京，家裡住的是他的舅舅張團練（團練是一個官名）。張團練一看陳經濟回來了，當然得接納他，因為這房子本來就是陳家的。所以，陳經濟不是離開西門府以後無處落腳，他還可以到他父親的舊宅去。

第五十講　不成器的敗家子

陳經濟氣母打妻

❖導讀

上一講告訴你陳經濟的身世，他的父親陳洪原是清河縣一個賣松槁的商人，後來遷往東京並和權臣楊戩結為親家。不料朝廷起了政治風波，楊戩被治罪，牽連到陳洪，陳經濟就和西門大姐從東京返回清河避難。西門慶安排陳經濟在鋪子裡算帳並監管花園工程，開始陳經濟表現得不錯，吳月娘以為他是個至誠的女婿，在後院設宴犒勞他，從此陳經濟得以在後院自由出入。但陳經濟生性風流，在西門慶生前就和潘金蓮、春梅有私情，西門慶死後更是肆無忌憚地與她們通姦。吳月娘聯合府裡的僕婦和丫頭將他趕出西門府。陳經濟離開了西門府，到他舅舅張團練那裡居住，在這以後又做了好幾件荒唐事，是哪幾件荒唐事呢？請看本講內容。

陳經濟離開西門府以後，又做了好幾件荒唐事。第一件就是他聽說自己離開西門府不久，吳月娘就讓王婆把潘金蓮領走，他就想迎娶潘金蓮。於是他去找王婆，沒想到王婆獅子大開口，問他要一百兩銀子，他當時下定決心非把潘金蓮娶過來不可，但他在清河縣籌不到一百兩銀子，他就打算到東京去找他的父母，想方設法要一百兩銀子把潘金蓮買下。

有的讀者就會問了，陳經濟的父親受楊戩一案的牽連，上了黑名單，是不是都已經被抓起來下獄？是的。但是故事發展到這個階段的時候，朝廷大赦，陳洪被放出來了。陳經濟為了娶一個娼婦問父母索要銀子，這在當時是很不孝順的行為，而且非常不像話，畢竟他的父親剛從監獄回家，家裡的經濟情況可能比較拮据。但陳經濟不管，他打定了主意。沒想到陳經濟剛一到家，他的父親就死了。因為陳經濟的父親被關進監獄的時候身體就垮掉了，精神也垮掉了，於是回家以後就死了。這時陳經濟就面臨給父親安葬的問題。陳經濟的母親說：「咱們是清河縣的人，還有祖業，你得把你父親的靈柩運回清河，好好給他安葬。」陳經濟不得不答應。但是，他對父親一點感情都沒有，不想真正盡孝道。陳經濟就對他的母親說：「現在路上不太平，我先把一些家裡的細軟箱籠運回清河，做好準備，下一步我再到這來把父親的靈柩運回清河安葬。」

陳經濟的母親開頭不同意，後來被他說服了，說：「那樣也好。但是你要儘快把這些事情都做妥當。」於是陳經濟沒有及時把父親的靈柩運回清河，而是先帶著家裡的一些細軟箱籠回清河縣的陳家舊宅。他舅舅張團練還很識趣，一聽說陳洪去世，而且靈柩要運回來，陳經濟以後要在這長住，就搬走了，把清河縣的陳家舊宅完整地交給陳經濟。陳經濟回到清河縣後，把他帶來的那些細軟箱籠變賣一部分，籌了一百兩銀子，然後拿著這一百兩銀子去找王婆和潘金蓮。誰料陳經濟剛走到王婆所住那條街的街口就嚇了一跳，只見街口貼了捉拿犯人的告示，捉拿的就是武松。這時陳經濟才知道武松已經把潘金蓮和王婆都殺了，而且兩個人的屍體被草草地掩埋在街邊。陳經濟迎娶潘金蓮的計劃當然就落空了。後來他打聽到潘金蓮被人從街邊挖出來，重新裝殮，埋在了永福寺後院的空心白楊樹下，於是他找到那個地方祭奠潘金蓮，這證明他對潘金蓮還是有點感情的。

陳經濟覺得他必須報復吳月娘，就準備向官府遞狀子，說吳月娘把他趕出來，還霸占他當年從東京帶來的大量財富，得還給他。這種情況下，吳月娘就做出一個決定，讓人把西門大姐送過去，同時把他們在前院那些細軟箱籠也都一塊送過去。這樣的話，陳經濟就告不成。因為在陳經濟遞狀子之前，人和財吳月娘都給他送到了。陳經濟仍然要告，他說吳月娘現在送來的這些細軟箱籠，只不過是他和西門大姐的那部分財產，當時他投奔西門府時從東京帶來了很多財產，都是他父母讓他帶過來寄存的，這部分財產吳月娘也得還給他。吳月娘堅稱，該給陳經濟的都給了，東西就是這些。陳經濟堅持說吳月娘藏匿了另外很大一部分，得還給他。所以，陳經濟和吳月娘之間的糾紛一直存在，一直延續著。

西門大姐被送到陳經濟那裡以後，兩個人沒法過，三日一場嚷，五日一場鬧。西門大姐是一個很可憐的女子，遇人不淑，沒有嫁給一個好丈夫。但是，當時從名義上來說，西門大姐確實還是陳經濟的媳婦，陳經濟想用一紙休書休了她也不是件簡單的事。何況那個時候他母親帶著他父親的靈柩回到了清河，他還得在附近安葬他父親，還得贍養他的母親。陳經濟的母親在，陳經濟要把西門大姐休掉，難度就更大一些。

陳經濟下一步怎麼生活？他說他要做生意，逼著他母親給他銀子，還有他舅舅張團練也得給他銀子，最後一共湊了五百兩銀子。陳經濟自己又不會做生意，就和一個叫楊大郎的狐朋狗友合夥做生意，這個楊大郎大名叫楊光彥，綽號叫鐵指甲。陳經濟和楊大郎就到清河縣的臨清碼頭販布。可是陳經濟沒有把心思用在認真做生意上，他吃喝嫖賭，四處鬼混，還和一個叫馮金寶的妓女好上了。如果陳經濟只是和馮金寶保持嫖客和妓女的關係倒也罷了，他後來竟然花了一百兩銀子把馮金寶買下來帶回了清河，跟自己住在一起。陳經濟的母親一看陳經濟做生意不但沒掙著錢，還大把地花錢，甚至帶回一個妓女，就被活活氣死。

所以，陳經濟真是一個很古怪的生命，他人性當中的惡真是太重了，自己的親生母親都能被他活活氣死。表面上好像陳經濟還是挺孝順的，三間正屋的中間那間用來安放父母的靈牌。但是其餘兩間他都讓妓女馮金寶住，而明媒正娶的西門大姐被他轟到了耳房居住。陳經濟就荒唐到這種地步。他繼續和楊大郎合夥做生意，在院門外開了家布店，但他依然沒有認真經營，整天和馮金寶鬼混。

後來他又做了一件荒唐事，這件事在前面講孟玉樓的時候已經講過，這裡簡略地說一說。陳經濟和楊大郎合夥販布，後來就搞了半船絲綿綢絹，沿著運河往南運行，停在湖州碼頭附近。在那個地方陳經濟心生一計，就跟楊大郎說，他有個親戚在離這兒不遠的浙江嚴州府，他去找這個親戚一趟，船就停在碼頭等他，他去去就來，於是陳經濟就到嚴州府找孟玉樓去了。當時孟玉樓和她的丈夫李衙內跟隨公公婆婆到嚴州府，陳經濟到了嚴州府就對孟玉樓實行訛詐，但訛詐不成反被孟玉樓和李衙內設計拿捕。在審查的時候主審官員對陳經濟一頓胡亂地審問，竟然相信了陳經濟的話，把他放了。後來陳經濟只好再回到碼頭找那艘船，可是到碼頭一看，船不見了，原來他的生意合夥人楊大郎趁著陳經濟不在的空當，把半船貨運走去販賣，私自侵吞這只船上的貨物。所以，陳經濟的生意徹底失敗，他非常狼狽，連回清河的盤纏都沒有，最後衣衫襤褸，掙扎著回到清河的家裡面。

回家以後他四處尋找楊大郎，可楊大郎躲起來了，他找不著楊大郎就和馮金寶鬧氣。陳經濟跟馮金寶鬧氣倒也罷了，他不在家時，馮金寶跟西門大姐也鬧氣，兩人對罵。馮金寶並沒有正式成為陳經濟的小老婆，就是陳經濟包養的一個妓女。但是，在馮金寶和西門大姐爭吵的時候，陳經濟選擇偏向馮金寶。陳經濟居然對西門大姐說，她還不如馮金寶一個腳趾頭。陳經濟把他賣貨被人騙這種生意上失利的惡氣全都爆發出來，對西門大姐實行家暴。他一把拽過西門大姐的頭髮，對她拳打腳踢，打到西門大姐鼻口流血。當天晚上，西門大姐就在耳房上吊自殺，年僅二十四歲。

西門大姐在書裡面出場的次數挺多的，但是蘭陵笑笑生對她的刻畫不夠豐滿，作為藝術形象比較蒼白。我們現在想一想，西門大姐和書裡面寫到的另外一個小生命迎兒很類似，她們始終處在一種被冷落、被歧視、被侮辱、被損害的狀態當中，她們的生命沒有人尊重。西門大姐表面上好像比迎兒要幸福一些，因為在她父親活著的時候，她的繼母吳月娘對她似乎也還過得去，西門府裡的吃喝玩樂她都有分，好像她的生活品質還可以。但是，你仔細想一想，她從來沒有得到過真正的情愛，陳經濟從來不愛她，她沒體驗過真正的幸福的夫妻生活，也沒有作為一個小姐的尊嚴。最後，竟然被她的繼母一賭氣送回到陳經濟身邊。其實如果吳月娘庇護她到底的話，陳經濟也無可奈何，但吳月娘為了保護自己，明知道陳經濟不會對西門大姐好，還非把她送到陳經濟身邊。最後陳經濟生意失敗，被人坑騙，回到家以後暴怒，對西門大姐實行家暴，導致了西門大姐的死亡。雖然陳經濟沒有直接打死西門大姐，但西門大姐的死亡確實是他嚴重的家暴所導致。所以，說西門大姐死於她丈夫陳經濟的暴打，我們做出這個結論並不過分。

第五十一講　富貴只如黃粱夢
陳經濟的淪落

❖導讀

上一講告訴你陳經濟離開西門府以後做的一些荒唐事，一開始他想娶潘金蓮，銀子不夠就去東京問他的父母要。當時他的父親已經去世，他先不考慮將父親的靈柩運回清河，而是拿了銀子去找王婆和潘金蓮，但那時她們已被武松所殺。陳經濟決定報復吳月娘，狀告她侵吞了自己從東京帶回來的大量財富。他又向他的母親要錢做生意，但錢被他用來吃喝玩樂，他還買一個妓女回家，把他的母親氣死了。後來他和人合夥到南方販布，還專門去嚴州府訛詐孟玉樓。他的合夥人趁他不在把貨捲跑了，他衣衫襤褸地回到清河。他把怒氣發洩到西門大姐身上，對西門大姐拳打腳踢，西門大姐自盡身亡。作者對陳經濟的故事苦心經營，他的惡劣，作者寫到這個程度還不甘心，還要繼續往下寫，他還有越來越離奇、越來越荒唐、越來越讓人覺得可氣可恨的表現。請看本講內容。

陳經濟氣死了母親，逼死了妻子，說明他是一個非常殘忍的人。前面講到龐春梅也是一個非常殘忍的人，她的所作所為導致三個人被亂棒打死。第一個是張勝。張勝聽見龐春梅和陳經濟在屋裡面說私房話，他們居然不念他為他們所做的許多好事，反倒輕鬆地說，等守備回來，就讓守備把張勝殺掉。張勝後來就提刀去殺他們。那個時候丫頭來報告說孩子病了，好像在痙攣，龐春梅就趕緊去看孩子。張勝衝進書房把陳經濟殺了。府裡面的李安帶領其他的僕人來追查，發現張勝手裡拿著還滴著血的刀，知道他殺了人，於是就亂棍把張勝打死。雖然不是龐春梅直接下命令打死張勝，但是張勝被亂棍打死的根源就是龐春梅。

第二個是劉二。張勝的妻弟劉二在臨清，張勝被打死後，周守備就派人去抓他，他也被亂棍打死。第三個是周義。龐春梅淫亂無度，那個時候她的丈夫周守備又出征了，龐春梅就和府裡面比她小十歲的男僕周義勾搭上了。最後，龐春梅縱慾過度而死。據書裡描寫，周守備後來為國捐軀。但是周守備他們家的勢力很大，他的一個堂弟就出面抓住這個逃跑的周義，把他也亂棍打死了。所以，書裡龐春梅的手裡最起碼有這三條人命，還不算孫雪娥。陳經濟跟龐春梅在人性這方面有得一比，他居然很殘忍地氣死他的親生母親，逼死他的妻子。

有年輕人也跟我討論這個問題，說蘭陵笑笑生怎麼寫人性寫到這種程度，他讀過的其他古典長篇小說，沒有任何一個作者寫人性惡能夠寫到這種地步，他認為《金瓶梅》在這方面是空前的。那是不是絕後的呢？很難說。因為文學藝術還在發展當中，但是起碼到目前為止，這樣冷靜地寫人性惡的作者和作品還真不多。

蘭陵笑笑生的一支筆繼續往下寫陳經濟的生命軌跡。他對西門大姐實行家暴，導致西門大姐上吊而亡，為了不讓自己受到連累，陳經濟的僕人就跑去報告吳月娘這個消息。吳月娘聽到西門大姐居然被陳經濟暴打以後上吊了，就帶一群僕婦、丫頭，還有小廝，一窩蜂地到了陳經濟的住所，衝進去一看，果然西門大姐懸梁自盡，而陳經濟連屍體都沒處理。不光吳月娘大怒，跟去的人也都義憤填膺，他們就把陳經濟院落裡面的桌椅、板凳、窗戶等一切可以砸爛、砸碎的東西都給砸了，然後一窩蜂把原本吳月娘送西門大姐過去時一塊送過去的箱籠等東西都搬回西門府。當時陳經濟被他們一頓亂打，他包養的妓女馮金寶躲在床底下，也被揪出來打了一頓。

吳月娘領著眾人打砸搶了陳經濟的住所以後，還往官府遞狀子，狀告陳經濟打死了西門大姐。後來官府就把陳經濟和馮金寶都拿來審問，當然陳經濟就為自己辯解，可是辯解了半天也無效，最後官府就做出處置。馮金寶也被上了刑，對她的發落是讓她重回妓院，讓妓院把她領走。陳經濟因為殺了人，判了死罪絞刑。在這種情況下，陳經濟就想盡辦法讓僕人把他家裡還剩下的一些財產變賣了，湊了一百兩銀子，連夜送給審判官。審判官得了銀子以後第二天就改判了，原來說他是殺了西門大姐的死罪，現在說他是打了西門大姐，但西門大姐是上吊自殺而亡，陳經濟有罪，但不是死罪，改為罰役五年。對於改判的結果，吳月娘當然不答應，說為什麼原來判了死刑，現在要輕判呢。審判官收了陳經濟的銀子，就對吳月娘說，根據西門大姐的驗屍情況，她的脖子上分明有上吊的繩子勒的痕跡，說明她不是直接被毆打致死，而是她自己想不開，上吊而亡。所以，陳經濟還算不上死罪。吳月娘無奈，只好認了。

按說陳經濟應該去服役，但在那個時候這種判決再使銀子賄賂官員的話，就可以馬馬虎虎地執行，甚至可以逃脫，可以不去真正做苦工。陳經濟就沒有去服役，他回到自己的住宅，可是住宅已經被吳月娘帶著西門家的人砸得稀爛，為了賄賂官員，他把家裡剩下能夠變賣換成銀子的東西基本上都賣光了，這樣除了這所大房子，他就一無所有了。他一個人，大房子沒法住，就把大房子賣掉，換一個小房子住。原來他有兩個丫頭，一個是他自己買的重喜兒，一個是他強行問吳月娘索要的元宵兒，現在重喜兒被他賣掉，元宵兒死了。陳經濟的僕人看到是這種情況，也離開了，他孑然一身。但他也還得吃喝，還得有銀子花，最後連小房子也賣了，賣的銀子很快就被他花光，他就居無定所、一貧如洗了。

冬天到了，寒風陣陣，後來又下了雪，他連個棲身的地方都沒有。怎麼辦呢？那個時代，縣城裡面有一種叫做冷房的破房子，由於種種原因沒有人居住，可能屋頂都塌了，一部分牆也塌了，根本擋不住風寒雨雪，但是，在裡面待著總比露天待著略好一些。一些乞丐，一些社會上無家可歸的人，晚上就會到冷房裡面居住。陳經濟最後也成了冷房當中的一員，和一些叫花子，還有一些社會上莫名其妙的人混在一起。那些人為了得到一點錢買吃的，就給官府兼做打更的人，晚上在縣城的街道上敲梆子，報時間，這樣可以從官府得到很少的一點錢，勉強買些吃的。陳經濟住進冷房以後，人家也就分點這種差事給他，讓他掙點小錢，勉強餬口。

有天他做了個夢，夢中又回到西門府，回到那種富貴、繁華的，對他來說可以稱之為幸福的生活場景中，包括他如何從前院進入後院，如何吃餐、飲酒、彈唱、聽曲兒，如何和女眷們一塊打牌，一塊遊戲，可能也夢到了前面講到的過燈節，他騎著馬在前頭引路，後面一群婦女跟著他「走百病」，在縣城裡面招搖而過。當然他也會夢到和潘金蓮的種種幽會，他們一起訴衷情，一起做那種事。但是，當他夢醒以後這一切都消失了，他發現自己完全離開那樣一種生活，那樣一個世界了，淪落到這種地步，他就流淚了。這時候有一些叫花子問他怎麼回事，為什麼哭。這個時候詞話本就利用它的文本特點，寫陳經濟唱了一大段曲兒來訴心聲，來回答那些一塊在冷房裡面躲避風寒的叫花子的問題。

我一再跟讀者強調，詞話本的文本特點是有說書人在茶樓酒肆說書底本的風格，為了調劑聽眾的情緒，會在故事敘述當中穿插一些詞曲，活躍氣氛，同時也使得敘述別有意趣。書裡寫陳經濟用唱曲的形式向周圍這些窮哥們講述他的身世。陳經濟的這套曲子很長，我選擇當中幾段，以補足原來敘述文本裡面所欠缺、沒有敘述清楚的那些內容。陳經濟唱的曲子每一段都是有曲牌的，其中有一段是陳經濟說他自己的來歷，他的唱詞是這樣的：

花子說你哭怎的？我從頭兒訴始終。我家積祖根基兒重，說聲賣松槁陳家誰不怕？名姓多居住仕宦中，我祖耶耶曾把淮鹽種，我父親專結交勢耀，生下我吃酒行凶。

這個地方就交代出陳經濟的父親陳洪是賣松槁，這種生意可能比西門慶開生藥鋪掙的錢還要多。你想，把松樹砍伐下來，再把枯的松樹樹幹發賣，首先要有足夠大的堆積場。松槁賣出去以後不論是作為建築材料，還是作為反覆使用的搭棚子的材料，都應該比賣生藥賺得多。陳經濟說他父親是賣松槁的，而且因為賣松槁得以結識很多權貴。所以，陳經濟的父親後來和楊戩這樣的朝廷重臣成為親家，這就說明陳經濟的出身不一般，不僅出生在一個富商家庭，而且這個富商還能夠和大官僚攀附關係。

然後陳經濟又唱道：

我也曾在西門家做女婿，調風月把丈母淫。錢場裡信著人，鑽狗洞，也曾黃金美玉當場賭，也曾馱米擔柴往院裡供。歐打妻兒病死了，死了時他家告狀，使了許多錢，方得頭輕。

陳經濟說，他也曾「在西門慶家做女婿，調風月把丈母淫」，這個丈母指的是潘金蓮，因為潘金蓮雖然只是西門慶的一個小老婆，但是名義上也是陳經濟的丈母。

他又唱自己後來的命運：

賣大房，買小房。贖小房，又倒騰。不思久遠含餘剩，飢寒苦惱妄成病，死在房檐不許停。所有都乾淨。嘴頭饞不離酒肉，沒攪計拆賣墳塋。

陳經濟的唱詞還有好幾段，在這兒就不一一講述了。陳經濟就是這樣從一個原來在溫柔富貴鄉裡醉心享樂的公子哥，最後淪落到一貧如洗，沿街乞討。

第五十二講　社會萬象光怪陸離

陳經濟的八次奇遇

❖ 導讀

上一講告訴你西門大姐死後，吳月娘將陳經濟告官，官府本來判處他死刑，但陳經濟變賣家產賄賂官員，改判為罰役五年，他又花銀子擺脫服役。他回到家裡，馮金寶歸院了，家中財物喪盡，家人也散了，沒有生計來源，就變賣房產，大房換小房，直到小房也沒了，有點錢就被他花光，很快他一貧如洗，流落街頭，和叫花子一起住冷房、睡冷鋪，白天街頭乞食，晚上有時打梆子搖鈴。陳經濟離開西門府後非常落魄，他的生命如何延續？他的故事還很曲折。請看本講內容。

陳經濟蕩盡家產，最後淪落到一貧如洗，成為一個清河縣沿街乞討的叫花子。這以後陳經濟居然有八次奇遇，下面我們先講他的**第一次奇遇**。陳經濟向人乞討，但施捨的人不多。有一天他遇見一個老頭，老頭叫王杏齋，是一個專門做慈善的人。陳經濟見到王杏齋，王杏齋對他很慈祥，他就跪在地上跟王杏齋乞求索食。王杏齋問他是誰。他說他是賣松槁的陳洪的兒子。王杏齋想了想，就問是不是陳大寬的兒子。大寬應該是陳洪的字。陳經濟說是的。王杏齋見他衣衫襤褸，形容憔悴，非常感慨。陳經濟說了他的情況，王杏齋可憐他，給他吃的穿的，又給了他一兩銀子和五百文錢，讓陳經濟別再滿街流浪了，去租半間屋子住。他給陳經濟的那些銀錢，不但夠租房，而且陳經濟還可以提籃小賣，做點小生意，自己養活自己。陳經濟趴在地上給王杏齋磕頭，感恩不盡，然後就離開了。

陳經濟有了這點銀子和銅錢，並沒有去租住處，更沒有去拿一部分本錢進點小東西提籃叫賣。他立刻到酒館、麵館去喝酒、吃麵，很快就把這點錢花光了。後來因為他很不像樣子，被巡街的兵當作土賊抓了，打了一頓，落了一屁股的棒瘡。這樣他繞來繞去又到了王杏齋的家門口，遇見了王杏齋這個慈祥的老頭。陳經濟跪下，乞求施捨。王杏齋問他怎麼成這個樣子，比上次還糟糕，好像還被打過，屁股上長瘡了。陳經濟就苦苦哀求。這樣王杏齋又一次施捨了，說這次陳經濟可得好好地去租房做小生意。陳經濟滿口答應，但他好吃懶做慣了，很快又把王杏齋給他的一點錢吃光了，喝光了。他居然第三次來到王杏齋的跟前，趴在地上磕頭，祈求王杏齋資助他。

王杏齋就說：「咽喉深似海，日月快如梭，無底坑如何填得起？」意思是陳經濟這麼貪吃貪喝，喉嚨就跟通向一個無底大坑一樣，如果再給陳經濟銀子，他也會把它浪費掉，很快地吃掉喝掉。歲月如梭，日子一天一天很快過去了，陳經濟這樣怎麼得了呢？王杏齋跟陳經濟說，這次不給他銀錢了，會指定他去一個地方，那個地方能夠免費供應陳經濟吃喝，連住的問題都解決了。在離臨清碼頭不遠的地方有一個晏公廟，王杏齋說他跟住持很熟，他跟住持一說，住持就會收留陳經濟。按說道士主持的宗教活動空間應該叫做道觀，但是那個時代佛道基本上是混為一體的。所以道士主持的宗教空間也叫廟，叫晏公廟。

陳經濟的**第二次奇遇**就是他聽從王杏齋老人的指示，去了晏公廟，晏公廟裡面有一個任道士，他手下有兩個弟子，一個叫做金宗明，一個叫做徐宗順。王杏齋是一個慈善家，對晏公廟也多有布施，任道士聽說陳經濟是王杏齋老人介紹來的，就收容了他，並給陳經濟取了一個法名叫做陳宗美。任道士的弟子都要排序，這一波弟子都是「宗」字輩。

陳經濟晚上就和金師兄在一個炕上睡，沒想到金宗明是個酒色之徒，把陳經濟灌醉了以後就把他姦汙了。由此可見，陳經濟後來的命運軌跡變得非常古怪，他不但一度淪落到一貧如洗，到了晏公廟以後還被男子玩弄，很不堪。陳經濟被金宗明玩弄以後就提出來，既然金宗明占了他的便宜，就得幫他跟師傅說一下，也給他一個度牒。度牒就是那個時候寺廟裡面發放的一種通行證，有了正規寺院或者道觀所發的通行證，作為和尚或者道士，到外面去活動，就能得到一些方便。後來金宗明就在任道士面前給他說了好話，任道士就給了陳經濟一個銀錢度牒，拿著這個度牒不但可以到處通行，還可以募捐化緣。這樣陳經濟就一身道士打扮，拿了度牒跑到臨清碼頭去了。到了臨清碼頭，他和他原來包養的妓女馮金寶又相遇了。

那個時候馮金寶已經被轉賣了，賣到鄭五媽家，改名叫鄭金寶。這說明當時妓女的命運很悽慘，誰買了她，她就得跟誰姓。陳經濟與她重敘舊情。前面講過了，臨清地區有一個地頭蛇劉二，劉二和守備府的張勝有姻親關係，劉二是張勝的妻弟。有一天，陳經濟正和現在叫做鄭金寶的妓女鬼混，劉二就衝進來要房錢。鄭五媽操縱了好幾個妓女，在這裡租了好幾間房，但是一直欠房錢。劉二來收房錢，鄭金寶就說她的媽媽會給他房錢。因為房錢已經拖欠三個月，所以劉二根本不聽她的話，把鄭金寶抓過來，劈頭就打，把她打得血流滿地。陳經濟在旁邊，也沒幫鄭金寶。劉二一看陳經濟是個嫖客，很生氣，順帶把陳經濟也打了一頓。事情鬧大了，臨清碼頭這個地方的保甲就過來了，把陳經濟和鄭金寶兩個人用一條繩子拴了，押到守備府去審問。這是陳經濟的第二次奇遇，這次奇遇比第一次的結果更糟糕。陳經濟在臨清碼頭犯了事由守備府來審問，可能是因為守備府當時也監管地方治安。

第三次奇遇其實前面講過，就是陳經濟被押到守備府以後發生一個小插曲，守備的親隨張勝抱著守備夫人龐春梅的兒子金哥兒看熱鬧，金哥兒哭著要被審問的陳經濟抱他，這就引出春梅去跟守備說，現在被審的這個人是她的兄弟，守備就跟春梅說他已經打過陳經濟。當時可能判二十棍，只打了十棍，因為陳經濟是守備夫人的親戚，當然剩下的棍子就不再打，守備也不再審，就把他放了。鄭金寶當然又再次被遣送。

陳經濟從守備府釋放後不好再回到晏公廟，他就破衣爛衫地又回到清河縣，「白日裡到處打油飛，夜晚間還鑽入冷鋪中存身」，又過著不堪的生活。打油飛就是到處鬼混，找點喝的吃的。可是陳經濟有**第四次奇遇**。一天，當他沿街乞討的時候，忽然發現楊大郎騎著匹驢兒，穿戴很體面，小廝跟著他得意揚揚地從街心走過。陳經濟一直在找楊大郎，卻找不到他。陳經濟曾經去過楊大郎的家，楊大郎不出來見他，最後是楊大郎的兄弟楊二風出來應付他。書上說楊二風是個「刁徒潑皮，耍錢搗子，胳膊上紫肉橫生，胸前上黃毛亂長，是一條直率光棍」。楊二風一出來就把陳經濟嚇壞了，當時他就跑掉了。楊大郎後來可能覺得陳經濟家破人亡，也可能模模糊糊聽說陳經濟已經離開縣城，到臨清碼頭去了，所以就出來活動。沒想到當天就被陳經濟遇到了。陳經濟看見了楊大郎就立刻衝上去攔住了他，追問楊大郎當年偷拐自己半船貨的事情。楊大郎滿嘴否認，而且和小廝一塊推打陳經濟。這回的回目叫做「楊光彥作當面豺狼」，從回目可以看出楊光彥（楊大郎）真是豺狼般的人，獨占財產，拒不交還，而且遇見丟失財產的人還一頓暴打。其實我們想一想，陳經濟雖然不如楊大郎強壯，當時就是破衣爛衫的一個討飯的花子，但平心來說，他何嘗不是氣死親生母親，逼死自己妻子的一個豺狼般的生命存在？

接著就是陳經濟的**第五次奇遇**。因為當時陳經濟在街上和楊大郎發生糾紛，楊大郎和小廝一塊打他，他沒法應付。這時候斜刺裡衝出一個人來救了他，這個人當年陳經濟睡冷鋪的時候就認識了，叫侯林兒。侯林兒的形象，書裡的描寫也是很奇特，說他「生的阿兜眼，掃帚眉，料綽口，三鬚鬍子，面上紫肉橫生，手腕橫筋竟起」，是一個市井的粗壯漢子。侯林兒對陳經濟說他現在也不在冷屋睡冷鋪了，是一個包工頭，承包了城南水月寺裡面一個大殿的修造工程。陳經濟跟他一塊去的話，有酒喝，有飯吃，有地方睡覺，還有工錢，也不讓陳經濟做重活，就抬幾筐土就行了，也算一工，一天四分銀子。陳經濟覺得這樣總比沿街乞討好，就跟著侯林兒去了。陳經濟到了侯林兒安排的那個地方，確實有吃有喝，有地方睡覺，活也確實不重，還給工錢。但是，侯林兒也把陳經濟占有了。陳經濟自己很荒唐，他又被更荒唐的人所玩弄。

緊接著就有了陳經濟的**第六次奇遇**，這次奇遇其實前面我詳細講過。陳經濟跟著侯林兒打工，在水月寺修殿堂，歇工的時候就到寺外的牆根底下曬太陽，捉身上的蝨子，這就說明當時他已經非常不堪。他當年在西門府時過著何等榮華富貴的生活，那個時候身上不長蝨子，衣服都是用很好的料子製作，錦衣玉食，現在卻淪落到在牆底下曬太陽、捉蝨子就算是他生命當中愉快的時間。這時候陳經濟就看見一個人騎著馬走過來。他頭戴萬字頭巾，身穿青窄衫，紫裹肚，腰繫纏帶，腳穿靴，騎著一匹黃馬，手裡還提著一籃子鮮花。想起我前面講到的畫面了吧，來的就是守備府裡的張勝。龐春梅讓張勝在清河縣滿世界尋找陳經濟，張勝就找到了他。張勝等於解救了陳經濟，讓他騎到馬上去，一起回到守備府，交給了龐春梅。陳經濟洗了澡，換了衣服，重新梳頭髮，又恢復到過去那種狀態，在守備府裡過上了物質上相當優裕的生活。龐春梅為了掩人耳目，說陳經濟是她的一個兄弟，失散多年現在尋到了，還給他娶了葛員外的女兒葛翠屏。

後來就有了陳經濟的**第七次奇遇**。陳經濟在守備府裡待著也挺無聊，有時候就到街上閒逛，結果遇到了一個過去的老朋友，陸二哥陸秉義。陳經濟就把他在臨清用船販布被楊光彥坑的事跟陸秉義說了。陸秉義告訴陳經濟，楊光彥已經發財了，他把半船的貨物賣掉後，用賺來的銀子在臨清碼頭開了一家大酒樓。陸秉義給陳經濟出主意，讓他狀告楊光彥，追回楊光彥侵占他的銀子，而且把楊光彥現在開的大酒樓奪過來。如果陳經濟不會經營，他會給陳經濟介紹一個叫謝三哥的搭檔。這樣的話，陳經濟每個月不用做什麼事，也能穩穩地有百十兩利息。原來陳經濟是一個街上的叫花子，他要去告楊光彥那簡直就是開玩笑，現在陳經濟有靠山了，他住在守備府裡，是周守備的小舅子，這樣去告楊光彥，當然一告一個準。後來在周守備的干預下，楊光彥和他的兄弟楊二風就都被告倒，被拷打了，最後不得不吐出私吞的銀子。陳經濟成功地和謝三哥合作，經營楊光彥原來所經營的酒樓。楊家兩兄弟被告倒以後，這家酒樓等於是賠償陳經濟的一部分，歸陳經濟了。陳經濟在臨清碼頭有了自己的生意。

最後就是陳經濟的**第八次奇遇**。陳經濟在臨清碼頭經營大酒樓，一天酒樓裡來了一對夫婦和他們的女兒，就是前面講到過的韓道國、王六兒和他們的女兒韓愛姐。韓道國和王六兒在西門慶生前，就以王六兒出賣身體來賺取西門慶的銀子。韓道國替西門慶販布，後來聽說西門慶死了，夫妻倆就把從西門慶那裡搞到的銀子以及販布所獲得的一千兩銀子都捲跑。韓道國夫婦擔心官府追究，就離開清河縣，跑到東京投靠給蔡京的大管家翟謙當小老婆的女兒韓愛姐。故事發展到這個階段，皇帝對蔡京、蔡攸兩父子動怒，治了他們的罪。這樣翟謙當然也難脫干係，被皇帝給辦了。韓愛姐就從翟謙府裡逃出來。她的父母帶著她一路逃難，最後回到清河縣，到了臨清碼頭，住進了陳經濟的酒樓。

後來的故事就更加離奇，我放在後面再講。這裡先簡單交代一下，陳經濟發現王六兒是一個暗娼，而且她的女兒韓愛姐也成了一個暗娼，最後陳經濟和韓愛姐成了一對戀人。因為他的大酒樓妨礙到地頭蛇劉二的生意，兩人發生了爭鬥。後來的事情前頭講了，陳經濟從臨清碼頭回到清河縣城，在守備府裡面又和龐春梅偷情，說私房話時提到要殺了張勝。陳經濟和龐春梅的私房話被張勝聽見，張勝想殺春梅沒殺成但把陳經濟殺死了，陳經濟的一生就結束了。

第四輯

西門府外的大社會

第五十三講　依附性生存
西門慶的把兄弟們

❖導讀

上一講告訴你陳經濟的八次奇遇，作者用很大的篇幅刻畫了這麼一個幾乎一無是處的男子形象。為什麼要這麼寫？作者並未說明，只能我們自己領會。對比一下，陳經濟遠不如西門慶。西門慶的人性當中還有一些閃光點，他的心裡面還有柔軟的一部分，而陳經濟確實是一個不斷噴發人性裡的惡，令人厭惡和痛恨的男子形象。講到這裡，有的讀者可能會問了，前面講了不少《金瓶梅》裡面的女性形象，也講了男二號陳經濟，那麼是不是該講一講「西門慶熱結十弟兄」的事情了呢？請看本講內容。

《金瓶梅》這部書裡面描寫了西門慶方方面面的生活。他首先是一名商人，在生意場上很精明，賺了很多錢，變得很富有。後來又寫西門慶不滿足於白衣的身分，透過賄賂京城的大官僚獲得官帽，成了清河縣的一個提刑官。又寫到西門慶的私生活，他住在一個大宅院，有好幾房妻妾。然後寫到他在清河縣，在市井當中結識的一些人，和他們之間發生的故事。西門慶在沒當官以前，在做生意的過程中結交了市井上的九個朋友，後來他們乾脆舉行拜把子儀式，結為異姓兄弟。拜把子指的是原來沒有血緣、宗族關係的人，透過舉行一定的儀式結為兄弟。在中國，這種社會上人與人之間的關係透過拜把子來增進的傳說，是源遠流長的，不但男子之間可以這樣，婦女之間也可以，當然婦女之間不叫拜把子了，而是結為異姓姊妹。

拜把子原來應該是社會中一種民間互助的特殊形式，到了明代，這種文化格外流行，在這部書裡有所反映。早期的萬曆詞話本沒有把西門慶拜把子專門作為一回來寫，它是在故事發展的過程中交代出來的。並且早期的詞話本裡面關於西門慶拜把子，他的結拜兄弟都有哪些，第十回和第十一回都有交代。但是，即便在同一個本子裡，在前一回、後一回的交代裡，這個名單都不完全吻合。也就是說，在詞話本裡面，關於西門慶和另外幾個人結拜兄弟的事情寫得較為含混。按早期詞話本的交代，例如我們以第十一回為準，這十弟兄的排序是這樣的：西門慶排第一位，然後是應伯爵、謝希大、吳典恩、孫天化、雲理守、花子虛、祝實念、常時節、白來創。到了崇禎時期，又有文人整理了早期的詞話本，改動最厲害的就是第一回，被徹底改造。第一回的回目的前半句就變成了「西門慶熱結十弟兄」，然後有一大段文字講西門慶和這些人結拜兄弟的具體情況。在崇禎本裡面和西門慶結拜兄弟的這些人，名字以及他們的排序，和萬曆本有些出入。

崇禎本寫西門慶，其實在他的生活裡面，老早就有這樣一些市井人物。然後某一天，西門慶忽然覺得與其泛泛交往，不如乾脆舉行一個拜把子儀式，正式結為弟兄。他們決定在清河縣的玉皇廟舉行這個儀式。根據書裡的描寫，玉皇廟應該是清河縣最大的一個宗教場所。我們前面已經講到了一些宗教場所，例如永福寺是一座佛教的僧院；還講到了晏公廟，它的名字叫廟，但裡面的住持是任道士。當時明朝的皇帝重視道教，所以道觀遍布全國各地，清河縣也不例外。根據書裡的描寫，清河縣玉皇廟道觀的建築十分堂皇富麗，裡面有瑤草、琪花、蒼松、翠竹，住持吳道官也非常神氣。所以，他們選擇了清河縣一個最重要的宗教場所，請吳道官主持他們正式拜把子的儀式。根據崇禎本的交代，一開頭他們還對十個人的排序進行了討論，西門慶在裡面並不是歲數最大的，排在第二位的應伯爵年齡比他還大，但是當時大家都推薦西門慶排第一。

按照過去的封建倫理道德，人們聚在一起的時候要敘齒，就是按年齡排序，因為牙齒是隨著年齡的增長逐步長全，所以叫做敘齒。異姓兄弟雖然姓氏不同，也應該按年齡順序往下排。但應伯爵就把話說破，「如今年時，只好敘些財勢，那裡好敘齒」，意思是說現在這個年月哪裡還講究敘齒，誰財大氣粗，誰在清河地面有勢力，就應該往前排。這樣一比較的話，西門慶最厲害，生意做得最大，在清河地面上最有威勢。何況舉行這個儀式，分子錢出得最多的也是西門慶，雖然他不是年齡最大的，但拜把子他排第一當之無愧。

舉辦這個拜把子儀式會有所花費，例如有香火錢，再加上在人家的道觀舉辦儀式，有場地租用費，吳道官親自出場主持，還有主持費，所以需要湊分子。書裡寫得很有趣，說是湊分子，這些人就把湊好的分子包好交給西門慶，西門慶也不仔細問，就把銀子都交給吳月娘讓她來清點。吳月娘打開一看，沒有一個人真正按標準出分子錢，按說每個人怎麼也得半兩銀子，有的就出一錢多，有的就出幾分。這些人有的是窮，有的也不一定那麼窮，但是他們在拜把子的時候想的卻是付出的越少越好。當然西門慶很豪爽，後來他拿了四兩銀子交給玉皇廟，完成了拜把子的儀式。

西門慶因為最有錢，排第一，當了大哥。排第二位的是應伯爵，排第三位的叫謝希大。排第四位的原本是卜志道，書裡交代卜志道在舉行正式的結拜儀式之前就死掉了，要湊成十個人的話，必須再補入一個。這樣西門慶就想起來隔壁的花子虛是一個有錢太監的侄子，應該把他請來入夥，於是就招呼花子虛參與拜把子活動，排在第四位。排第五位的叫孫天化，排第六位的叫祝實念，排第七位的叫雲理守，排第八位的叫吳典恩，排第九位的叫常時節，排第十位的叫白賚光。

魯迅先生早就指出來，中國人有一種病態心理，什麼事總得湊滿十心裡才踏實，所謂十全十美。例如一個地方的景物，總是要想盡方法找出十個景，湊成十，比如西湖十景、泰山十景、某某地方的十景。八景、九景就不行，總得湊滿十個。所以，魯迅先生指出中國人有「十景病」。在拜把子這件事情上，實際上西門慶他們也有十全十美的心理，雖然有個兄弟在儀式之前死了，九個人拜把子也挺好，畢竟大家都挺熟，但西門慶他們想來想去，覺得還得湊一個，還得是十弟兄，最後就把花子虛拉來湊上去。

這十弟兄的名字在詞話本裡面和崇禎本裡面還有一些出入，一些名字的具體用字上有出入，我就不跟讀者仔細比較了，那是專家們要去做的事。我現在要告訴大家的是這些名字都有諧音寓意。除了西門慶外，其他每個人的名字都是諧音，都含有一種特殊的意義。這些名字的諧音所含的意義都是帶有譏諷性的。

例如應伯爵，看字面好像是一個貴族，像公爵、伯爵、侯爵、子爵、男爵一樣，實際上不是，「伯爵」諧音「白嚼」。因為古代這些字音和我們今天的字音不完全一致，南方、北方語音上也存在差異，所以，不要用今天的普通話規範來衡量古典小說裡面的這些諧音寓意，知道這個字音大概能夠諧某音就可以了。應伯爵，諧音「應白嚼」。在明朝，「爵」和「嚼」是可以相通的兩個音，所以應伯爵就是一個到處吃白飯的人，從後面的描寫來看，此人也確實如此。謝希大，諧音「謝喜大」，這個人總希望能夠多占便宜。花子虛這個人透過前面我講的就知道，他很荒唐，他有一個非常美麗、性感的媳婦，但是他不跟媳婦過，一天到晚到妓院裡面去胡鬧，最後引發家族的財產糾紛，打官司打輸了，被活活氣死了。所以，他的一生可以說沒有享受到什麼實在的幸福，是子虛烏有一場。

孫天化呢？從書中知道他有一個綽號叫孫寡嘴。天化，諧音「天話」，就是他能把謊話、瞎話說到天上去，貧嘴寡舌。還有一位叫做祝實念，實念，就是「著實想念」，他老想著占別人的好處，占別人的便宜。還有一位叫做雲理守，諧音「雲裡手」，他的手伸得很長，都伸到雲裡面去了，可見也是一個很貪心的人。還有一位叫吳典恩，諧音「無點恩」，就是他一點恩情都不懂得報，是一個忘恩負義的人。還有一位叫做常時節，諧音「常時借」，意思是他手頭拮据，老跟人借錢。還有一位叫做白賚光，諧音「白借光」，他老想白白地借人家的光，在詞話本裡面他叫白來創，就更傳神，諧音「白來闖」，例如他總是往西門慶家裡闖，去混吃混喝，得點好處。所以，從書裡面所使用的這些諧音寓意來看，這是一群不成樣子的人。西門慶居然和這樣一群人交往，而且鄭重其事地跟他們到玉皇廟舉行正式的拜把子儀式，在我看來，蘭陵笑笑生這樣寫，實際上含有大大的諷刺意味。

現在讀者就會聯想，清朝的小說《紅樓夢》在給人取名字上也常常採用諧音寓意。例如《紅樓夢》寫賈政養了清客詹光，諧音「沾光」。例如賈芸的舅舅非常吝嗇，叫做卜世仁，諧音「不是人」。甚至《紅樓夢》一開篇的甄士隱諧音「真事隱」，賈雨村諧音「假語存」，這些也都是諧音寓意。《紅樓夢》裡這種例子太多了，我就不多說了。《紅樓夢》這種給人取名採用諧音寓意的技巧就是從《金瓶梅》學來的。

那些跟西門慶結拜的人，除了花子虛稍微例外一點，另外八個都希望從西門慶這裡撈些油水。西門慶跟這些人結交能得到什麼好處？從書裡的描寫來看，這些人在他的生意上發揮不了任何添磚加瓦的作用，反而西門慶到妓院去，就好幾個人圍著他轉，跟他一塊到妓院去幫嫖。幫嫖不但不出錢，還跟著吃喝玩樂，西門慶為此就得撒更多的銀子。而且這些人在妓院裡面幫嫖很不像樣子。例如有一回他們在麗春院大吃大喝不說，還把那裡的椅子弄壞了兩把。臨出門時，孫天化把李家明間裡供養的鍍金銅佛塞在褲腰裡。因為西門慶花錢包養了李桂姐，應伯爵就藉著他們老大花了銀子，強迫性地去親李桂姐，還順手把李桂姐頭上的一個金首飾拔下來順走。謝希大就更惡劣，妓院的東西可能不好順，他就打西門慶的主意。西門慶有一把灑金扇，是四川出產的一種挺貴重的扇子，謝希大就把西門慶的扇子順走。當時妓院李桂姐房裡的鏡子比較高級，不是一般的銅鏡，是水銀鏡子，祝實念趁去李桂姐房中照鏡子，就把水銀鏡子順走。常時節借了西門慶一錢銀子湊分子請客，在結帳的時候算到西門慶負責的嫖帳裡頭。

西門慶跟這群社會混混交往，究竟樂趣在哪呢？西門慶就享受他們的阿諛奉承，溜鬚拍馬，這些人在他面前醜態百出，他感到很愉快。西門慶就透過他們的這些行為滿足自己有錢有勢、被人奉承的虛榮心。而且跟他們在一起玩，西門慶覺得如魚得水。西門慶是一個暴發戶，他和那個時代的主流高雅文化是一點也不沾邊。當時官方有道貌岸然的文化，有一個文化圈，有較為高雅的文化，像後來我們在《紅樓夢》裡面看到，賈府裡面那些公子、小姐組織詩社寫詩，就是一種高雅文化。明代就有了這種高雅文化，有寫詩對對聯那種氛圍，但那種道貌岸然的封建社會上層文化西門慶搆不著，所以他就充分享受這種低級的下流文化。那些拜把子的弟兄在他眼前醜態百出，滿嘴黃段子，滿嘴粗話，而且神態、表情、肢體語言都非常粗鄙下作，西門慶就喜歡和享受這種文化形態。所以，西門慶熱結十弟兄，他是為了讓自己的生活在經商之餘、在當官之餘、在應付自己的幾房妻妾之餘、在自己找女人偷情之餘，增加一些別的樂趣。

第五十四講 有錢便是哥

應伯爵的生存之道

❖導讀

西門慶在還沒那麼發達的時候，和清河縣內的另外九個人在玉皇廟結拜為異姓弟兄。因為他最有錢，雖然他年紀不是最大，但還是被推舉為大哥。過去人們拜把子，大都是希望透過這種民間結盟的方式，互相扶助，維護既得利益，謀求更多的好處。但是西門慶的這些結拜弟兄，對他的升官發財真是沒發揮什麼作用，他們大都寄生於他，揩他的油水，能為他提供的就是溜鬚拍馬、插科打諢、自我作踐、醜態百出，為他的生活提供一些有趣的點綴。這些弟兄有的跟他走得很近，有的他根本不愛搭理。那麼和西門慶關係最近的是誰呢？他和西門慶之間有什麼故事？請看本講內容。

在西門慶的結拜兄弟裡面，應伯爵是書裡寫得最多的一個角色。應伯爵的父親還是挺有身分的，是一個員外，在清河縣開綢緞鋪，他在家裡排行第二，所以人們都叫他應二爺。後來應伯爵的父親死了，店鋪關張了，家裡就衰落了，應伯爵並沒有想辦法振興舊家業，而是爽性在社會上混吃混喝，成為清河縣裡一個有名的社會混混。應伯爵專在本司三院幫嫖貼食，清河縣的人都知道他是這麼個人，他生活的主要內容就是專門跟著嫖客到妓院去鬼混，所以人們乾脆給他取了一個綽號叫做應花子。花子就是討飯的乞丐，當然他比那種住冷房，以及妓院裡最低檔的拿點花生換點小錢的人略強一點，是高級乞丐、高級花子。後來他發現清河縣裡有一個人特別值得攀附和依附，他覺得自己得像蝨子一樣貼到這個人身上。他看重的這個人就是有錢有勢的西門慶。所以他跟西門慶走得特別近，三天兩頭要麼跟著西門慶到妓院去幫嫖，要麼跑到西門慶的宅子裡面去混吃混喝，左一聲「哥」，右一聲「哥」，叫得親熱極了。

應伯爵除了跟著西門慶到妓院幫嫖和混到西門府去白吃白喝以外，他還幫閒。什麼叫幫閒？就是西門慶有時候生意做得差不多，當官也過了癮，家裡面幾房妻妾有點厭倦了，甚至性生活也充分滿足了之後，無聊得渾身發癢，那麼應伯爵就在他身邊，一會兒做件事逗他笑，一會兒說個黃段子，一會兒自我作踐，當西門慶的開心果。

別以為應伯爵光是這樣混吃混喝，他很會利用西門慶來發財，他仗著和西門慶的關係特別近、特別鐵，經常從中漁利。舉一個例子，十兄弟裡面吳典恩曾經被西門慶派到東京做事，和另外一個得力的家僕來保一起，事情辦得很成功。東京的大官蔡京一高興，就拿出空白的任命書，給西門慶填了一個比較大的官，就是副提刑；同時也給辦事的吳典恩和來保填了委任書，當然填的職務就比較低，那也不錯，不管怎樣總是個官，比白丁好，給吳典恩填的職位是驛丞。

當時官場有一個不成文的規定，獲得一個官職，就職上任得上下打點：賄賂上司，還要跟平級的人意思一下，打點自己所管轄的底下的人。吳典恩很願意去當這個驛丞，但是他沒有上下打點的銀子，因為平時跟西門慶走得不那麼近，不好意思跟西門慶開口，他就去求應伯爵。應伯爵就像西門慶身上的一個蝨子，而且西門慶還喜歡這個蝨子，應伯爵給西門慶點癢癢，西門慶還不把他給揪出來掐掉。吳典恩求應伯爵去跟西門慶說，應伯爵寫了一張借條，上面寫著西門慶借給吳典恩一百兩銀子，每個月利息五分。應伯爵就把這個借條給西門慶看，西門慶一看是吳典恩借錢，當時就把借條上每個月利息五分這些字給抹了，讓吳典恩以後有了銀子，還銀子就行，他不要利息。這說明西門慶對朋友還真講點義氣，對朋友比較大方。應伯爵當即就讓吳典恩拿出十兩作為他從中撮合的中間費，可見應伯爵還透過西門慶來賺錢，而他這樣做西門慶並不知道。

前面講過，清河縣韓道國的兄弟韓二和嫂子王六兒通姦被社會上一群混混捉住，捆起來送官，轟動了街坊，人們就去圍觀，看熱鬧。當時韓道國正跟別人吹牛，說西門慶對他特別好，西門慶吃飯也讓他同桌，要不西門慶吃不下，吃不香，晚上西門慶留他喝茶聊天聊到半夜。有人通知他，他媳婦跟他兄弟通姦，被人捉姦，綁到街上。這時候韓道國就慌了，他只能去求西門慶來化解這個事情。他吹牛吹上天，但自己並不能夠真正接近西門慶。怎麼辦？找應伯爵。

韓道國滿清河找他，最後還真找到了應伯爵。應伯爵剛剛從妓院的巷子裡面走出來，他不光是跟著西門慶幫嫖，有機會的話，任何嫖客去嫖妓，他都可以幫嫖，當時他是跟著一個湖州商人在妓院裡面幫嫖。他走出來以後什麼樣子？書裡寫得非常生動，「伯爵吃的臉紅紅的，帽檐上插著剔牙杖兒」。說他吃得臉紅紅的，說明他喝了好多酒。帽檐上插著剔牙杖，就是帽檐上插了一個吃雞鴨魚肉吃多了以後用來剔牙的工具，這種剔牙杖可能比較高級，例如是用象牙做的，不是一次性的牙籤，所以他剔完牙以後把它插在帽檐上。一看應伯爵走出來，韓道國立刻求他，說有個事請他趕緊找西門大官人幫忙化解一下。最後應伯爵去跟西門慶一說，西門慶不但把被抓的王六兒當即給放了，還把捉姦的四個街頭混混給抓走，反倒認為他們擾亂社會治安要治罪。這四個混混本來覺得自己捉姦，應該是有功的，而且把韓道國整一整也挺爽的，沒想到倒吃了官司，還被拷打。這四個人的家人都慌了，得把他們救出來，怎麼辦呢？一家出十兩銀子，湊了四十兩，然後找應伯爵，讓他好歹收下銀子，幫他們去跟西門大官人說一聲，把四個人放出來。應伯爵只拿出十五兩給書僮，說那些人湊了這些銀子不容易，讓他把銀子交給西門慶，請西門慶高抬貴手，把那四個人放了。他就這樣從中吞了二十五兩銀子。

後來這種事情他就做得越來越大。當時西門慶派李三、黃四兩個夥計做錢糧。什麼叫做錢糧？這是當時一種官家的買賣，可以承包給私人，得到承包權所獲的利益就很大。李三、黃四當時就由西門慶派出去做錢糧，去拿相關的文件。當時李三、黃四想把這個事做大、做足點，多掙點銀子，於是就想向西門慶多要一些本錢。應伯爵幫李三、黃四去跟西門慶說，西門慶又補足了一千兩銀子。應伯爵把銀子交給他們，說：「常言道，秀才無假漆無真。進錢糧之時，香裡頭多放些木頭，蠟裡頭多摻些柏油，哪裡查帳去？」意思是秀才可能都是真的，但是事實上哪有真的油漆？你們現在做香燭的官方生意，在香裡頭多放些木頭，在蠟裡頭多放些柏油，現在本錢很大，做香燭的量也很大，作假的話，最後獲利就非常豐厚了。應伯爵就是這麼個人，讓李三、黃四為官方做香燭生意的時候假冒偽劣，他公開宣揚「不圖打魚，只圖渾水」，這世道就應該是這樣子。這兩個人當時就給了應伯爵五兩銀子的好處費。

所以應伯爵在西門慶面前自我作踐，做出各種下作、自嘲的不堪模樣，他是有所圖的。西門慶哈哈一笑，增加了對他的信任，在西門慶心情好的時候他提要求，西門慶就點頭，他就瞞著西門慶多掙銀子。

西門慶一開頭是副提刑，後來他就成了正提刑。原來的提刑是夏提刑，夏提刑後來是明升暗降，而且留在東京，成為鹵簿，官職不錯，負責高官出行時的儀仗，但是有時候就遠沒有做一個地方提刑官賺錢。

西門慶死了以後，應伯爵走進西門府，禮儀性地哭了一回，跟眾人說：「可傷，做夢不知哥沒了。」哪想到，西門慶的屍骨未寒，靈柩還未下土，他就立刻背叛了西門慶。當時李三拿到了做官方香燭生意的批文，一進城就聽說西門大官人死掉了，李三心想，既然西門慶死了，這批文何必交給吳月娘他們呢？另外找一個主子來做這件事，收益會更大，於是他就決定投靠張二官。張二官前面也提到了，也是縣城裡面一個大戶，長得極其難看，滿臉黑麻子，眼睛兩條縫，長得很寒磣，非常矮小，身材也遠比不了西門慶。但張二官在縣裡面發達了，他還花銀子把西門慶空下來的官職買到手，成了縣裡面炙手可熱的人物。李三決定投靠張二官，見面禮就是官府批准承包香燭生意的批文，批文本身就是錢，張二官當然會很高興。李三沒有去西門府，直奔張二官那了。但是另外兩個小廝就回到了西門府，當時吳月娘的兄弟，她的哥哥吳大舅正好在門口迎送來弔喪的人。其中一個小廝就跟吳大舅說實話，批文拿到了，但是現在李三、黃四投奔張二官了。吳大舅聽了很生氣，他對應伯爵說，當時李三、黃四去做這個事，本錢還是西門慶給的，後來還補足了一千兩銀子，根據當時立的契約連本帶利還欠西門慶六百五十兩銀子，他們怎麼全吞了呢。

這個時候應伯爵在西門府參與喪事活動，按說他應該完全站在他拜把子的大哥西門慶這邊，要維護他的利益，維護他們家的利益，要不在玉皇廟拜把子圖什麼？不就是圖所謂的不求同年同月同日生，但求同年同月同時死，有難同當，有福共享嗎？福你是享過了，現在西門慶死了，家裡有難，你應該幫他化解災難。而應伯爵的行為恰恰相反，他聽到小廝跟吳大舅的報告以後，立刻跑到李三家，跟李三、黃四一起計議。他埋怨李三「**狐狸打不成，倒惹了一屁股臊**」，意思是李三他們這麼做太露骨，相當於公然搶西門府的銀子。他就給李三、張四出主意，他說吳大舅要去告官，現在吳月娘管不了西門府，一切事情都靠吳大舅，趕緊把吳大舅給賄賂了，不讓他告官。所以他們悄悄地給吳大舅送了二十兩銀子，然後又湊了二百兩銀子，備了一張祭桌，送到西門府去，同時告訴吳大舅，他們以後會把欠的那些借銀補足，反正西門府也不做這門生意了，就讓張二官他們家去做吧。因為前一晚吳大舅得了他們的二十兩銀子，第二天吳大舅的態度就變得非常柔和，吳月娘卻被蒙在鼓中，不知道她哥哥出賣她，出賣了西門府的利益，眼睜睜看著李三、黃四把這麼一個大好生意交給張二官去做了。於是，李三、黃四又成了張二官手下的買辦，幫著張二官掙錢，當然他們從中也能夠得到很多利益。

由此可見應伯爵的表現非常驚人，冷血到這種地步。當年在西門慶那裡騙錢，左一聲「哥」，右一聲「哥」，在地上打滾，讓西門慶高興。現在西門慶一死，他立刻忘恩負義，投靠了張二官，甚至還把李嬌兒推薦給張二官。李嬌兒其實已經人老色衰了，但是應伯爵鼓動張二官拿五百兩銀子給麗春院，大張旗鼓迎娶李嬌兒做二房。為什麼？李嬌兒雖然人老色衰，但她有一個價值。原來西門慶把麗春院的院花給娶走，顯示其當時的權勢到了一個什麼地步，或者說財富到了一個什麼地步。現在張二官的二房是李嬌兒，就等於給張二官府第貼了一個標籤，他現在的富裕程度、權勢程度跟當年西門慶在世時候一個水平。

後來應伯爵覺得李三、黃四不能獨得好處，他又從一個叫徐內相的官那裡借了五千兩銀子，張二官出五千兩銀子，湊成一萬兩的本錢，利用西門慶當年申請到的批文做起了東平府的香蠟、古玩這批錢糧，成為官方的大買辦。應伯爵依附了張二官以後，比依附西門慶的時候還要春風得意，整天寶鞍大馬，而且到妓院去招搖。過去有句俗話「有奶便是娘」，應伯爵可謂「有錢便是哥」，原來應伯爵一天裡不知要叫西門慶多少聲「哥」，攀附上了張二官以後，想必對張二官又「哥」不離口。

張二官當時用了上千的金銀在東京打點，把西門慶死後的官位給補過來。張二官家裡面收拾花園、蓋房子，應伯爵就沒有一天不在那裡，應伯爵把當年讓西門慶高興的一些本事，例如自我作踐，做怪相，全都奉獻給了張二官。而且他還把西門慶家裡大大小小的事情，包括他所知道的西門府的私密一樁樁都告訴張二官，甚至慫恿張二官把潘金蓮娶來。但張二官後來聽說潘金蓮毒死親夫，就猶豫了。當然後來武松回清河縣，把潘金蓮殺死，這事也就作罷了。

應伯爵最後的結局怎麼樣呢？書裡沒有直接寫，但是透過側面的描述，我們能知道大概的情況。前面講到龐春梅豢養陳經濟，當時春梅為了掩人耳目，要給陳經濟娶一個妻子，開頭有人說媒說的就是應伯爵的第二個女兒。春梅當時聽說應伯爵已經死掉了，這二女兒如果出嫁的話，是由應伯爵的哥哥應大爺來聘嫁，沒什麼陪送，春梅覺得沒有什麼意思，後來選擇了葛員外家的葛翠屏。

應伯爵的形象，在蘭陵笑笑生的筆下非常真實，也非常生動。應伯爵是四百多年前一部古典長篇小說裡面所寫的一個人物，可現在我們讀了《金瓶梅》以後，這個人物的一舉一動、他的行為軌跡呈現到面前，我們就覺得這種人不陌生，是我們熟悉的陌生人。在文學理論當中，它正式的名字叫做典型人物。

第五十五講 貧賤夫妻的辛酸淚

常時節得銀傲妻

❖導讀

上一講我把西門慶熱結十弟兄當中戲分最足、最重要的一個弟兄，也是西門慶結拜弟兄中排在第二位的應伯爵講了一下。他是西門慶生活中最大的寄生蟲，不僅混吃混喝，還利用他和西門慶的關係充當中間人來獲利。作者充分揭示了他的人性，西門慶屍骨未寒，他立刻轉身背叛。這個形象很可怕，但是讓我們覺得很真實。在西門慶的這些狐朋狗友裡面，應伯爵和謝希大進出西門府最頻繁，謝希大的故事我們後面跟其他的一些所謂的兄弟合在一起講。本講我要告訴你常時節的故事。

常時節這個名字諧音「常時借」，意思是他很窮，老靠借錢負債維持自己的生活。書裡沒有詳細交代西門慶怎麼會和這九個人結拜兄弟，但是我們可以估計出來，這都是他在生意沒做大，可能還沒有買下大宅院，在社會上鬼混的時候，結交的一些所謂的朋友。常時節是其中的一個。

但是後來西門慶發達了，常時節仍然處在一個很落魄的狀態，他連像樣的房子都沒得住，生活得很窘迫。常時節看到西門慶嘩啦嘩啦地花錢，在妓院裡面他們去幫嫖，跟著西門慶撒錢，十分痛快。所以他有一個心思，就是能不能哪天跟西門慶開口，問他要點銀子，買個小房子，改善一下自己的居住條件。他雖然也列在西門慶的十兄弟當中，但是他並沒有機會直接見到西門慶，他還得透過應伯爵，這個和西門慶走得最近的應二哥，去給他創造條件。

有一天，常時節很卑微地找到了應伯爵，請他在一個河邊的小酒館喝酒吃飯。常時節是一個經常靠借錢維持生活的人，沒有什麼閒錢可使，但為了託付應伯爵幫他見到西門慶，他不得不忍痛下點本錢，先請應伯爵喝酒吃飯。應伯爵也滿不在乎。按說常時節是他的一個窮兄弟，不管怎麼說，他的經濟狀況比常時節要好一些，到一個小酒館喝酒吃飯，他付帳不就行了嗎？應伯爵可不是這樣，他認為誰請客就該誰買單，最後應伯爵吃得酒足飯飽，常時節忍痛付了帳，這樣應伯爵就答應找個機會把常時節帶進西門府，他們一塊見見西門慶。

有一天，兩人去了西門府，在前廳坐著，小廝奉上茶。西門慶聽到通報，但他根本不出來。應伯爵問小廝西門慶在家不在家。小廝就如實地說西門慶在後頭花園玩，只能等西門慶玩夠了才有機會見到他。兩人就耐心地等。在等的過程當中出現了一個有趣的細節。只見書僮和畫童氣喘吁吁地從外頭進來，兩個人合抬一個大箱子，箱子實在太重，他們抬得很吃力，到了前廳就擱地上歇會兒。這個時候應伯爵和常時節就問他們搬的什麼。他們說這是給大娘房裡做的衣服，因為要換季了，這些主子又得一個個地做新衣服。他們抱怨說，重死了，這還只是一半，還有一半要抬。應伯爵和常時節大吃一驚，原來他們的結拜哥哥西門慶已經富貴到這種地步，一到換季就要給妻妾重新做衣服。像吳月娘的衣服，這一季一箱都裝不下，書僮和畫童費力地抬回一半，一會兒還要抬另外一半。

西門府過的就是這樣一種富貴生活。應伯爵和常時節很羨慕，尤其常時節，他很窮，他就說：「六房嫂子，就六箱了，好不費事！小戶人家，一匹布也難得。哥果是財主哩。」但是大財主會不會對他伸出援手，解決他的生活困難呢？常時節還在那裡傻等。等了很久，終於見到西門慶走了出來，兩人連忙行禮。這個時候應伯爵就替常時節說出他的請求，就說：「哥，常時節想跟你說他想有點銀子買一個像樣的房子住，但沒得到機會說。他現在連像樣的房子都住不上。哥，你看能不能幫他一幫呢？」大意是這樣。

西門慶剛從東京回來，他在東京見到了很多大官，甚至連皇帝都見到了，很神氣。當時西門慶是高高在上地俯瞰他們，他說，這次去東京花費很大，眼下真不可能拿出一大筆銀子給兄弟買房子。但是，西門慶還是認這個結拜兄弟的，他的靈魂深處還有一些柔軟的東西，不是那麼冷、那麼硬。他就問常時節想買一個什麼樣的房子。應伯爵就替常時節說，他們夫妻二人怎麼也得一間門面、一間客坐、一間床房、一間廚灶，一共四間房子，估計得花三四十兩銀子。這個要求很低，是一個居住空間最簡省、最起碼的配置標準，是一個很卑微的要求。關於價格，應伯爵提供了一個參考。

應伯爵幫常時節求西門慶：「哥只早晚湊些，教他成就了這樁事罷。」西門慶就說目前他還不能一下子拿出很多銀子，但是他有碎銀子，讓常時節先拿去，房子買不了的話，先買件衣服，辦些家活，過一段時間常時節把房子尋好了，再到他這裡來，他會兌銀子給常時節買房，買了新房就搬去住。因為那種小門面的房子，不是拿著銀子就能馬上買到，得先在縣城裡把房子找好。常時節聽了西門慶的話特別高興，西門慶不愧為一個大哥，還真幫助小弟，他沒有白和西門慶結拜。西門慶當時就跟小廝說：「去對你大娘說，皮匣內一包碎銀取了出來。」小廝果然把碎銀子取來。西門慶說，這是他去東京為了進太師府，打點太師府那些開門的人剩下的賞銀十二兩。常時節接過以後就忍不住打開看，包裡都是三五錢一塊的碎銀子。這些碎銀子對西門慶來說，算不上什麼財富，這只是他花大錢剩下的，但是對常時節來說，就是很大一筆財富。

當時他們幾個人之間有一段關於財富的對話，書裡有很重要的一筆，希望讀者特別注意西門慶的一番言論。西門慶跟他們講：「兀那東西，是好動不喜靜的，怎肯埋沒在一處！也是天生應人用的，一個人堆積，就有一個人缺少了。因此積下財寶，極有罪的。」西門慶無意中說出這樣的話，實際上是很重要的話，說明市場經濟、商品經濟發展到明代時期，已經出現西門慶這種新興人物，他和過去那些官僚和窮書生都不一樣。他絕不積攢他的銀子，他的銀子應該是喜動不喜靜，要流通，要用銀子去生銀子，財富是用來滾動，而不是用來積攢。他甚至乾脆說「積下財寶，極有罪的」。他從他自己的經濟生活當中得出了一個道理：如果你把你所得到的財富只是一味地攢起來，不但不得體，甚至是有罪的。因為這個社會如果沒有透過商品流通，讓銀子滾動，銀子生銀子，就會停止不前。西門慶就是一個某方面能順應社會前進的富翁，透過不斷地做生意，不斷地放債，不斷用銀子去滾動生出新的銀子，讓自己一天天地富起來，而整個社會的財富也一天天地增加起來。這一段寫西門慶寫得非常好，他的人性當中還有接濟、幫助別人的柔軟的部分，同時體現了他的經濟觀。

常時節接受了西門慶的款待，在西門府吃飯，然後回家。剛進門，他的妻子就罵出來，罵得很難聽，說：「梧桐葉落——滿身光棍的行貨子！出去一日，把老婆餓在家裡，尚兀自千歡萬喜到家來，可不害羞哩！房子沒的住，受別人許多酸嘔氣，只教老婆耳朵裡受用。」以前他和老婆還會互相搶白，這次他先不開口，等妻子罵完，他才輕輕地把袖子裡面的銀子摸出來。明代男人穿的衣服，外頭大袍的袖子都很寬大，裡面可以藏東西。他把那包銀子摸出來放在桌上，然後打開，瞧著那銀子，口中還唸唸有詞：「孔方兄，孔方兄！我瞧你光閃閃、響噹噹無價之寶，滿身通麻了，恨沒口水咽你下去。你早些來時，不受這淫婦幾場氣了。」常時節的妻子一看桌上攤開的是十二三兩銀子，她原來哪見過這麼多銀子，就要將它們從桌上都摟到自己懷裡。常時節就跟妻子說：「你生世要罵漢子，見了銀子，就來親近哩。我明日把銀子買些衣服穿，自去別處過活，再不和你鬼混了。」這時候常時節的妻子立刻賠著笑臉問這些銀子是哪裡來的。常時節故意又不作聲了。妻子一看丈夫又不作聲了，就軟下來說：「我的哥，難道你便怨了我？我也只是要你成家。今番有了銀子，和你商量停當，買房子安身卻不好？倒恁地喬張致！我做老婆的，不曾有失花兒，憑你怨我，也是枉了。」常時節還是不理不睬，他就悶悶地坐著。

大家想像這個畫面，一間破屋子，經常交不上房租的兩個人，破桌子上頭攤開一個布包，裡面居然有好多的碎銀子，雖然不是銀錠子，但是這麼多碎銀子對他們這個家庭來說是從來沒有過的。這個時候兩個人面對閃閃發光的銀子，一時都沒話了。妻子原來經常罵常時節，現在也無話了。常時節也故意不說話，兩人就悶悶地坐在兩邊。一個貧寒的家庭，一對貧賤夫妻，他們現在就這樣漠然相處。最後，常時節重重地嘆出一口氣，說養家餬口還是靠他，作為妻子，她不耕不織，整天跟他吵鬧。這種情況下，常時節的妻子不但不吵不鬧，一時間沒話了，還掉下眼淚。常時節看到妻子掉眼淚，自己的心裡頭也酸酸的。

有一句古詩叫做「貧賤夫妻百事哀」，常時節夫妻一直很窮，現在有朋友接濟了，桌上有好多銀子，本來應該歡樂，反倒樂極生悲。想到原來的日子便辛酸，看到眼前這些銀子便快樂，悲喜交集，兩人竟然無話可說。蘭陵笑笑生描寫人物、刻畫人性非常到位，常時節和他的妻子又體現了另一種人性。在他們貧賤的生活當中，他們的靈魂都生了鏽。所以，常時節經常在別人面前低聲下氣地借錢，他的妻子一天到晚跟他吵嚷。現在有朋友接濟，兩人安靜下來，反倒覺得心裡頭酸酸的。當然過了一陣，夫妻二人又高興了，常時節就說這些銀子買不了房，但是西門慶說了，讓他先去看房子，找到合適的談好價，西門慶會給他們出銀子幫他們買房。這對貧賤夫婦先用這些銀子買了一大塊羊肉燒來吃，後來又買了很多衣裳，常時節自己買的衣裳不多，給妻子買的比較多，這樣他們高高興興地繼續過日子。當天他的妻子就歡天喜地過了一日，罵他的話都掉到東洋大海去了。

這一段就寫常時節有了銀子，腰桿硬了，仰起頭來，在妻子面前一副驕傲的樣子。但是，他們歸根到底還是貧賤夫妻，還是很心酸，日子還得過下去，他們就繼續期待西門慶最後能夠贊助他們一間房子。書裡後來寫了，西門慶兌現了他的諾言，幫常時節買下一間小房子，常時節跟妻子就住進去了。但常時節並沒有改掉他的老毛病，還是一天到晚靠借錢過日子。

第五十六講　死皮賴臉混口飯

白來創硬闖西門府

❖導讀

上一講講到西門慶的結拜弟兄之一——常時節期望西門慶能給他銀子買個小房子居住，應伯爵替常時節求西門慶賙濟，西門慶表示上東京花費多，以後再幫他解決房子問題，取出一包十二兩的碎銀子給常時節，讓他先買些衣服辦些家活。常時節拿了那包銀子，回到家中，在妻子面前揚揚得意。後來夫妻二人用這些銀子買了羊肉，又買了新衣服，歡天喜地過了一日。西門慶助人為樂，常時節夫婦知足常樂，這是熱結十弟兄後難得的溫馨畫面。後來西門慶兌現諾言，出資為他們置辦了一個住宅。西門慶的結拜弟兄當中還有另外一個人物有一段故事。請看本講內容。

西門慶所結交的這些市井朋友裡面有一個人叫白來創，諧音「白來闖」，就是他總是甩著手闖進來謀取好處。在有的版本裡面叫做白賚光，諧音「白借光」，就是他總是要白白地借有錢人之光，指一點油水。白來創應該是西門慶在生意還沒做大、最寒微的時候認識的市井朋友。實際上西門慶最不待見的就是他。如果說西門慶不太歡迎其他人常到西門府來，那麼對於白來創，他就乾脆不希望他來。

但是白來創就要硬闖西門府。有一天，他又到了西門府，小廝都知道西門慶不待見他，就跟他說大官人不在家，出去辦事去了。他並沒有因為小廝說西門慶不在家就轉身走了，而是搖搖擺擺地走進客廳，找把椅子坐下來，二郎腿蹺起。小廝說，有什麼話可以告訴他，等西門大官人回來以後轉達。白來創說沒事，他就是要等著西門慶。小廝就不好辦了，都知道他是西門慶熱結十弟兄當中的一位，不能直接把他拉出去，只好讓他坐在那裡，心想反正不理他，他在那裡枯坐無聊，也許百無聊賴就走了。沒想到白來創硬闖西門府以後屁股還很沉，他就長坐不起。左等右等，他終於看到西門慶和一個丫頭出現了，丫頭抱著一匹布，從裡面走到廳裡。他喜出望外，立刻迎上去，「哥、哥」地一直叫。丫頭一看是個陌生男人，趕快轉身往裡頭跑。書裡寫這些女性大體還是遵照封建禮教規範，她們認為男女授受不親，而且應該不同屋、不同席。所以書裡面也經常寫到吳大妗子本來在吳月娘正房的炕上坐著，西門慶進來了，她就立刻跳下床躲到裡面的屋裡去。由此可見白來創很不像樣子，居然把丫頭嚇得趕緊跑了。

西門慶只好敷衍他，當然也是為了炫耀自己現在有社會地位，跟他們這些結拜弟兄不是一個階層的人，就說他今天跟官場的某某有什麼應酬，明天跟更高級的官員有什麼應酬，後天又有什麼公務要辦，每天都很忙。西門慶以為這麼一番話就能讓白來創知難而退，但他還是賴著不走，說讓西門慶先忙，忙完了再招呼他。

書裡寫西門慶當時拿眼睛打量他這個兄弟白來創，只見他「頭帶著一頂出洗覆盔過的，恰如太山游到嶺的舊羅帽兒」，就是說他戴了一頂非常破舊的帽子。「身穿一件壞領磨襟救火的硬漿白布衫」，指的是他的白布衫的領子都磨壞了，胸前都破爛了，衣服非常破爛。「腳下靸著一雙乍板唱曲兒，前後彎絕戶綻的古銅木耳兒皂靴」，「乍板唱曲兒」的意思是鞋子很破，都已經裂開口，好像在唱曲似的。「裡邊插著一雙一碌子繩子打不到黃絲轉香馬凳襪子」，說明他靴子裡面的襪子也是破破爛爛的。西門慶覺得白來創穿得太不像樣子，非常嫌棄他，估計他的身上還散發著惡臭，所以西門慶也不讓小廝給他倒茶，想讓他自討沒趣，然後離開。可是白來創還坐定了，不走了。西門慶無奈，只好讓小廝拿一碗茶給他喝。

白來創正喝茶的時候，小廝彙報夏提刑來訪。有大官來了，叫花子般打扮的白來創是不是應該自覺地離開呢？可他還不走。西門慶平常在家穿的是休閒裝，現在他要見官而且要談公事，他就到後邊換官服去了。西門慶和夏提刑兩個人見面後就關起門對話。白來創走到西邊的廂房躲著，隔著帘子不僅偷看，還偷聽他們的對話。夏提刑和西門慶果然有要事相商，說有大官要到清河縣來，他們應該如何招待。兩個人商量了半天，夏提刑才起身走了。西門慶送客回來以後也不理白來創，進屋換回休閒裝。西門慶以為他換衣服的時候白來創自知無趣，已經走了，誰知道小廝報告他還在，西門慶只能硬著頭皮再出來。

白來創已經從廂房又回到了廳裡面，自己就坐下了，沒話找話，說大哥這兩個月也沒往會裡去，他最近倒是去了，可去的幾個人都沒錢，聚會的質量就很低。大家都很想念大哥，希望大哥得工夫還是要去跟大家聚會。按照他們這些結拜弟兄的約定，應該經常到玉皇廟聚會。白來創讓西門慶參加聚會，無非是希望他出銀子，把聚會辦得熱鬧一些。西門慶十分冷淡，甚至說什麼會不會的乾脆散了算了，他哪有工夫，他們願意聚他們自己聚去，用不著跑來跟他說。白來創就被西門慶給懟回去。按說這不是很沒面子嗎？白來創早告辭不就完了嗎？可他還是不走。

西門慶實在是無奈，畢竟是結拜兄弟，只好命令小廝在廂房裡面放桌，上了四碟小菜，連葷帶素，一碟是鹹麵筋，一碟是燒肉，西門慶就陪他吃飯，還篩酒請他喝，把他招待得酒足飯飽，這樣白來創終於挪動腳步，告辭走了。西門慶把白來創送到二門口說，不要怪他不送，他現在沒戴官帽，戴的是小帽，出去不好看，這樣白來創才搖搖擺擺地走了。

西門慶送走白來創以後就滿腔怒火，回到廳上就拉把椅子坐下來，一片聲地叫平安，當天看門的是他。西門慶就罵他：「賊奴才！還站著！」平安只好跪下。西門慶就說：「你怎麼回事，讓你把門，你怎麼什麼人都往裡放？把他放進來了後怎麼你就不想方設法讓他走？」平安很委屈，說：「我跟他說爹不在家，讓他留下話，有什麼事我替他轉達，他還不走，那我怎麼辦呢？」西門慶怒火中燒，可見他對他所謂的拜把子兄弟白來創算是厭惡透頂，陪他吃飯就像吞蒼蠅一樣。

於是西門慶就拿平安出氣，最後居然讓別的小廝給平安上刑。一種刑罰是拶刑。書裡多次寫到拶刑，無論是對西門府裡的丫頭和小廝，還是衙門裡面拘的犯人，都會上這種刑。拶刑就是在很多竹片上燙上孔，用很結實的繩子穿過去，把受刑的人的手指頭分別放在竹片的空隙當中，然後兩邊使勁拉緊繩子，使勁夾受刑者的手指頭。十指連心，這麼一拉，手指頭就跟要斷了一樣。所以一般的受刑者都會亂叫。還有一種刑罰，就是讓受刑的人脫了褲子，拿棍子打他屁股。平安真是倒楣，因為白來創硬闖西門府，府主西門慶認為他沒有盡到看門的責任，給他動刑，讓他受這麼大的委屈。書裡後面寫平安在西門慶死後，盜取別人擱在西門慶當鋪的金子，他被拘捕以後誣陷吳月娘，那都是事出有因的。因為他恨西門慶，恨這家人。你想他多無辜，白來創硬闖西門府，就是賴著不走，他作為一個小廝能怎麼辦呢？但是主子發怒，沒的說，上了拶刑，把他打得皮開肉綻。

由此可見，西門慶所謂的把兄弟白來創，硬闖西門府，不僅醜態百出，而且導致西門府主奴之間矛盾的激化。後面的故事還比較複雜，就是平安和另外一些男僕之間還有矛盾，例如他和書僮、玳安都有矛盾，而且還寫這些僕人分別利用主子來打擊對方，像潘金蓮就經常為這些僕人當中的一方去對付另一方，書僮也曾經找李瓶兒去為一些人求情。所以蘭陵笑笑生他很會寫，他不是單純寫白來創硬闖西門府，揭示白來創和西門慶之間的矛盾，他還由此一環一環地牽出了其他矛盾，例如主奴之間、主子之間、奴才之間的種種矛盾。蘭陵笑笑生寫世態人心，寫得非常細緻，非常生動。

第五十七講　烏合之眾無悌可言
水秀才譏諷眾混混

上一講講了白來創硬闖西門府的情節，刻畫出那個社會有一種混混，實在是無恥到極點，混吃混喝，仗著和有錢人當年拜過把兄弟，明明不歡迎他，他也硬闖，進去以後雷打不動，不管怎麼著他就賴著不走，直到最後給他擺出一桌子酒菜，吃飽喝足後才走。西門慶結拜的這些兄弟都是一群混混，前面講了應伯爵、常時節、白來創，那麼其他的人情況怎麼樣？請看本講內容。

❖導讀

當時在玉皇廟拜把子，其他人都推舉西門慶排第一位，並不是他年齡最大，只是因為他當時最有錢，所以排在第一位。第二位是應伯爵。第三位是謝希大，這個人老是希望能夠大大地占便宜，書裡他的篇幅也不少，只要應伯爵混到西門府去，他總是跟隨，他們倆經常一塊出動。謝希大雖然跟著西門慶幫嫖，但實際上他也沒占到太大的便宜。他跟著西門慶在妓院鬼混，或者到西門慶的家裡赴宴，可以吃各種美食，可以得到極大滿足，但實際上這種幫嫖或者進府的機會並不是很多，他經常是飢一頓飽一頓地混日子。

謝希大有一個特長就是琵琶彈得好，可以彈琵琶給西門慶解悶，而應伯爵嘴特別甜，會插科打諢、會捧場，所以西門慶對其他的混混不怎麼歡迎，但接待他們兩個的次數比較多。西門慶招待他們，不會下很多本錢。一次，他們又跑到西門府裡面混吃混喝，到早飯點了，西門慶就讓小廝上茶點和麵條，不過是澆鹵的，然後配點醋蒜，很一般的麵食。西門慶陪他們吃，連兩碗都吃不了，可是謝希大和應伯爵三扒兩咽就是一碗，一共吃了七碗，而且還想再吃，就是這樣一個醜態。他們平時過著飢一頓飽一頓的生活，等到有吃的時候，當然就放開了吃。

第四位是花子虛，花子虛雖然列在當中，實際上他是補缺的。因為西門慶他們原先要結拜的一位叫做卜志道（諧音「不知道」），這個人書裡沒說他的具體情況，一開場就死掉了。他死後，為了保持原來十弟兄的結拜初衷，就要再補一個人，後來就把西門慶隔壁的花子虛，一個太監的侄子補進去了。花子虛的故事我就不重複了，大家回想一下，他是一個很荒唐的人，家裡放了一個年輕貌美的妻子他不喜歡，整天到妓院去鬼混，一大群幫嫖的圍著他，他就大把地花銀子。花子虛的靠山花太監不止他一個侄子，還有別的侄子，有的跟花子虛打官司爭財產，花子虛輸了官司，最後就氣病而死。這個人和西門慶的交往並不多。

第五個兄弟叫做祝實念，第六個兄弟叫做孫天化，這些名字都有諧音寓意。祝實念，他成天唸叨要去貼靠富人撈點什麼。孫天化綽號叫孫寡嘴，油嘴滑舌說大話，能把話說到天上去。這兩個人在書裡面主要的故事是，他們在西門慶到麗春院鬼混的時候幫嫖，不過他們也意識到西門慶家裡還有幾房妻妾，他們不可能一直有幫嫖狂歡的機會，所以他們就另外找可以依附的人選。後來他們就引誘了招宣府王招宣的兒子王三官，也就是林太太的兒子。招宣府林太太前面講過了，這裡不多重複。祝孫二人後來在西門慶和麗春院的關係疏遠以後，就跟著王三官在麗春院裡面鬼混、幫嫖。最後由於妓院之間的利益之爭，加上西門慶答應林太太要挽救王三官，導致西門慶動用官方力量，摧毀了在麗春院胡鬧的一群團夥，抓了幫嫖的人，其中就有祝實念、孫天化。

當然後來西門慶在審案的時候，還是放了妓院的李三媽、李桂姐她們一馬，因為他並不想真正把這個妓院弄垮，他有時間還要去享樂。後來王三官乾脆拜西門慶為乾爹。《金瓶梅》不同的版本寫法不完全一樣。有一種寫法就說西門慶讓祝實念和孫天化當替罪羊，說王三官到妓院去，是他們勾引的，就把他們鎖起來流放了。下面這種寫法比較合理，就是說西門慶看在他們還是結拜兄弟的分上，把他們從緝拿的名單裡面劃掉，拿一些妓院裡面最下流的小混混去頂罪。這樣既打擊了麗春院，讓他們知道西門慶的厲害，又使得麗春院得感激他，因為他打擊之後又放人。西門慶把祝實念、孫天化的名字從緝拿名單裡劃掉，也體現出他對這兩個結拜的混混多少還留點面子。這二位在西門慶死後也跟應伯爵、謝希大一樣，投靠張二官去了。

在這些結拜的把兄弟裡面，再往後排，有一位叫做吳典恩。關於吳典恩這個角色，書裡面的敘述有些混亂，特別是拿詞話本和崇禎本對比，有矛盾之處。吳典恩曾經和西門慶府裡另外一個得力的小廝來保一塊到東京幫西門慶賄賂高官。這個高官看西門慶奉獻的壽禮特別豐厚，很高興，就拿出三張委任狀，給西門慶填了一張，西門慶從此就戴上官帽，成為清河縣提刑所的副提刑。另外兩張空白的委任狀，一張給西門慶的得力男僕來保填一個職務，另一張給吳典恩填一個驛丞的職務。吳典恩在見高官時，自稱是西門慶的小舅子，從後面的描寫來看，他並不是吳月娘的兄弟。書裡面出現了吳月娘的兩個兄弟，吳大舅和吳二舅，有的版本裡面寫得比較混亂，好像吳典恩就是吳二舅。但是從後面的描寫來看，吳典恩應該是另外一個姓吳的人，他自稱是西門慶的小舅子，可能是為了面子上光彩一些，因為他知道西門慶的正房姓吳，他也姓吳。

書裡最後寫吳典恩忘恩負義，他這個名字本身有寓意，就是他沒有一點報答恩情的想法。西門慶給了他很多的好處和實惠，他還得到一個官職。前面講他上任的時候要上下打點，他沒錢，應伯爵還幫他在西門慶面前求情，寫了一張借據，說先借給他一百兩銀子去打點，月利五錢。西門慶就把月利給劃掉，西門慶對他多少還有一點結拜兄弟的情誼，就讓他什麼時候有銀子再還就是了，不要利息。其實吳典恩拿了銀子打點以後，很快就會有人來賄賂他，也就是他先投入，然後會有很多的回報。他最後還西門慶一百兩銀子不困難，自己還能撈更多。吳典恩當了驛丞，後來升為巡簡，他能夠審案子了。一次抓獲了西門府偷盜東西的小廝平安。平安為了擺脫困境，就誣告吳月娘和府裡另一個小廝玳安通姦。在那個時代，一個寡婦和一個僕人通姦是有罪的，要被判刑。吳典恩審案的時候，因為受了賄賂，居然要判吳月娘有罪。吳月娘最後求了已經出府、嫁給守備的龐春梅，在守備的親自干預下，才脫離險境。而吳典恩因為這件事做得不妥，被守備訓斥了一番。所以，在結拜兄弟裡面還有這麼一個人物和故事。越到後面我們就越發現吳典恩應該不是吳月娘的兄弟，如果是親兄弟的話，怎麼會下狠手要給自己的姐姐判罪？更何況書裡最後寫吳月娘他們逃難，當時她的身邊除了僕人，還有吳二舅，吳二舅顯然不是吳典恩。

書裡還寫到一個西門慶的把兄弟雲理守，這個名字的諧音就是說手伸得很長，都伸到雲裡面去了。雲理守的哥哥是一個武官，叫雲參將。他的哥哥死了以後，朝廷也給他一個跟他哥哥差不多的官職，這個官職不在清河縣，而是在濟南，他就到濟南上任去了。書裡有一筆交代，因為他跟西門慶是結拜兄弟，兩家人有來往。一天，懷著孕的吳月娘到雲理守家拜年，回來之後就跟西門慶說，雲二嫂也懷孕了，日子跟她差不多，她們商量今後兩家的孩子如果都是女孩，就結為姊妹；如果都是男孩，就結為兄弟；如果一男一女，就結為夫妻。西門慶對雲理守顯然還是比較滿意，當時聽了吳月娘的話，他就笑了。那麼雲理守家又為什麼願意跟西門慶家攀親，甚至在西門慶死了以後，雲理守家好像還表示願意維持這樁婚事，兌現這個諾言？書裡交代，他們是有私心的，他們認為雖然西門慶死了，吳月娘守寡，可她手裡還有西門慶留下的大筆遺產，他們就想圖謀這些東西。如果生的是一男一女的話，透過婚姻就可以從吳月娘手裡謀取到一些西門慶的財產。雲理守在前面沒有正式出場，但在全書最後，這個人物以一個很特別的方式出場，後面我再講。

再往下排才是前面講過的常時節和白來創。後來花子虛死了，又需要補進一位，不同版本的寫法也不太一樣。有一種寫法就說補進去的是西門慶的一個夥計叫做賁地傳，他的媳婦賁四嫂跟西門慶的小廝玳安有染，也跟西門慶有染。但有的版本裡面補進去的是花子虛的兄弟花子繇。

書裡有一筆寫得很有趣，就是西門慶死了以後，這群混混覺得畢竟還得有一個集體表態。因為當年他們是在玉皇廟正式拜的把子，所以應伯爵他們就發起一個活動，每個人出一錢銀子，請水秀才寫一篇祭文，然後在報恩寺搞一個祭奠活動，唸完祭文以後把它燒了，以哀悼大哥西門慶。當年他們跟著西門慶幫嫖，好吃好喝，好玩好鬧，也占了妓女不少便宜，西門慶為他們花的銀子真是太多了。可是現在要求每人出一錢銀子，好像都有點勉強。

應伯爵為了動員大家掏出一錢銀子，就跟大家說，西門慶家因為白喜事還要擺宴席，他們都帶著家眷去吃，吃完還可以往家拿，起碼夠吃個兩三天。現在每個人拿出一錢銀子辦這個活動不虧，還能賺。你說這些社會混混占了西門慶那麼多的好處，到最後居然這樣集合起來祭奠西門慶。當時只湊了七錢銀子，因為雲理守已經到濟南上任，只有七個人能湊攏，就是應伯爵、謝希大，然後是花子繇，再加上祝實念、孫天化、常時節、白來創。

水秀才完全了解這些情況。這群混混、無賴請他寫祭文，好，他寫，反正他們都沒文化，有的只識幾個字，有的根本就是文盲，壓根讀不懂文章。水秀才就在祭文裡面對這群每人只出一錢銀子參與祭奠的混混大加諷刺：

受恩小子，常在胯下隨幫。也曾在章臺而宿柳，也曾在謝館而猖狂。正宜撐頭活腦，久戰熬場；胡何一疾，不起之殃？見今你便長伸著腳子去了，丟下小子，如班鳩跌彈，倚靠何方？難上他煙花之寨，難靠他八字紅牆；再不得同席而偎軟玉，再不得並馬而傍溫香。撇的人垂頭跌腳，閃得人囊溫郎當。

這些都是譏諷的話。他們如果真感謝大哥西門慶，哪能說這麼一些可笑的話。這意思是西門慶死了，他們沒有辦法幫嫖了，沒有辦法享受那些下流生活了，因為失去了這些好處，所以他們懷念西門慶。這些人也聽不懂水秀才唸的是什麼，就胡亂地把祭文燒了，就算祭奠了。所以，蘭陵笑笑生透過這樣的描寫，譏諷了一幫西門慶結交的所謂的弟兄。

清代的張竹坡評點《金瓶梅》，對它的評價極高，認為它是天下「第一奇書」。他對《金瓶梅》的藝術性有很多獨特的評點，值得參考。但是張竹坡過度信奉儒家禮教的正宗觀念，非說這部書是孝悌史，是以「悌」始以「孝」終。什麼叫以「悌」始？張竹坡讚賞的版本是崇禎本，第一回就是「西門慶熱結十弟兄」，他認為這回的回目有瑕疵，把它改成「西門慶熱結十兄弟」。什麼叫做「悌」？在封建禮教裡面，弟弟一定要服從哥哥，這叫「悌」，而且弟弟服從哥哥跟孝養父母一樣重要。他認為這部書一開頭就弘揚悌道，寫十個人結拜兄弟。我們先不說這部書裡面的一些詳細描寫，實際上僅從水秀才的祭文來看，他所寫到的是十兄弟也好，十弟兄也好，說句老實話，西門慶雖然有很多的人性惡，做了很多惡事，如果比較的話，稍有人味的還是西門慶，其他九位真是一個不如一個，一蟹不如一蟹，都在橫行，檔次卻越來越低。

所以，張竹坡非說蘭陵笑笑生寫作《金瓶梅》是為了提倡悌道，全書以「悌」始，是很牽強的，這是我的看法。他認為全書是以「孝」終，因為全書最後有關於孝哥兒的一些事情，我後面會講，以後再討論。總之，「西門慶熱結十弟兄」是貫穿全書的內容。我個人認為蘭陵笑笑生寫出了一種市井文化，但對這種市井人際關係進行一種特殊的解構，作者對這種「熱結」是飽含譏諷的，並沒有真正肯定。

第五十八講　機靈鬼有晚來福

玳安成了西門安

❖導讀

上一講告訴你西門慶死後，應伯爵、謝希大、花子繇、祝實念、孫天化、常時節、白來創等七個弟兄各出一錢銀子，請水秀才作一篇祭文，在報恩寺祭奠西門慶。那水秀才平日知道，應伯爵這些結拜弟兄與西門慶乃小人之朋，於是暗含譏諷，作成一篇祭文。以應伯爵為首，人人都粗俗，哪裡曉得祭文中譏諷的滋味。西門慶後來發了財，又做了官，西門府有許多的僕役、丫頭，他們的事情也應該講一講。本講先告訴大家男僕的故事。

西門慶發財後就住進一個大宅院。詞話本的寫法是大宅院七間門面，前後五進。崇禎本又說是五間門面，前後七進。這種文本上的小差異，說明前後有很多人加進了自己的修整。這兩個說法其實也差不多，因為七間門面，就說明它正面的寬度相當可觀，它側面的長度為五進，面積和五間門面七進院落那樣的一樣大。所以，這兩個說法我們綜合起來考查，應該認為這是一個很大的院落，裡面生活著好多主子，除了西門慶，還有他的幾房妻妾，這些妻妾也都是主子階層，因此需要許多僕役和丫頭來服侍他們。現在先說男僕，男僕基本分為幾類，一類是小廝，一類是年齡較大的結了婚的男僕，還有一些是小童（比小廝的年齡可能還要再小一點）。

我們先說小廝。小廝中最重要的一位叫玳安，前面多次提到這個小夥子，他是西門慶最信得過的一個隨身小廝，他的最大特點就是乖巧，很懂得保護主子的利益，也保護自己的利益。例如書裡寫他有一次騎著馬夾著氈包去為西門慶辦事情，路過一處地方的時候被潘金蓮叫住。潘金蓮那個時候還沒有嫁給西門慶，問他西門府最近發生什麼事，她等著西門慶來娶她，怎麼老不來娶她。玳安把西門慶娶孟玉樓的事情詳細地跟她說了一下。潘金蓮就讓玳安幫她傳信。潘金蓮會寫字，而且還會一點詩詞曲賦，她就寫了一封情書，折成一個方勝兒（由兩個斜方形重疊一角形成的樣式），讓玳安送給西門慶。玳安就領了這個任務。

他為什麼領了這個任務呢？因為在這之前，西門慶和潘金蓮就勾搭上了，這事情別人不知道，玳安是知道的，西門慶的所有隱私他差不多都知道，他就看準了寡婦潘金蓮早晚會被西門慶娶進府裡去，成為一房小老婆。所以，與其那個時候再去討好她，不如現在就跟她形成一個比較好的關係，於是他就願意為潘金蓮做這件事。玳安已經扭頭要走，潘金蓮又把他叫回來問他，如果西門慶問玳安怎麼見著她的，怎麼得到這封情書，他怎麼回答。玳安就非常乖巧，他說他不會告訴西門慶是潘金蓮招手把他叫過去，他會說他當時在街上飲馬，王婆看見他，跟他說潘金蓮有件事託付於他。這當然是一個很好的處理方式，潘金蓮聽了也很滿意，因為西門慶不太願意潘金蓮直接和一個年輕的小夥子來往，說成是王婆替潘金蓮辦事，西門慶聽了就會比較舒服。而且西門慶跟潘金蓮勾搭，中間人就是王婆，西門慶聽說是王婆出來招呼也會覺得很自然。更何況那個時候他們已經把武大郎害死了，名義上潘金蓮就是王婆的乾女兒，這就比一個女子自己說要嫁人好聽一些。潘金蓮沒進府時就知道玳安非常乖巧。所以，潘金蓮進西門府以後和很多人發生矛盾，和一些小廝有衝突，但是和玳安的關係一直比較好。

在西門府裡面，玳安實際上是一僕事二主，他既要伺候好西門慶，也要應付好吳月娘。吳月娘也知道，他是府裡的首席小廝，好多要緊的事都託付他辦，就對他管得比較嚴。書裡寫玳安總是能夠非常乖巧、非常妥善處理這兩個主子之間的事情。因為這兩個主子雖然有共同利益，但是也會有矛盾，特別是西門慶到處尋花問柳、獵豔、找女人通姦，損害了吳月娘的利益。雖然西門慶從來沒有表示過他要休了吳月娘，另外再娶一個正妻（他雖然一度和吳月娘鬧彆扭，兩個人都不說話，互相冷戰，他仍然沒有休妻的想法），但是他不願意吳月娘掌握他在外活動的情況。所以，每當吳月娘詢問玳安西門慶又到哪裡去了，他就得為西門慶服務，幫西門慶掩飾。但是他不能得罪吳月娘，還得讓主家婆對他始終有一個好印象。所以，他對吳月娘得把握好說話的尺寸，有的時候玳安也會把西門慶的一些行蹤告訴吳月娘，使得吳月娘覺得這小廝還不錯，對她挺忠心。

玳安一僕事二主一直應付得還不錯，這是其他小廝很難做到的。但有時候也有危機出現。例如有一次吳月娘忽然問他，怎麼老爺現在還不回來，他在做什麼。都知道玳安是跟西門慶一起出去的。玳安就說西門慶在獅子街那邊的店鋪裡頭算帳。那個店鋪是由李瓶兒原來住的宅子改成，當時是韓道國幫著經營。玳安說西門慶在鋪子裡算帳，這麼說吳月娘還信得過，因為她知道丈夫雖然很荒唐，但是在金錢上，在做生意上，在管帳上，還是很嚴謹，光是夥計算帳還不行，西門慶自己有時候也直接參與。

吳月娘又追問，算帳能算一整天嗎？吳月娘也知道西門慶算帳一般都很麻利，幾個時辰就算完，算一整天，大晚上不回來就不正常。玳安說：「爹在那兒喝酒。」這樣吳月娘就覺得不對頭了，問他喝酒誰陪他喝。玳安趕緊撒謊說沒人陪著他喝。因為那個時候韓道國作為店鋪的掌櫃，經營著鋪子，但是晚上還是回自己家過夜。吳月娘一聽就更覺得不對頭，西門慶從來不會一個人喝悶酒，要麼狐朋狗友一大群，要麼在妓院喝花酒，要麼一定有女人。吳月娘就說：「你這就不對頭了，你瞞著我什麼，你給我說清楚。你爹究竟在幹麼？」

玳安說的分明是兩面話，吳月娘有時候聽得出來他是在為西門慶掩飾。這一次追問就使得玳安相當狼狽。當然，玳安畢竟是非常乖巧的一個人，再怎麼他也不會透露西門慶和韓道國媳婦王六兒的那種特殊關係。另外，再怎麼他也不能夠頂撞吳月娘，讓主家婆生氣。這次他算是勉勉強強混過去。但是，最後不但吳月娘知道，玳安見她說一種話，見西門慶說另一種話；西門慶後來也發現了，玳安有時候在他面前說一種話，面對主家婆又說另一種話。雖然兩個主子都發現他不是百分之百忠實，可是又感覺到大體上而言，玳安已經難能可貴了。你把這部書讀完就會發現，好多僕人都是透過各種方法來挖西門府的牆腳，來肥自己，損害西門府的利益。玳安也很貪心，他不是一個不愛銀子的人，幫西門慶辦事也好，替吳月娘辦事也好，他都會從中謀利。但玳安都是從別人那裡取利，他基本上不會損害西門慶和吳月娘的利益，所以他是跟隨他們時間最久的一個小廝。雖然他經常被兩個主子訓斥，但到頭來兩個主子都離不開他。

玳安也是注重自己利益的，他很會索賄受賄。例如有一次，有一個人把主人殺了要判死罪，就願意用大筆銀子化解這件事情，求到了王六兒，她滿口答應。其實王六兒雖然是西門慶的一個情婦，可是真要她跟西門慶提官司的事情，她很難開口。特別是西門慶跟她就為了幹那個事，這種事情她插一嘴，他根本不會聽她的。所以她就轉求玳安。玳安去跟西門慶說與她說的分量就不一樣，西門慶的感覺就不一樣。對方願意出一大筆銀子請西門慶化解這個事情。王六兒希望玳安從中幫忙。當然，這個時候玳安就顯示出本身的特色，他既伶俐乖巧，又是一個為謀取自己利益立場很堅定的人。

玳安就跟王六兒說：「這是妳要讓我幫妳辦，妳要拿出二十兩銀子給我。」王六兒就說：「要飯吃休要惡了火頭。事成了，你的事什麼打緊？」就是說你要想吃飯的話，就不要得罪做飯的人。現在人家準備好銀子還沒給我，事成了，從中給你二十兩有什麼難的。這個地方把玳安的性格寫得非常生動，也非常準確。因為玳安年齡小，他把韓道國的老婆王六兒叫韓大嬸。玳安就說：「韓大嬸，不是這等說。常言：君子不羞當面。先斷過，後商量。」這反映出玳安一種很有趣的原則，要麼不貪財，要貪財的話，我就「不羞當面」，當面把它說清，不遮不掩。你給二十兩銀子就辦事，你不給銀子就免談。而且這個是要「先斷過，後商量」，先確定下來，底下咱們怎麼去落實再細細商量。後來王六兒不得不同意，因為玳安不好對付，王六兒不透過他又辦不成事。

當然，玳安也經常替西門慶做一些機密的事情，例如說前面講了西門慶想嘗一嘗貴婦人的滋味，想進招宣府勾搭林太太。那麼就需要找到一個中間人，就是文嫂。這個任務就是由玳安去完成，他做得很出色。玳安後來也向文嫂要銀子，這樣做他並沒有損害西門慶和西門府的利益，但從中他是獲利的。後來文嫂完成任務，使得西門慶得以從後門進入招宣府勾搭林太太。玳安跟著西門慶進入後門，但他沒有再往深處走，留在後門段媽媽的屋子裡等著西門慶。這充分說明西門慶對他的信任程度和他為了西門慶的利益能夠保密的作風。最後果然這個事情一點都沒有洩露。吳月娘是到很久以後，才知道這件事情的。

另外，西門慶勾搭很多女子時，玳安都在現場，當然不是在兩個人做事的小空間，他一般總在隔壁。玳安要是想窺視西門慶這種最隱祕的私人行為，很容易就能做到。那個時代的房屋結構、門窗什麼的，都有縫隙，有窺視的窺視口，但是不管西門慶跟哪一個女子去做這種事，玳安都不窺視，他對自己有這樣的約束。這表示他對西門慶確實很忠誠，因為這個主子對他不錯，他沒有必要去偷聽、偷看。另外書裡寫了，玳安他有自己的私生活，有自己的樂趣，其中有一節就寫「玳安嬉遊蝴蝶巷」。當西門慶跟王六兒在獅子街互相勾搭的時候，一起去的琴童就很好奇，跑到臥房的窗下，偷看不了就偷聽。玳安發現了以後就把琴童給拉開了，跟他說：「平白聽他怎的？趁他未起來，咱們去來！」他就把琴童帶到一個更狹窄的叫蝴蝶巷的小胡同，去了一家低級妓院。他摟著妓女賽兒，琴童就擁著妓女金兒，讓她們唱曲伴酒。西門慶作為主子階層有他的樂趣，玳安就帶著琴童到一個比較低檔的地方，花銀子比較少的地方，找他們自己的樂趣。

書裡就寫出玳安很會把握分寸。這樣玳安便比較安穩地在西門府裡面生存下來。西門慶死了以後，他的選擇是與西門宅院共存亡。他也不是愚忠，你替他想想，他離開西門府投靠誰去？所以，他就死心塌地地留在了西門府，但是他也並不壓抑自己的七情六慾。

當時吳月娘身邊只剩下一個叫小玉的丫頭。有一天吳月娘叫小玉給她辦事，叫她不見影，吳月娘就去找，找到一間屋子，看見小玉跟玳安兩人在一張床上做那種事。這種情況下吳月娘怎麼辦？要是西門慶還活著，她可能是另外一種反應。現在西門慶死了，她身邊只剩小玉一個丫頭，小廝裡面也就玳安還比較可靠。所以，吳月娘做出一個非常睿智的應變辦法。她就裝作好像沒看見他們倆在幹麼，只是說：「賊臭肉，不在後邊看茶去，且在這裡做什麼哩。」當時玳安、小玉應該比較緊張，因為雖然西門慶死掉了，府裡最威嚴的家長不在了，但吳月娘畢竟是一府之主，她會怎麼處置自己呢？沒想到吳月娘立刻收拾了一間屋子作為新房，兩天以後，新房的所有東西都布置好，讓他們兩個結為夫妻，玳安等於明媒正娶了小玉。吳月娘這個做法也體現出她在後西門慶時代的睿智。一方面把玳安和小玉兩個人的關係合法化，另一方面也保證了吳月娘自己今後的生活。因為這兩個人今後對她的飲食起居、外出活動，在照顧和保護方面作用太大了。

全書最後寫到金兵南下，北宋滅亡，清河縣也淪陷，吳月娘、孝哥兒、吳二舅、小玉和玳安一起逃亡。逃亡的具體經歷和結果我以後再講，先把玳安最後的結果告訴你。到頭來吳月娘發現她的餘生靠誰？靠孝哥兒嗎？吳月娘在十五年前答應了雪澗洞的普靜法師為了西門慶的亡靈，她要把孝哥兒獻給佛祖，孝哥兒跟隨普靜法師學法為生，為了履行這個諾言，再次碰到普靜法師的時候，就只好捨去孝哥兒。那麼她身邊就沒有兒子了，只能讓玳安成為她和西門慶共同的兒子，小玉就成了兒媳婦。最後金兵退走，清河縣又恢復平靜，西門府又熱鬧起來。這個時候西門府的府主當然還是吳月娘，她沒有了孝哥兒，但她有了一個新的兒子，等於是抱養來的，這個兒子其實老早就在他們家。玳安從此改名為西門安，小玉就成了西門夫人，他們兩個共同侍奉吳月娘，給她養老送終。書裡寫出了玳安這麼一個小廝形象，應該說寫得很出色。他好不好？亦好亦壞。善不善？亦善亦惡。他是一個典型的中間人物，凡事取中，伶俐乖巧，八面玲瓏，四面應付，多方討好，最後偏偏是他有一個比較完滿的結局。

第五十九講　恩怨糾纏理不清

湯來保的精明

❖導讀

上一講講到西門慶最重要的一個小廝，也是整個西門府最得力的一個小廝玳安。他乖巧伶俐，在西門慶和吳月娘兩個主子之間左右逢源；他為自己謀取利益，但從不侵害主子的利益，也從不偷窺西門慶的隱私。西門慶死後，在吳月娘的安排下，他娶了小玉。後來孝哥兒出家，他改名為西門安，繼承西門慶的家業，清河縣的人都叫他西門小員外，最後他跟小玉一起給吳月娘養老送終。西門府的小廝還有誰呢？男僕又有哪些故事？請看本講內容。

西門府裡面，名字裡面有一個安字的小廝，除了玳安，還有平安。前面多次講到他，他比玳安的年齡要大一點，他本來就不太被西門慶和吳月娘待見。還記得前面我講白來創跑到西門府，西門慶不願意見他，他賴著不走，最後西門慶硬著頭皮留他吃了頓飯，他才走人。事後西門慶大怒，得知是平安開的門，西門慶就問他為什麼放白來創進來。平安怎麼解釋也沒用，被西門慶暴打一頓。所以，平安對西門慶不會有什麼感情，可能只有怨恨。後來西門慶死了，平安留在府裡，吳月娘對他怎麼樣呢？他的年齡比玳安大，可是吳月娘讓玳安娶了小玉，很明顯重視玳安，善待玳安。平安心中憤憤不平，他早該娶媳婦了，主子卻不管他。後來平安就偷了西門慶當鋪別人當的東西，出去賭博嫖娼，被巡街的抓了。這時候他要為自己開脫，就把一腔怨恨化為對吳月娘的誣陷，說她和玳安通姦。當然最後吳月娘得救了，平安被拷打一頓，反倒被官府給辦了。

還有一個小廝叫做鉞安，文中出現了幾次，但是沒有什麼單獨的故事。小廝就是年齡稍微小一些的男僕，年齡大一些的就直接叫男僕了。男僕這一組，都是給他們取個帶「來」字的名兒，像來保、來旺、來新、來昭、來安、來爵。來字輩要比安字輩的年齡大一些，而且基本上都娶妻生子了。他們當中值得講一講的，就是來保。當然你還記得前面不斷講到一個來字輩的男僕，就是來旺，他原來的老婆是宋惠蓮，後來他又和孫雪娥私奔。來旺的故事講過了，這裡我也不再講。現在重點講一講來保。

一開始講來旺的時候就說他叫來旺，後來交代出來他姓鄭，叫鄭來旺。來保前面也沒有交代姓什麼，到後來寫了他姓湯，叫湯來保。湯來保不簡單，他為西門慶辦了大事。西門慶把他的女兒西門大姐嫁到東京陳洪家，女婿是陳經濟。後來陳洪的親家楊戩出事了，連累到陳洪，進而連累到西門慶。所以，在一片慌亂當中，陳經濟就帶著西門大姐從東京回到清河縣，投奔他的岳父岳母。前面講在這個時期西門慶閉門不出，不見任何人。西門慶很惶恐，但不能坐以待斃，後來就派了兩個人進京找門路，想辦法化解這場政治危機。西門慶派的就是來保和來旺。但從書裡的描寫來看，來旺只會幹力氣活，路上挑著禮物擔子。真到了東京的大官僚府第前，來旺就只能遠遠地在屋簷底下站著、等著，由來保去想辦法進入官僚府第。書裡寫來保確實不簡單，他是一個從小地方到京城來的商人家的男僕，身分很低微，如果不會說話，人家不但不會搭理他，搞不好會給他兩鞭子，再踹上兩腳。

《紅樓夢》裡面寫劉姥姥一進榮國府時是很艱難的，想從前門進，前門倒是開了，可沒人搭理她。劉姥姥採取了走後門的辦法，從後門找到了府主王夫人的陪房，最後算是混進了榮國府，見到了王熙鳳。《紅樓夢》裡寫劉姥姥想進一個貴族宅院的大門很難，這種場景描寫應該也受到了《金瓶梅》的影響。早於《紅樓夢》二百多年的《金瓶梅》就寫到了侯門是很難邁進去的，而且侯門一入深似海，裡面一層一層，不是普通人所能想像。

但來保很會說話，很會來事，也很會在關鍵時刻往對方手裡塞銀子，這樣他就過了一關又一關，終於見到了真佛，也就是見到當時的寵臣蔡京的兒子蔡攸。來保把西門慶提供的賄賂物品清單遞給蔡攸以後，又進行了詳細彙報。蔡攸覺得這個來賄賂求辦事的人給的東西多、品質好，就讓來保再去找另外一個朝中管事的大官李邦彥。後來來保成功抵達李府，見到了李丞相並獲得重要情報。皇帝對開頭治罪的楊戩又改主意，給予寬免。但是當時那些受楊戩牽連上了黑名單的人，有的已經抓起來，有的還在黑名單上，其中就有西門慶。來保趕緊獻上五百兩銀子，李丞相將黑名單上西門慶的名字改作賈廉，解除了西門慶的危機。

後來為蔡京祝壽送生辰擔，西門慶派的又是來保，那次跟著去的是吳典恩。吳典恩在整個賄賂過程當中的作用不大，真正發揮作用的還是來保。一方面當然是因為西門慶所備的壽禮實在是駭人聽聞，包括四個用銀子打造的祝壽仙人；另一方面也是因為來保會說話，該說的一定要說，不該說的一句不說，把事情辦得很圓滿，還獲得了三張任命狀，來保自己也得了一張。

所以，在書裡來保是一個非常重要的角色，他在西門府的作用非常大，比玳安大得多，當然來保是不會跟著西門慶跑前跑後伺候的。不誇張地說，來保甚至是西門慶的救命恩人。後來西門慶渡過了難關，又開始花大把的銀子做生意。西門慶拿出四千兩銀子讓韓道國和來保兩個人雇船購買布匹。來保和韓道國購買完布匹以後就沿著運河往回走。在運河行船的過程當中，對面來了船，船上是清河縣的街坊嚴四郎，他在那邊船上喊話，說西門慶死了。當時韓道國在船板上聽得很清楚，來保沒聽見，因為運河當中船隻來往繁忙，隔船喊話，聲音再大，這邊如果來保正在船艙底下，他也是聽不見的。他們回到臨清碼頭，船靠岸以後，韓道國就讓來保先在船上等著，他拿上賣布得的一千兩銀子走旱路先給西門慶送去，再取來西門慶寫給鈔官的信，讓對方少納稅錢，放他們的貨回清河。因為西門慶在清河縣也當官了，有面子，有這個信的話，就可以省去很多稅金。來保當時留在船上，韓道國就帶著一千兩銀子回到清河縣。

韓道國在運河上聽到對面船上嚴四郎喊話，聽得很明白，就是西門慶已經不在了，所以他就沒有去西門府，而是拿著一千兩銀子回了自己家。韓道國跟他的媳婦王六兒商量，兩人的結論一致，就是他們要趁早帶著這一千兩銀子一走了之。最後他們連夜收拾好行李連同一千兩銀子，去東京投奔他們給蔡京管家翟謙當小老婆的閨女韓愛姐去了。直到韓道國捲走銀子之後，來保才得到確實的消息，西門慶已經死了，他就來見吳月娘。來保心想，韓道國真不地道，捲走一千兩銀子，我怎麼辦呢？

來保想出一個辦法，他就跟吳月娘說，韓道國捲走兩千兩銀子。因為吳月娘一個婦道人家，搞不清楚船上有多少貨，可以賣出多少銀子。來保多說一倍，就等於船上留的那些貨，他再賣出以後可以多得銀子。果然吳月娘一個婦道人家，當時剛死了親夫，又剛生下一個兒子，正在坐月子，就信了他的話。其實來保剩下的貨還可以賣出三千兩銀子，他告訴吳月娘韓道國已經捲走了兩千兩，那麼他把剩下的一千兩還給吳月娘，他就是忠心耿耿的家僕。他拿了兩千多兩銀子交給吳月娘，吳月娘就喜出望外，覺得僕人太忠心，當時就拿出二三十兩銀子來獎勵來保。來保就表現得非常大度，故意不收，還揚著頭表示不在乎，說大官人都已經走了，他做這些事都是應該的，這樣就讓吳月娘覺得他更忠心了。

實際上來保沒安好心。有一天晚上，他在外邊喝醉了就走到吳月娘的屋子裡面。吳月娘的屋子有炕，兩邊都有半高的板壁，叫護炕。來保就搭伏著護炕，挑逗吳月娘，說：「你老人家青春少小，沒了爹，你自家守著這點孩子兒，不害孤另麼？」吳月娘當時就愣了，一聲不言語，因為沒法言語。妳剛表揚過他，人家給妳送回兩千兩銀子來，還要怎麼著？妳答應他，那更不可能，就只能不言語。

正好這個時候出了一個狀況，就是京城翟謙知道西門慶死了，想趁機刮些好處。他就寄書給吳月娘，說他家老太太想聽彈唱，聽說西門府有幾個丫頭經過訓練，會彈唱，希望西門府能夠轉給他幾個丫頭。表面上說他會付銀子，其實就是讓吳月娘白送，他什麼時候會給銀子？當年他問西門慶要年輕女子當小老婆，現在又乘人之危要西門府的丫頭。翟謙言外之意是，西門慶都死了，吳月娘現在留那麼多丫頭幹什麼？吳月娘實在沒有辦法，就只能把自己身邊的一個丫頭玉簫，還有李瓶兒原來的丫頭迎春，送給翟謙。既然這個湯來保大晚上到吳月娘屋子裡倚著護炕挑逗她，吳月娘覺得這也是個把來保支走的機會，她就讓來保去完成護送這個任務。來保帶著玉簫和迎春往東京去，在路上就把這兩個丫頭都占有了。翟謙家老太太一見兩個丫頭十七八歲，長得漂亮，一個丫頭會彈箏，一個丫頭會彈弦子，當然很滿意。翟謙本來都不想給錢，他家老太太倒還比較慷慨，當時就將兩錠元寶交給來保。來保回來以後，他只上交一錠銀子，自己留下了一錠。

後來吳月娘覺得來保實在不能再留在府裡住，因為他時不時喝醉酒就來挑逗自己，就讓來保和他的媳婦惠祥搬出去，他們倆就很高興地搬出去。這個時候來保已經從西門府貪汙了很多銀子，包括最後得到的兩錠元寶當中的一錠。他也不避諱，明目張膽地跟他的小舅子開了個布鋪，販賣各色細布，自己快活地過日子了。

書裡面有一回的回目叫做「湯來保欺主背恩」，就寫這些事。湯來保貪汙固然不對，可是誰對誰有恩呢？作為主子給僕人一點小恩小惠叫做施恩，湯來保冒著風險上東京去給主子跑路、幹事，幫西門府擺脫了政治危機，甚至西門慶獲得的委任狀都是湯來保帶回來的，難道奴才為主子做事都是應該的嗎？就不叫恩惠嗎？

所以，湯來保後來貪汙西門慶家的銀子固然不對，但實際上西門慶和吳月娘心裡應該明白，湯來保對他們家有恩。最後透過情節流動、人物對話就交代出來，湯來保跟李三、黃四一塊去為官府做買辦，就是做錢糧。後來因為他們在採買的過程當中貪汙，事情被人揭發後被抓，在監獄裡關了一年多，家產盡絕，房子也賣了。來保和他的妻子有一個兒子叫做僧寶兒，這僧寶兒最後淪落成跟馬的僕役，主子在前頭騎馬，他在馬旁邊跑，為主子效力。

湯來保也是書裡寫到的一個很重要的僕人角色，從他的故事裡我們可以去思考剛才我提出的那個問題，所謂報恩的問題：究竟誰對誰有恩？怎麼才叫做負恩？

第六十講 被壓迫者的吶喊
一丈青罵聲響徹西門府

❖導讀

上一講我主要講了西門府男僕中湯來保的故事，西門慶多次派他到東京辦事，他在西門慶擺脫政治危機和得到副提刑的委任狀方面發揮非常重要的作用。後來西門慶又派他和韓道國一起，拿著四千兩銀子購貨。回程江路上，韓道國得知西門慶死了，攜帶一千兩銀子跑路，來保回到清河，見到吳月娘，也一派謊話。吳月娘派他去東京給翟謙送丫頭，他在路上就把兩個丫頭姦汙。後來他還多次調戲吳月娘，吳月娘無奈，就讓他和他的妻子搬出去，來保也就明目張膽地和他舅子劉倉開起布鋪，發賣各色細布，過起自己的快活日子，當然他最後也淪落了。那麼西門府裡面別的僕人還有什麼故事呢？請看本講內容。

西門慶的男僕裡面，還有一個是來興兒，是西門慶的父親西門達到甘肅販絨時撿到，後帶回西門府，書裡有時也喚他甘興兒，因為他是從甘肅帶過來的，當年還是個小男孩，後成為西門家的男僕。來興兒也有些故事。原來西門慶搞採買的事情都是交給他的，後來西門慶為了刮刺來旺的老婆宋惠蓮，支走來旺，就把到外地採買的事情交給了來旺。來興兒很生氣，找到潘金蓮告發來旺，由此導致一系列的矛盾，這段故事前面講過，這裡就不再重複。總而言之，來興兒是一個和來旺有矛盾的男僕。西門慶死後，來興兒的媳婦也死了，為了穩定整個府裡面的局勢，吳月娘就做主，把奶媽如意兒許配給了來興兒，這兩人本來就刮刺上了，吳月娘也看到了，於是順水推舟，讓他們兩個成為一對。

除了來興兒以外，還有一個男僕叫來昭。來昭稍微有點故事，一會兒要講。還有兩個來字打頭的男僕，一個是來安，一個是來爵。這兩個男僕的形象都比較模糊。來安書裡面主要是說他有點多嘴多舌，來爵後來書裡交代他是應伯爵的兒子，居然在西門府裡面做男僕，而且西門慶後來和來爵媳婦又不乾不淨。作為藝術形象，來安、來爵都比較模糊，不值得細講。下面就再來講一講來昭。

其實前面我已經講到過，還記得來旺和孫雪娥是怎麼私奔的吧？當時西門府派來昭夫婦看門，他們倆不願意打開大門讓來旺和孫雪娥從大門潛逃，免得要承擔責任。最後想出一個辦法，讓來旺和孫雪娥從屋頂上踩著屋瓦，再順著牆到街上去。來昭本身的故事並不多，他的妻子叫做惠慶。當時西門府給這些男僕的媳婦取名字也儘量讓她們形成一個系列，例如來旺的媳婦姓宋名惠蓮，來昭的媳婦就叫惠慶，來保的媳婦就叫惠祥，來爵的媳婦叫惠元，來興兒之前死去的媳婦叫惠秀，形成一個惠字頭的系列。現在主要講來昭的媳婦，她的大名叫惠慶，但很少有人這麼稱呼她，都叫她的綽號一丈青。《水滸傳》一百單八將裡有一名女將扈三娘，綽號就叫一丈青，來昭的媳婦居然也叫一丈青，可見她是一個很潑辣的女性。

來昭和一丈青有一個兒子叫小鐵棍。小鐵棍在西門府裡漸漸長大，小男孩很淘氣，到處亂竄，有一天他在花園裡撿到了一隻繡花鞋，上面繡著各種花卉禽鳥，很好看。小鐵棍還小，還不懂得欣賞繡鞋，撿到以後就提在手裡玩，結果正好遇到陳經濟。陳經濟當時幫西門慶管理當鋪，手裡拿了一副銀網巾圈。

什麼叫網巾？明代男子留胎髮，其實從宋代開始就這樣，甚至在宋朝以前，漢族的男子都要留胎髮。少年時頭髮多了，就把頭髮在頭頂卷束起來，叫做總角。成年了，頭髮再多了，就用網巾把它網住。網巾一般是用絲線或是馬鬃編製，講究的話，下邊就會有一些金子、銀子打製的圓形的裝飾，有固定的作用。網巾網住後，再戴上帽子，戴上冠，這樣就顯得很高。講究的網巾圈一般是金銀打造。有人來贖當，陳經濟手裡正好拿著一副銀網巾圈要送去當鋪。

小鐵棍看見陳經濟手裡的銀網巾圈就想要，說他有東西來換。小鐵棍就拿出那只紅繡鞋，陳經濟一眼認出那只紅繡鞋是潘金蓮的，就讓小鐵棍把鞋給他，說改天他給小鐵棍一副更好的銀網巾圈。小鐵棍就同意了。但實際上陳經濟拿到繡鞋以後並沒有給小鐵棍一副銀網巾圈，陳經濟騙了小鐵棍。陳經濟拿著紅繡鞋去挑逗潘金蓮，潘金蓮一看很生氣，因為紅繡鞋已經髒了，當時潘金蓮就說狠話：「我饒了小奴才，除非我饒了蠍子。」陳經濟挑逗完潘金蓮就趕緊走了，因為西門慶回府以後隨時可能到潘金蓮這裡來。果然西門慶就來了。潘金蓮就把繡鞋給西門慶看，抱怨小鐵棍把繡鞋撿了，拿到外頭。潘金蓮告狀一告一個準，西門慶聽了以後一下子衝到院子裡面。那個時候小鐵棍正在石臺基玩耍，蹦上蹦下的，西門慶也不問罪，上去揪著他的頂角就拳打腳踢。小鐵棍疼壞了，殺豬般尖叫。西門慶越打越狠，最後就把小猴子一樣的小鐵棍打倒在地上，暈死過去。來昭兩口子聽到了以後趕緊跑過來，救了半天才讓小鐵棍甦醒過來。

西門慶把僕人的生命完全不當回事，因為他寵愛的第五房小老婆潘金蓮的幾句惡言惡語，他就不分青紅皂白，衝出來把僕人、僕婦的兒子小鐵棍幾乎活活打死。書裡面的這類情形我們不要忽略，像我前面講的武大郎前妻生下的女孩子迎兒，還有潘金蓮屋裡備受虐待的丫頭秋菊，以及現在我們講到的僕人來昭和妻子一丈青的兒子小鐵棍，在書裡都是很脆弱的小生命，他們經常受到主人的侮辱和損害。小鐵棍就更慘了，府主西門慶幾乎活活把他打死，並不把他當作一個生命。哪裡有壓迫，哪裡就有反抗，當然這種反抗是很艱難的，是要冒很大風險，可是書裡就寫來昭的妻子、小鐵棍的母親一丈青，面對這件事情，她奮起發出吶喊，高聲叫罵。

前面我們講到來旺兒，他在得知西門慶勾引、霸占他的妻子宋惠蓮之後，趁著酒醉發出反抗的聲音，「破著一命剮，便把皇帝打」，他表示跟西門慶勢不兩立，要白刀子進，紅刀子出，宣告他和西門慶的仇恨比天還大。對於來旺兒而言，第一，他是個男子；第二，他趁著酒勁；第三，他罵完以後西門慶給他點甜頭他就很快收斂了。可是一丈青作為一個孩子的母親，她並不是藉著酒勁，她以她充沛的母愛發出了反抗的聲音。她先走到後邊廚房指東罵西，一段海罵：「賊不逢好死的淫婦，王八羔子！我的孩子和你有甚冤仇？他才十一二歲，曉的甚麼？……平白地調唆打他恁一頓，打的鼻口中流血。假若死了，淫婦、王八兒也不好！」

一丈青「指東罵西」，罵潘金蓮。罵潘金蓮已經很勇敢，潘金蓮畢竟是府主之一，是西門慶的第五房小老婆，也具有主子的名義。一丈青罵潘金蓮淫婦，她知道這事情是潘金蓮調唆的，但是一丈青也沒有放過西門慶，她把潘金蓮罵作淫婦，她還罵西門慶王八。那個時代，一個男人的老婆被別人搞了，戴綠帽子，就叫王八。一丈青揭示出潘金蓮的淫亂。西門慶的第五房小老婆潘金蓮不是好東西，早跟別的男人勾搭，西門慶你戴綠帽子，你就是王八。一丈青在廚房裡罵，孫雪娥聽到了，這不消說，吳月娘應該能聽到，因為吳月娘正房離廚房是最近的。後來一丈青覺得罵得還不過癮，她的怒氣還沒有發散完，到前面又罵。她連續罵了一兩天，她的罵聲響徹全府，說明一丈青是豁出去了。

一丈青的高聲叫罵居然沒有讓西門慶知道，這是為什麼？沒有人去告密。例如廚房那些做粗活的人在廚房聽到了，她們對這件事自有是非判斷：西門慶你怎麼去打一個小孩？打兩下倒也罷了，居然活活地打到口鼻流血，倒在地上半天沒活過來。主子太欺負人了，作為受害者的母親罵幾句也沒什麼。孫雪娥知道這個事跟潘金蓮有關，她跟潘金蓮是死對頭，聽到一丈青的怒罵可能還覺得痛快，她怎麼可能找西門慶揭發一丈青？吳月娘即使聽見也只裝作聽不見，因為吳月娘無論如何還是內心隱忍多一點的人物，她的丈夫很荒唐，被潘金蓮、春梅霸攔住。她很清楚丈夫做出這樣的荒唐事，把小鐵棍打得幾乎死去，一定是潘金蓮教唆，她有什麼必要去斥責一丈青，去跟丈夫告發一丈青？她隱忍了。一丈青還沒有罵到潘金蓮花園那邊去，潘金蓮在房中陪西門慶吃酒，還不知道。所以，當天沒有任何人向西門慶告密。一丈青最後把所有的氣都撒完了，小鐵棍命大活了過來，而且很快就康復。

這段情節在書裡面也是很重要，說明府裡的下人也是敢於積極鬥爭，雖然壓迫人的地主階級很強大，那個時代正是行凶人得勢的時候，被壓迫、被侮辱、被損害的勞動者、奴僕階層不大可能顛覆整個社會。但是，不要以為他們就只能忍氣吞聲。一丈青就是一個榜樣，她就在必要的時候發出強烈的抗議之聲，她的罵聲一度響徹全府，都把西門慶罵成王八了。讀者閱讀這段文字應該覺得大快人心，在那樣黑暗的王國裡面，曾經有過來旺兒的抗議之聲，有過宋惠蓮臨死前的血淚控訴，現在又增添了一丈青的護子心聲。她直接罵潘金蓮是淫婦，西門慶是王八，這是很勇敢的行為。

後來來旺兒和孫雪娥重新相會，決定私奔的時候再次寫到小鐵棍。那個時候他已經十五歲，來昭夫婦請來旺兒和孫雪娥一塊吃飯、喝酒，小鐵棍去打的酒。書裡後來交代來昭死了，一丈青就帶著小鐵棍另外嫁人。作者有意把她的綽號和《水滸傳》一百單八將中的女將扈三娘的綽號寫成一樣，這也是「借樹開花」的筆法，說明那個時代，對朝廷、對剝削者的反抗也滲透到社會的毛細血管裡，甚至滲透到西門府。西門府裡面有這樣的婦女，她的綽號也叫一丈青，因為自己兒子小鐵棍被打，高聲叫罵，響徹全府。這是書裡面很精彩的一個場景。

第六十一講　忍辱含垢終有盡　書僮掛帆遠遁

❖導讀

上一講講了西門府的僕人來昭和一丈青的兒子小鐵棍在花園裡撿到一只紅繡鞋，被陳經濟認出來是潘金蓮的，他從小鐵棍手裡騙走了這只鞋去挑逗潘金蓮。潘金蓮看見她的紅繡鞋被弄髒了非常生氣，就跟西門慶告狀，西門慶狠狠地揍了小鐵棍一頓，差點把他打死。小鐵棍的父親來昭比較軟弱，沒有發聲，但他的母親一丈青以母親的本能，奮起詈罵。雖然一丈青的反抗只是大聲詈罵，但在那個時代，在西門府那樣一個空間裡，還是很了不起，可謂空谷足音，繞梁三日，大快人心。其實西門府裡的男僕還有一些也有故事。請看本講內容。

西門慶七間門面、五進大院的豪宅裡，其中主子全加起來也無非是九個人：西門慶一個，然後他的六房妻妾，這樣加起來就七個，後來他的女兒、女婿從東京投奔他，一直住在宅院裡，那就是九個主子。但是伺候他們的人從書裡面細細檢索的話，應該有三四十個，平均一個主子大約有四個人來伺候。男僕前面講到了小廝，還有就是一些已經結婚年紀比較大的男僕，此外西門慶還有自己的小童。西門慶附庸風雅，特別是當官以後，他為了自己出去夠神氣，和一般熟人拉開差距，就養了琴棋書畫四個小童。其實西門慶根本不讀書，他對社會主流的價值觀，就是透過寒窗苦讀，透過科舉考試取得功名這一套，嗤之以鼻。他就是用銀子開路，相信財富的力量，根本不相信什麼知識的力量、讀書的力量。西門慶不讀書，可是當官以後覺得要裝出一副有文化的樣子，所以後來有了琴棋書畫四個小童。

書僮是清河縣的李知縣當作禮物贈送給西門慶的，他當時其實不是小男童了，已經十八歲，原名叫張松，原籍蘇州，相當於一個「北漂」。蘇州在清河的南邊，雖然都在運河邊上，但是蘇州比較靠南。他流落到清河之後就在衙門裡面當一個門子，就是衙門裡面地位最低的辦事人員。李知縣挺喜歡他，但是並不把他當作一個值得尊重的生命，而是當作一個玩物。後來李知縣跟西門慶交好，就把書僮當作一件禮物贈送給了西門慶。西門慶一看書僮生得清俊，齒白脣紅，識字會寫，並且因為他是從南方來的，還會唱南曲，就覺得不錯。到了西門府，西門慶就給他改名叫書僮，而且西門慶那個時候改造了花園，給自己布置了一個書房，西門慶就讓書僮在書房裡面，負責管花園的門鑰匙。另外，西門慶當官以後多少有一些公文、私信的往來，就讓書僮給他收發，書僮看了以後跟西門慶稟報，需要回覆的時候，西門慶讓書僮操筆，相當於為自己添了一個文祕。

從書裡的敘述看，琴童前後有兩個：一個是孟玉樓嫁過來的時候帶來的叫琴童的小廝。西門慶一度跑到麗春院鬼混不著家，潘金蓮性苦悶，就跟他發生關係，引出了風波，這個琴童就被攆出去。後來西門慶娶了李瓶兒，李瓶兒也帶了一個小廝，本來叫天福兒，為了湊齊琴棋書畫四童，西門慶就把李瓶兒帶過來的天福兒改名為琴童。書裡第十五回交代，西門慶有個小廝叫畫童，後來西門慶又花銀子買了個小童，改名為棋童，這樣琴棋書畫四童就都有了。

書裡面書僮的故事比較多。他到了西門府以後，身體發育，心理發育，都達到成熟期，私下和吳月娘房裡的丫頭玉簫產生感情。有一天，玉簫在宴請時偷拿了一把裝滿酒的銀壺和一些吃的藏到書房，準備晚些時候和書僮一起分享，結果被琴童看見，琴童趁玉簫走了，書僮也沒在意的時候，就把這把銀壺拿走。琴童跟李瓶兒房裡的丫頭迎春比較好，他就把這把銀壺交給迎春讓她藏起來。宴席結束以後，丫頭們整理東西，發現少了一把銀壺，追究責任時，丫頭們就互相推諉，都認為是他人弄丟的。事情鬧得沸沸揚揚，後來西門慶從外面回來，迎春就把這把銀壺拿出來，這樣就算是找到了。

潘金蓮嫉妒李瓶兒，見了西門慶就想說點閒話，她說這把銀壺是李瓶兒的小廝琴童拿到她房裡去的，想必是要私藏這把壺。西門慶聽了很不高興，對潘金蓮說：「依著你恁說起來，莫不李大姐他愛這把壺？」潘金蓮聽了以後羞得滿臉緋紅，就說：「誰說姐姐手裡沒錢！」潘金蓮自討沒趣。因為在幾房小老婆裡面，孟玉樓和李瓶兒是自帶財產過來，李瓶兒尤其富有，她除了一般的銀子、拔步床，還有一些特殊的財富，前面說過，這裡不再贅述。而潘金蓮很窮，除了她美麗的身體可以奉獻給西門慶，她對西門慶財富的增長和積累毫無貢獻。書裡透過一把銀壺寫出了不同人物的不同心理。當然後來這個事情又牽扯到書僮，因為琴童是從書房把那把銀壺拿走的，這樣一來僕人之間也產生矛盾。

書僮自己也想賺取銀子，後來有社會上的混混被抓到衙門裡去，想花點銀子求得解脫，輾轉求到書僮那裡。書僮當時覺得最能夠讓西門慶接受有關請求、把事辦了的應該是李瓶兒，因為當時西門慶最寵的就是李瓶兒，所以書僮就備了一些禮物獻給李瓶兒，他還在李瓶兒的屋裡喝酒，希望透過李瓶兒向西門慶轉達這個請求，把那幾個混混放了。書僮跑到六房李瓶兒住處去求情被其他小廝看見了，其中就有平安。前面講到平安跟玳安過不去，其實他跟另外一些小廝也過不去，其中包括書僮。平安就把書僮私自跑到李瓶兒房裡去的事情告訴潘金蓮，希望潘金蓮發話，讓西門慶責打書僮。沒想到平安這次又觸霉頭了。雖然潘金蓮把事情告訴了西門慶，她還不斷地拿一些話來影射，意思是書僮和李瓶兒之間似乎關係不太正當，可西門慶不為所動，這樣書僮就和平安結下梁子。前面講過西門慶的一個混混朋友白來創跑到西門府賴著不走，鬧得西門慶非常煩，後來西門慶就責備平安沒有把住門，導致白來創進來了，府主西門慶不得不硬著頭皮安排白來創吃頓飯，他才走的。為此西門慶發火把平安打了一頓，當然他也是借題發揮為書僮報仇。

書裡透過這樣細緻的生活交流，既寫了主子階層之間的矛盾，也寫了奴僕之間的矛盾，寫到了人與人之間的一些摩擦。這些描寫真實而細膩，對揭示人性、啟發讀者有相當重要的作用。

書僮和玉簫越來越好，就從一般的眉來眼去，發展到身體的親密接觸，最後他們乾脆睡到一起。一天，書僮和玉簫在花園的書房偷情，被潘金蓮撞到了，書僮和玉簫都很緊張，當即給潘金蓮跪下。因為他們公然地在西門慶的書房裡面做這種事，如果被告發出去，不知道西門慶會是什麼樣的反應，極大可能是會大發雷霆。所以，他們都求潘金蓮。潘金蓮就跟玉簫說，要饒過他們的話，玉簫要答應她三件事。

第一件，今後凡是在正房發生的事情玉簫都要告訴她。第二件，大房裡面有好多東西，潘金蓮想要什麼就跟玉簫說，玉簫就偷偷地給她拿過來。雖然潘金蓮也是一房小老婆，也很受西門慶的寵愛，可是大房的東西，例如銀子、首飾等，潘金蓮是沒有資格拿取的，她也不願意低三下四開口問吳月娘要，即便要了，吳月娘也未必給她。這一條就相當於潘金蓮教唆玉簫幫她偷東西。第三件，就是潘金蓮要玉簫如實招來，吳月娘究竟是用什麼辦法懷孕的。玉簫就告訴潘金蓮，吳月娘是吃了薛姑子給的衣胞和符藥懷孕的。符藥前面提到過，就是在紙上畫的那種符，衣胞就是嬰兒的胎盤。玉簫說把這兩樣都燒成灰，然後兌著水喝，就能懷孕。後來潘金蓮照做了，但是潘金蓮和西門慶之間始終沒有孩子。

書僮雖然犯了事，潘金蓮思來想去，並沒有向西門慶揭發這件事情。因為潘金蓮發現西門慶很喜歡書僮，而且西門慶和書僮之間有不正當關係，也就是說，書僮成了西門慶的男寵。書僮他本身喜歡女性，他主動追求玉簫，而且他們兩個最後在一起了。可是西門慶除了和女性做愛以外，有時候還喜歡和清俊的男性發生關係。有時候西門慶在書房過夜，他睡在榻上，就讓書僮睡在床前的腳踏板上。西門慶一時性起，就把書僮占有。書僮並不情願，但是身不由己。書僮利用西門慶跟他親近的機會，告那些跟他不對盤的小廝的狀，其中就包括平安。前面提到了，西門慶痛打平安不光是因為他沒有攔住白來創，也是替書僮報仇。所以，書僮在西門府裡面實際上過的還是一種很尷尬的生活。在宴客的時候他還要男扮女裝唱南曲。書裡有段文字寫書僮對鏡梳妝，體現出他的自愛。

雖然潘金蓮沒有馬上告發書僮，可是書僮知道在這府裡再待下去很危險，只怕哪天潘金蓮一不高興，還是會把他跟玉簫的事跟西門慶說，況且西門慶現在好像挺喜歡他，但是這種主子喜怒無常，說不定哪天就厭棄他了。所以，書僮打點好行裝，又到前邊櫃上跟夥計撒了個謊，說西門慶讓他買孝絹，誆了二十兩銀子，然後跑到碼頭，乘坐帆船，沿著運河往南回蘇州去。書僮在忍辱含垢的境遇中終於破釜沉舟衝出牢籠，體現了與命運抗爭的精神，是值得肯定的。

書裡還寫了畫童。書僮掛帆遠遁以後，西門慶沒有文祕了，他就又雇了一個姓溫的秀才來接替原來書僮的工作，幫他處理文書。溫秀才平時也在書房裡面活動，西門慶很信任他，也很尊重他。可是沒想到溫秀才把畫童給侵犯了，而且還把西門慶讓他起草的一封機密信函，拿到官場上給西門慶的競爭對手看。事情敗露之後，西門慶沒有和他當面撕破臉，而是找個碴把他給辭退了。書裡寫畫童的遭遇，也反映出那個時代這種府第裡面的少年被喜歡童子的惡人侵犯的悲慘處境。

其實書裡寫到的小童不僅有琴棋書畫四童，還有王顯、王經、春鴻、春燕以及其他一些人，這些人的故事不多，就不在這裡一一講述。

第六十二講　命運悲慘的丫頭們
夏花兒偷金受刑

❖導讀

上一講談了西門慶為了附庸風雅，養了琴棋書畫四個小童，其中書僮的故事最為生動，作者刻畫出了一個很獨特的生命。他在「北漂」的過程當中，為了謀生當了門子，沒想到被知縣當作一件禮物贈送給了西門慶，還遭到西門慶的玩弄。他追求自己的愛情，有了喜歡的女子，最後被五房潘金蓮撞破，他沒有辦法在西門府得到自己的幸福，於是就三十六計走為上計，掛帆遠遁。蘭陵笑笑生寫出這樣一個生命也是難能可貴，揭示所有的生命都是平等的，都是有尊嚴的。書僮雖然出身低微，處境很尷尬，可是他還是保持自我的尊嚴。後來他勇敢地逃離西門府，去追求自己的幸福。除了男性僕役（小廝、男僕、小童）伺候西門府的主子，還有一群僕婦，年輕的就是一些丫頭。前面講了不少丫頭的故事，本講再把其他的故事補全。

西門慶六房妻妾，每房都有丫頭。大房吳月娘有兩個丫頭，一個是玉簫，一個是小玉。玉簫上一講提到，她一度和西門府書房裡面為西門慶當文祕的書僮產生感情，兩人後來發生了關係。但是玉簫的命運很悽慘，她沒能追求到個人幸福。西門慶死後，東京蔡京府的大管家翟謙公然給西門府寫信，信的大意是他聽說西門府有的丫頭能彈唱，他的老母親年紀大了想聽彈唱，讓西門府選幾個丫頭送過來。信的表面意思好像是翟謙要花銀子買丫頭，實際上就是強要。

當時吳月娘非常無奈，只好忍痛把大丫頭玉簫獻出去，然後再把李瓶兒那房剩下的一個叫迎春的丫頭挑出來，讓來保送到京城翟謙府上。而在前往京城的途中，來保就把玉簫和迎春都占有了。玉簫是很苦的，她忠心耿耿地為吳月娘服務，從書裡的諸多描寫可以看出她很盡職，吳月娘對她也應該是滿意的，可她的結局卻非常不堪。後來金兵犯邊，打進東京，宋朝的皇帝、太上皇都被金兵俘虜，在這之前權臣蔡京和他的兒子蔡攸已經被皇帝處置，翟謙的權勢也隨之垮塌。玉簫和迎春的命運可想而知，一定非常悲慘。

吳月娘的另外一個丫頭是小玉，這個角色比較幸運，書裡面她的戲分不少，她比玉簫更能保護自己，更能應付變局。書裡寫吳月娘後來處置潘金蓮那房的丫頭春梅。當時吳月娘作為主家婆權勢很大，容不得春梅，就讓春梅罄身出府。這個情況下，小玉還是偷偷拿了一些東西給春梅，還把自己頭上的兩根簪子拔下來送給春梅。這說明小玉人性當中善的成分還是比較多的。她明明是吳月娘的丫頭，但是在這件事情上她不站在吳月娘的立場，她還議論吳月娘「倒三顛四」，對其不滿，她本能地把感情往同一個階層的春梅身上傾斜，同情春梅。不光同情，小玉還理解春梅。春梅出府前潘金蓮還讓她去跟吳月娘告別，跟孟玉樓打個招呼。這個時候春梅當然理都不理，昂起頭往外走，小玉就跟潘金蓮搖手，她懂得春梅就是這種個性，而且她也覺得沒有必要再去跟主家婆低聲下氣道別，也沒有必要再去見孟玉樓。蘭陵笑笑生這些地方寫得很細緻，寫出了小玉不但有同情心，而且是明白人，善解人意，實際上小玉以她的行動支持春梅的無聲抗議和對西門府主家婆權威的蔑視。小玉一直盡心盡力地服侍吳月娘，在春梅出府的時候，她的表現更是可圈可點。

西門慶死後，西門府越來越衰敗，小玉和小廝玳安無處可去，於是在患難當中他們走到了一起。前面講過，小玉和玳安私會的時候被吳月娘發現。吳月娘當時一愣，後來她就很睿智地裝傻，只是斥責小玉：「賊臭肉，不在後邊看茶去，且在這裡做什麼哩。」實際上吳月娘心裡明白，她身邊只剩這麼一個丫頭，只能靠她，小廝當中也只有玳安可以依靠與信任。於是吳月娘乾脆給他們收拾了一間新房，安排他們兩個正式結婚。最後玳安成了西門府的新主人，改名西門安，人稱西門小員外，小玉也就成為西門小員外夫人。小玉和玳安兩個人共同侍奉吳月娘，給她養老送終。所以，小玉這個丫頭最後的結局還是比較好的。

二房李嬌兒有兩個丫頭，一個叫做元宵兒，另一個叫做夏花兒。這兩個丫頭都不是她從麗春院帶過來的，而是後來西門府花銀子買的。李瓶兒死後，她那房還剩下兩個丫頭，一個迎春，一個繡春。迎春前面已經講了，後來是跟玉簫一起被送往東京翟謙家。繡春一度服侍李嬌兒，李嬌兒當時就想把繡春和元宵兒都帶去麗春院，遭到吳月娘的拒絕。吳月娘就跟李嬌兒說：「你倒好，買良為娼。」在那個時代，妓院裡很多女孩子其實是一些窮人家走投無路賣進去的。但是當時法律有嚴格規定，正經人家的女子不可以直接買進妓院，不能強迫。李嬌兒怕惹官司，就放棄帶走這兩個丫頭的想法，吳月娘算是把元宵兒和繡春留下來。西門慶死後，吳月娘得知陳經濟和潘金蓮有私情，就把陳經濟轟出西門府。後來吳月娘把西門大姐給陳經濟送去了，又把元宵兒也給陳經濟送過去。陳經濟後來極不像話，氣死了他的母親，逼死了妻子西門大姐，搞得一貧如洗，元宵兒後來病死了。

下面重點講李嬌兒的另一個丫頭夏花兒。李瓶兒給西門慶生了一個男孩官哥兒，西門慶對這對母子視若珍寶。有一天，西門慶派出去給官方當買辦的李三、黃四來跟他彙報交帳。這次掙了很多銀子，如果把銀子全帶著的話太多太重，他們就把一部分銀子變成金子，打造四個金錠子。一般的錠子都是元寶形，但是這四個錠子打造得比較別緻，都是手鐲形，每一個都很重。得到四個手鐲形狀的金錠子，西門慶很高興，他把這四個錠子捧在手裡，到了花園。潘金蓮在門口看見西門慶，就問他捧著什麼要看一看。西門慶都沒讓潘金蓮看一眼，直接走到李瓶兒的屋子裡頭，拿出金錠子給官哥兒玩。李瓶兒是個富婆，對金錠子並不在乎，她只是擔心金子會把官哥兒的小手給冰了，所以她就拿一塊錦帕把金子包起來再給他玩。這時有小廝向西門慶報告，大門口來了雲參將派來的人，還騎來兩匹馬，想讓西門慶買下這兩匹馬，於是西門慶就出去看馬了。當時看熱鬧的人也挺多的，情況比較混亂。過了一會兒，奶媽如意兒發現官哥兒手裡的金錠子少了，本來一共四錠，現在只剩三錠。

金錠子丟了，大家就都很驚訝，然後開始四處尋找，丫頭們開始辯白，都說自己沒拿。沒人拿怎麼會丟？這不是一般的金錠子，是手鐲形狀的金錠子，而且每一錠都相當於好幾十兩的銀子，很貴重。這事就鬧大了。西門慶回來以後，得知金錠子少了一錠，他當然也覺得這是個事，不過因為他的財富太多了，也沒有太在意。但是這個事情在府裡面就掀起了軒然大波。潘金蓮和孟玉樓聚在一起就有閒話，說西門慶寵孩子寵到這個地步，讓他玩金錠子，他才多大？正房吳月娘為這個事很著急。西門慶說這事好辦，讓小廝去買狼筋，然後他一個個拷問，一定會有人禁不住拷問招供出來。

西門慶一發威，整個西門府就抖三抖。丫頭們聚在廚房，有的幫廚，有的做點別的事。夏花兒就在廚房裡面問其他丫頭，什麼叫狼筋。有人就告訴她，狼筋就是從狼身上抽下來的筋，如果哪個人偷了東西，拿狼筋抽他，狼筋就會纏在他身上，把他的手腳箍得緊緊的，把人疼死。後來趁大家都不注意，夏花兒離開了廚房。正在亂哄哄的時候，就有小廝來報告，在馬槽底下發現了夏花兒。小廝把夏花兒揪到西門慶的面前跪下，西門慶問夏花兒，她跑到馬槽底下幹什麼，夏花兒不言語。李嬌兒說她沒讓夏花兒到馬房裡做什麼事。見夏花兒慌了，西門慶就讓小廝搜她的身。咣噹一聲，從夏花兒腰裡掉出一樣東西，就是那錠金子。這下就水落石出。原來，夏花兒混到花園李瓶兒的屋裡，表面上是看熱鬧，實際上是順手牽羊。可能官哥兒還是個嬰兒，手太小也捧不住四個金鐲子，其中一個滑落在地上，她就撿走藏起來。

這下事情鬧大了，西門慶發現是夏花兒偷了金子，就給她上拶刑，還拿棍子打了她二十棍。一個小姑娘，一個丫頭，受了這麼殘酷的刑罰，還不得暈死過去。夏花兒開頭是殺豬般地尖叫，後來就叫不出來。

夏花兒顯然是偷了金錠子以後想藏匿起來躲避一時，可是聽說府主讓人去買狼筋，打聽到狼筋是什麼，被嚇壞了，就想逃出府去。但是門口有把門的，慌張當中夏花兒打算先藏到馬槽底下，趁天黑再偷偷溜出去，沒想到被人發現揪出來了。

這段情節看完以後我們是不是有聯想？《紅樓夢》裡面也有一個偷金的丫頭，是怡紅院丫頭墜兒，她偷了王熙鳳那房大丫頭平兒的一個蝦鬚鐲，後來也引起一場風波。這兩個情節很相似。所以，再次說明《金瓶梅》確實是《紅樓夢》的祖宗。《紅樓夢》的作者從《金瓶梅》裡面受到很多啟發。有些《金瓶梅》裡面使用的語言，《紅樓夢》裡再現或者是略加變化後出現；有的情節，像丫頭偷金，《金瓶梅》裡有，《紅樓夢》裡也有。

夏花兒偷了金子，受了重刑之後，西門慶就下令把她賣掉。當時麗春院的妓女李桂姐住在西門府，就去跟西門慶說情把她留下，西門慶就答應了。李桂姐這麼做並不是因為她內心慈悲，而是因為她覺得李嬌兒是她姑媽，夏花兒是她姑媽這一房的丫頭，丫頭偷了金子，丟了二房的面子。如果再把夏花兒賣出去，那麼就等於家醜外揚了，外面的人就會知道，原來西門府二房的丫頭偷金子，這樣的話，會讓她的姑媽李嬌兒更丟臉。李桂姐是為了維護李嬌兒的面子，才去跟西門慶這麼說。吳月娘知道這件事情後就非常不高興，因為夏花兒如何發落，應該是由她這個當家主母來跟西門慶商量，而不是由妓女李桂姐去跟西門慶求情。李桂姐認了吳月娘當乾媽，這種事情乾女兒不能插嘴，就算是親女兒也不能插嘴。吳月娘心中不悅，所以有一段情節就寫吳月娘不好直接跟李桂姐發作，就去斥責玳安來發洩心中的鬱悶。

夏花兒雖暫時留在了西門府，但最後的結局還是被賣掉。西門慶死了以後，李嬌兒盜銀歸院，她的偷盜行為遠比夏花兒的嚴重，但她是一個主子，最後就算懷疑到她，也無可奈何，可夏花兒偷金卻付出了非常慘重的代價。

三房孟玉樓的丫頭，一個叫蘭香，一個叫小鸞，她們始終跟著孟玉樓。孟玉樓嫁進西門府，她們跟過來；孟玉樓後來嫁給了李衙內，她們又跟過去。

四房孫雪娥有兩個丫頭，一個叫翠兒，一個叫中秋兒。書裡寫她們的筆墨比較少，後來應該也是被賣掉了。

五房潘金蓮的丫頭有兩個，一個是龐春梅，這是一個很特別的丫頭，受到西門慶的寵愛，她的人生軌跡十分離奇，結局也令人十分震驚，其他丫頭都無法跟她相提並論；另外一個丫頭就是秋菊，潘金蓮動不動讓她舉石頭跪著，還經常用手指甲把她的臉掐得稀爛。書裡面的玉簫、元宵兒、夏花兒、秋菊都是被侮辱、被損害的最底層的女性，值得我們同情。

六房李瓶兒的兩個丫頭，一個叫做繡春，書中交代她後來是隨著王姑子出家當尼姑了。另外一個丫頭迎春跟玉簫一起被送往東京的翟謙府，後來東京陷落，社會大亂不知所終。

另外還有一個特殊的女僕就是奶媽如意兒，她由吳月娘安排嫁給了來興兒，後來他們離開西門府自己過日子去了。

所以，書裡寫西門府的男女僕役，男僕、小廝、小童，以及僕婦、丫頭，整體是一個群像，當中有的有自己的故事，作者都描寫得很好。

第六十三講 對奸臣昏君旁敲側擊

《金瓶梅》裡的高官與皇帝

❖導讀

上一講告訴你西門慶六房妻妾的丫頭們的故事，這些生命的生存狀態、喜怒哀樂、生死歌哭，也是《金瓶梅》文本中的重要組成部分。其中重點講了李嬌兒房裡的丫頭夏花兒的故事。一天西門慶拿了四個鐲子形狀的金錠子給官哥兒玩，其中一個在混亂中丟失了。小廝發現了躲在馬槽下面的夏花兒，覺得很可疑，後來在她身上發現了丟失的金錠子，西門慶對她上了拶刑，並打算將她發賣。後來妓女李桂姐求情，她才得以留在西門府。《金瓶梅》是一部《清明上河圖》般的長篇小說，所描繪的社會生活畫面十分廣闊斑斕，書裡還寫到社會上的其他人，我還會一一講來。本講先講高官與皇帝。

《金瓶梅》中的故事發生在清河縣，而且在清河縣裡面，又集中表現了七間門面、五進院落的西門府裡面的種種事情，人物以西門府的府主以及相關的奴僕為主體，再擴展到社會上的其他地方。有人覺得《金瓶梅》描寫的空間格局比較小，再過二百多年到了清代的《紅樓夢》，它的空間集中在京城，集中在賈氏宗族的寧國府和榮國府，規模就遠遠超過西門慶的西門府，裡面的主子也好，奴才也好，人非常多，達到幾百人。但是不要以為《金瓶梅》的作者僅僅拘泥於寫清河縣西門府這樣一個比較窄小空間裡面的事，也不要以為他所寫的人物是侷限於這個空間裡的各種市井人物。蘭陵笑笑生的寫作能力是很強的，他從清河縣西門府把筆觸輻射出去，一直寫到京城，寫的人物很多，而且他直接寫到了高官，寫到了皇帝。這是《金瓶梅》文本的一個很大的特點。反觀《紅樓夢》，裡面的皇帝形象非常模糊，基本上沒有正式出場，只是在敘述當中提及罷了，高官只寫了一個地位很高的王爺北靜王，真正在朝廷主事的大官僚直接寫到的也不多，甚至可以說沒有寫到。

《金瓶梅》把高官、皇帝寫得很生動、很有趣。書裡是這麼寫的：西門慶在清河縣一直擔任提刑所的副提刑，很有權力，也很有威勢。後來從東京下來了邸報（供官員參閱的一種內部公告彙編），把西門慶提升為清河縣提刑所的正提刑，原來擔任正提刑的夏龍溪上調到東京京城區，擔任鹵簿指揮。其實這種人事安排就是一種明升暗降，夏提刑一看上面下發的通知，臉色都變了，嘴裡卻說不出什麼來，畢竟名義上是升官了。

什麼叫鹵簿指揮？京城高官出行的時候都有儀仗隊，根據官位的高低，有不同等級的安排，如果是皇帝出行，儀仗隊的規格就更不得了。鹵簿指揮就是管這個事的。官品、官階聽起來很體面，但是想一想，誰會去求一個指揮儀仗隊的官員，拿銀子賄賂他去解決什麼事情呢？所以，這種官位表面看起來很光鮮，挺不錯，實際上沒有什麼油水。除非有人想到儀仗隊裡面去當一個儀仗人員，賄賂你點銀子，給他安排一下。但你想有多少人會有這種願望？這個職位不像提刑，多少案件從你手裡過，就有多少人過來求你。所以，夏提刑只能把自己的不痛快掩藏起來，而西門慶就不必掩飾了，他很高興。

緊接著，西門慶和夏龍溪就得到通知，讓他們都到京城去。京城有一個高官朱勔，那個時候很得皇帝的信任與寵愛，他是全國各地提刑所的總指揮。朱勔在歷史上實有其人。這部書寫的是明朝故事，但是它假託故事都發生在宋朝宋徽宗當政時期，宋徽宗很昏庸，在政治統治方面很糊塗，後來他作為太上皇，和他的兒子宋欽宗都被金兵俘虜了。他寵信的一些高官都很腐敗，歷史上對北宋時期的六位高官有一個稱呼叫做「六賊」，朱勔就是其中一賊，連史書後來都給他這樣定論，你想他能是什麼好東西？老百姓對這些官員更是恨之入骨，只不過往往是敢怒不敢言罷了。《水滸傳》寫梁山泊農民起義，為什麼起義？書裡面所寫的以宋江為首的農民起義者，他們不反皇帝，但是他們對這些亂臣賊子恨之入骨，他們聚義造反就是為了清除這些魚肉百姓的貪官。朱勔就是其中的一位。

書裡寫西門慶和夏提刑應詔到京城去。當然夏龍溪後來就留在京城，他要把他在清河縣的宅子處理掉，在京城另外買宅子，過他的京官生活。西門慶當然是正式出任為清河縣正提刑以後還回到清河縣。但是兩人也算清河縣的同僚，表面上關係也不錯，所以就一起進京參與相關的政治活動。

書裡對朱勔有很詳盡、細緻的描寫，全是高規格、大排場。那個時候朱勔的權力大得不得了，各地的提刑官都歸他總管。當時各地的提刑官都集中到京城了，並且都給他帶來各種各樣的禮物，像西門慶就準備了二十杠的禮物。二十杠是多少？這個東西如果是兩人抬，可以叫做一杠。一個人挑，一頭一個箱子的話也可以叫一杠。

各地提刑官送給朱勔的禮物非常豐厚。你想全國有多少提刑官，有正提刑，還有副提刑，全部彙集到京城，大家都帶著禮物在他的府第門口等候他上朝回來。書裡形容是什麼樣的情景呢？「黑壓壓在門首等的鐵桶相似」，把朱勔家門口圍得密不透風，就等他回家。一直等到午後時分，忽然就看見有一個人飛馬而來，傳報導：「老爺視牲回來，進南薰門了。」南薰門，這是宮廷裡面的一道門。然後大家就再等通報。一會兒又有一個騎馬的回來傳報：「老爺過天漢橋了。」大多數人都仰著脖子等著他們的總頭領能夠來接見他們。又過了半天，才遠遠地看見一群人騎著馬走來了，都穿著非常高級的、講究的盔甲、官衣，這些人人如猛虎，這些馬馬賽飛龍，好大的陣仗。然後又見了一對藍旗過來，夾著一對青衣節級，這些人「一個個長長大大，搊搊搜搜」，穿得也非常有特色，都是「威風凜凜，相貌堂堂」，這是一組牌兒馬。朱勔還沒到，但他前頭的儀仗是非常大的排場，一隊隊過來，讓人覺得不得了。底下該他來了吧？還不是，又一組儀仗，再一組儀仗。後來又聽見一片喝聲傳來，傳道者都是金吾衛士、直場排軍，個個都身長七尺，腰闊三停，好神氣。那麼朱勔這最大的官該露面了吧？還沒有。然後又過二十名青衣緝捕（武功很強的武士），他們都排隊過來了。這些不消說了，都是身腰長大、寬腰大肚之輩，金眼黃鬚之徒，個個貪殘類虎，人人哪有慈悲，這些人都是朱勔最厲害的爪牙。

好不容易最後這十對青衣走過去之後，朱勔才漸漸現身，他坐著一個八抬八簇肩輿明轎。過去官員坐的轎子有兩抬的、有四抬的、有六抬的，最高規格就是八抬。但是請注意，很多官員的轎子好像是一個小亭子，或者是一個方盒子，這是暗轎，就是裡面的官員是不露面的，可能轎子的兩邊會有小窗戶，他可以朝外看你，但是你看不見他。可是朱勔喜歡露面，所以他坐的轎子雖然是八抬，有八組人簇擁著，但他的轎子是明轎，他不讓一個罩子把自己罩住，他有意讓大家看一看自己有多麼威風。

蘭陵笑笑生就這麼描寫，說朱勔「頭戴烏紗，身穿猩紅斗牛絨袍，腰橫荊山白玉」，他的腰帶都是白玉打造，不但很神氣，而且富貴外露。蘭陵笑笑生還詳細寫了他的靴子和頭上的一些裝飾。轎子抬得離地有三尺高，轎子後面還有「一斑兒六面牌兒馬、六面令字旗」，後面還有一些儀仗，騎著寶鞍駿馬緊緊地尾隨著。這樣算起來的話，前後有好幾十個人。這麼多人終於來到朱勔府第的門口，雖然迎候他的地方官員很多，黑壓壓地跪在街上，圍得鐵桶一般，但這個時候非常安靜，沒有人敢咳嗽一聲，因為他的權勢實在是太大。朱太尉的轎子到了府跟前，他的下屬左右喝聲：「起來伺候！」等候的眾人一起應諾，聲音響徹雲霄。

其他很細緻的描寫，我就不一一細說。作者不僅寫清河縣的市井人物，他也寫到了京城高官。兩相對比，西門慶的地位就很低了，只不過是山東清河縣來的一個提刑所的正提刑，剛剛升上去，在迎候的人群當中應該是地位最低的，他就被總頭領的氣勢給鎮住了，覺得好厲害。那是不是西門慶能夠馬上拜見朱勔，給他送禮呢？送禮還輪不到西門慶，朝廷裡面的一群高官會一個接一個地到朱勔的府第來拜見，這些人還要排隊。

蘭陵笑笑生有一筆寫得很好，寫有一個人飛馬跑過來報告，拿著個紅色的拜帖，他說：「王爺、高爺來了。」就是兩個另外的高官來拜見朱勔。這個時候就聽見軍牢喝道，就是一些來的大官的衛隊當時吆喝迴避肅靜。接下來誰來了？一個是總督京營八十萬禁軍隴西公王燁，還有一位是提督神策御林軍總兵官太尉，他的名字你一聽就會覺得很熟悉——高俅。還記得《水滸傳》裡面寫高俅的兒子高衙內調戲林沖的妻子，後來設計陷害林沖，林沖最後被發配，妻離子散、家破人亡嗎？《金瓶梅》這樣一些描寫也是有意地「借樹開花」，再一次把它的文本和《水滸傳》的文本加以照應。

所以《金瓶梅》寫得非常有意思，不但寫了清河縣小地方的市井生活，寫了西門慶這樣的人物，而且也寫到了京城和京城的高官。西門慶進京以後不斷包裝自己，他說自己還有一個號叫做四泉，西門四泉，後來他就經常自稱四泉。西門慶原先是跟應伯爵這些人一塊兒鬼混的，是一個地痞，他哪懂什麼名號文化？但現在他進入官場了，他說他號四泉。朱勔當時被宋徽宗信任和寵愛，封他的官位很長，如果把全稱說出來的話，叫做光祿寺大夫掌金吾衛事、太尉太保兼太子太保，後面一大堆頭銜，但其中最關鍵的是金吾衛，就是皇帝授他全國警察、警務的指揮權。

西門慶雖然是一個官場的小蘿蔔頭，可是他進了這個圈子，也有機會入朝參見皇帝，當然他跪在一個離皇帝很遠的地方，遠遠地望見皇帝。蘭陵笑笑生對皇帝有正面描寫——「這帝皇果生得堯眉舜目，禹背湯肩」，堯、舜、禹、湯都是中國古代的明君。底下的文字蘭陵笑笑生稱讚皇帝「才俊過人，口工詩韻，善寫墨君竹，能揮薛稷書，通三教之書，曉九流之典」。再往下寫，蘭陵笑笑生就不客氣了，反正他託言寫宋朝，宋朝離明朝有好幾百年，他就筆鋒一轉，說皇帝「朝歡暮樂，依稀似劍閣孟商王；愛色貪花，彷彿如金陵陳後主。從十八歲登基即位，二十五年倒改了五遭年號，先改建中靖國，後改崇寧，改大觀，改政和」。又假說這個人從十八歲登基即位，二十五年就改了五遭年號。

蘭陵笑笑生表面上是寫宋徽宗，但是明朝的人讀這個文本，都會微微一笑，都知道他是在影射嘉靖皇帝。宋朝宋徽宗嗜好道教，明朝嘉靖皇帝也嗜好道教，他們有很多相通之處。蘭陵笑笑生借譏諷宋朝皇帝的文筆，實際上也譏諷明朝的皇帝，說他們都是亡國之君，先說他「依稀似劍閣孟商王」。劍閣孟商王即五代後蜀國君孟昶，後來亡國了。又說他「彷彿如金陵陳後主」，陳後主也是個亡國之君。蘭陵笑笑生公開透過他的文本罵皇帝，不過好在那個時候嘉靖皇帝已經過世很久，已經到了萬曆朝，後來就到了崇禎朝，他託言宋朝的事情倒也沒有人去深究。何況蘭陵笑笑生只是筆名，這也是作者在當時自我保護的一種手段。《金瓶梅》的作者究竟是誰，到現在金學界還爭論不已。

第六十四講　貪贓枉法的黑暗官場

苗天秀謀殺案

❖ 導讀

《金瓶梅》的文本很有意思，它寫各種人物，裡面有很多文字是寫官場、官員的，上一講連高官和皇帝的排場都寫到了。不過它寫朱勔這樣的高官，或者寫皇帝，線條還是比較粗的，但是它寫下面的官員，線條就很細。書裡有一樁苗天秀謀殺案牽扯到很多官員，本講你將了解這個案件的內容以及下面官員的具體形象。

話說揚州地區有一個苗員外，名喚苗天秀，家財萬貫，四十歲了，有一個患病的正妻，還有一個小老婆刁氏把持這個家。苗員外心腸很好，愛做善事。有一天，一個和尚到他的宅院門口來化緣，他一聽就很高興，立刻施捨和尚很大一筆錢。和尚看他的面相，就說苗員外現在左眼眶底下有一道白光，這是凶兆，搞不好有血光之災，勸苗員外最近不要出遠門。苗員外聽了和尚的話一笑而過，沒有放在心上。後來他在花園裡面看到僕人苗青跟他的小老婆刁氏一塊說笑，就很生氣，責打了苗青，但是沒有把他攆出去，還繼續使喚他。

苗員外有一個表兄在東京給他寄來書信，信裡說苗員外有才，別窩在家裡了，到東京來施展他的才能，而且他也可以在去東京的路上販賣一些貨物賺點錢。看完信，苗員外就動心了，決定去東京。苗員外臥病的妻子就勸他，說那個大和尚說最近他不宜外出。但苗員外不聽，他說男子漢就應該頂天立地，無所畏懼，他堅持要去。

於是苗員外雇了船，帶了一千兩銀子和價值約兩千兩銀子的布匹，還有兩個侍從苗青和安童，一同前往東京。船上有兩個船夫，一個叫陳三，一個叫翁八，他們名義上是載客、載貨的船夫，實際上他們是經常謀財害命的強盜。陳三和翁八一看這次的客人帶了一個很重的箱子，估計裡面都是銀子，又看到很多值錢的貨物，就起了歹心。苗青趁著主人和安童都不在，就找陳三、翁八說悄悄話，說箱子裡是一千兩銀子，布匹大約值兩千兩銀子，他恨主人，乾脆他們聯手把苗員外幹掉，然後均分這些銀子和布匹。陳三就笑著說：「你不開口，我們其實也是這個主意。」他們商量好了以後，晚上趁苗天秀和安童都在船艙裡睡覺，故意在船板上大聲喊：「不好，有賊！」這樣就把苗天秀和安童都驚醒了。苗天秀從船艙裡面往外伸頭，想看看究竟是怎麼回事，被陳三一刀子就給殺掉了，屍體被扔到運河裡。安童一看大事不好，就想跳水逃跑，沒等他跳水，就被翁八打了一悶棍，然後也被扔到運河裡。苗青和兩個強盜分完贓後，就各幹各的。苗青分到的贓物主要是布匹，他就到碼頭上找地方來賣這些布匹。強盜分到的主要是銀子，分完贓後，他們就想快活一陣，便買肉買酒，大吃大喝。

苗天秀死了，但是安童並沒有死，翁八的一悶棍把他打得暈死過去，他被推到運河裡面以後就醒過來了，掙扎到岸上就大哭，然後被一個老漁翁發現。老漁翁發善心把他給救了，帶他回家，給他換衣服，給他吃，給他喝。安童就跟老漁翁哭訴事情的經過。老漁翁說這個事安童得上告。安童說都不知道要告的人在哪裡。有一天，老漁翁帶著安童去逛集市，在集市碼頭的船上，看見兩個船夫正在樂呵呵地喝酒。安童一眼認出他們身上穿的衣服正是主人苗天秀的，那是苗員外擱在箱子裡備用的，強盜把這些衣服占為己有，乾脆就穿上。

老漁翁就對安童說，現在有證據就去告他們。安童就告到了清河縣提刑所。當時接這個案子的是正提刑夏龍溪。安童遞上狀子，夏提刑一看，這個案子不難審，因為安童是苗天秀的隨身侍從，在揚州苗府生活了很久，對主人的衣服很熟悉。這兩個船夫陳三、翁八公然穿著他主人的衣服，可見來路不正。夏提刑下命令讓捕快去把陳三、翁八抓來，抓來以後就讓安童當場指認。這兩個強盜一看安童沒被他們打死，而且他們千不該萬不該把苗天秀的衣服穿在自己身上，導致事情敗露。加上夏提刑又動了刑，他們倆就招了，當然也牽扯出苗青。他們就說苗青跟他們一塊兒做的這個事，而且苗青也分到很多贓物。於是，夏提刑下命令去緝捕苗青。巧的是，審完這案子以後官府放假三天，就沒有人去抓捕苗青了。

沒有不透風的牆，提刑所裡面發生了這種情況，就有人想辦法通知了藏匿在清河縣的苗青，說他的事現在敗露了，兩個強盜都招了，現在要下公文抓他，但是現在衙門放假，三天之後即便苗青趕緊想辦法逃，恐怕也逃不掉，還是會被逮著。苗青就急了，怎麼辦呢？有一個買辦，也叫經紀人，就是經常跟這些販貨的商人有來往的人，叫做樂三，他的鄰居叫韓道國，是提刑所副提刑西門慶絨線鋪的掌櫃。於是苗青趕緊去找樂三，給他五十兩銀子和兩套衣服，看能不能透過韓道國見到西門大官人。

樂三的妻子樂三嫂和韓道國的妻子王六兒交好，樂三嫂找到了王六兒，王六兒就想辦法聯繫玳安。王六兒跟西門慶關係雖然到那個程度，但她比較被動，西門慶上門，她就奉獻自己的身體，自己是沒有辦法找上門的，所以還得透過玳安找西門慶。前面我講過，王六兒就把這個事跟玳安說了，說人家現在拿五十兩銀子要求西門慶幫忙，把這事化解。玳安就說給他二十兩銀子他再辦這事，他強調：「君子不羞當面。

先斷過，後商量。」這個情況下，玳安和王六兒互相鬥嘴，玳安要從中取利。

最後玳安找到一個機會就把這個事跟西門慶說了。西門慶一聽就覺得不對頭，這個案子雖然不是他審的，但事情明擺著，苗青跟兩個船夫陳三、翁八合夥謀財害命，現在他吞了很大一部分錢財，藏匿在一個地方。但既然托關係找到自己，西門慶還是打算干涉一下。苗青想用區區五十兩銀子來化解這個事情，西門慶覺得太好笑。苗青一共吞了苗天秀價值兩千兩的布匹，現在他要命，就別要銀子，他得把銀子全部吐出來。西門慶就透過王六兒去跟樂三嫂說，樂三嫂又把這話傳給苗青。苗青這時候知道為了保命就別保銀子，他把貨物變賣後拿一千兩銀子裝在食盒裡頭送到西門府的門口，要求見西門慶。最後他們達成了骯髒的協議，就是苗青把他謀財害命得到的所有錢財吐出來，西門慶再想辦法幫他擺平這件事。

但是這個案子是他的同僚、比他高一級的正提刑夏龍溪審的，所以西門慶必須要跟夏提刑商議，兩人共同貪贓枉法，這事情才能做通。那天提刑所下班了，西門慶跟夏提刑騎著馬，本來應該各自回家，結果西門慶把夏提刑請到他家，坐下來好吃好喝地款待。然後西門慶就跟夏提刑把這事挑明，說可以不追究苗青，就治這兩個船夫的罪，這案子就能了結。因為讓陳三、翁八承擔全部罪責是很容易的事，這個案子這樣了結起來挺方便的。

夏提刑一聽，話都挑明了，就說按西門慶說的辦。西門慶又說，苗青孝敬他們一千兩銀子，他們一家一半。夏提刑表示他不要。西門慶一再地表示要把一半銀子分給夏提刑，夏提刑最後也就同意了。這兩個提刑所的正副提刑就是這樣辦的案，放走真兇，侵吞贓銀。所以，蘭陵笑笑生是用很細緻的筆觸寫官場的黑暗，一個苗天秀的謀殺案牽涉很多的官員，還不止夏提刑和西門慶。苗青最後逃脫了，但是他只剩下一百來兩銀子。這次雖然逃脫了，但不知道哪天這事還可能被追究，苗青也就惶惶不可終日。

安童是這件案子的原告，作為一個人證，很長時間處於被拘留的狀態。最後這個案子了結了，安童被放出來了，但是他越想越不服，因為那兩個強盜已經交代苗青是和他們共同作案，而且他還分了很大一部分的贓物和贓款，可他居然逍遙法外。所以，在一些主持正義的人士的支持下，安童要到上一級機構去告發夏提刑和西門慶，爭取把他們告倒，還他的主人一個公道。安童果然這麼做了，他找到上一級機構，向曾御史遞了狀子。

這個消息傳到清河縣，傳到了夏提刑和西門慶耳中。因為官場也是錯綜複雜的，並不風平浪靜，況且官場本身有很多派別，內部有很多矛盾，現在安童告到上一級，上一級如果真追究，有可能因為這個事他們就翻船了。這一次他們貪汙的贓銀數量比較大，每個人有五百兩銀子，而且人家原來沒有給出這麼多銀子來行賄，是西門慶強行榨取出來的贓銀，這種做法當然很惡劣。

西門慶所獲得的這些銀子，最後都會送到大房吳月娘那去，她的正房裡有好幾個箱子，都是用來裝金銀財寶的。李嬌兒盜銀歸院怎麼盜的銀？吳月娘要生孩子了，她的丫頭玉簫幫她打開箱蓋找東西。箱子裡面不但有一些備產的東西，還有很多的元寶，李嬌兒趁亂從打開了蓋的箱子裡面順手牽羊，拿走好幾錠大元寶。清代的張竹坡評點《金瓶梅》，就有一段話指責吳月娘，他認為吳月娘是一個很糟糕的正妻，像這樣的一個苗天秀謀殺案，一下子獲得這麼多的銀子，都拿到吳月娘那裡存起來，她居然不聞不問。作為一個賢內助，本來吳月娘應該勸阻西門慶不要貪贓枉法，不要往家裡頭拿來路不正的銀子，可是吳月娘不但沒有這樣做，還積極配合西門慶。張竹坡對吳月娘提出很嚴厲的批判，他的批判可供參考。但是透過全書的描寫，我們可以知道，西門慶是一個強人，吳月娘也多次直截了當地把他稱作強人，他不可能聽從她的勸告和勸阻。這點我們就不多做討論。

總之，西門慶在提刑所可以說沒幹過幾件正經事，但貪贓枉法的事情一掃一簸箕。再舉一例，前面講過一個叫何九的人，他是衙門裡面的仵作，武大郎被潘金蓮毒死後，他負責驗屍。《水滸傳》裡面寫他還有良心，迫於西門慶的威勢，他當時寫的驗屍報告，說武大郎是自然死亡。但後來他把留下來的一塊骨頭交給了武松，這塊顏色不同的骨頭能證明武大郎是被下毒害死的。在《金瓶梅》裡面，何九被寫成一個很糟糕、沒良心的人。他得了西門慶的賄銀以後，就完全昧著良心證明武大郎是得心痛病死的，幫潘金蓮掩飾了武大郎被毒死的事實。所以武松回來後，就沒有一個有良心的何九來跟他說明真實情況，他憑藉自己的直覺，判斷是潘金蓮把他的哥哥給殺了。後來武松自己想辦法殺死潘金蓮和王婆，給武大郎報了仇。《金瓶梅》寫到何九有個兄弟叫何十，跟強盜一塊幹壞事被抓了。何九就求王婆，王婆求了潘金蓮，潘金蓮當時就跟西門慶說了。西門慶在衙門裡一頓亂判，把別的強盜都拷打了，之後就想著怎麼釋放何十。因為案子裡被判刑的人數是固定的，如果把何十放了，人就少一個，最後西門慶釋放了何十，把一個弘化寺的和尚硬拿來頂缺，硬說這個和尚跟那些強盜是一夥的，證據就是被殺害的那個人在這個寺裡宿了一夜。

蘭陵笑笑生在寫這段故事的時候，敘述語言裡面有這樣的話，那正是「張公吃酒李公醉，桑樹上脫枝柳樹上報」。西門慶為了報答何九當年幫助隱瞞武大郎被毒死的真相，不但放了何九的兄弟何十，還冤死一個和尚。這就是西門慶衙門理事的日常行為。我們可以舉一反三，知道那個時代有多麼黑暗，官場有多麼腐敗。

第六十五講　見不得人的官場交易

西門慶賄賂御史

❖導讀

上一講談到了苗天秀謀殺案，苗天秀的僕人苗青和兩個船夫串通，殺害了他的主人苗天秀，並將主人的財產進行分贓。苗天秀的隨從安童告到清河縣提刑所，官府抓捕了兩個船夫。但正提刑夏龍溪和副提刑西門慶貪贓枉法，胡亂判案，放走了真兇苗青，他們收的賄銀各有五百兩。安童不服，上告到曾御史那裡。曾御史的故事我們後面再講，本講先告訴你西門慶如何化解危局。

西門慶聽說安童告到上一級曾御史那裡，心裡還是比較緊張的。眼下正好有一個化解危機的大好機會。有兩個從京城來的地位很高的御史要路過清河縣，一個是宋御史，還有一個是蔡御史，這兩個御史都是皇帝外派到地方管大事的。蔡御史當時的頭銜叫做巡鹽御史，他被皇帝派到各地巡視鹽務。當時鹽生產完以後要驗收、運輸、發售，這都是由官方直接控制，蔡御史作為巡鹽御史，他的權力很大。另外一個宋御史，他原來也當過巡鹽御史，後來做了巡按御史。巡按御史負責視察各地司法的執行情況，權力也很大。蔡御史是西門慶的舊相識，西門慶雖然不認識宋御史，但希望透過這次機會能和他建立關係。既然這兩個御史都帶了很大的船隊路過清河，西門慶就想把他們都請到西門府，拉拉關係。

蔡御史當然很願意到西門府做客，因為他和西門慶老早就有聯繫。可宋御史比較桀驁，蔡御史後來專門拜見了宋御史，跟他說：「清河縣有一相識西門千兵，乃本處巨族。為人清慎，富而好禮。亦是蔡老先生門下，與學生有一面之交。蒙他遠接，學生正要到他府上拜他拜。」蔡御史把西門慶說成也是蔡京門下一個有關係的人。宋御史表示：「學生初到此處，只怕不好去得。」宋御史開始還擺點架子，禁不住蔡御史的一再動員，最後也同意，兩人就帶著人馬去西門慶家了。

西門慶在府第門口搭了照山綵棚，而且請樂隊在門口奏樂，還叫海鹽戲的戲班子在府裡面給他們演戲。宋御史在官場很會作秀，為了表示他是一個很清廉的官員，他是勉強去一個地方官家裡做客，不能夠講排場，就把本來跟隨他的人馬都散去了，只用幾對藍旗清道，一些普通官吏跟隨。蔡御史的排場還比較大，「坐兩頂大轎，打著雙檐傘」。當時清河縣的人在街上圍觀，場面十分轟動。西門慶作為清河縣提刑所的副提刑，和御史的級別還是差很多。所以街邊的人就圍觀說，巡按老爺也認得西門大官人，還到他家吃酒。當時宋御史、蔡御史穿著正式的官服進入西門府，只見五間廳上湘簾高捲，錦屏羅列。到了宴會廳，正面擺兩張吃看桌席。吃看桌席是當時富人家的一種講究，就是宴會桌上的東西是用來看的，不是用來真吃的。吃看桌席上面有高頂方糖，就是把一些方糖壘起來，壘得高高的；還有定勝簇盤，就是一些擱著各種點心的盤子，擺成花樣。蔡御史、宋御史被引進去後，蔡御史還給西門慶送了一些禮物，宋御史繼續做官場秀，表示他很清廉，來拜望西門慶不備禮物，只給拜帖（相當於現在的名片）。西門慶誠惶誠恐地招待他們，垂手相陪，「茶湯獻罷，階下簫韶盈耳，鼓樂喧闐，動起樂來。西門慶遞酒安席已畢，下邊呈獻割道。說不盡餚列珍羞，湯陳桃浪，酒泛金波，端的歌舞聲容，食前方丈」。

西門慶知道他們兩個來時帶了很多的隨從，雖然宋御史為了表示他跟蔡御史不一樣，過來的時候把很多隨從都清退了，但實際上來的人也不少。西門慶從抬轎的人算起，所有跟從人員，每人都給五十瓶酒、五百份點心、一百斤熟肉。注意不是一共這麼多，是每個人都賞這麼多，所以，這些下人也得了很多的好處。

當時西門慶為了接待兩位御史差不多花費了千兩銀子，下了血本。這裡寫得很有趣，當時苗青為了活命，把自己獲得的贓銀基本都吐出來，西門慶從中分得五百兩。西門慶知道安童上告後，為了保護自己，也是為了活命，又把從苗青那裡獲得的贓銀全吐出來，還賠本倒貼一倍有餘，獻給兩位御史。這就是官場的黑暗，一層黑暗，另一層更黑暗。

這兩個御史到了西門府以後，宋御史一再地作秀，後來只聽了一折戲文就站起來，說衙門還有公事，他得回去辦公，宋御史作秀到這種程度。這種人其實也是大貪官，但是他既要做婊子，又要立牌坊。西門慶知道留不住他，就說把整張桌席都打包給他帶走。宋御史的那張大桌席有好多東西，包括兩罈酒、兩牽羊、兩封金絲花、兩匹緞紅、一副金臺盤、兩把銀執壺、十個銀酒杯、兩個銀折盂、一雙牙箸。西門慶命令手下把這些東西都裝在食盒內，一共裝了二十抬。

因為是兩個御史，兩個客人，既然宋御史要走，給他打包了，蔡御史雖然現在不走，也同等地要給他打包。宋御史假惺惺地推辭：「這個，我學生怎麼敢領？」邊說話邊看著蔡御史。蔡御史就知道，宋御史看著他是讓他表態，給他一個下臺階的方法，蔡御史就說：「年兄貴治所臨，自然之道。」意思是你既然到了這裡，人家這樣款待你也是自然而然的事情，就收下吧。西門慶馬上表示：「些須微儀，不過乎侑觴而已，何為見外？」宋御史正在口頭推讓時候，桌面已經抬出門外，宋御史就致謝離開了。所以，你看蘭陵笑笑生寫兩個御史的嘴臉還有區別，宋御史是一種官場上常見的會作秀的官員，表面上他要守規矩，要廉潔奉公，實際上人家賄賂他，他照收不誤。

蔡御史就完全不要臉了。西門慶請蔡御史留下來繼續接受款待，他就留下來。西門慶讓下人重新安放一桌珍饈美味，陪蔡御史喝酒，兩個人還套近乎。最後西門慶想方設法把其他人支走，只留下最親近的小廝，其中當然有玳安。西門慶對玳安交代了一番，玳安立刻去落實，到妓院叫了兩個妓女，一個是董嬌兒，一個是韓金釧兒，用轎子抬來，從後門進入西門府。

西門慶陪著蔡御史繼續吃喝玩樂，海鹽子弟在旁邊唱曲給他們聽，蔡御史就盡情享受。後來玳安上席到西門慶耳邊報告，說兩個妓女都到了，她們從後門進來以後先在吳月娘的正房休息。難怪張竹坡在他的評點裡面對吳月娘有很多微詞，他認為吳月娘明知道她丈夫西門慶做一些荒唐事，不但不勸阻還配合，這是不好的。兩個妓女來了以後，先在吳月娘正房待著，後來趁蔡御史喝得醉醺醺，西門慶自己還離席跑到吳月娘那裡，親自囑咐兩個妓女，讓她們好好伺候蔡御史不可怠慢。兩個妓女就笑嘻嘻地說，不用囑咐她們懂，沒問題的。

西門慶回到席上，趁蔡御史酒醉，就跟他說，有一件事想請教他，其實就是要蔡御史幫他辦事。一方花大本錢行賄，另一方給他辦事，就是一種權力尋租。當時鹽的貿易都是由官方控制，當然可以承包給一些個人，有了官方派發的鹽引文書以後，作為承包商就可以販售鹽。

鹽是一種非常重要的生活用品，很多東西的製作都會用到鹽，很多作坊也需要，所以販售鹽的利潤非常高。西門慶以他現有的權勢，獲得鹽引並不是很困難，他在揭帖上寫明需求「商人來保、崔本，舊派淮鹽三萬引，乞到日早掣」，就是要求蔡御史在揚州發放鹽引的時候，給他派去的來保、崔本承包三萬兩銀子的販賣量，而且讓他們提前拿到鹽引。因為等官府集中發放鹽引的時候，很多承包商都能販賣鹽，競爭就很激烈了。如果給西門慶這邊的人提前拿到鹽引，他們就可以提前做生意，可以抬很高的價，獲得很豐厚的利潤。

西門慶讓他派去承包鹽引的來保跪到蔡御史面前。因為西門慶好吃好喝款待他，蔡御史很高興，在席上就答應了：「我到揚州，你等徑來察院見我。我比別的商人早掣取你鹽一個月。」西門慶道：「老先生下顧，早放十日就勾了。」西門慶要求提前十天發放鹽引，蔡御史提前一個月給他，那就更不得了了，到處都沒有新鮮到貨的鹽，西門慶手下的人就能夠提前一個月得到新發放的鹽，運來販賣的話，肯定一搶而空。西門慶透過不惜血本招待蔡御史，把他招待得特別周到，能夠提前獲得鹽引，而且獲得的販賣量很大。那時官場上就是這樣黑暗。

吃完酒席以後，到掌燈時分，蔡御史聲稱要告辭，其實他仍戀戀不捨。西門慶就帶著蔡御史在花園裡面遊玩了一回，來到了翡翠軒。那邊早就湘簾低簇，銀燭熒煌，又設下酒席，有海鹽戲子在那裡表演。終於酒足飯飽，書僮就把捲棚裡的其他東西都收了，關上角門，只見兩個妓女盛裝打扮站在蔡御史面前，花枝招展地磕頭。蔡御史一看就明白了，不過還是有點猶豫，因為這就不是一般的賄賂，這是情色賄賂。但蔡御史一看兩個美女，心裡還是癢癢，就跟西門慶說：「四泉，你如何這等愛厚，恐使不得！」西門慶說：「與昔日東山之遊，又何別乎？」可能有秀才早給西門慶做了功課，所以他也說一點文縐縐的話。蔡御史又說了很肉麻的話：「恐我不如安石之才，而君有王右軍之高致矣。」這裡的安石不是宋朝的王安石，是謝安石，是晉代的一個文人，以清談知名，經常帶著妓女在東山遊玩。西門慶把蔡御史捧成謝安石，蔡御史就謙虛一下，說自己恐怕不如他，但是西門慶卻有「王右軍之高致矣」，王右軍就是大書法家王羲之。他們兩人互相胡亂吹捧。於是在月下，蔡御史牽著兩個妓女的手到翡翠軒，裡面早就什麼都布置好了。後來蔡御史留下其中一個妓女跟他過夜，另一個妓女就打發走，讓她回吳月娘的屋子。

蔡御史在西門慶府裡面真是享受到了極致，天亮才離開。離開的時候西門慶好像忽然想起來，捎帶腳提到了苗天秀謀殺案，說有人已經告到曾御史那裡去，還是要緝拿苗青，追究提刑所審案不力。西門慶說把苗青放了算了，案子就那樣了結，希望蔡御史和曾御史說一下。蔡御史一聽，覺得這個不算事，他跟宋御史說一下就行。因為宋御史是巡按御史，管司法事務，都不用去跟曾御史打招呼，他就可以把這事化解。所以宋御史、蔡御史拿走那麼多東西，一句話就把西門慶他們的事辦了。西門慶終於擺脫了苗天秀謀殺案所留下的陰影，很愉快地繼續他的官場生活。

第六十六講　令人啼笑皆非的清官

狄斯彬與陳文昭

❖ 導讀

從前面講的苗天秀謀殺案中官員們的種種表現可以看出，《金瓶梅》的作者寫官場黑暗，他是有感受、有素材的，寫的筆法也很好。夏提刑和西門慶沆瀣一氣，貪贓枉法，安童上告，西門慶又下血本，在家裡盛情招待蔡御史和宋御史，和他們進行了錢權交易和色權交易，並大獲成功。西門慶不僅可以擺脫苗天秀謀殺案的陰影，還能提前一個月獲得鹽引，獲得高額回報。這部書裡面除了貪官形象，有清官形象嗎？請看本講內容。

安童為了給他的主人苗天秀討回公道，投靠了東京的黃通判，在黃通判家他把所經歷的事情跟黃通判講，黃通判就寫了一封介紹信，讓安童帶著介紹信到東昌府找曾御史。曾御史看了信以後又細問安童種種情況，然後決定向東京的朝廷舉報夏提刑和西門慶。因為曾御史作為一個巡按御史，他查處地方官員的貪腐行為，不是直接處置，還是要往上面總的機構作文件備案，求得解決。

前面講了，各地提刑所的官員在朝廷裡面的最高總管就是朱勔。所以，曾御史要把彈劾的文書送達朱勔所管轄的都察院。為什麼西門慶後來接待蔡御史，送禮的時候不那麼慌了？因為在那之前，夏提刑和他得知曾御史查出他們的問題，往上報了，就採取了緊急措施。當時夏提刑拿出了二百兩銀子和兩把銀壺，西門慶拿出了一條金鑲玉寶石鬧妝和三百兩銀子，這樣加起來就有五百兩銀子，禮物打包好，還是拿到東京走翟謙的路子。夏家派的是家人夏壽，西門慶派的還是來保。

夏壽和來保到了東京見了翟謙，獻上這五百兩銀子和所帶去的貴重物品。翟謙收了以後就跟他們說，曾御史參劾夏老爺和西門慶的文書根本就還沒有送到都察院，所以這事很好化解，讓夏提刑和西門慶放心。這兩人回來跟夏提刑和西門慶彙報完，他們基本上心裡就踏實了。後來又聽說朝廷派出宋御史作為新的巡按御史，就更不怕曾御史了。

宋御史在西門慶家裡扭捏作秀，好像很清廉，實際上他也吃盡了西門慶的賄賂。後來西門慶把蔡御史伺候得非常周到，跟他成功地進行了錢權交易和色權交易，順利了結了苗天秀謀殺案。不過，不要以為蘭陵笑笑生寫官場只一味刻畫形形色色的貪官汙吏，他筆下也有清官出現。

例如他寫到一個名叫狄斯彬的清官。曾御史當時看了安童遞上去的狀子很生氣，說怎麼可以這樣判案呢，隨便就把苗青放掉了，這事還得查。但是這個案子有一個關鍵的問題得解決，就是苗天秀被殺以後，屍體一直沒有找到，如此結案還是有瑕疵的。所以，他決定想方設法找到苗天秀的屍體。當然，曾御史作為一個巡按御史，日理萬機，很多案件會集中到他這兒來，他不可能一一親自處理，所以曾御史就把查找苗天秀屍體的事情往下交代，最後就落實到陽穀縣的縣丞身上。這個人就是狄斯彬，據說是一個有名的清官，「為人剛方不要錢」，你要去賄賂他，他是不收的。但是陽穀縣的百姓給他起了個綽號叫「狄混」，這就有點奇怪。狄斯彬既然是個清官，想必能夠為受冤的人平反昭雪，使得罪犯法網恢恢，難以逃脫，可是他卻得了一個「狄混」的綽號，因為滿縣城人都知道這個官員雖然辦事不要錢，可是經常把事情辦得糊里糊塗，不得要領。

這次狄斯彬得到的任務是尋找苗天秀的屍體。苗天秀是被船上的兩個強盜先砍死，後來扔到水裡去。所以，要沿著河流來找屍體的下落。既然苗天秀是死在運河裡面，那麼沿著運河的岸邊細細尋找，這個思路應該不算糊塗。就這一條，說他是「狄混」有點冤枉。狄斯彬騎著馬帶著一群人在運河邊尋訪，尋訪到清河縣城西河邊的時候，忽然馬頭前面起了一陣旋風，團團不散，風就隨著狄斯彬的馬走。狄斯彬就說怪哉，然後把馬勒住，命令左右的公差，讓他們看旋風往哪吹，跟著旋風走，務必要尋一個下落。這個狄斯彬，你說他很糊塗嗎？好像也不算太糊塗，因為確實出現異像，有旋風，他命令公差跟隨旋風看旋風最後在哪裡終止。這思路也還算及格。幾個公差跟著旋風往前走，果然走到河口那裡，旋風就消失了，就來跟狄斯彬彙報，說旋風在河口就沒有了。狄斯彬很高興，說對了，這說明苗天秀的屍體就在這個地方。

他讓公差到村裡面找一些村民，讓他們帶著鐵鍬沿著河岸挖，果然挖出一具死屍，再一看，脖子上果然有刀痕。是不是先用刀殺了？狄斯彬讓仵作驗屍，結果仵作得出結論，害他的人應該是先把他砍死再投入河中的。

狄斯彬就覺得有門路了，破這個案子全靠他了。他是清官破案，秉公執法，不收銀子。他很嚴厲地問公差，這附近都有什麼人。公差回答說，附近沒有太多的住戶，但是有座廟叫慈惠寺。這時候狄斯彬就體現出他「狄混」的特點了，剛愎自用，輕率判斷。他覺得這裡的村民沒必要做這種事，想必就是慈惠寺的僧人、和尚圖財害命，就下令把這些僧人、和尚抓了。於是慈惠寺這些僧人，人在廟中坐，禍從天上來，從長老到小和尚全被抓。

狄斯彬就審問他們，苗天秀的死是怎麼回事，跟他們有沒有關係。僧人就回覆說，去年冬天十月，本寺在河裡面放水燈（在某些特定的日子，在河裡面放一種隨水漂流的燈是一種宗教儀式），就看見有一個死屍從上流漂過來，長老是一個很慈悲的大法師，一看死屍不落忍，不能讓他繼續地往下漂，就收了屍體掩埋在這裡。狄斯彬並不相信僧人的說法。他們為什麼無緣無故去埋一具死屍？一定是僧人做了什麼殺人謀財的事，才把他埋起來。想必這個人是帶了很多財物，僧人見財起意，謀殺他。

從長老到小和尚都一再跟他說沒做這樣的事，但狄斯彬不相信，就把長老和小和尚一個一個都上刑。長老最慘，他不但被兩次拶手指，而且一次就打了一百棍，其餘的和尚每人都各打二十棍，然後押在監獄裡。狄斯彬很得意，他覺得水落石出了。

你現在覺得怎麼樣？這清官好嗎？虧蘭陵笑笑生寫得出來，這其實是很辛辣的諷刺。當時官場選拔官吏的機制有問題，貪官固然可怕，昏官也很可怕。狄斯彬不收銀子，不受賄賂，秉公執法，剛愎自用，判案可能連邏輯推理都不通。他把報告寫給曾御史以後，曾御史一看就覺得狄斯彬做得並不妥當。因為判案得有一個基本邏輯，如果一些僧人看有船過來，上面有人、有銀子、有布匹，他們殺了人，搶了銀子和布匹，他們還把這個人埋在寺院附近，不是自己找事嗎？他們一定會把屍體扔在水裡，讓它往下漂。所以，曾御史認為狄斯彬辦案雖然努力，可是結果並不令他滿意。

後來又審問陳三、翁八這兩個強盜，他們這個時候就一再堅持主謀是苗青，他們覺得自己雖然也做了錯事，可他們只是幫手。曾御史就下文書讓人去抓苗青，後面的事情大家就都知道了。後來曾御史沒有能夠繼續當御史，他的職務由宋御史替代了，他往上奏報夏提刑和西門慶貪贓枉法的文書還沒有來得及送到都察院，夏提刑和西門慶就提前緊急聯繫了東京蔡京府的管家翟謙，翟謙不用去跟蔡京彙報就把正式的文書扣下。更何況後來宋御史被西門慶賄賂了，蔡御史又受到更多的賄賂，甚至還享受了西門慶準備的美色。所以當時蔡御史就很賣力地遊說宋御史，宋御史剛上任又得到西門慶的好處，最後就沒有再去追查苗天秀謀殺案。這個案子的終結還是一個很令人氣憤的結局。

書裡只寫了一個狄斯彬這樣的清官嗎？不是。前面就提到了一個清官。前面情節你應該還記得，武松做都頭後第一次外出是出差，回來以後發現哥哥不明不白地死了。聽說是西門慶在背後搗的鬼，他就到獅子樓找西門慶報仇，西門慶當時躲過去了，他就把酒樓上和西門慶喝酒的李皂隸從二樓的窗戶扔出去，摔死了。他一看自己一怒之下誤殺了人，就去自首，被抓到東平府（應該是清河縣上一級的一個行政區域）。

書裡寫得也很有意思，說東平府府尹叫陳文昭，他看了有關案件的文書，又親自審問了武松，得出一個結論，認為武松殺死李皂隸不對，但他是為兄報仇，還是一個義士，所以應該從輕發落。本來殺人應該判很重的罪，但武松為兄報仇，是一個有義的烈漢，陳文昭就把他原來戴的一個很長很重的枷鎖換成一個輕的，而且要求清河縣重審這個案件，並且把潘金蓮、王婆、驗屍官何九、西門慶等與案子有關的人都重新召喚拘留，進行審問，務必把事情搞清楚。

那個時候西門慶還沒有當官，聽到這個消息以後很緊張。原來西門慶也不太怕這種事，因為「火到豬頭爛，錢到公事辦」，他有的是銀子，很多事情都可以靠銀子擺平。可是陳文昭有一個清官的名聲，他是不受賄的。怎麼化解這個事情呢？當時西門慶不是把他的閨女嫁給東京陳洪的兒子陳經濟了嗎？陳洪又是權臣楊戩的親家，所以他就緊急派人到東京求援，最後還是找到了蔡太師蔡京，一樁發生在清河縣的命案居然驚動了行政最高層。

那麼蔡京怎麼處理這件事呢？蔡京也聽說陳文昭是一個有名的清官，是很不好對付的官員，但是當時一個人怎麼當的官都是有來歷可循，一般都是由一些權臣、權貴提攜，都可以找到根源。就算他想當清官，想效忠一個至高無上的原則，可是往回追溯的話，他一定會是某個人的門生，畢竟他身處某個官員選拔輸送系統裡面的一環。蔡太師並不想責備和觸動陳文昭這樣的清官，他的存在不但對朝廷無害，而且能夠粉飾太平。所以，他就沒有透過排斥、懲治陳文昭來替西門慶他們解決問題，而是寫了封信給陳文昭。

陳文昭接到信以後很激動，居然是蔡太師寫給他的。他自己怎麼當的這個官？就是從蔡京把持的大理寺，一個提拔和落實官員職務的機構出來的，算起來他還是蔡京的門生，但這種所謂的老師平時他是搆不著的，現在居然給自己寫信，所以陳文昭還沒拆信就很激動。信的內容就是在武松這個案件當中，別人都可以提審，但是西門慶和潘金蓮要放掉，武松可以免死，但不能輕判。於是陳文昭立刻改變他原來的態度，在整個案件的審理當中免除了潘金蓮和西門慶的責任，只提審其他人。他認為武松是一個很仗義的為兄報仇的好漢，原本想輕判，但現在不得不重判，最後是脊杖四十，刺配兩千里充軍。

第六十七講　獨特的醜態
書中的宦官形象

❖導讀

蘭陵笑笑生的《金瓶梅》寫得非常好，對我們認知那個社會特別有幫助，特別是他還寫到了清官的故事，很有趣。狄斯彬好像很剛正，秉公執法，但實際上胡亂判案。陳文昭好像也想秉公執法，也不糊塗，但是受制於官僚體系的官員選拔制度，到頭來也只能枉法。那麼書裡還有沒有其他的官員形象呢？請看本講內容。

朝廷裡還有一種官員——宦官，就是太監。有的年輕人知道太監就是閹過的男人，為什麼古代宮廷裡面會出現這麼一種人，他們還不是很清楚。因為在古代宮廷裡面，除了使用宮女這種女性奴隸，還需要使用一些男性的奴才。這些男性奴才進了宮以後，必須防備他們和皇帝三宮六院的妃嬪發生關係，因為過去封建社會特別講究血統純正，尤其是皇家，皇帝死了以後要傳位給皇族的後代。宮裡面的皇帝會使用太監，但是更多的太監是在三宮六院服侍皇帝的妃嬪。最早的太監制度很嚴格。想進宮做奴才，只有證實被閹過才可以。

太監制度是一種殘忍的制度，也是一種很荒謬的制度。即便這樣，宮廷裡面還是有太監和妃嬪、宮女發生關係的事情。個別太監可能是混過了相關的檢查，說是閹過了，實際上並沒有真正被閹，所以會亂了皇家血統。歷史上這樣的記載和傳說都有，這裡不細說。在《金瓶梅》裡面也描寫到了不少的太監，他們如果是為地位很高的娘娘服務，也會得到一些頭銜。他們被叫做宦官，是一種特殊的官員，即使沒有被給予別的權力，有時候也會給他們一些頭銜。後來這些宦官漸漸地向權力中心挺進。因為表面上看起來他們的地位很低下，是閹過的男人，伺候宮廷裡面的妃嬪，被呼來喚去，是卑賤的奴僕。大多數妃嬪見到皇帝的機會不多，她們中的很多人被冷落，甚至被打入冷宮，一連幾年都見不著皇帝，所以跟她們來往最密切的除了宮女就是宦官。

即便是被皇帝所寵愛的妃嬪，她們和皇帝待在一起的時間也沒有和身邊的宦官待在一起的時間久，所以她們和宦官就結成了很親密的關係。皇帝如果寵愛哪個妃嬪，那麼這個妃嬪吹吹枕邊風，就可以替宦官說話，推薦他們當官。皇帝本人在使用宦官的過程中，也會寵幸一些宦官，這樣就陸續有一些宦官從宮裡伺候人的地位轉變為在皇帝面前得到任命、有正式官銜的一種特殊的官員，像我前面不斷講到的楊戩。當然書裡開始說皇帝發怒把他懲治了，但是他之前得到皇帝寵幸的時候做了很大的官。這種脫穎而出成為朝廷要員的宦官，人們多半迴避他宦官的出身，迴避他被閹過的事實，用他獲得的官位來稱呼他，來表示對他的尊重。有的宦官雖然沒做到楊戩這麼高的官位，也被皇帝給予一定的官職，有一定的權力。還有的宦官被外派到地方任職。

在《金瓶梅》這部書裡面就有很多很有權勢的宦官，有的獲得了正式的官位，有的就被外派到了地方。書裡面首先寫了一個在朝廷裡面很有權勢的宦官何沂，他是很得寵的皇妃延寧第四宮端妃馬娘娘的首席太監，馬娘娘當時正得皇帝的寵愛，所以他的地位也很高。書裡寫當時清河縣的夏提刑和西門慶都得到通知，要求到京城參加盛大的典禮，他們結伴前往東京。

一開始西門慶跟著夏提刑住在夏提刑的一個親戚家裡，但很快西門慶就被何太監接走了，住到何太監家裡去了。你仔細讀這個文本就能明白，為什麼西門慶接替夏龍溪被提升為正提刑。其實就是這個何太監勾結相關部門的人士，暗箱操作。他讓夏提刑離開清河，讓西門慶頂替了夏龍溪空出的正提刑的位置，就是為了騰出一個清河縣副提刑的位子給他自己的侄子何永壽，為侄子的前程鋪路。另外，像李瓶兒嫁的花子虛，也是一個太監的侄子。這些太監要麼就是收養一個男孩作為自己的兒子，要麼就是把侄子當中最優秀的挑選出來，收在自己身邊盡心培養，今後把自己的財產以及謀取到的權勢傳給侄子。何永壽就到了清河縣，頂替了西門慶副提刑的位子。西門慶頂替了夏龍溪正提刑的位子，夏龍溪則離開了清河縣，到京城赴任。夏龍溪把自己的宅子託付給西門慶，西門慶做中間人，讓何永壽買下來。

何永壽有一個妻子姓藍，書裡寫她美麗風流，後來成了西門慶追逐的一個對象，但是還沒追求到她西門慶就暴病而亡。西門慶在占有藍氏的願望沒有實現之前，在和別的女性做愛的時候，就多次把藍氏作為性幻想對象。書裡寫道，何太監要安排他的侄子到清河縣任職，所以就做些手腳，將夏龍溪明升暗降，夏龍溪直到接到通知才知道自己被暗算。

何太監把西門慶接到自己家裡以後就盛情款待，表示要把自己的侄子託付給西門慶。為了討好西門慶，讓西門慶死心塌地、細緻入微地照顧他的侄子，何太監讓僕役把自己的飛魚綠絨氅衣披到西門慶身上。西門慶當然就推辭了，笑著說：「先生職事之服，學生何以穿得？」因為這件豪華的披風是皇帝賜給何太監的，何太監居然把它送給西門慶穿，西門慶當然表示不敢當。何太監就告訴西門慶：「大人只顧穿，怕怎的？昨日萬歲賜了我蟒衣，我也不穿他了，就送了大人遮衣服兒罷。」何太監這樣做，既是討好西門慶，也是顯示自己在皇帝面前多麼有面子，多得皇帝的寵愛。

西門慶和夏龍溪到了京城以後，都在等他們的最高上司朱太尉領他們入朝參見皇帝。西門慶畢竟是第一次參加這樣高規格的京城政治活動，所以就請教何太監，明天什麼時候皇帝能夠接見他們。何太監非常願意回答這個問題，如數家珍般地指導他：「子時駕出到壇，三更鼓祭了，寅正一刻就回宮，擺了膳，就出來設朝，升大殿，朝賀天下，諸司都上表拜冬。次日，文武百官吃慶成宴。你每是外任官，大朝引奏過就沒事了。」他詳細地指導西門慶如何按部就班參與朝廷的大典，顯示自己對朝廷是多麼熟悉，西門慶聽了這話以後對他更仰慕了。何太監炙手可熱，在朝廷裡面很得馬娘娘和皇帝的寵愛，皇帝今天送他一件高級的披風，明天送他一件華貴的蟒衣，可是他畢竟沒有能夠被外派，得到一些外派的權勢，嘗到一些外派的甜頭。

書裡寫了兩個外派的太監，寫得非常生動，一個是劉公公，一個是薛公公。太監被安上一個頭銜，外派到外地，那麼人們就尊稱他們為公公。因為皇家建造宮室需要大量的高級磚瓦，就需要在有好原料的地方設官窯，來為宮廷燒製高級的磚瓦和一些建築部件，包括琉璃瓦。劉公公就是外派來管皇家磚廠的。薛公公是外派管理皇莊的。皇帝在全國各地有很多莊園，種植各種農作物，或者是飼養各種牲畜，直接供應皇宮，這些皇莊要派太監來經營管理。薛公公就是一個在外面管皇莊的太監。這兩個人都被派到了清河，西門慶就特別巴結他們，因為西門慶懂得不能小看這些宦官，他們雖然是閹人，在宮廷中只是皇帝和妃嬪們的近身奴才，但實際上他們接近權力中樞，有機會接近皇帝本人，權勢非常大，可不能得罪，只能巴結。

那個時候，李瓶兒給西門慶生的兒子官哥兒滿月，西門慶要大宴賓客，就專門請了劉公公和薛公公，他們也應邀而來，坐四人轎，穿著官服，喝道而至。他們都是外派的官員，是有官職的，因此他們的衣服還不是一般太監穿的衣服，而是官服。聽說劉公公、薛公公到了，西門慶慌忙到儀門迎接。迎入廳內以後，邀請他們坐首席，雖然兩位公公嘴上謙讓，但是他們最後還是坐在了首席。當時一共開了十二張桌席，首席有兩張席位，就由他們兩個占了。來賓們也都很理解，因為當時社會上有一句俗話，叫做「常言三歲內宦，居冠王公之上」，只要太監在宮裡面做滿三年，積累了一定的政治資本，一些王公大臣對他們都得謙讓三分，何況席上的一些地方小官。

這兩位公公被盛情招待，可是他們在宴席上醜態百出。例如宴席當中除了吃喝，還有唱曲兒，他們是最尊貴的客人，當然先請他們點曲。劉公公點了《嘆浮生有如一夢裡》，旁邊的人湊在耳邊提醒他，這是人家孩子的滿月宴，在席上唱這個不合適。於是劉公公又點了《陳琳抱妝盒》裡面的段子，又叫《狸貓換太子》，這是一段發生在宋真宗時宮廷裡的故事，就說劉妃嫉妒為皇帝生下兒子的李妃，指使下人拿了一隻剝了皮的狸貓，趁李妃不注意把她生下的那個男嬰給換了，讓皇帝覺得李妃生下的是一個妖孽，把李妃打入冷宮。當時有一個叫陳琳的太監，救了真的太子，因為當時用狸貓換了男嬰以後，要把男嬰扔到河裡淹死，陳琳救了男嬰把他裝在一個妝盒裡面，偷運出宮。最後真相大白，男嬰長大成人，當了皇帝，給母親報仇。

這個故事在宋代後期就被改成戲曲上演，而且有成套的曲子來演唱這個故事。現在西門慶的孩子滿月，唱《狸貓換太子》合適嗎？明顯不合適，但劉公公也不知道該點什麼了。那麼請薛公公點，薛公公點的套曲總名是《普天樂》。官哥兒滿月，本來《普天樂》是很應景的，但是《普天樂》裡面包括好多小曲，薛公公要求唱其中的一闋，叫做《想人生最苦是離別》，也不合適。席上其他的人看劉公公、薛公公他們點的曲不合適，還都忍著，後來一錯再錯，他們憋不住就都笑了。這個時候薛公公就說了：「俺每內官的營生，只曉的答應萬歲爺，不曉的詞曲中滋味，憑他每唱罷。」內官指的就是他們這種宮廷裡面的宦官。

後來就有官員點了一套《三十腔》，用這套喜慶的曲子來慶賀西門大人的弄璋之喜。薛公公就茫然了：「怎的是弄璋之喜？」古代生男孩，叫做弄璋之喜。生女孩，叫做弄瓦之喜。璋是一種美玉，是一種非常好的玉塊。瓦，不是蓋房子屋頂上用的瓦，而是紡車上的一種零件，過去是用陶器來製作的。弄璋之喜就是說你這男孩子像美玉一般，今後一定有非常好的前程。弄瓦之喜就是說妳這個女孩子今後就像紡車上的重要零件瓦一樣，會是一個很會做女紅的賢慧的女子。在那個時代這是很平常的話，可是薛公公就聽不懂。書裡這樣寫就是譏諷他們是閹人，他們不可能有夫妻生活，因此也不可能有男孩或者女孩這樣的後代，所以根本不懂得什麼叫做弄璋之喜，什麼叫做弄瓦之喜。

這兩個公公雖然坐在首席，可是醜態百出，在席上就對陪酒的妓女動手動腳。後來李桂姐抱怨說：「劉公公還好，那薛公公慣頑，把人掐擰的魂也沒了！」他們透過撫摸掐擰玩弄女子的身體，獲得快感。這是一種變態的性行為。書裡寫這些宦官，寫得很生動。

第六十八講　假信仰與真忽悠

三姑六婆之三姑

❖導讀

在《金瓶梅》裡面，你可以看到官場裡官員的系列畫像，他既寫大小貪官，也寫所謂的清官，還寫了宦官，包括在宮廷裡面的宦官，以及像劉公公、薛公公這樣外派的宦官。上一講著重講了宦官，他們利用手中的職權謀利，甚至還有一些變態行為。由此我們也就懂得《金瓶梅》是一部明代社會生活的長幅畫卷，裡面呈現出社會上各種各樣的人物。書裡還寫了一些其他現在也不太見得著的特殊人物。請看本講內容。

《金瓶梅》這部書描寫了廣闊的社會生活，從西門慶一家輻射到社會上，寫了社會上形形色色的人物，包括各種官員、各種買賣人以及三姑六婆。那個時代把這樣幾種女性人物概括為三姑六婆：三姑是指尼姑、道姑、卦姑，六婆是指牙婆、媒婆、師婆、虔婆、藥婆、穩婆。她們往往是一些在社會上披著宗教外衣，或者以提籃叫賣以及其他的行業為掩護，在中產及中產以上人家，特別是富貴人家和達官貴人的府第裡面，騙吃騙喝、騙錢騙財的人。她們中不少人好像牆壁縫隙裡面的那些蟲子，在社會上到處游動，尋找生活資源。我們現在先來說一說《金瓶梅》所寫到的三姑。

《金瓶梅》裡面寫了兩個尼姑，她們出場的次數還不少，一個是觀音庵的王姑子，一個是蓮花庵的薛姑子，她們得到了吳月娘的青睞，吳月娘經常把她們請到家裡面。吳月娘作為西門府的主家婆，不像另外幾房各有各的想法，各有各的樂趣。她恪守封建禮教的主流觀念，不能經常得到丈夫的親近和寵愛，就非常空虛。為了填補精神上這種空虛，吳月娘就經常請姑子到她的上房來唸經說法，獲得一點心靈的慰藉。

吳月娘起初只認識王姑子，後來王姑子向她介紹了薛姑子。根據書裡的描寫，薛姑子生得肥頭大耳，嘴很大，是一個長相醜陋、身材臃腫的尼姑。為了得到銀子，兩個姑子在上房講經說法，煞有介事，特別是薛姑子，宣揚起佛法來滔滔不絕。其實吳月娘也未必能聽明白她說的是什麼，但是眼前有姑子在自己正房裡面弘揚佛法，她覺得獲得了很大的精神安慰。她不但自己聽經，還要求另外幾房小老婆到上房陪她聽經，還邀請一些親戚來聽經，像她自己的親戚吳大妗子，還有孟玉樓原來楊家的姑媽楊姑娘。吳月娘喜歡一屋子人陪她聽經，吳大妗子、楊姑娘，反正有大把的時間沒法消磨，陪吳月娘聽聽，聽完以後還有好吃好喝的招待，所以還坐得住。

孟玉樓的脾氣比較好，陪著吳月娘聽經也還坐得住。可是潘金蓮和李瓶兒實在是坐不住。因為兩個姑子宣揚佛法，滿嘴的佛教專業術語，而且說來說去無非是因果報應一類的道理，聽著挺煩的，潘金蓮尤其不能接受。有一次吳月娘也看出來，潘金蓮如坐針氈，就想約李瓶兒抽籤，吳月娘爽性讓她們離開。她們走了以後，吳月娘就跟其他人說了：「拔了蘿蔔地皮寬，交他去了，省的他在這裡跑兔子一般。原不是聽佛法的人。」

潘金蓮、李瓶兒沒有耐心陪著吳月娘聽姑子弘揚佛法，是完全可以理解的。但吳月娘越聽越上癮，聽一次不夠，還要再聽。有一次正聽的時候，西門慶到上房來了，急匆匆地來拿東西。他一走進來，當然吳大妗子、楊姑娘趕緊就往旁邊屋子裡躲，兩個姑子也趕緊躲。

西門慶就問吳月娘，說：「那個是薛姑子？賊胖禿淫婦，來我這裡做甚麼！」吳月娘說：「你好恁枉口拔舌，不當家化化的，罵他怎的？他惹著你來？你怎的知道他姓薛？」西門慶告訴吳月娘，薛姑子是一個很糟糕的尼姑，她在庵裡頭拉皮條，上次把一個小姐弄到庵裡來了，然後又找了一個小夥子進去，因為兩個人做那事，最後那個小夥子就死在這個小姐身上了，惹出一樁官司，官府把她拘到提刑所，褪了衣服，打了二十大板，令她還俗。就這麼個人，吳月娘怎麼還請她來。可是吳月娘就反駁：「你就休汗邪！又討我那沒好口的罵你。」雖然西門慶跟吳月娘說薛姑子很糟糕，她曾經被西門慶責罰過，西門慶勒令她還俗，可她根本就沒有還俗，現在居然騙到西門慶的宅子裡來，坐到上房吳月娘的炕上了。但是吳月娘執迷不悟，她覺得薛姑子弘揚佛法挺好，就跟吸鴉片一樣，吳月娘上癮了，她離不了這個東西。

後來有一次，西門慶給永福寺的長老捐了一大筆銀子，他又到上房來。當時西門慶因為得了官，他的第六房小老婆李瓶兒又給他生下兒子官哥兒，一切順遂，他的心情很舒暢。這次進了屋見到薛姑子又在吳月娘的屋裡頭，他就沒說什麼。薛姑子看西門慶對自己容忍，又聽說他給永福寺的長老一下子捐了五百兩銀子，於是就當著吳月娘的面說，應該出錢印《陀羅經》，印了經普施十方就能夠消災消禍，永保幸福。

這其實是說給西門慶聽的，西門慶當時心情好，也捨得花錢。但是他是個商人，所以他就問得很細，一卷《陀羅經》紙張要多少，裝訂費是多少錢，印刷要多少錢，薛姑子就告訴西門慶說：「老爹，你那裡去細細算它，止消先付九兩銀子，教經坊裡印造幾千萬卷，裝釘完滿，以後一攬果算還他就是了。」薛姑子的意思是，西門慶是大財主，隨便算算就行了，九兩銀子就夠。九兩銀子對西門慶來說當然不算個數，西門慶此時也善心大發，想刻經積德，最後給了三十兩銀子，讓薛姑子去刻《陀羅經》，刻了以後到處分發。

書裡交代薛姑子其實就是一個騙錢的人，她哪裡是什麼真正的尼姑？她被人告過進了提刑所，還被西門慶審過，揭開她的老底：薛姑子原來是有丈夫的，她的丈夫在廣成寺前頭擺了個小吃攤，賣蒸餅，經常有和尚來買，薛姑子見她丈夫不在，就刮上了很多和尚。後來她丈夫死了，賣蒸餅利薄，掙不著什麼錢，她就乾脆去當了尼姑，走街串巷，出入各種有錢人家的廳堂，而且直入後室。一般來說，都是一些府第主家婆比較喜歡聽姑子說法唸經，薛姑子就這樣到了西門府，騙取了吳月娘的信任。所以，薛姑子就是一個出身不潔的婦人，她當尼姑根本不是因為她真正信奉佛教，真懂什麼佛經，按照佛經的指示去做善事，而是為了掙錢、刮銀子，薛姑子到西門府吳月娘的上房唸經也好，問西門慶要銀子印經書也好，都是為了這個目的。實際上薛姑子印出來的《陀羅經》粗製濫造，根本用不了三十兩銀子，最後薛姑子跟王姑子因為分贓不勻，還鬧矛盾。王姑子說薛姑子到西門府是她介紹的，現在拿著銀子，薛姑子多占不成。後來有一次王姑子單獨到西門府來見李瓶兒，王姑子還在李瓶兒面前罵薛姑子是「老淫婦」。由此可見，這些尼姑都不是真正的佛教信徒。三姑裡面的尼姑，在蘭陵笑笑生的筆下，就是這樣一些貨色，一種惡劣的社會填充物。

書裡除了寫尼姑，也寫到了道姑和卦姑。道姑，就是道教的女性出家人。卦姑就是專門給人算卦的姑子。一般來說，卦姑也屬於道教系統，在書裡道姑和卦姑是合二為一的。有一天，吳月娘、孟玉樓和李瓶兒三個人送客回來，在大門口忽然發現一個婦女路過，一看就是從鄉下來的老婆子，穿著水合襖，藍布裙子，勒黑包頭，背著褡褳。這個老婆子就不是尼姑，尼姑是要把頭髮剃光的，而道教，無論是道士還是道姑，都可以留髮。老婆子穿著水合襖，就是一種道姑的服裝，但這道姑同時又是一個卦姑，因為她背著褡褳，一看就是能給人算卦的，所以吳月娘她們就把她叫住，讓她進府，問她是不是會算卦。對方說她會用烏龜算卦。吳月娘就讓她給她們三個算卦。其實在這之前已經有一個吳神仙給她們算過卦了，但是對於迷信的人，他們算卦總不願意只算一次，總要一算再算，目的就是：第一，希望把上一次算卦算過的，說的那些好話、吉利話，鞏固下來；第二，希望新的一次算卦能把上一次算卦說的那些不好的話，那些報凶的話去掉。所以，算卦都是這種心理，算一次他不甘心，就想一算再算。道姑卜卦，拿著一個烏龜殼，還帶著一沓子卦貼，根據烏龜殼擲下來的狀態就可以找到相應的卦貼，然後說這就是婦人的命運。

吳月娘首先就讓她算了，說有一個婦人屬龍，卦姑問是什麼時候生的。那個時候算卦都要報自己的生辰八字，卦姑根據生辰八字算卦。卦姑聽吳月娘報完生辰八字以後就擲烏龜殼，然後拿出卦貼。卦貼就是固定的對各種不同命運的解釋的畫。根據卦貼的指示，卦姑說吳月娘的命相是：「為人一生有仁義，性格寬洪，心慈好善，看經布施，廣行方便。一生操持，把家做活。」卦姑又說，吳月娘的命總體都挺好，不過經常會沾染一些是非，主要是因為她的心太好了，所以就會有些不快活的事情，但吳月娘往後的命很好，能活到七十歲。吳月娘聽了，當時心裡還挺滿意的。

孟玉樓就搭話了：「你看這位奶奶，命中有子沒有？」其實吳月娘也想問這個，但是她沒有直接問，她怕卦姑說出的話讓她傷心。因為一般算卦人既想對方說自己好運，又怕對方道出自己的厄運，想多知道一些，有時候卻不願意直接問。孟玉樓就幫她問了。卦姑就說：「休怪婆子說，兒女宮有些不實。」這是一句很含混的話，但隨後卦姑又挑明：「往後只好招個出家的兒子送老罷了。隨你多少也存不的。」這就印證了吳月娘的結局，後來吳月娘雖然生了一個兒子孝哥兒，但沒有能夠把他留在自己身邊，吳月娘招了玳安做乾兒子，由玳安和小玉夫婦給她送終。

吳月娘又指著孟玉樓，讓卦姑給孟玉樓也算一算。孟玉樓是屬鼠，卦姑給她算了很多好話，說：「你為人溫柔和氣，好個性兒。你惱那個人也不知，喜歡那個人也不知，顯不出來。一生上人見喜下欽敬，為夫主寵愛。只一件，你饒與人為了美，多不得人心。命中一生替人頂缸受氣，小人駁雜，饒吃了還不道你是。你心地好了，雖有小人也拱不動你。」前面講孟玉樓的命運就講到，她基本上都挺好，但是曾經遭到陳經濟的敲詐，後來她和她的丈夫設計把陳經濟抓住，但是審案子的官員最後卻放了陳經濟，她的丈夫被他的父親責打一頓，還是吃了虧。

緊跟著吳月娘又讓卦姑給李瓶兒算命。李瓶兒是屬羊，卦姑就說她：「一生榮華富貴，吃也有，穿也有，所招的夫主都是貴人。為人心地有仁義，金銀財帛不計較。」最後卦姑說李瓶兒會招一些氣惱，要防生氣，還要注意當年七八月不要聽見哭聲才好。卦姑很含糊地算了一下，李瓶兒聽著還行，就從袖子裡面掏出一塊五分的銀子，賞了卦姑。吳月娘和孟玉樓每個人給卦姑五十文銅錢，卦姑就離開了。雖然書裡寫卦姑算命有暗示人物後來命運軌跡的用意，但對卦姑的具體描繪，還是把其善於忽悠雇主的特點寫出來。

這時候潘金蓮從後邊出來，笑著說：「我說後邊不見，原來你每都往前頭來了。」吳月娘說她要是早來一步，也讓卦姑給她算一算。潘金蓮不信算命，不願意算命，她說：「常言，算的著命，算不著行。想前日道士說我短命哩，怎的哩，說的人心裡影影的。隨他！明日街死街埋，路死路埋，倒在洋溝裡就是棺材！」潘金蓮的生死觀倒是挺豁達，後來她被武松殺了以後果然就路死路埋了。

第六十九講　市井社會的女性填充物

三姑六婆之六婆

❖ 導讀

《金瓶梅》的內容是很豐富的，寫了社會上三姑六婆這種用巧妙手段掙錢的婦女。上一講講了三姑（尼姑、道姑和卦姑），當然，後面它是把道姑、卦姑合二為一來描繪，告訴你社會上三姑的存在狀態，揭示了她們騙錢掙錢的方式，很有趣。講完三姑，那麼六婆又是怎麼回事？請看本講內容。

三姑六婆是一個流傳很久的概念，後來就把它作為市井婦女的一種泛稱。其實在明代三姑六婆是有具體所指的，其中六婆指的是牙婆、媒婆、師婆、虔婆、藥婆、穩婆這六種婦女，她們是市井社會的女性填充物。

牙婆是一種什麼婦女呢？有人一看字面意思，就覺得牙婆一定是誇誇其談，透過動嘴去謀取自身利益的婦女。這樣的理解也不能完全算錯。但是「牙」和「互」是相通的，就是說，牙婆實際上是利用中介服務來換取銀子謀生的婦女。書裡面最符合牙婆概念的是馮媽媽。早年李瓶兒在梁中書府裡面做侍妾。梁中書府是一個很豪華的貴族府第，所以它的人員配置也相當豐富，侍妾不僅有丫頭伺候，而且還有養娘。養娘就是年紀比侍妾大的婦女，對侍妾的生活進行全面照顧和教養。當年李瓶兒在梁中書府第裡面的養娘就是馮媽媽。後來梁中書一家都被李逵殺掉。馮媽媽就跟著李瓶兒逃亡，逃亡的時候，她們偷了梁中書家裡很多寶貴的財產，也可以不算偷，她們只是順手牽羊，因為梁中書府第已經崩潰了，不拿白不拿。

李瓶兒後來嫁給了花太監的侄子花子虛，馮媽媽也就跟著李瓶兒在花子虛的住宅裡面生活。後來花子虛招上官司，整個住宅都賠進去了，他們就搬到獅子街的院落去居住，花子虛在那裡就氣死了。花子虛死後，李瓶兒招贅了蔣竹山，最後形成一場鬧劇，李瓶兒又把蔣竹山給攆出去，而且她讓馮媽媽拿一盆水朝蔣竹山身後潑過去，李瓶兒潑水休夫的這個行為是馮媽媽幫她完成的。然後馮媽媽基本上一直住在獅子街的住宅裡面。後來李瓶兒嫁給西門慶，西門慶用獅子街的門面開了店鋪，聘請韓道國經營店鋪，根據書裡的描寫可以得知，馮媽媽基本上還是住在獅子街的住宅裡面，而且李瓶兒臨死的時候留下遺言，就是馮媽媽可以住在獅子街住宅裡面終老。

為什麼說馮媽媽又是一個牙婆？從書裡很多描寫可以知道，馮媽媽在給李瓶兒當養娘的同時，她也販賣人口，買賣小姑娘。一些窮人的生活難以為繼，只能把女孩子賣掉，他們一時找不到買主，就會把女孩子託付給馮媽媽，她帶著女孩子在自己家裡住，找到適當的買家以後就把女孩子賣出去，自己因此會得到一筆銀子。這是一種惡劣的行為。

馮媽媽雖然一開始不是牙婆，但是從書裡的描寫可以知道，她到了清河縣以後，特別是到了獅子街以後，她就變成了地道的牙婆，她的牙婆行為也被西門慶所用。西門慶因為東京蔡太師府的大管家翟謙讓他物色一個年輕女子送去做二房，就把這件事情託付給了馮媽媽，她就近取材，推薦了韓道國和王六兒的女兒韓愛姐。雖然這不是人口買賣，但實際上是一種牙婆行為。馮媽媽通過動嘴，從中牽線，促成西門慶把韓愛姐認成自己的乾女兒，還為她準備了豐厚的嫁妝，派人把她送到東京去，獻給翟謙當小老婆。最後西門慶和翟謙相當於結為親戚，這當中就是馮媽媽牽線，所以書裡的馮媽媽就是一個牙婆。

六婆中還有一種婆就是媒婆，給人說媒、做媒。書裡寫得最多的是薛嫂。一開始薛嫂就給西門慶拉縴，說有一個寡婦很富有，想出嫁，讓西門慶看一看，看中以後薛嫂幫西門慶張羅把她娶過去，這個寡婦就是孟玉樓，前面講過很多，不重複了。薛嫂就是一個媒婆，民間的媒婆。西門慶娶孟玉樓的時候還沒有當官，薛嫂完成了一次拉縴說媒，從中得到很多好處。

西門慶死後孟玉樓動心了，覺得應該改嫁，吳月娘看破她的心思以後知道攔不住她，就同意孟玉樓改嫁。孟玉樓再嫁嫁給李知縣的公子李衙內。當時的媒婆有兩種，一種是民間的媒婆，一種是官媒婆。官媒婆是一種有特色的媒婆，這種媒婆專為官員的子女拉縴說媒，到西門府替李衙內求娶孟玉樓的官媒婆是陶媽媽。陶媽媽上門說媒，孟玉樓便動了心，因為在清明節給西門慶上墳時她見過李衙內，很滿意，願意嫁。最後吳月娘就說孟玉樓再嫁，光是一個陶媽媽還不夠，孟玉樓當年嫁到西門府的時候是薛嫂說的媒，乾脆把薛嫂也請來，這樣的話就是兩個媒婆一塊兒說媒，這樁婚事就顯得更加風光隆重。於是又請來了薛嫂。所以，孟玉樓的最後一次出嫁，是官媒婆和民間媒婆聯合說媒。

說成這樁婚事的話，薛嫂和陶媽媽都能從西門府和李衙內那裡得到好處，所以這兩個媒婆密切合作，很樂意做這個事。她們倆一碰頭，覺得有一個問題，孟玉樓當時已經三十七歲，而李衙內當時才三十一歲，兩個人差六歲，這可怎麼辦呢？因為說媒要交換雙方的生辰八字帖，如果如實地把孟玉樓的生辰八字寫出來的話，年齡實在顯得有點太大，很可能對方一看年齡，覺得這女子太大，就放棄了，這個媒就說不成了。於是薛嫂說，既然有卦肆（專門算卦的鋪子），那就去算一卦，看看能不能把生辰八字調整一下，只要年命不妨礙，把她的歲數改小一點也不算說謊。算卦的人有這種技巧，最後就給她們設計了一個方案，生辰八字基本還是那樣，但是把孟玉樓的年齡改成三十四歲，只比李衙內大三歲。這兩個媒婆就很會來事，到了李衙內家，報出孟玉樓的年紀就是三十四歲。媒婆說軟話都說順嘴了，薛嫂張口就來：「老爹見的多，自古道，妻大兩，黃金長，妻大三，黃金山。」就是說妻子比丈夫大是好事，大兩歲，黃金會不斷地增長，大三歲，黃金能堆成山。直到今天，民間都還有一句俗話，「女大三，抱金磚」，這都是從過去媒婆的嘴裡面說出來的，後來在社會上流傳開來。當然這樁婚事就說成功了，薛嫂可以說是媒婆當中的佼佼者，很會說媒。

前面講過，像薛嫂這種媒婆不可能一天到晚都在說媒，因為沒有那麼多的媒好做。所以她為了餬口，平常也會提著一個花箱走街串戶，專門串到富貴人家去。花箱裡面就是一些婦女的頭飾和身上的裝飾品，靠賣這些東西她也能掙點小錢。有一次薛嫂提著花箱又到了西門府，到了潘金蓮屋裡就說：「西房三娘……留了我兩對翠花，一對大翠圍髮，好快性，就稱了八錢銀子與我。」西房三娘就是孟玉樓，薛嫂言下之意是她有錢，不賒帳，她挑了薛嫂花箱裡面這些裝飾品以後，很痛快地就給薛嫂稱銀子。薛嫂又埋怨：「後邊雪姑娘，從八月裡要了我兩對線花兒，該二錢銀子，白不與我。」這裡的雪姑娘指的是孫雪娥，她比較窮，不但欠帳，還賴帳，其實絨花很便宜，但孫雪娥就是不給錢。

薛嫂兜售頭面裝飾品的營生是其次，說媒拉縴、拉皮條是她的主要賺錢方式。當時潘金蓮沒買薛嫂的東西，可是她給了薛嫂五錢銀子，托薛嫂給陳經濟傳遞情書，薛嫂很樂意。雖然潘金蓮跟陳經濟之間的輩分不一樣，而且不可能形成一樁婚事，但是薛嫂樂於通過傳遞情書牟取利益。這次潘金蓮比較下本，她本來很窮，沒什麼銀子，但是為了這件事給了薛嫂五錢銀子，薛嫂很滿意。

西門慶死後吳月娘打發春梅，讓她罄身出府，吳月娘就把春梅交給了薛嫂，讓薛嫂把她賣了，但不許多賣，春梅是十六兩銀子買來的，還是十六兩銀子賣出去。其實後來守備府給了薛嫂五十兩銀子買春梅，但薛嫂在吳月娘面前說春梅連十六兩銀子都賣不出去，只賣了十三兩，她只給吳月娘十三兩銀子，薛嫂透過做這樣一個媒賺大發了。

前面講過，春梅是一個復仇女神，她復仇的方式很巧妙，有時候她用「橡皮鋼絲鞭」抽人，軟刀子剜心。薛嫂後來也到守備府去見春梅，春梅就故意熱情地招待她，讓丫頭給她燙酒、拿點心。薛嫂一開始還撐面子，說她吃過了，後來丫頭真把酒端來，她就說不能空口喝酒，要吃點點心打底。春梅就嘲笑她說謊，剛才說吃過，現在又說沒打底，就讓丫頭輪番給她灌酒，然後拿出大盤頂皮酥的玫瑰餅讓她吃。最後薛嫂喝得「**心頭小鹿兒劈劈跳起來**」，那些玫瑰餅也實在吃不下去，就想帶回家。

春梅看出來了，就讓薛嫂都揹回去，說：「**到家稍與你家老王八吃。**」春梅公然地把薛嫂的丈夫罵成「老王八」。薛嫂硬著頭皮把那些頂皮酥的玫瑰餅都擱在袖子裡，趁酒蓋住了臉，又把一盤子火燻肉、醃臘鵝，都用草紙包裹，塞在袖子裡。春梅還讓丫頭給薛嫂灌酒，直到她嘔吐了才罷休。所以春梅報復薛嫂，不像報復孫雪娥那樣正面侮辱，或者打罵，而是用這種我熱心招待妳，妳給我喝夠，妳停下來不行，再接著給妳灌，直到折磨得妳嘔吐才罷休。這也說明媒婆賺錢的方式，看上去很巧妙，實際上也很辛酸，飢一頓飽一頓，有時候還會遭到春梅這種形式的折磨。

六婆裡面還有師婆和藥婆。師婆（巫婆）給人作法，她跳出一些古怪的動作，聲稱能幫人除病驅魔，藥婆是能給人開藥方，藥婆跟師婆往往合二為一。書裡寫到的劉婆子就是師婆兼藥婆，她曾經在官哥兒重病的時候，熬了一種所謂的燈芯薄荷金銀湯，灌給官哥兒；她還表示會針灸，用針來扎官哥兒，最後把這孩子弄得昏昏沉沉。劉婆子知道西門慶要回家了，自己沒法交代，就拿了吳月娘給她的五錢銀子，一溜煙從夾道逃跑了。過去這種富人的住宅，在幾進院落的兩邊或者至少一邊都有一條夾道，可以從最前頭直接到最後頭，這是一個備用的通道。劉婆子不但沒把官哥兒治好，倒把官哥兒給治壞了，可是吳月娘還迷信她，後來還把她請來給官哥兒跳大神，但跳大神也沒什麼用，官哥兒最後還是死掉了。

還有一種婆子叫做虔婆，就是妓院的老鴇。前面講過了，過去把妓院管事的婦女叫做鴇母、老鴇，因為過去人們認為「鴇」這種鳥都是雌的，因此不能生育，所以這麼來稱呼妓院的管事媽媽。其實從動物學角度來看，鴇是有雌雄的，只是外貌的區別不大，所以說鴇都是雌鳥是古人的誤解。虔婆就是鴇母，書裡寫到的李三媽、吳四媽，都是妓院的女老闆。

還有一種婆子叫做穩婆，就是接生婆。書裡寫到蔡老娘就是一個穩婆，當年李瓶兒生官哥兒，就是她來接生。後來吳月娘生產，還是她來接生。從書裡面來看，蔡老娘的接生技術還不錯，兩次接生都很成功，母子平安。但是她來接生也是為了掙錢。當年她接生完官哥兒以後，西門慶給她五兩銀子，還答應她給官哥兒洗三（嬰兒出生第三天要舉行洗澡儀式）的時候再給她一匹緞子。但是到吳月娘生孝哥兒的時候，西門府只給她三兩銀子，蔡老娘就很不滿意，吳月娘的理由是現在家裡比不得過去了。蔡老娘的不滿意可以理解，那時候嫡庶有別，李瓶兒雖然生了一個兒子，但她是偏房，這叫做庶出，大房吳月娘生兒子，叫做嫡出，嫡出比庶出尊貴。蔡老娘接生庶出的孩子都給了五兩銀子，接生嫡出的只給她三兩，蔡老娘就不滿意。吳月娘堅持說，現在不比過去，給不了那麼多，但是吳月娘答應過些天再給蔡老娘一套衣裳，蔡老娘很不高興地走了。

書裡還寫了一個王婆，其實嚴格來說，她不屬於三姑六婆中的六婆。王婆先是開茶坊，後開磨坊，但是書裡有交代，「原來這開茶坊的王婆，也不是守本分的，便是積年通殷勤，做媒婆，做賣婆，做牙婆，又會收小的，也會抱腰，又善放刁」。就是王婆先開了茶館，後來又開磨坊，業餘時間裡好幾婆她都兼了，她做媒婆，做賣婆，也做牙婆，甚至去接生的時候，她充當抱腰的，也能得點小錢。什麼叫抱腰？過去婦女生產，例如蔡老娘來接生，需要有人協助抱住產婦的腰，然後由接生婆把孩子順利地接生出來。抱腰等於助產，這不是一般的婆子、丫頭能夠做的，有點專業性。當然王婆是一個很惡劣的婦女，書裡寫她後來被武松殺掉，很多人拍手稱快。

第七十講　江湖行騙的男人們
僧道巫卜

❖導讀

作為一部反映明代市井生活的長篇小說，蘭陵笑笑生不但把三姑寫全了，而且把六婆寫全了。上一講講了六婆（牙婆、媒婆、師婆、虔婆、藥婆、穩婆），使得我們知道古代社會有這樣一些生命的存在，豐富了我們的認知。所以《金瓶梅》這部書最起碼有認知價值，讓我們對當時那個社會有一些具體的、形象的和生動的印象。除了女性的三姑六婆，《金瓶梅》這部書裡面也寫到了很多男性的僧道巫卜。請看本講內容。

僧就是和尚，道就是道士，巫就是搞巫術的巫漢，卜就是專門給人算命的。按說在那個時代，僧道巫卜屬於社會主流，不能說是社會填充物，但是就《金瓶梅》所寫的和尚、道士而言，把他們叫做一種惡劣的社會填充物並不冤枉。

書裡面寫了很多的宗教場所，其中有兩個出現的次數比較多，也最重要。一個是玉皇廟，這是西門慶和其他九位兄弟結拜的地方，這裡面有個吳道官。對玉皇廟的描寫，從字面上看還是比較堂皇，吳道官氣概非凡，還是比較像樣的。另外一個重要場所就是永福寺，是一個佛教的寺院。據書裡交代，永福寺原來是周守備家花錢蓋的，是周守備府的香火廟。但後來周家對這個寺院也不是很珍惜，殿堂都被破壞了，寺廟破敗了，還是西門慶發現以後捐銀子，才重新整修。

書裡面出現的和尚和道士，很多都描寫得很不堪。我們知道這部書裡的故事表面上發生在宋徽宗的後期，實際上發生在明朝，成書可能在萬曆朝前後，它所描寫的應該是萬曆之前，明朝嘉靖皇帝那個時候的一些事情。宋朝當時的皇帝崇尚道教，宋徽宗給自己加了一個很堂皇的道教教主的名稱「教主道君皇帝」。明代晚期，皇帝也崇尚道教，所以道教在當時應該是一個主流的宗教。但是，在《金瓶梅》這部書裡面，它把道教寫得很不堪。

前面講到陳經濟後來非常荒唐，搞得家破人亡，淪為乞丐，最後被一個好心的老人介紹到臨清碼頭附近一個道觀晏公廟去當道士。當時佛道合流，有的時候道觀也可以叫做廟，有的時候和尚和道士在同一個宗教場所裡面同時出現。晏公廟的住持任道士「年老赤鼻，身體魁偉，聲音洪亮，一部髭髯，能談善飲」，這種長相和做派，當然是一種諷刺性的筆墨，其實是說任道士實際上是酒色之徒。任道士的兩個徒弟，一個是金宗明，一個是徐宗順，陳經濟去了以後就取名為陳宗美，金宗明後來占有了陳經濟，這就說明道觀裡面是烏七八糟的。作者並不因為當時的皇帝崇尚道教，就在他的書裡面把道觀、道士都寫得很好，他如實地寫出當時的社會有這種惡劣道士的存在。

那麼和尚又怎麼樣呢？書裡幾次寫到永福寺。永福寺當然是一個和尚廟，有長老（方丈），長老在書裡面出現了幾次，說「那和尚光溜溜一雙賊眼，單睃趁施主嬌娘；這禿廝美甘甘滿口甜言，專說誘喪家少婦」，乾脆透過順口溜，把一個寺廟住持的虛偽面目撕破，他就是一個好色之徒。所以，從類似的文字可以看出來：蘭陵笑笑生在書裡面有時候也引用一些佛教方面勸誡性的言辭，似乎進行一點說教，應該如何戒貪、戒色，如何警惕天道輪迴，最後惡有惡報，等等；但是，其實這些都是敷衍之詞，他很冷峻地寫出這個社會生活當中的實際存在。

書裡面還寫到了一些兼有道士與和尚身分的宗教人員。例如吳月娘在西門慶生前就發過願，要到泰山岱岳廟去拜娘娘。西門慶死了以後，她就去還願，由吳大舅陪同到泰山岱岳廟。這個岱岳廟有一個廟祝道士，本名石伯才，他像個和尚，又像個道士，實際上他所住持的岱岳廟娘娘是一種風俗神，嚴格意義上說，既不屬於道教的正宗，也不屬於佛教的正宗，反正他就是利用這種迷信的事物來迷惑人，來騙錢騙色，並且他還和地方上的一些惡勢力勾結在一起。

這個地方有一個殷太歲，本名殷天錫，他本身並沒有官位，但是他是本州知州高廉的妻弟，經常勾結山上像石伯才這樣的神職人員來誘姦婦女。石伯才看見來山上燒香、拜娘娘的吳月娘長得很漂亮，就覺得應該去通知一下殷天錫。而吳月娘、吳大舅他們認為這裡很神聖，並不清楚實際上這裡隱藏著非常齷齪的東西。吳月娘他們拜完了娘娘以後，石伯才讓自己的兩個弟子上來服侍他們，遞茶遞水，斟酒下菜。到了晚上就說這個時候下山比較艱難，山上可以留宿，就把吳月娘他們勸留了。吳月娘覺得身子睏乏，他們就提供一間屋子讓她休息。她正在床上側著身子休息，忽然就聽見床邊吮一響。原來床背後有一個紙門，本來以為床背後是一堵牆糊著裝飾紙，沒想到是假牆，紙門開了以後就跳出一個人來，「淡紅面貌，三柳髭鬚，約三十年紀，頭戴滲青巾，身穿紫錦袴衫」。這個人出來後就把吳月娘雙手抱住了，說道：「小生般天錫，乃高太守妻弟。久聞娘子乃官豪宅眷，天然國色，思慕如渴。今既接英標，乃三生有幸，倘蒙見憐，死生難忘也。」接著把吳月娘按在床上就要求歡。吳月娘這個時候就慌作一團，高聲大叫：「清平世界，朗朗乾坤，沒事把良人妻室，強霸攔在此做甚！」

吳月娘高聲喊叫，在另外房間休息的兩個小廝玳安、來安聽見了，趕緊衝過來，同時又叫吳大舅。吳大舅從他住的屋裡頭兩步並作一步，跑過去推門，他哪裡知道其實石伯才是後臺，他故意安排的，這門哪推得開？吳大舅聽吳月娘還在高聲叫：「清平世界，攔燒香婦女在此做甚麼？」這才拿塊石頭，把門砸開。殷天錫很掃興，看有人來了以後，就打床背後一溜煙走了。後來吳月娘他們拚死拚活地衝出了碧霞宮，在荒山野嶺一路奔逃，才下了山。

通過這些描寫就可以知道，在蘭陵笑笑生筆下，道士也好，和尚也好，或者又像道士又像和尚的宗教人士也好，多數都不是好東西，都是劫財劫色的。蘭陵笑笑生筆下的這種男性的社會存在，除了僧道，還有巫卜，他們透過種種奇奇怪怪的方式來騙錢，例如跳大神和開藥治病等都屬於巫。蘭陵笑笑生基本上把醫生都寫成了行巫術的人，他們並不能夠真正治病救命，都是打著給人治病、救命的旗號騙錢的傢伙。

官哥兒死了以後，李瓶兒的身心備受打擊，病得很嚴重，西門慶就請了好多人來醫治。首先來了一個任醫官，他到了西門府以後，在每一個門洞、每一個臺階、每一個拐彎的地方都要停下來，每走幾步都要向空中的某一個神佛行禮作揖，貌似厲害得不得了，其實他就是裝腔作勢。任醫官給李瓶兒看病的流程，中醫叫做望、聞、問、切，好像還中規中矩。他態度十分謙和，但言談話語當中就吹噓自己，說自己給王吏部夫人看病，不消三四劑藥病就好了，高官就給他送了一塊大匾，上面寫著「儒衣神術」。他又一再地表示，他給人看病是一分謝禮也不要。其實西門慶給了他一匹杭絹和二兩白金，他都收了，但他並沒有把李瓶兒的病治好。所以，任醫官在蘭陵笑笑生的筆下，是一個行巫術的人，並沒有什麼正經的本事，他只是靠奇怪的做派來糊弄人。

任醫官沒能醫治好李瓶兒，「病篤亂投醫」，西門慶又請了好多人給她治病。一個是大街口的胡太醫，胡太醫胡亂地醫治一番，李瓶兒也不好，吃了藥「如石沉大海一般」；又請喬大戶推薦的住在縣門前的何老人，這個人聽他講話好像靠譜，實際上這個人也就是耍嘴皮子，吃了他開的藥，李瓶兒「並不見分毫動靜」。

還有一個是韓道國推薦的趙龍崗趙太醫，這人來了以後才聽說其實他的綽號叫「趙搗鬼」，平時就在街上賣杖搖鈴，就是說他常常在街上拄著一個很高的杖，上面掛個寫著「懸壺濟世」的那種葫蘆，同時搖鈴鐺，引人注意。誰家有病人，聽見鈴聲，一看他的裝扮，就會把他請去看病。

趙太醫到了李瓶兒跟前，先跟李瓶兒問詢一番，然後跟西門慶交談。趙太醫一開口就滿嘴跑火車，開頭說這個病非傷寒則為雜症，不是產後，定然胎前。又說可能是黃病，例如肝脾不好，黃疸不好，導致臉色發黃。他越說越不像話，到最後才說，要不就是月經不調，是血山崩。李瓶兒的病很明顯是血山崩，這個「趙搗鬼」繞了一圈才落到這個點上。西門慶見他滿口胡說氣壞了，因為是韓道國保舉來的，不好罵他，稱了二錢銀子，也不送，就打發他去了。

由此可見，書中寫的這些醫生進屋基本上都說能治病，基本上都搞了些巫術。西門慶也請法師（真正的巫師）來給李瓶兒行法，書裡寫潘道士就是一個專門行法的巫師，書裡有很詳盡的迷信作法的描寫，其中主要的一項就是潘道士聽說李瓶兒是屬羊，二十七歲，就點二十七盞燈，布置出一個有很多名堂的現場，結果這二十七盞燈都滅了，於是他得出結論李瓶兒只能活二十七歲。西門慶花了很大的價錢，請這些人來搞各種名堂，但最終李瓶兒還是醫治無效而亡。

第七十一講　各有其命
西門府上下的幸福指數

❖ 導讀

上一講講了僧道巫卜，當時的社會，宗教成為統治階級的工具，因此寺廟道觀、和尚道士，以及相關的種種宗教儀式，流布全境，也滲透到西門府那樣的大宅院深處。在作者的筆下，他們大都是騙人錢財，是惡劣的社會填充物。書裡面第二十九回專門寫到西門慶請一個人給他自己和家人算命，這就是占卜，這場戲很重要，而且它顯然對後來曹雪芹寫《紅樓夢》有很多的啟發與影響。請看本講內容。

前面講到這部書裡面寫了很多女性的和男性的社會填充物，三姑六婆也好，僧道巫卜也好，他們都是依附於當時社會的皇權、官僚體制，依附於當時社會的富商，他們在社會政治經濟架構的縫隙裡面，撈油水，求生存。當然僧道表面上地位要高一些，因為為了鞏固自己的統治，皇權要利用宗教，這就不細說了。書裡寫到的形形色色的填充物當中，作者特意寫了一個算命的吳神仙，他與其他的僧道巫卜有點區別，他被刻畫得比較正面，而且他給人算命都比較準。作者實際上透過吳神仙把書裡面主要人物的命運做了一個預示。據書裡說，吳神仙是由周守備家介紹到西門府來的，那時候西門慶還沒有當官，只是一個富商而已。守備府覺得吳神仙不錯，算命算得挺準，就推薦給其他的官僚以及像西門慶這樣的有錢人。吳神仙由周守備推薦，來到了西門府。這個人什麼樣子呢？「頭戴青布道巾，身穿布袍草履，腰繫黃絲雙穗絛」，打扮還比較樸素，不是一個很誇張的道卜。他手執一把龜殼扇子（用大烏龜殼做的扇子），飄然進來，「年約四十之上，生的神清如長江皓月，貌古似太華喬松，威儀凜凜，道貌堂堂」。文中還說他「身如松，聲如鐘，坐如弓，走如風」。蘭陵笑笑生把吳神仙的外貌、風度都寫得比較好。

吳神仙來了以後就準備給西門慶以及其他人算命。當然算命之前先進茶，西門慶還陪著吳神仙吃齋飯，然後才開始算命。書裡就寫出當時這種卜者怎麼給人算命。吳神仙是一個正兒八經的卜者、算命先生，他先問生辰八字，然後要看整個的外貌。問完生辰八字，他就說了長篇大套的專業話語：「官人貴造，依貧道所講，元命貴旺，八字清奇，非貴則榮之造。」西門慶有富貴命，可他的命中也有不良的因素，總體來說，他「一生盛旺，快樂安然，發福遷官，主生貴子。為人一生耿直，幹事無二，喜則和氣春風，怒則迅雷烈火。一生多得妻財，不少紗帽戴。臨死有二子送老」。但是，「不出六六之年，主有嘔血流膿之災，骨瘦形衰之病」。吳神仙如實地把吉凶兩個方面都講出來。西門慶是一個很重現實利益的人，他不信鬼神，算命也只是出於好奇。他主要關心自己眼下如何，就問：「目下如何？」吳神仙說：「目今流年，日逢破敗五鬼在家炒鬧，些小氣惱，不足為災，都被喜氣神臨門沖散了。」西門慶還追問：「命中還有敗否？」吳神仙就說：「年趕著月，月趕著日，實難矣。」這話雖然含混，但實際上也是提醒西門慶，他所說的是眼下的情況，以後一切都很難說。西門慶對吳神仙的掐算還是很滿意。

吳神仙解完生辰八字以後，他就開始相面。他仔細地看西門慶的面相，說：「頭圓項短，定為享福之人；體健筋強，決是英豪之輩；天庭高聳，一生衣祿無虧；地閣方圓，晚歲榮華定取。此幾樁兒好處。」

西門慶的面相很好，看了面相以後，他還看全身、看手相。直到現在，一些卜者、算命的都是這麼幾個步驟。第一，問生辰八字；第二，看全身；第三，看面相；第四，看手相。西門慶就伸出手讓他看，結果吳神仙又說了長篇大論的一番話。總之，西門慶的命運基本上是不錯的。吳神仙看完以後就吟了一首詩：「承漿地閣要豐隆，準乃財星居正中。生平造化皆由命，相法玄機定不容。」

吳神仙每算完一個人後都會吟一首詩。回想一下《紅樓夢》中賈寶玉在太虛幻境，由警幻仙姑引領，在薄命司的櫥櫃裡面翻看冊頁，這裡面記載的就是金陵十二釵的命運，裡面有畫，也有詩，或者叫做判詞。《紅樓夢》這些寫法應該是受到了《金瓶梅》吳神仙算命寫法的啟發。

西門慶算完以後，覺得吳神仙算命還挺有意思，他就要求家裡人都出來，於是吳月娘、李嬌兒、孟玉樓、潘金蓮、李瓶兒、孫雪娥就都出來了。她們一開始是在一個軟屏，也就是可以摺疊的大屏風後面站著潛聽，一個人出來算，其他人可以在屏風後面聽。當然首先要給吳月娘算。吳神仙看了吳月娘的整體形象和面容以後，說：「娘子面如滿月，家道興隆；唇若紅蓮，衣食豐足，必得貴而生子；聲響神清，必益夫而發福。」然後也是讓她伸出手來看手相。月娘從袖中露出十指春蔥來。吳神仙看著手相說：「乾薑之手，女人必善持家，照人之鬢，坤道定須秀氣。」這都是好處，但是最後吳神仙也說壞處：「淚堂黑痣，若無宿疾，必刑夫；眼下皺紋，亦主六親若冰炭。」什麼叫刑夫？就是由於女子面相上的缺點，最後會傷害她的丈夫，即剋夫。最後也有四句詩說：「女人端正好容儀，緩步輕如出水龜。行不動塵言有節，無肩定作貴人妻。」西門慶並不是很信這一套，但是吳月娘是非常信的，從之後的種種反應可以知道。

然後就輪到李嬌兒來算命。吳神仙看了良久，說：「此位娘子，額尖鼻小，非側室，必三嫁其夫；肉重身肥，廣有衣食而榮華安享；肩聳聲泣，不賤則孤；鼻梁若低，非貧即夭。」然後吳神仙讓李嬌兒走幾步，他除了看整體形象，看面相，還得讓人家走幾步，他要看動態。吳神仙最先給西門慶看，也讓西門慶走幾步。李嬌兒走了幾步，最後吳神仙也唸了四句詩：「額尖露背並蛇行，早年必定落風塵。假饒不是娼門女，也是屏風後立人。」

對西門慶、吳月娘和李嬌兒這些人算命的結果，包括後面的詩，我沒有展開解釋。但是很多人物的命運，在前面我都已經把他最後的結局告訴你。所以，讀者可以做出一個判斷，就是吳神仙算得挺準的。

下一個就是孟玉樓。吳神仙一看孟玉樓就說：「這位娘子，三停平等，一生衣祿無虧；六府豐隆，晚歲榮華定取。平生少疾，皆因月孛光輝；到老無災，大抵年宮潤秀。」然後吳神仙也讓孟玉樓走兩步，他要看動態。孟玉樓面相也好，走幾步她的整個體態吳神仙覺得也很好。最後吳神仙唸四句詩：「口如四字神清澈，溫厚堪同掌上珠。威命兼全財祿有，終主刑夫兩有餘。」

後來吳神仙就沒有給李嬌兒和孟玉樓看手相，因為他覺得看一看整體形象、面相和動態形象，他就可以判斷了，也算得挺準的。說孟玉樓「終主刑夫兩有餘」是什麼意思？就是她既「刑夫」，也「終主」。孟玉樓人不錯，她先嫁給一個姓楊的布販，把姓楊的給剋死了，再嫁西門慶，西門慶也死在她的前頭，這都是「刑夫」。但後來她嫁給李衙內，和他一直終老，這就是「終主」。根據書裡後面所寫的孟玉樓的結局，吳神仙算得還挺準的。

然後讓潘金蓮出來算命，潘金蓮只顧嬉笑，不肯過去。吳月娘再三催促，她才走出屏風。潘金蓮不信鬼神，前面講過一個拿烏龜殼算命的道姑給吳月娘等人算命，那時候潘金蓮拒絕道姑給她算命，她就說：「明日街死街埋，路死路埋，倒在洋溝裡就是棺材！」潘金蓮想開了，她是一個享樂主義者，只要眼前快活就好，以後愛怎麼死就怎麼死。道姑算命在吳神仙之後。吳神仙先看潘金蓮，沉吟半日，一下就看破了，也沒讓她再走幾步，就說：「此位娘子，髮濃鬢重，光斜視以多淫；臉媚眉彎，身不搖而自顫。面上黑痣，必主刑夫；唇中短促，終須壽夭。」說潘金蓮會剋夫，而且她會短命，基本都是壞話。最後四句詩是：「舉止輕浮惟好淫，眼如點漆壞人倫。月下星前長不足，雖居大廈少安心。」吳神仙算得還是很準，他講潘金蓮的全是壞話，不像其他人還說好話，但是很準確，潘金蓮就是一個享樂主義者，最後她等於是剋死了西門慶，自己又被仇人殺掉，命短。

看完潘金蓮以後，西門慶就特別讓吳神仙給李瓶兒看相。吳神仙一看李瓶兒：「皮膚香細，乃富室之女娘；容貌端莊，乃素門之德婦。只是多了眼光如醉，主桑中之約；眉靨漸生，月下之期難定。觀臥蠶明潤而紫色，必產貴兒；體白肩圓，必受夫之寵愛。常遭疾厄，只因根上昏沉；頻遇喜祥，蓋謂福星明潤。此幾樁好處。還有幾樁不足處，娘子可當戒之：山根青黑，三九前後定見哭聲；法令細纏，雞犬之年焉可過？慎之！慎之！」李瓶兒的命雖然好，但是埋伏著很多不祥之兆，有四句詩：「花月儀容惜羽翰，平生良友鳳和鸞。朱門財祿堪依倚，莫把凡禽一樣看。」

李瓶兒看完以後輪到孫雪娥，在收房的順序上孫雪娥排在潘金蓮和李瓶兒前頭，但是在眾小老婆當中，她實際上地位最低，所以最後才輪到她來看。吳神仙一看，就說：「這位娘子，體矮聲高，額尖鼻小，雖然出谷遷喬，但一生冷笑無情，作事機深內重。只是吃了這四反的虧，後來必主凶亡。夫四反者：唇反無棱，耳反無輪，眼反無神，鼻反不正故也。」「夫四反者」是什麼意思？就是說孫雪娥的長相上有四反：一是脣反無棱，嘴脣翻著沒有邊棱；二是耳反無輪，耳朵有點翻著，沒有明確的耳輪；三是眼反無神，眼睛老吊著，沒有神采；四是鼻反不正，有點翻鼻孔，鼻子不正。吳神仙對孫雪娥的面相描繪，我們看了會覺得奇怪：西門慶怎麼會看中這樣一個女子，還把她納為一房小老婆？西門慶可能是重口味，這就像美食吃多了，有時要吃點臭豆腐，居然把這樣一個女子收了當小老婆。吳神仙對她也吟了四句詩：「燕體蜂腰是賤人，眼如流水不廉真。常時斜倚門兒立，不為婢妾必風塵。」

幾個小老婆都看完了，西門大姐也來到吳神仙面前算一算。吳神仙說：「這位女娘，鼻梁低露，破祖刑家；聲若破鑼，家私消散。面皮太急，雖溝洫長而壽亦夭；行如雀躍，處家室而衣食缺乏。不過三九，當受折磨。」然後他又唸了四句詩：「惟夫反目性通靈，父母衣食僅養身。狀貌有拘難顯達，不遭惡死也艱辛。」吳神仙把西門大姐悲慘的結局都預言出來了。當時西門大姐住在她父親家裡還是衣食無憂的，和大娘吳月娘，還有幾個小媽一塊兒在花園裡玩耍，盪鞦韆，還是很不錯的一種光景。但是吳神仙算出來她的命以後比孫雪娥、潘金蓮的還不好。

按說吳神仙到西門府一趟，把眾主子的命都算完了。可是西門慶寵愛龐春梅，他讓吳神仙也給春梅算一下。吳神仙睜眼看見春梅，年約不上二九，穿得非常華美，觀看良久，就說：「此位小姐五官端正，骨骼清奇。髮細眉濃，稟性要強；神急眼圓，為人急燥。山根不斷，必得貴夫而生子；兩額朝拱，主早年必戴珠冠。行步若飛仙，聲響神清，必益夫而得祿，三九定然封贈。但吃了這左眼大，早年克父；右眼小，週歲克娘。左口角下這一點黑痣，主常沾啾唧之災；右腮一點黑痣，一生受夫敬愛。」然後他又唸一首詩，概括春梅的命運：「天庭端正五官平，口若涂朱行步輕。倉庫豐盈財祿厚，一生常得貴人憐。」

就這樣，吳神仙把這些人的命都算了一遍。從書裡前後的描寫來看，吳神仙是書裡唯一一個被肯定的穿道服的算命先生，他算得都很準。他算命當中道出的那些吉凶，以及他所唸出的每個人的四句詩，都被書中前後的一些描寫所印證。當然他算完以後，像潘金蓮根本就無所謂，不信他那一套。

可是吳月娘心裡犯嘀咕，她有三個疑問。第一個疑問就是吳神仙算出來李瓶兒會給西門慶生子，真能嗎？這倒也罷了。第二個疑問讓吳月娘心裡不踏實，就是西門大姐算的結果預示她後來的命很不好，要受很多苦，甚至會慘死。吳月娘覺得怎麼會這樣，這不是瞎算嗎？最讓吳月娘耿耿於懷的是第三條，吳神仙說春梅會生貴子，而且最讓她想不通的是最後春梅還要戴珠冠。什麼叫戴珠冠？就是丈夫封了官以後，妻隨夫榮，也能戴一種朝廷准許官夫人戴的特殊珠冠。西門慶寵幸春梅，春梅生出一個孩子這倒有可能，但春梅怎麼會以後成了官太太戴珠冠呢？就算西門慶當了官，最後戴珠冠的是她吳月娘，怎麼會落到龐春梅的身上呢？所以，後來她在西門府門口見了一個穿道姑服的卦姑，能拿烏龜殼算命，吳月娘又重算了一遍。

吳月娘把她對吳神仙算出的命相三大疑惑跟西門慶說了。西門慶說，讓吳神仙來算命是因為他是周守備推薦的，周守備面子大，不好推辭。所以，吳神仙既然來了，就讓他算一算，除一除疑惑罷了。意思就是說，吳神仙算的都僅供參考，別放在心上。但是，吳月娘就一直放在心上。

根據書裡後面的描寫，吳神仙算出的結果一一應驗。全書對僧道巫卜的描寫，多數情況下是否定性的、譏諷性的、醜化的。但是，對這個卜者吳神仙是正面描寫，透過他給人算命，最後唸出四句詩來概括這個人的命運軌跡和最後結局，還是把他當作一個真正神仙般的人物來呈現。這對後來《紅樓夢》透過一些手法來暗示人物命運，顯然有很大影響。

第七十二講　亂世中的小人物
逃難的韓道國一家

❖導讀

上一講講了周守備介紹一位算命先生，名喚吳神仙，他道士打扮，手執龜殼扇子，飄然而進後，從西門慶開始，一口氣為府裡幾乎所有主子都相了面，預示未來，最後給春梅也算了命，預言她以後會生貴子、戴珠冠，引出吳月娘的疑惑與不滿。從故事的結局來看，吳神仙還是算得挺準，並且這種寫法還影響了《紅樓夢》。下面幾講我就要給大家講蘭陵笑笑生是怎麼結束全書的。因為《金瓶梅》這部書一共一百回，作者從九十八回開始，用了三回來講完這部書的故事。這三回交叉講了三家的情況，一個是韓家，一個是周家，還有一個就是西門家。怎麼回事？聽我細細道來。

前面說了，離清河縣城不遠，有一個臨清碼頭，靠著運河，形成商品的匯聚和發送地，因此這裡是一個商業極其發達，市井十分繁榮的場所。這個地方號稱有三十二條花柳巷、七十二座管弦樓，說明透過商品經濟的發展，社會流通性的加強，它的服務性、娛樂性行業，乃至色情行業，都被帶動起來，都非常發達。在臨清碼頭邊上有一座很大的酒樓，叫做謝家大酒樓。因為南來北往的很多商人和遊客都知道謝家大酒樓，所以，雖然謝家大酒樓的老闆變了好幾次，酒樓的名字一直沒變。

大酒樓後面靠著山，前面靠著碼頭。話說這天有一個人在樓上，倚著窗戶往外看，就看見有兩隻船靠近酒樓前面的碼頭。仔細往下看，就覺得這兩隻船好像跟別的船有點不同，別的船隻往往都是載運貨物，這兩隻船好像是一家人在搬家，一對中年夫妻和一個年輕的女子從船上下來，兩隻船上有好多箱籠、桌凳。樓上那個人就仔細看怎麼回事。只見這對中年夫妻和年輕女子朝謝家大酒樓走來，後面有很多人幫他們搬這些箱籠、桌凳。他就有點不高興，因為他是酒樓的大老闆，酒樓主要是經營餐飲，也留客住，雖然有很多房間，不過像他們這樣不經老闆同意，就把家當往酒店裡搬，是沒有過的。他很生氣，就下樓干預。那麼這個人是誰呢？其實你很熟悉，前面講了很多，就是陳經濟。前面交代過陳經濟的下場，他後來被殺，但現在我們要介紹蘭陵笑笑生對全書收尾是怎麼寫的，還要把他的故事重新講一講，補充一些前面沒有講過的細節和人物。

陳經濟一度非常落魄，後來守備府的守備夫人龐春梅派人尋找他。守備的親信張勝在一個寺廟的牆根底下找到他。當時他正蹲著曬太陽，捉身上的蝨子。張勝當時手提一個芍藥花籃，把陳經濟扶上馬，兩人回到了守備府。龐春梅跟守備說陳經濟是她的兄弟，守備就收留了他。

其實龐春梅跟陳經濟私通，為了掩人耳目，還給他娶了一個媳婦葛翠屏。這樣跟守備有所交代，就是自己的弟弟無依無靠，現在住在咱們這裡，給他娶一房媳婦，這樣他就在咱們這兒好好過日子。守備府很大，守備對龐春梅又百依百順，所以這當然都不是問題。陳經濟成了守備府裡面一個享福的小舅子以後，他決定報仇。他的仇人很多，其中一個就是當年跟他合夥販布的，叫楊光彥，私吞了他的布。楊光彥有個弟弟叫楊二風，後來陳經濟找上門問這些布的事，楊光彥躲避，讓楊二風出來應付，而楊二風是個混混，陳經濟怎麼對付得了？現在有了守備做後臺，他就到衙門去告楊氏兄弟。守備寫了一封信，交給審案子的提刑官。當時西門慶已經死了，一個長得很醜、臉上有黑痳子的張二官頂了西門慶的位子，副提刑還是何永壽。一看周守備的信，提刑官當然就饒不了楊氏兄弟。楊氏兄弟確實也不冤枉，因為他們的確吞掉了陳經濟大量的布匹。提刑官就把兩個兄弟治了罪，並從他們那兒追出銀子還給陳經濟，楊光彥開的謝家大酒樓抵了五十兩銀子。後來陳經濟和謝胖子合夥開酒樓，委任陸秉義做主管。

陳經濟有時候就從守備府跑到謝家大酒樓，在布置得很好的房間裡享受。這天他從窗口往外望，本來是望江上的景色，最後就看到了兩隻靠近碼頭的船，船上有人下來，還搬下了很多東西直奔他這個酒樓來。他很不高興，不是說這酒樓不可以住人，問題是你這麼拖家帶口，大搖大擺，搬家似的進來，得給他打招呼才行。所以他就下樓來干預這件事情。陳經濟就跟陸秉義和謝胖子說，誰讓他們進來的，讓他們出去。這個時候陸秉義就跟他求情說，這是個鄰居介紹的，他們從東京過來，現在沒地落腳，就在這兒住幾天，也給房錢，完了他們還會搬走。陳經濟很不高興。他們帶了箱籠和傢俱，亂哄哄地就跑進來，算怎麼回事？他仔細一看，來的這對夫妻有點面熟，這對夫妻仔細看他，也覺得面熟。最後中間那個年紀大的婦女說道：「這不是姐夫嗎？」原來來的這一對夫妻就是韓道國和王六兒。

還記得前面講過他們的故事，韓道國被西門慶請去做絨線鋪的掌櫃，後來西門慶占有了王六兒，韓道國就跟妻子合夥，把他妻子跟西門慶私通當作一樁買賣，不斷從西門慶那兒榨取錢財。而且韓道國每次都主動迴避，任由西門慶蹂躪他的妻子。這個時候陳經濟看韓道國的頭髮都花白了，王六兒也比原來顯得老了一些。但是王六兒一招呼他，他也就認出了對方。因為當年他們還是打過照面的。雖然這樣，陳經濟心裡頭還是不樂意。他們是熟人，可是現在這樣住在這兒算怎麼回事？這個時候陳經濟發現除了韓道國和王六兒，還站著一個年輕美麗的女子。陳經濟是一個色鬼，一看到年輕女子就心動，覺得那女子不錯。那女子看了陳經濟以後也目不轉睛，他們一見鍾情。這個女子就是韓道國和王六兒的女兒韓愛姐。

韓愛姐當年不是被送到東京，給朝廷重臣蔡太師蔡京的管家翟謙做二房了嗎，怎麼現在出現在這裡？所有小人物的命運都被鑲嵌在一個大的歷史格局中。當時金兵不斷地犯邊，北宋不斷跟金朝講和，賠銀子給他們。當時朝廷裡面也發生了政治震盪，蔡京這些權臣終於被很多官員聯合告倒，就說他們誤國。當時的皇帝宋徽宗不得不拋棄原來這些一直信任的權臣，其中包括蔡京。蘭陵笑笑生寫得很有趣，他託言故事發生在宋朝，他寫宋徽宗晚年的事情，一些朝廷的臣子聯合彈劾蔡京這些奸臣，後來宋徽宗不得不把蔡京以及蔡京的兒子蔡攸給懲治了。在宋朝的歷史上，簡單來說是蔡京死在蔡攸的前面。可是他現在來敘述這段歷史，故意寫成蔡攸先死，蔡京後來才死。他為什麼這樣顛倒了寫？因為他是影射明朝的事情，他所寫的實際上就是嘉靖朝的事情。嘉靖朝到後期也是權臣嚴嵩、嚴世蕃父子把持朝政，他們實在不像話，犯了眾怒，遭到彈劾，後來皇帝也懲治了他們，先收拾了嚴世蕃，再懲治老子嚴嵩。

宋徽宗一懲治蔡京，那麼他的大管家翟謙首先被牽連，就倒臺了。這種情況下，韓愛姐當然失去依靠。本來韓道國和王六兒去投靠他們女兒，在翟謙的宅子裡面過著一種很舒服的生活，現在這種生活一去不復返，兩口子帶著韓愛姐從東京逃難到了運河邊，打算先到臨清碼頭，再回清河縣想辦法繼續生活。朝廷裡面有了很強烈的政治動盪，這些名不見經傳的小人物，被歷史上記載的那些皇帝臣子之間的權鬥所牽連，只得在歷史的洪流中掙扎前進。他們來到謝家大酒樓，沒想到陳經濟很生氣，差點不讓他們住，想把他們轟出去。後來陳經濟跟韓愛姐一對眼，兩人擦出火花，他就改主意，讓他們住下來。這樣韓道國、王六兒和韓愛姐就都在臨清碼頭的謝家大酒樓住下來了。

雖然前面已經交代了其中一些人物的結局，但是沒有專門講到韓愛姐。前面只是提了一下，她是一個影子般的人物，但是蘭陵笑笑生讓韓愛姐在全書最後三回成了一個非常重要的角色，幾乎是用她來結束全書，這個寫法很特別。韓愛姐早年應該是作為處女被送到翟謙府的，本來西門慶要把府裡的丫頭繡春拿去搪塞，吳月娘就跟西門慶說，繡春已經被他占有，不可以送，得送處女去。所以，當時韓愛姐被送到東京去，翟謙應該還挺滿意。但是，韓愛姐還沒有給翟謙生孩子，翟謙就受到蔡京倒臺的影響也倒臺了。所以韓愛姐就從東京流散出來。書裡蘭陵笑笑生沒有具體分析，他就是寫這個人怎麼往下活。我們可以分析一下，翟謙娶韓愛姐的時候年紀已經很大，韓愛姐不可能去愛這個半老頭子。現在到了臨清碼頭，忽然遇見了陳經濟，他雖然是一個很糟糕的人，但是韓愛姐哪知道陳經濟以往的經歷，她就覺得陳經濟看上去還不錯，她就愛上陳經濟了。實際上韓愛姐因為從東京往外逃難，跟父母親一路上只能花費隨身帶的金銀，但坐吃山空不是個辦法，王六兒本來就毫無廉恥，所以她在路上就接客掙錢，後來她誘導女兒韓愛姐跟她一樣也接客掙錢。

書裡就寫陳經濟把他們一家安置在謝家大酒樓以後，就發生了他和韓愛姐之間所謂的愛情故事。韓愛姐比陳經濟還主動，主動靠近陳經濟，主動跟他尋歡。王六兒看出他們兩個有情況就自動迴避。韓道國向來是吃軟飯的，所以他的妻子和女兒做這些事，他都是迴避的。就這樣，陳經濟和韓愛姐居然在謝家大酒樓裡面像夫妻一樣生活，這是蘭陵笑笑生寫出的社會怪象。當然，陳經濟只是每隔一段時間以查帳、結帳，然後把利息銀子帶回去為理由，到臨清碼頭謝家大酒樓一趟，但他還得回守備府，不能說完全就不著家了。回去以後他就把利息銀子交給龐春梅。他的媳婦葛翠屏埋怨他怎麼好多天都不回家，他就打馬虎眼，拿一些話搪塞過去。

第七十三講 禮崩樂壞的怪現象

韓愛姐為陳經濟守節

❖導讀

上一講說到朝政發生巨變，煊赫一時的權臣蔡京、蔡攸倒臺後，蔡府管家翟謙也跟著完蛋了。韓道國、王六兒和韓愛姐乘船回到臨清碼頭，他們想在謝家大酒樓暫住，恰巧與陳經濟相遇。那時陳經濟以周守備府為靠山，與謝胖子在臨清合作經營這座酒樓，陳經濟與韓愛姐竟擦出火花，成為一對戀人，兩個人就在酒樓安了家。在全書的最後三回韓愛姐成了一個很重要的角色，需要細細地說給大家聽。作者為什麼用她的生命經歷來作為全書最後的結局？這值得研究。她下面又有哪些奇怪的表現？請看本講內容。

韓愛姐原來在書裡面只是一個影子似的人物，前面我也提到過她，可是沒有她什麼具體的故事。沒想到蘭陵笑笑生在全書的最後三回用很多篇幅描寫這個女子，而且這個女子的一系列表現都很古怪。韓愛姐到了臨清碼頭，遇見了陳經濟，居然就愛上了他。其實陳經濟是一個極其糟糕的人，他兩頭敷衍，到了臨清碼頭就跟韓愛姐在一起，回到守備府他對妻子葛翠屏倒沒有什麼興趣，但會跟龐春梅一起廝混。有時候陳經濟在守備府裡面待的時間比較久，很多天不去臨清碼頭，韓愛姐就很思念他。

實際上韓道國一家在謝家大酒樓住久了以後，很多人都知道王六兒是個私娼，他的女兒韓愛姐應該也是一個私娼。私娼就是沒有在官府登記註冊，不是正式妓院的妓女，她們私下接客掙錢。王六兒雖然年紀比較大了，但是徐娘半老，風韻猶存，對某些男子還有一定的吸引力。後來就來了一個何官人，他的生意做得比較大，也比較有錢。何官人在大酒樓聽說有兩個女子，特別是那個叫韓愛姐的，長得挺美麗，就想嫖韓愛姐。王六兒也動員她的閨女韓愛姐，說既然陳經濟老不來，讓她將就一下，下樓接一接客。但韓愛姐堅決不下樓，她覺得把身子給了陳經濟以後，就再也不能給別的男人。沒有辦法，王六兒只好親自上場賣弄風情。何官人一看王六兒雖然年紀大了一些，但是紫膛色面皮，長長的水鬢，眼睛裡面有那種勾引人的光，最後就不強求韓愛姐伺候他，接受了王六兒。韓道國照例知趣地躲到另外的房間裡面去。何官人和王六兒建立了一種比較穩定的嫖客和娼妓的關係。

有一天何官人和王六兒正在親熱，就聽見酒樓裡面有人在大聲喧譁，是坐地虎劉二，他是臨清碼頭的一個地痞流氓，占有碼頭上的一些客店酒樓的房間，要收房租。何官人住了他另外地方的幾間房子，拖欠他房租，劉二就到處找何官人，追索房租，終於在謝家大酒樓找到他。劉二就讓何官人交房租，何官人賴皮，雖然他有錢，但不想馬上交，劉二就開始動粗，掀桌子，砸板凳，何官人就逃跑了。劉二就把王六兒痛打了一頓。這個事情發生以後，陳經濟從守備府來到了臨清碼頭的謝家大酒樓，當然王六兒他們就要跟陳經濟說這個事，說劉二太可惡了，欺負人，把她都打了。陳經濟一聽就非常生氣，他知道劉二是守備親隨張勝的小舅子，在碼頭上到處索錢橫行，他的姐夫張勝還包養娼妓，而且所包養的不是別人，就是後來被賣到臨清碼頭當妓女的孫雪娥。

後來陳經濟回到了守備府，那個時候守備又出征去了，他和龐春梅在花園的書房裡偷情。陳經濟說起在臨清碼頭被地頭蛇劉二欺負的事，而且他告訴龐春梅，張勝包養孫雪娥。光說劉二罵人、打人的事，龐春梅可能也不完全放在心上，但是一說張勝包養了孫雪娥，龐春梅就怒從心頭起。前面已經講過，在西門府裡面，龐春梅和孫雪娥就結下死仇。後來春梅成為守備夫人以後，孫雪娥因為和來旺兒私奔，被官府捉拿，官府要把孫雪娥退給吳月娘，吳月娘拒收，就把孫雪娥官賣了。春梅讓周守備買了她，讓她做廚娘，後來春梅為了豢養陳經濟，找個藉口又把孫雪娥發賣了。最後孫雪娥被賣給一個水客，水客就把她轉賣到臨清碼頭的妓院，她便成了一個娼妓。這個消息傳到龐春梅那裡，她是高興的，她解恨。可是沒想到這麼一個女子，居然還有人包她，而且這個人不是別人，居然就是守備的親隨張勝，春梅氣不打一處來。

陳經濟說一定要想辦法把劉二給辦了，張勝是劉二的保護傘，所以也得把張勝給辦了。龐春梅就說等守備回來就跟他說，先把張勝結果了。他們兩個萬萬沒有想到，這時候張勝正在府裡夜巡，在窗外聽到他們的談話。張勝聽到他們要讓守備把自己殺了，怒火中燒，馬上折回值班的房間取刀。這時有個丫頭跑來找龐春梅，說小公子瘟攣了，春梅很著急，立刻趕去看孩子，剩下陳經濟一個人在書房被窩裡面。張勝進去就把陳經濟殺死了，甚至把頭都割下來，非常血腥。

這些情節前面雖然跟讀者講過，可是韓愛姐對其事態的反應與表現沒有講，現在就講給大家聽。蘭陵笑笑生重點寫了這麼一個奇奇怪怪的女性韓愛姐。陳經濟死了以後被葬在守備家的家廟永福寺。韓愛姐就去給陳經濟上墳，哭得哀痛欲絕，簡直像失去了最心愛的人，她也活不下去了。其實陳經濟算她什麼人，丈夫？他連情人都算不上，就是一個嫖客而已。可是一個私娼卻對嫖客的死亡悲痛到這種地步，蘭陵笑笑生真是寫出了一個怪女子，寫出了一種怪現象。而且後面的描寫更古怪。韓愛姐後來又去為陳經濟哭墳，正好碰到龐春梅和陳經濟的妻子葛翠屏也去上墳，韓愛姐有王六兒、韓道國陪著，當時龐春梅和王六兒之間就互相認出來，春梅就知道在那裡哭得死去活來，而且還穿一身白孝衣的女子是韓愛姐。

韓愛姐哭瘋、哭累也就罷了，可當她搞清楚了所來的是守備夫人和陳經濟的妻子時，她居然提出來，她不跟父母一塊兒住了，她希望龐春梅和葛翠屏收容她，她要到守備府跟葛翠屏一起為陳經濟守節。蘭陵笑笑生這裡寫得好古怪，在那個時代，所謂的婦女守節指的是明媒正娶的妻子或者正式的小老婆為死去的丈夫守節。按這個標準，韓愛姐根本夠不上守節的身分。但是，蘭陵笑笑生就這麼寫，韓愛姐這麼要求，龐春梅居然就同意了，葛翠屏也接受了。韓愛姐就辭別父母，到守備府和葛翠屏住在一起，共同為陳經濟守節。這真是令讀者目瞪口呆的一種情景。

從書裡面描寫來看，陳經濟一點都不喜歡葛翠屏，她就是一個名義上的妻子，拿來應付萬人口舌的幌子，書裡寫他們兩個沒有什麼夫妻生活，當然葛翠屏就沒有生育。葛翠屏如果說願意為陳經濟守節，根據當時封建禮教的主流規範，還說得通。那麼韓愛姐算什麼呢？她連小老婆都不是，她連陳經濟在臨清碼頭包養的二奶都不是，她就是一個私娼。但是韓愛姐理直氣壯，覺得她有資格為這個男子守節，葛翠屏心平氣和地接受了她，兩人就以姊妹相稱，一起為陳經濟守節。龐春梅也接納了韓愛姐，當時龐春梅所生的兒子金哥兒已經比較大了，原來守備的二房孫二娘生的女兒更大一些，他們居然共同在守備府裡面生活。龐春梅心裡頭當然是想念陳經濟的，但她不好做出一個守節的姿態，她守什麼節，她的丈夫還在。她看著葛翠屏和韓愛姐一起為陳經濟守節。

書裡這樣寫就反映明代社會到了晚期禮崩樂壞，原來的封建倫理道德，不僅有的人公然地抵制反對，不放在眼裡、心裡，居然還有人利用禮教的外殼來容納自己的私心與私慾。韓愛姐就是一例。她沒有資格守節，可她偏要守節，這實際上是對封建禮教無情的解構。這個情節的設置本身就說明蘭陵笑笑生很厲害。他寫這些故事並沒有什麼評價，他就是很冷靜、很客觀地告訴你，這個女子就這樣了。但是，它的客觀效果是對封建禮教所提倡的女子守節這樣一個規範進行了極大的諷刺。

書裡寫到北宋崩潰了，周守備一開頭是為朝廷剿滅了梁山泊宋江他們的起義，後來他又為朝廷去抵抗金兵。周守備後來升為統制。作為武官系列的話，統制的級別、軍權比守備高很多，大很多。周守備當時在濟南府，升為統制以後他得前往東昌府駐紮。為了到新的地方去赴任，他讓親隨張勝（那個時候，張勝殺陳經濟的事情還沒有發生）、李安押兩車行李細軟器物回家去。書裡就簡單交代一句，說周守備在濟南做了一年官職，也賺得巨萬金銀。在作者筆下，周守備不但是個清官，而且後來為國捐軀，是一個烈士。他不用專門去貪腐，他只要在這麼一個官位上，一年就能很輕易地賺得巨萬金銀。這一句交代使我們醍醐灌頂，就懂得那個社會、那種制度下官場的黑暗，不要說貪官了，清官一年的俸祿也多得嚇人。

第七十四講

國破家亡的卑微生存
韓道國一家的結局

❖導讀

上一講講了書裡很奇怪的一筆，陳經濟死後，韓愛姐痛不欲生，不僅去哭墳，還哀求春梅收留，要和葛翠屏一起為陳經濟守節。韓愛姐並不是一個潔身自愛的女子，從東京逃出以後，一路上為了生計，她母親王六兒和她賣身賺錢，到了臨清謝家大酒樓，也是她先勾引陳經濟，陳經濟並未收她為妾，她不過是一個被包養的私娼，按照那個時代的主流意識形態和社會標準，她沒有資格為陳經濟守節。但書裡寫她十二萬分真誠地想為陳經濟守節，春梅也就允許她到守備府和陳經濟的正牌遺孀葛翠屏姊妹相稱，同室守節。韓愛姐的表現用千奇百怪來形容一點不過分，她後來的表現越加荒謬。請看本講內容。

《金瓶梅》的故事託言發生在宋朝，北宋末期和南宋初年。當時宋徽宗非常昏庸，他開頭重用一些很糟糕的像蔡京、蔡攸這樣的臣子。後來發現不對頭了，懲治了他們。但是，國家的頹勢已經無法扭轉。金兵大舉南下，宋徽宗退位當了太上皇，讓他的兒子做皇帝，即宋欽宗，年號靖康，然後就發生了歷史上有名的「靖康之變」。

北宋最後慘到什麼地步呢？金兵後來攻打東京，就把太上皇宋徽宗、皇帝宋欽宗俘虜了，還俘虜了皇后、很多妃嬪以及皇族成員，一些達官貴人，乃至無數的宮女，一共有三千多人，金國就派他們的官兵押著這三千多人到北邊去做俘虜，北宋滅亡了。但是有一個皇室成員康王趙構，在南邊建立了一個政權，就是南宋。金國開始還在北方扶持了一個傀儡政權。這裡就不詳細去講北宋、南宋的歷史了，你大概知道蘭陵笑笑生所寫的《金瓶梅》的故事發生在這樣一個大背景下就可以。後來南宋在江南偏安一隅，也存在很久，整個宋朝加起來有三百多年。我們所講述的這個故事、這些人物就被託言是生活在宋徽宗晚期、宋欽宗登基以後又被俘，以及南宋王朝的建立，這麼一個歷史的轉換點上，書裡寫得很概括，可是也描繪出國破以後的那種恐怖景象。

金兵由北向南，先打到了東昌府，周守備後來升為統制，他英勇抵抗，可是最後被金兵一箭封喉，死在馬背上。在周統制死掉前後，蘭陵笑笑生還交代了一些情況。周統制死之前年紀越來越大，而且他要為國家征戰，性慾很淡薄。可是龐春梅是一個跟西門慶類似，拚命追求性快樂的女子，因此她性苦悶。她在李安制服了張勝以後，看上李安。有一天晚上，龐春梅就讓她的養娘去找李安，給了李安一大錠銀子，好幾件女人穿的衣服，說這是統制夫人的意思，讓李安把銀子收好，把衣服獻給他的母親。李安回到家見了他的母親，他的母親一看這個情況，明白龐春梅不懷好意，就跟李安說，不要再待在這個地方給他們幫忙了，乾脆投靠他的叔叔山東夜叉李貴。於是李安不辭而別投奔他的叔叔去了。龐春梅一看李安幾天不見人影，心中就有數，知道他不受誘惑潛逃了。

周統制在東昌府的時候還把龐春梅、孫二娘、金哥、玉姐等人接到東昌府。周統制問春梅怎麼沒見李安，龐春梅就編造謊言，說李安盜竊府中的銀兩，畏罪潛逃。周統制比較驚訝，就說這廝平常看來還好，沒想到忘恩負義。周統制千好萬好，但有一樣不好，就是始終沒有識破他身邊這個妻子龐春梅的真面目。正是這個女人，使得周統制前後失去了張勝、李安兩個親隨，兩個他原來最可信賴、最可託付、能夠幫他辦事的人。

後來龐春梅為周統制發喪，載靈柩從東昌府回到清河縣。她發現老僕人周忠有一個兒子周義生得眉清目秀，就把他勾引了，後來龐春梅縱慾過度死在周義身上。周義看龐春梅死在他身上，當然趕緊逃跑，周統制的族弟周宣發現這個事，就追拿周義，把他抓到後亂棍打死。前面就總結過，龐春梅是一個很可怕的女子，有三個人因為她被亂棍打死：一個是張勝，一個是劉二，還有一個就是周義。

在周統制府第裡面發生這些事情的時候，國家就被金兵摧毀了，北宋滅亡了。書裡就寫金兵進一步南下，攻到清河縣，只見「官吏逃亡，城門晝閉，人民逃竄，父子流亡」。這裡就用一段唱詞來形容當時的慘象：

煙生四野，日蔽黃沙。封豕長蛇，互相吞噬。龍爭虎鬥，各自爭強。皂幟紅旗，布滿郊野。男啼女哭，萬戶驚惶。番軍虜將，一似蟻聚蜂屯；短劍長槍，好似森森密竹。一處處死屍朽骨，橫三豎四；一攢攢折刀斷劍，七斷八截。個個攜男抱女，家家閉門關戶。十室九空，不顯鄉村城郭；獐奔鼠竄，那存禮樂衣冠。正是：得多少宮人紅袖哭，王子白衣行。

我在講述當中，有時候引用書裡面的一些詩詞、唱曲、順口溜。因為完全不引用書裡面這些原詞、原話也不恰當，把它完全說成白話又太囉唆，所以看了以後在腦海裡能形成一個大概的場景或氛圍就可以。總之，金兵南下，國破家亡，周統制最後戰死沙場，他扶正的妻子龐春梅縱慾而亡，統制府已經土崩瓦解，再加上金兵進攻，就完全破敗了。

韓愛姐本來在府裡面和葛翠屏一起為陳經濟守節，現在守不成了，國破家亡，很快統制府裡面的人都四散奔逃了，陳經濟的妻子葛翠屏被娘家接走，韓愛姐只好帶點細軟，離開已經破敗的府第。韓愛姐先到臨清碼頭謝家大酒樓去找她的父母，等她到了一看，臨清碼頭一片狼藉，酒樓早關了，聽說她的父母跟何官人到南方的湖州去了。原來何官人跟韓道國說，貨物他販賣得差不多了，他要回老家湖州，打算把他們兩口子都帶去湖州。這個時候就寫到韓道國的反應。按說他的媳婦跟著何官人走已經說不通了，畢竟韓道國和王六兒是夫妻，王六兒做暗娼的生意，何官人只是一個常來的嫖客，嫖客現在不但要長包王六兒，乾脆還要把王六兒帶回老家去，這算怎麼回事？王六兒應該拒絕。可是王六兒還沒開口說話，韓道國先表態了，說：「官人下顧，可知好哩！」韓道國很願意，於是又出現了非常古怪的一幕，嫖客帶著他喜歡的暗娼一塊兒回老家，暗娼的丈夫屁顛屁顛地也跟著去了。

韓愛姐得到訊息以後，就決定到湖州去尋找她的父母。因為纏了小腳，她走路十分艱難，而且帶的細軟很快都被花掉了。好在她會彈唱，就一路賣唱攢點路費，書裡形容她「隨路饑餐渴飲，夜住曉行，忙忙如喪家之犬，急急如漏網之魚」。

後來金人一度跟南宋的皇帝媾和了，南宋獻出很多的金銀珠寶，阻止金兵進一步南下，雙方就以黃河、淮河為界，暫時休戰。韓愛姐往南走，走到了徐州地界，應該屬於南宋的疆域，投在一個孤村。她看到一個年紀已經在七旬之上的老婆婆正在做飯，韓愛姐就跟老婆婆道了聲萬福，說她是清河縣人氏，因為戰亂，前往江南投親，沒想到走到這裡天就黑了，希望借婆婆這裡投宿一晚，明天早上再走，她會提供房錢。老婆婆看她舉止典雅，容貌不俗，覺得不像是出身貧苦人家的婢女，就收留了她。

老婆婆說，既然是投宿，就炕上坐，她去做飯，一會兒會有幾個挑河泥的漢子來吃。因為當時黃河也好，淮河也好，都淤積了大量泥沙，河床越變越高，所以經常要請一些挖河泥的力夫把河裡的泥沙挖出來，使得河水不至於輕易氾濫。老婆婆做的是一大鍋稗稻插豆子乾飯，就是把一些稗子、野草的種子擱在稻米裡，再添加雜豆一塊煮。還有兩盤生菜，沒有過油，也沒有煮，就是把生的菜切了，再撒點鹽，就當下飯菜。書裡寫了這樣一餐國破家亡飯。

老婆婆把飯做好後，叫幾個挑河泥的力夫過來吃飯。幾個漢子蓬頭精腿，褌褲兜襠，腳上黃泥，進來放下鍬钁，就來取飯菜。挑夫裡面有一個人四十四五歲，紫面黃髮，問老婆婆：「炕上坐的是什麼人？」老婆婆就告訴他：「這位娘子是清河縣人，她要前往江南尋她的父母，現在天黑了，在這兒投宿。」聽完老婆婆的回答，那人就直接跟韓愛姐對話。漢子問她姓什麼，韓愛姐說她姓韓，父親叫韓道國。漢子一聽就很激動，上前拉住衣服問：「姐姐，妳不是我侄女韓愛姐嗎？」愛姐道：「你倒好似我叔叔韓二。」在這樣一種國破家亡、離亂傷痛之中，韓愛姐和他的叔叔韓二在荒村野店重逢了，兩人抱頭痛哭。其實韓二是一個有毛病的人，他和他的嫂子王六兒，也就是韓愛姐的母親，曾經偷情，被捉姦後送到衙門，韓道國求了西門慶才放了王六兒。按說這是一個很糟糕的叔叔，很不像樣子的親戚。但是在那種情況下，說不得許多，畢竟是有一定血緣關係的兩人於離亂之際重逢了。

相認之後，韓二問韓愛姐怎麼從東京到這裡，韓愛姐就從頭說起，跟韓二講了她的情況。她說她後來嫁到守備府。這是撒謊了，韓愛姐哪裡是嫁到守備府，她是莫名其妙地跑到守備府為一個並沒有娶她的男子守節。韓愛姐說成是嫁到守備府，既為了省事，也為了掩飾自己的不堪。韓愛姐說最後她的丈夫沒了，守寡至今。她的父母聽說跟一個何官人往湖州去了，她就想到湖州去尋找父母，萬萬沒想到在這兒碰見叔叔。韓二也跟韓愛姐講自己的經歷。他說自從韓愛姐的父母上東京投靠她去了，他留在清河，日子越過越艱難，最後就只好把房子賣掉，後來國破家亡就流落到這個地方做挑夫，每天就是混碗飯吃。韓二表示，乾脆他跟韓愛姐一塊兒去湖州尋找她的父母。韓愛姐當時很高興，因為有一個男子跟她一起行走的話安全得多。第二天，韓二就給了老婆婆一些房錢，他們就一塊兒去湖州，最後居然在湖州找到了王六兒。那個時候何官人已經死了，他家裡面沒有妻小，把家產留給王六兒，何官人家裡還有幾頃水稻田地。韓二和韓愛姐找到了王六兒，自然就找到了韓道國。但是不到一年韓道國也死了。王六兒原來跟韓二有過感情，有過身體關係，因此就爽性嫁給了小叔，種田度日。

蘭陵笑笑生以韓家一家人最後的情況作為全書的結尾故事之一，意味深長。這些人都是市井小人，一身的毛病，人性當中有很多黑暗之處，但是畢竟他們也是生命，他們頑強地求生，在國破之後融入南方，抱困生活，過著生命當中殘餘的日子。確實，這樣的描寫充滿了人世滄桑的感覺。

書裡韓愛姐最後的結局怎麼樣？既然何官人死了，韓道國也死了，王六兒和韓愛姐的叔叔韓二正式結為夫妻，這種情況下，韓愛姐就應該擇一門好的親事出嫁，對不對？湖州有的富家子弟聽說韓愛姐聰明、標緻，都來求親，韓二就再三勸她嫁人，可是韓愛姐就是不嫁人，要為陳經濟守節到底。她居然自己把眼睛給扎瞎，剃光頭髮做尼姑了。後來她活到三十二歲，染疾而終。

第七十五講　魂歸何處

普靜法師薦拔亡靈

❖導讀

上一講告訴你全書的大結局，作者的寫法出乎一般讀者的意料，他把三家人最後的情況作為大結局的中心內容，韓家的命運作為結尾的故事之一。這家人前面的故事就讓人覺得很荒唐、離奇了，越到後來越離奇，最後結束在湖州地區，包養王六兒的何官人死了，韓二和韓愛姐終於找到了韓道國夫婦，不久韓道國也死了，韓二和王六兒結為夫妻。韓愛姐堅決不出嫁，自己弄瞎眼睛，剃了頭髮做尼姑，為人渣陳經濟守節終生。對韓家命運的描寫，讓我們在覺得奇怪和驚詫之餘，又生出無限的滄桑之感，看到這個世界變化之大，人生之詭譎，人性之深奧。大結局也寫了周家的故事，其中牽扯到周守備、龐春梅、葛翠屏，還有周家的兩個親隨張勝和李安，老僕人周忠和他的兒子周義。周家的故事和韓家的故事是穿插在一起的。西門家是貫穿全書的一個家族，在大結局當中當然是重中之重，在第一百回就濃墨重彩地寫了西門家的最後結局。請看本講內容。

靖康之變後，北宋的太上皇宋徽宗、皇帝宋欽宗都被金兵俘虜了，一同被俘的還有皇后，以及大批的官員、宮女、皇族成員，共三千多人，被押往北方金國。後來皇族當中的一個成員康王趙構在黃河、淮河之間建立了南宋，宋朝的政權又堅持了一百多年。當時，金兵大舉南下，最後到了清河縣，清河縣一片混亂，官員帶頭逃跑，民眾不知道該怎麼生存，大多數就跟著一塊兒逃跑。當時西門府的人丁已經非常寥落，吳月娘的一個兄弟吳大舅已經死掉了，還有一個吳二舅幫她維持家計，她的兒子墓生子孝哥兒已經十五歲，還有一對僕人就是玳安和小玉。玳安是他們最信任的一個小廝，小玉一直是吳月娘的貼身丫頭，後來吳月娘讓他們成婚，最後他們把西門府的大門鎖起來，跟著逃亡大軍擠出城門，互相照顧著算是逃出了城。

當時吳月娘的想法就是去濟南投奔雲理守，因為雲理守是西門慶的結拜兄弟之一，兩家來往密切，雙方約定如果生的孩子是一個男孩和一個女孩就讓他們結為夫妻。後來吳月娘生了兒子孝哥兒，雲理守那邊是一個女兒，雙方結為親家。再後來雲理守離開清河縣到濟南任武官參將，家人也一起到了濟南。當時金兵還沒有打到濟南，所以吳月娘他們就想逃離清河奔濟南而去。一來作為西門慶結拜兄弟，吳月娘相信雲理守會伸出援手，幫助他們。另外孝哥兒也十五歲了，雲姑娘也比較大了，乾脆到那裡去成親。這樣也能給西門慶的在天之靈一個很大的安慰，如果孝哥兒和雲理守的女兒成親以後還能夠生個兒子，那麼西門家就有後了。

所以，他們就隨著逃亡大軍慌慌忙忙離開清河縣，直奔濟南，沒想到路上迎面就來了一個和尚。他身披紫褐袈裟，手執九環錫杖（用錫打造的很高的枴杖，上頭是花式的造型，有九個環互相套著，在佛教裡面是地位的象徵），腳上靸了芒鞋，肩上背著條布袋，袋內裹著經典，大踏步迎將來。雙方接近的時候，他給吳月娘打了個問訊（佛教和尚向師長行禮，雙手在胸前合掌，然後稍微地彎腰點頭）。這個和尚認出了吳月娘，大聲說：「**吳氏娘子，你到哪裡去？還與我徒弟來！**」吳月娘大驚失色，她也認出對方，原來他就是當年在泰山碧霞宮擺脫殷天錫的襲擊後，在雪澗洞見到的普靜法師。當時普靜法師對吳月娘說，十五年以後要把孝哥兒送給他當徒弟。因為那個時候孝哥兒還很小，吳月娘覺得先答應再說。跟這種大法師是開不得玩笑的，他提出了要求，妳答應了就要兌現。現在逃亡當中又碰上了，普靜法師就說現在已經十五年了，要把孝哥交給他做徒弟，吳月娘答應過了，不能變卦。這個時候吳二舅就上前求普靜法師，他說吳月娘他們孤兒寡母，今後就靠著兒子供養，孝哥兒怎麼能跟他走呢？普靜法師不鬆口，就說允諾的事情必須要兌現。吳月娘在慌亂當中就沒主意了，倒是普靜法師說，先找個地歇腳，再考慮考慮。他們就到了一座寺廟，這座寺廟不是別的寺廟，正是永福寺。永福寺是書裡多次出現的一座佛教寺廟，潘金蓮死了以後，開頭是埋在街上，後來龐春梅想辦法把她移葬到永福寺的一棵空心白楊樹底下。後來陳經濟被殺，也被埋葬在永福寺。

普靜法師帶著吳月娘一行人到了永福寺以後天就黑了，當時永福寺的長老已經逃難去了，寺裡面只有幾個外方和尚在那裡打禪。普靜法師找了一間房進去盤腿坐在蒲團上，敲著木魚，在那裡打禪。吳月娘和小玉在一間屋子裡歇息，吳二舅、玳安帶著孝哥兒在另外一間屋子裡面歇息。當時吳月娘在驚恐當中，精神狀態應該很不好，她昏昏沉沉地睡過去，後來她做了個夢，這個夢之後講給大家聽。但是小玉睡不著，就起來走動，走到了普靜法師坐禪的房間，並透過門縫往裡面偷看，看見普靜法師在那裡唸經。當時是斜月朦朧，人煙寂靜，萬籟無聲，佛前海燈半明不暗，小玉發現普靜法師在做一件非常重要的事情，就是為死去的亡靈超度，也叫做薦拔。具體來說，他把一些死於非命的鬼魂一個個招呼到面前，然後安排他們轉世投生。這是書裡很重要的一幕。開頭普靜法師超度了一些小玉不認識的人，但後面一群人她就都認識了。

第一個飄進來的鬼魂是一個大漢，身高七尺，形容魁偉，身穿盔甲，可是身上插著一支箭。他跟普靜法師說，他是統制周秀，因為與番將對敵陣亡。現在師傅薦拔他，投生到東京沈鏡家做沈鏡的次子。拔薦跟薦拔一個意思，就是普靜法師很有法力，他選拔出一個亡靈向佛祖加以推薦，讓他去轉世投生。周統制戰死以後，現在由普靜法師安排投生，而且連名字都預言出來了，今後他叫沈守善。為什麼蘭陵笑笑生寫轉世投生要把周守備周秀放在第一位？因為他是一個戰死沙場的武將，為國捐軀，一生還比較光彩。

小玉隔著門縫看見來了第二個鬼魂，素體榮身，自稱是清河縣富戶西門慶，不幸溺血而死，今天蒙師薦拔，轉世投生到東京城的一個有錢人家沈通家，做他的次子，今後的名字叫做沈越。

小玉看到西門慶，因為是格外熟悉的一個人死了以後形成的亡靈，嚇得全身發冷，但是好奇，就再往下看。第三個鬼魂就嚇死人了，前兩個亡靈來的時候，頭都在肩膀上，這個鬼魂卻提著自己的頭，渾身是血，到了普靜法師面前說，他是陳經濟，被張勝殺了，現在承蒙大師薦拔，他往東京城內一個姓王的人家去做兒子。陳經濟是很糟糕的一個人，死後亡靈轉世投生卻還不錯。

接著第四個是一個女鬼，頭也不在肩膀上，她自己提著頭，胸前都是血，她自稱是武大的妻子、西門慶的小妾潘氏，不幸被仇人武松所殺，蒙師薦拔，今天托生到東京城內一個姓黎的人家為女。

然後又來了第五個鬼魂，身軀矮小，面背都是青色。他自稱武植（武大郎），被王婆唆使潘氏下藥，吃毒而死，現在蒙師薦拔，今天托生到徐州一個姓范的農民家庭，成為他家的兒子。

從小玉所看到的以上五個亡魂的轉世投生，我們得出個規律，一般來說，男性的鬼魂最後轉世投生以後還是男性，女性鬼魂轉世投生還是女性。但是他們轉世投生的人家貧富不一樣：有的投生在東京，而且是富戶；有的投生的地方就偏僻一些，例如武大郎就沒有投生在東京，而是投身在徐州一個農民的家裡。

然後小玉又看到第六個鬼魂，是一個女鬼，面皮黃瘦，血水淋漓，走到法師面前，自稱李氏，是花子虛的妻子，西門慶的妾，因為害血山崩而死。承蒙師傅薦拔，現在她要往東京城內的袁指揮家，投生到他們家，成為他們家的小姐。書裡在前面有伏筆，寫西門慶當時應召進東京參加朝廷的大典，被何太監請到何家去住。在何家居住的時候，西門慶晚上就夢到李瓶兒跟他相會，兩人還做愛。那個時候李瓶兒就告訴西門慶說她以後會投生在東京造釜巷的袁指揮家，第二天西門慶在東京應酬，路過夢裡面李瓶兒告訴西門慶她所托生的袁指揮家，果然有兩扇白色的門掩著，便讓玳安問隔壁賣豆腐老婆子那是誰家。老婆子答道：「此袁指揮家也。」現在小玉偷看普靜法師薦拔亡靈轉世投生，看到李瓶兒的鬼魂，果然是投生到東京的袁指揮家。

小玉再往下看，第七個鬼魂是一個男子，說自己是花子虛，不幸被他的妻子氣死了，承蒙師傅薦拔，今往東京鄭千戶家投生為男孩。

第八個鬼魂是一個女子，頸纏腳帶，她是用三寸金蓮裹腳布上吊而亡的。她說她是西門家僕人來旺的妻子宋惠蓮。前面講了很多她的故事。那女鬼魂說，她是上吊死的，現在承蒙師傅薦拔，她到東京朱家投生去做女兒。

第九個鬼魂是一個婦人，面黃肌瘦，她自稱是周統治的妻子龐春梅，因為色癆死了，現在也蒙師傅薦拔，轉世投生到東京孔家為女。

第十個鬼魂是個男性，裸形披髮，渾身杖痕，自曝身分是被亂棍打死的張勝，現在承蒙師傅薦拔，往東京大興衛貧人高家，到他們家做男孩去了。張勝雖然轉世到東京，可是投生的這家是一個窮人家。

第十一個鬼魂是個女性，項上纏了索子，自稱是西門慶的妾孫雪娥，不幸自縊身亡，也承蒙師傅薦拔，今天往東京城外貧民姚家為女。孫雪娥轉世投生地點要稍差一些，是一個姓姚的窮人家。

第十二個鬼魂是個女性，年紀小，項纏腳帶，自稱是西門慶之女，陳經濟之妻西門大姐，也是不幸自縊身亡，承蒙師傅薦拔，今天她往東京城外，與番役鐘貴為女。西門大姐的投生地點也不好，不是東京城內，而是城外，到一個地位比較低的役夫家去做女兒。

第十三個鬼魂是個男性，自稱周義，是被亂棍打死，承蒙師傅薦拔，今往東京城外高家為男，而且還說他今後的名字叫高留住兒。

最後，這些鬼魂就一個接一個地恍然不見。小玉看完以後嚇得渾身發抖，原來法師有這麼大的法力，這些鬼魂轉世投生都要經過他。

小玉偷看鬼魂轉世投生當中有一些交代，應該引起我們的討論。為什麼一些被損害、死於非命的生命，他們轉世投生的地點和人家並不好，例如武大郎是一個最無辜、最善良、最應該得到好報的生命，但是他的亡靈只能投到徐州，而且是給一個農民做兒子。像西門大姐也是一個無辜的女性，她最後投到東京城外役夫家，是一個地位比較低的家庭，到那裡去做女兒。而一些很糟糕的人轉世投生的地點和家庭都還不錯。這是值得我們去想一想的。蘭陵笑笑生為什麼要這麼寫？蘭陵笑笑生自己沒有交代為什麼要這麼寫，我們可以思考一下。

第七十六講　善之信念的幻滅

吳月娘之夢

❖導讀

上一講講到吳月娘一行五人在戰亂當中逃亡，路遇普靜法師，普靜法師提醒吳月娘，十五年前她答應過把孝哥兒獻出來做他的徒弟，現在時候到了，要吳月娘兌現諾言。當時天色已黑，大家就都暫時到永福寺過夜。當夜小玉隔著門縫偷看到普靜法師一個人坐在禪房裡超度亡靈，這些被超度的亡靈小玉知道或認識，包括周秀、西門慶、陳經濟、潘金蓮、武大郎、李瓶兒、花子虛、宋惠蓮、龐春梅、張勝、孫雪娥、西門大姐、周義，看得小玉是渾身發涼，顫慄不已。小玉睡不著覺，那麼吳月娘是什麼情況呢？請看本講內容。

吳月娘一路逃亡實在太勞累，就昏昏沉沉睡去。她做了一個夢，夢見自己跟吳二舅帶著玳安、小玉、孝哥兒往濟南逃亡。當時她身上帶著一百顆胡珠，一柄寶石絛環，這些都是很值錢的東西。他們匆匆忙忙地往濟南府投奔雲理守，因為兩家曾經約定孩子長大以後就成婚。他們一路上飢餐渴飲，夜住曉行，終於抵達了濟南府。路遇一個老人，就問他雲參將住在什麼地方，老人就說從這裡往前二里多地，有個地方叫做靈壁寨，一邊臨河，一邊是山，那裡屯聚有一千人馬，雲參將在那裡統率、指揮他們。吳月娘聽了就很高興，緊趕到靈壁寨的寨門口，讓守門的兵往裡通報，說雲理守的親家來了。

雲理守熱情地接待他們，吳月娘覺得終於有依靠了。想當初西門慶熱結十弟兄，這些弟兄裡面一大堆人渣，像應伯爵，西門慶屍骨未寒，他就立刻轉身背叛，投靠了張二官，其他人也都令人寒心。現在唯一的希望就是雲理守，希望他作為西門慶的一個結拜弟兄，而且作為親家能夠幫助他們，救濟他們。如果能夠馬上舉辦孝哥兒和雲小姐的婚事，不就更圓滿了嗎？

後來說起來才知道，雲參將的原配去世了，所以就沒有一個夫人出來迎接他們，陪伴吳月娘。豐盛的晚餐之後，他們各自歇息。當然吳二舅和玳安被安排在另一處。吳月娘就由雲參將派來的一個婆子來陪伴，這個婆子姓王，也叫王婆。當時小玉可能是住在另外安排的一個房間。王婆和吳月娘在一起的時候，就出現了一個情況，讓吳月娘大吃一驚，就是王婆跟吳月娘提親，說：「雲理守雖武官，乃讀書君子，從割衫襟之時，就留心娘子。不期夫人沒了，鰥居至今。今據此山城，雖是任小，上馬管軍，下馬管民，生殺在於掌握。娘子若不棄，願成伉儷之歡，一雙兩好，令郎亦得諧秦晉之配。等待太平之日，再回家去不遲。」意思就是雲理守雖是武官，可也是個讀書君子，從兩家攀兒女親家開始，就留意娘子了。現在正好，他夫人沒了，吳月娘是一個寡婦，他們兩個一個鰥夫，一個寡婦，不是正好可以結為一對嗎？雖然山城不是一個很好的地方，參將也不是一個大官，可是他上馬管軍，下馬管民，生殺大權還是有的。所以，吳月娘要是不嫌棄的話，乾脆和雲理守結成伉儷之歡。何況她的兒子和這邊的小姐，也可以配成一對。等到天下太平以後還可以回到清河縣去。這是吳月娘萬萬沒有想到的，王婆一說完，她就大驚失色，不知道該說什麼好。

第二天晚上雲理守又在後堂置酒，邀請吳月娘出席。吳月娘心想這恐怕是跟她商量孝哥兒和雲家小姐的親事，於是來到席前就座。孰料雲理守說：「嫂嫂不知，下官在此雖是山城，管著許多人馬，有的是財帛衣服，金銀寶物，缺少一個主家娘子。下官一向思想娘子，如渴思漿，如熱思涼。不想今日娘子到我這裡與令郎完親，天賜姻緣，一雙兩好，成其夫婦，在此快活一世，有何不可？」吳月娘聽後心中大怒，因為這和她心中的理念是衝突的，她是一個恪守封建禮教核心價值的婦女，確實從想法上、做法上都要為西門慶守節到底。

吳月娘罵道：「雲理守，誰知你人皮包著狗骨！我過世丈夫不曾把你輕待，如何一旦出此犬馬之言？」雲理守乾脆不說什麼了，直接上去把吳月娘摟住，笑嘻嘻地跟她求告說：「娘子，你自家中，如何走來我這裡做甚？自古上門買賣好做，不知怎的，一見你，魂靈都被你攝在身上。沒奈何，好歹完成了罷。」雲理守就一面拿過酒來往吳月娘嘴裡灌，一面跟她求歡。這時候吳月娘只能說：「你前邊叫我兄弟來，等我與他說句話。」雲理守笑著說，她的兄弟還有小廝玳安都被他殺了，並命令左右把東西提來，讓吳月娘看看。這個時候他的手下就提了兩顆血瀝瀝的人頭，燈光底下一看，吳月娘就嚇得面如土色，哭倒在地。

雲理守就把她抱起來，說：「娘子不須煩惱，你兄弟已死，你就與我為妻。我一個總兵官，也不玷辱了你。」吳月娘思道：「這賊漢將我兄弟家人害了命，我若不從，連我命也喪了。」於是吳月娘假裝回心轉意，說：「你須依我，奴方與你做夫妻。」雲理守說，不管什麼事都依吳月娘。吳月娘就說，那先讓孝哥兒和雲小姐成婚，然後她再跟雲理守成婚。雲理守答應了，一面叫出雲小姐來，和孝哥兒推在一處，飲合巹杯，綰同心結，讓他們兩個成婚。然後雲理守就拉著吳月娘要跟她雲雨，吳月娘堅決不肯，雲理守憤然大怒，罵道：「賤婦！你哄的我與你兒子成了婚姻，敢笑我殺不得你的孩兒？」說完就取刀向床頭砍去，隨手而落，血濺數步之遠。

眼看孝哥兒和雲小姐已經結婚入洞房，都睡在一張床上了，結果雲理守卻把婚床上的孝哥兒給砍死了。吳月娘大叫一聲，就驚醒了，原來是做了一個夢，嚇得渾身是汗，遍體生津。吳月娘說：「怪哉，怪哉。」小玉當時在她身邊，就問她怎麼了，哭什麼，吳月娘跟小玉說，她剛才做了一個夢，太可怕了，於是把這個夢跟小玉講了一遍。

小玉就跟吳月娘說，她剛才睡不著覺，悄悄打開門縫往禪房裡看，就看那和尚普靜法師和鬼魂說了一夜的話，過世的爹、五娘、六娘、陳姐夫、周守備、孫雪娥、來旺兒媳婦子、西門大姐都出現了，各自散去了。小玉偷看了這些亡靈整個投生的情況，把她看見的情況也跟吳月娘說了。吳月娘梳洗了一下，走到禪堂，禮佛燒香，只見普靜法師在禪床上高叫：「那吳氏娘子，你如何可省悟得了麼？」吳月娘就跪下參拜，她說：「上告尊師，弟子吳氏，肉眼凡胎，不知師父是一尊古佛。適間一夢中都已省悟了。」

全書最後就透過吳月娘的一個夢來結束西門慶一家的故事。吳月娘的這個夢我認為寫得非常好，是蘭陵笑笑生全書當中很精彩的一段。吳月娘原來賭人性當中還有善，所以她去尋善，在國破家亡的情況下，在逃亡的過程當中，她覺得到了濟南找到雲理守，就可以得到友情的溫暖、人情的溫暖、家庭的溫暖。結果雖然它只是一個夢，但是大家想一想，如果吳月娘真到濟南去，很可能就是這麼個情況。人心險惡，人性當中的黑暗太可怕了。

所以，吳月娘的醒悟，就是對人性的醒悟，也是作者蘭陵笑笑生讓我們讀者有所醒悟。當然有人可能會覺得，這部書寫得太冷了，寫得太殘酷了，怎麼對人性一點信心都沒有，怎麼把人性寫到這種程度？對比二百年後的《紅樓夢》，《紅樓夢》也寫人性，但是它對人性當中的善還寄予希望，它透過賈寶玉和林黛玉這樣的形象告訴讀者，人間還是有希望的，真正的情感在人間還是存在，你去爭取是可以獲得的。但是《金瓶梅》給我們潑了一大盆冷水。吳月娘以為逃到濟南就能得到人性善，就能夠享受友情、親情，但這是不可能的，這個夢猶如當頭一棒，讓吳月娘醒悟。

佛教有一個用語叫做棒喝，就是給你一棒，然後大喝一聲，你一下就醒悟了。後來吳月娘主動到普靜法師面前表態，她跪下來參拜普靜法師，普靜法師說：「既已省悟，也不消前去。你就去，也無過只是如此，倒沒的喪了五口兒性命。合你這兒子，有分有緣遇著我，都是你平日一點善根所種。不然，定然難免骨肉分離。」意思就是，妳既然已經醒悟了，也就不需要再往濟南去，妳就是去了，所遇到的情況，應該和妳夢中情況是一樣的，搞不好最後連你們的命都賠在裡面了。好在妳這兒子還有善緣遇著我了，都是妳平日一點善根積累所致。不然的話，定然骨肉分離。夢中雲理守不但殺了吳二舅和玳安，最後一刀砍向洞房婚床，把孝哥兒也砍死。人性就是那麼黑暗，那麼狠毒。

普靜法師跟吳月娘說：「當初，你去世夫主西門慶造惡非善，此子轉身托化你家，本要蕩散其財本，傾覆其產業，臨死還當身首異處。今我度脫了他去，做了徒弟，常言『一子出家，九祖升天』，你那夫主冤愆解釋，亦得超生去了。你不信，跟我來，與你看一看。」於是就叉步來到方丈內，只見孝哥兒還睡在床上，普靜法師就把手中的禪杖往孝哥兒頭上點了一點。吳月娘和小玉就都看見了，孝哥兒忽然翻身，翻過身來，是西門慶，項戴沉枷，腰繫鐵索。然後普靜法師再用禪杖一點，西門慶又變成孝哥兒，還睡在床上。吳月娘看到這就完全明白了，原來孝哥兒就是西門慶托生，她放聲大哭。讀到這裡有的讀者可能會有疑問，前面小玉看普靜法師安排亡魂投生，西門慶不是投生到一個東京有錢的沈通家做老二，後來取名叫沈越嗎，怎麼孝哥兒又是西門慶的轉世呢？

蘭陵笑笑生的邏輯是這樣的，就是西門慶當時一死，孝哥兒就出了娘胎，那個時候孝哥兒就是西門慶托生的。西門慶一生作惡，所以他的亡魂都是佩戴著枷鎖，是一個罪人的狀態。直到現在，過了十五年，吳月娘決定把孝哥兒舍給普靜法師，做普靜法師的徒弟，這樣西門慶的亡魂才能夠解掉枷鎖，然後被普靜法師薦拔到東京的沈通家，投生為沈家老二沈越。後來孝哥兒睡醒了，吳月娘問他：「如今你跟了師父出家？」孝哥兒就答應了。普靜法師在佛前給孝哥兒剃頭，摩頂受記。可憐吳月娘扯住慟哭了一場，她把孝哥兒撫養到十五歲，原來還指望他承接家私，不想到頭來被老法師給幻化去了。當時吳二舅和玳安也都醒了，都到了現場，也都悲傷不勝。普靜法師正式領了孝哥兒做徒弟，給他起了個法名叫做明悟。

天亮以後，普靜法師帶著明悟離開，吳月娘他們也就不再往濟南府去了。後來番兵退去，南北分為兩朝，當時北方一度還出現了金國所建立的一個偽政權。後來南方就成了南宋，南宋和金國做了正式交易，暫時休兵，清河縣逐漸恢復常態。吳月娘他們就回到了清河縣，把大門的鎖打開。很幸運，整個西門府雖然裡面已經相當破敗，可是沒有遭到金兵的劫掠，也沒有強盜、小偷進去劫財。他們把西門府收拾出來，吳月娘把玳安收為養子，改名為西門安，後來清河縣人都把玳安叫做西門小員外。這樣玳安、小玉夫妻承繼家業，他們對吳月娘很孝順，養活她到老，吳月娘活到七十歲善終而亡。

第七十七講　一言難盡的人物形象
末回的兩首詩

❖ 導讀

上一講講了吳月娘做了噩夢，夢到準親家雲理守要霸占她，她不從，雲理守殺了孝哥兒。永福寺中普靜法師作法，讓吳月娘看見睡在床上的孝哥兒翻身便是披枷戴鎖的西門慶，於是吳月娘頓悟，原來孝哥兒即是西門慶托生，遂讓孝哥兒跟隨普靜法師出家，法名明悟。南宋建立，吳月娘歸家，玳安改名西門安，承繼家業，人稱西門小員外，養活月娘到七十歲善終而亡。整部《金瓶梅》以西門家的情況作為最後的結尾，雖然已經把全書的結尾講了，但本講還有一些需要補充和討論的內容。

在第一百回的開頭和結尾有兩首詩，開頭這首詩，詞話本和崇禎本不一樣，詞話本第一百回開頭的詩是這樣的：

人生切莫恃英雄，術業精粗自不同。
猛虎尚然遭惡獸，毒蛇猶自怕蜈蚣。
七擒孟獲奇諸葛，兩困雲長羨呂蒙。
珍重李安真智士，高飛逃出是非門。

這首詩應該說寫得不好，李安壓不住全書的大結局。這幾句詩說的什麼意思呢？意思就是說，一個人不要自恃為英雄，因為有人可能在專業方面比你還強，猛虎有時候還怕惡獸，毒蛇有時還怕蜈蚣。然後舉了歷史上的兩個例子：一個是當年孟獲作為少數民族的部落首領，非常強悍，但是被諸葛亮所指揮的蜀軍七擒七放，到頭來不得不對諸葛亮心服口服，俯首稱臣；另外一個是關雲長，他武藝高強，好像沒有人能夠敵得過他，可是他卻在和呂蒙對陣的時候失利了。這樣就歸結到一百回開頭的一個情節，就是龐春梅引誘李安，李安回到家裡以後，得到母親的指示，拒絕了龐春梅的引誘，不辭而別，離開周府去山東投奔他的叔叔夜叉李貴去了。所以這首詩的最後兩句是肯定李安，「珍重李安真智士，高飛逃出是非門」。

實際上讀者關心的應該還是西門這一家最後的結局，因為構成全書故事主體的既不是周家，也不是韓家，而是西門家。但詞話本第一百回開頭的一首詩落在一個極小的配角李安身上，這不合適。李安的形象還不如張勝給讀者的印象深刻，李安是一個比較模糊的藝術形象。所以，到了崇禎朝，有文人整理詞話本，做了很多修訂，改動最大的就是第一回。崇禎本第一回就從「西門慶熱結十弟兄」寫起，到第一百回整理者覺得原來詞話本第一百回開頭的這首詩不妥，就另寫了一首，詩是這樣的：

舊日豪華事已空，銀屏金屋夢魂中。
黃蘆晚日空殘壘，碧草寒煙鎖故宮。
隧道魚燈油欲盡，妝臺鸞鏡匣長封。
憑誰話盡興亡事，一衲閒雲兩袖風。

這首詩就寫得很不錯。雖然我對崇禎本有一些個人意見，覺得有的地方對詞話本的改動不高明，多餘，但是我覺得崇禎本的第一百回的第一首詩是挺不錯的，不像詞話本前面的這首詩，有點不倫不類。

崇禎本第一百回開頭的詩是什麼意思呢？

「舊日豪華事已空」，全書寫清河縣西門家這個家族的興衰，西門府雖然不如二百年後曹雪芹在《紅樓夢》裡所寫賈氏宗族的寧國府、榮國府那麼富貴、那麼奢華，但是就小說本身所寫的運河邊上的清河縣來說，西門府裡面的景象已經很豪華。但是全書結尾很蒼涼，西門慶死了，家裡面其他人都失散了，剩下的無非就是吳月娘，還有改名為西門安的玳安以及他的媳婦小玉，等於這三個人空守著這樣一個宅子生活。吳月娘有一個兄弟吳二舅，就算吳二舅也住進去一起生活，人丁也很寥落。吳月娘原來有一個兒子孝哥兒，都養到十五歲了，上回講了，最後吳月娘經過一個夢，醒悟了，就把孝哥兒獻給了普靜法師，讓孝哥兒做了普靜法師的弟子，為西門慶贖罪，使作為鬼魂的西門慶能夠卸掉枷鎖，投生到東京一個富人家去做兒子。所以，第一百回崇禎本的詩，第一句就很貼切，使我們對西門府的興衰生出無限感慨。

詩的第二句，「銀屏」，原來西門府裡面像翡翠軒這種地方都有鑲嵌銀飾的屏風。「金屋」，屋子裡面不一定藏的是金子，可以是金屋藏嬌，酒氣財色都占全了。「銀屏金屋夢魂中」，現在這一切都是在夢魂中了。

接下來兩句寫國破家亡的風景。「黃蘆晚日空殘壘」，很多地方都已經荒蕪了，當時會築一些牆來阻擋敵兵，這些牆就叫做壘，現在這些堡壘都殘破了，旁邊長滿了黃蘆，夕陽下，黃蘆搖晃，破敗的牆垣顯得格外悽慘。原來美麗的宮殿，現在已經人去屋空，長滿了荒草，籠罩著霧靄，叫做「碧草寒煙鎖故宮」。

下面兩句也是形容繁華不再，好景不再。地下是「隧道魚燈油欲盡」。過去帝王的陵寢，在地底下有地宮，地宮當中有很大一個空間是放棺槨的，有一個隧道通進去，當時在隧道裡面會準備很多大缸，大缸裡裝滿了魚油來點燈，時人以為這個燈能夠很長久地燃亮下去，實際上地宮一封，裡面的氧氣不足，甚至氧氣耗盡，這些用魚油做的大燈就都熄滅了。北京有明十三陵，其中的定陵被開掘，參觀的時候就可以在隧道裡面看到很大的點魚油燈的缸。這句詩就是形容隧道再長，裡面的地宮再大，儲備的魚油再多，但是到頭來油燈也是會漸漸熄滅。地下如此，地上是「妝臺鸞鏡匣長封」，女性梳妝的化妝臺叫「妝臺」，妝臺上有梳妝用的鏡子，叫做「鸞鏡」，靖康之變之後，連皇后都被金兵掠走，梳妝匣當然是長時間封著了。

最後是兩句感嘆，叫做「憑誰話盡興亡事，一衲閒雲兩袖風」，意思是還有道不盡的世道興衰，道不盡的國家興亡，如果你是一個和尚，想起這些事情以後，你的兩隻大袖子裡面都灌滿了清風，也就是到頭來一切皆空，再豪華的生活，這些酒氣財色最後都會煙消雲散。所以，第一百回一開頭這首詩值得讀者去讀，去咀嚼它的滋味。

詞話本和崇禎本第一百回的第一首詩不一樣，最後一首基本是一樣的。只是其中一個人物，詞話本叫做陳經濟，崇禎本把這個名字改成陳敬濟，引用這個名字的時候有一字之別。其他每句都一樣。第一百回最後一首詩是這樣的：

閒閱遺書思惘然，誰知天道有循環。
西門豪橫難存嗣，經濟癲狂定被殲。
樓月善良終有壽，瓶梅淫佚早歸泉。
可憐金蓮遭惡報，遺臭千年作話傳！

這首詩的頭兩句的意思是，前人給我們留下這部書，現在你讀完了，應該思緒惘然，就是說你心頭有千頭萬緒，不知從何說起。作者認為書中的故事證明了所謂的天理循環之說，也就是佛家所說的「善有善報，惡有惡報」，生命是輪迴的。第一百回寫小玉偷看普靜法師超度亡靈，那些亡靈紛紛地轉世投生，就說明生命是一個循環式的存在。這首詩的第二句就告訴你，全書體現了這麼一個道理。

然後下面就為西門慶、陳經濟、孟玉樓、吳月娘、李瓶兒、龐春梅、潘金蓮做了蓋棺論定。書中人物很多，作者最後透過他的結尾詩對這七個主要人物蓋棺論定，做出他的判斷。

西門慶怎麼樣呢？「**西門豪橫難存嗣**」，就是說西門慶很富有，而且他有很多橫行霸道、貪贓枉法的表現，這樣的人難以有他自己的子孫繼承家業。作者用這句詩來概括書裡面的故事，雖然李瓶兒曾經給西門慶生過一個兒子官哥兒，但官哥兒沒活多久就死了。後來西門慶的正妻吳月娘給他生了孝哥兒，倒是養到了十五歲，最後也不能夠留在吳月娘的身邊，給吳月娘養老送終，使西門的血脈綿延不絕。因為孝哥兒後來被普靜法師收為徒弟，法名明悟。吳月娘無奈，只好把原來的小廝玳安收為養子，改名西門安。雖然西門小員外西門安和他的妻子小玉對吳月娘也不錯，給她養老送終，但畢竟他們不是西門慶的血脈，他們如果生下孩子，跟西門慶的血脈沒有絲毫關係。所以，這句詩就是說西門慶活該，雖然你一生追求財富，而且橫行霸道，但到頭來你西門家族的香火都沒有了。這一句對西門慶的評價有正確的一面，但是總體而言，應該是不全面的。

以下我說的是一個真實情況，一個知識分子，一個人文科學的學者，在家裡接待他的一位朋友，兩人在客廳裡面聊天，他的妻子那段時間正在閱讀《金瓶梅》，他們倆聊天，他的妻子就在書房裡面繼續閱讀《金瓶梅》。後來他的妻子忽然走到客廳，他們倆一看，大吃一驚，妻子的眼睛裡泛著淚光。他就問妻子怎麼回事，他的妻子回答「西門慶死了」。這個妻子本身也是一個高級知識分子，她讀《金瓶梅》讀到西門慶死了，居然眼裡泛起淚光，就說明西門慶的藝術形象不能夠簡單地進行評價。

書裡確實寫了西門慶橫行霸道、貪贓枉法，但是蘭陵笑笑生寫得非常好，他寫出了一個有血有肉、有體溫的，能夠真實還原、呈現在我們眼前的藝術形象。西門慶有些地方超出了他日常的貪贓枉法、酒氣財色的狀態。例如他對朋友，有的他真幫助，吳典恩想上任，需要打點上下，應伯爵幫著吳典恩來借錢，寫借條說借一百兩銀子，有利息，西門慶把利息抹掉了。西門慶的結拜兄弟常時節連一間像樣的房子都沒有，西門慶後來就為他解決了居住問題，在這之前還給他一包碎銀子，給常時節這樣貧窮的夫妻帶來很多的歡樂。

更重要的是，雖然作者寫西門慶是一個性慾超強的男性，最後也因為縱慾而亡，但是他和李瓶兒之間最後產生了超出肉體關係的，可以稱之為愛情的那種很真摯的情感。李瓶兒死了以後他跳起離地有三尺高，他大哭，他抱著李瓶兒的遺體親吻不止，高聲說出了很多內心的情感語言，後來又請畫師為李瓶兒畫像，他要永遠掛起來，時不時地要透過畫像來緬懷李瓶兒，他還兩次夢到李瓶兒。

作者筆下，西門慶不完全是一個色狼、色鬼，也有柔情的一面，他對有的妻子，例如李瓶兒，有超出肉體關係的愛情。而且回想書裡西門慶的形象，應該不是「張生般龐兒，潘安的貌兒」，他是一個魁偉的男子，健壯、有魄力、敢愛敢恨、敢說敢笑，是一個好像閉眼就能想出來的，活在眼前的人。所以，我上面講那個場面，一個高級知識分子，一個女性，她讀到西門慶死了，產生了複雜的心理反應，甚至眼含淚光，你就應該懂得她絕不是欣賞書裡一些色情描寫和情色描寫，她是覺得作者寫出了一個有血有肉的生命存在。她相信在那個時代，清河縣的那個宅院裡面，就活過這麼一個生命，他的一生值得玩味。

一百回最後一首詩說陳經濟「經濟癲狂定被殲」，陳經濟就是一個很癲狂的人，注定他最後不得好死，這個評價是比較準確的。我想讀完這本書的人對陳經濟都會留下很深的印象，但是應該沒什麼人會喜歡他，他確實是一個人渣，沒有什麼值得我們去為他眼泛淚光的。

對書中五個女性的評價，透過結尾的四句詩表現出來。「樓月善良終有壽」，作者把孟玉樓排在吳月娘前頭，說這兩個女性善良，所以最後她們壽終正寢，不像書裡有的角色不得好死，這個評價大體還是公允的。因為從整部書描寫來看，孟玉樓既善良平和，又不受封建禮教核心價值觀的束縛，她不願意辜負自己的青春歲月，她三十多歲了，還要再嫁人，嫁一個可心可意的人，去追求自己的個人幸福。雖然她的生活當中有些波折，但是最後的結局挺好。作者把吳月娘刻畫成一個恪守封建禮教核心價值觀的為丈夫守節的婦女，在普靜法師點化下大徹大悟，獻出自己的親生兒子，最後回到戰亂後的西門家，和養子、養子媳婦一起度過餘生。

下一句就對李瓶兒和龐春梅有一個判斷和評價，說她們「瓶梅淫佚早歸泉」，就說這兩個女人都是蕩婦，因為淫蕩，所以都活不長，都短命，這個評價對龐春梅還是合適的。正像陳經濟一樣，我想讀過全書以後對龐春梅感興趣，而且覺得她很可愛的讀者可能非常少，這是一個很可怕的女性。但是，簡單地說李瓶兒是一個蕩婦，因為淫逸所以活不長，不夠公道。書裡寫李瓶兒進西門府以後，被西門慶接納以後，性格變得越來越溫柔，人性當中善良的光點越來越強烈地閃爍，她和西門慶最後超越肉體關係，有了真正的愛情。所以，把她簡單地說成是一個淫婦，不夠公允。

最後兩句是說「可憐金蓮遭惡報，遺臭千年作話傳」，這兩句詩把潘金蓮罵死了，說她遺臭萬年。潘金蓮本來是《水滸傳》裡面的一個角色，《金瓶梅》「借樹開花」，把她挪到這部書裡面來。《金瓶梅》寫潘金蓮嫁到西門府以後的所有情節都是獨創的。簡單地說，潘金蓮是一個遺臭萬年的角色未必準確。大家知道《金瓶梅》有不同的版本，最早的詞話本是沒有批語的，但是到了後來崇禎本就有批語了，崇禎本寫到潘金蓮被武松殺害時有批語，批語是這樣的：「讀至此不敢生悲，不忍稱快，然而心實惻惻難言哉。」就是說批書者讀到武松殘暴地殺死了潘金蓮「不敢生悲」，因為潘金蓮確實害死了武大郎，她當年殺死武大郎，先下毒藥，後來又跳上炕，拿被子捂著他，把他悶死，是很殘暴的，潘金蓮的確是一個有罪的人。但是「不忍稱快」，按說如果她是一個殺人犯，一個刑事犯罪分子，現在有人來報仇，把她殺了，應該拍手稱快，但是批書者覺得「不忍稱快」，蘭陵笑笑生在第一百回的最後這首詩雖然說潘金蓮遺臭萬年，但是句子開頭的兩個字還是「可憐」，表達了一種忍不住的憐惜。

崇禎本的批書者說，讀著武松殺死潘金蓮那段文字的時候「不敢生悲，不忍稱快」，可是「心實惻惻難言哉」。惻就是惻隱之心，同情、憐憫的意思。既「不敢生悲」，又「不忍生快」，心裡頭產生憐憫的情緒，但是又很難把它一一道出，叫做「心實惻惻難言哉」。崇禎本裡面批語很多，但這句批語最有名。很多讀者都對這句批語產生共鳴，也就是對潘金蓮這個角色最後都產生了這樣的情緒。你說喜歡她，不能喜歡她；痛恨她，又不忍痛恨她。最後潘金蓮被武松很殘暴地把心挖出來，把頭割下來，這麼暴力地殺死，場面實在血腥。

潘金蓮這個形象在《水滸傳》當中就已經膾炙人口，延伸到《金瓶梅》當中，人物更豐滿，更真實，更可信，更如在眼前了。所以，引發出讀者的心理反應也就更複雜了。直到今天，說到潘金蓮，人們的觀感大都是：第一，把她作為一個蕩婦的符碼；第二，情不自禁想到她的美麗多情。所以，潘金蓮應該說還是《金瓶梅》裡塑造得非常成功的一個藝術形象。簡單地說她遺臭萬年，未必恰當，現在當然不到一萬年，但是也四百多年了，提起這個藝術形象，讀者在心理上的感受還是很複雜的。

第五輯

深刻影響《紅樓夢》

第七十八講　階級矛盾暫息的共享繁華
西門府過節

❖導讀

上一講講了《金瓶梅》這部書第一百回的首尾三首詩，詞話本的開場詩前四句大意是生命各有其能，第五、六句用典故描補這個意思，最後兩句就誇讚李安的明智。這樣一首詩顯然壓不住卷。崇禎本的開場詩比較貼切，表達出了繁華落盡盛宴不再，人間興亡隨風而去，這樣悠長而蘊藉的意味。全書的收場詩，詞話本和崇禎本是一樣的，對書中二男五女做出評價，只肯定孟玉樓和吳月娘，其他二男三女都被否定，尤其對潘金蓮，說她「遺臭千年」。《金瓶梅》寫社會腐敗，寫人的沉淪，寫人性邪惡，難道書裡就沒有亮點嗎？對於清河縣的世俗生活，作者也刻意描繪了其中明亮的東西，就是共享繁華。請看本講內容。

前面已經基本把《金瓶梅》這部書裡面的故事講完了，你應該感受到這是一部很特殊的長篇小說，作者寫社會上的事情、人物的生活狀態，他的筆觸相當冷靜，甚至可以說是相當冷酷。他寫生者自生，活者自活，死者自死，他寫社會的陰暗面，寫官吏的貪腐，寫市井小民之間的惡鬥，寫社會上的低級趣味，特別寫到了人性當中很強烈的惡。這部書沒有向讀者提供什麼理想，它沒有浪漫情懷。

書裡透過三個嬰兒的命名，概括出當時社會上一般人的價值觀。三個嬰兒，一個叫官哥兒，一個叫孝哥兒，這兩個嬰兒都是西門慶和他的妻妾生的，還有一個叫金哥兒，是周守備和龐春梅生的。這三個嬰兒的命名，就體現出當時整個社會的普遍的價值觀：第一，希望當官；第二，希望傳宗接代；第三，希望擁有財富。這個價值觀概括得很準確，也符合當時那個時代的真實情況。二百年後的《紅樓夢》給我們提供了浪漫情懷，提供了理想的人物和理想的生活模式，強調了真實情感的重要性。

《金瓶梅》裡面寫到西門慶和李瓶兒之間曾經擁有超越肉體關係的情愛，但只不過是書中一片市井的陰暗面和人性惡的描寫當中偶然浮現的人性善和美好情感，整部書的色調是比較灰暗的。那麼是不是可以把《金瓶梅》完全視為一本沒有亮色的書呢？也不是這樣的。因為在描寫清河縣的市井生活的時候，幾次節日活動是有亮色的，它寫出了一種共享繁華。

書中所寫的社會當中有那麼多的陰暗面，這些人的人性當中也都有陰暗面，可是那個社會為什麼沒有馬上崩潰？到全書結尾才寫到金兵南下，在外部侵略勢力的衝擊下，北宋王朝結束，南宋王朝開始，如果沒有外部侵略力量的衝擊，北宋也許還能搖搖晃晃地持續下去。為什麼這個社會還能維繫？就是因為這個社會當中有一種叫做共享繁華的社會景象存在。書裡寫燈節的情況就體現出了共享繁華，在這個節日裡面，富人和窮人一度呈現出一種比較和諧的狀態，階級鬥爭似乎在這個時間節點上暫停了、緩和了。

本部書第十五回第一次寫到燈節。那一年燈節的時候，李瓶兒還沒有嫁到西門府，她的生日恰好是燈節，由於她在這之前就和西門府裡的那些婦女有所來往，所以那天就邀請西門慶的妻妾們到她獅子街的住宅去看燈。因為獅子街處在燈節活動的繁華區裡面，所以儘管她獅子街的宅院很小，但是可以在樓上觀看燈節的繁華景象。當時吳月娘留下孫雪娥看家，和李嬌兒、孟玉樓、潘金蓮坐著四頂轎子，前往李瓶兒獅子街的宅子。李瓶兒熱情地招待吳月娘她們，於是她們就登樓搭伏著樓窗觀看燈節的繁華景象。

只見燈市中，人煙湊集，十分熱鬧，當街搭了數十座燈架，四下圍列諸般買賣。這個時候小商小販也很活躍，平時街上可能沒有那麼多攤販，燈節的時候應該是排滿了。只見街上玩燈的男女花紅柳綠，車馬轟雷。燈節要製作各種燈籠，高高低低、上上下下地掛起來。當時這些婦女在獅子街的二樓上倚窗觀看，看到什麼燈呢？書裡就羅列出來，有金屏燈、玉樓燈、荷花燈、芙蓉燈、繡球燈、雪花燈、秀才燈、媳婦燈、和尚燈、判官燈、師婆燈、劉海燈、駱駝燈、青獅燈、猿猴燈、白象燈、螃蟹燈、鯰魚燈……種類很多，題材也很豐富，有以花卉為題材的，有以人物為題材的，有以動物為題材的。這些燈或仰或垂。觀燈的有王孫仕女，有站在高坡打談的，有游腳僧演說三藏，賣元宵的高堆果餡，黏梅花的齊插枯枝。什麼叫黏梅花？那個時候冬季真正的花還沒開，包括梅花也都還沒有開放，於是就有一些商販拿一些枯樹枝，然後用一些白的、粉的紙捲成花瓣，黏在枯樹枝上做成梅花，人們買去以後可以拿在手裡，回家再插在瓶子裡面玩賞。所以作者總結到，「雖然覽不盡鰲山景，也應豐登快活年」。

當時潘金蓮和孟玉樓兩個人最活躍，趴在樓窗上往下看，口中還嗑瓜子，把瓜子皮都吐在樓下的人身上。她們在樓上看挨肩擦背的人，樓下有人仰觀她們，大發議論。燈市的活動使得縣城裡面平時不相干的人互相親近，互相觀望，這就是一種共享繁華的景象。有錢人享受，沒錢的人也會出來觀燈，買點便宜東西，甚至對於叫花子來說，這也是一個最佳的乞討時間。

第二十四回又寫了燈節，前面給大家稍微講過一點，現在加以展開。西門府先在自己的府第裡面設宴，大家喝酒吃餐，歡度燈節。到夜裡了，但見銀河清淺，珠斗斑爛，一輪團圓皎月從東而出，於是潘金蓮就發起了到街上去「走百媚」，又叫「走百病」的活動。這是明代很流行的一種民俗活動，平時這些婦女由於封建禮教的束縛，二門都難得出，大門更不許邁，沒有特別的事情不能出門。但燈節這一天就例外了，她們蜂擁而出，到街上排隊行走。不光西門府一家，很多家的婦女都是這樣。這種活動，時興有橋過橋，遇城門摸門釘。城門上有鼓起來的很大的門釘，到了城邊上要把手伸高，摸高處的門釘。實際上這是一種體育鍛鍊活動，行走本身就是一種有氧運動，摸門釘相當於舒展肢體和手腳，都有利於健康。這次「走百媚」活動，西門府的吳月娘、李嬌兒、孫雪娥、西門大姐沒去，但潘金蓮、孟玉樓、李瓶兒，還有僕婦宋惠蓮，丫頭春梅、玉簫、小玉、蘭香、迎春都去了，她們排成隊伍在街上走。當時還有來安、畫童兩個小廝打著一對紗吊燈跟隨。陳經濟騎著馬引領婦女隊伍前行，當然他騎在馬上是緩行，一路上就放煙花爆竹給眾人看。當時所放的品種很多，有慢吐蓮、金絲菊、一丈蘭、賽明月等。這一群人轉了一大圈以後，再回到西門府，陳經濟又在府門外放了兩個一丈菊、一筒大煙蘭和一個金盞銀臺兒。

那天大街上香塵不斷，遊人如蟻，花炮轟雷，燈光雜彩，簫鼓聲喧，十分熱鬧。西門府「走百病」的隊伍引起了轟動，很多人來圍觀，潘金蓮她們這一群人穿過燈市，到訪了獅子街，再轉到西門府。一路歡聲笑語，興奮不已。平時他們之間是有矛盾，有衝突的，這個時候都擱到了一邊。那一天，那個時候，窮人和富人，以及窮人之間、富人之間那些人際摩擦都休兵停戰，西門府的婦女也不例外。當時宋惠蓮偷穿了潘金蓮的繡鞋，還從繡鞋裡褪出自己的三寸金蓮讓大家看，炫耀自己的腳裹得最好、最小。如果在平時潘金蓮一定不會容忍，但在燈節的氣氛下也就一笑了之。

透過書裡面的描寫我們了解到，這種燈節的共享繁華並不是官方出錢營造出來，也不是民眾湊分子來搞這種繁華景象，它的資金來源是富商的貢獻。在燈節這一天，整個社會就形成一種公序良俗，像西門慶這樣發了財的富人，他們得拿出錢來，讓世面呈現一派璀璨的景象。他們平時撈了很多錢，這個時候也得拿出一部分來，一個是炫富，一個是透過這個辦法來籠絡人心，有利於他們今後進一步盤剝窮人，把生意做得更紅火。

更重要的是，那個時候已經禮崩樂壞，像透過科舉考試獲得功名，在當時社會當然還是有一些人追求，可是也出現一部分像西門慶這樣的新興商人，甚至可以說是資本主義的萌芽，他們根本不把讀聖賢書、寒窗苦讀、科舉考試放在心上，他們就拚命地賺錢，相信用錢能買到一切。你寒窗苦讀，參加科舉考試，經過很多的努力才一舉成名天下知，獲得一個功名，朝廷給你一個官位。他們認為這太辛苦，太沒必要了。他們就是掙錢，相信用銀子鋪路什麼都可以買到，包括官位和權力。從書裡的描寫可以看到，西門慶就是一個不讀聖賢書，不信聖賢書，不按聖賢的教導做事，就知道經商積財的一個人，結果他什麼都得到了，包括官位和權力。因此在燈節期間他們也得拿出一些錢來，營造出一種燦爛喧囂的景觀，讓普通人、窮人，包括叫花子，也能免費享受一番人間的繁華。

書裡第四十二回再寫燈節，回目就是「逞豪華門前放煙火，賞元宵樓上醉花燈」，寫西門慶出資在西門府的門前和獅子街的宅子大放煙火，和街上的人同樂。獅子街的宅子原本是李瓶兒的，後來因為李瓶兒嫁給西門慶，也就屬於他了，他在那裡開了買賣。西門慶當時主要是在獅子街玩耍，可是他對西門府門前的煙火效果也非常關心。吳月娘從西門府派小廝和排軍（就是由提刑所隨時支派的一種準武裝人員）往獅子街給西門慶送裝滿了美味糖食、細巧果品的攢盒。當時吃食經常擱在一種很大的捧盒裡，又叫攢盒。攢盒是有蓋子的，這樣可以保溫、防塵。送到以後西門慶就問棋童，咱們府門口煙火，除了家裡人在門口看，街上有沒有人看。西門慶希望這是共享繁華的一天，花了錢，不光是讓家裡人高興，他要讓滿街人都高興，要讓窮人也高興，要讓叫花子也高興。棋童就跟他稟報：「擠圍著滿街人看。」西門慶就很得意地跟周圍的那些食客說：「我吩咐留下四名青衣排軍，拿桿欄攔人伺候，休放閒雜人挨擠。」西門慶派排軍維持秩序，不是說轟散人群，而是讓圍觀人群不要亂擠。當時在獅子街，西門慶就命小廝把樓下兩間門面徹底打開，吊掛上帘子，樓檐下一邊一盞羊角玲燈，然後就讓他們把煙火抬到街上去，西門慶和朋友們就到樓上去觀看。小廝就把煙火放在街心，都點燃了。

於是清河縣這些市井人物不分貧富，都在兩邊圍著觀看，挨肩擦背，不知其數，都紛紛說西門大官人在此放煙火快來看。詞話本就用彈詞的形式來形容煙火的狀態。煙火的製作非常精美，而且設計得非常巧妙，分層次綻放，最高處是一隻仙鶴，口銜丹書閃寒光，正當中一個西瓜炮迸開，四下裡人物皆活，八仙捧壽，樓臺殿閣，火樹銀花，燦爛輝煌，歡鬧之聲，直上雲霄，變幻出無限花樣，賞心悅目，如臨仙境。這種形式的高級煙火叫做鰲山，在宋代特別流行，到明代、清代都還有。鰲山整體就像巨鰲背上起樓，形成一座煙火之山，製作費用極其昂貴，但是西門慶捨得出錢。西門慶如此，清河縣的其他富人也紛紛如此，而且他們之間還要攀比，你弄一個鰲山這麼大，我比你弄得還要大，你捨得這幾天花錢，我更捨得這幾天施捨。由此，富商們共同營造整個縣城的一種輝煌的夢幻景象，形成一種共享繁華的璀璨景觀。

但是書裡說了「總然費卻萬般心，只落得火滅煙消成煨燼」。繁華落盡，共享只在瞬間，第二天人們要逐步恢復平日的生活狀態，富者自富有，貧者自貧困，死者自死，活者自活。於是，有的人就渴望再過一個元宵節，希望下一個元宵節早早到來。所以，這種共享繁華雖然只存在於短暫的時間，但是它確實起到了社會潤滑劑的作用，在這些時間段裡面緩和了階級矛盾，富者、貧者互相包容，平常有利害衝突、有恩怨的人，也都暫時休兵，共同「走百病」，共同觀燈、看煙火。

西門慶當時特別熱衷於在燈節拿出錢來搞這種活動，參與共享繁華。所以到第四十六回再寫元宵節，這次就別開生面了。西門慶採取了將對眾夥計的慰勞宴公開化的做法，不在他的宅子裡面搞活動，而是在大門首用一架圍屏安放兩張桌席，懸掛兩盞羊角燈，擺放酒宴，堆集許多春檠果盒，各樣餚饌；大門首兩邊，一邊十二盞金蓮燈，還有一座小煙火，六個樂工，抬銅鑼銅鼓在大門首吹打，吹打一回，又讓清吹細樂上來，再讓兩個小優攜樂器伴奏彈唱燈詞。西門慶在大門外辦活動，就是故意讓街上的人來看。很多人圍過來看，兩個小廝一遞一筒放花兒；還有兩名排軍執欄桿攔人，不是不許他們看，是不許他們往前，一來為了安全，二來為了防止踩踏。當時什麼情景呢？不一時，碧天雲靜，一輪皓月東昇之時，街上遊人十分熱鬧。吹打彈唱，笙歌喧譁，而且宴席在外，圍觀者又看燈，又看煙火，又看富人家的宴席，過足了眼癮。

書裡寫共享繁華，不僅燈節如此，清明節也是。西門慶死後一年多，到了清明節，吳月娘帶著眾人給西門慶上墳燒紙。他們出了城門，到了郊原野曠，景物芳菲，花紅柳綠，仕女遊人不斷。祭奠完了西門慶以後，他們又往杏花村酒樓而去，一路踏青遊玩，三里桃花店，十里杏花村，一路上遊人無數，鬧鬧喧喧。後來他們順著大樹長堤前來，小廝早為他們在高阜上設下酒饌，吳月娘他們就居高臨下觀看下方的熱鬧場景。下面有人表演走馬耍解（一種馬術雜技表演），圍觀者人山人海。當時李衙內李拱璧與民同樂，帶領二三十個好漢，騎著馬表演各種把戲。也正是在這種情景下，孟玉樓和李衙內一度四目相對，擦出火花，後來他們結為夫妻。當時守備府的守備親隨李安的叔叔山東夜叉李貴，也到清河清明節的集市上來賣藝，表演種種驚心動魄的雜技。

大家看《金瓶梅》各種節日都寫到了共享繁華，所以不要以為《金瓶梅》只是一部寫一般家庭生活的書，它也寫社會；它寫宅院內，它也寫宅院外；寫市井，寫了很多人間慘象，也寫了人間的共享繁華。一般來說，如果沒有大規模的外敵入侵，社會矛盾也沒有發展到爆發大規模農民起義，衝擊中央政權這種程度。整個社會雖然貧富不公，階級鬥爭、階級壓迫都存在，但是透過共享繁華的營造，給社會的矛盾注入些潤滑劑，還是可以延緩社會崩潰。

第七十九講　一餐一飲見世道興衰
舌尖上的《金瓶梅》

❖導讀

上一講講了幾次清河縣中的燈節盛況，還有清明節遊人掃墓、踏青的情景，那種世俗生活的「共享繁華」，顯示出一種超越個人悲歡恩怨的人間樂趣。因此《金瓶梅》給我們提供的認知是很豐富的，它寫共享繁華，這些文字也可以給我們帶來很多的審美愉悅。這部託言宋朝故事其實表現明代社會生活的小說，還描寫了生活的哪些方面呢？請看本講內容。

《金瓶梅》全方位地描寫市井生活，寫吃喝玩樂。它不像《三國演義》寫帝王將相，在三足鼎立的情況下，他們胸懷天下，想辦法一統中國；也不像《水滸傳》寫一百零八位英雄好漢，他們要替天行道；也不像《西遊記》寫唐僧到西方取經，孫悟空等徒弟三人保護他一路前行，戰勝妖魔鬼怪，把西方的經書取回大唐。上面三部小說是寫英雄人物，帝王將相、英雄豪傑、僧人和神仙如何做大事，完成大業。

《金瓶梅》不一樣，它寫普通人的吃喝玩樂，寫市井人的小生活。所以，書裡面寫到很多美食，提供了非常豐富的社會生活的認知資料，從中我們可以知道明朝人當時怎麼吃、怎麼喝。這很重要，因為飲食也是一種文化，這種文化要一代一代地承傳。有一部電視紀錄片《舌尖上的中國》一度非常火，其實《金瓶梅》中描寫了種種美食，我們也可以專門來講舌尖上的《金瓶梅》。

《金瓶梅》描寫飲食的時候非常細緻，其中有一個飲食現象特別值得研究。根據《金瓶梅》的描寫，明朝人吃東西、吃宴席，認為哪一種食材最好？哪一種食材做出來的食物最高大上？估計你猜不準。根據書裡描寫，那個時候吃東西是鵝為上、鵝為先，鵝肉以及用鵝肉製作出來的食物被認為是最好的最重要的食物。一個宴席沒有鵝就是低檔的，有鵝才上檔次，而且往往一開始就要上鵝肉，以此體現宴席的豪華程度，這是我們當代人感到比較奇怪的。因為現在鵝雖然也是一種食材，用鵝烹製的食物，例如燒鵝也還存在，但是鵝在宴席上不可能是主菜，更不可能有一種以鵝為上、以鵝為先的飲食觀念。現在在廣東、香港等地還時興吃燒鵝，但鵝也不是主菜，一般是作為一道下酒菜。然而，在《金瓶梅》裡面，鵝非常重要，而且人們送禮如果送吃的，往往要送鵝，以體現所餽贈的禮物的高檔次。

《金瓶梅》裡寫吃東西、開宴席往往有「三湯五割」的提法，指的是上三次湯，有五道用刀割出的葷菜。從書裡的描寫來看，那個時候不太時興吃海鮮，書裡寫到海鮮的時候不多，只有一次提到在東京豪華的宴席上有魚翅。還有一次提到的珍奇食物有駝蹄、熊掌，這就是比較豪華的宴會上的高級菜餚。當時宴請是很講究的，書裡面寫有一次吳月娘宴請喬五太太，那個時候李瓶兒生下兒子官哥兒，和喬大戶家的小女兒結為了娃娃親，喬家當時雖然沒有官位，可是喬五太太有皇親，所以西門慶家也巴結著喬五太太。這次宴請排場很大，是四張桌席，每桌光是各樣茶果甜食、可口菜蔬、蒸酥點心、細巧油酥、餅饊就有四十碟之多。席面上甚至有「煮猩唇」、「燒豹胎」、「烹龍肝」、「炮鳳髓」，菜名很誇張，不代表真的有大猩猩的嘴唇、豹子的胎、龍的肝、鳳的髓，只是起了一個誇張的名字而已，就像現在咱們宴席上還有獅子頭，但這道菜真跟獅子沒有關係，只是一種用豬肉做成的肉丸子。

那個時候宴請還有一個講究，就是「吃看大桌面」。前面講西門慶宴請宋御史、蔡御史，為了奉迎他們，也是擺的大桌面。這種桌上面的東西是拿來看的，不是拿來吃的，最起碼不是馬上要吃的。這種吃看桌面上放的是「高頂方糖，定勝簇盤」，這些東西不是平面狀態地擺放，而是立體化呈現。「高頂方糖」就是把一盤又一盤的糖食重疊壘起來形成高塔狀，「定勝簇盤」就是把「定勝」圖案的糕點集中擺放形成美麗的花樣，這樣形成一種「吃看桌席」。席面上除了真可以吃的東西，還有一些是為了營造喜慶氛圍的裝飾品，例如有紅緞子，可能會紮成大朵的牡丹花形狀，還有用金絲編成的金絲花，顯得非常富貴，這兩樣就是純粹的「看物」。這是宴請的排場，非常輝煌。

當然書裡寫宴席，寫得很堂皇，可是那些東西是不是真的好吃呢？倒未必。在宴席上主人也好，客人也好，都不會失掉自己優雅的吃相，都是裝模作樣地在那裡吃，真正要把飯吃飽，靠那種豪華的桌面宴請是不行的。所以書裡就寫了家常吃法。家常吃的就不一樣，宴席上的東西往往是中看不中吃，家常菜可能不中看，可是吃起來非常香。

書裡寫有一次西門慶認識了一個胡僧，他的長相很古怪，還能把脖子縮到腔子裡面去，西門慶為了讓胡僧提供春藥給他，就巴結胡僧，把他請到家裡面吃飯。胡僧特別能吃，吃掉四碟果子、四碟小菜、四碟下酒菜（頭魚、糟鴨、烏皮雞、舞鱸公）、四樣下飯菜（羊角蔥炒核桃肉、細切樣子肉、肥肥的羊貫腸、光溜溜的滑鰍），然後是湯飯（兩個肉丸子加了一條花腸滚子肉，叫做「一龍戲二珠湯」），還有一大盤裂破頭高裝肉包子。胡僧可不遵守普通僧人的戒律，他是「酒肉穿腸過，佛祖留心中」，所以，他不但吃肉，還喝酒。喝白酒時再上一碟寸扎的騎馬腸、一碟醃臘鵝脖子、一碟癩葡萄、一碟流心紅李子。這些都吃完了，胡僧還沒飽，就給他又上一大碗鱔魚麵與菜捲。胡僧的吃法當然很誇張，但是這些家常食物也確實具有特殊的美味，可能比宴席上一些非常堂皇的菜餚更可口。

書裡寫到一些食物的特殊烹製方法。例如宋惠蓮能用一根柴火把一個大豬頭燒得又爛又香。宋惠蓮當時燒了一個豬頭，獻給孟玉樓、潘金蓮她們吃。還寫李瓶兒有一個絕招，她會揀一種叫做酥油泡螺兒的食品，後來有個妓女鄭愛月也會這一招，這是一種很特殊的食物。書裡寫西門慶拿銀子救濟他的一個朋友常時節，常時節和他的妻子決定報答西門慶，可是西門慶什麼都不缺，於是常時節的妻子特別烹製了非常美味的螃蟹和鴨子獻給西門慶。書裡寫了螃蟹的製作方法：把四十隻大螃蟹剔剝淨了，裡面釀著肉，外頭用椒料、薑、蒜、米兒團粉裹就，香油炸了，再用醬油、醋造過。經過特殊的製作工藝，螃蟹的殼和鉗子非常酥脆，都可以下酒。當時西門慶非常高興，叫上朋友一起品嘗，並取了菊花酒來配螃蟹。打開罈子以後，碧靛青，噴鼻香，未曾篩，先上一瓶涼水，去掉它的蓼辣之性。為什麼要篩酒？在《水滸傳》裡面也經常寫到「篩一碗酒來」，因為那個時候酒的釀造工藝沒有現在這麼先進，糧食酒都會殘存一些酒糟、渣滓，就必須要用紗布蒙在器皿上，然後倒酒的時候，澄一下，篩一遍，篩出來的酒就沒有渣滓，喝起來就比較舒服。

書裡除了寫主菜以外，也寫到很多美味的糕點小吃，那些糕點小吃光聽名稱就讓人垂涎欲滴。例如有黃米麵棗糕、艾窩窩、粉團、果餡椒鹽金餅、蔥花羊肉一寸的扁食、黃芽韭菜肉包一寸大水餃、蒸酥果餡餅、玫瑰菊花餅、扭孤兒糖、黃韭乳餅、春不老蒸乳餅，還有花糕、響糖、粽子、元宵、玉米麵鵝油蒸餅、頂皮餅、松花餅、菊花餅、糖薄脆、白糖萬壽糕、玫瑰搽穰捲子、果焙壽字雪花糕、酥油鬆餅、牛皮糖、芝麻象眼、柳葉糖、純蜜蓋柿、蜜潤絛環、玫瑰元宵餅、果餡團圓餅、桃花燒賣、裹餡涼糕、檀香糕、冰糖霜梅、牛乳茶酪、梅蘇丸、衣梅、酥油白糖熬的牛奶子、玫瑰八仙糕、冰糖橙丁、裹餡涼糕、五老定勝方糖、鳳香蜜餅、饊子、麻花……你看多少品種，各種風味、形態、顏色的都有，有的製作得非常精緻，例如衣梅，它是將各樣藥料和蜜煉製過，再滾在楊梅上，外用薄荷、橘葉包裹製成。

當時喝湯也很講究，寫到各種湯，例如和合湯、銀絲鮓湯、韭菜酸筍蛤蜊湯、酸筍湯、黃芽菜並汆的餛飩雞蛋湯、滿池嬌並頭蓮湯、汆肉粉湯、肚肺羹、血臟湯、肉圓子餛飩雞蛋頭腦湯、肚肺乳線湯、雞尖湯、合汁湯、百寶攢湯等。其中雞尖湯是龐春梅把孫雪娥惡意買到府裡以後，打入廚房，出難題讓孫雪娥做的。雞尖湯的做法很講究，需要宰兩隻小雞，打理乾淨，剔選翅尖肉，用快刀碎切成絲，加上椒料、蔥花、芫荽、酸筍、油醬等，揭成清湯。

值得注意的是，明朝喝的酒跟我們現在的不一樣。書裡寫的酒，燒酒比較少，黃酒比較多，其中最重要的是金華酒。當時認為金華酒是最好的酒，所以席面上要放金華酒。送禮除了送鵝肉，還要送金華酒。金華酒在明朝是很流行的一種酒，人們認為金華酒比紹興酒還要適口。書裡還寫了很多種酒，例如羊羔酒、葡萄酒、茉莉酒、藥五香酒、艾酒、河清酒、木樨荷花酒、菊花酒、竹葉青酒、豆酒、黃米酒、麻姑酒、頭腦酒等。《金瓶梅》寫的酒種類很多，但是和我們時下流行的酒有區別。

那個時代的人也要飲茶，像書裡寫的王婆，開頭就開一個茶館。當時茶館在清河縣是流行的，一般家庭喝茶也很普遍，所以，書裡寫飲茶寫了很多。但是有一點值得注意，現在我們很熟悉的那些茶的品類，像龍井、烏龍、碧螺春、毛尖、普洱、香片，《金瓶梅》裡面都沒提到。單純的茶名，只提到六安茶，還有江南鳳團、雀舌芽茶，直接提到茶名的地方並不多。當時喝茶有一種講究，這種講究現在已經消失了，就是一定要往茶裡面配很多其他的輔料，例如胡桃松子泡茶、福仁泡茶、蜜餞金橙子泡茶、鹽筍芝麻木樨泡茶、果仁泡茶、玫瑰潑鹵瓜仁泡茶、榛松泡茶、木樨青豆泡茶、土豆泡茶、芫荽芝麻茶等，這些茶我們今天看上去就會覺得有點古怪，現在只有八寶茶還保留了這種風格。的確，我們現在都不這麼喝茶，但是在《金瓶梅》裡面，人們是這樣喝茶的。

第七十二回寫潘金蓮為了討好西門慶，就用她的纖手抹去盞邊水漬，親手為西門慶點了一盞芝麻鹽筍栗絲瓜仁核桃仁夾春不老海青拿天鵝木樨玫瑰潑鹵六安雀舌芽茶。這一杯茶真正屬於茶葉的就是六安雀舌芽茶，可裡面添加了差不多十二種東西，這哪裡還是茶，這不是一碗湯了嗎？詞話本裡面就是這麼寫的，但是崇禎本整理者覺得茶名太囉唆，給簡化了。其實沒必要，應該保留，這可能是作者寫書的誇張筆法，在那個時代，也可能就那麼沏茶。西門慶呷了一口潘金蓮給他點的茶，覺得「美味香甜，滿心欣喜」。這是一盞帶感情的茶，裡面加的東西很多。栗絲，把栗子風乾了，切成絲；春不老是醃雪裡蕻，核桃仁夾春不老，應該是這兩種東西混合在一起；海青是去核的漬橄欖；天鵝就是銀杏，海青拿天鵝就是橄欖肉包裹著銀杏；木樨就是桂花；玫瑰潑鹵是把玫瑰製成滷醬狀。如果所有的東西都只放一點點，那麼用滾水沏出一杯這樣的茶來，也不是不可想像。

書裡到最後，寫國破家亡。我前面講到的韓愛姐原來住在統制府裡面，後來周統制戰死沙場，府主婆龐春梅縱慾而亡，原來陳經濟的媳婦葛翠屏被娘家接走，兵荒馬亂當中，統制府府空人散。韓愛姐抱著琵琶一路賣唱逃生，她想去南方湖州投靠她的父母，半路上在荒村野店碰見了她的叔叔韓二，當時一個老太婆給做苦工的人燒飯，韓二就是苦工之一。老太婆燒了一大鍋稗稻插豆子乾飯，那時候已經沒有淨精米了，要配雜豆，配雜豆都不夠分量，就把一些稗草的稗籽也混在裡頭。下飯的菜，就是把生菜切了以後，撒上一把鹽。這就是一碗國破家亡飯、亂離飯。

書裡這樣寫意味深長，原來清河縣的一般人家有時候吃的也都是色香味俱全的餐飲，但到最後卻是這樣粗劣的飯，書裡寫韓二因為幹了力氣活，餓了還能吃下幾碗，韓愛姐根本就難以下嚥。這樣對比著寫也很有意思。所以，《金瓶梅》也是明代社會生活的一部百科全書，它寫到了人們的飲食，寫得很具體，很細緻，很有參考價值。

第八十講　先聲獨創後繼有人
《金瓶梅》影響了《紅樓夢》

❖導讀

上一講介紹《金瓶梅》中的飲食，當時的飲食習慣與現在大不相同，那時以鵝為貴，以金華酒為好酒，講究「吃看大桌面」，另外，主菜、糕點、湯、酒、茶也與現在有所區別。「《金瓶梅》是《紅樓夢》的祖宗」，這個論斷為很多人認同。那麼，究竟《紅樓夢》是否受到《金瓶梅》的影響呢？請看本講內容。

在中國的古典長篇小說當中，明代的《金瓶梅》和清代的《紅樓夢》，二者之間有一種明顯的繼承關係。毛澤東曾經說過，《金瓶梅》是《紅樓夢》的祖宗，這個判斷非常準確。在《金瓶梅》之前，中國的古典長篇小說基本上都是為帝王將相、英雄豪傑、神仙妖魔樹碑立傳的，真正把描寫的對象確定為歷史上沒有記載的普通人，寫普通人的生活、命運、情感和他們之間的關係，《金瓶梅》是具有開創性的。清代的《紅樓夢》深受《金瓶梅》這種寫法的影響，基本上不去寫那些歷史上記載過的帝王將相、英雄豪傑的故事，而是寫一群歷史上沒有記載的人，也可以說是平常生命的故事。今天我們覺得好像不稀奇了，因為今天大量的文學作品都不再去寫帝王將相、英雄豪傑，即便有寫，所占的比例也不會大到一個令人吃驚的地步，大多數作品還是寫普通人，寫一般的生活。但是在明代那個時期，像《金瓶梅》這樣的長篇小說是空前的，具有開創性。

這個傳統一度中斷，過了二百年，到了清代《紅樓夢》，又接續上這樣一個寶貴的寫法，開始寫普通人的悲歡離合，生死歌哭。如果你把《金瓶梅》和《紅樓夢》對比來閱讀，就會深深地體會到《紅樓夢》受到《金瓶梅》很深刻的影響。

第一，這兩部書都是寫歷史上沒有記載的家族的興衰過程。《金瓶梅》寫一個西門家族，它的故事空間放大了是清河縣，縮小了看，當中寫得最多的空間是西門府——一個門面七間、前後五進、帶花園的大宅院。《紅樓夢》把《金瓶梅》的寫法繼承以後加以放大，它也是寫一個家族的興衰史，寫的是賈氏家族。雖然《紅樓夢》也寫到賈氏家族所居住的府第之外的一些情況，但是故事主要發生在賈氏家族所居住的府第裡面。賈氏家族書裡所寫的有寧國府、榮國府，而又偏重於寫榮國府。榮國府裡面後來又建造了一個大觀園，有很多的故事發生在大觀園裡面。《紅樓夢》把《金瓶梅》裡面的西門府加以放大來寫。《金瓶梅》裡面的西門府在故事所發生的清河縣是一個大戶、富戶，後來西門慶當了官，西門府又是一個官員的住宅，從主子到奴才好幾十個人，規模已經不小了。清代的《紅樓夢》就放大來寫，因為《紅樓夢》寫的是京城裡面一個貴族家族的故事，就榮國府來說，書裡就明確地告訴我們，這一個宅子的人數核算起來，從上至下有三四百丁，它把《金瓶梅》裡面的西門府的規模放大了差不多有十倍。

雖然《紅樓夢》中賈氏家族的居住空間規模比《金瓶梅》裡面的西門府大許多，但是就寫法而言，很明顯受到了《金瓶梅》的影響，寫一個巨大的宅院，寫其空間裡面這些人的喜怒哀樂、悲歡離合、生死歌哭，寫居住在這個大宅院裡面的家族由盛而衰，而且《紅樓夢》所寫的賈氏宗族的衰落，比《金瓶梅》裡面的西門府的衰落更慘烈。最後「落了片白茫茫大地真乾淨」，《紅樓夢》所寫的是一個徹底的悲劇。這兩部書，前後一看，《紅樓夢》繼承了《金瓶梅》的這一寫法。

第二，《金瓶梅》裡面的重點人物是西門慶，這種角色在《金瓶梅》之前的中國傳統古典小說裡面沒出現過。書中寫了在市場經濟的發展過程當中，在社會流通性、流動性逐漸加強的過程中，一個新興的人物，可以說是一個新生命，**簡而言之就是一個新人**。他新在哪裡？前面已經說過很多次，現在補充一下。原來的中國古典長篇小說，寫帝王將相、英雄豪傑、神仙妖魔，它不寫普通人。如果寫普通人，一般就男性而言，多半都是開頭是窮書生，後來透過寒窗苦讀中了狀元，最後當了高官，寫這樣一些人的故事，大多雷同，看多了以後沒有新鮮感。

《金瓶梅》寫的西門慶，是古典文學裡面不曾出現的一個新人物。這個青年男子不讀聖賢書，不遵孔孟之道，不走寒窗苦讀、參加科舉考試去謀取功名的道路，而是經商致富，透過自己的財富積累，最後用銀子鋪路，去開闢自己的生活前景。這種角色是很難寫的，但是《金瓶梅》的作者蘭陵笑笑生就把西門慶寫得非常真實，非常生動，非常可信，讓我們覺得在那個歷史階段，社會上就有這樣一種人。只有在商品經濟發展到一定階段，社會流通性增大到一定程度，才能湧現出這樣一種人。還記得前面說過，西門慶有個觀點，他認為發了財，得到一些錢，把這個錢積攢起來，不讓它流動是犯罪，應該讓這些錢動起來，要讓錢再生出錢。這就是一種很新銳的市場經濟、商品經濟的觀念。

當然那個時候社會發展比較緩慢，這種觀念很新，當時的市場、商品都還沒有真正發展成為一種資本主義狀態，可以說只是一種資本主義的萌芽。西門慶就是那個社會的新興資產階級萌芽狀態的一個突出代表人物。所以，不要以為《金瓶梅》就是寫一些色情故事，它是寫了西門慶在色情方面的追求和色情方面的滿足，但是總體而言，它塑造了在社會當中算是很新潮的這樣一個人物，這樣一個角色。

這種寫法在二百年後的《紅樓夢》裡被延續了。**《紅樓夢》也寫了一個新人，就是賈寶玉**。《紅樓夢》比《金瓶梅》好在哪裡？賈寶玉這一角色是作者本身的理想追求的產物。在《紅樓夢》產生的那個時代，實際上社會生活當中，應該說只是存在了一些賈寶玉這樣的人的影子，並沒有真正出現賈寶玉式的人物，賈寶玉是作者理想化的一個角色。《紅樓夢》裡面的賈寶玉和《金瓶梅》裡面的西門慶有相通之處，他們對孔孟之道、對科舉考試都保持一種蔑視的態度。《金瓶梅》裡的西門慶是以他的實際行動表達了他不信那一套，這方面的言論倒是沒有。《紅樓夢》裡面的賈寶玉就有很多直截了當抨擊科舉考試的言論。

所以，兩部書都是寫新人，只不過《金瓶梅》所寫的新人西門慶是一種新興的商人，是在資本的流通過程中所出現的一種拜金式的人物，他以金本位壓倒了官本位，他用錢買官，而不是透過苦讀、科舉考試去謀取官職。《紅樓夢》裡面的賈寶玉完全鄙視科舉考試，他既不追求仕途，也不追求經濟，就是說他不追求財富，他比西門慶更具先進性，他超越了當時主流的社會價值觀。賈寶玉主張以真誠的情感作為人生的終極追求，這是很了不起的。所以，這兩個角色在作者所寫的具體的社會環境當中，都可以稱為新人，只不過性質不太一樣。西門慶身上更多地體現出一種沒有理想，只注重現實財富、享樂的新興資產階級人物的價值觀和生活態度。而賈寶玉身上更多地體現出一種理想的色彩，追求一種超越整個社會價值體系的純真情感的追求。

第三，你再仔細讀就會發現，**兩部書在人物配置上也有重疊性**，顯然《紅樓夢》受到了《金瓶梅》在人物配置上的影響。什麼叫人物配置？就是書裡出現的很多角色，他們如何搭配。在《金瓶梅》裡面是以西門慶為中心，然後搭配了一系列的女性，除了他自己的幾房妻妾，還有低賤如僕婦宋惠蓮，高貴如招宣府的林太太，乃至一些妓女。以西門慶為中心，描繪出一個婦女群像。當然這些婦女每個人都有自己獨特的命運和獨特的性格，結局都不一樣。可是《金瓶梅》在人物配置上是以一個男性為中心，然後圍繞他寫一系列女性的命運。《紅樓夢》也是這樣，以賈寶玉為中心，然後圍繞賈寶玉寫了一系列的女性，有小姐、有丫頭，還有一些年輕的媳婦。

雖然《紅樓夢》受《金瓶梅》的影響，在人物配置上也是以一個男性為中心，寫一群女性的生活狀態，她們的命運和歸宿，但是二者的區別很大。西門慶是一個男權社會的產物，他以自我為中心，他以男性強人的面目出現，對周圍的女性是予以占有，有的甚至予以蹂躪。《金瓶梅》寫了西門慶的性史，他的色情享受的歷史。《紅樓夢》不一樣，《紅樓夢》寫賈寶玉雖然和某些女性也有身體關係，但是賈寶玉對男權社會的以男性為中心的價值觀是反叛的，他宣稱「男人是泥做的骨肉，女兒是水做的骨肉」，對待女性，他把自己比作花王，他作為一個護花的王子去愛護她們，呵護她們。就是說《紅樓夢》的作者受了《金瓶梅》的影響，但是他又跳脫出《金瓶梅》那樣一個相對比較落後的男女關係模式。

《紅樓夢》在人物配置上模仿《金瓶梅》，以一個男性角色為中心，寫一群女性，可它又肯定了青春女性，歌頌了青春女性的純潔、美麗。在沒有受到社會主流價值觀念汙染的情況下，這些女性呈現出花朵般的青春的芬芳。所以，我們現在講《紅樓夢》深受《金瓶梅》的影響，你不要誤解為《紅樓夢》是對《金瓶梅》寫法的照搬，《紅樓夢》參考了《金瓶梅》，借鑑了它，而又背叛了它，超越了它。

第四，這兩部書的一個共同特點就是除了寫主要人物的故事，還會特別設置小角色、小人物，提醒讀者重視一些社會邊緣的小生命。《金瓶梅》就是這樣的，例如它寫到了武大郎和前妻生的女兒迎兒，武大郎被潘金蓮害死後，西門慶把潘金蓮娶走，迎兒就成了王婆的一個粗使丫頭。王婆和潘金蓮都被武松殺死之後，武松很草率地把迎兒託付給姚二郎，迎兒又成了姚二郎家的一個丫頭。武松為他哥哥武大郎報仇很積極，很負責，但他對侄女迎兒應該是喪失了責任心。等迎兒到了適婚年齡，姚二郎很快把她嫁出去了。當然，迎兒不可能嫁到一個很好的人家，而且像姚二郎這種市井小民，他之所以收留迎兒，是為了把她嫁出去之後得一筆銀子，這跟賣掉沒什麼太大區別。最後迎兒的結局書裡沒有交代，但是我們可以想像，不會是一個好的命運。

還有來昭和一丈青的兒子小鐵棍，前面講到一個情節，在潘金蓮的挑唆下，小鐵棍被西門慶不分青紅皂白暴打一頓，幾乎打死。書裡後來又寫到小鐵棍，他長到十五歲，家裡招待客人，他還去打酒，最後他的父親死了，母親改嫁了，他跟著母親。寥寥幾筆，寫出了一個小生命的辛酸。

《金瓶梅》的這種寫法，《紅樓夢》繼承了，《紅樓夢》主要是寫貴族家庭的公子、小姐、老太太、老爺的生活，但也寫到了很多底層的小角色。例如在第六十回末尾和第六十一回開頭，兩回文字裡面寫到了一個留榪子蓋頭的小廝。那個時候，小廝還沒有完全成年，他的頭髮剃成了一個馬桶蓋的形狀。書裡把小廝寫得活靈活現，他雖然屬於最底層，但他有他的自尊和自傲，寫得很有趣。這是兩部書繼承關係的又一個例子。

第五，《金瓶梅》裡面設置了一些情節來預示書裡一些人物的生命軌跡和最終結局。前面有吳神仙算命的一大回文字，後來還寫了一個鄉里卜龜卦的老婆子，在西門府的二門裡投擲靈龜，給吳月娘幾個婦女算命。這種透過某種情節設置，來暗示或者明點書中人物的生命軌跡和最終結局的寫法，《紅樓夢》不但繼承了，而且發揚光大，甚至大大地超越。《紅樓夢》用浪漫的筆觸，加入了神話色彩，它設置了一個太虛幻境，裡面有一個警幻仙姑，通過賈寶玉夢遊太虛幻境，警幻仙姑領著他在太虛幻境裡面看了薄命司櫥櫃裡面的冊頁，又美酒、好茶地招待他，讓仙姑給他演唱了「紅樓夢十二支曲」，透過這樣一些文字來暗示書中一系列女子的生命軌跡和最終結局。這種寫法很顯然也受到《金瓶梅》的啟發，只不過《金瓶梅》的這種寫法還比較粗糙、直露，缺乏浪漫色彩，而《紅樓夢》就把這種寫法發揚光大，充滿了夢幻、浪漫色彩，充滿了詩意。

第六，前面也說過，《金瓶梅》給一些人物取名字，用了諧音寓意的方式，像西門慶熱結十弟兄，他的那些結拜弟兄，在名字上都是用諧音來表達一定的意思，這裡就不再一一重複。這種**諧音寓意的寫法在《紅樓夢》裡面被繼承了**。例如《紅樓夢》裡面，寫賈府的一些管家，管銀庫的叫吳新登，諧音「無星戥」。過去稱銀子要用戥子，以準星滑動來確認分量，得有一個準確稱量的態度，但他的戥子上的準星永遠是不準確的。大管家裡面還有一個是管倉庫的頭目，叫做戴良，諧音「大量」，意思是說他對主人家的財富一點也不吝惜，大斗往外量。還有一個買辦叫錢華，諧音「錢花」，就是說他嘩啦嘩啦地大把花主子的錢。

書裡寫榮國府的府主賈政由朝廷下班以後，有些清客來陪著他消磨時間，其中一個清客叫詹光，諧音「沾光」，很明顯就是要沾主人的光。還有叫單聘仁的，諧音「善騙人」，就是善於騙人。還有叫程日興的，諧音「成日興」，就是成日興風作浪。還有叫胡思來的，諧音「胡肆來」，就是做事胡亂肆意地來。《金瓶梅》裡面有一個人叫卜志道，諧音「不知道」。到了《紅樓夢》裡面就有一個人叫卜世仁，諧音「不是人」。《金瓶梅》裡面寫西門慶後來配齊了琴棋書畫四個小廝，叫做琴童、棋童、書僮、畫童。《紅樓夢》裡面寫榮國府小姐也有琴棋書畫四個丫頭，分別是抱琴、司棋、侍書、入畫。很明顯，《紅樓夢》在命名上受了《金瓶梅》的影響。《金瓶梅》裡面寫西門府的男僕有旺兒、興兒，《紅樓夢》裡面寫賈璉和王熙鳳的男僕裡面也有旺兒、興兒。這都可以看出來《紅樓夢》受《金瓶梅》影響非常之深。

第七，我們在讀《金瓶梅》的時候會讀到很多生動的語言，就語言的生猛鮮活程度而言，《紅樓夢》比《金瓶梅》的文本還遜色一些。有的讀者讀《紅樓夢》，讀到一些語言很興奮，覺得真好。例如《紅樓夢》裡面王熙鳳大鬧寧國府，喊出了「捨得一身剮，敢把皇帝拉下馬」，覺得語言好潑辣，其實是脫胎於《金瓶梅》，來旺兒醉罵西門慶就喊出了「破著一命剮，便把皇帝打」。另外像「千里搭長棚，沒個不散的筵（宴）席」、「揚鈴打鼓」、「不當家花花的」、「打旋磨兒」、「殺雞扯（抹）脖」、「噙（含）著骨禿（頭）露著肉」、「當家人（是個）惡水缸」、「灑土也眯了後人眼睛兒」等**很多語言都是先出現在《金瓶梅》裡面，然後被《紅樓夢》的作者加以變化，甚至不加變化地用在自己的文本裡面**。

甚至我們讀《紅樓夢》古本，就是手抄本的《紅樓夢》，除了正文，還有很多批語，大多數情況下署名叫脂硯齋，你會發現**很多批語其實也來源於《金瓶梅》**。例如《金瓶梅》裡面有個對子「雪隱鷺鷥飛始見，柳藏鸚鵡語方知」，意思就是鷺鷥的羽毛是白的，牠停在雪地裡面的時候，開頭你辨認不出來，結果牠一飛，你發現原來這裡有鷺鷥。鸚鵡藏在茂密的柳枝裡面，你看不見牠，但牠一說話，你才明白這裡面藏了鸚鵡。其中「柳藏鸚鵡語方知」就被脂硯齋借用在他的批語裡面。《金瓶梅》裡面有「十日賣一擔針賣不得，一日賣三擔甲倒賣了」，以及「三日賣不得一擔真，一日賣了三擔假」，這些語言脂硯齋在他的批語「一日賣了三千假，三日賣不出一個真」裡面也加以變化地使用了。

《金瓶梅》第九十六回裡面有這樣的話「老年色嫩招辛苦，少年色嫩不堅牢」，到了古本《紅樓夢》裡面，居然在寫批語時引用了這句話，說「『少年色嫩不堅牢』，以及『非夭即貧』之語，余猶在心，今閱至此，放聲一哭」，可見《紅樓夢》的作者曹雪芹以及他的長輩、他的同輩，還有脂硯齋對《金瓶梅》都很熟悉。所以，他們經常在日常談話當中引用「少年色嫩不堅牢」這樣的語句。所以，一想到「少年色嫩不堅牢」這句話，情不自禁，乃至要放聲一哭，這都說明《紅樓夢》在語言上也深受《金瓶梅》的影響。所以說《金瓶梅》是《紅樓夢》的祖宗，沒有《金瓶梅》就出不了《紅樓夢》，這是千真萬確的。

第八十一講　酷毒冷峻的敍述
《金瓶梅》的文本特色

❖導讀

上一講告訴你《金瓶梅》在以下幾個方面影響了《紅樓夢》：第一，兩部書都是寫一個歷史上沒有記載的家族的興衰過程；第二，兩部書裡面都有一個新人；第三，兩部書在人物配置上也有重疊性；第四，兩部書除了寫主要人物的故事之外，還會特別設置小角色、小人物，提醒讀者重視一些社會邊緣的小生命；第五，兩部書都設置了一些情節來預示書裡一些人物的生命軌跡和最終結局；第六，諧音寓意的寫法在《紅樓夢》裡面被繼承了；第七，很多語言都是先出現在《金瓶梅》裡面，被《紅樓夢》的作者加以變化或不加變化地用在自己的文本裡面，甚至《紅樓夢》手抄本的批語，很多文字都來自《金瓶梅》。那麼《金瓶梅》和《紅樓夢》之間有什麼區別呢？請看本講內容。

《金瓶梅》和《紅樓夢》之間有傳承性，有共同點，但它們的區別又是鮮明的、巨大的。《紅樓夢》的作者寫作的時候很明顯有一種焦慮，有一種激情。在古本《紅樓夢》的開頭就有一首詩，劈頭一句就是「浮生著甚苦奔忙」，它有終極追問，它從人生的意義是什麼這樣的出發點來展開它的全部故事，構成它的文本。而且《紅樓夢》的作者是有思想的、有主義的。我們把思想、精神上的東西叫做形而上，把一些事物原始的面貌叫做形而下。《紅樓夢》超越了形而下，它有形而上的東西。作者形成了自己的系統思想，有追求。

《紅樓夢》宣揚的是什麼主義？它企圖獨創出一種主義，就是強調情的重要性，像「紅學家」周汝昌先生就認為曹雪芹是要創立一個新的宗教，就是情教。因為中國傳統的宗教，例如道教，發展到明清的時候，基本上沒有什麼高度的精神追求了，就去講究養生，追求長生不老，煉丹，以為吞丹以後就可以成仙。道教雖然是中國的本土宗教，可是後來漸漸地就不再能夠給中國人提供精神上的滋養，最後甚至淪為講究房中術。所以，中國傳統宗教道教後來的發展軌跡離普通人的精神追求就越來越遠，繼而衰落了。佛教是從西域傳進中國來的，其中一個分支本土化。它在發展過程當中，雖然保留了一些精神上的東西，例如後來發展出一支叫做禪宗，追求頓悟，可是它又主張禪悟是不能夠形之於文字的，就比較虛無縹緲。

所以在《紅樓夢》裡面，作者對道教和佛教都表達出一種失望的情緒。主人公賈寶玉有一個性格特色，就是誹僧謗道。他對僧道都抱著一種不信服的態度，而且予以抨擊與譏諷。那怎麼辦？《紅樓夢》的作者就很著急，最後，他透過全書的故事，透過對書中主要人物的塑造，形成了一個這樣的文本特色，就是它在終極追問「浮生著甚苦奔忙」之後，企圖創造出一種新的宗教，來滋養中國人的靈魂。新的宗教就可以叫做情教。《紅樓夢》第一回就講到天上的大石頭化為一個通靈寶玉，到人間漫遊一番，又回到天界，恢復了大石頭的形狀，上面寫滿了文字。後來被一個空空道人抄錄下來，形成一本書，就是《石頭記》。空空道人對《石頭記》有一個概括，他認為這部書的內容是「因空見色，由色生情，傳情入色，自色悟空」。乍一看覺得這個觀點不新鮮，這不就是佛教「色即是空，空即是色」的一個展開表達嗎？因為佛教有一個基本的教義，就是我們所看到的一切表面現象叫做色，其實它的實指都是空的，這種空的東西呈現在眼前就是色。所以，應該看破，即「色即是空，空即是色」。

但是《紅樓夢》的作者借用佛教這樣的習慣用語，把色和空的觀念加以展開，它在當中嵌入了一個「情」字，這是所有的佛經都不具備的一種表達方式，這是作者獨創的。他認為人要真正醒悟的話，要懂得在色與空之間有一個不滅的一個元素，就是情。所以《紅樓夢》全書強調少男少女之間純真的感情是最寶貴的！人生短促，而這種純真的感情是永恆的。所以，這是《紅樓夢》的文本特色，作者有這個理想，他想宣揚一種主義，甚至想創造一種情教，它是一部能給我們提供思想滋養的書。

回過頭來看《金瓶梅》，雖然《紅樓夢》在寫法上受到《金瓶梅》的很多啟發，但是**《金瓶梅》的文本是冷峻的。如果說《紅樓夢》有浪漫情懷，那麼《金瓶梅》的文本是反浪漫的，它現實到了逼真的、嚴酷的地步。有人說《金瓶梅》是一部冷書，《紅樓夢》是一部熱書。**像清代康熙朝的張竹坡，他幾乎用一生的時間來閱讀和評點《金瓶梅》。他認為這部書是以熱起以冷結。說以熱起是因為張竹坡用的本子是崇禎本，第一回叫做「西門慶熱結十弟兄」，他把回目稍加調整叫做「西門慶熱結十兄弟」。他認為這部書一開始是熱烘烘地在宣揚孝悌，過去儒家禮教當中所強調的一種很重要的道德觀念，就是弟弟一定要服從兄長，要有一個長幼有序的觀念，只有這樣才能使社會和諧，張竹坡認為《金瓶梅》一開始就寫結拜兄弟，就是來強調悌的重要性。

他也注意到全書最後寫得很冷，以三家最後的命運結局構成一個全書的大結局。韓家最後就是無限蒼涼的景象，周家基本都死絕了，西門家的吳月娘雖然得以善終，可是她所獲得的只是養子和養子媳婦的奉養，她把親生兒子孝哥兒奉獻給了普靜法師。張竹坡認為《金瓶梅》的結尾是冷的，但是宣揚了孝道，所以他認為《金瓶梅》是以「悌」始以「孝」終的一部書。張竹坡關於《金瓶梅》的這種評論，可供參考。

其中他提到《金瓶梅》最後是冷的，這一點我是認同的。總體而言，《金瓶梅》是一部冷書，其實從詞話本來看的話，一開頭根本就沒有什麼熱結十兄弟，也無所謂以「悌」始，全書一開始就是很冷的。為什麼《金瓶梅》的作者要這樣來寫一部書？它沒有主義，嚴格來說它是沒有思想的，沒有終極追問，作者寫了西門慶以及三個重要的女性，潘金蓮、李瓶兒、龐春梅，他寫這些人物採用的是一種無是無非的冷寫法，他只告訴你他們這麼活，他們就這樣，他們對不對、好不好，作者一般情況下不加以評論。那麼人應該怎麼生活，「浮生著甚苦奔忙」，**《紅樓夢》這樣的追問，《金瓶梅》是沒有的，它既不提出問題，也不負責回答問題，這個文本一冷到底。《紅樓夢》雖然受到《金瓶梅》的啟發，但它是反《金瓶梅》的，反其道而行之，它恰恰是一個有熱度的文本，有追求，它提供思想。**

《金瓶梅》寫成這個樣子，為什麼我們現在還要閱讀它，評價它？這確實是一個問題。我跟大家強調，**《金瓶梅》這種冷文本，是一個令人驚異的文本，很多讀者讀了以後會有一種文本震撼，或者叫做文本驚異、文本驚詫**。為什麼在理想黯淡、政治腐敗、特務橫行、法制虛設、拜金如狂、人慾橫流、道德淪喪、人際疏離、炎涼成俗、背叛成風、雅萎俗脹、寡廉鮮恥、萬物標價無不可售的這樣一種黑暗的惡劣人文環境裡面，《金瓶梅》的作者不是採取拍案而起、義憤填膺、「替天行道」、「復歸正宗」的敘述調式，更不是以理想主義、浪漫情懷、昇華哲思、魔幻寓言的敘述方略，而是用一種幾乎是徹底冷靜的「無是無非」，純粹「作壁上觀」的鬆弛而隨意的筆觸，來娓娓地展現一幕幕的人間黑暗和世代奇觀？這是全世界的《金瓶梅》研究者都在思考，都在力圖解答的一個問題。

《金瓶梅》是一門學問。不要以為只有《紅樓夢》形成了「紅學」，《金瓶梅》也形成了「金學」，不但中國有人研究「金學」，海外也有人研究「金學」，《金瓶梅》的文本特色就是金學研究的一個重要的課題。《金瓶梅》寫人，寫人性，寫人性當中的惡，達到讓人嘆出冷氣、脊背發涼的程度。這是《紅樓夢》沒有達到的高度。《紅樓夢》也寫到一些人，寫到人性，寫到賈赦霸占平民石呆子的二十把古扇，寫到幫助他去霸占石呆子古扇的官僚，寫到賈雨村貪贓枉法，但是這些人物的人性惡都沒有寫到讓人發抖的地步。另外，《紅樓夢》還寫了很多正面人物，他們人性當中散發出了美的光芒，真的光芒。但是在《金瓶梅》裡面，不說別的角色，男性角色拿陳經濟為例，女性角色拿龐春梅為例，這兩個角色寫他們的人性惡，寫得淋漓盡致。所以，**總體而言，《金瓶梅》是以冷筆觸寫社會黑暗，寫人性的惡；《紅樓夢》是以熱的筆觸寫社會當中還有美好的東西，寫人性當中的暖色**。

所以，你要在《金瓶梅》的文本裡面尋找浪漫的因素、詩意的東西是很難找到的，而在《紅樓夢》的文本裡面就有很多的浪漫因素，有很多的詩意的情境。《金瓶梅》的詞話本裡面也有很多的詩詞，可是都比較俗氣，而在《紅樓夢》裡面，賈寶玉和那些小姐們結成詩社，所賦的詩都相當高雅。

當然這就引出一個問題了，一個人寫作要不要有浪漫情懷，有人文理想，要不要有追求真理的勇氣？要不要有「浮生著甚苦奔忙」，就是「人生是什麼」這樣的終極追問？我現在告訴讀者們，我個人的心得是應該都要有。但是面對《金瓶梅》這樣的特殊文本，我又不得不跟大家說，如果在某一個時代，有一個作家，他就這麼來寫，他沒有浪漫情懷，他不展現生活的詩意，他在揭示人性善方面一般，而在揭示人性惡方面，鞭辟入裡，淋漓盡致，令人震驚，那麼他所寫的這樣的文本我們要包容。這是我給大家講述《金瓶梅》的一個重要原因。

《金瓶梅》是一部怪書、奇書，它產生在我們這個民族歷史發展的明代後期，在那時候出現了這樣一部書。那麼在世界上有沒有類似的書呢？說實話，有，但不多。這種寫法應該說是一種相當冒險的寫法，或者說也是一種為文學而文學的寫法，不值得提倡。所以讀《金瓶梅》，我們不能指望從中得到什麼思想的滋養，獲得什麼人生的真諦，可是我們仍然可以獲得一種文學審美的快感。因為文學應該是多種多樣的，寫人性善，弘揚真善美，固然是文學的重要追求，但是冷靜地面對現實，細緻入微地把現實社會當中存在的不同的生命形態、生命的歷程、生命的終結寫出來，乃至用比較多的筆墨去寫社會的陰暗面和人性的惡，這樣的文本如果寫得特別好，應該包容，應該給它留出位置，應該對它進行客觀評價。

有的讀者，特別是作家學者型的讀者，問他就文學性而言，究竟是《紅樓夢》高一些，還是《金瓶梅》高一些呢，他們的回答往往是驚世駭俗的，令提問者大吃一驚。他們會說，**單純從文學性而言，《金瓶梅》甚至還高於《紅樓夢》，它在人物形象的塑造上，對人物人性複雜性的揭示上，特別是它寫人物之間的對話，它那種世情語言的生動性、鮮活性往往超過了《紅樓夢》**。我個人也覺得，就敘述語言和人物對話而言，《金瓶梅》作者的功力超過《紅樓夢》。《紅樓夢》在這方面對它有所繼承，受其影響很深，但是稍微遜色一點。

因此，我們應該明白中國文學發展的歷程當中，明代和清代留下兩部寫普通人生活的白話長篇小說，一部是明代的《金瓶梅》，一部就是清代的《紅樓夢》，這兩部書可以合起來讀。如果只讀一部的話，建議讀《紅樓夢》，可以不讀《金瓶梅》。說句老實話，真正能夠吃透《金瓶梅》的文本特色，是能夠獲得極大的文學審美滿足的，這種人不會很多。因為這需要有一個修養的前提，而閱讀《紅樓夢》也需要修養的前提，可是相比而言，《紅樓夢》可以放鬆一點。一般的人沒有很多的修養前提，進入《紅樓夢》的文本，也可以獲得很好的收穫。但是如果沒有很高的修養前提，輕易進入《金瓶梅》的文本的話，那麼會有兩種情況發生：第一，不能領略它的妙處；第二，因為《金瓶梅》裡面有些色情描寫，甚至還可能產生副作用。

所以，總體而言，我的個人建議是，作為一個中國人，至少要讀一遍《紅樓夢》。作為一個中國人，可以不讀《金瓶梅》，但是要知道《金瓶梅》。本書就是要告訴大家《金瓶梅》究竟是部什麼樣的書，它是怎樣一個情況，包括它的文本特色，希望能夠一步一步地加深你對《金瓶梅》這部書的認知。

第八十二講　不該被忽略的書

《金瓶梅》獲得的評價

❖導讀

上一講介紹了《金瓶梅》的文本特色，它是用非常冷的筆調寫人性的惡，不像《紅樓夢》用熱的筆觸寫人性中美好的東西。單就文學性而言，《金瓶梅》甚至高於《紅樓夢》。《金瓶梅》自產生以後就有人評價它，包括這部書本身的序和跋，以及從古至今眾多名人的評價，都不認為它是淫書、壞書，肯定了它的文學價值、社會學價值等。並且《金瓶梅》已經進入了世界文學之林，有很多語種的譯本。對《金瓶梅》的研究，不僅是在中國學術界進行，「金學」和「莎（士比亞）學」等學問一樣，也已經成為人類學術研究的共同課題。《金瓶梅》具體獲得了哪些評價呢？請看本講內容。

最早的萬曆本前面就有一個人為這部書做了一個序，作序者署名欣欣子。序當中一個很重要的觀點認為「富與貴，人之所慕也，鮮有不至於淫者」，就是說人在追求富貴的同時，很少有人放棄對色情的追求。這是一個很坦率、很直露的觀點，這個觀點在明代出現的時候，就讓有的人驚愕不已。到崇禎時期，有人整理《金瓶梅》，為詞話本做修訂，認為這個話太不合適了，就把它刪了。欣欣子自述為《金瓶梅》作序，是因為他和該書的作者蘭陵笑笑生是朋友，他們是哥們，所以由他來揭示作者的寫作動機，應該是可靠的。

詞話本裡面除了欣欣子的序，還有一位叫做東吳弄珠客寫的序。全書最後還有一個跋，署名叫做廿公。大家都知道，《金瓶梅》的文本裡面有很多直露的色情描寫，他們要為作者之所以這樣寫作進行解釋，而且他們也希望讀者讀的時候能夠按他們的指引來讀。東吳弄珠客就說：「然作者亦自有意，蓋為世誡，非為世勸也。」作者寫男女之事，是想起到勸誡作用，不是想起到宣揚作用，讀《金瓶梅》應該端正態度，他用了一大串語言來表達：「讀《金瓶梅》而生憐憫心者，菩薩也；生畏懼心者，君子也；生歡喜心者，小人也；生效法心者，乃禽獸耳。」這其實主要是針對書裡所寫的色情文字和人性惡而言，如果你讀了以後全部按照書裡所寫去做，最後就成了禽獸，應該用一種有修養的心態，作為一個君子去讀。如果你的修養很高，你讀了以後產生了憐憫心，那你就是菩薩了。

早期《金瓶梅》的評論者還都是一些熟識蘭陵笑笑生的人，到後來就出現了一些不認識作者的人，例如到了萬曆時期，文化圈有一個有名的文人叫做袁宏道，他有一封私人信件流傳到了今天。他在一封信裡面就問他的一個朋友：「《金瓶梅》從何得來？伏枕略觀，雲霞滿紙，勝於枚生《七發》多矣。後段在何處抄竟？當於何處倒換？幸一的示。」袁宏道剛開始讀了《金瓶梅》的一部分，就認為它比西漢時候辭賦家枚乘的一篇名賦《七發》還要好。他認為《金瓶梅》是「雲霞滿紙」，這也是早期《金瓶梅》產生不久所引出的社會性評論。

根據「金學」專家王汝梅先生考證，他認為崇禎本的評點者是一個叫做謝肇淛的人，他認為謝肇淛評點了《金瓶梅》，而且崇禎本的整理者也是他，我們現在所看到的崇禎本的面貌，就是由這個人修訂而成的。謝肇淛稱《金瓶梅》的作者是「爐錘之妙手」，因為他寫出了一部「稗官之上乘」。過去把非官方的民間長篇白話小說，叫做稗官。謝肇淛認為《金瓶梅》在稗官當中是最上乘的作品。我前面所引用書裡寫潘金蓮被武松殺死的那條批語「讀至此不敢生悲，不忍稱快，然而心實惻惻難言哉」就是謝肇淛評點的，前面我講過他這段批語的意思，這裡不再重複。王汝梅就認為這樣的評點非常精確到位。

前面多次提到清代康熙朝的張竹坡嘔心瀝血地評點《金瓶梅》，以此作為自己一生的事業。張竹坡二十九歲就離世了，他最後幾年就是專注評點《金瓶梅》，他認為《金瓶梅》是天下「第一奇書」。「此書純是一部史公文字」，就是說《金瓶梅》可以入史，而且本身就是一部史書，可以當作一部史書來讀。他還告訴我們：「此書處處以文章奪化工之巧也夫。」、「作《金瓶梅》者，必曾於患難窮愁，人情世故，一一經歷過，入世最深，方能為眾腳色摹神也。」他說這本書「似有一人親曾執筆，在清河縣前，西門家裡。大大小小，前前後後，碟兒碗兒，一一記之，似真有其事，不敢謂為操筆伸紙做出來的。」他認為《金瓶梅》真實到這種程度，相當於我們今天的報告文學，而不是一部虛構的小說了。那麼也可以由此推斷《金瓶梅》裡面的人物其實都是有生活原型的。那麼生活原型是誰？執筆者相當於書中的哪一個人物？有一種說法，作者蘭陵笑笑生應該是聽取了書中某一個角色講述他所經歷的種種事情，特別是西門家的種種事情，作者獲得了第一手資料，又根據自己的生活經驗，最後寫成這樣一部書。向作者提供大量生活素材的人物可能是小說當中的玳安，他最有可能掌握故事裡面這些人物的來龍去脈。

這種猜測不無道理，先提出來供大家參考。當然張竹坡有自己的思想侷限性，他給《金瓶梅》很高的評價，但他也只能是在孔孟之道這個圈子裡面轉悠，他說《金瓶梅》是以「悌」始以「孝」終，全書最後是宣揚孝道。他為此還專門寫了一篇《苦孝說》闡釋《金瓶梅》勸孝的內涵。張竹坡關於《金瓶梅》主題是孝悌的這種說法，雖然不是很可取，而且從今天看來，這個評價不準確。但是，他應該是清代第一個站出來為《金瓶梅》摘掉「淫書」帽子的了不起的人物。

《金瓶梅》後來在明朝後期和清朝，在傳播過程當中多次被官方列為淫書、禁書，被打壓銷毀。可是它的文本魅力，很高的文學性，使得它屢禁禁不住，屢毀毀不掉，終於流傳到今天。到了近代，二十世紀有五四運動，我們都知道五四運動有兩個健將，一位是陳獨秀，他也是中國共產黨最早的建黨領袖之一，還有一位是胡適。陳獨秀就曾經給胡適寫信說及《金瓶梅》，這封信是一九一七年寫的，寫在一九一九年的五四運動之前，他說：「此書描寫社會真如禹鼎鑄奸，無微不至。《紅樓夢》全脫胎於《金瓶梅》，而文章清健自然，遠不及也。乃以其描寫淫態而棄之耶？則《水滸》、《紅樓夢》又焉能免？」「禹鼎鑄奸」是比喻，古代大禹治水的時候，用銅製作一個大鼎，把社會上一些發生過的事情鑄在上頭，以警世人。陳獨秀覺得《金瓶梅》的警示效果就達到這個程度。並且他指出，《紅樓夢》脫胎於《金瓶梅》，在語言上《紅樓夢》遠不及《金瓶梅》。他認為不能因為《金瓶梅》裡面寫了一些淫態，就把它拋棄。其實《水滸傳》、《紅樓夢》裡面也有一些情色文字，所以，陳獨秀又指出《水滸傳》、《紅樓夢》「又焉能免」。

魯迅，大家都很熟悉，他寫的《中國小說史略》對《金瓶梅》的評價非常之高，他說：「諸世情書中，《金瓶梅》最有名……描寫世情，盡其情偽……作者之於世情，蓋誠極洞達，凡所形容，或條暢，或曲折，或刻露而盡相，或幽伏而含譏，或一時並寫兩面，使之相形，變幻之情，隨在顯現，同時說部，無以上之。」「說部」是過去對故事書的一個統稱。魯迅認為同一時期這種小說「無以上之」，沒有超過《金瓶梅》的，這是很高的評價。

還有一位大文化人鄭振鐸，他是著名的作家，也是文學史家，還是一個版本收藏家。《新刻金瓶梅詞話》，也就是人們常說的詞話本，一九三一年在中國山西被發現。他在一九三五年開始編的《世界文庫》裡面收錄了《新刻金瓶梅詞話》，使一部古代的線裝書進入現代印刷方法印製的紙書裡面了。鄭振鐸認為，如果《金瓶梅》刪去那些淫穢的章節，它不失為一部第一流的小說。它的偉大更過於《水滸傳》、《西遊記》、《三國演義》，使得《水滸傳》、《西遊記》、《三國演義》都不能夠跟它相提並論。他還認為：「在《金瓶梅》裡所反映的是一個真實的中國的社會。這社會到了現在，似還不曾成為過去。要在文學裡看出中國社會的潛伏的黑暗面來，《金瓶梅》是一部最可靠的研究資料。」那句「這社會到了現在」說的「現在」不是今天，是他說這個話時的二十世紀三〇年代，他認為《金瓶梅》所寫的那些世道人心，那些社會現象，到了二十世紀三〇年代，都不過時，還不曾成為過去。

毛澤東對《紅樓夢》和《金瓶梅》有很多獨到的見解，曾先後五次在公開場合評價過《金瓶梅》，值得大家參考。

到現在，《金瓶梅》的刪節本已經公開出版很多種了。二〇一八年邱華棟、張青松兩位合編了一本《金瓶梅版本圖鑑》，由北京大學出版社出版。邱華棟是一位著名的作家，張青松是一位明清古典小說的版本收藏家。翻閱這本《金瓶梅版本圖鑑》就可以知道，詞話本也好，崇禎本也好，張竹坡的「第一奇書」版本也好，近些年來已經有很多種公開出版的版本，雖然其中多數是刪節本，但是並不影響我們去鑑賞這部偉大的小說。在《金瓶梅版本圖鑑》這本書的後面，蒐集了世界上多種不同文字的《金瓶梅》譯本。實際上《金瓶梅》在世界上很早就流傳開了，有很多種翻譯本出現，而且在外國，一些翻譯者、評論家、讀者對這本書都有很高的評價。由邱華棟、張青松合編的這本《金瓶梅版本圖鑑》，列舉有英文譯本、德文譯本、法文譯本、俄文譯本、日文譯本、義大利文譯本、波蘭文譯本、西班牙文譯本、荷蘭文譯本、匈牙利文譯本、羅馬尼亞文譯本、捷克文譯本、芬蘭文譯本、韓文譯本。另外像越南文譯本、拉丁文譯本、塞爾維亞文譯本和瑞典文譯本，他們都蒐集到了，都把封面拍下來，印在書上了。另外，《金瓶梅》還有滿文譯本和蒙古文譯本。

《金瓶梅》有各種譯本，說明很多外國人都很看重這本書，不但知道這本書，他們還翻譯這本書。一些外國的讀者讀到這本書，一些評論者評論到這本書。

作為中國人，我們對自己老祖宗傳下來的這部書，如果還處於一種無知的狀態、誤解的狀態，那是說不過去的。因此，我再次強調：作為一個中國人，一生至少要閱讀一次《紅樓夢》；作為一個中國人，在一生當中應該知道在中國文化發展歷程中，在中國文學的發展歷程中，在明代晚期產生過一部了不起的文學作品——《金瓶梅》。

細說金瓶梅：精解三個女人的成人世界，看透情色底下的人世潛規則

作　　者　劉心武
特別策劃　焦金木
責任編輯　夏于翔
協力編輯　黃暐婷
校　　對　魏秋綢
內頁構成　李秀菊
封面美術　江孟達工作室

發 行 人　蘇拾平
總 編 輯　蘇拾平
副總編輯　王辰元
資深主編　夏于翔
主　　編　李明瑾
業　　務　王綬晨、邱紹溢
行　　銷　曾曉玲
出　　版　日出出版
　　　　　地址：10544台北市松山區復興北路333號11樓之4
　　　　　電話：02-2718-2001　傳真：02-2718-1258
　　　　　網址：www.sunrisepress.com.tw
　　　　　E-mail信箱：sunrisepress@andbooks.com.tw

發　　行　大雁文化事業股份有限公司
　　　　　地址：10544台北市松山區復興北路333號11樓之4
　　　　　電話：02-2718-2001　傳真：02-2718-1258
　　　　　讀者服務信箱：andbooks@andbooks.com.tw
　　　　　劃撥帳號：19983379　戶名：大雁文化事業股份有限公司

印　　刷　中原造像股份有限公司
初版一刷　2022年6月
定　　價　580元
I S B N　978-626-7044-52-0

原簡體中文版：《奇書與世相：劉心武細說金瓶梅》
作者：劉心武　特別策劃：焦金木

國家圖書館出版品預行編目（CIP）資料

細說金瓶梅：精解三個女人的成人世界，看透情色底下的人世潛規則／劉心武著. -- 初版. -- 臺北市：日出出版：大雁文化事業股份有限公司發行, 2022.06
520面；17×23公分
ISBN 978-626-7044-52-0（平裝）

1.CST: 金瓶梅　2.CST: 研究考訂

857.48　　111008146

圖書許可發行核准字號：文化部部版臺陸字第111056號
出版說明：本書由簡體版圖書《奇書與世相：劉心武細說金瓶梅》以中文正體字在臺灣重製發行。